EL MUNDO CONOCIDO

EDWARD P. JONES

Traducción de Antonio Fernández Lera

HarperCollins *Español*

EL MUNDO CONOCIDO. Copyright © 2003 de Edward P. Jones. Copyright de la traducción © 2025 de Antonio Fernández Lera. Todos los derechos reservados. Impreso en los Estados Unidos de América. Ninguna sección de este libro podrá ser utilizada ni reproducida bajo ningún concepto sin autorización previa y por escrito, salvo citas breves para artículos y reseñas en revistas. Para más información, póngase en contacto con HarperCollins Publishers, 195 Broadway, Nueva York, NY 10007. En Europa, HarperCollins Publishers, Macken House, 39/40 Mayor Street Upper, Dublín 1, D01 C9W8, Irlanda.

Los libros de HarperCollins Español pueden ser adquiridos con fines educativos, empresariales o promocionales. Para más información, envíe un correo electrónico a SPsales@harpercollins.com.

harpercollins.com

Título original: *The Known World*

Publicado en inglés por Amistad en los Estados Unidos, 2003

PRIMERA EDICIÓN DE HARPERCOLLINS ESPAÑOL, 2025

Diseño: Claire Vaccaro

Copyright de la traducción: Antonio Fernández Lera

Este libro ha sido debidamente catalogado en la Biblioteca del Congreso de los Estados Unidos.

ISBN 978-0-06-344931-2

25 26 27 28 29   HDC   5 4 3 2 1

A MI HERMANO,
    JOSEPH V. JONES

y una vez más

EN MEMORIA DE NUESTRA MADRE,
JEANETTE S. M. JONES
que podría haber hecho mucho más en un mundo mejor.

AGRADECIMIENTOS

Estoy muy agradecido a: Dawn L. Davis, mi editor, que muy probablemente creyó desde la primera palabra; Lil Coyne (la abuela de Steven Mears), una mujer de pequeña estatura que se mantuvo en la orilla durante la noche y sostuvo el farol lo más alto que pudo; Shirley Grossman (esposa del difunto Milton), que tomó en sus manos el farol algunas noches para que Lil pudiera acostarse allí mismo y descansar; Maria Guarnaschelli, la editora de *Lost in the City*; la Fundación Lannan y Jeanie J. Kim; Eve Shelnutt, que, aunque el agua no dejaba de subir en su orilla a cada hora, nunca dejó de responder el teléfono; Eric Simonoff, mi agente, que muy probablemente creyó desde antes de la primera palabra; y John Edgar Wideman, un hombre amable y generoso.

A menudo mi alma se preguntaba cómo pude superar. . .

Vínculo. El calor de la familia. Tiempo tormentoso.

La noche en que su amo murió, él siguió trabajando hasta mucho después de haber puesto fin a la jornada de los demás adultos, su propia esposa entre ellos, y después de haberlos enviado hambrientos y cansados a sus cabañas. A los jóvenes, su hijo entre ellos, los había dejado salir de los campos aproximadamente una hora antes que a los adultos, para preparar la cena y, si había tiempo, jugar un poco durante los escasos minutos de sol que pudieran quedar. Cuando él, Moses, se soltó al fin del vetusto y quebradizo arnés que lo mantenía enganchado al mulo más viejo de su amo, todo lo que quedaba del sol era un recuerdo de doce centímetros de longitud, de color rojo anaranjado, extendido en oleadas inmóviles a lo largo del horizonte entre dos montañas a la izquierda y una a la derecha. Había permanecido en los campos catorce horas enteras. Antes de abandonarlos hizo una pausa, mientras la noche se desplegaba en silencio a su alrededor. El mulo se agitó, deseoso de volver a la cuadra y descansar. Moses cerró los ojos y se agachó para coger un puñado de tierra del suelo y la comió sin pensarlo más que si fuera un trozo de pan de maíz. Masticó la tierra y la tragó, con la cabeza inclinada hacia atrás y los ojos abiertos justo a tiempo de ver cómo la franja de sol cambiaba a un azul oscuro y luego se desvanecía. Era el único hombre de la zona, esclavo o libre, que comía tierra, pero mientras las esclavas, especialmente las embarazadas, la comían por alguna incomprensible necesidad, por algo que los panes de ceniza* y las manzanas y el tocino salado no daban a sus cuerpos, él lo hacía no solo para descubrir los puntos fuertes y débiles del campo, sino porque el hecho de comerla lo vinculaba con lo único de su pequeño mundo que significaba casi tanto como su propia vida.

Era julio, y la tierra de julio sabía más aún a metal dulce que la tierra de junio o mayo. Algo en el crecimiento de los cultivos desprendía una vida metálica que no comenzaba a disiparse sino a mediados de agosto, y llegado el momento de la cosecha esa vida desaparecía por completo, sustituida por una ácida mohosidad que él asociaba con la llegada del otoño y el invierno, el final de una relación que se había iniciado con el primer paladeo de tierra, allá por marzo, antes del primer chaparrón de primavera. Ahora, con el sol ya desaparecido, y sin luna, rodeado de oscuridad, caminó hasta el final de la hilera, sujetando al mulo por la cola. Al llegar a campo raso, dejó caer la cola y pasó por delante del mulo hacia el establo.

El mulo siguió sus pasos, y después de preparar al animal para pasar la noche, Moses salió del establo y olió la proximidad de la lluvia. Respiró profundamente y se sintió atravesado por su fuerza. Creyendo estar solo, sonrió. Se arrodilló para estar más cerca de la tierra y respiró de nuevo profundamente. Al fin, cuando el efecto era ya menos intenso, se levantó y, por tercera vez aquella semana, se apartó del sendero que llevaba al estrecho callejón de los barracones con su gente y su propia cabaña, su mujer y su hijo. Su esposa ya sabía que no era cosa de esperar a que llegara a comer con ellos. En una noche con luna, él podía ver algo del humo que se levantaba desde el mundo que se había formado en torno al callejón: casa y comida y descanso y lo que en muchas cabañas se consideraba una vida

---

* Pan de maíz envuelto en hojas de col y asado a las brasas [todas las notas al pie son del traductor].

familiar. Giró la cabeza ligeramente hacia la derecha y distinguió lo que le pareció el sonido de niños jugando, pero al girar de nuevo la cabeza pudo oír con mucha más claridad el gorjeo nocturno del último pájaro del día en el pequeño bosque a lo lejos, a la izquierda.

Se dirigió en línea recta hacia el extremo más lejano de los campos de maíz, hasta una zona de bosques que nunca había producido nada de valor desde el día en que su amo se la compró a un hombre blanco que había caído en la ruina y regresado a Irlanda. «Allí me iban bien las cosas —le mentiría ese hombre a su gente allá en Irlanda, con su esposa moribunda encorvada junto a él—, pero los añoraba y añoraba la riqueza de mi país». La zona de bosques, de poco más de una hectárea, producía algo de hierba suave y azulada que ningún animal tocaría, y muchos árboles que nadie había sido capaz de identificar. Justo antes de entrar Moses en el bosque, comenzó a llover y, mientras él seguía caminando, la lluvia se hacía más recia. Ya bien adentrado en el bosque, la lluvia caía torrencialmente a través de los árboles y de las poderosas hojas del verano, y poco después Moses se detuvo y extendió las manos para recoger el agua y dejarla fluir sobre su rostro. Luego se desnudó por completo y se tendió. Enrolló la camisa y se la puso debajo de la cabeza para inclinarla de modo que la lluvia descendiera por su rostro y no se le metiera en la nariz. Cuando se hiciera viejo y el reumatismo encadenara su cuerpo, recordaría aquello y culparía de aquellas cadenas a noches como estas, y otras en las que se ensimismaba por completo y se quedaba dormido y no volvía en sí hasta la mañana siguiente, cubierto de rocío.

El suelo estaba casi empapado. Las hojas parecían suavizar la fuerte lluvia que caía y golpeaba su cuerpo y su rostro con la fuerza de un delicado martilleo de los dedos. Abrió la boca; era poco frecuente que la lluvia y él se encontraran de este modo. Sus ojos habían permanecido abiertos, y tras recibir toda la lluvia que pudo sin girar la cabeza, se agarró el sexo y se masturbó. Cuando hubo terminado, después de unas caricias, cerró los ojos, se puso de lado y se quedó dormido. Una media hora más tarde la lluvia cesó de pronto y lo sumió todo en un silencio, y ese silencio lo despertó. Se puso en pie con su desgano habitual. Todo alrededor de su cuerpo era barro y hojas y desechos, pues la lluvia había desatado un viento a través del bosque. Se limpió con los pantalones y recordó que la última vez que había estado allí con lluvia, esta había durado lo suficiente para lavarse. Entonces se había apoderado de él una dicha aún mayor y se había reído y había dado vueltas y más vueltas en lo que alguien que lo hubiese observado podría haber calificado como una danza. Él no lo sabía, pero Alice una mujer de quien la gente decía que se había vuelto loca, lo observaba, la primera vez en sus seis meses de escapadas nocturnas que se tropezaba con él. De haber sabido que ella estaba allí, Moses no habría pensado que ella tuviera entendimiento suficiente como para saber lo que estaba pasando, dada la fuerza con la que el mulo, según se contaba, la había coceado en la plantación de un remoto condado cuyo nombre solo ella recordaba. En sus momentos de mayor lucidez, muy infrecuentes desde el día en que el amo de Moses la compró, Alice podía describir con lujo de detalle el domingo en que el mulo la coceó en la cabeza e hizo que se esfumara en ella todo rastro de sentido común. Nadie ponía en duda sus palabras, porque su relato era tan vívido y tan triste: otra esclava sin libertad y ahora estaba tan mal de la cabeza que deambulaba sin rumbo en medio de la noche como una vaca sin cencerro. Nadie sabía lo suficiente sobre el lugar de donde provenía Alice como para estar al tanto de que a su antiguo amo le aterraban los mulos y no quería ni verlos en su propiedad, e incluso había prohibido imágenes y libros sobre mulos en su pequeño mundo.

Moses salió del bosque y se adentró en una oscuridad aún mayor hacia los barracones, sin necesidad de que ninguna luna iluminara su camino. Tenía treinta y cinco años y en cada instante de todos aquellos años había sido esclavo de alguien, esclavo de un hombre blanco y luego esclavo de otro hombre blanco y ahora, desde hacía casi diez años, el esclavo capataz al servicio de un amo negro.

Caldonia Townsend, la esposa de su amo, apenas había podido conciliar el sueño durante los últimos seis días y seis noches, mientras su esposo recorría su difícil camino hacia la muerte. El médico de los blancos los había visitado en la mañana del primer día, como un favor a la madre de Caldonia que creía en la magia de los blancos, pero lo único que ese médico había dictaminado era que el amo de Moses, Henry Townsend, era víctima de un maleficio y se recuperaría pronto. Las dolencias de los blancos y de los negros eran diferentes, y no era de esperar que un hombre especializado en lo uno supiera mucho acerca de lo otro; eso era algo que, según su opinión, Caldonia debería saber sin necesidad de que él se lo explicara. Si su esposo se estaba muriendo, el médico nada sabía al respecto. Y se despidió cuando más apretaba el calor, tras embolsarse 75 centavos de Caldonia, 60 centavos por examinar a Henry y 15 centavos por el uso y desgaste de su propia persona y su calesa y su caballo tuerto.

Henry Townsend —un hombre negro de treinta y un años de edad con treinta y tres esclavos y más de veinte hectáreas de tierra que lo situaban muy por encima de muchos otros, blancos y negros, en el condado de Manchester, Virginia— pasó la mayor parte de sus días de agonía sentado en su lecho, comiendo una papilla aguada y contemplando desde la ventana una tierra que su esposa, Caldonia, no se cansaba de decirle que volvería a recorrer a pie y a caballo. Pero ella era joven e ingenuamente vigorosa, y solo había conocido una muerte en su vida, la de su padre, a quien su propia esposa había envenenado a escondidas. En el cuarto día de su tránsito hacia la muerte, Henry tuvo dificultades para incorporarse y permaneció tendido. Pasó aquella noche tratando de tranquilizar a su esposa. «No me duele nada», repitió varias veces aquel día de julio de 1855.

—No me duele nada.

—¿Si te doliera, me lo dirías? —preguntó Caldonia. Eran casi las tres de la mañana, unas dos horas después de haber dado permiso para retirarse a Loretta, su doncella personal, la misma que la acompañaba desde su matrimonio con Henry.

—No he tenido por costumbre no decirte la verdad —dijo Henry aquella cuarta noche—. No voy a empezar ahora.

Había recibido cierta educación a los veinte y a los veintiún años, la educación justa y precisa para valorar a una esposa como Caldonia, una mujer de color nacida libre y que todos los días de su vida había recibido educación. Encontrar una esposa había sido una de sus últimas prioridades en la lista de las cosas que había planeado hacer en su vida.

—¿Por qué no te vas a la cama, querida? —dijo Henry—. Presiento que pronto me va a dar sueño y no deberías quedarte aquí esperando ese momento.

Estaba en el cuarto que los esclavos que trabajaban en la casa denominaban «habitación de estar enfermo y ponerse bien», donde se había instalado aquel primer día de enfermedad para darle a Caldonia un poco de paz por las noches.

—Estoy bien aquí —dijo ella. La noche había refrescado y él llevaba puesta ropa de dormir limpia, después de haber dejado sudada la que le habían puesto en torno a las nueve—. ¿Quieres que te lea? —preguntó, cubierta con un chal de encaje que Henry había visto en Richmond. Le había pagado a un muchacho blanco para que fuese a la tienda del hombre blanco a comprarlo por él, porque no aceptaba clientes negros—. ¿Un poco de Milton? ¿O la Biblia?

Estaba acurrucada en una gran silla que había arrimado a la cama. A cada lado de la cama había unas mesas de noche del tamaño justo para un libro y un candelabro que sostenía tres velas tan gruesas como una muñeca de mujer. El candelabro de la derecha estaba apagado y el de la izquierda tenía solamente una vela encendida. No había fuego en la chimenea.

—Ya estoy cansado de Milton —dijo Henry—. Y la Biblia

me sienta mejor durante el día, cuando hay sol y puedo ver todo lo que Dios me ha dado.

Dos días antes les había dicho a sus padres que se fueran a su casa, que se encontraba mejor, y realmente había sentido cierta mejoría; pero al día siguiente, cuando sus progenitores ya estaban de regreso en su propia casa, Henry se sintió peor. Aunque no tenía una relación estrecha con él, su padre era un hombre con la fortaleza suficiente como para dejar a un lado la decepción que sentía por su hijo en cuanto supo que estaba enfermo. De hecho, las únicas veces que su padre lo había visitado en la plantación había sido cuando Henry se había sentido indispuesto. Unas siete veces en el transcurso de unos diez años. Cuando la madre de Henry lo visitaba ella sola, estuviera enfermo o sano, se quedaba en la casa, dos habitaciones por debajo de su hijo y Caldonia. El día que Henry les dijo que podían irse, sus padres habían subido las escaleras y le habían dado un beso de despedida mientras él sonreía, su madre en los labios y su padre en la frente, tal como habían hecho desde que Henry era un muchacho. Como pareja, nunca habían dormido en la casa que él y el esclavo Moses habían construido; preferían quedarse en cualquier cabaña que hubiese disponible en los barracones. Y así lo harían también cuando fueran a enterrar a su único hijo.

—¿Quieres que cante? —preguntó Caldonia, y se inclinó para tocar la mano que él había dejado reposar a un lado de la cama—. ¿Quieres que cante hasta que se despierten los pájaros?

Ella había sido educada por una mujer negra liberada que a su vez se había educado en Washington D. C. y en Richmond. Aquella mujer, Fern Elston, había vuelto a su propia plantación, después de visitar a los Townsend tres días antes, para reanudar su trabajo a tiempo parcial en el condado de Manchester como maestra de niños negros liberados cuyos padres podían permitírselo.

—Crees que has oído todas mis canciones, Henry Townsend, pero no es así. La verdad es que no las has oído todas —le dijo Caldonia.

Fern Elston había contraído matrimonio con un hombre que supuestamente era granjero, pero que en realidad vivía para el juego y, como Fern se decía a sí misma en los momentos en los que era capaz de dejar el amor a un lado y ver a su esposo tal como era, parecía estar dando un largo rodeo para llevarlos al asilo. Fern y su esposo tenían doce esclavos a su nombre. En 1855, en el condado de Manchester, Virginia, había treinta y cuatro familias negras libres, con madre y padre y uno o más hijos, y ocho de aquellas familias libres poseían esclavos, y las ocho conocían los negocios respectivos de cada una. Al estallar la guerra entre los estados, el número de negros propietarios de esclavos en Manchester descendió a cinco, entre ellos un hombre extremadamente arisco que, según el censo de 1860 de los Estados Unidos, era propietario legal de su propia esposa y cinco hijos y tres nietos. Según el censo de 1860, había 2 670 esclavos en el condado de Manchester, pero el oficial del censo, un jefe de policía temeroso de Dios, había discutido con su esposa el día que envió su informe a Washington D. C., y toda su aritmética estaba mal porque se había olvidado de llevarse un uno.

—No. Mejor me cantas en otro momento, querida —respondió Henry.

Lo que deseaba él era amarla, levantarse de su lecho de enfermo y caminar por sus propios medios y llevar a su esposa a la cama donde habían sido felices durante todos sus días de matrimonio. Cuando murió, al filo del anochecer del séptimo día, Fern Elston estaba con Caldonia en la habitación del moribundo. «Siempre he pensado que hiciste bien en casarte con él», diría Fern en los primeros momentos de duelo por Henry, un antiguo alumno. Después de la guerra entre los estados, Fern diría a un redactor de panfletos, un inmigrante blanco procedente de Canadá, que Henry había sido el más inteligente de sus estudiantes, alguien a quien ella habría dado clases gratis. Loretta, la doncella de Caldonia, se encontraba también presente cuando Henry murió, pero se mantuvo callada. Se limitó a cerrar los ojos de su amo poco después y a cubrir su rostro con una colcha, un regalo de Navidad que tres esclavas habían hecho en catorce días.

Moses recorrió el callejón de los barracones hasta su cabaña, la más cercana a la casa donde vivían su amo y su señora. Cerca de la cabaña de Moses estaba Elias, sentado en un tocón de árbol húmedo delante de su propia cabaña, tallando un trozo de madera de pino que sería el cuerpo de una muñeca que estaba haciendo para su hija. Era el primer regalo que le haría. Una lámpara colgaba de un clavo junto a la puerta, aunque su luz se estaba apagando y él trabajaba casi totalmente a ciegas. Pero su hija y sus dos hijos, uno de ellos con solo trece meses de edad, eran el cielo y la tierra para él, y de un modo u otro el cuchillo cortó de forma certera la madera de pino y empezó lo que sería el ojo derecho de la muñeca.

—Tienes que encargarte de ese mulo por la mañana —dijo Moses unos metros antes de pasar frente a Elias.

—Ya lo sé —dijo Elias. Moses no había dejado de andar—. No le hago daño a nadie aquí. Solo estoy arreglando un poco esta madera.

Entonces Moses se detuvo y dijo:

—Aunque estuvieras arreglando el trono de Dios. Lo que te he dicho es que tienes que encargarte de ese mulo por la mañana. El mulo ahora mismo está durmiendo, así que tal vez tú deberías hacer lo mismo. —Elias no dijo nada ni se movió—. No te dejo ni dos minutos y parece que insistes en olvidarlo.

Moses había encontrado en Elias un gran rival desde el día en que Henry Townsend llegó con él del mercado de esclavos, un acontecimiento al aire libre que se celebraba dos veces al año en el extremo oriental de la ciudad de Manchester, en primavera y en otoño después de la cosecha. El mismo día que Henry compró a Elias, algunos blancos hablaron de construir una estructura permanente para el mercado de esclavos; en la

primavera de aquel año había llovido cada día en que se cele-
bró el mercado, y como consecuencia de ello muchos blancos
se resfriaron. Una mujer murió de neumonía. Pero Dios fue
generoso en sus bendiciones al otoño siguiente y todos los días
fueron perfectos para comprar y vender esclavos, y ni un alma
dijo nada acerca de construir un lugar permanente; tan excelente había sido el tejado que el propio Dios proporcionó para
el mercado.

—Si no me estás esperando aquí cuando salga el sol, ni el
amo Henry te salvará —le dijo Moses a Elias y siguió su camino
hasta su cabaña.

Moses era el primer esclavo que Henry Townsend había comprado: 325 dólares y un contrato de compraventa de William
Robbins, un hombre blanco. Moses necesitó más de dos semanas para llegar a comprender que no se estaban burlando de él
y que realmente un negro, dos tonos más oscuro que él mismo,
era dueño de él y de toda sombra que pudiera proyectar. En las
noches que pasó durmiendo en una cabaña junto a Henry en las
primeras semanas después de la venta, Moses había pensado que
ya era bastante extraño un mundo que lo convertía en esclavo de
un hombre blanco, pero que ciertamente Dios se había excedido
en su retorcimiento al permitir que los negros pudieran ser propietarios de los de su propia especie. ¿Es que ni siquiera Dios se
ocupaba ya de sus obligaciones?

Elias apartó con un pie las virutas que se amontonaban sobre su otro pie y empezó a tallar de nuevo. La pierna derecha
de la muñeca le estaba dando problemas: quería que la figura
corriera, pero no había sido capaz de conseguir que la rodilla se
doblara como era debido. Cualquiera que la viera podría pensar
que era simplemente una muñeca de pie e inmóvil, y no era eso
lo que quería. Temía que, si la rodilla no se doblaba pronto, tendría que volver a empezar con otro trozo de madera. Encontrar
un buen trozo sería difícil. Pero la pierna derecha de su propia
esposa, Celeste, tampoco se doblaba como era debido, de modo
que, en última instancia, podría no importar en el caso de la

muñeca. Celeste era coja desde el primer paso que había dado en este mundo.

Moses entró en su cabaña y se encontró con la oscuridad y un fuego apagado. En el exterior, la llama de la lámpara de Elias se inclinaba en una u otra dirección y luego se debilitaba cada vez más. Elias no había creído nunca en un Dios cuerdo y por tanto nunca había puesto en duda un mundo donde las personas de color podían ser propietarias de esclavos, y si en ese momento, en aquella oscuridad casi completa, le hubiesen brotado alas, tampoco habría puesto eso en duda. Habría seguido con su muñeca, simplemente. En el interior de la cabaña de Elias, su esposa lisiada y tres niños dormían y el fuego de la chimenea tenía rescoldos suficientes para toda la noche, que nuevamente prometía ser fría. Elias dejó la pierna derecha de la muñeca y volvió a la cabeza, que ya consideraba tan perfecta como cualquier cosa que él hubiese visto hecha por un hombre. Había mejorado mucho desde que había tallado el primer peine para Celeste. Quería pegar pelo de maíz a la cabeza de la muñeca, pero el tipo de pelo negro que deseaba no podría conseguirlo hasta principios de otoño. Tendría que arreglárselas con pelo de maíz inmaduro.

Moses no tenía hambre y por ese motivo no se quejó a su esposa o al muchacho por la oscuridad. Se tumbó en el camastro de paja junto a su esposa Priscilla. Su hijo roncaba al otro lado de ella. Priscilla observó a su esposo mientras este se dejaba llevar poco a poco por el sueño, y una vez dormido, tomó su mano y se la llevó a la cara y olió todas las cosas del mundo exterior que se le habían adherido y a continuación intentó conciliar el sueño ella también.

Aquel último día, el día en que Henry Townsend murió, Fern Elston volvió pronto en una calesa conducida por un esclavo de sesenta y cinco años que su esposo había heredado de su padre.

Fern y Caldonia pasaron algunas horas en el salón, bebiendo un brebaje de leche y miel que a la madre de Caldonia le gustaba preparar. Entretanto, en el piso de arriba, Zeddie, la cocinera, y luego Loretta, la doncella de Caldonia, permanecieron sentadas junto a Henry. Hacia las siete de la tarde, Caldonia le dijo a Fern que mejor sería que se fuese a la cama, pero Fern no había dormido bien últimamente y le dijo a Caldonia que también podían quedarse sentadas junto a Henry. Fern no solo había sido maestra de Caldonia, sino también de su hermano gemelo. No había en el condado de Manchester tantas mujeres educadas libres con quienes pasar el tiempo, de modo que Fern había trabado amistad con una que en su infancia había encontrado sobrados motivos para reírse con las palabras de William Shakespeare.

Las dos mujeres se levantaron hacia las ocho y Caldonia le dijo a Loretta que la llamaría si la necesitaba. Loretta asintió y salió y bajó a su pequeña habitación al final del pasillo. Los tres, Fern y Henry y Caldonia, se pusieron a hablar sobre el calor de Virginia y sobre cómo erosionaba un cuerpo. Henry había estado en Carolina del Norte en una ocasión y consideraba que el calor de Virginia no podía compararse. Aquella última noche volvió a ser relativamente fresca. Henry no había tenido que cambiarse la ropa de dormir que se había puesto a las seis. Hacia las nueve se quedó dormido y poco después volvió a despertarse. Su esposa y Fern comentaban un poema de Thomas Gray. Creyó conocer el poema del que hablaban, pero precisamente cuando intentaba articular unas palabras para unirse a la conversación, la muerte entró en la habitación y se acercó a él: Henry subió los peldaños para entrar en la más diminuta de las casas, consciente con cada peldaño de no ser su propietario, sino únicamente un inquilino. Sintió en todo momento una profunda decepción; oyó unas pisadas detrás de él y la muerte le dijo que era Caldonia, que venía a dejar constancia de su propia decepción. Quienquiera que le estuviese alquilando la casa le había prometido un millar de habitaciones, pero al recorrerla encontró menos de cuatro; todas las habitaciones eran idénticas y su cabeza tocaba los techos. «Esto no servirá», repetía Henry una y otra vez, y se volvía para compartir ese pensamiento con su esposa, para decirle: «Esposa, esposa, mira lo que han hecho», y Dios precisamente entonces le dijo: «No esposa, Henry, sino viuda».

Transcurrieron varios minutos antes de que Caldonia y Fern se dieran cuenta de que Henry ya no existía. Siguieron hablando acerca de una viuda blanca con dos esclavos a su nombre en una granja de algún remoto rincón de Virginia, en un lugar cerca de Montross, donde sus vecinos blancos más cercanos se encontraban a kilómetros y kilómetros de distancia. Las noticias sobre la joven, Elizabeth Marson, tenían más de un año de antigüedad, pero hasta ahora llegaban a los oídos de la gente del condado de Manchester, de modo que las mujeres en la habitación, con Henry muerto, hablaban como si todo ello le acabase de suceder a Elizabeth aquella misma mañana. Después de morir el esposo de la mujer blanca, sus esclavas, Mirtha y Destiny, se hicieron con el control y mantuvieron a la mujer prisionera durante meses, obligándola a trabajar en andrajos y con solo unas pocas horas de descanso al día, hasta que su pelo se puso blanco y los poros de su piel sudaron sangre. Caldonia dijo que tenía entendido que Mirtha y Destiny habían sido vendidas para tratar de compensar a Elizabeth, para que pudiera establecerse lejos de aquella granja con sus recuerdos, pero Fern dijo que tenía entendido que las esclavas habían sido ejecutadas por la ley. Cuando Elizabeth fue finalmente rescatada, no recordaba ser la propietaria y pasó mucho tiempo antes de que fuera posible enseñárselo de nuevo. Caldonia, al advertir la quietud de su esposo, se acercó a él. Dio un grito al tiempo que lo zarandeaba. Loretta se acercó en silencio y tomó un espejo de mano del tocador. Mientras observaba cómo Loretta colocaba el espejo debajo de la nariz de Henry, a Caldonia le pareció que él simplemente se había alejado y que si ella lo llamaba lo suficientemente fuerte, si acercaba la boca a su oído y subía la voz hasta que cualquier esclavo de los barracones pudiera oírla, él regresaría y volvería a ser su esposo. Tomó la mano de Henry con sus dos manos y se la acercó a la mejilla. Observó que estaba caliente y pensó que aún podría contener vida suficiente como para que él reconsiderara la situación. Caldonia tenía veintiocho años y no había tenido hijos.

Alice, la mujer sin juicio que había observado a Moses cuando él estaba a solas en el bosque, era propiedad de Henry y de Caldonia desde hacía seis meses la noche que él murió. Desde la primera semana, Alice había empezado a deambular de noche por la hacienda; cantaba y hablaba sola y hacía cosas que a veces ponían los pelos de punta a los patrulleros de esclavos. Escupía y abofeteaba a sus caballos por contar mentiras sobre ella a sus vecinos, especialmente al más pequeño de Elias, un «renacuajito» con quien les decía a los patrulleros que tenía previsto casarse después de la cosecha. Agarraba las entrepiernas de los patrulleros y les rogaba que bailaran con ella porque su prometido siempre fingía no conocerla. Llamaba a los blancos con nombres inventados y les decía el día y la hora en que Dios se los llevaría al cielo, arrastraría a todos y cada uno de los miembros de sus familias por todo el firmamento y los arrojaría al infierno sin más miramientos que los que tendría una mujer al tirar fresas en una taza con nata.

En aquellos primeros días después de que Henry comprara a Alice, los patrulleros la llevaban de vuelta a la plantación de Henry, los despertaban a él y a Caldonia mientras uno de ellos subía al porche y aporreaba la puerta principal del negro con la culata de una pistola. «Tu propiedad anda suelta por ahí y tú te echas a dormir como si todo estuviera en orden —le gritaban, mientras Alice con risa entrecortada pataleaba ante ellos en el suelo después de que la trajeran de regreso—. Baja y entérate de lo que pasa con tu propiedad». Henry bajaba y explicaba una vez más que nadie, ni siquiera su capataz, había sido capaz de impedir que Alice vagabundeara. Moses había sugerido atarla por las noches, pero Caldonia no lo permitía. No había motivo para preocuparse por Alice, les decía Henry a los patrulleros, mientras bajaba los escalones con su ropa de dormir puesta y ayudaba a Alice a levantarse del suelo. Estaba medio chalada, decía, pero aparte de eso era una buena trabajadora, sin decir nunca a los dos o tres patrulleros blancos que no eran dueños de esclavos que una mujer medio chalada había sido una compra mucho más barata que una esclava totalmente en sus cabales: 228 dólares y dos fanegas de manzanas incomibles y que apenas valdrían para una sidra que haría chirriar los dientes de cualquiera. Los patrulleros se marchaban enseguida. «Esto es lo que pasa —se decían unos a otros ya de nuevo en la carretera— cuando concedes a los negros los mismos derechos que a un blanco».

Hacia la mitad de su tercera semana como propiedad de Henry y Caldonia, los patrulleros se acostumbraron a ver a Alice deambular y se convirtió en un aditamento más en su noche, que no les merecía mayor atención que el ulular de un búho o los saltos de un conejo al cruzar la carretera. A veces, cuando los patrulleros se cansaban de sus propias chanzas o cuando esperaban recibir su paga del comisario John Skiffington, se sentaban en sus caballos y se divertían a costa de Alice mientras ella cantaba oscuras canciones en la carretera. Este espectáculo era insuperable cuando la luna estaba en su plenitud y brillaba sobre ellos y apaciguaba su miedo a la noche y a una esclava loca, iluminando a Alice mientras ella bailaba sus canciones. La luna daba más vida a su sombra y la sombra saltaba con ella de un lado a otro de la carretera, tranquilizando a los caballos y acallando a los grillos. Pero cuando estaban de mal humor o cuando la lluvia los empapaba a ellos y a sus raídas ropas, les picaba la piel hasta los pies y sus caballos se volvían asustadizos, acumulaban maldiciones contra Alice. Con el tiempo, los patrulleros oyeron a otros blancos decir que un esclavo negro loco en medio de la noche era algo muy parecido a un pollo con dos cabezas o a una gallina que cacareaba. Mala suerte. Muy mala suerte, de modo que sería mejor tratar de guardarse las maldiciones.

La lluviosa noche en que el amo Henry murió, Alice salió una vez más de la cabaña que compartía con Delphie y la hija de Delphie, Cassandra. Delphie tenía casi cuarenta y cuatro años, y creía que Dios les tenía reservados a todos mayores peligros que los que pudieran venir de una mujer enloquecida, y eso era lo que le decía a su hija, que al principio le tenía miedo a Alice. Alice salió aquella noche y vio a Elias de pie junto a su puerta con el cuchillo de tallar y la madera de pino en las manos, esperando a que terminara la lluvia. «Vente conmigo —le cantó a Elias—. Vente ahora mismo conmigo. Vamos, muchacho». Elias la ignoró.

A su regreso, después de observar a Moses en la zona del bosque, Alice volvió bajar por el callejón y a salir a la carretera. La carretera enfangada era difícil de transitar, pero siguió adelante. Una vez allí, se alejó de las propiedades de Henry y comenzó a cantar, más alto incluso que cuando estaba en los terrenos de su amo.

Levantándose la parte delantera del vestido para que la luna y todos la vieran, bailó en la carretera y cantó con todas sus fuerzas:

> *En el callejón del amo un hombre muerto me encontré*
> *y a ese hombre muerto su nombre pregunté.*
> *Su huesuda cabeza levantó y el sombrero se quitó*
> *y esto y aquello me contó.*

Augustus Townsend, el padre de Henry, pudo al fin comprar su liberación de la esclavitud a los veintidós años. Era carpintero, un tallista de la madera sobre cuyo trabajo la gente decía que podía hacer llorar a los pecadores. Su amo, William Robbins, un hombre blanco con 113 esclavos a su nombre, había permitido durante mucho tiempo a Augustus ofrecer sus servicios en otros lugares, y Robbins se quedaba con parte de la ganancia. El resto, Augustus lo utilizó para pagarse su libertad. Una vez libre, siguió ofreciendo sus servicios. Era capaz de hacer una cama con dosel de madera de roble en tres semanas; las sillas podía hacerlas en dos días; las cómodas altas con espejo, en diecisiete días, más o menos el tiempo que tardara en conseguir los espejos. Construyó una choza —y más adelante una casa propiamente dicha— sobre un terreno que alquiló y luego compró a un blanco pobre que necesitaba el dinero más que la tierra. El terreno se encontraba en el extremo occidental del condado de Manchester, una franja de terreno bastante grande, donde el condado, como si se cansara de empujar hacia el oeste, descendía bruscamente hacia el sur, hacia el condado de Amherst. Moses, un «completo estúpido», como lo llamaría Elias, se perdería allí unos dos meses después, convencido de ir hacia el norte. A Augustus Townsend le gustaba porque se encontraba en el extremo más alejado del condado y el blanco propietario de esclavos más próximo estaba a casi un kilómetro de distancia.

Augustus realizó el último pago por su esposa, Mildred, cuando ella tenía veintiséis años y él veinticinco, unos tres años después de haber comprado su propia libertad. Una ley de 1806 de la Cámara de Delegados de Virginia exigía que los antiguos esclavos abandonasen la Mancomunidad de Virginia en un plazo de doce meses desde la obtención de su libertad; los negros liberados podrían transmitir a los esclavos demasiadas «ideas antinaturales», había señalado un delegado del condado de Northampton antes de aprobarse la ley, y además, añadió otro delegado de Gloucester, los negros liberados carecían de «los controles naturales» impuestos sobre un esclavo. Los delegados decretaron que toda persona liberada que no hubiese abandonado Virginia después de un año podría volver a ser considerada esclava. Eso les sucedió a trece personas el año de la petición de Augustus: cinco hombres, siete mujeres y una niña, una muchacha llamada

Lucinda, cuyos padres murieron antes de que la familia pudiese salir de Virginia. Gracias principalmente a sus habilidades, Augustus había logrado que William Robbins y algunos otros ciudadanos blancos solicitaran a la Asamblea estatal que le permitiera quedarse. «Nuestro condado, en realidad, nuestra amada Comunidad, sería mucho más pobre sin los talentos de Augustus Townsend», se decía en aquella petición. La suya y otras dos peticiones de antiguos esclavos fueron las únicas otorgadas aquel año sobre un total de veintitrés; una mujer de la ciudad de Norfolk que hacía elaboradas tartas y pasteles para fiestas, y un barbero de Richmond, ambos con más clientes blancos que negros, fueron también autorizados a quedarse en Virginia después de su libertad. Augustus no presentó una petición para su esposa Mildred cuando compró su libertad porque la ley les permitía a los esclavos liberados quedarse en el estado en los casos en que vivieran como propiedad de otra persona, y parientes y amigos a menudo se aprovechaban de la ley para mantener cerca a sus seres queridos. Augustus tampoco presentó una petición para Henry, su hijo, y con el paso del tiempo, debido al excelente trato que William Robbins, su antiguo propietario, le otorgaba a Henry, la gente del condado de Manchester simplemente dejó de acordarse de que Henry, de hecho, hubiese estado alguna vez incluido en los registros como propiedad de su padre.

Henry tenía nueve años cuando su madre, Mildred, obtuvo su libertad. El día apacible día que se fue, dos semanas después de la cosecha, se dirigió, llevando a su hijo de la mano, hasta la carretera donde esperaban Augustus y su carreta y dos mulos. Rita, la compañera de cabaña de Mildred, sostenía la otra mano del muchacho.

En la carreta, Mildred cayó de rodillas y se abrazó a Henry, quien, al darse cuenta al fin de que iba a ser separado de su madre, rompió a llorar. Augustus se arrodilló junto a su esposa y le prometió a Henry que volverían.

—Antes de que te des ni cuenta —dijo—, vendrás a casa con nosotros.

Augustus repitió sus palabras y el muchacho trató de entender el sentido de la palabra *casa*. Conocía la palabra, conocía la cabaña con él y su madre y Rita que la palabra representaba. Ya no era capaz de recordar cuándo su padre formaba parte de ese hogar. Augustus siguió hablando y Henry tiró de Mildred, expresando su deseo de que ella volviera a las tierras de William Robbins, el deseo de volver a la cabaña donde la chimenea se llenaba de humo al encenderse.

—Por favor —decía el muchacho—, por favor, volvamos.

En esos momentos, William Robbins, que salía con paso lento a la carretera, hacia la ciudad de Manchester, sobre su preciado zaino, Sir Guilderham. Dando palmaditas en las negras crines del caballo, le preguntó a Henry por qué lloraba y el muchacho dijo:

—Por nada, amo.

Augustus se puso en pie y se quitó el sombrero. Mildred siguió abrazada a su hijo. El muchacho conocía a su amo solamente desde lejos; esto era lo más cerca que habían estado en muchísimo tiempo. Robbins estaba sentado en lo alto de su caballo, una montaña que apartaba al muchacho de la plenitud del sol.

—Bueno, pues no llores más —dijo Robbins. Saludó a Augustus con una inclinación de cabeza—. ¿Contando los días, eh, Augustus? —Miro a Rita—. Ocúpate de que todo vaya bien.

Con eso quería decir que no permitiera que el muchacho diese muchos más pasos fuera de su propiedad. Habría llamado a Rita por su nombre, pero no le había prestado suficiente atención en su vida como para recordar el nombre que le había dado al nacer. Bastaba con que estuviese escrito en su gran libro de nacimientos y defunciones, las entradas y salidas de esclavos. «Lunar bien visible en la mejilla izquierda —había escrito cinco días después del nacimiento de Rita—. Ojos grises». Años más tarde, al desaparecer Rita, Robbins pondría estos datos junto a su edad en el cartel donde ofrecía una recompensa por su devolución.

Robbins le echó una última mirada a Henry, de cuyo nombre tampoco se acordaba, y partió al galope, la cola negra de su caballo moviéndose primero graciosamente en una dirección y luego en otra, como si estuviera separada y por tanto tuviera vida propia. Henry dejó de llorar. Finalmente, Augustus tuvo que separar a su esposa del niño. Dejó a Henry en manos de Rita, que había sido muy amiga de Mildred toda su vida. Subió a su esposa a la carreta, que se inclinó y crujió bajo su peso. La carreta y los mulos no eran tan altos como el caballo de Robbins. Antes de subirse él mismo, Augustus le dijo a su hijo que lo vería el domingo, el día que Robbins autorizaba las visitas. Luego Augustus dijo:

—Volveré por ti —refiriéndose al día en que finalmente podría liberar al muchacho.

Pero haría falta mucho más tiempo del que su padre había imaginado para comprar la libertad de Henry; Robbins se daría cuenta de lo listo que era Henry. La inteligencia no tenía un costo fijo y, por ser variable, podía llegar a cualquier cantidad que el mercado pudiera soportar y toda esa carga caería sobre Mildred y Augustus.

Mildred preparaba todas las cosas que ella sabía que podían gustarle a Henry para llevárselas los domingos. Antes de la libertad, solamente había conocido la comida de esclavos, con abundancia de tocino salado y panes de ceniza, y el ocasional bocado de nabo o col rizada. Pero la libertad y el dinero fruto de sus esfuerzos les permitió poner mejores viandas en su mesa. Pese a ello, no era capaz de disfrutar ni siquiera de un buen bocado en su nuevo hogar cuando pensaba en lo que Henry tenía que comer. De tal modo que le preparaba un pequeño festín antes de cada visita. Pastelitos de carne, tartas que pudiera compartir con sus amigos a lo largo de la semana, la infrecuente liebre cazada por Augustus, que ella curaba con sal para que durase días. Madre y padre viajaban en la carreta tirada por los mulos hasta la hacienda de Robbins para visitar a su muchacho y engatusarlo con las cosas que le llevaban. Esperaban en la carretera hasta que Henry, con sus piernas como palillos, llegaba desde los barracones y el callejón, con la mansión de Robbins gigantesca y eterna a sus espaldas.

Crecía muy rápido, ansioso por mostrarles los pequeños objetos que había tallado. Los caballos en pleno galope, los mulos sobrecargados, el toro con la cabeza girada mirando hacia atrás. Los tres se acomodaban sobre una colcha en un trozo de tierra de nadie al otro lado de la plantación de Robbins. Tras ellos y bastante lejos a la izquierda había un riachuelo que nunca había visto un pez, pero donde los esclavos pescaban pese a todo, practicando para cuando hubiese mejores aguas. Cuando terminaban de comer, Mildred se sentaba entre ellos mientras Augustus y Henry pescaban. Ella siempre quería saber cómo lo trataban y la respuesta de su hijo era casi siempre la misma: que el amo Robbins y su capataz lo trataban bien, que Rita siempre era buena con él.

El otoño de aquel año, 1834, desapareció abruptamente un día y de pronto fue invierno. Mildred y Augustus acudían cada domingo, incluso cuando hacía frío e incluso cuando hacía todavía más frío. Encendían una hoguera en tierra de nadie y comían con pocas palabras. Robbins les había dicho que no llevaran al muchacho más allá de donde su capataz pudiera verlos desde la entrada a su propiedad. Las visitas del invierno eran cortas porque el muchacho a menudo se quejaba del frío. A veces Henry no aparecía, incluso aunque el frío fuera soportable para una visita de unos minutos. Mildred y Augustus esperaban horas y horas acurrucados en la carreta bajo colchas y mantas, o se paseaban esperanzados carretera arriba y carretera abajo, pues Robbins les había prohibido entrar en sus tierras excepto cuando Augustus efectuaba un pago, el segundo y el cuarto martes de cada mes. Esperaban a que algún esclavo apareciera, procedente de la mansión o camino de ella, para pedirle a gritos que fuera a buscar a su chico Henry. Pero incluso cuando conseguían ver a alguien y hablarle de Henry, esperaban en vano a que el muchacho se presentara.

«Me olvidé», decía Henry la siguiente vez que lo veían. Augustus había sido castigado a menudo cuando era niño, pero, aunque Henry era su hijo, no era todavía su propiedad y por lo tanto estaba fuera de su alcance.

«Esfuérzate más por acordarte, hijo. Por hacer lo correcto», le decía Augustus, de manera que Henry se acordaba de hacer lo correcto al domingo siguiente o al otro, pero al tercero no se presentaba.

Más adelante, a mediados de febrero, después de esperar dos horas a que apareciera por la carretera, Augustus agarró al muchacho cuando se acercaba a ellos arrastrando los pies y lo zarandeó y luego le dio un empujón que lo hizo caer al suelo. Henry se cubrió la cara y empezó a llorar.

—¡Augustus! —gritó Mildred, y ayudó a su hijo a levantarse—. Todo está bien —le dijo mientras lo mecía en sus brazos—. Todo está bien.

Augustus se dio la vuelta y se dirigió hacia la carreta. La carreta estaba cubierta con una gruesa arpillera, algo que se le había ocurrido no mucho después de la primera visita con frío. La madre y el hijo pronto lo siguieron por la carretera y los tres se acomodaron dentro de la carreta bajo el toldo y alrededor de las piedras que Augustus y Mildred habían hervido. Eran piedras bastante grandes, que ponían a hervir durante muchas horas en casa los domingos por la mañana antes de partir para ver a Henry. Luego, justo antes de salir de su casa, envolvían las piedras en mantas y las colocaban en el centro de la carreta. Cuando las piedras dejaban de dar calor y el muchacho empezaba a quejarse del frío, sabían que había llegado la hora de irse.

Aquel domingo que Augustus empujó a Henry, los tres comieron, una vez más, en silencio.

Al domingo siguiente, los esperaba Robbins.

—He oído que le hiciste algo a mi muchacho, a mi propiedad —dijo antes de que Augustus y Mildred bajaran del carro.

—No, señor Robbins, no le hice nada —dijo Augustus, sin acordarse del empujón.

—Nunca le haríamos nada —dijo Mildred—. No le haríamos daño por nada del mundo. Es nuestro hijo.

Robbins la miró como si le hubiese dicho que aquel día era miércoles.

—No permitiré que toquen a mi muchacho, mi propiedad. —Su caballo, Sir Guilderham, holgazaneaba dos o tres pasos por detrás de su dueño. Y justo cuando empezaba a alejarse, Robbins se volvió, agarró las riendas y montó—. No habrá más visitas durante un mes —dijo, mientras quitaba un poco de pelusa de la oreja del caballo.

—Por favor, señor Robbins —dijo Mildred. La libertad le había permitido dejar de llamarlo «amo»—. Hemos recorrido todo este camino.

—No me importa —dijo Robbins—. El muchacho tardará un mes en curarse de lo que le hiciste, Augustus.

Robbins se fue. Henry no les había contado a sus padres que se había convertido en el mozo de cuadras de Robbins. Un muchacho mayor, Toby, había sido el mozo de cuadras, pero Henry lo había sobornado con la comida de Mildred y el muchacho había empezado a decirle al capataz que él no estaba capacitado para la tarea. «Henry es mejor», le dijo tantas veces Toby al capataz que se convirtió en una verdad en la cabeza del hombre blanco. Ahora toda la comida que traía Mildred para su hijo cada domingo le había sido ya prometida a Toby.

—No le haríamos daño por nada del mundo —dijo Mildred a la espalda de Robbins.

Rompió a llorar porque veía extenderse ante ella un mes de días y sumaban más de un millar. Augustus la abrazó y besó su cabeza cubierta con un sombrero y luego la ayudó a subir al carro. El viaje de regreso al condado de Manchester, en dirección suroeste, siempre duraba más o menos una hora, dependiendo de la inclemencia o benevolencia del tiempo.

Henry era sin duda mejor mozo de cuadras, mucho más entusiasta de lo que había sido Toby, sin miedo alguno a levantarse mucho antes de la salida del sol para cumplir con sus obligaciones. Siempre esperaba a Robbins cuando este volvía de la ciudad de ver a Philomena, una mujer negra, y a los dos hijos que había tenido con ella. En aquellos primeros días, en los que intentaba demostrar su valía ante Robbins, Henry se quedaba frente a la mansión y observaba cómo Robbins y Sir Guilderham emergían desde la niebla invernal de la carretera; el corazón del muchacho latía cada vez más rápido a medida que hombre y caballo se hacían más y más grandes. «Buenos días, amo», decía, y levantaba ambas manos para tomar las riendas. «Buenos días, Henry. ¿Estás bien?». «Sí, amo». «Pues sigue así». «Sí, amo, eso pienso hacer».

Robbins entraba a su mansión para enfrentarse a una esposa blanca que no se había resignado a haber perdido su lugar en el corazón de Robbins en favor de Philomena. La esposa sabía de la primera hija que su esposo había tenido con Philomena, Dora, pero no se enteró del segundo, Louis, hasta que el niño tuvo tres años. Esto fue antes de que la esposa de Robbins se convirtiese en una mujer atrozmente amargada y empezase a pasar la mayor parte de su tiempo en una parte de la mansión que su hija había denominado el Este cuando era muy pequeña y no sabía lo que hacía. Cuando la esposa se convirtió en una mujer atrozmente amargada, descargó en las personas más cercanas su incapacidad para amar. Era, decían los esclavos, como si odiase hasta el suelo que ellos tenían que pisar.

Henry llevaba a Sir Guilderham al establo, el reservado para los animales que Robbins tenía en mayor consideración, y lo frotaba hasta que el animal quedaba tranquilo y el sudor desaparecía; hasta que comenzaba a cerrar los ojos y deseaba quedarse solo. Entonces Henry se aseguraba de que el caballo tuviera heno y agua suficientes. A veces, si consideraba que podía eludir las restantes tareas del día, se quedaba de pie sobre un taburete y peinaba las crines hasta que se le cansaban las manos. Si el caballo estaba agradecido al muchacho por todo su trabajo, nunca lo demostró.

Henry esperaba ansiosamente en un extremo de la carretera que Robbins tomaba al menos tres veces por semana. En el otro extremo, en el límite mismo de la ciudad de Manchester, la capital del condado, se encontraba otro muchacho, Louis, que tenía ocho años en 1840, cuando Henry tenía dieciséis y era un consumado mozo de cuadras. Louis, el hijo, era también esclavo de Robbins, y así fue mencionado en el censo de los Estados Unidos de aquel año. El censo señalaba que la casa de Shenandoah Road, donde vivía el muchacho en Manchester, era administrada por Philomena, su madre, y que el muchacho tenía una hermana, Dora, tres años mayor que él. El censo no decía que los niños eran carne y sangre de Robbins ni que él se desplazaba hasta Manchester porque amaba a su madre mucho más que a cualquier otra cosa que pudiera nombrar ni que, en sus momentos más tranquilos, después de las tormentas en su cabeza, le daba miedo perder la razón por causa de ese amor. El abuelo de Robbins, que de muchacho había ido de polizón en el viaje inaugural del *Claxton de Su Majestad* hasta América, no lo habría aprobado (no que Robbins perdiera la cabeza por una negra, sino el hecho de perderla por el motivo que fuera). Después de entregar tanto al amor, habría dicho el abuelo a su nieto, ¿de dónde obtendría Robbins la fortaleza necesaria para realizar su viaje de regreso a Bristol, Inglaterra, de regreso al hogar?

El censo estadounidense de 1840 contenía una enorme cantidad de datos, muchos más que el realizado por el alcohólico delegado estatal en 1830, y todos los datos de 1840 apuntaban a un único gran dato: que Manchester era entonces el condado más grande de Virginia, un lugar con 2 191 esclavos, 142 negros libres, 939 blancos y 136 indios, en su mayoría cherokees, pero con un puñado de choctaws. Un curtidor muy apreciado y quisquilloso, que servía a la vez como alguacil federal y que había perdido tres dedos por congelación, realizó el censo de 1840 en siete semanas y media de verano. Tendría que haber tardado menos tiempo, pero tuvo muchísimos problemas. Para empezar, con gente como Harvey Travis, que quería asegurarse de que sus hijos fueran contados como blancos, aunque todo el mundo sabía que su esposa era cherokee de pura cepa. Travis llegaba incluso a llamar negros de mierda y asquerosos mestizos a sus hijos cuando ellos y todo aquel mundo resultaban demasiado para él. El oficial del censo/curtidor/alguacil federal le dijo a Travis que contaría a sus hijos como blancos, pero de hecho escribió en su informe al Gobierno federal de Washington D. C. que eran esclavos, propiedad de su padre, cosa cierta a los ojos de la ley. El oficial del censo no había visto nunca a aquellos niños antes del día en que se desplazó hasta la casa de Travis montado en uno de los dos mulos que el Gobierno de los Estados Unidos le había comprado para que pudiera realizar su trabajo censal. Le pareció que los niños eran demasiado oscuros para que él y el Gobierno federal los considerasen otra cosa que negros. Comunicó a su gobierno que los niños eran esclavos y así lo dejó, sin decir nada sobre su sangre blanca o su sangre india. El oficial del censo creía firmemente que su gobierno podía leer entre líneas. Y aunque salió de allí con la sospecha de que la esposa de Travis no era totalmente india, le concedió a Travis el beneficio de la duda y la incluyó como «india americana/totalmente cherokee». El oficial del censo tuvo asimismo dificultades para calcular cuántos kilómetros cuadrados tenía el condado, y finalmente envió cifras muy inferiores a las reales. Las montañas, según le dijo a alguien de su confianza, lo confundieron porque era incapaz de tomar las medidas del terreno con las malditas montañas en medio.

Inclusive sin incluir las montañas en la operación aritmética, Manchester seguía siendo la mitad de grande que el siguiente condado más grande del estado.

Para 1840, el muchacho Louis era incapaz de contenerse los días en los que pensaba que Robbins los iba a visitar. Brincaba de un lado a otro de la casa que Robbins había mandado construir cuando Philomena quedó embarazada de Dora y Robbins no quiso que ella permaneciera en la plantación, cerca de una esposa que enseguida había sospechado que estaba perdiendo a su esposo después de diez años. El muchacho subía corriendo las escaleras y se asomaba a las ventanas del segundo piso que daban a la carretera, pero cuando no veía señales del polvo levantado por Sir Guilderham, bajaba de nuevo corriendo las escaleras y se asomaba a la ventana del salón. «Creo que no he mirao bien», decía a quienquiera que estuviese en la habitación antes de subir otra vez volando las escaleras. La maestra Fern Elston ya había reprendido a Louis por comerse las letras.

Nadie más en el condado podría haber instalado a una negra y sus dos hijos en una casa en el mismo vecindario donde vivía gente blanca, y aun así salirse con la suya. En el informe del censo enviado al Gobierno federal de Washington D. C., el oficial del censo puso una marca junto al nombre de William Robbins y en la página 113, en una nota al pie, escribió que era el hombre más rico del condado. Él mismo era primo lejano de Robbins y estaba muy orgulloso de que a su pariente le hubieran ido tan bien en América.

Dora y Louis nunca llamaban «padre» a Robbins. Se dirigían a él como «señor William», y cuando no estaba cerca se referían a «él». A Louis le gustaba que Robbins lo sentara sobre su rodilla para luego subirla y bajarla rápidamente. «Mi caballito señor William», lo llamaba a veces. Robbins lo llamaba «mi principito. Mi principito principesco».

El muchacho tenía lo que la gente de aquella parte de Virginia llamaba un ojo viajero. Cuando miraba directamente a alguien, a menudo su ojo izquierdo se iba detrás de algún objeto externo y móvil que estuviese justamente a un lado: una mota de polvo cercana o un pájaro lejano en pleno vuelo. Se iba detrás cuando el objeto o el cuerpo se desplazaba un poco. Luego el ojo volvía a fijarse en la persona que el muchacho tenía enfrente. El ojo derecho y su propia mente nunca se separaban de la persona con la que Louis estuviese hablando. Robbins era consciente de que un ojo viajero en un muchacho que hubiese tenido con su esposa blanca habría supuesto algún tipo de defecto en el muchacho blanco, que hubiese tenido un futuro dudoso y solo podría ser objeto del amor paterno estrictamente necesario. Pero en el niño de madre negra que se había ganado el corazón de Robbins, el ojo viajero le hacía granjearse más aún el cariño de su padre. Era una crueldad que Dios le había hecho a su hijo, se decía Robbins muchas veces en su viaje de regreso.

Con el paso del tiempo, Louis aprendería a no permitir que el ojo se convirtiera en su destino, pues la gente en aquella parte de Virginia consideraba que un ojo viajero era señal de un hombre distraído y deshonesto. En la época en que entabló amistad con Caldonia y con Calvin, el hermano de ella, en la diminuta academia de Fern Elston para niños negros liberados situada justo detrás de su salón, Louis podía discernir el momento en que su ojo se extraviaba simplemente por la mirada en el rostro de su interlocutor. Parpadeaba y el ojo volvía a su sitio. Esto significaba mirar directa y prolongadamente a los ojos de alguien, y la gente llegó a considerar esto como señal de un hombre que se preocupaba por lo que se le decía. Se convirtió en un hombre honesto a los ojos de mucha gente, suficientemente honesto como para que Caldonia Townsend le dijera que sí cuando le pidió que se casara con él. «Nunca pensé que pudiera merecerte», dijo él pensando en el difunto Henry, cuando le pidió matrimonio. Y ella dijo: «Todos nos merecemos unos a otros».

Robbins tenía cuarenta y un años cuando Henry se convirtió en su mozo de cuadras. Los viajes a la ciudad no eran fáciles. Habría sido mejor viajar en calesa, pero no era hombre para eso. Sir Guilderham era un ejemplar de caballo caro y espléndido, destinado a ser exhibido ante el mundo. En 1840, cuando aún estaban pendientes muchos más pagos por la libertad de Henry, hacía mucho tiempo que Robbins creía estar perdiendo la razón. En su viaje a la ciudad o de regreso, sufría lo que él llamaba pequeñas tormentas, truenos y relámpagos en el cerebro. Los relámpagos estallaban desde la frente y explotaban con truenos en la base del cráneo. Luego se producía una especie de lluvia tranquilizante por toda la cabeza, que él asociaba con el retorno a la normalidad. Algunas de aquellas tormentas duraban bastante. Sir Guilderham a veces presentía su llegada; en tales casos, el caballo aminoraba el paso y luego se detenía por completo hasta que pasara la tormenta. Si el caballo no presentía nada, la tormenta alcanzaba a Robbins que se recuperaba unos kilómetros más cerca de su destino, sin recordar cómo había llegado hasta allí.

Consideraba las tormentas el precio a pagar por Philomena y sus hijos. En 1841, al despertar de una tormenta, se encontró con un hombre blanco en la carretera de regreso a la plantación que le preguntó si estaba enfermo. La nariz de Robbins sangraba y el hombre señalaba la nariz y la sangre. Robbins se frotó la nariz con la manga de la chaqueta. La sangre cesó. «Enséñeme su casa», dijo el hombre. Robbins le indicó el camino hacia su casa y cabalgaron juntos, mientras el hombre le contaba quién era y qué hacía, lo cual a Robbins no le interesaba, pero agradecía la compañía.

Robbins se sintió obligado a corresponder a su amabilidad cuando dos esclavos llamaron la atención del hombre en el segundo día de su estancia con los Robbins. La Biblia decía que los invitados deben ser tratados como reyes, pues gracias a la hospitalidad puede un anfitrión hospedar a ángeles sin saberlo. El hombre había salido al porche a fumarse uno de los cigarros de Robbins y vio a Toby, el antiguo mozo de cuadras, y a su hermana. La comida de Mildred había sentado muy bien al muchacho y a su hermana; había hecho en sus huesos maravillas que la deficiente comida de Robbins nunca podría haber logrado. El hombre entró en la casa y ofreció 233 dólares por la pareja, argumentando que era todo lo que tenía.

Hacía cuatro días que los tres, los dos niños y el hombre que podría haber sido un ángel, se habían ido ya cuando Robbins se dio cuenta de la mala venta que había hecho, incluso a pesar de haber rebajado un poco el precio para expresar su gratitud a un ángel. Enseguida se le metió en la cabeza que aquel hombre había sido en realidad una especie de abolicionista, un simple ladrón, el diablo disfrazado. La idea de las patrullas de vigilancia de esclavos empezó con esa amarga venta; con la idea de que las tormentas lo hacían vulnerable y que los abolicionistas podrían ganarse sus favores y engañarlo para despojarlo de todo aquello por lo que él y su padre y el padre de su padre habían trabajado. Pero la idea se arraigaría y crecería con la desaparición de Rita, la mujer que se había convertido en una especie de madre para Henry después de que Augustus Townsend comprase la libertad de su esposa Mildred. Antes del ángel/ hombre de la carretera y de la desaparición de Rita, el condado de Manchester, en Virginia, no había tenido muchos problemas con la desaparición de esclavos desde 1837. En aquel año, un hombre llamado Jesse y otros cuatro esclavos huyeron una noche y fueron encontrados dos días más tarde por una cuadrilla dirigida por el comisario Gilly Patterson. La fuga y la cacería habían provocado de tal manera la cólera del amo de Jesse que este lo acribilló a tiros en el pantano donde la cuadrilla lo había encontrado. Dejó lisiados a los otros cuatro fugitivos aquella noche —un afilado y rápido corte de cuchillo en sus tendones de Aquiles—, justo después de haber cortado y clavado la cabeza de Jesse sobre un poste hecho con una rama de manzano frente a la cabaña que Jesse había compartido con otros tres hombres, a modo de advertencia a sus otros catorce esclavos.

La ley dictaminó que la muerte de Jesse había sido un homicidio justificable: aunque los esclavos fugados se dirigían en dirección contraria con respecto a una viuda blanca y sus dos hijas adolescentes, los cinco hombres se encontraban a poco más de un kilómetro de distancia de aquellas mujeres cuando fueron atrapados. Ningún blanco quería imaginar lo que habría sucedido si aquellos cinco esclavos hubiesen vuelto sobre sus pasos y se hubiesen dirigido hacia el Sur y a alejarse de la libertad, y hubiesen llegado hasta el lugar donde se encontraban la viuda y las muchachas. Jesse recibió lo que se merecía, teorizaba el comisario Patterson mientras pensaba en la viuda y sus hijas. No lo dijo con las mismas palabras en un informe que presentó ante el juez de distrito, un hombre conocido por su oposición a los malos tratos contra los esclavos. Pero el comisario Patterson escribió que el amo de Jesse había recibido suficiente castigo por tener que vivir sabiendo que había eliminado una propiedad que valdría fácilmente 500 dólares en un mercado favorable a los vendedores.

La verdad es que el hombre con quien William Robbins se encontró en la carretera no era un abolicionista ni un ángel, y Toby y su hermana nunca vieron el Norte. El hombre de la carretera vendió a los niños por 527 dólares a un hombre que masticaba la comida con la boca abierta. Conoció al hombre de la boca abierta en un bar muy elegante de Petersburg que cerraba por las noches para convertirse en burdel, y aquel hombre de la boca abierta vendió a los niños al dueño de una plantación de arroz de Carolina del Sur por 619 dólares. La madre del niño dejó de hacer bien su trabajo durante mucho tiempo después de aquello, después de la venta de sus hijos, por mucho que el capataz desollase la piel de su espalda a latigazos para obligarla a hacer lo correcto y lo apropiado. La madre se consumió hasta la piel y los huesos. Robbins la vendió a un hombre de Tennessee por 257 dólares y un mulo de tres años, una venta nada rentable, si se consideran las posibilidades que la madre habría tenido si hubiese recobrado la compostura y si

se considera lo que Robbins había gastado ya en su mantenimiento, alimentación, ropa, un tejado a prueba de goteras para
ella y quién sabe cuántas cosas más. En su gran libro de entradas y salidas de esclavos, Robbins tachó el nombre de la madre
de los niños, algo que siempre hacía con las personas que morían antes de llegar a viejas o que eran vendidas sin beneficio.

Robbins solía pasar la noche en casa de Philomena, donde
se enfrentaba a la charla de la mujer sobre sus deseos de irse
a vivir a Richmond. Partía hacia su plantación justo después
del alba, si el tiempo lo permitía. Casi siempre estallaba una
tormenta en su cabeza en el viaje de regreso. Habría preferido sufrirla camino de la ciudad, para que Philomena y sus
hijos supieran que lo peor había quedado atrás. Cualquiera que
fuese el tiempo que Dios enviara al condado de Manchester,
Henry lo estaba esperando. Aquel primer invierno, después de
ver al muchacho tiritando con los andrajos que llevaba atados
alrededor de los pies, Robbins ordenó a su esclavo zapatero
que hiciese algo bueno para él. Les dijo a los sirvientes que llevaban su mansión que Henry comería en la cocina con ellos e
iría siempre bien vestido, exactamente igual que ellos. Robbins
llegó a depender del saludo del muchacho con la mano desde
su puesto frente a la mansión, llegó a comprender que el hecho
de ver a Henry significaba que la tormenta había pasado y que
estaba a salvo de los malvados disfrazados de ángeles, llegó
a desarrollar una especie de amor por el muchacho, y aquel
amor, construido una mañana tras otra, fue una razón más para
subir el precio de venta que Mildred y Augustus Townsend
tendrían que pagar por su hijo.

2

El regalo de bodas. La comida primero, el desayuno después. Oraciones antes de una ofrenda.

En la Biblia, Dios ordenó a los hombres que tomasen esposas, y John Skiffington obedeció.

Siempre intentó vivir, humilde y obediente, a la sombra de Dios, pero a sus veintiséis años de edad temía quedarse corto. Ansiaba las cosas terrenales, para empezar, y daba al César mucho más de lo que sabía que a Dios le hubiese gustado. Soy imperfecto, le decía a Dios cada mañana al levantarse. Soy imperfecto, pero sigo siendo arcilla en tus manos, voy siempre por el camino por el que tú deseas que vaya. Moldéame y ayúdame a ser perfecto a tus ojos, oh, Señor.

Dios no había depositado en su mente la idea de tomar esposa hasta aquel otoño de 1840, en el salón del comisario Gilly Patterson. Skiffington, que había sido ayudante de Patterson durante dos años, tenía veinte cuando llegó con su padre a Manchester; una ciudad y un condado en medio de Virginia que su padre había visto tan solo una vez de niño, y sobre los cuales había soñado un par de veces de adulto. Su padre había sido durante mucho tiempo el capataz de la plantación de Carolina del Norte propiedad de su primo, y fue allí donde John Skiffington alcanzó con incomodidad la edad adulta. La alcanzó rodeado por unos diez blancos y unos doscientos nueve esclavos, cifras que cambiaban solo ligeramente de un año a otro, debido a los nacimientos, las ventas y las compras, y las defunciones. La noche anterior a la muerte de la madre de Skiffington, su padre soñó que Dios le decía que no deseaba que él y su hijo tuviesen ningún dominio sobre esclavos, y dos días después el hombre y su hijo abandonaron Carolina del Norte, llevándose consigo a la mujer muerta en una caja de pino, en una carreta que el primo les había regalado. No dejes a tu esposa en Carolina del Norte, le había dicho Dios al padre al final de aquel sueño.

Las dos sobrinas del comisario Patterson llegaron desde Filadelfia en 1840 para una estancia de tres meses, y durante la estancia de las jóvenes el comisario y su esposa celebraban comidas a la una en punto la mayoría de los domingos. Los Patterson invitaban a parientes y allegados a pequeñas reuniones, y aquella tarde de otoño fue el turno de John Skiffington y su padre. La esposa de Patterson era parienta lejana de la esposa de William Robbins, y Robbins y su esposa también asistieron, aunque Robbins consideraba que los Patterson, y no digamos los Skiffington, estaban dos o tres peldaños por debajo de él y de los suyos.

John Skiffington y su padre fueron los primeros en llegar, y, aquel día gris, John salió al salón de color azul pálido de la señora Patterson y lo primero que vio fue a Winifred Patterson, un producto de la Escuela para Señoritas de Filadelfia, una institución a un paso del cuaquerismo. No era un hombre tímido y era grande como un oso. Winifred tampoco era tímida, una consecuencia imprevista de su estancia en la Escuela para Señoritas de Filadelfia, y al rato él y Winifred —después de la llegada de los Robbins— se habían retirado a un rincón del salón e iniciaron una conversación que se prolongó durante toda la comida y hasta primeras horas del anochecer. Lo que a él más le sorprendió fue que el sexo femenino no le hubiese interesado antes de aquel domingo. ¿Dónde había mantenido Dios guardada esa parte de su cabeza y de su corazón?

Desde entonces la vio a menudo, en el salón de la señora Patterson o en la iglesia o en paseos en coche acompañados por la señora Patterson y la hermana menor de Winifred. John se convirtió en el único visitante habitual de las comidas dominicales de

los Patterson, y tuvo que ser advertido en varias ocasiones por
la señora Patterson, conteniendo una risita ahogada, de que era
egoísta y descortés llevarse a Winifred aparte antes de que los demás invitados a la comida tuvieran la oportunidad de disfrutar de
la mundanidad que la Escuela para Señoritas de Filadelfia había
inculcado en ella. A principios de enero, la señora Patterson dijo
a su esposo que, por la manera en que se desarrollaban las cosas,
tal vez sería mejor que el señor Patterson llamase a su hermano
de Filadelfia; que él y John Skiffington tal vez quisieran hablar.
El hermano llegó, los hombres conversaron, pero Winifred volvió a Filadelfia en marzo, después de la segunda helada que hizo
maravillas en los jardines aquel año. Skiffington visitó Filadelfia
dos veces, y la última vez, en mayo, se marchó con la promesa de
Winifred de casarse con él.

Se casaron en junio, en una boda a la que asistieron incluso los
mejores blancos del condado, tan apreciado había llegado a ser
John en el tiempo que había pasado en Manchester como ayudante de Patterson. El primo de su padre estaba enfermo en Carolina
del Norte, pero envió a su hijo, Counsel Skiffington, y a la esposa
de Counsel, Belle, producto de una excelente familia de Raleigh.
Aunque John y Counsel habían crecido juntos, tan próximos como
hermanos, no sentían un irresistible amor el uno por el otro. En
realidad, de no haber sido Counsel un hombre rico, habría percibido que su ligera aversión hacia John se transformaba en algo de lo
más desagradable cada vez que se encontraban. Pero la riqueza lo
ayudaba a elevarse por encima de aquello que habría convertido a
otros hombres en chusma corriente, y estaba, por tanto, encantado
de asistir a la boda de su primo en una ciudad de Virginia cuyo
nombre su esposa tenía que recordarle una y otra vez. Además, hacía cinco meses que Counsel no salía de Carolina del Norte y tenía
verdaderos deseos de pasear bajo un cielo distinto.

Counsel y su esposa, no sin cierta discusión con su padre moribundo, llevaron un regalo de bodas para Winifred desde Carolina del Norte. Esperaron a presentarlo hasta la recepción para
miembros de la familia en la casa que John había comprado para

su novia en las afueras de la ciudad. Hacia las tres en punto, cuando el ambiente estaba ya más tranquilo, Belle salió adonde esperaba su doncella, detrás de la casa, volvió con una esclava de nueve años e hizo que la niña, engalanada con una cinta azul, diese unas vueltas de presentación ante Winifred.

—Es tuya —le dijo Belle a Winifred—. Una mujer, especialmente una mujer casada, no es nada sin su doncella personal.

Toda la gente de Filadelfia se quedó callada, junto con John Skiffington y su padre, y la gente de Virginia, especialmente aquellos que sabían lo que costaba un buen ejemplar de esclavo, sonrieron. Belle levantó el dobladillo del vestido de la muchacha y lo mantuvo en alto para que Winifred lo examinara, como si el vestido en sí mismo fuese un valor añadido.

Winifred miró a su nuevo esposo, él asintió y Winifred dijo:
—Gracias.

El padre de Winifred salió de la habitación, seguido por el padre de Skiffington. Counsel aún sonreía; pensaba en aquellos días de hacía años en Carolina del Norte, en los que se había arraigado su aversión hacia su primo. El viaje hasta aquella lejana ciudad de Virginia había valido la pena solo por ver la expresión en el rostro de su primo.

—Es una buena forma de introducirse en la vida a la que deberá acostumbrarse, señora Skiffington —le dijo Counsel a Winifred. Miró a Belle, su esposa—. ¿No es así, señora Skiffington?

—Por supuesto, querido. —Y le dijo a su regalo de bodas—: Di hola. Di hola a tu señora.

La niña así lo hizo, con la reverencia que le habían enseñado antes de salir de Carolina del Norte y muchas veces durante el viaje a Manchester.

—Hola. Hola, señora.

—Se llama Minerva —dijo Belle—. Responderá al nombre de Minnie, pero su verdadero nombre es Minerva. No obstante, responderá a cualquier nombre que le quieran poner. Llámala Minnie y responderá. Pero su verdadero nombre es Minerva.

Su primera doncella, recibida cuando Belle tenía doce años,

había sufrido una desagradable tos nocturna y tuvo que ser sustituida semanas después por una criatura más silenciosa.

—Minerva —dijo la niña.

—¿Ves? —dijo Belle—. ¿Ves?

La noche que Belle Skiffington murió, aquella primera criada, Annette, recuperada de una tos que la había atormentado durante años, abrió una Biblia en el estudio de su casa de Massachussets y buscó unos versos que calmasen su mente antes de dormir. De la Biblia cayó una hoja de un manzano de Carolina del Norte que ella, la noche que escapó junto con otros cinco esclavos, había guardado en su pecho para que le diera buena suerte. No había visto la hoja durante muchos años y en un principio no recordó de dónde provenía aquel objeto pardusco y quebradizo. Pero cuando lo recordó, mientras la hoja se deshacía entre sus dedos, rompió en un llanto que despertó a todos en la casa y no logró calmarse ni siquiera con la llegada del día. La segunda criada de Belle, que no había enfermado ni un solo día de su vida, murió una noche después que Belle. Se llamaba Patty y había tenido tres hijos, uno muerto, dos aún vivos, Allie y Newby, un muchacho a quien gustaba beber directamente de las ubres de una vaca. Aquellos dos niños murieron en la tercera noche, la misma en la que murió también la última de los hijos de Belle, la hermosa niña pecosa que tan bien tocaba el piano.

—¿Ves? —le dijo de nuevo Belle a Winifred—. Ahora no quiero que la mime usted, señora Skiffington. Los mimos han sido la perdición de muchos. Y eso, Winifred, querida, no lo consentiré.

Belle se rio y levantó de nuevo el dobladillo del vestido de Minerva.

—Así es —dijo Counsel, guiñándole un ojo a su primo John—, mi esposa es la mejor prueba de la perdición que traen los mimos.

La mañana siguiente a su noche de bodas, todavía en la cama, Winifred se volvió hacia su esposo y le dijo que la esclavitud no era algo que ella deseara en su vida. Tampoco era algo que él

deseara, dijo él; su padre y él habían jurado dejar la esclavitud
antes de abandonar Carolina del Norte, le recordó a su nueva esposa. Así era como su padre había interpretado el último sueño,
al igual que los otros que había tenido durante semanas. Lávate
las manos de todo ese asunto de la esclavitud, había dicho Dios
en sus sueños. La muerte de la madre de John Skiffington no
era sino la forma en la que Dios había querido recalcar lo que
deseaba. *No dejes a tu esposa en Carolina del Norte.*

Skiffington estaba sentado en un lado de la cama matrimonial.
Winifred y él hablaban en susurros, aunque su padre y Minerva,
el regalo de bodas, estaban al otro extremo del pasillo. Counsel
y Belle se marchaban ese mismo día, pero, incluso después de
haberse ido ellos, Skiffington no veía la forma de librarse de la
muchacha. Venderla era impensable, pues no podrían saber qué
sería de ella. Incluso venderla a un amo amable, a un amo temeroso de Dios, no garantizaba que dicho amo no fuese a venderla
nunca a alguien que no sintiera temor de Dios. Y regalarla no
era mejor que venderla. Winifred se sentó en la cama. Ambos se
habían levantado después de hacer el amor la noche anterior y se
habían puesto su ropa de dormir, tan poco acostumbrados estaban el uno al otro. Ella se subió el cuello del camisón hasta arriba
y dejó una mano sobre los botones superiores.

—Casi había olvidado dónde estaba —dijo Winifred, refiriéndose al Sur, al mundo de la propiedad humana.

Se quedó mirando la ventana, donde ni siquiera las pesadas
cortinas podían contener lo que prometía ser un día extraordinariamente hermoso. Justo entonces se acordó de la mujer y su
apuesto esposo, en Filadelfia, que habían sido encarcelados por
mantener a dos negros libres como esclavos. Habían sido es-
clavizados durante años, recluidos en la casa; todos los vecinos
blancos conocían a los esclavos por su nombre, pero la gente
simplemente asumía que formaban parte de la familia. Tenían
incluso el apellido de los blancos.

—Eso ha sido cosa de Counsel —dijo Skiffington, un poco a
la defensiva. El Sur era su hogar, y no, en absoluto, ese infierno

en el que algunos en el Norte deseaban convertirlo—. No todo el mundo puede permitirse regalar un esclavo así por las buenas. Son caros, Winifred. Eso ha sido cosa de Counsel, para burlarse de mí. Puede permitirse esas burlas contra mí. Y realmente deseaban complacerte. Hacerte feliz.

—Me duele pensar en ello —dijo ella, y se puso a llorar. Él se dio la vuelta en la cama y la atrajo hacia él, colocando su mano sobre la nuca de su esposa—. Por favor, John. . .

—Calla —dijo él. Luego la besó en la cabeza y acercó los labios a su oreja—. Podría estar mejor con nosotros que con ningún otro.

No solo pensaba en lo que ocurriría si la vendieran a sabe Dios quién, sino en lo que podrían decir los vecinos si la regalasen a la familia de Winifred para que viviera en el Norte: el ayudante John Skiffington, antaño un buen hombre, pero ahora ha tomado partido en favor de los de fuera, y encima del Norte.

—¿No somos buena gente tú y yo? —le preguntó Skiffington a su esposa.

—Espero que sí —dijo Winifred.

Se dejó caer en la cama y Skiffington se levantó para vestirse, pues, recién casado o no, seguía siendo el ayudante. Ella todavía tenía ganas de llorar, pero se contuvo y se quedó observando a su esposo. Luego él se fue. Ella rompió a llorar de nuevo.

A tres habitaciones de allí, el regalo de bodas, Minerva, oyó a su amo irse y salió sin hacer ruido de su habitación y estudió la ventana descubierta más cercana a ella, y el pasillo y todas las puertas a lo largo del pasillo. El sol entraba a raudales por la ventana y hacía resplandecer la mayoría de los pomos de vidrio de las puertas. Luego, ante sus propios ojos, poco a poco, el sol se levantó y el resplandor desapareció. Minerva estaba descalza, aunque Belle había advertido a la niña más de una vez que nunca deambulara por ahí sin sus zapatillas de noche. Minerva, sin embargo, se había acordado de ponerse uno de los chales de Winifred por encima de los hombros. «Vas a estar en una casa como es debido —la había amonestado Belle—, y no debes ir por ahí con los hombros desnudos. Ahora repite lo que te acabo de decir».

Minerva se acercó a la ventana más cercana y miró hacia el lugar por donde el sol todavía se levantaba. Tenía una hermana mayor allá en Carolina del Norte y cada mañana que habían pasado allí había podido mirar hacia donde el sol se levantaba, hacia la granja vecina donde su hermana era esclava. Les habían permitido visitarse más o menos una vez cada tres semanas. Minerva, aunque había viajado durante días y días para llegar de Carolina del Norte a Virginia, miraba hacia donde el sol se levantaba, convencida, con un corazón que llegaba muy lejos, de que podría ver la granja donde se encontraba su hermana. Se sintió decepcionada al comprobar que no era posible. Aunque estaba tan solo a un grito y un chillido de distancia de Belle Skiffington, la hermana de Carolina del Norte pudo escapar a la devastación que caería sobre Belle y casi todo lo que Dios le había dado. Minerva quiso abrir la ventana, pensando que la granja de su hermana estaría a un tiro de piedra al otro lado del vidrio, pero no se atrevió a tocarla. Minerva y su hermana no volverían a verse por más de veinte años. Sería en Filadelfia, a nueve manzanas de la Escuela para Señoritas de Filadelfia. «Vaya si has crecido», le diría su hermana, con las dos manos sobre las mejillas de Minerva. «Me hubiese gustado crecer más despacio —diría Minerva—. Me hubiese gustado esperar a que tú me vieras crecer, pero no tuve opción».

Minerva se apartó de la ventana, se adentró un paso en el pasillo y se detuvo. Se quedó escuchando. Dio dos pasos más y llegó hasta la escalera de bajada. No tenía valor suficiente para bajar los escalones hasta donde pensaba que podían estar los demás. En menos de una semana tendría valor suficiente, el valor suficiente incluso para ir hasta la puerta principal y abrirla y acceder al porche de la mañana. La niña dio unos pasos más, pasó su propia habitación y se acercó a una puerta entreabierta. Pudo ver al padre de John Skiffington arrodillado y rezando en un rincón de su habitación. Totalmente vestido y con el sombrero puesto, el anciano, que encontraría otra esposa en Filadelfia, llevaba arrodillado casi dos horas: Dios daba tanto y sin embargo pedía tan poco a cambio. Minerva siguió avanzando y finalmente llegó hasta el otro extremo del pasillo donde Winifred seguía llorando en su lecho y no escuchó los golpes de la pequeña, primero una vez y luego otra vez más en la puerta entreabierta. Finalmente, Winifred oyó.

—Sí. Sí —dijo—. ¿Quién es?

Minerva tocó la puerta con su dedo meñique y la abrió un poco más. La niña asomó la cabeza en la habitación y miró de un lado a otro hasta encontrar a Winifred. Tomó una medida aproximada de toda la habitación y luego se aproximó lentamente a un lado de la cama. Minerva sintió más miedo del que había tenido afuera, en el pasillo. Ahora incluso echaba de menos a Belle, pues Belle era una certidumbre conocida, y Winifred pudo ver todo eso en su rostro. Tocó el hombro de la muchacha, reconociendo el chal que ella había traído desde Filadelfia en lo que, según había bromeado con Skiffington, era el «baúl de su dote». Winifred tocó levemente la mejilla de Minerva, el primer y último ser humano negro que tocaría nunca.

—La oí llorar —dijo Minerva.

—Un mal sueño —dijo Winifred.

Minerva miró de nuevo a su alrededor en la habitación, casi esperando ver a Skiffington. Intentaba recordar todo lo que se le había enseñado acerca del comportamiento debido con una ama. La preocupación por su bienestar era ciertamente una cosa de la que Belle le había hablado.

—¿De veras ha sido un mal sueño? —preguntó la muchacha.

Winifred pensó.

—Suficientemente malo, supongo.

—Oh —dijo Minerva—. Oh.

Miró de nuevo a su alrededor.

—¿Tienes hambre? —dijo Winifred.

—Sí, ama —dijo Minerva, con ambas manos apoyadas ahora sobre la cama.

—Entonces debemos comer. Y debemos encontrar un nombre nuevo y mejor para mí. Pero primero, tú y yo debemos comer.

Tres semanas más tarde, William Robbins y otros cuatro hacendados importantes convocaron al comisario Gilly Patterson y a John Skiffington en casa de Robbins. Robbins no había podido olvidar la venta de Toby y de su hermana al hombre que se había encontrado en la carretera y pudo convencer a los otros cuatro de que en sus tierras andaba suelto algo amenazador. Nunca fue muy preciso al respecto, pero si William Robbins decía que se aproximaba una tormenta, no importaba lo azul y agradable que se mostrara el cielo, ni lo muy felices que se pavonearan los pollos en el corral.

Robbins expresó su disgusto por la vigilancia de Patterson, insinuó que mientras Patterson y Skiffington dormían, los abolicionistas hacían desaparecer sus medios de vida, con la estúpida idea de un paraíso para negros en el Norte. Se había convencido de que el hombre de la carretera había venido a su condado y lo había esperado en el camino y había trabado amistad con él con el único propósito de robar a Toby y a su hermana. Por primera vez, Robbins mencionó la idea de una milicia.

—Esta es una tierra pacífica, William —dijo el comisario Patterson—. No necesitamos más de lo que ya tenemos. John y yo estamos haciendo un buen trabajo.

A Patterson le agradaba la autoridad que tenía, poca o mucha, y le preocupaba que cualquier otra cosa pudiera ser una usurpación. Y nunca le había gustado la idea de que Robbins viajara a la ciudad en pleno día, cualquier día de la semana, para estar con una negra y sus hijos negros.

—Gilly, ¿cuántos esclavos tienes tú?

—Ninguno, William, ya lo sabes.

Cuatro de los hombres estaban en el porche de Robbins, incluido el comisario y tres de los hacendados. Uno de los hacendados estaba de pie junto al ayudante Skiffington en el terreno delante de la casa. Skiffington había tenido que escuchar durante todo el camino las quejas de Patterson por tener que ir a casa de Robbins. «Yo no soy un mensajero, John —le había dicho Patterson a Skiffington—. Pero eso es en lo que me están convirtiendo. No atravesé el océano Atlántico para ser un mensajero».

Todo rastro del acento que había traído consigo al cruzar el océa-no cuando era un muchacho había desaparecido hacía mucho tiempo. Hablaba como cualquier otro hombre blanco normal de Virginia que pudiera pasar por la carretera.

—Bueno, Gilly, entonces no lo sabes —dijo Robbins—. No sabes lo difícil que es hacer que este mundo funcione como es debido. Tú vas de un lado a otro montado en tu caballo, mante-niendo el orden, pero eso no tiene nada que ver con dirigir una plantación llena de esclavos.

—Nunca dije que lo fuera, William. Manchester es un lugar pacífico, eso es todo lo que estoy diciendo —dijo Patterson. Le gustó el sonido de la palabra *pacífico* justo entonces y pensaba en la manera de utilizarla de nuevo antes de irse.

—Eso era ayer —dijo Robbins—. La paz de ayer. Cosas de ayer. Todavía recuerdo el lío con aquel negro Turner y otros como él. Incluso ahora. Incluso hoy. Mi esposa habla de ello. Mi esposa llora por ello. Eso no fue algo que él haya podido pensar por sí solo. Ese abolicionista prácticamente acababa de llegar y salió por la puerta con mi propiedad.

—No es eso lo que yo he oído yo —dijo Patterson—. Por lo que he oído, fue un acuerdo simple y claro. Una simple venta, William.

—Puedes oír el viento, pero no soy yo quien susurra en tus oídos.

Robbins se levantó y fue hasta el borde del porche y cruzó los brazos. Había visto a Filomena el día anterior y se había marcha-do con un agrio recuerdo de su letanía sobre Richmond y lo felices que podrían ser allí. Los otros que estaban en el porche perma-necieron sentados y Patterson se inclinó hacia delante en su silla, para estudiar la textura del suelo de madera. Patterson dijo:

—John y yo haremos algunas guardias más, si eso es lo que todo el mundo quiere. Mi trabajo es proteger a todo el mundo, asegurarme de que todo el mundo pueda dormir tranquilamen-te todas las noches, y si eso no es así, haré que así sea.

—Bill, ¿a ti qué te parece? —dijo Robert Colfax, uno de los hacendados que estaban en el porche.

Ni Robbins ni Colfax lo sabrían durante mucho tiempo, pero aquel día fue el punto álgido de su amistad. Iniciaban entonces su descenso por el otro lado de la montaña.

Robbins no dijo nada.

—¿Bill? ¿Tú qué opinas, Bill? —dijo Colfax.

Robbins se volvió, descruzó los brazos y se pasó la mano por el pelo.

—Me conformaré con eso —dijo—. Por ahora, me conformaré con eso. Pero si sucediera algo más. . . —Volvió a sentarse y alzó la mano en la que no llevaba el anillo de boda y un sirviente apareció a su lado—. Tráenos algo.

—Sí, señor.

El hombre negro desapareció y reapareció poco después con bebidas. Patterson dijo que no quería beber nada, que él y Skiffington tenían que volver. Se puso de pie y momentos después apareció Henry con su caballo y el caballo de Skiffington.

—Prometo paz y eso es lo que procuraré —dijo Patterson—. Caballeros, que tengan todos un buen día.

Se acercó a su caballo y Henry le entregó las riendas. Skiffington ya estaba montado en su caballo.

—Buen día —dijeron los hombres en el porche y el propietario, ahora solo delante de la casa.

Patterson siguió dos años más como comisario, hasta 1843, cuando Robbins dijo que Patterson no hacía nada mientras la propiedad simplemente se levantaba y se marchaba. Tom Anderson, un esclavo de cuarenta y seis años, desapareció en 1842, pero nunca se supo con certeza si realmente se había fugado. Su amo, un antiguo predicador de igual nombre, debía 350 dólares a un blanco del condado de Albemarle y había prometido a Tom el esclavo como pago. En lugar de pagar la deuda, decían algunos, Tom el predicador probablemente vendió a Tom el esclavo y se embolsó los 450 dólares que todo el mundo sabía que Tom el esclavo valía. Tom el predicador siempre argumentaba que «mi Tom» se había fugado, siempre culpó a los abolicionistas y siempre se declaró pobre ante el hombre de Albemarle con quien tenía la deuda. Dado que Tom el predicador no tenía nada más que pudiera interesarle al hombre de Albemarle, la deuda fue casi olvidada, aunque en su testamento —revisado por última vez en 1871, cuando la esclavitud ya no tenía vigencia— el hombre de Albemarle mencionaba a «Tom Anderson, ESCLAVO de 46 años, pelirrojo» como uno de sus bienes. A principios de 1843, después de que otros cuatro esclavos aparentemente se hubiesen fugado, desapareció también sin una explicación que dejara satisfecho a todo el mundo una esclava de catorce años de edad, muy segura de sí misma: Ophelia. Algunos blancos atribuyeron dicha desaparición a su celosa y posiblemente homicida ama, que había sido educada en París, Venecia y Poughkeepsie, Nueva York, y que retornó a Virginia con un promiscuo marido italiano que nunca había visto personas negras antes de llegar a América. Pero los esclavos del condado de Manchester dijeron que Ophelia se había encontrado con la madre de Jesús un atardecer en la carretera principal que la gente tomaba para dirigirse al condado de Louisa, y que al oír cantar a Ophelia, María había decidido al instante que no quería el cielo si en el cielo no estaba Ophelia. María le preguntó a Ophelia si le gustaría ir con ella y comer melocotones y nata bajo la luz del sol hasta el día del Juicio Final, y Ophelia se encogió de hombros y dijo: «Eso suena bien. No tengo nada mejor que hacer en estos momentos. No tengo nada que hacer hasta la noche, de todos modos».

En la historia del condado de Manchester, el fin del largo servicio del comisario Patterson, cuando solo tenía treinta y ocho años, sería algo insignificante, que ocuparía un lugar muy secundario en la lista de acontecimientos históricos. Muy por debajo de la muerte de la virgen señora Taylor en su centésimo segundo año de vida, en 1820; de la tormenta que dejó veinticinco centímetros de nieve a finales de mayo de 1829, y de la combustión espontánea de tres muchachos, el esclavo Baker y los blancos Otis, que ardieron frente a la tienda de telas en 1849. Patterson se mantuvo en su puesto, pero se sintió debilitado y nunca superó el hecho de haber sido convocado a la plantación de Robbins como si fuera un niño; peor aún, como si fuera un niño negro. Lo que acabó con la paciencia de todos ellos, desde Robbins y Colfax hasta los blancos que ni siquiera podían permitirse tener esclavos, fue aquel asunto de Rita, al que se dio más importancia de la que realmente tenía gracias a Robbins. Rita, la mujer que se convirtió en la segunda madre del muchacho Henry Townsend. Después del asunto de Rita, todos estuvieron de acuerdo en que un cambio sería positivo para todo el condado y pondría freno a lo que Robbins había comenzado a llamar «una hemorragia de esclavos». Así pues, Patterson dimitió y regresó a la ciudad inglesa cerca de la frontera con Escocia donde su familia había vivido durante siglos. Pasó el resto de sus días como criador de ovejas y llegó a ser conocido como un buen pastor ovejero, «un hombre nacido para esa tarea». Su salud mejoró enormemente con respecto a lo que había sido en América, pero la salud de su esposa, una escocesa de Gretna Green dura de oído, nunca volvió a ser lo que había sido en sus primeros y felices años en los Estados Unidos. Cada vez que alguien de aquella parte del mundo le preguntara a Patterson acerca de las maravillas de América, de las posibilidades y la esperanza de América, él diría que era un lugar bueno y agradable, pero que los americanos lo estaban echando a perder y que sería un lugar mucho mejor si no tuviera americanos.

John Skiffington había llegado a apreciar y respetar a Patterson, pero necesitó menos de un día para considerar la sugerencia de Robbins y Colfax de convertirse en el nuevo comisario; para, en palabras de Robbins, «asumir el mando». Ciertamente, Skiffington creía que podía ser un mejor defensor del orden, dada la creciente irascibilidad de Patterson. Aunque llevaban dos años de matrimonio, él y Winifred seguían considerándose recién casados; dos años no eran ni tan siquiera un parpadeo en el ojo de Dios. Skiffington deseaba una buena vida para su esposa y pensó que una vida de comisario, y no la de ayudante de alguien, les brindaría eso. Consideró que podría ganarse una reputación que le permitiría obtener un trabajo mejor en otro lugar, incluso en Filadelfia, donde Winifred decía a menudo que deseaba volver. Un hombre que conocía en el condado de Halifax había pasado de ayudante del comisario a delegado estatal en menos de una generación, en menos tiempo del que necesitaba un muchacho para convertirse en hombre. Skiffington amaba el Sur, pero como hombre de una mujer del Norte, poco a poco se fue sintiendo a gusto ante la idea de vivir feliz en Filadelfia, o en cualquier otro lugar del país, y considerarse simplemente como otro americano que había llegado a ser lo que era gracias a lo que el Sur le había dado y enseñado. Cada vez que Winifred y él visitaban a su familia política en Filadelfia, Skiffington no volvía al Sur sin presentar antes sus respetos ante el lugar donde había muerto Benjamin Franklin. Consideraba a Franklin el segundo americano más grande, después de Georges Washington y antes de Thomas Jefferson.

Aunque el condado de Manchester tenía dinero para hacerlo, Skiffington no contrató en aquel momento a ningún ayudante, pues siempre había pensado que Patterson lo había aceptado a él como un favor a su padre. Lo que había que hacer podía hacerlo él solo. Pero Skiffington, consciente de los Césares que controlaban todo aquello que no le pertenecía a Dios, se dio por aludido ante una insinuación de Colfax y Robbins, y formó un grupo de doce patrulleros para que sirvieran como «ayudantes nocturnos»; patrulleros de esclavos. Dividió el condado de Manchester en tres partes y nombró un equipo nocturno de tres hombres para cada zona. Excepto uno, que era cherokee, todos los patrulleros eran blancos pobres, y entre ellos solamente había dos que tenían esclavos en propiedad. Uno era Barnum Kinsey, entonces considerado por todos como el hombre blanco más pobre del condado, «salvado», como decía un vecino, «de ser un negro solamente por el color de su piel». El único esclavo de Barnum, Jeff, tenía cincuenta y siete años cuando su amo se hizo patrullero; el esclavo había formado parte de la dote de su segunda esposa, junto con unos cinco metros cuadrados de seda verde con unas maravillosas rayas doradas, una seda tan fabulosa que la gente decía que una persona podría montarse sobre ella y viajar hasta el sol. Jeff murió a los sesenta y dos años, después de haber estado incapacitado para trabajar durante casi un año y después de haber sido cuidado durante todo este tiempo por Barnum y su esposa. A dondequiera que fuera después de su muerte, Jeff estaría probablemente agradecido por el hecho de que en sus últimos meses Barnum le leyera fragmentos del *Almanaque del pobre Richard*, de Franklin. «Tiene usted que dejar de divertirme con ese libro, señor Barnum —diría Jeff, riéndose—. Usted y ese divertido libro me van a matar». Después de morir Jeff, Barnum tuvo que poner a su primer hijo de aquel segundo matrimonio a trabajar en sus campos. Para aquel entonces el niño tenía cuatro años y toda la mágica seda verde con rayas doradas se había vendido o desgastado. El comisario John Skiffington diría en una ocasión que Barnum Kinsey era un buen hombre incapaz de practicar su fe en un lugar que podía ser hostil con la gente de su religión.

A pesar de haber jurado no poseer nunca un esclavo, Skiffington no tuvo problemas en hacer su trabajo para mantener la institución de la esclavitud, una institución que incluso el propio Dios había bendecido en distintos lugares de la Biblia. Skiffington había aprendido de su padre el gran consuelo que implicaba separar la ley de Dios de la ley del César. «Entrégales tu cuerpo —le había enseñado su padre—, pero no olvides que tu alma le pertenece a Dios». En tanto que Skiffington y Winifred vivieran bajo la luz proveniente de la ley de Dios, de la Biblia, nada en la Tierra, ni siquiera sus obligaciones como comisario de los Césares, podría negarles el reino de Dios. «No tendremos esclavos», le prometió Skiffington a Dios, y lo prometía cada mañana que se arrodillaba para rezar. Aunque todos en el condado consideraban a Minerva, el regalo de bodas, propiedad suya, los Skiffington no se sentían sus dueños; no del mismo modo en que los blancos y algunos negros eran dueños de esclavos. Minerva no era libre, pero solo del modo en que un niño no es libre en el seno de una familia. De hecho, en Filadelfia, años más tarde, mientras pagaba por todos aquellos carteles impresos con el retrato de Minerva, Winifred Skiffington pensaría solamente una cosa: «Tengo que recuperar a mi hija. Tengo que recuperar a mi hija».

En esa época, la oficina del comisario se encontraba junto al bazar de la calle principal de Manchester; después de la guerra entre los estados, fue trasladada a unas instalaciones más grandes al otro lado de la calle, cerca de la ferretería. Skiffington guardaba una Biblia en la cárcel, en la esquina noroeste de su mesa, y guardaba otra en sus alforjas. Lo consolaba saber que, dondequiera que pudiera encontrarse, podía tomar y leer la palabra de Dios. Cumplió veintinueve años el mes que fue nombrado comisario. La ciudad y el condado entraron en un período de años y años de lo que la historiadora de la Universidad de Virginia Roberta Murphy en un libro de 1948 denominaría «paz y prosperidad». Para quienes tenían esclavos a su cargo esto significaba, entre otras cosas, que no se había fugado ni un solo esclavo; no hasta después de la muerte de Henry Townsend. La historiadora —cuyo libro fue rechazado por la editorial de la Universidad de Virginia y finalmente publicó la editorial de la Universidad de Carolina del Norte— también calificaría a Skiffington como «una bendición del cielo» para el condado. Esta historiadora sentía una especial atracción hacia las peculiaridades del condado. Señaló, por ejemplo, que en 1851 a un hombre con dos esclavos, en el extremo oriental de Manchester, le nacieron en un mismo día cinco pollos de dos cabezas. Se decía incluso que dos de los pollos hacían una especie de baile cuando se tocaba la armónica. La gente se desplazaba desde lugares tan apartados como Tennessee y Carolina del Sur para ver a los cinco pollos por un penique. En la historia del condado, los pollos, los cuales lograron sobrevivir hasta 1856, fueron un acontecimiento de capital importancia, diez puestos por debajo del servicio de John Skiffington como comisario, según esta historiadora, que se convertiría en catedrática de la Universidad de Washington y Lee tres años después de la publicación de su libro.

El asunto de Rita, que finalmente llevaría a Skiffington al puesto de comisario en 1843, comenzó cuando Mildred y Augustus Townsend le compraron su propio hijo Henry a William Robbins. Augustus y Mildred acudieron a recoger a su muchacho a los pocos días de haber efectuado el último pago. Esperaban en la carretera aquel domingo, y hacia el mediodía, Rita, la segunda madre de Henry, apareció con el muchacho. Sus ropas de mozo de cuadras pertenecían a Robbins, de modo que apareció ante sus padres descalzo y con unas ropas de segunda mano que Robbins le había dado como obsequio porque los Townsend nunca se habían retrasado en sus pagos. Únicamente había que esperar a que el muchacho se subiera a la parte de atrás de la carreta después de que él y Rita se hubiesen dado el abrazo de despedida.

—Hasta luego, Rita —dijo Mildred.

—Hasta luego —dijo Rita.

—Hasta luego, Rita —dijo Henry.

Lo que asombraría a todos los implicados sería que Robbins nunca sospechara de los Townsend, y que Henry, que llegaría a ser tan íntimo de Robbins como el propio hijo de Robbins, Louis, nunca dijera una palabra. Rita salió a la carretera, algo que sabía que no debía hacer, y se quedó allí con los brazos cruzados cuando no los agitaba para decir adiós al muchacho. En el momento de arrancar la carreta, ella comenzó a vomitar, y en lo único que podía pensar, entre lágrimas, era en cuánto había disfrutado con aquella comida, ahora perdida en la carretera. Y volvió a vomitar, pensando que esta vez era aquel pequeño desayuno de un huevo robado y una rebanada de oreja de cerdo rancio que se habría puesto verde una o dos horas más tarde si ella no la hubiera cocinado. Agarró la falda de su vestido y se limpió la boca. Dado que era mediodía, el sol estaba en lo alto. El sol se ocultó durante un instante detrás de una nube, y cuando reapareció, ella dio un paso hacia la carreta que partía. Se secó las lágrimas y empezó a correr, y en los instantes que el sol tardó en esconderse detrás de otra nube, había alcanzado la carreta y se había agarrado a su parte trasera. Augustus no conducía la carreta muy rápido porque tenía a su familia reunida de nuevo y ahora todo el tiempo se extendía ante él sobre el valle y las montañas para siempre jamás. Henry agarró enseguida la otra mano de Rita. Augustus y Mildred miraban hacia delante, hacia el hogar.

—Papá —dijo Henry tranquilamente mientras miraba a Rita. Sus piernas colgaban del borde de la carreta, solamente él miraba hacia atrás, hacía la plantación de los Robbins—. Papá.

Augustus se dio la vuelta desde su asiento y vio a Rita.

—¿Qué estás haciendo, mujer?

—No me dejen aquí. Por favor no me dejen aquí —alcanzó a decir Rita.

La carreta la arrastraba cuando ella no podía correr a su ritmo y eso era todo lo que Henry podía hacer para mantenerla agarrada. Augustus se detuvo. Ella se subió a la carreta y tomó a Henry en sus brazos.

—Por favor, por favor. Dios mío, por favor.

—Vuelve ahora mismo —dijo Mildred, y Augustus repitió las palabras de su esposa.

El sol reaparecía en toda su plenitud y las nubes se apartaban y por eso había más luz aún sobre lo que todavía no era un delito, sino una infracción menor: dos azotes de látigo en la espalda de Rita y una reprimenda para los libres e impecables Townsend, incluso el muchacho, que debería habérselo pensado dos veces, aunque sus padres alegaran ignorancia.

—Vuelve —dijeron Mildred y Augustus al unísono.

Henry, que empezaba a comprender la gravedad del problema, se puso a llorar, pero se aferraba a Rita tanto como ella a él. Augustus se bajó y tiró de Rita.

—Vete. Vete, mujer —dijo, mirando a su alrededor, como si Robbins o el capataz o algún esclavo pudieran aparecer y presenciarlo todo. Augustus temblaba y veía el movimiento del sol con el mismo fatalismo con el que un moribundo ve moverse las manecillas de las horas y los minutos del reloj; peor era la promesa del segundero, mucho más rápido, que le decía que todas sus espaldas serían brutalmente azotadas antes de la caída del sol—. Por favor, vete, Rita. Por favor.

—No me dejen aquí, Augustus. Nunca he sido mala con Henry, ni un solo día. Dile, Henry, lo buena madre que he sido para ti.

—Sí, papá, ha sido una buena madre. —Se volvió y miró a Mildred—. Mamá, ha sido una buena mamá.

—No importa. No nos mates así, Rita. —Augustus levantó las manos y las agitó contra el universo—. Mala madre, buena madre, no importa. Se arrodilló para interrumpir las lágrimas. Mildred se bajó y se acercó a él.

—Augustus —dijo y Henry fue tras ella diciendo:

—Papá, papá.

En menos de una hora, había dicho «papá» más veces que en los últimos tres años. Augustus se levantó.

—Augustus —dijo Mildred. Ella le puso la mano en el pecho y él estuvo seguro.

—Estaremos todos muertos por la mañana —dijo.

Se subió de nuevo a la carreta, y después de tomar las riendas, guardó silencio y vio el tiempo retroceder hacia él desde el valle y desde las montañas. Mildred le dijo a Rita que se acostara y ella y Henry la cubrieron con una manta. Cuando Mildred volvió a subir, su esposo le preguntó:

— ¿Tienes tus documentos de libertad?

—Sí —dijo ella—. ¿Tienes tú los tuyos?

Eran las mismas preguntas que se habían hecho antes de partir cada domingo desde su casa, pero ahora él añadió:

— ¿Tienes el contrato de compraventa de Henry?

—Sí —dijo Mildred.

Augustus asintió y arreó a los mulos.

—Arre —dijo—. Arre, mulos.

Miró una vez hacia atrás y al ver el bulto gris que era Rita y ver aún más atrás el claro hacia la plantación de Robbins donde él había estado y donde su esposa había estado y donde su hijo había estado, ordenó a los mulos que fuesen más rápido.

Permaneció toda la noche sentado, expectante y pensando qué hacer. Rita, como si quisiese desaparecer, se fue a un rincón de la cocina de la casa que Augustus todavía no había terminado. Les dijo a los Townsend que tenía miedo de aceptar una cama en el piso de arriba, no fuese a ser que su comodidad le hiciese perder la cabeza para el resto de su vida. Nadie fue por allí el lunes y nadie fue por allí el martes. Muy temprano aquel martes por la mañana, Augustus empezó a juntar los bastones que había tallado y que debía enviar a un comerciante irlandés de Nueva York. Envolvió cada bastón en arpillera. Después de colocar el tercero en la caja de madera, se detuvo y observó a Rita, enderezada y dormida en su rincón.

—Rita —dijo en un susurro. Ella se despertó e inmediatamente se puso en pie, intuyendo el final. No podía decir cuántos hombres blancos y cuántos caballos de hombres blancos habían venido por ella, pero no obstante puso las manos en alto para entregarse—. Ven aquí —susurró Augustus.

Sacó los tres bastones envueltos y le dijo que se metiera en la caja. El primer pensamiento de ella fue un ataúd, pero solamente los blancos tenían ataúdes tan bonitos.

Una vez metida dentro, con la cabeza a pocos centímetros su parte superior y los pies a menos de eso de la parte inferior, Augustus le puso bastones envueltos a cada lado. Había previsto enviar al menos cuarenta bastones al comerciante de Nueva York, pero ahora calculó que en la caja no cabrían más de diecisiete. Rita y su familia habían sido siempre gente con más hueso que carne y músculo, y a fin de cuentas eso era una bendición. Augustus se había preguntado siempre qué clase de gente compraba sus bastones en Nueva York, en qué clase de lugares se paseaban con ellos, y tuvo eso en la mente mientras envolvía los bastones y le sonreía a Rita. Había un bastón en cuya base Augustus había tallado a Adán. Adán sostenía a Eva que sostenía a Caín que sostenía a Abel y así sucesivamente. Después de otras catorce figuras más, incluida su idea del rey y la reina de Inglaterra, estaba Georges Washington. Rita, sin saberlo, sin preocuparse por lo que se mostraba en el bastón, consciente tan solo de que podría existir otro día de sol para ella, tomó ese bastón de Adán y su gente y se aferró a él.

—Ahora sal de ahí y déjame hacer algunos agujeros para

que entre aire. —Cuando hubo acabado, volvió a meterla dentro y colocó la tapa sobre la caja—. ¿Qué tal? —le preguntó a través de uno de los agujeros después de colocar la tapa.

—Está bien. Está realmente bien, Augustus —dijo ella.

Antes de despertarse en su rincón, había estado soñando con el trabajo: había plantado semillas en las hileras que le correspondían y había terminado mucho antes que todos los demás y estaba esperando a que el capataz le encargara más trabajo. Justo antes de que Augustus susurrara su nombre, había levantado ambas manos para que el capataz pudiera ver que estaba esperando y no simplemente holgazaneando.

Cuando Augustus estaba a punto de acabar su trabajo con la caja, después de haberla acolchado con arpillera, Mildred y Henry bajaron del piso de arriba y lo observaron. Eran un poco más de las seis de la mañana. Un gallo cantó, y otro, y otro más. Entre los cuatro llevaron la caja y los bastones a la carreta.

—Llena esto de agua —dijo Augustus, y le entregó dos frascos a Henry antes de retroceder unos pasos para estudiar la caja.

Augustus puso un trapo limpio con algunos panecillos a la derecha de donde iría la cabeza de Rita. Movió ligeramente un bastón y colocó los frascos llenos en el espacio a la izquierda. Estaba sorprendido de la facilidad con la que trabajaba; no le temblaban las manos, como si hubiese nacido justamente para meter a una mujer en una caja y enviarla a Nueva York. Creía que silbar dentro o fuera de la casa era cosa de mal agüero, pero precisamente entonces, mientras trabajaba, sintió la tentación de silbar. Finalmente, se volvió hacia Rita, le ofreció su mano y la ayudó a subir a la carreta y a meterse en la caja. Antes de clavarla, Mildred dijo:

—Rita, querida, nos veremos en el más allá. Si Dios quiere.

—Mildred, cariño, te veré algún día en el más allá. El Señor no nos haría el daño de impedir que nos veamos en el más allá.

Rita se agarró al bastón en el que Adán y Eva sostenían a sus descendientes, y eso fue lo último que los tres vieron de ella. Mildred soñaba con ella a menudo. Se paseaba por un cementerio y se encontraba con un cuerpo, el de Rita, que aún no había sido enterrado. «Nos vemos luego», diría la difunta Rita. «Sí, lo prometiste», era todo lo que Mildred acertaba a decir mientras tomaba una pala para empezar a cavar.

Henry acompañó a su padre a ver al consignatario de transporte de la ciudad, y le hablaron a Rita durante todo el viaje, y a las dos en punto la caja había partido. Padre e hijo vieron marchar el tren, esperando que se detuviera en las vías y diera marcha atrás para que todos fueran testigos del delito de robo de propiedad de un hombre blanco. Pero el tren no se detuvo.

—¿Cómo se las arreglará? —preguntó Henry cuando el tren y la gente y el humo de la locomotora habían desaparecido por completo.

—Cada cosa a su tiempo —dijo Augustus.

A mitad de camino de regreso a la casa, el hombre se dio cuenta de que estos habían sido los primeros días de libertad de su hijo. Él y Mildred habían planeado una semana de celebraciones, que culminaría con la visita de los vecinos el domingo siguiente.

—¿Te sientes distinto en algo? —preguntó Augustus.

—¿Por qué? —dijo Henry. Sostenía las riendas de los mulos.

—Por ser libre. . . Por no ser esclavo de nadie. . .

—No, señor, creo que no.

Deseaba saber si se suponía que debía sentirse distinto, pero no sabía cómo preguntar algo así. Se preguntó quién esperaría ahora a que Robbins llegara montado sobre Sir Guilderham.

—No es que tengas que sentirte distinto en algo. Puedes sentirte como quieras sentirte. —Augustus recordó ahora que Henry le había contado a Robbins lo del empujón unos años antes, y se le ocurrió que, si alguna vez Robbins se enterase de lo de Rita, sería Henry quien se lo diría. Se preguntó si todo habría sido distinto si hubiese comprado la libertad del muchacho primero, antes que la de Mildred—. No tienes que preguntarle a nadie cómo debes sentirte. Puedes simplemente sentirte como quieras. Si te quieres sentir triste, vas y te sientes triste. Si te quieres sentir contento, vas y te sientes contento.

—Supongo que sí —dijo Henry.

—Oh, sí —dijo Augustus—. Yo lo sé. Tengo algo de experiencia con esta situación de la libertad. Es grande y pequeña, sí y no, arriba y abajo, todo a la vez.

—Supongo que sí —repitió Henry.

Lo extraño era que sería la segunda persona negra que Henry Townsend compró, no la primera, no Moses, que se convirtió en su capataz, quien le daría problemas después de la compra. Para entonces ya sabía lo que Augustus y Mildred opinaban sobre lo que estaba haciendo. Esa segunda persona fue Zeddie, la cocinera, y se la compró a un hombre de Fredericksburg que tenía un lote de cinco esclavos en venta y mostraba un folleto de lo más informativo con la historia completa de aquellos esclavos. Gran parte de lo que había escrito era pura ficción, porque ese era el tipo de vendedores de esclavos que producía Fredericksburg, Virginia. Por el hecho de ser negro, en aquellos tiempos Henry no podía comprar directamente un esclavo en el condado de Manchester. Obtuvo su segundo esclavo a través de Robbins. Bien puede ser que, además de pensar en sus padres, Henry no considerara que Zeddie valiera lo que Robbins pagó por ella; Robbins había intentado enseñarle, después de haberle vendido a Moses, que todo hombre se sentía estafado después de comprar o vender un esclavo. Buena cocinera, le dijo a Robbins el hombre de Fredericksburg, dándose palmaditas en el estómago del tamaño de una sandía, refiriéndose a Zeddie. Ella tenía la cabeza gacha y cubierta con un pañuelo, las manos apretadas delante de sí, los pies en meras briznas de zapatos que habrían salido volando de no haber estado pisando sobre ellos. Henry se quedó en la última fila del mercado, y cualquier extraño que lo viera podría haber pensado que era el criado de alguien que esperaba a que el mercado cerrara y su amo lo llevase de vuelta a casa. Con el dinero de Henry, Robbins realizó todas las compras de esclavos de Henry hasta 1850, cuando un delegado de Manchester cambió la ley. La mayoría de los blancos sabían que cuando le vendían un esclavo a Robbins en realidad se lo estaban vendiendo a Henry Townsend. Algunos se negaban a hacerlo. Henry, después de todo, solo era un negro que había crecido haciendo botas y zapatos. ¿Quién sabía qué tipo de ideas tenía en la cabeza? ¿Quién sabía lo que un negro *realmente* planeaba hacer con otros negros?

—Simplemente piensa como quieras —le dijo Augustus a Henry mientras la carreta se acercaba a la casa— y estará bien.

Transcurrieron cuarenta y una horas antes de que Rita metida en la caja llegase a Nueva York. Abrió la caja con una palanca la esposa del comerciante, una irlandesa de anchos hombros a quien el comerciante había conocido en el vigésimo viaje a América del *Thames de Su Majestad*. El primer marido de la irlandesa había muerto tan solo un día después de zarpar del puerto de Cork, dejándola sola con cinco hijos. El capitán hizo que el cadáver de su esposo —metido en su ataúd únicamente con las ropas que llevaba puestas al morir y la cabeza envuelta en un trozo de encaje familiar— fuera arrojado por la borda después de que el hijo mayor del hombre, un muchacho de ocho años, rezase diez padrenuestros y diez avemarías. El muchacho, Timothy, había insistido en decir diez de cada uno, si bien el capitán, un protestante alemán, pensaba que con un padrenuestro y un avemaría habría sido suficiente. Obviamente, una oración irlandesa valía diez veces menos que una oración alemana. El muchacho no podía soportar ver partir a su padre y todos los presentes pudieron percibirlo cada palabra de las oraciones. Después de un mes de viaje, la niña más pequeña de la mujer irlandesa murió, una bebé de unos cinco meses: veinte padrenuestros y veinte avemarías de Timothy. Un ataúd de encaje para la pequeña Agnes, siendo ese encaje lo último que quedaba de la fortuna familiar.

Mary O'Donnell había estado amamantando a la bebé, y al día siguiente de que Agnes fuese entregada al mar, su leche dejó de manar. Ella lo consideró una simple consecuencia natural de su pena por Agnes. Luego tendría otros tres hijos más con su segundo esposo, el vendedor de los bastones de Augustus Townsend, pero con ninguno de ellos volvió a dar leche. «¿Dónde está mi leche? —le preguntaba Mary a Dios con cada uno de los tres niños—. ¿Dónde está mi leche?». Dios no le dio ninguna respuesta, y ni una sola gota de leche. Con el segundo y el tercer hijo, le pidió a María, la madre de Jesús, que intercediera ante Dios en su nombre. «¿No te dio él leche para tu hijo? —le preguntó a María—. ¿Acaso no hubo leche en abundancia para Jesús?».

Mary O'Donnell Conlon nunca viviría a gusto en los Estados Unidos, jamás llegaría a sentir que fuera su propio y amado país. Mucho antes de que el *Thames de Su Majestad* hubiese ni tan siquiera atisbado la costa americana, América, la tierra de promisión y esperanza, había llegado hasta ellos a través del mar y se había llevado a su esposo, un hombre que había cautivado para siempre su corazón, y se había llevado a su niña: dos seres inocentes en la inmensidad de un mundo abarrotado de todo tipo de cosas que podría haberse llevado antes que a ellos. Ella no tenía nada contra Dios. Dios era simplemente Dios. Pero no podía perdonar a América y la veía como la causa de todo su sufrimiento. Si América no hubiese llamado a su primer esposo, si no le hubiese cantado, podrían haberse quedado en su tierra y se las habrían arreglado de alguna manera en aquel condado de Irlanda donde los niños, incluso los niños mayores, tenían las más sonrosadas mejillas que puedan imaginarse.

El pelo de Mary Conlon siguió siendo negro hasta el día de su muerte. Una mañana se levantaba como una anciana con una o dos o tres canas grises y a la mañana siguiente aquellas canas grises volvían a ser negras. «Un pelo negro tan fuerte —le diría a Dios cuando tenía setenta y cinco años—, un pelo así, cuando todo lo que yo quería era un poco de leche». Sus hijos se mantuvieron muy unidos a ella, pero ninguno se mantuvo más próximo ni más unido a ella que Timothy, que era cariñosamente conocido como la mascota de su madre. Se había consumido de preocupación en el barco a América, al pensar que su madre sería la siguiente en morir. Ni un millón de padrenuestros ni un millón de avemarías habrían sido suficientes para encomendar su madre al mar.

Era Timothy, entonces con doce años de edad, quien estaba junto a su madre cuando ella abrió la caja de Augustus Townsend.

—No me devuelvan —dijo Rita en la oscuridad mientras se aflojaba cada clavo y la tapa de la caja era poco a poco separada del cuerpo de la caja y la tenue luz se filtraba gradualmente sobre ella.

Cada clavo que Mary aflojaba hacía un ruido horrible para Rita, horrible y tan fuerte como la llegada de un ejército. A medida que la luz penetraba, Rita empezó a sentir vergüenza por su suciedad. Un trecho de siete horas a la salida de Baltimore la había tenido tumbada sobre su estómago porque los transportistas habían hecho caso omiso de las palabras del consignatario de Manchester escritas con pintura negra sobre la tapa: ESTE LADO HACIA ARRIBA, MUY FRÁGIL. Mary no expresó ninguna reacción cuando primero oyó y luego vio a la mujer negra a través de la primera abertura suficientemente grande. Cuando la caja se abrió por completo, Rita se tapó los ojos porque incluso aquella tenue luz del almacén le resultaba insoportable.

—No me devuelvan. No me devuelvan. —Rita no sabía si estaba en Nueva York o simplemente en una casa a una plantación de distancia de William Robbins. Apenas podía moverse y su boca estaba seca porque solamente se había permitido cinco sorbos de agua durante todo el trayecto. Un viaje hacia una posible muerte podía durar mucho tiempo, así que no había que desperdiciar el agua. Su cuerpo estaba demasiado seco incluso para producir lágrimas, y sus palabras salían como si tuviera la boca llena de trapos. Lentamente, abrió los ojos y vio a Mary.

—No me devuelva.

Y luego, al ver al muchacho Timothy por primera vez, los brazos agarrotados de Rita lograron ofrecerle el bastón de Adán y Eva y sus descendientes. El muchacho, tan inexpresivo como su madre, agarró el bastón como si aquello fuera lo que había estado esperando durante todo este tiempo.

3

Una muerte en la familia. Donde Dios esté. Diez mil peines.

Loretta, la doncella de Caldonia Townsend, descendió desde la casa la mañana siguiente al salir el sol y, después de llamar una vez, abrió la puerta de la cabaña de Moses y le dijo que su amo Henry había muerto. Él se rascó los pelos de la barba.

—¿Cuándo fue? —preguntó.

—Anoche —respondió ella.

Priscilla, la esposa de Moses, apareció detrás de él, llevándose la mano a boca.

—Oh, Señor —dijo—. El amo muerto. —Se volvió hacia su hijo que estaba sentado delante de la chimenea, zampando pan de maíz y salsa de carne—. Hubo una muerte en la familia —le dijo al muchacho.

Él se quedó mirando a su madre durante un segundo más o menos y luego volvió a ingerir. Algo le dijo al muchacho que su madre, con el amo muerto en la cabeza, quizás no comería su parte, de modo que tomó también la comida de ella.

—Loretta, ¿qué va a pasar con nosotros ahora? —dijo Moses, pensando que por estar arriba en la casa podría saberlo mejor.

Priscilla se acercó más por detrás de su esposo y Loretta pudo ver el tercio de su cuerpo que el hombre no tapaba.

—No lo sé, Moses. Tendremos que esperar y ver.

Los tres pensaban en los seis esclavos de la familia blanca, a un corto trecho carretera abajo, los seis esclavos que estaban tan cerca que eran como de la familia para los esclavos de la casa de Henry. Aquellos seis eran buenos trabajadores y habían hecho a su propietario muy rico dentro de los pequeños parámetros del condado de Manchester.

—Simplemente tendremos que esperar y ver hacia dónde sopla el viento —dijo Loretta.

El hombre blanco carretera abajo había muerto cuatro meses antes, y en un principio la viuda, su tercera esposa y madre de sus dos hijos desde su segundo matrimonio, les dijo a los esclavos que no los vendería. Pero antes de que el hombre blanco se hubiese ni siquiera asentado en su tumba, su viuda los vendió para financiar una nueva vida en Europa, de la que se había informado por dos extravagantes libros ilustrados que había guardado como un tesoro y ocultado de su esposo durante años en la chimenea. Uno de los libros mostraba lo que según un artista eran las modas de París de 1825. Casi tres décadas separaban el año de publicación del libro de moda ilustrado del año en que la viuda finalmente llegó a Francia, de modo que todo el material de sus sueños, las modas de 1825, se habían quedado sin duda anticuadas cuando ella llegó. Los blancos decían que se había llevado a los dos hijos del blanco muerto a su nueva vida en París, pero la gente de color, esclavos y libres, decía que no había sido así, que la mujer había vendido a los niños una vez que estuvo a salvo fuera de Virginia. Los negros decían que, en algún lugar del mundo, conocido o desconocido, alguien no se pensaría dos veces la compra de dos felices niños blancos de regordetas mejillas y capaces de escribir y cantar como ángeles y de hacer operaciones aritméticas básicas.

Priscilla se arrimó aún más a su esposo, y la mayor parte del tercio de ella que Loretta podía ver desapareció. Priscilla dijo:

—Odiaría tener que irme de la casa del amo Henry. Odiaría no saber, otra vez, en qué lugar del mundo me encuentro.

Los seis esclavos de carretera abajo, junto con los animales y la tierra y sus equipos, habían proporcionado a la viuda poco más de 11 316 dólares, que complementaron los 1 567,39 dólares que su esposo tenía en el banco y enterrados detrás de la casa. Solamente la tierra permaneció donde siempre había estado después de que la viuda lo vendiera todo; todo lo demás, incluidos los esclavos, se dispersó a los cuatro vientos. No hubo dos esclavos que acabaran juntos. Cinco de ellos tenían parentesco de sangre. Una, Judy, se casó con un joven propiedad de Henry Townsend. Otra, Melanie, que no tenía ni siete meses de edad y acababa de acostumbrarse a la alimentación sólida, había empezado a gatear y por tanto había que estar pendiente de ella a cada segundo. Apodada «señorita Retozona» por su tío materno, la niña Melanie, alardeaban sus padres ante cualquier alma que quisiera escucharlos, tenía el espíritu de tres criaturas y gateaba y gateaba por el mundo entero hasta que alguien la alzaba para detenerla o hasta que sus manos y sus rodillas se desgastaban.

Moses volvió a rascarse los pelos de la barba, y el ambiente era tan silencioso, más allá del chisporroteo del fuego en el hogar, que alguien que pasara por el callejón podría oír los dedos al pasar por encima de la barba. En ese momento, Elias salió de su cabaña, en la siguiente puerta, con un cubo de agua vacío. Saludó con un gesto de «buenos días» a las personas que estaban junto a la entrada de la casa de Moses, pero nadie pronunció ni una palabra. Loretta le devolvió el saludo; confiaba en que Moses lo informaría sobre la muerte de Henry.

—Moses —dijo Loretta cuando Elias ya había pasado—, todo o casi todo puede esperar hasta que Henry esté a salvo en su tumba, hasta que enterremos al amo. ¿Oyes lo que te digo?

—Te oigo —dijo Moses—. Te oigo perfectamente.

—¿Hay algún problema con alguien aquí abajo? —dijo Loretta—. ¿Hay alguien que pudiera estropear el viaje de ese hombre a la tumba?

—Mejor será que le hables de Stamford —dijo Priscilla.

Stamford tenía cuarenta años y estaba desesperado por

cualquier mujer joven a la que poder agarrarse. Un hombre le había dicho a Stamford, cuando este no tenía más de doce años, que para que un hombre pudiera sobrevivir a la esclavitud debía tener siempre una mujer joven, «carne joven», según la expresión que utilizó. Sin «carne joven», un hombre estaba destinado a morir una muerte horrible en la esclavitud. «Tú no hagas eso, Stamford —le había dicho el hombre en más de una ocasión—. Debes tener carne joven cerca de ti».

—¿Qué pasa con Stamford? —preguntó Loretta, con los ojos sobre la coronilla de Priscilla, que era ya más o menos todo lo que podía ver de ella—. ¿Es Gloria otra vez?

Gloria era la carne joven más reciente de Stamford.

—Eso podría haber terminado —dijo Moses—. Creo que ella lo echó a patadas anteayer. Stamford anda por ahí sin nadie y no es un hombre feliz cuando eso le pasa.

—Por favor, contrólalo, Moses —dijo Loretta—. No lo dejes empezar nada. Podremos ocuparnos de Stamford después del funeral. No quiero alboroto justo cuando empecemos a enterrar a Henry.

—Lo controlaré —dijo Moses—, o lo romperé por la mitad en el intento.

—Nada de romper, Moses. —Loretta miró hacia el callejón, desde donde una chiquilla, de pie y con las manos en las caderas, la miraba fijamente. Loretta sabía cómo se llamaba, había ayudado a la niña a venir a este mundo. *Dime buenos días, cariño mío. Dile buenos días a Loretta* —. Nada de romper, solo vigilar. Y espero que no te equivoques con respecto al problema que supone Stamford, como te equivocaste con respecto a Elias.

—Elias sigue siendo un problema, a mi modo de ver —dijo Moses.

Loretta apartó la vista de la niña y se dirigió a Moses:

—La señora Caldonia y la señorita Fern quieren que todo el mundo vaya a la puerta principal dentro de una hora más o menos, después del desayuno —y volvió a mirar para comprobar que la chiquilla ya había desaparecido. Donde la niña había estado era por donde el sol aparecía primero por el horizonte—. Ve a decirles que Henry ha muerto.

Él asintió. Estaba descalzo. Ambos sabían la posición que ocupaba él en el escalafón de quién era y quién no era importante en la plantación de los Townsend, de modo que no se demoraba cuando ella le decía que hiciera algo. En un tiempo, no mucho después de que Henry la hubiese comprado para su esposa, Loretta había pasado algunas semanas pensando que Moses podría haber sido un buen hombre para ella, un compañero tolerable, pero una mañana la había despertado su grito desde algún lugar hacia alguien o algo. Un grito tan fuerte que todos los pájaros de la mañana guardaron silencio. Siguió gritando hasta que Henry salió y le dijo que se callara. La mañana de aquellos gritos hacía tanto frío que ella se lastimó una mano al romper el agua en la jofaina. Y mientras se vestía, con el deseo de darse un poco de abrigo, supo que no sería su hombre. Loretta les dio la espalda a Moses y a Priscilla y se alejó de su puerta.

De regreso a la casa, se cruzó con Elias, que cargaba con un cubo de agua desde el pozo.

—Dile a Celeste que Henry ha muerto —dijo ella.

—¿Le clavaron una aguja para estar seguros? —dijo Elias—. ¿Lo pincharon varias veces para estar seguros?

En un principio, antes de recordarlo todo, no entendió lo que él querría decir con eso y su boca se abrió en una pequeña O de sorpresa. Tiempo atrás él habría sido mejor hombre para ella. Loretta se quedó mirando el agua y cómo esta llegaba justo hasta el borde del cubo. No había ni una gota derramada detrás, lo cual indicaba su forma de moverse por el mundo, incluso con la cabeza descompensada, con una parte de una oreja cortada.

—Está muerto, eso es todo —dijo Loretta—. Reconozco a un muerto cuando lo veo, Elias. Se le pone cara de muerto y nada más. El amo ha muerto.

Muchos esclavos decían que el sentimiento de un siervo hacia un amo podía distinguirse en cualquier momento determinado por el hecho de que el esclavo lo llamase «Amo», *Marse* o *Massa*. *Marse* podía sonar como una maldición si una determinada mujer lo decía de una determinada manera. Alice, por ejemplo, decía *Massa*, pero salía de sus labios como una llamada de ultratumba.

—El amo ha muerto —volvió a decir Loretta, y a Elias le pareció que nunca la había escuchado decir «Amo»*. Se sintió obligado a repetir sus palabras, como para asegurarse de una vez por todas.

—El amo ha muerto.

Ella pasó a su lado y desapareció en la niebla que el sol estaba deshaciendo rápidamente. De nuevo en la casa, se quedó en la ventana de la cocina y vio al mundo salir de la niebla. No era necesario decirle a Zeddie la cocinera que preparase el desayuno, ni al hombre de Zeddie, Bennett, que preparase el fuego. Por el momento, la muerte daba todas las órdenes. Todo estaba silencioso. Loretta tenía treinta y dos años. Cuando llegó el día en que todos los esclavos dejaron de ser esclavos y decidieron que debían elegir un apellido para sí mismos, ella no escogería Townsend ni Blueberry ni Freeman ni Godspeed ni Badmemory, como harían muchos. No elegiría nada, y con nada se quedó incluso cuando decidió casarse.

Moses recorrió el callejón de cabañas, ocho a un lado del callejón y ocho al otro, dispuestas exactamente tal y como Henry Townsend las había visto en un sueño a los veintiún años, cuando no tenía ningún esclavo a su nombre. En un principio Moses pensó que podría enviar a su hijo o a otro niño a decirles a todos que se reunieran delante de la casa, pero al salir de su cabaña y ver la niebla bañada por el sol deshilachándose

---

* *Master*. Las tres palabras, *Master*, *Marse* y *Massa* significan lo mismo: amo. *Marse* y *Massa* son variaciones de *Master*.

hasta deshacerse, comprendió que esta sería una de las últimas cosas que haría por su amo. Sin saber que Loretta ya se lo había dicho, fue a la cabaña de Elias primero, la siguiente a la suya, y Celeste, la esposa de Elias, salió a la puerta. Bien porque presintió algo o porque estaba a punto de dejar entrar algo de aire de la mañana, Celeste abrió la puerta antes de que él pudiera llamar.

—El amo ha muerto —dijo Moses.

—No me digas —dijo ella, y asomó la cabeza por la puerta sin más y levantó la vista hacia la casa, como si pudiera haber un letrero en el porche anunciando la noticia.

—Tenemos que subir a la casa —dijo Moses.

—Elias —llamó Celeste a su esposo, volviéndose para mirarlo—. Murió Henry.

Pudo leer en sus ojos que él ya lo sabía y que simplemente no se había molestado en decírselo. La más insignificante mota de suciedad en una de las mejillas de sus hijos era importante, pero la muerte de su amo no lo era más que la muerte de una mosca en un lugar extraño del que jamás hubiese oído hablar. Celeste tampoco quería a Henry, pero la muerte le había arrebatado todo su poder y ahora ella podía permitirse un poco de caridad.

—Murió Henry. Que Dios se apiade de él —dijo ella, y cojeó hasta Elias, hasta sus tres hijos que jugaban sobre un camastro.

La cojera era horrible, y a la mayoría de las personas le dolía verla porque pensaban que le debía resultar doloroso moverse. Por mucho menos se les pegaba un tiro a los animales, pensó Moses en una ocasión después de que Henry la trajera. Pero era una buena trabajadora, coja o no coja.

Moses recorrió de arriba abajo el callejón y se lo dijo a todos. Todas las cabañas, menos una, estaban ocupadas. Un hombre, Peter, había muerto en aquella, y su viuda, May, la había abandonado para dejar al espíritu de Peter tiempo y espacio para preparar su partida. Antes de que Moses hubiese llegado a la última cabaña de su lado del callejón, la que Alice, a quien él llamaba la «paseante nocturna», compartía con Delphie y su hija Cassandra, los esclavos llenaban el callejón. Algunas de las mujeres habían llorado al recordar cómo sonreía Henry o cómo se les unía en el canto, o por pensar que la muerte de cualquiera, bueno o malo, amo o no, cortaba un árbol más en el bosque de la vida que los protegía de su propia muerte; pero la mayoría no dijo ni hizo nada. Su mundo había cambiado, pero todavía no podían entender de qué modo. Un negro había sido su dueño, cosa extraña para muchos en ese mundo, y ahora que estaba muerto, tal vez un blanco los compraría, lo cual no era tan extraño. Pasara lo que pasara, no obstante, el sol se alzaría sobre ellos al día siguiente, seguido por la luna, y los perros irían detrás de sus propios rabos y el cielo seguiría como siempre fuera de su alcance.

—No he dormido bien —le dijo un hombre a su vecino al otro lado del callejón, enfrente de Elias.

—Pues yo sí —respondió el vecino—. He dormido como si me pagaran por ello, he dormido tanto como tres mujeres blancas libres de preocupaciones en este mundo.

—Bueno —dijo el primer hombre—, suena como si te hubieses quedado con una parte de mi sueño. Mejor será que me lo devuelvas. Mejor será que me lo devuelvas antes de que desgastes mi sueño de tanto utilizarlo. Devuélvemelo.

—Oh, lo haré —dijo el vecino, riéndose, a la vez que inspeccionaba los hilos sueltos de su ropa—. Te prometo que lo haré. En cuanto acabe. Mientras tanto, pienso usarlo otra vez esta noche. Ven por él por la mañana.

Ambos rieron.

A menudo sucedía que Alice, la paseante nocturna, estaba de pie justo al otro lado de su puerta cuando Moses la abría cada mañana, vestida y preparada para trabajar, como si hubiese estado esperándolo de pie junto a la puerta toda la noche. Ahora esperaba y sonreía, con la misma sonrisa que tenía para todo, desde la muerte del bebé de una vecina hasta las cuatro naranjas que Henry y Caldonia daban a cada esclavo el día

de Navidad por la mañana. *«Bebé muerto bebé muerto bebé muerto*
—canturreaba—. Naranjas de Navidad naranjas de Navidad na-
ranjas de Navidad por la mañana».

—No quiero que hagas ninguna tontería, mujer —dijo ahora Moses. Se volvió y vio a Stamford, el buscador de carne
joven, en medio de la multitud, que observaba a Gloria, que ya
no quería ser su carne joven—. Murió el amo —le dijo Moses a
Alice—. No hagas ninguna tontería esta mañana, mujer.

Alice siguió sonriendo.

—El amo murió el amo murió el amo murió.

—Cállate, chica —dijo Moses—. Respeta a los muertos
como es debido.

Según se decía, el mulo que había coceado a Alice en la cabeza cuando era años más joven había sido un mulo tuerto, pero
no era más terco por el hecho de ser tuerto que cualquier otro
mulo. También se decía que, cuando ella volvió en sí, momentos después de la coz, abofeteó al mulo y le soltó una palabrota.
Esto fue antes de que Henry la comprara por 228 dólares y dos
cubos de manzanas en la hacienda de un hombre blanco sin
herederos y temeroso de los mulos. Fue la palabrota lo que hizo
que todo el mundo supiera que se había vuelto loca, pues antes
de la coz Alice era conocida como una dulce muchacha que se
expresaba con dulces palabras.

—¿Moses? —Delphie apareció detrás de Alice, su compañera de cabaña.

—El amo murió —dijo Moses—. Tú y Cassie lleven a Alice
y únanse a los demás en la casa.

—¿Murió el amo, Moses? —dijo Delphie—. ¿Qué va a ser
de nosotros?

Delphie cumpliría cuarenta y cuatro años en unos meses y
ya había vivido más que cualquiera de sus antepasados, más
que todos y cada uno de ellos. No conocía esta historia de sus
propios ancestros, era solamente la sensación en sus huesos de
que llevaba algún tiempo aventurándose en un lugar desconocido, y esa sensación le hacía sentir la esperanza de un camino

que no alzase obstáculos demasiado insalvables para sus pies
y para su alma. Vivir hasta ver los cincuenta era un deseo que
empezaba a atreverse a tener. Me llamo Delphie y tengo cincuenta años. Cuéntenlos. Empiecen por el uno y cuéntenlos.
Uno Delphie, dos Delphie, tres Delphie. . . Antes de llegar a
los cuarenta su único deseo era que el mundo fuese amable con
su hija Cassandra, o Cassie, como algunos la llamaban. Ahora
un segundo deseo era empezar a envejecer, y tenía miedo de
que desear ver los cincuenta pudiese hacer que Dios volviese
la espalda a su primer deseo sobre su hija. Dios podría decir:
*Decídete con tus deseos, Delphie, yo no tengo todo el día y a ti no se te
concederá más de un deseo.* Delphie le dijo a Moses:

—¿Tendremos que irnos de aquí? ¿Nos venderán?

—Lo único que sé es que ahora es por la mañana y que el
amo ha muerto —dijo Moses—. Tú y Cassie lleven a Alice y
suban a la casa como todos los demás.

—El amo murió el amo murió el amo murió —canturreó Alice.

—Ya vamos —dijo Delphie.

Miró a su hija y Cassandra encorvó los hombros. A las dos
las habían comprado juntas, una de las pocas veces que Dios
había respondido a los rezos de Delphie. Ahora se preguntaba
si debía rezar por el alma de Henry. Se le ocurrió mientras se
dirigía a la casa que una oración por un hombre que era uno de
los hijos de Dios no sería un despilfarro. Todos los días rezaba
para que su comida se quedara en su estómago, oraciones de
docenas de palabras. De modo que podía permitirse diez palabras por el alma de Henry Townsend. Delphie vio a Stamford
dos personas detrás de Gloria, la mujer que ya no lo quería. Si
toca a Gloria, pensó Delphie, golpearé a ese idiota aquí mismo,
delante de todos.

Se había reunido ya una multitud en el callejón y Moses se
abrió paso lentamente a través de ella, a través de la incerti-
dumbre de veintinueve adultos y niños. En su cabaña encontró
a Priscilla y a Jamie, su hijo, que hacía juegos de manos con
Tessie, la hija mayor de Elias y Celeste. Moses se dirigió hacia la

casa y todos los demás lo siguieron, los niños brincando durante todo el camino como hacían los domingos, su día libre. Todos los niños, excepto los que iban en los brazos de sus padres, iban por delante de todos los adultos. Encontraron a Caldonia en el porche, y junto a ella, a un lado, estaban Augustus y Mildred, los padres de Henry, y al otro lado estaba Fern Elston, la maestra, que sujetaba la mano de Caldonia. Augustus y Mildred habían llegado menos de una hora antes. Detrás de Caldonia estaban su madre y su hermano gemelo. Loretta la doncella estaba en la entrada y tras ella se encontraban Zeddie la cocinera y Bennett, su hombre. La niebla había desaparecido y el día comenzaba una vez más a ser hermoso.

Caldonia se acercó al extremo del porche y alzó la cabeza por primera vez desde su salida por la puerta principal. Llevaba puesto el vestido de luto negro y el velo que su madre le había traído. El sol le daba de lleno en la cara, pero no se resguardaba los ojos. Había estado llorando antes de cruzar el umbral, y sabía que las lágrimas volverían pronto, de modo que quería darse prisa en pronunciar al menos unas pocas palabras. Fern puso un brazo alrededor de Caldonia y Caldonia se levantó el velo.

—Ya saben que nuestro Henry nos ha dejado —les dijo a sus esclavos—. Nos ha dejado para bien, nos ha dejado para ir al cielo. Recen por él. Dedíquenle todas sus oraciones. Se preocupaba por ustedes y yo siento la misma preocupación. Yo siento el mismo amor.

No había considerado con antelación lo que iba a decir. Ni una sola de sus palabras era original; formaban parte de algo que había escuchado en algún otro lugar, algo que tal vez su padre le había contado para que se durmiera, algo que tal vez Fern Elston había metido mucho tiempo antes en la cabeza de Caldonia y en las cabezas de docenas de otros estudiantes.

—Por favor, no se inquieten —les dijo Caldonia a los esclavos—. Yo estoy aquí y no me voy a ir a ninguna parte. Y ustedes estarán conmigo. Estaremos juntos en todo esto. Dios está con nosotros. Dios nos dará muchos días, días buenos y radiantes, días buenos y dichosos. Su amo tenía un trabajo que hacer, su amo quería cosas mejores para ustedes y para sus hijos y para este mundo, y yo también deseo esas cosas para ustedes. Les ruego que no se inquieten. Dios está con nosotros.

Algo que había leído en un libro, escrito por un blanco en otro tiempo y otro lugar. Henry siempre había dicho que deseaba ser mejor amo que cualquier blanco que él hubiese conocido. No comprendía que la clase de mundo que deseaba crear estaba condenado al fracaso antes incluso de que ni siquiera pronunciara la primera sílaba de la palabra *amo*.

Caldonia titubeó y rompió a llorar, y Augustus, su suegro, la tomó en sus brazos, y luego, poco después, la puso en los brazos de su hermano y su hermano la hizo entrar en la casa, seguida por su madre y Fern Elston y Loretta.

Augustus bajó los escalones y Mildred fue tras él. Sabían todo lo que pasaba por los corazones de los esclavos, sabían todo lo que estaban pensando. Los esclavos se acercaron a ellos, sin decir una palabra. Augustus había bajado los escalones no para aceptar sus condolencias, sino porque ahora sabía, después de oír hablar a Caldonia, que la muerte de su hijo no los haría libres. Sabía que ninguno de ellos había creído en ningún momento que la muerte fuese a darles la libertad, no era de esa benevolente manera como su mundo se desplazaba por el universo. Pero él mismo lo había creído, lo había esperado desde el momento en que sonaron los golpes en su puerta a las dos de aquella madrugada. «Augustus, lo siento, pero la señora me dice que le diga que el amo Henry ha muerto», había dicho Bennett, sosteniendo su autorización en una mano y el farol en la otra para que su rostro pudiera verse en la oscuridad. Augustus había creído en Caldonia, había creído siempre en ella, pues había visto en ella desde un principio una luz inexistente en su propio hijo nacido en la esclavitud. Pero aquella luz no estaba en sus palabras. De modo que él y Mildred bajaron los escalones para ofrecer sus propias condolencias. Atravesaron la multitud, abrazaron a hombres y mujeres, besaron las mejillas de los niños, pues en el transcurso de los años habían llegado a conocerlos.

Fue antes de llegar ellos al final de la multitud cuando William Robbins apareció en la casa en un coche de caballos conducido por su hijo, Louis. Louis y Caldonia y su hermano gemelo, Calvin, habían sido compañeros de escuela, todos alumnos de Fern. Robbins iba sentado en el asiento trasero con Dora, la hermana de Louis, otra de las compañeras de escuela de Caldonia. Robbins bajó del coche, dio la vuelta y ayudó a Dora a salir. Ninguno de los esclavos se movió; con un amo y una ama negros, un hombre blanco era entonces una rareza cotidiana para muchos de ellos. Robbins se quitó el sombrero y se acercó a los escalones de la entrada y subió hasta la puerta y sus hijos lo siguieron. Augustus observó en todo momento al hombre blanco. Robbins no había mirado ni una sola vez a su alrededor, pero al llegar a la puerta estalló una tormenta en su cabeza y lo hizo darse la vuelta.

—¿Señor? —dijo Louis—. ¿Señor?

Robbins llegó hasta el extremo del porche y miró a todos desde arriba.

—¿Qué les he dicho? —preguntó a los congregados—. ¿No se lo he dicho a todos?

Dora le preguntó a su padre qué sucedía. Excepto por la piel un poco más oscura y por la diferencia de edad, Dora era la viva imagen de la hija que Robbins había tenido con su esposa blanca.

—¿Qué les he dicho a todos?

Un viento, suave pero insistente, atravesó la cabeza de Robbins y la tormenta se calmó y casi un instante después alzó una mano para saludar a la multitud. La gente no reaccionó. Robbins sabía que algo había sucedido en el minuto que acababa de pasar, pero no podía saber qué, no podía saber de qué modo podía haberse deshonrado, incluso ante un puñado de esclavos. Entonces recordó que se encontraba allí porque había muerto un hombre por quien había sentido afecto. Henry, el buen

Henry, había muerto. Dora se acercó por detrás a su padre y puso con suavidad una mano sobre su hombro.

—Entremos ahora —dijo ella.

Robbins se dio la vuelta y abrió la puerta de Caldonia sin llamar. Sus dos hijos lo siguieron. Calvin salió de la casa y bajó a decirles a todos que Caldonia no quería que nadie trabajase aquel día ni el siguiente, cuando estaba previsto celebrar el funeral.

—Moses —dijo—, dime si alguien necesita lo que sea.

Quería decir lo que fuera que alguien pudiera necesitar para preparar un ataúd y una tumba para Henry. Stamford, en un intento de impresionar a la mujer que ya no lo quería, hizo el alarde de estrechar la mano de Calvin y decir que sentía mucho lo del pobre amo Henry. Calvin asintió. Calvin deseaba quedarse allí con ellos, pero tenía miedo de no ser acogido como lo habían sido Mildred y Augustus. Su madre y él tenían trece esclavos en propiedad, pero no era un joven feliz. Siempre que hablaba con ella de liberarlos, como hacía a menudo, Maude, su madre, los llamaba su legado y decía que la gente en sus cabales no vendía sus legados.

Ningún otro esclavo se acercó a Calvin y él se dispuso a irse. Augustus le dijo a su espalda:

—Dile a Caldonia que enseguida subimos.

Calvin asintió de nuevo y empezó a caminar hacia la casa. Su padre había muerto de una muerte lenta tres años antes; se había marchitado y secado como una hoja en un diciembre sin lluvia, y Calvin siempre había sospechado que su madre lo había envenenado porque su padre había planeado liberar a todos sus esclavos, su legado. «Querida Maude, quiero presentarme ante Dios con la mente limpia», decía el padre de Calvin una y otra vez. Después de la muerte de su padre, Calvin se quedó con su madre, en la casa de ambos, rodeado por el legado que no deseaba, porque Maude le decía que a ella tampoco le quedaba mucho tiempo en este mundo. Se quedó también porque deseaba estar cerca de Louis, el hijo de William Robbins, a quien Calvin amaba pero que nunca podría corresponder al amor de Calvin. Calvin se apartó entonces de la reunión de esclavos y de Augustus y Mildred y subió los escalones y se detuvo; permaneció allí mucho tiempo, a dos pasos de la puerta.

Los esclavos y Mildred y Augustus bajaron por el callejón hasta las cabañas. Incluso ahora que Henry se había ido, especialmente ahora, Mildred y Augustus no tenían intención de quedarse en la casa que su hijo y su esclavo habían construido. Se quedarían en la cabaña que habían dejado solo unos días antes, después de que Henry les hubiese asegurado que se estaba recuperando.

Los esclavos que Henry Townsend dejó a su esposa eran trece mujeres, once hombres y nueve niños. Entre los adultos estaban los sirvientes domésticos, Loretta, Zeddie y Bennett, que vivían y trabajaban en la casa. Ocasionalmente algunos adultos y niños podían trabajar en la casa, dependiendo de las tareas que hubiese que hacer y de si eran necesarios en los campos. Cuando la multitud regresaba al callejón, algunos de los niños se quedaron ante la fachada, y a la cabeza de aquellos niños estaba la hija mayor de Elias y Celeste, Tessie. Empezó a brincar, pero un adulto le dijo que una persona había muerto y que los brincos debían dejarse para otro día. Tessie cumpliría pronto seis años y como buena hija de sus padres escuchó y dejó de saltar. Tessie vivió hasta los noventa y siete años y hasta el día de su muerte conservó la muñeca que su padre le estaba haciendo. Ella y la muñeca, que mucho tiempo atrás había perdido el pelo de maíz que Elias su padre le había puesto, sobrevivirían a dos de sus hijos y la muñeca la sobreviviría a ella. Junto a Tessie aquel día, en su regreso al callejón, estaba Jamie, el hijo de Priscilla y Moses el capataz. Era bastante travieso y era el niño negro más gordo en cuatro condados; tenía ocho años y era el mejor amigo de Tessie. Jamie siempre decía que él y Tessie se casarían algún día, pero tal cosa no sucedería nunca.

Grant, de cinco años, el mayor de los hermanos de Tessie, la sujetaba de la mano en su regreso al callejón. Grant y otro

niño del callejón, Boyd, también de cinco años, habían sufrido idénticas pesadillas durante semanas. Lo que Grant soñaba
una noche, Boyd lo soñaba la noche siguiente. Y luego, días
más tarde, sucedía lo contrario, y el sueño de Boyd cruzaba el
callejón y se metía en la cabeza soñadora de Grant. «Solo in-
tentas hacer lo mismo que yo», se burlaban el uno del otro bajo
la seguridad del sol. A ambos les aterraba irse a dormir, pero
habían encontrado un extraño placer en comparar los sueños,
recordar y compartir algún detalle que el otro muchacho podía
haber olvidado. «¿Viste a ese enorme gigante de sombrero azul
que venía hacia ti?». «No tenía nada azul. Era todo amarillo».
«Pues yo lo vi azul». «Pues lo viste mal». En los últimos días
las pesadillas habían amainado y se decía que, con la llegada
del otoño, los sueños terminarían por completo. Elias llevaba
en brazos a su tercer hijo, Ellwood, de trece meses. Celeste
cojeaba detrás de su marido. Estaba embarazada de tres meses
de su cuarto hijo.

Dos de los otros niños que iban delante de la multitud aquel
día eran gemelos de tres años, Caldonia y Henry. Los gemelos
habían sufrido un maleficio el año anterior y habían sido víctimas durante casi dos semanas de una enfermedad paralizante
y febril que el doctor blanco no fue capaz de entender y por
tanto no pudo curar. Recomendó que toda la plantación fuera
puesta en cuarentena y John Skiffington, el comisario, usó a
sus patrulleros para garantizar que así se hiciera. Cada día y
cada noche de la enfermedad de los niños Caldonia estuvo con
ellos, excepto cuando subía a la casa para cambiarse de ropa.
Finalmente, Delphie, que sabía algo de hechizos, le dijo a la
madre de los gemelos que los pusiera a dormir con los extremos
de las cabezas en contacto, y a los dos días los niños se habían
recuperado. Delphie conjeturó que se había creado un vínculo
mientras los gemelos estuvieron en el vientre de la madre y que
ese vínculo se había cortado de mala manera al nacer. Solamente el hecho de dormir cabeza con cabeza podía restablecer
ese vínculo y prepararlos para el resto de sus vidas juntos. Los

gemelos vivieron hasta los ochenta y ocho años. Caldonia murió primero, y aunque su hermano Henry tenía una vida buena
y feliz con una buena esposa y una numerosa prole, decidió
seguir a su hermana. «Nunca me ha llevado por mal camino en
todo este tiempo —le dijo a su mejor amigo mientras tomaban
un trago la noche antes de decidir morirse de repente—. No
creo que vaya a equivocarse esta última vez».

También a la cabeza del grupo iba Delores, de siete años, y
su hermano Patrick, tres años menor. Delores vivió hasta los
noventa y cinco años, pero su hermano murió a los cuarenta y
siete, alcanzado por tres disparos de un hombre cuando Patrick
salía por la ventana del dormitorio de aquel hombre después de
haber estado con su esposa. La noche que lo mataron había tenido la opción de elegir: bajar a hasta el fondo y pasar la noche
jugando a las cartas o entrar por la ventana del dormitorio de
aquel hombre donde la esposa esperaba, toda húmeda y ávida y
demás. «Necesito lo que tú tienes, P Patrick —le había dicho la
esposa horas antes aquel día—. Lo necesito de veras». A Patrick
no le habían salido buenas cartas aquella semana. Había perdido ya 53 dólares y debía a un mal hombre otros 11 dólares, de
modo que pensó que tendría mejor suerte con la esposa de aquel
hombre. «Dame eso que tú tienes, P Patrick».

Augustus y Mildred volvieron a quedarse en la cabaña donde habían estado en su visita durante la enfermedad de
Henry. Peter y su esposa May habían vivido en aquella cabaña
hasta unas cinco semanas antes, cuando dos caballos, asustados
por algo en el establo que solo ellos pudieron ver, atropellaron a
Peter en su estampida. El niño de May tenía ahora siete meses
y cuando todos volvían al callejón, iba en brazos de un vecino
de la cabaña contigua a aquella en la que Peter y May habían
vivido. Después de haber sido pisoteado por los caballos, habían llevado a Peter a su cabaña y allí fue donde murió. May
había abandonado la cabaña durante el mes necesario para dar

al espíritu de Peter tiempo suficiente para despedirse y encontrar su camino hacia el cielo. Pero después de aquel mes no había vuelto. Al día siguiente del funeral de Henry Townsend, May, conocida por su obstinación, decidió que el hecho de que Mildred y Augustus se quedaran en la cabaña por segunda vez era la forma de Peter de decirle que se encontraba en casa y a salvo. Volvió a la cabaña.

Aunque aquel día no se trabajó en los campos, había cosas que hacer para que el mundo no se interrumpiera. Ordeñar las vacas, herrar a un mulo, recoger los huevos, reparar un arado, barrer las cabañas para que no se acumulase más suciedad y polvo de la que ya había dentro. Y había que dar alimento a los cuerpos de los esclavos y los animales y había que cuidar las lumbres. Todos ellos, todos excepto los niños menores de cinco años, fueron a trabajar, después de decidir que la comida podía esperar hasta que acabasen los coros matinales, puesto que tenían el resto del día para ellos. Mildred y Augustus participaron en todas las tareas, pues no eran ajenos al trabajo.

Hacia el mediodía, Calvin y Louis bajaron y le dijeron a Moses que había que cavar la tumba. Había un terreno de considerable tamaño en la parte de atrás y hacia la izquierda de la casa, donde Henry había previsto que serían enterrados él mismo y Caldonia y sus descendientes. Se encontraba en la misma parcela donde eran enterrados los esclavos, pero aparte, tal como lo hacían los blancos propietarios de esclavos. El cementerio de esclavos estaba casi vacío de adultos, a diferencia de las generaciones de hombres y mujeres que había en otros cementerios de esclavos del condado de Manchester. Henry Townsend no había sido amo durante tiempo suficiente para que sus esclavos adultos murieran de vejez y poblaran el cementerio. En aquel cementerio de esclavos reposaba Peter, el hombre pisoteado por los caballos. La gente creía una de dos cosas: que las bestias habían percibido algo siniestro en el establo y huyeron en estampida o que los caballos habían percibido algo sagrado justo al otro lado de la puerta del establo y sintieron la necesidad de acercarse a esa presencia. En todo caso, Peter, padre de una niña no nacida, se encontraba en medio. El cementerio acogía también a Sadie, una adquisición bastante reciente de Henry en el momento de su muerte. Una mujer alta, de cuarenta años, que cinco años antes se había quedado dormida con el estómago vacío después de catorce horas en el campo y no había vuelto a despertarse. Además de la compañía de Peter en la muerte, casi siempre había estado sola en la vida, debido tal vez al poco tiempo que llevaba en la plantación. No tenía marido, aunque se había acostado dos veces con un hombre de otra plantación. El amo de ese hombre, un blanco con cinco esclavos a su nombre, permitió al esclavo asistir al funeral de Sadie, aunque advirtió a Andy que si el funeral se prolongaba demasiado, como a veces ocurría con los funerales de negros, debía marcharse y regresar directamente a la casa. Le escribió a Andy una autorización que expiraba a las dos en punto de la tarde. En el cementerio de esclavos había diez recién nacidos: cinco niñas, cinco niños, tan solo dos de ellos parientes; ninguno había conocido su segundo año de vida. Ninguno había muerto por la misma causa. Una imposibilidad de digerir ni siquiera la leche materna, una infección por una quemadura de una brasa voladora, una muerte silenciosa e inexplicada durante la noche, como para no perturbar el sueño de la madre. Uno había muerto amarrado a la espalda de la madre mientras la mujer trabajaba en los campos, dos días antes del final de la recolección, un día que Loretta la doncella y Caldonia la señora estaban fuera y Zeddie la cocinera se enfermó y no pudo cuidar del bebé. El único niño de más de dos años enterrado en el cementerio era Luke, de doce años, un muchacho larguirucho de dulce carácter, muerto por el duro trabajo en una granja a la que había sido arrendado por dos dólares a la semana. Un muchacho a quien Elias y Celeste habían querido. Henry hizo traer a la madre de Luke para el funeral desde dos condados de distancia, pero nadie pudo encontrar a su padre. Ambos cementerios estaban en una elevación, ambos protegidos por árboles, algún manzano, algunos cornejos, un imponente magnolio y algunos otros árboles de escaso valor. Ambos cementerios estaban a muy corta distancia el uno del otro.

Calvin, el gemelo de Caldonia, fue el primero en cavar la tierra; cavó casi medio metro de profundidad y subió y le pasó la pala a Louis. Este, al igual que Calvin, no era un hombre habituado al trabajo duro, pero por su forma de cavar no lo parecía. Louis le entregó la pala a Augustus, que se esforzó hasta que Calvin le dijo que había hecho un gran trabajo y que tal vez querría pasarle la pala a Moses. Cuando Moses ya estaba en el pozo, William Robbins salió de la casa seguido por Dora, su hija. Robbins permaneció sin decir nada en el lugar durante casi media hora, observó a los hombres trabajar y luego se dio la vuelta y volvió a entrar en la casa con Dora. Después del funeral del día siguiente, no volvería a ver la plantación hasta el día de la boda de Louis con Caldonia. En la casa, mientras los hombres cavaban la tumba, a Henry Townsend lo habían lavado y vestido y lo habían tendido sobre una mesa de enfriamiento en el salón.

El siguiente fue Elias, que cavó y luego le pasó la pala a Stamford, de cuarenta años. Stamford, además de acosar a las mujeres jóvenes, podía ser un hombre de lo más desagradable si permanecía inactivo demasiado tiempo. Cuando era sincero consigo mismo, Stamford sabía que sus días con Gloria habían llegado a su fin. Ahora investigaba a Cassandra, la compañera de cabaña de Alice, pero Cassandra ya le había dicho una vez que no tenía intención de irse con un perro viejo lleno de pulgas. A Gloria, de veintiséis años, le encantaban los panecillos, le encantaba abrirlos calientes y empaparlos en melaza cuando se lo podía permitir. Stamford sabía hacer los panecillos como a ella le gustaban, pero eso no había sido suficiente. Se habían peleado todo el tiempo; una de las veces fue una batalla que duró toda la noche y ambos, magullados y doloridos, no estuvieron en condiciones de ir a los campos al día siguiente.

Una semana después de la pelea, Henry hizo que Moses los separara. Fue buena cosa, decía la gente, porque una semana más tarde Gloria lo habría matado. Stamford tenía un plan para gustarle a Cassandra, su tercer plan aquel verano. Aquel día, semanas después, en el que Stamford vería a los cuervos caer muertos de los árboles, antes de dirigirse él mismo hacia la muerte, se despediría de Gloria y se despediría de Cassandra, de toda aquella excelente carne joven que aquel hombre le había dicho en una ocasión que le permitiría sobrevivir a la esclavitud. «Sin toda esa carne joven, Stamford, morirás esclavo. Y no será una muerte agradable».

Cuando Stamford acabó, Calvin tomó de nuevo la pala y poco después casi dos metros de longitud quedaron finalmente listos para Henry. Los hombres recogieron entonces la madera de la carreta en la que habían venido Augustus y Mildred y la llevaron al segundo establo, donde hicieron un ataúd para Henry. La madera era de pino, que era con la que enterraban a prácticamente todo el mundo en el condado de Manchester, Virginia. Los esclavos a veces también eran enterrados con pino si se habían portado siempre bien y sus amos consideraban que lo merecían.

Poco después de las dos de la tarde, William Robbins salió con Dora y Louis, él hacia su plantación y ellos hacia la casa que compartían con su madre en las afueras de la ciudad. El resto del día pasó sin pena ni gloria y no sucedió nada bueno ni nada malo.

Alice, la mujer que deambulaba por las noches, había comenzado a sentirse inquieta mucho antes de la hora de acostarse. «Déjala tranquila», le repetía Cassandra a su madre, Delphie, que buscaba la forma de calmar a Alice. Las tres compartían su cabaña con una jovencita huérfana. Finalmente, dejarla en paz fue justo lo que Delphie tuvo que hacer y sacudió la cabeza cuando Alice salió por la puerta. Alice tenía un pequeño corte en un pie

por haber caminado por todas partes la noche anterior, la noche
que su amo murió. Pero el corte no le impedía ahora pasearse de
una punta a la otra del callejón, canturreando. «El amo murió el
amo murió el amo murió». Moses no salió aquella noche para estar a solas consigo mismo en el bosque, pero antes de irse a dormir
sí recorrió la plantación para asegurarse de que todo estuviera en
orden. Le dijo a Alice que se callara tres veces y la última vez ella
le hizo caso y se limitó a dar vueltas de una punta a otra del callejón. Si Augustus y Mildred, en la cabaña de May, escuchaban
los canturreos de Alice sobre su hijo muerto no lo exteriorizaron.
Finalmente, Alice echó a andar hacia el ahumadero.

Caldonia y Calvin y su madre bajaron una vez al callejón
aquella noche para rogar a Augustus y Mildred que se quedaran en la casa. Ellos declinaron, como habían hecho ya en
dos ocasiones antes de aquel día. Mildred posiblemente habría
subido, si no hubiese estado con Augustus. Fern Elston bajó
también al callejón, por primera vez en su vida. Antes de entonces, antes de que el jugador cojo se hubiese marchado semanas
atrás, siempre se había quedado en la casa durante sus visitas; había preferido no mezclarse con «ningún esclavo que no
hubiese sido amansado», como ella decía. Pero el jugador que
perdió su pierna lo cambiaría todo y ella nunca volvería a ver el
mundo de la misma manera. Aquella noche, mientras caminaba
detrás de Caldonia, Maude y Calvin, pensó que el jugador, Jebediah Dickinson, seguramente habría recorrido ya más de la
mitad del camino hasta Baltimore, si lo lograba, si el caballo y
la carreta que ella le había dado aguantaban. En un mundo distinto, había pensado ella desde hacía dos mañanas después de
haberse ido él, podría haber encontrado algo con él, con o sin
pierna, con o sin piel oscura. Ni siquiera tendría que haberle
enseñado a leer y escribir, porque llegó sabiendo ya esas cosas.
He sido una buena esposa.

Moses y Priscilla salieron de su cabaña y se unieron al pequeño grupo que recorría el callejón. El humo nocturno de
los fuegos de las cenas flotaba denso a su alrededor. Caldonia,

todavía con velo, llamó a algunas puertas y asomó la cabeza al interior de una o dos cabañas para preguntar si alguien necesitaba algo. Todos los niños querían a la ama Caldonia. Su madre, Maude, le había estado diciendo todo el día que tenía que preocuparse de su «legado», pero a medida que Caldonia prestaba atención a lo que Henry, imitando a William Robbins, había denominado «el negocio de ser amo», le daba la sensación de no hacer otra cosa que escapar del hechizo de una casa que era dos veces más grande que el día anterior. Moses no paraba de hablarle mientras ella caminaba, para informarle de lo que él y los esclavos harían cuando volvieran al trabajo, lo que el sabor de la tierra le había indicado acerca de las cosechas. Su cantinela monótona le resultaba relajante, mucho más que la mano de Calvin sobre su brazo o que las sonrisas de los niños al pasar. Su charla, en cierto extraño sentido, le decía que algún día el dolor podría al menos partirse por la mitad.

Al final del callejón, volvieron. Fern se detuvo, sola, y se quedó mirando más allá del callejón, hacia los campos. Al darse la vuelta, Alice estaba frente a ella, diciéndole a Fern que el amo había muerto.

—Ya lo sé —dijo Fern—. Ya lo sabemos.

—Entonces, ¿por qué no estás preparada? —dijo Alice.

Fern miró de nuevo hacia los campos y cuando volvió a darse la vuelta, Alice había desaparecido. En cuatro generaciones, la familia de Fern había conseguido producir personas que podían fácilmente pasar por blancas. «No te cases con nadie inferior a ti —decía siempre su madre, con lo cual quería decir nadie más oscuro que ella misma, y Fern no lo había hecho. Su madre nunca le habría dado su aprobación al jugador que perdió la pierna—. Los seres humanos no deben retroceder nunca. Deben avanzar siempre». Algunos de los parientes de Fern se habían vuelto blancos, habían desaparecido al otro lado de la línea de color y no habían retrocedido nunca. Veía a algunos de sus familiares de vez en cuando: una hermana, primos, en Richmond, en Petersburg, alejándose en sus carruajes con hermosos caballos calle abajo, y ella los saludaba y ellos la saludaban y seguían a lo suyo. El marido de Fern también era jugador y malgastaba poco a poco su pequeña fortuna en el juego, pero no había nada que ella pudiera hacer al respecto. El jugador con una pierna se había ido. Nunca había conocido a nadie que se fuera a Baltimore y regresara para contárselo. *He sido una buena esposa.*

El callejón quedó en silencio cuando ellos volvieron a la casa. Moses y Priscilla entraron en su cabaña y cerraron la puerta para pasar la noche. Alice la paseante volvió al callejón, a recorrerlo de una punta a otra. En su cabaña, Augustus y Mildred se acostaron y se abrazaron. Uno de ellos empezó a hablar —no recordarían quién de ellos fue— sobre todo lo relacionado con Henry, desde su nacimiento hasta su muerte, iniciando así un proyecto de semanas que consistía en recordar todo lo que pudieran acerca de su hijo. Si hubiesen sabido leer y escribir, podrían haberlo plasmado todo en un libro de dos mil páginas. Arriba, en la casa, Calvin encendió otro grupo de velas, dispuesto a pasar la noche sentado junto a Henry. Mientras Calvin encendía las velas, Loretta cubría el rostro de Henry con una tela de seda negra; consideró que era mejor que descansara antes del viaje del día siguiente por la mañana.

Alice partió y tan pronto como llegó a la carretera comenzó a canturrear de nuevo. En voz alta, como si intentase llegar a las vigas del cielo. A poco menos de dos kilómetros de la plantación de Townsend, los patrulleros de John Skiffington se encontraron con ella.

—El amo murió el amo murió el amo murió.

—¿Qué estás haciendo aquí? —pregunto Harvey Travis, el hombre de la esposa cherokee. Sabía que Alice estaba loca, pero pensaba que su trabajo exigía hacer una pregunta incluso aunque no hubiese una respuesta lógica.

Eran tres, los patrulleros, el mismo número de siempre en esta zona del condado.

Alice siguió canturreando y luego se puso a bailar.

—Déjala en paz —dijo Barnum Kinsey—. Solo es esa loca de la casa del negro Henry.

—¡Haré lo que me dé la gana! —dijo Travis. Barnum le caía mejor cuando había estado bebiendo, cuando era más probable que se quedase callado.

—Lo único que te digo, Harvey, es que tú ya sabes que no hace ningún daño. Hasta puede ser que esté más loca de lo habitual desde que Henry murió.

—El amo murió el amo murió el amo murió.

—Me estoy cansando de verte por aquí así —dijo Travis—. Nunca duermo bien después de ver a esta cosa bailando por la carretera. Se me pone la piel de gallina.

El tercer patrullero se echó a reír, pero Barnum se quedó callado. Había una luna apagada y el tercer patrullero sostenía un farol. Skiffington había cambiado otra vez los turnos de los patrulleros y el hombre del farol era nuevo en esta parte del condado, y aunque los otros le habían asegurado que no había nada por lo que preocuparse, su esposa, embarazada de su segundo hijo, lo había hecho salir con un farol.

—Tendríamos que empezar a culpar al negro Henry cada vez que veamos a uno de sus negros en la carretera.

—Henry ha muerto. Ya te lo he dicho —dijo Barnum, y el patrullero de la farola volvió a reírse. Era muy joven—. ¿No has escuchado ni una sola palabra de lo que ha dicho ella?

Aquella mañana Barnum había prometido a su esposa que no bebería más. Habían llorado juntos y habían acabado de rodillas, rezando. Sus hijos entraron y al ver rezar a sus padres los niños se habían arrodillado también. Este era el segundo grupo de hijos de Barnum; el primer grupo ya había crecido y se había ido lejos por el mundo para olvidar a un padre que los amaba pero que, a los ojos de ese mundo, era poco más que un negro.

Alice bailó al paso del hombre que iba delante con el farol. Señaló a Travis.

—¡Ey! —dijo Travis, que temía que ella estuviese haciendo algo maléfico—. ¡Maldita sea!

Los otros patrulleros se rieron de él.

—El amo murió el amo murió el amo murió.

Alice dio patadas en el aire y señaló a Travis y a su caballo.

—¡Dios bendito! —dijo Travis—. Déjenla, muchachos. Ya déjenla —y se apartó de la mujer, que seguía pataleando y canturreando. Los otros dos patrulleros empezaron a moverse también.

Barnum se detuvo.

—Será mejor que te vayas a casa. Quiero que vuelvas a casa ahora mismo —Alice volvió a decirle que el amo había muerto. No dejó de patalear—. Ya lo sé, pero será mejor que vuelvas a casa.

Los hombres se alejaron.

Al poco rato, Alice bajó por el camino por donde los hombres habían venido. Se sacudió el polvo de la carretera del vestido. No volvería a su cabaña hasta aproximadamente las dos y media de aquella mañana. La escasa luna había desaparecido ya. Comenzó a canturrear después de unos metros y alzó la voz tanto como al principio. Un día antes de que el mulo le diera una coz en la cabeza, una mujer africana que hablaba muy poco inglés le había dicho que algunos ángeles eran duros de oído, que para hablar con ellos era mejor alzar mucho la voz.

> *En el callejón del amo un hombre muerto me encontré*
> *y a ese hombre muerto su nombre pregunté.*
> *Su huesuda cabeza levantó y el sombrero se quitó*
> *y esto y aquello me contó.*

Elias terminó la muñeca para Tessie, su hija, la noche del día que enterraron a Henry Townsend. Dejó el cuchillo de tallar en el suelo junto al tocón de árbol donde había estado sentado y sostuvo la muñeca durante algún tiempo con ambas manos, sintiéndose vacío e inquieto ahora que había terminado la tarea. Desde su matrimonio con Celeste, le había sido de ayuda tener siempre algo que hacer con las manos cuando no podía dejarlas quietas durante el sueño. Sus piernas nunca se estaban quietas, pataleaban y se retorcían en el sueño, y Celeste siempre lo amenazaba con atárselas por la noche. «Te digo, esposo, que tú quieres dejarme más lisiada todavía con esos pies que no paran de moverse».

Pasó un dedo por la cara de la muñeca y luego le besó la frente. Había querido que se pareciese a Tessie pero sabía que se había quedado muy corto. Ahora necesitaba algo más para sus manos, y pronto. Tal vez una figura tallada para su hijo mayor, un caballo. Había visto un barco en una ocasión, aquel último día con su madre, pero no se consideraba capaz de hacer un barco como aquel primero que seguía vivo en su cabeza, como un silencioso gigante marrón que se alejaba navegando bajo un cielo azul. Cualquier barco que intentase tallar acabaría siendo como aquel primer peine para Celeste, su esposa. Además, ¿dónde podría su hijo ponerlo a navegar? ¿En lo más profundo de un pozo donde ni siquiera podría verlo? Le diría a Tessie que la muñeca tenía la cara de su propia madre, pues la idea que la niña podía tener sobre el aspecto de su abuela coincidiría probablemente con el recuerdo que él mismo tenía de ella, y ese recuerdo se había quedado reducido a nada después de treinta años.

Elias se puso en pie y se sacudió las virutas de la camisa y los pantalones. Estaba solo en el callejón. La promesa silenciosa que le había hecho a Henry hacía tiempo ya no tenía ningún valor. Pero eso no importaba, hombre muerto o no. Elias alzó la vista y vio en un claro del cielo las estrellas parpadeantes que tendrían que haberlo guiado lejos. Había estado tan dispuesto, tranquilo, las piernas fuertes, el corazón desesperado por latir bajo otra luna y otro sol. Volvió a sentarse y guardó la muñeca en su camisa y se inclinó para coger otro trozo de madera. Tenía casi treinta y nueve años. Cuando empezaba a usar el cuchillo, Alice salió de su cabaña y se puso a bailar callejón abajo hasta detenerse delante de él con las manos en las caderas. Rara vez habían hablado porque ella nunca decía nada que tuviera sentido.

—¿Qué haces ahora? —dijo ella, sorprendiéndolo.

—Algo para mi muchacho.

—Bueno, pues hazlo bien, hazlo para que dure mucho tiempo —dijo Alice.

Él esperaba que ella siguiese con algún otro sinsentido, pero ella simplemente se mantuvo en la misma posición. Tal vez la luna, o su ausencia, determinara sus comportamientos.

—No te retrases —le dijo Elias—. No te retrases por ahí.

—No te retrases tú tampoco —dijo ella, y se alejó bailando.

Él la observó y por primera vez sintió miedo por ella. Empezaría por la cabeza de caballo, que sería la parte más difícil. Nada de barco. ¿Para qué meter esa idea en la cabeza de un muchacho, de todos modos? Puso la madera en su mano izquierda y el cuchillo en la derecha, y comenzó a llorar. «No te retrases —dijo una y otra vez—. No te retrases».

Dos días después de que Henry lo comprase en 1847 a los blancos recién casados que pasaban por allí procedentes del condado de Bath, Elias encontró a Celeste sentada en el suelo. Él solo conocía a Moses y a los hombres de su cabaña, pero la había visto desde lejos, cojeando de un lado a otro. Parecía haber estado jugando con dos niños, o ayudándolos, niños que ahora se alejaban a saltos. «Vamos, Celeste», decían los niños. «Enseguida voy», les había dicho ella. Se esforzó por ponerse en pie y después de muchos intentos lo consiguió. Permaneció callada e inmóvil durante un tiempo, observando los pies cubiertos por su largo vestido verde. Los niños la llamaron, pero ella no se movió. Finalmente se fue, con paso torpe. Él estuvo mirando todo el tiempo, pero no se movió para ayudarla. Fugarse había sido lo único en su mente desde que llegó de Bath con los recién casados, que habían discutido todo el camino, y no quería verse influido por ninguna otra idea. Se dio la vuelta y pensó que se alejaba antes de que ella se diese cuenta, pero

ella primero había sentido su presencia y luego lo había visto
y no lo olvidaría. Ella no había deseado su ayuda, pero sintió
como si él hubiese estado contemplando un espectáculo con
una lisiada y se hubiese divertido y eso no estaba bien.

La habían comprado por 387 dólares más o menos un año
antes que a él, y durante todo el tiempo que llevaba en la plantación nadie había considerado a Celeste una mujer mala. Nunca
llamaba «amo» o «ama» a Henry o a Caldonia; únicamente «señor» y «señora», su manera sutil de decir que no a todo. Tenía
el mejor de los corazones, decía la gente refiriéndose a Celeste.
Pero a lo largo de las semanas siguientes sintió resentimiento
por Elias por ser un mirón de mujeres lisiadas y no pudo dejar
de tratarlo mal siempre que podía. Si él estaba comiendo a solas en el extremo de un campo, ella se desviaba de su camino
para cojear cerca de él y levantar todo el polvo que podía para
ensuciarle la comida. Le gustaba trabajar una hilera enfrente
de donde él estaba, simplemente para mostrarles a los demás lo
lento que era. Le decía a la gente que él era un perezoso y no le
importaba que él la oyera. Cuando bajaba por el callejón y él se
interponía en su camino, cojeaba más rápido y lo desafiaba a no
moverse. «¿Qué le has hecho a esa mujer —le dijo alguien en
broma después de ver cómo Elias era casi atropellado—, para
que maldiga incluso el día en que naciste?».

Hacia el final de su segunda semana en la plantación de
Townsend, Elias se enfermó, con dolores de cabeza que le hacían perder el conocimiento. No podía mantener la comida en
el estómago y le salieron unas inexplicables ampollas en las
plantas de los pies. A veces tenía que tumbarse en un surco
para reponerse cuando un ataque de dolor se apoderaba de él
y parecía querer despedazarlo allí mismo. Sabía que para escabullirse una noche tenía que ser considerado como digno de
confianza, pero su trabajo se resentía con su enfermedad y Moses también se habituó a llamarlo perezoso. «Me parece que le
han dado gato por liebre, amo», le dijo a Henry un día. Elias
se despertaba por la noche y oía cómo el viento descontaba los

días que le quedaban de vida. «Mejor será que juegues. Mejor será que juegues —le decía el viento—, porque después de hoy el juego se acaba».

Nunca había sido de los que creían en hechizos, pero empezó a sentir que Celeste le estaba haciendo algo y que le causaría la muerte, muy lejos de la libertad. Soñó que ella se había quedado coja como consecuencia de sus peleas con el demonio. Pero ella no era dada a los hechizos, y por el tipo de mujer que era, su resentimiento hacia él de hecho se había disipado después de la tercera semana. Para ella, él se había convertido solo en otro hombre más que no podía soportar estar cerca de una lisiada. A la cuarta semana, sentía pena por él cuando lo veía doblado sobre el surco.

Luego, hacia la mitad de la quinta semana, él empezó a mejorar y el viento dejó de hablarle. Se había debilitado por la enfermedad, no obstante, e intentó recuperarse trabajando más duro y durante más tiempo en los campos, a veces quedándose hasta mucho después de que Moses le dijese que había terminado por aquel día. Pero incluso al llegar las semanas novena y décima su cuerpo no era lo que había sido, y al cuarto mes comenzó a desesperarse. Seguía planeando escapar, pero le preocupaba no tener fuerzas para correr durante kilómetros, no ser capaz de volverse y romperle el cuello a cualquier perro que lo persiguiera.

En su cuarto mes allí, se levantó de su camastro hacia medianoche y echó a andar, siguiendo las estrellas que apuntaban hacia el norte. Esto sucedió en la época en que los patrulleros del comisario John Skiffington se habituaban a sus nuevos trabajos. Elias había recorrido unos ocho kilómetros desde la casa de Townsend cuando empezó a perder fuerza. Se comió la mayoría de los panes de azada* que había llevado consigo, con la idea de que el problema estaba en un cuerpo que se rebelaba

---

* Variación de pan o torta de maíz, similar a los panes de ceniza. Se hace con maíz, agua y sal sobre la hoja de una azada o un azadón y directamente sobre el fuego, de ahí su nombre de *pan de azada*.

por hambre. Se detenía lo más a menudo que podía para reponer fuerzas, pero cada vez que volvía a empezar se sentía más débil que antes. Cuando llevaba poco más de diez kilómetros casi se arrastraba, y al llegar a los trece kilómetros se desmayó. Se despertó, tirado en la carretera, y oyó un caballo acercarse lentamente hacia él. Sin saber a ciencia cierta por dónde venía el caballo, empezó a arrastrarse hacia la cuneta de la carretera donde había hierba crecida. Separó la hierba y se hizo sitio y escuchó al caballo acercarse y detenerse. Era William Robbins montado sobre Sir Guilderham.

—Quienquiera que seas, sé que estás ahí —dijo Robbins—. Sal si eres un negro, y si eres un blanco, dime tu nombre y te dejaré en paz.

Robbins esperó varios minutos y luego se abrió la chaqueta y desenfundó la pistola de una sola bala.

—Entonces eres negro y no blanco —dijo. Disparó una vez contra la hierba, rozando el muslo izquierdo de Elias. Elias no se movió y después de un rato Robbins dijo, mientras desenfundaba otra pistola—: Huelo tu sangre desde aquí. Si no quieres que la derrame aún más, levántate y acércate.

Robbins apuntó y en ese momento Elias se puso en pie, con los brazos en alto y las manos abiertas. No había luna llena, pero era lo suficientemente clara como para que Robbins viese los dedos de Elias que se movían nerviosos. La sangre manaba despacio por su pierna.

—¿Eres libre o esclavo?

—Esclavo.

—Y no tienes autorización. Puedo estar seguro de eso simplemente por el olor del miedo en tu sangre. ¿A quién perteneces?

—Al amo Henry Townsend, señor.

El «señor» era para que no le disparase otra vez por pura maldad.

—Ven aquí. ¿Qué haces merodeando por aquí?

—Nada, señor.

Elias comenzó a moverse, pero encontró su pierna izquierda

encharcada en sangre y tuvo que levantarla para avanzar. Cuando llegó hasta Robbins, el hombre blanco se inclinó y le dio un puñetazo en la mandíbula con toda su fuerza y Elias retrocedió. Entonces dio dos pasos rápidos hacia Robbins, pensando que si mataba al blanco no habría más testigo que el caballo. Pero Robbins amartilló la segunda pistola y le apuntó. Elias se detuvo.

—Conozco a Henry Townsend —dijo Robbins—, y si tengo que pagar por un esclavo muerto, lo haré. ¡Ven aquí! —Mantuvo la pistola a pocos centímetros de la cara de Elias y le dio otro puñetazo. Elias cayó al suelo—. Si quieres vivir hasta los cien años, tendrás que aprender a no enfrentarte con un hombre blanco.

El rumor pareció extenderse entre los esclavos de las tierras de Henry incluso antes de que la mayor parte de ellos saliesen de sus cabañas: alguien se había fugado. Era domingo y Moses durmió hasta tarde y fue el último en enterarse. La gente se alegraba por Elias. «El alma de alguien ha escapado. Allá va. Sientan esa brisa que viene de sus alas. Dios Todopoderoso». Stamford no era capaz de recordar la cara de Elias y creía que era el tipo de piel oscura con un lunar como un escarabajo de grande en la mejilla izquierda, hasta que Delphie le recordó que al tipo del lunar Henry lo había vendido porque le gustaba pelearse con todo el mundo.

—Se peleaba desde que se levantaba hasta que cerraba los ojos. Veía su sombra persiguiéndolo por detrás y empezaba a pegarse con ella. Pobre infeliz. Señor. . . Se peleaba hasta contigo, Stamford —dijo Delphie.

—¡Hm! —dijo Stamford—. Esa pelea seguro que la perdió. Seguro que se quedó sin cabeza y por eso lo vendieron. Se había quedado sin cabeza y no podía trabajar. Había que vender a ese idiota para hacer carne picada.

—No es así como yo lo recuerdo —dijo Delphie.

—Entonces lo recuerdas mal —dijo Stamford y extendió los

puños hacia ella para mostrarle con qué se había tenido que enfrentar el tipo del lunar. Esto sucedía cuando Stamford estaba
con otra mujer joven, en los tiempos anteriores a Gloria.

—Aparta esas cosas de mi cara, hombre —dijo Delphie.

Los pocos niños que había entonces en la propiedad de Townsend se divertían mayormente a costa de los adultos y empezaron
a burlarse de Stamford. El predestinado Luke, con once años
entonces, el muchacho al que obligarían a trabajar hasta morir,
cantó una canción que le había enseñado su madre: «Aquí estoy,
aquí estoy, en ninguna parte. . . ». Celeste tuvo noticia de la fuga
de Elias cuando se estaba comiendo el último de sus panes de
ceniza. No le gustaba Elias, pero también ella se alegró por él.
Lo que ella misma no podía tener lo deseaba siempre para otro,
de modo que la comida le sentó bien aquella mañana. Después
de recibir la noticia, después de comerse el desayuno, Moses se
levantó y fue a decirle a Henry:

—Amo, ese negro nuevo se ha ido con el viento.

Los domingos, un predicador, un hombre libre llamado Valtims Moffett, venía y celebraba oficios religiosos para los esclavos en el establo cuando hacía frío y en el mismo callejón
cuando el tiempo era bueno. Predicaba durante unos quince
minutos y luego todos cantaban dos o tres canciones. El día
que Robbins atrapó a Elias hacía buen tiempo, no demasiado
calor, aunque al predicador le gustaba decir que todos los días
son buenos para la palabra de Dios. El predicador era un hombre grande que sufría gota y reumatismo, enfermedades que,
contaba enseguida, «Dios ha puesto sobre mí al igual que puso
la cruz sobre nuestro salvador Jesucristo». Algunas mañanas
tardaba más de una hora en salir de la cama y vestirse. Tenía
una esposa y un esclavo en propiedad, pero la esposa, Helen,
era una mujer diminuta, lo mismo que su esclava, Pauline, hermana de su esposa, y las dos juntas podían a duras penas con
un hombre grande y con una cruz a cuestas. El predicador llegó muy tarde aquella mañana de domingo después de la fuga
de Elias, pero no tan tarde como el día del entierro de Henry.

Moses acababa de contarle a Henry que Elias se había escapado cuando oyeron la voz de Robbins y ambos dieron la vuelta a la casa hasta la puerta principal. Robbins se había despertado aquella mañana sin recordar el encuentro con Elias de la noche anterior, sin recordar que había llevado a Elias consigo a su plantación y lo había encadenado al porche trasero. Su cocinera entró y se lo recordó en la mesa del desayuno.

Robbins le dijo entonces a Henry:

—Buenos días. Muy buenos días. ¿Están bien Caldonia y tú?

Elias, encadenado, estaba cerca de Robbins, a pocos centímetros de su bota metida en el estribo.

—Sí, señor Robbins, estamos bastante bien —dijo Henry.

—Tengo algo tuyo —dijo Robbins, y le dio una patada a Elias y el esclavo cayó al suelo—. Lo agarré en la carretera hacia mi casa anoche. Tiene una herida en algún lugar de la pierna, pero no lo matará y no será importante si decides venderlo algún día. A menos que tenga una cojera excesiva.

Se echó a reír, un pequeño chiste entre ellos, porque Robbins era en aquellos tiempos menos proclive aún a vender un esclavo y eso era lo que siempre le aconsejaba a Henry. En una ocasión le había dicho: «Los negros se revalorizan, así que debes valorarlos».

—Ya veo —dijo Henry. Moses estaba detrás de él—. Ayúdalo a levantarse, Moses. ¿Quiere usted entrar, señor Robbins?

Moses agarró a Elias por los hombros y le regaló un esbozo de sonrisa y con su sonrisa y sus ojos le recordó a Elias que nunca le había caído bien.

—No, hoy no, Henry. Hoy no, pero dile a Caldonia que vendré pronto. Lo prometo.

Las tierras en las que se encontraban habían pertenecido en otro tiempo a Robbins, que se las había vendido a Henry a un precio mucho más barato que por el que Robbins había vendido nunca nada, excepto a los esclavos Toby y su hermana Mindy. Robbins echó una mirada hacia la cabeza de Elias y le hizo un gesto a Henry. Henry le dio los buenos días. Robbins

levantó las riendas y tiró suavemente, y el caballo, en un lento
y hermoso movimiento de su majestuosa cabeza y de su cuello,
con el pequeño destello en su boca como una especie de acento
de toda esa majestuosidad, se dio la vuelta y se fueron, haciendo cabriolas hasta la carretera desde donde se alejaron a todo
galope. Aquel destello permanecería para siempre en la mente
de Elias. La noche que nació su segundo hijo, lo sostuvo en sus
brazos, todavía húmedo debido a su lucha por llegar a la vida,
y el fuego de la lumbre reflejó esa humedad y aquel destello se
presentó de nuevo hasta que lo hizo desaparecer con un parpadeo.

Henry se acercó a Elias y lo abofeteó.

—Esto es una terrible decepción para mí. ¿Qué voy a hacer
contigo? ¿Qué demonios voy a hacer contigo? Si lo que quieres es una vida dura, te complaceré.

«Te complaceré» era una de las frases predilectas de Fern
Elston en sus clases. Henry la había oído la primera vez que
se sentó con ella en su salón dominado por árboles, un melo-
cotonero y un magnolio, que ella y sus sirvientes habían logrado domesticar. Su esposo, el jugador, se lo había visto hacer
a extranjeros en un burdel de Richmond y llevó la técnica al
condado de Manchester.

—¿Es eso lo que quieres? —preguntó Henry—. Te complaceré con una vida dura.

Los árboles de la casa de Fern desorientaban a la mayoría,
a la gente habituada a que las cosas de interior permanecieran
en el interior y las cosas de exterior permanecieran siempre en
el exterior. La gente le decía a Fern cosas agradables sobre sus
árboles, incluso aunque sus mentes no lo entendieran. Todas
aquellas personas eran negros libres, porque los blancos nunca
iban a la casa de Fern. Henry temía que Caldonia quisiese hacer lo mismo en su salón.

—No, amo.

Elias seguía encadenado, pues Robbins había olvidado que
las cadenas eran suyas. Otros esclavos habían salido y obser-

vaban. Celeste estaba justo detrás de la primera fila y Stamford movió un poco el hombro para dejarla ver.

—Pues desde luego no lo parece —dijo Henry.

Una vez que te conviertes en su dueño, aunque tan solo sea de uno de ellos, nunca vuelves a estar solo, le había dicho Robbins a Henry después de que Henry comprase a Moses. Conocedor de lo dolorosa que puede ser la soledad, por haber sido separado de Augustus y luego de Mildred cuando era un niño, Henry había pensado que eso de no estar nunca solo estaba bien, tener a alguien siempre.

—Si quieres una buena vida, también en eso te complaceré —le dijo Henry a Elias.

Alimentados por la luz que entraba a raudales por las ventanas que llegaban desde el suelo casi hasta el techo, los árboles del salón de Fern crecían casi unos dos metros y medio y luego se detenían, como si obedeciesen una orden. Los melocotones que daba el árbol eran diminutos, como del tamaño del pulgar de un hombre, y eran muy dulces, demasiado dulces para un pastel o un bizcocho si la cocinera podía conseguir un número suficiente. Las flores del magnolio eran también pequeñas, tan hermosas que el esposo jugador de Fern decía que si fuesen cuadros las pondría en un marco.

—Moses —dijo Henry—, llévatelo y encadénalo hasta que yo decida si quiere una buena vida o una mala vida.

Dado que el día era bueno y Valtims Moffett el predicador celebraría los oficios religiosos en el callejón, Moses encadenó a Elias en el establo grande.

—¿Quieres una buena vida o una mala vida? —se burló Moses, y allí lo dejó.

Sus primeras horas en la cuadra las pasó pensando en cómo matar a todos a su alrededor, primero a todos los de la plantación, luego a todos los del condado, los de Virginia. Negros y blancos. Intentó no mover las cadenas porque su sonido al entrechocar le hacía daño en los oídos y le provocaba sequedad en toda la boca. Podía mantenerse en pie con relativa comodidad,

si prefería estar de pie todo el tiempo frente a aquella sección
de la pared del establo, la única que no tenía un agujero para
ver el exterior. Al sentarse, Elias descubrió que podía apartarse
un poco de la pared, pero las manos quedaban suspendidas a la
altura del rostro y le era imposible acostarse. Durante mucho
tiempo se dedicó a observar las vigas y los gorriones que iban y
venían al nido que estaban construyendo. Ensimismados en una
simple tarea vital: llevar paja al nido, volver por más. La luz del
sol llegaba hasta ellos, pero no en exceso hasta las proximidades
de su nido. Se preguntó si permanecería allí tiempo suficiente
para que los pájaros tuvieran huevos, y luego polluelos, para ver
a los polluelos crecer y luego construir sus propios nidos. Llevar
paja al nido, volver por más. Ver a los gorriones nietos convertirse en padres. Podría retorcer el pescuezo a todos los habitantes
de la plantación, el único problema era decidir si empezaba por
Moses o por el amo. El cuello de Moses era más grueso. Los
cuellos de los niños serían los más difíciles. Pero todo acabaría
con un chasquido. Podría cerrar bien los ojos con ellos, con los
niños y con los ancianos. Las mujeres gritarían más que nadie,
pero Dios, dada la clase de Dios que era, le daría fuerzas.

Estaba muy cansado, no había dormido nada en casa de
Robbins. Cuando inclinaba la cabeza hacia delante y cerraba
los ojos, el cuello enseguida se ponía rígido y finalmente tenía
que inclinar la cabeza hacia atrás lo más que podía y aceptar el
alivio que pudiera recibir. Cerró los ojos pero no podía dormir,
ni siquiera las cabezadas nerviosas que había podido dar en
casa de Robbins.

Poco antes de la llegada de Moffett, Elias abrió los ojos y
vio que un muchacho lo observaba. Cuando el muchacho le vio
abrir los ojos, se acercó más y le preguntó:

—¿Quieres un poco de agua?

Elias cerró otra vez los ojos y no contestó porque no quería
perdonar el pescuezo de nadie.

—¿Quieres un poco de agua?

Asintió sin abrir los ojos y oyó al muchacho irse. Al ver que no regresaba, Elias pensó que se había divertido a su costa y eso le proporcionó cierta paz. Pronto escuchó la voz predicadora de Moffett, las palabras apenas audibles. Al abrir de nuevo los ojos, el muchacho estaba de pie frente a él, con una taza desconchada y desechada de porcelana en una mano y un gran trozo de pan de azada en la otra.

—Ha venido el predicador —dijo el muchacho con una sonrisa, como si esa fuera la noticia que Elias más necesitaba oír—. Yo siempre lo oía cuando estaba en el otro sitio.

Tres días antes, Henry había comprado el Lote Número Cuatro, un grupo de tres esclavos, y el muchacho había sido uno de ellos. Elias agarró el pan y comió, y entre mordisco y mordisco el muchacho acercaba la taza a sus labios y él bebía.

—Me llamo Luke —dijo cuando ya no quedaba más agua.

—Ya lo sé —dijo Elias, mientras observaba a una mosca que se había posado en su mano y avanzaba hacia el pan. El muchacho sonrió y dio la vuelta a la taza y la sacudió—. Ya lo sé.

El muchacho se levantó y salió corriendo y volvió rápidamente con más agua. Se sentó delante de Elias y, como el pan se había terminado, Elias sostenía la taza con las dos manos.

—¿Quieres un poco más de pan de azada? —dijo Luke. Elias lo rechazó—. Me sé una canción sobre Jesucristo. Puedo cantarla.

Elias volvió a rechazarlo. Moffett, un domingo tras otro, tenía un único tema: que el cielo estaba más cerca de lo que nadie se imaginaba y que un paso en dirección contraria al camino recto podía alejarnos del cielo para siempre. «Esperen —le gustaba decir—, esperen, porque el cielo está muy cerca. Véanlo. Véanlo. Cierren los ojos y véanlo». Sus palabras finales eran que debían obedecer a sus amos y a sus amas, pues el cielo no sería para ellos si desobedecían. «Quiero sentarme con todos ustedes un día y comer melocotones y nata en el cielo. No quiero tener que asomarme para mirar hacia abajo y verlos a todos arder en las llamas del infierno». Luke y Elias no escuchaban bien sus palabras y por ello se limitaban a oír cómo estas entraban en el establo y retumbaban.

Los gorriones ya no volaban, solo gorjeaban en algún lugar sobre sus cabezas. Elias podía imaginarlos, colocando la paja y dando vueltas y más vueltas alrededor para construir un hogar suficientemente cómodo para sus huevos. Finalmente, Luke dijo:

—Yo nací en la finca del amo Colfax. . . ¿Lo sabías?

—Lo sé, ya lo sé—dijo Elias. Dejó caer la taza sobre su regazo, se cubrió el rostro con las manos y comenzó a llorar. En los peores días que había vivido hasta entonces, siempre había podido verse siendo libre algún día. Pero ahora. . .

—No te preocupes —dijo Luke—. Me quedaré contigo. No te preocupes. Me quedaré contigo hasta que todos los fantasmas te dejen en paz. A mí no me dan miedo los fantasmas.

Después de los oficios, Moffett se sentó con Henry y Caldonia en el comedor, comiendo pan y queso y un té con más miel que cualquier otra cosa. Según decía, algo dulce aliviaba su gota. De vez en cuando, Caldonia y Henry asistían a los oficios religiosos con los esclavos, pero por lo general el rato que pasaban sentados con Moffett transcurría en sus mentes como una especie de ceremonia, como una comunión con Dios. Después de la comida, Moffett se sentaba con los pies apoyados sobre un taburete que Zeddie la cocinera le acercaba por detrás. El taburete, acolchado, se utilizaba para poco más y había llegado a conocerse como el taburete del reverendo Moffett.

Henry habló poco, pues estaba pensando qué hacer con Elias.

—Estás lejos de nosotros hoy, Henry —dijo Moffett en un momento dado. Un instante antes de entrar en la casa le habían pagado el dólar habitual por dirigir los oficios. En sus primeros días de predicación, antes de la gota, le pagaban tres centavos por cada esclavo al que predicara, pero el condado era más rico entonces. Ahora, pocos propietarios blancos de esclavos lo contrataban, muchos de ellos preferían limitarse a leerles la Biblia a sus sirvientes. Los escasos propietarios negros de esclavos habían empezado a creer que su propia salvación alcanzaría a sus esclavos; si ellos mismos iban a la iglesia y llevaban vidas ejemplares, Dios los bendeciría a ellos y a sus propiedades. Y un día irían al cielo y con ellos sus esclavos. Así que, ¿para qué pagar a Moffett por ayudarlos a hacer lo que ellos podían conseguir a cambio de nada?

—No ha dormido bien últimamente —dijo Caldonia—. Creo, reverendo Moffett, que trabaja demasiado y eso se manifiesta en todos esos dolores de cabeza. Noches de insomnio. «Descansa, Henry», le digo siempre. «Descansa». Tal vez podría usted apoyar mis palabras, reverendo Moffett. Recuérdele que Dios no se alegra de vernos trabajar hasta matarnos.

Ella y Henry llevaban casados tres años y siete meses.

—Desde luego que no —dijo Moffett—. La pereza es un pecado, Henry, pero trabajar demasiado también lo es. ¿Por qué crees que Dios hizo tanto hincapié en los domingos, en descansar? Mantener la santidad del *Sabbat* es la forma que Dios tiene de decirnos que no abusemos en exceso de nosotros mismos. Haz feliz a Dios, Henry, y abusa de ti mismo lo justo para pagar tus facturas.

—Exactamente —dijo Caldonia.

—Ya lo hago —dijo Henry—. Ya descanso. Lo que pasa es que mi esposa no me ve siempre que lo hago.

Cuando Moses le dijo que Elias se había fugado, había decidido que unos latigazos no serían suficientes, que esta vez tendría que ser una oreja. Todavía no había decidido si tenía que ser la oreja entera o solo un trozo, y si era un trozo, ¿cómo de grande?

—¡Oh, por el amor de Dios, Henry! —dijo Caldonia—. Puedes engañar al reverendo Moffett para que se crea eso, pero a mí no me engañas.

Moffett se movió en su silla y colocó un pie encima del otro sobre el taburete. Tenía dos oficios más que realizar aquel día y llegaría tarde a ambos. Henry utilizaba sus servicios porque le recordaba sus días como esclavo en la casa de William Robbins. Le había gustado escucharlo después de que sus padres obtuvieran su libertad y solo quedase Rita, su segunda madre, para cuidarlo.

Moffett se marchó.

Henry lo vio marcharse en su calesa y entonces decidió que al día siguiente mandaría llamar a Oden Peoples, el cherokee. Se lo dijo a Caldonia cuando volvieron a entrar, en su salón.

—Eso —dijo ella—, parece un castigo demasiado grande, Henry. Demasiado para un delito tan pequeño.

Ella estaba en el sofá y él estaba en la ventana del lateral izquierdo de la habitación.

—No es tan pequeño, Caldonia. Es una manzana podrida en el barril, justo en el fondo, ni siquiera en la parte de arriba donde puedes cogerla y tirarla. Es preciso hacer algo —dijo.

A veces hablaba como Fern había tratado de enseñarle y a veces no. Era especialmente «descarriado y perezoso», como decía Fern, cuando estaba cansado y se sentía inseguro. Caldonia intuyó ese agotamiento ahora y se acercó a él para rodearlo con sus brazos. El matrimonio también significaba el final de la soledad, pero Robbins no había dicho nada sobre eso.

—Démosle otra oportunidad de hacer lo correcto, Henry.

—No puede ser. Simplemente no puede ser.

De niño en la plantación de Robbins, había conocido a un hombre a quien le habían cortado la oreja derecha después de fugarse por segunda vez. Cuando el hombre, Sam, sin esposa, sin hijos, fue más viejo y la idea de escaparse ya no aparecía tanto en su mente y tenía tiempo para rumiar su infelicidad, le gustaba atrapar a los niños pequeños para asustarlos; acercaba la parte de la cabeza sin oreja a la cara del niño hasta que el niño gritaba para que lo soltara. La herida se había convertido en un terrible hongo de tejido cicatrizado y era tan distinto del otro lado de su cara como el cielo del infierno. «¡Ve a buscar mi oreja! —vociferaba el viejo a la vez que los zarandeaba—. ¡Ve a buscar mi oreja, te digo, y hazlo rápido!». Un muchacho llegó a desmayarse. El padre de otro niño le había pegado a Sam, pero pese a ello no dejaba de atrapar a los niños. El propio Henry había sido atrapado unas cuantas veces, pero un día, cuando tenía doce años, descubrió que ya no tenía miedo, se preguntó adónde se había ido aquel miedo mientras Sam tiraba de él para acercarlo más al lateral de su cabeza y el hongo una vez más amenazaba con abrirse y crecer lo suficiente como para absorberlo. Estuvo agarrado el tiempo suficiente para estudiar la pardusca suavidad de la cicatriz que lo invitaba a aproximarse y tocarla. Henry tuvo tiempo incluso para inspeccionar el agujero de la oreja parcialmente cubierto de pelo gris y pardusca suavidad y preguntarse cuánto sonido sería capaz de recibir semejante oreja.

—Dale otro día en el establo para pensarlo —dijo Caldonia.

Dejó de rodearlo con sus brazos y los dejó caer, pero siguió apoyada en la espalda de Henry.

—Un día es demasiado tiempo, Caldonia.

Tal como habían planeado, cenaron temprano en casa de Fern Elston. Su esposo jugador, Ramsey, estaba allí y había empezado a beber antes incluso de que llegaran sus invitados. Ramsey no estaba borracho, pero, como sucedía a menudo con él, se puso agresivo en medio de la cena y acusó a otro invitado de deberle dinero. Ese invitado, Saunders Church, estaba allí con su esposa, Isabelle, dos personas libres de color sin esclavos en propiedad. En un principio Saunders se rio, pensando que Ramsey intentaba bromear.

—Ramsey —dijo Fern después de que su esposo reclamase el dinero por tercera vez—, dejemos los asuntos financieros para otro día.

Henry había permanecido callado durante toda la cena. No había querido ir, pero Caldonia había insistido con el argumento de que eso podría levantarle el ánimo.

—No te debo nada —dijo Saunders al fin, al ver que Ramsey no bromeaba—. No te debo nada.

Era cierto; la bebida llevaba con frecuencia a Ramsey a pensar que el mundo entero le debía dinero. Los tres hombres y las tres mujeres eran los únicos comensales de la cena. Ramsey ocupaba la cabecera de su mesa.

—¿Por qué no lo dejas, Ramsey, como te ha dicho Fern? —dijo Henry—. Saunders es tu invitado.

Estaba sentado a la izquierda de Ramsey e Isabelle estaba sentada a la derecha de Ramsey.

—Yo no le he pedido al negro de ningún blanco que me diga cómo tengo que vivir mi vida —dijo Ramsey—. ¿Le has preguntado a Robbins lo que tenías que decir esta noche?

Henry bajó la mirada hacia su regazo y luego extendió rápidamente la mano antes de que Ramsey pudiera moverse y agarró con fuerza la garganta de Ramsey, la zarandeó un par de veces y siguió apretando. Ramsey comenzó a hundirse en su asiento. Era un negro de piel rojiza, pero poco a poco, a medida que Henry apretaba, todo el color desapareció de su rostro y su boca se abría y se cerraba muy despacio, como la boca de un pez, mientras intentaba aspirar todo el resto de aire que podía. Ramsey pudo mirar hacia el otro extremo de la mesa, a su esposa. Su matrimonio se aproximaba a la ladera opuesta de la montaña de donde habían empezado y Fern lo miró a los ojos y no se movió.

—¡Henry, por Dios! —dijo Caldonia y se agarró con los dos brazos al brazo de su esposo—. ¡Por favor, Henry!

Saunders se levantó y consiguió separar la mano de Henry del cuello de Ramsey y Ramsey se hundió aún más profundamente en su asiento. Caldonia tiró de Henry y su esposo se sentó en su asiento y apoyó ambas manos en el borde de la mesa, a cada lado de su plato. Henry miró a Fern y dijo:

—Siento mucho estropear una velada tan agradable.

Isabelle y Saunders y Caldonia atendieron a Ramsey. Fern asintió y dijo:

—Ya lo sé, Henry, ya sé que lo sientes.

Aquel día los Townsend y Valtims Moffett volvieron a sus respectivos hogares aproximadamente a la misma hora. Moffett subió por el corto callejón de su propiedad y a menos de cinco metros de su pequeña casa oyó que su esposa y su cuñada discutían. El perro había muerto, de modo que nadie salió a saludarlo. Quedaba todavía bastante sol, y su cuerpo, aceitado y nutrido por el largo día, tenía suficiente energía y fuerza para hacer algún trabajo. Llevó el carruaje hasta el establo y se dirigió a su casa, se mantuvo en el borde del porche y escuchó. Se peleaban sin parar desde hacía dos meses, dos días después de que él se hubiera acostado con su cuñada. Su desdichada esposa le había hecho saber a su hermana que a ella no le importaría que se acostara con Moffett, pero una vez que su hermana lo hizo, una inesperada ira se apoderó de la esposa y ambas discutían durante todo el día y hasta altas horas de la noche.

Moffett se quedó y escuchó. Encontraba un perverso placer en oírlas, lo adormecía el sonido de su pelea. Sabía que Dios no estaría contento con todo aquello, pero pensaba que tenía muchos años de vida por delante, a pesar de sus achaques, y que por lo tanto dispondría de tiempo para obligar a sus rodillas a inclinarse ante Dios y solicitar su perdón. Las mujeres se esforzaban por complacerlo, por mostrarle que cada una era mejor para él y que la otra debía ser expulsada. ¿Negó Dios a David y a Salomón algo menos? Moffett se fue al establo. Incluso desde allí podía oírlas. Pronto se pondría el sol y se llevaría su fuerza consigo. Preparó el caballo para pasar la noche y levantó el arado. Vació el dinero de su monedero y contó lo que había ganado: 4,50 dólares. Sin quitarse sus ropas de predicación dominical, agarró las herramientas necesarias para afilar el arado.

Henry y Caldonia se retiraron pronto aquella noche y él le hizo el amor dos veces, siempre buscando el hijo que pudiera calmar el corazón de Augustus Townsend. Cuando terminaron, él se acostó boca arriba y ella se puso a descansar de lado, con un brazo sobre el pecho de Henry.

—Lo que digan los demás nunca me importó —dijo ella después de un rato, pensando en lo que Ramsey el jugador había dicho. Él sudaba y ella puso la lengua en la mejilla por donde bajaba el sudor, para lamer un poco con la punta de la lengua.

—Ya lo sé —dijo él.

—Debes ponerte una armadura más grande alrededor de ese corazón tuyo para protegerte de esas cosas —dijo Caldonia.

—Lo intento —dijo él, y sonrió—. Espero haber acabado la armadura pasado mañana.

Cerró los ojos y ella se arrimó aún más y el sudor cesó y ella cerró la boca. Sam, el hombre al que solo le quedaba una oreja, seguía viviendo en la plantación de Robbins. Tenía una cabaña para él solo, algo que Robbins había consentido incluso después de que el capataz le dijese que eso lo echaría a perder. «Una vez que aprendió a distinguir entre lo que está bien y lo que está mal, me trabajó bien», le dijo Robbins al capataz. Sam seguía atrapando y asustando a los niños. Los adultos sabían que era una costumbre con respecto a la cual nada podían hacer, de modo que intentaban enseñar a los niños a evitarlo. «No le den ni siquiera los buenos días ni las buenas noches. Aléjense todo lo que puedan cuando les hable y sigan su camino».

De camino a la propiedad de Townsend el martes por la mañana, Oden Peoples el cherokee se encontró con el comisario John Skiffington y le contó que había sido contratado por Henry después de la fuga de uno de sus esclavos. Skiffington tenía en su alforja una carta de un mes antes, de su primo Counsel Skiffington de Carolina del Norte. La carta expresaba una fe ciega en una mujer del condado de Amelia que tenía una cura para las dolencias de estómago que John Skiffington había sufrido desde su infancia. Counsel siempre se había burlado de John por su «estómago de mujer», pero nunca había pensado que el dolor de su primo no fuese real. John había emprendido un viaje nocturno para ver a la mujer de Amelia, pero al enterarse de la fuga de Elias había decidido ir con Oden Peoples, uno de sus patrulleros. Un esclavo fugado era, de hecho, un ladrón, pues había robado la propiedad de su amo: él mismo. Llegaron hacia las nueve y media. Moses y otro hombre sacaron a Elias del campo y Oden cortó más o menos un tercio de su oreja mientras todos, incluido Henry, permanecían en el callejón. Elias tuvo la cabeza gacha todo el tiempo excepto cuando Oden tiró de ella hacia arriba para facilitar el trabajo de la navaja. El lóbulo entero y algo más. Oden llevaba siempre consigo una bolsa con un emplasto de pimienta, que mezclaba con vinagre y mostaza y un poco de sal, un remedio de probada eficacia para detener la hemorragia incluso de aquellos que parecían tener más sangre que otros. «Los sangrantes», los llamaba Oden. Elias volvió a bajar la cabeza y permaneció con las manos a los lados, sin ponerse el emplasto. Finalmente, Oden tuvo que atar el emplasto a la cabeza de Elias con un trapo que Moses llevó desde su cabaña.

Henry le dijo a Moses que llevase a todo el mundo otra vez al campo. Y allí mismo, en el callejón, le pagó a Oden un dólar por su trabajo con la oreja de Elias.

—¿Crees que eso lo frenará? —dijo Henry cuando él y Oden y Skiffington habían salido del callejón y se acercaban al caballo sin silla de Oden y a la yegua alazana de Skiffington.

—No lo sé —dijo Oden—. Depende de la clase de corazón que lleve dentro. Pero —y tomó las riendas—, volveré a completar esa oreja y no te cobraré nada.

Henry asintió.

—Pasaré por aquí cuando vuelva de Amelia para comprobar que todo está en orden —dijo Skiffington—, pero tú, Henry, tienes alguna responsabilidad. Como todos los que tienen esclavos a quienes se les mete en la cabeza la idea de escapar. Debes estar alerta.

Poco antes, después de haber contratado a los patrulleros, le había dicho a un hombre blanco cuyo esclavo tenía la costumbre de ir y venir a su antojo: «Mis hombres no son ángeles que puedan volar por los aires y ver cuándo se comete alguna fechoría y deshacer el entuerto. Solamente hacen lo que pueden hacer. De modo que tú también tienes que ayudar y vigilar a tus esclavos».

—A ver cómo se porta, señor Skiffington —dijo Henry.

—Si vuelve a fugarse —dijo Oden refiriéndose a Elias—, el resto de la oreja te lo haré gratis, pero tendré que cobrarte por cualquier trabajo que haya que hacer en la otra oreja.

Montó en su caballo. Agarró un mechón de las crines y les pasó los dedos, dejándolas descansar sobre el costado izquierdo del cuello del caballo. Skiffington montó y dijo:

—Nunca he visto un esclavo con las dos orejas cortadas.

—Yo sí —dijo Oden—, pero no fui yo quien se las cortó.

—Eso sería una lástima —dijo Henry—. Tener las dos orejas cortadas.

Oden, por ser un cherokee, no habría merecido el trato de «Señor» si Henry lo hubiese llamado por su nombre.

—Sí, sería una lástima —dijo Oden—. Pero recuerda que te cobraré por la otra oreja. Es lo justo. Pero el resto de esta primera te lo haré por nada. No te costará ni un céntimo.

Henry no dijo nada y ambos hombres cabalgaron juntos hasta la carretera y allí se separaron: Skiffington, para ir a Amelia con la esperanza de que la mujer pudiese ayudarlos a él y a su estómago, y Oden, con su coleta balanceándose, a su casa a descansar después de una noche de patrullaje. Oden no se habría dedicado a cortar orejas de no haber sido por la muerte de un esclavo en el condado de Amherst. Un hombre blanco había cortado la oreja de su «fugitivo habitual» y el esclavo se había desangrado hasta morir. Nadie podía comprender lo que había pasado: la gente llevaba más de dos siglos cortando orejas o partes de orejas. En el siglo XVII, por toda la colonia de Virginia, incluso a criados blancos obligados a trabajar, se les habían cortado las orejas. Pero por alguna razón el hombre del condado de Amherst no tuvo suerte y su esclavo de 515 dólares murió por la pérdida de sangre. Algunos blancos quisieron acusarlo de homicidio impremeditado, pero el Gran Jurado rechazó la acusación por considerar que aquel hombre ya había sufrido bastante con la pérdida de su propiedad.

La gente se asustó con lo que le sucedió al esclavo que se desangró hasta morir; empezaron a pensar que incluso después de dos siglos de costumbre podría existir una verdadera ciencia para cortar orejas, del mismo modo que la había para dejar cojo a un esclavo y para matar cerdos en otoño. Con la promesa de un trabajo bien hecho, eficiente y sin muertes, Oden ofreció sus servicios después de la muerte del esclavo del condado de Amherst, un hombre zurdo de veintisiete años llamado Fred. Incluso después de que Oden asumiese la tarea, algunos amos siguieron utilizando la muerte de aquel hombre para atemorizar a posibles fugitivos. «Tráeme problemas y te pasará lo mismo que a aquel negro Fred. Luego arrojaré tu maldito cadáver a los cerdos». Eso no era cierto, los cerdos comían casi de todo, pero los cerdos de Virginia nunca comerían seres humanos. En el cuarto año de mandato de Skiffington, Oden prácticamente ejercía un monopolio sobre el corte de orejas en unos cinco condados, sin incluir Manchester.

Luke durmió junto a Elias aquel martes por la noche, después de que Oden le cortase una parte de la oreja. Luke conocía a un muchacho que había conocido a Fred y pensó que si Elias comenzaba a sangrar durante la noche, él estaría allí para ayudarlo, correría lo suficientemente rápido como para traer a Loretta antes de que Elias perdiese toda su sangre. Elias le dijo en un principio que no quería a nadie cerca de él y que lo mataría si se quedaba. Luke no dijo nada y preparó su camastro a pocos centímetros de donde Elias estaba encadenado.

Caldonia y Loretta entraron en el establo antes de que el hombre o el muchacho se pusieran a dormir. Loretta quitó el emplasto de Oden y le puso su propio vendaje, sin decir ni una palabra.

—Por favor, trata de portarte bien —dijo Caldonia antes de marcharse—. Por favor, inténtalo.

Las dos mujeres se habían arrodillado junto a Elias, y Loretta había tirado el emplasto de Oden en la paja y Caldonia lo había recogido. No había en él sangre suficiente como para preocuparse; una hora de sus menstruaciones producía más. El

olor de la pimienta era intenso. Caldonia le dijo a Elias antes
de levantarse:

—Portarse bien es igual de fácil que portarse mal.

Elias permaneció callado.

Caldonia miraba a Loretta mientras Loretta curaba a Elias,
y a Luke que a su vez miraba al hombre y a la mujer. Todo
ello, en todos y cada uno de sus detalles, era un horrible caos.
Estos eran los momentos en los que ella deseaba reconsiderar
el camino por el que andaban. Un camino tan largo por semejante legado, por los esclavos. «Mi legado», solía decir su madre
Maude. «Debemos proteger el legado».

Loretta se puso en pie y recibió el emplasto de manos de
Caldonia.

—Vendré a verte por la mañana —dijo Loretta.

Salieron del establo y Caldonia le dijo a Loretta que se fuese
a la casa, que ella deseaba hacer una pequeña visita antes de
retirarse. A menudo visitaba a la gente del callejón, y algunos
de ellos se sentían avergonzados de que ella entrase en sus cabañas, conocedores del milagro de casa donde ella vivía.

—Iré con usted —dijo Loretta.

Caldonia se negó.

—Dile a tu amo que enseguida voy.

Se dirigió hacia el callejón. Allí donde se filtraba luz por debajo de una puerta llamaba insistentemente hasta que alguien
abría o preguntaba: «¿Quién es? ¿Quién llama a mi puerta?».

Unas dos semanas más tarde, otro domingo, después de llegar Moffett y predicar e irse, Elias se cruzó con Celeste,
que llevaba a Luke en brazos. Estaban cerca de los campos y el
muchacho sollozaba. Ella alzó la vista y vio a Elias y no se alegró
de verlo, al acordarse de cómo la habría observado cojear de un
lado a otro.

—Luke, muchacho, ¿qué te pasa? —dijo Elias. Durante unos
instantes pensó que tal vez Celeste lo había abofeteado y luego

habría lamentado haberlo hecho. Pero su forma de envolver al muchacho en sus brazos le indicó que ella no le había hecho ningún daño. El tiempo que había pasado con el muchacho lo había acercado a Luke tanto como cualquier ser humano puede acercarse al corazón de un hombre—. Luke, muchacho, dile a Elias qué ha pasado. ¿Quién te ha hecho daño? Dile a Elias quién ha sido.

—Creo que simplemente echa de menos a su madre —dijo Celeste—. Un muchacho puede echar de menos a su madre. Una muchacha puede echar de menos a su madre. Lo encontré debajo de aquel árbol, llorando a lágrima viva. —Ella no quería que Elias el mirón se acercase más a ellos, pero lo hizo, y puso su mano sobre la cabeza del muchacho y la mano estaba cerca de una de las muñecas de ella—. Luke, yo seré tu mamá. Yo seré todo lo madre que pueda ser para ti.

Pronto, el muchacho se calmó. Celeste vio la mano de Elias y luego alzó la vista para mirarlo. Se aproximaba una tormenta y por eso Elias había salido a buscar a Luke. Al muchacho le gustaba jugar en medio de la lluvia y nunca le preocupaba que un rayo pudiera matarlo. La lluvia llegó entonces, una especie de lluvia burlona, de gotas suaves e intermitentes. Un gorrión sediento podría haber inclinado la cabeza hacia atrás y haber disfrutado de las gotas sin miedo alguno de ahogarse. Celeste vio una gran gota de lluvia en el dorso de la mano de Elias que protegía la cabeza de Luke; observó que a esa gota se le unían otras dos. Se escuchaban truenos, pero estaban todavía muy lejos, al otro lado de las montañas.

—Será mejor que lo saquemos de este caos —dijo Celeste.

Ella pudo mirar al hombre a la cara.

—Sí, mejor será que lo saquemos de aquí.

Ambos, Celeste y Elias, siguieron sin tener prácticamente nada que decirse uno al otro después de aquello, y Elias volvió a sus planes de fuga. A altas horas de la noche, después de que Moses le hubiese asegurado a Henry que Elias había

aprendido la lección, Elias tanteó el terreno y salió a la carretera para ver lo que pudiera ocurrir.

No sabría decir cuándo comenzó a interesarse por Celeste,
pero al despertarse una mañana sintió un silencio y una quietud
en el mundo que nunca había conocido. Los pájaros no cantaban,
el fuego de la chimenea no crepitaba, los ratones no se movían
de un lado a otro, y hasta los roncadores con quienes compartía
la cabaña dormían en silencio. Siempre había imaginado que sería en un momento así cuando podría escapar hacia la libertad,
un momento en el que el mundo entero hubiese vuelto la cabeza
hacia otro lado. Pero se sentó en su camastro y escuchó la nada
y deseó estar con ella. Lentamente, el mundo pareció recuperar
sus sentidos y lo primero que creyó escuchar fue el sonido de su
cojera callejón abajo, el crujido del dobladillo de su vestido al
tocar el suelo, el chirrido del pie de su pierna mala al arrastrarse
un segundo antes de que ella lo levantara.

Cuando intentaba acercarse a ella, caminar un poco junto a ella,
con la esperanza de que esa proximidad dijese lo que él no era
capaz de expresar con palabras, ella se alejaba a toda prisa, convencida de que lo único que él quería era ver cómo vivía ella con su
terrible cojera. Él sufría, un día tras otro, al verla alejarse. Luego,
un atardecer, casi dos meses después de que Oden hubiese aplica-
do la navaja a su oreja, después de todo el trabajo del día y cuando
los esclavos llegaban a esos momentos en los que preparaban sus
mentes para dormir, Elias se acercó a la cabaña que ella compartía
con otras dos mujeres y llamó con suavidad a la puerta hasta que
una de las mujeres salió a abrir. Celeste había llevado a Luke a
vivir con ella, pero el muchacho no estaba.

—¿Podrías decirle a Celeste que me gustaría hablar con ella
un momento? —le dijo Elias a la mujer.

La mujer se rio, pero al ver que él no se iba se dio la vuelta
y llamó a Celeste:

—El Elias quiere verte.

Pareció transcurrir mucho tiempo hasta que ella se acercó a
la puerta. Él hizo un gesto de saludo y ella hizo lo mismo.

—Solo quería hablar contigo, eso es todo —dijo él.

—De acuerdo —dijo ella.

Él la miró directamente a la cara, mientras la luz procedente del interior de la cabaña perfilaba su silueta.

—¿Por qué siempre me tratas mal cuando yo lo único que quiero es tratarte bien?

—¿Qué dices?

—¿Por qué siempre me tratas mal cuando yo lo único que quiero es tratarte bien? Eso es lo que he dicho.

—Yo no creo haberte tratado mal.

—Pues la verdad es que sí que me has tratado mal y lo único que te pido es que dejes de hacerlo.

Ella puso una mano en la jamba de la puerta para ayudarse a bajar el peldaño que los separaba, y él la sujetó por el otro brazo. Después de un minuto más o menos, ella dijo:

—Yo no tenía intención de hacerte daño.

Él le creyó y volvió a quedarse sin palabras. Las encontró cuando oyó a una de las mujeres del interior de la cabaña reírse por algo que la otra mujer había dicho.

—Hablaré contigo, entonces. Mañana si a ti te parece bien. Hablaré contigo mañana.

—Sí.

Ella se volvió, de nuevo con una mano sobre la jamba de la puerta, y subió el escalón mientras él sujetaba su codo. Entró en la cabaña y cerró la puerta.

Una semana más tarde volvió a presentarse ante su puerta y ella estaba en la entrada y él abrió un pequeño trozo de tela y le ofreció un peine que había tallado con un trozo de madera. El peine era tosco, sin duda uno de los instrumentos más rudimentarios y feos de la historia mundial. No tenía un solo diente igual a otro; algunos de los dientes eran demasiado gruesos, pero la mayoría eran muy finos, porque los había seguido recortando con la esperanza de aproximarse a una especie de perfección.

—Oh —dijo Celeste—. Oh, caramba. —Lo aceptó y sonrió—.
Oh, Dios mío.

—No es gran cosa.

—Es el mundo entero. ¿Es para mí?

—Sí, es para ti.

—Oh, Dios mío. —Intentó pasarse el peine por el pelo, pero
el peine no cumplió su misión—. Oh, vaya —dijo Celeste mientras luchaba. Varios dientes se rompieron—. Oh, vaya.

Él extendió el brazo, tomó la mano que sujetaba el peine y
entre ambos lo desenredaron de su pelo.

—Lo he roto —dijo ella cuando consiguieron separarlo—.
Oh, Señor, lo he roto.

—No importa —dijo Elias.

—Pero era tu regalo, Elias.

Aparte de la comida en su estómago y de la ropa que llevaba
puesta y cuatro cosas de nada en un rincón de su cabaña, el peine era todo lo que tenía. Un niño de tres años podría acarrear
con todas sus posesiones durante un día entero sin cansarse.

—Podemos hacer otro.

Extendió la mano y recogió los dientes del peine que habían
quedado rotos en su pelo.

—Pero. . .

—Te haré un peine para cada pelo de tu cabeza.

Ella se echó a llorar.

—Eso es fácil de decir hoy porque el sol está brillando. Mañana, tal vez la semana próxima, no hará sol y tú no querrás
hacer ningún peine.

—Te haré un peine para cada pelo de tu cabeza —volvió a
decir él. Dejó caer al suelo los dientes rotos y ella se aferró con
fuerza a lo que quedaba del peine.

Se llevó la otra mano a la cara y lloró. Un esclavo de la plantación en la que había estado se había acercado a ella en una
ocasión, en un campo de maíz, para decirle que a una mujer
como ella habría que pegarle un tiro, como a un caballo con
una pata rota. Entonces también había llorado.

Elias la rodeó con sus brazos, indeciso, pues era la primera vez. Tembló y su temblor aumentaba cuanto más se acercaba ella a su cuerpo. La besó en un lado de la cabeza, cerca del nacimiento del pelo, y sus labios encontraron no solo su piel y su pelo sino también un diente del peine que por alguna razón se le había pasado por alto.

Cenaron juntos al día siguiente en las lindes del campo, y al terminar Elias le dijo a Celeste que tenía que hablar con el amo y se levantó de su lado y salió a pie del campo y Moses no le preguntó qué hacía o adónde iba. En la parte trasera de la casa, llamó con suavidad a la puerta. Zeddie la cocinera la abrió.

—Zeddie, tengo que hablar con el amo Henry. ¿Puedo hablar con el amo Henry, por favor?

—Voy a decírselo —dijo Zeddie—. Pasa.

Abrió un poco más la puerta y él entró; era la primera vez que estaba en la casa. Supo a qué huele un árbol después del primer corte, la sangre de la madera después de la primera herida del hacha. Elias cerró la puerta. Ella volvió momentos después con su amo y Henry dijo antes de llegar a entrar en la cocina:

—¿Qué sucede, Elias?

Elias miró a Zeddie y luego dijo:

—Me gusta Celeste, amo, y me gusta cada día más. Creo que no va a dejar de gustarme mañana.

—¿De veras, Elias?

—Sí, amo, quiero casarme con ella. Quiero estar con ella. No hay nada que desee más, excepto vivir.

La noche anterior había soñado una vez más que escapaba hacia la libertad. Había estado tan a salvo como un ángel a los pies de Dios, a salvo en la carretera hacia la libertad, y entonces recordó que había dejado algo atrás, en la esclavitud, y que lo había olvidado y por esa razón volvió corriendo a la esclavitud, se cruzó con millones que corrían hacia la libertad. Buscó lo que había olvidado en los barracones vacíos de los esclavos y en la última de los centenares de cabañas donde buscó se había encontrado con Celeste, sin ni siquiera una pierna en la que apoyarse. Ella lo vio y apartó la mirada de él.

—¿Y tú quieres que yo diga que sí a esto?

—Amo, seré un buen esposo para ella y seré un buen trabajador cada día que Dios me dé fuerza. No podría soportar, amo, el hecho de estar separados después de que ella fuese mi esposa. Sería malo para nosotros ser vendidos por separado. Sería muy malo.

Elias sabía lo que estaba diciendo y sabía que, si su amo daba su bendición a todo ello, nunca más volvería a soñar con esa carretera.

—No soportaría perder a una buena esposa y Celeste no soportaría perder a un buen esposo. No soportaríamos estar separados.

—Quiero que seas feliz, Elias. Y quiero que Celeste sea feliz. Así que puedes volver ahora y que los dos sean felices.

—Gracias, amo.

Zeddie había estado avivando el fuego de la cocina y entonces dejó de hacerlo y le abrió la puerta a Elias. Él salió. Henry cruzó su casa por dentro y salió por la puerta principal a tiempo de ver a Elias caminar hacia los campos. Elias era el único ser humano a la vista, y el camino hacia la carretera estaba más cerca que el camino que llegaba hasta los campos. Henry bajó las escaleras y siguió a Elias, que fue directamente a los campos y reanudó su trabajo, como había hecho antes de la cena, que ya había finalizado para todos los esclavos del campo. Henry pudo ver a Celeste que cojeaba en las hileras, coja y rápida en su trabajo; ella estaba en una parte de los campos y su futuro esposo estaba en otra parte. Elias no miró hacia ella y ella no miró hacia él. Moses saludó a Henry con la mano y Henry le devolvió el saludo.

Henry siguió observando a Elias durante un tiempo, y en todo ese tiempo Elias no miró a Celeste. Sus sentimientos eran todo lo que necesitaba mirar, entendió Henry. Y también entendió que lo que estaba sucediendo era mejor que las cadenas.

Los tenía juntos, había unido un hombre fuerte a una mujer con una pierna torcida, y no se veía ninguna cadena. Deseaba fervientemente contárselo a William Robbins. Henry volvió a la casa por el mismo camino y anotó en su gran libro el día que había decidido que Elias y Celeste se casaran; lo escribió con la caligrafía fluida que Fern Elston le había enseñado cuando él ya había cumplido los veinte años.

Moffett los casó, y en su ausencia su cuñada casi mata de una paliza a su propia hermana. Fueron necesarios algunos cambios, pero Celeste y Elias consiguieron una cabaña para ellos solos y llevaron a Luke a vivir con ellos. Skiffington detuvo a la cuñada de Moffett, pero no hubo mayores consecuencias, porque la hermana no quiso que la procesaran. Ella volvió a la casa y los tres siguieron como antes.

El muchacho Luke estaba contento. Cuando Shavis Merle, un blanco con tres esclavos en propiedad, quiso contratar a Luke durante la cosecha, Elias le dijo a Henry que iría él en su lugar, pues todo el mundo sabía lo duro que podía ser Merle. Pero Henry no quiso conceder a Elias dos deseos en un año y alquiló a Luke por dos dólares a la semana. Merle consideraba necesario alimentar a sus trabajadores con abundante comida, pero ellos se lo devolvían todo en el campo, desde el amanecer hasta el anochecer, y nadie dio más que Luke aquel año. Después de la muerte de Luke en el campo, Merle protestó sin cesar para que se le pagara una compensación, pero William Robbins lo obligó a pagarle a Henry 100 dólares por el muchacho. «Lo que es justo es justo», tuvo que insistirle Robbins a Merle. Moffett llegó pronto al funeral del muchacho, al que asistió Merle, y Moffett dijo algunas palabras ante su tumba, pero nadie dijo más que Elias y al final su nueva esposa tuvo que abrazarlo para poner fin a todas las palabras.

4

Curiosidades al sur de la frontera. Trucos de cuerda en una ciudad maldita. La educación de Henry Townsend.

Desde mediados de la década de 1870 y a lo largo de la mayor parte de la década de 1880, un hombre blanco de Canadá, Anderson Frazier, se ganó bien la vida en Boston con la publicación de panfletos de dos centavos acerca de los Estados Unidos y su gente, especialmente lo que él llamaba sus «peculiaridades». La mayor parte de lo que publicaba estaba entresacado de periódicos y revistas, pero lo remezclaba todo en sus panfletos de la manera más pintoresca, para deleite de miles de lectores. Había llegado a los Estados Unidos en 1872, frustrado por lo poco que tenía en Canadá. Era el del medio de siete hijos y no quiso entrar en la empresa comercial que su padre y su abuelo habían creado y en la que sus hermanos mayores se sentían tan cómodos. También estaba harto de lo que consideraba una cierta tosquedad canadiense que había prestado un buen servicio al país en los tiempos en los que los europeos se propusieron convertirlo en un lugar seguro para los blancos; pero había llegado a creer que esa tosquedad antaño necesaria, muy evidente en sus hermanos, se estaba convirtiendo en el rasgo definitorio del país. Y él deseaba liberarse de aquello. No volvió a Canadá hasta 1881. El país seguía más o menos igual que cuando él lo había dejado, pero su fami-

lia era diferente, había empeorado, y una parte de sí mismo
—mientras estaba sentado en una cocina llena de sobrinas y
sobrinos hablando con una de sus hermanas— sintió que, si no
se hubiese ido, la mayoría de su familia habría seguido avanzando por la senda de relativa prosperidad en la que se hallaba
la última vez que los había visto.

Una vez metido en el negocio de la edición de panfletos en
Boston, empezó a viajar de un lado a otro de la costa este de
los Estados Unidos, hasta Washington D. C., y por todos los
rincones del interior del país, recopilando material adicional
para la Canadian Publishing Company. En 1879, conoció en
Nueva York a una joven llamada Esther Sokoloff, que volvió
con él a Boston, pero se negó a casarse con él aunque nunca
diría por qué. Amaba a Esther más de lo que había pensado
que podría amar nunca a una estadounidense, según le escribió
a un amigo de Canadá que no sabía leer y que tenía que buscar
a alguien que le leyera las cartas de Anderson. Durante su primer año y medio juntos, ella lo abandonaba de vez en cuando
sin mediar palabra y volvía con su gente en Nueva York, y se
negaba a verlo cuando él iba a esa ciudad. En una ocasión él
hizo que una intermediaria fuese a la casa de ella para pedirle
que se encontrase con él, y cuando Esther se negó, Anderson
decidió visitar el país al sur de Washington D. C., una zona por
la que no había sentido curiosidad antes del dolor que le había
causado Esther.

Fue en el Sur donde Anderson dio con material que más adelante incluiría en una serie de panfletos que tituló *Curiosidades y
rarezas sobre nuestros vecinos del Sur*: La economía del algodón, Buena comida hecha con casi nada, La flora y la fauna, La necesidad
de los cuentos. Esta serie fue la de mayor éxito de Anderson,
y ningún otro título de la serie tuvo más éxito que el panfleto
de 1883 sobre tres negros libres que habían sido propietarios
de otros negros antes de la guerra entre los estados. El panfleto
sobre los negros propietarios de esclavos tuvo diez reediciones.
Únicamente siete de esos panfletos en concreto se conservaron

hasta finales del siglo XX. Cinco de ellos estaban en la Biblioteca del Congreso en 1994 cuando los dos panfletos restantes fueron vendidos como parte de una colección de objetos memorables relacionados con los negros, propiedad de un negro de Cleveland, Ohio. Tras la muerte de ese hombre en 1994, la colección se vendió por 1,7 millones de dólares a un fabricante de automóviles de Alemania.

Anderson Frazier empezó su serie sureña justo tres meses antes de que Esther volviese de Nueva York un día de marzo y le dijese que no volvería a abandonarlo. Él se convirtió al judaísmo dos meses más tarde. Consiguió posponer una y otra vez la circuncisión hasta que su rabino, un hombre de muy corta estatura y pelo indomable, le dijo a Anderson que estaba en peligro de abandonar su fe y su alianza con Dios. Él y el rabino estaban sentados en el estudio del rabino. «Dios lo es todo», le dijo el rabino. Conocía al rabino desde hacía muchos años, había acudido a él en busca de consejo y consuelo la primera vez que Esther había vuelto con su gente. Antes de que Anderson se encontrase con el rabino aquella primera vez, había oído que un rabino de la zona había perdido recientemente a su hijo y su nuera y tres nietos en un incendio. Anderson fue a la casa de aquel hombre aquel primer día en busca de alivio, sin saber que estaba entrando en la casa del rabino que había sufrido aquella tragedia. Anderson pensaba que las muertes de cinco personas le habían sucedido a otro rabino de otro vecindario.

Así, después de que el rabino le dijese que estaba en peligro de abandonar la alianza, Anderson fue circuncidado y luego se casó.

El panfleto sobre negros libres que habían sido propietarios de otros negros tenía veintisiete páginas, sin incluir las seis páginas de dibujos y mapas. Había siete páginas dedicadas a Henry Townsend y su viuda Caldonia y su segundo esposo, Louis Cartwright, el hijo de William Robbins. Cartwright era el apellido que la madre de Louis, Philomena, había elegido para sí misma y para sus hijos. En una de aquellas siete páginas del panfleto había dos largos párrafos que mencionaban a Fern Elston, la maestra, que «también había sido a su vez propietaria de algunos negros», escribió Anderson.

Anderson conoció a Fern un día de agosto de 1881. Se presentó ante ella, sentada en su porche con su vaso de limonada y su gran sombrero, y le preguntó si podían hablar. Fern nunca había soportado a los blancos y esa situación no había hecho sino empeorar con el paso del tiempo.

—Supongo —dijo ella, bajo la sombra de una morera no tan vieja como ella—. Supongo, siempre que no me ocupe demasiado tiempo. No tenemos tiempo para nimiedades. Ni usted, ni desde luego yo.

Para Anderson, Fern podía haber tenido dieciséis, o treinta y nueve, o cincuenta y cinco, o setenta y cinco años. Consideraba que como periodista debería haber podido establecer con certeza su edad sin tener que preguntarle. Nunca se lo preguntó y en su reportaje para el panfleto sobre negros libres propietarios de esclavos nunca mencionó su edad.

Se presentó en el porche de una casa agradable en un vecindario negro de casas agradables. En un principio pensó que el hombre de piel oscura en la esquina de la calle lo había dirigido al lugar equivocado porque la mujer que estaba viendo era sin duda blanca, por muy indeterminada que fuese su edad.

Una vez en el porche, ella fue cordial, y cuando ya llevaba sentado allí más de media hora, le ofreció limonada. Un hombre que antaño había sido su esclavo y que ahora era el amigo más íntimo que tenía en el mundo le llevó la limonada a Anderson.

Anderson había oído hablar por primera vez de negros libres propietarios de esclavos solo cinco meses antes y había pensado que era la más rara de todas las rarezas con las que se había tropezado. Así se lo dijo a Fern.

—No sé —dijo Anderson hacia las once en punto—, para mí sería como ser propietario de mi propia familia, de la gente de mi familia.

No hacía mucho que había vuelto de ver a su familia por

primera vez desde su salida de Canadá en 1872. Mientras hablaba con Fern, sus hermanos y hermanas aparecieron en su cabeza y sintió el deseo de estar con ellos, de no haber dejado nunca Canadá por primera vez y ahora una segunda vez. El nombre de cada hermana y cada hermano pasaban por su mente, despacio, de modo que tenía todo el tiempo del mundo para trazar con un dedo, mentalmente, cada letra de sus nombres.

—Bueno, señor Frazier, no es lo mismo que ser propietario de gente de la propia familia. No es lo mismo en absoluto. —Fern se alisó el vestido, aunque no era necesario—. No debe dejar este día y este lugar pensando que es lo mismo, porque no lo es.

—Cada vez que lo miraba, y era raro que lo hiciera, su sombrero de ala ancha oscurecía una parte de su rostro. Desde su lado, cuando ella miraba hacia la calle, podía verla mucho mejor—. Todos hacemos únicamente aquello que la ley y Dios nos dicen que podemos hacer. Ninguno de los que creemos en la ley y en Dios hacemos otra cosa. ¿Y usted, señor Frazier? ¿Hace usted más de lo que está permitido por Dios y por la ley?

—Procuro no hacerlo, señora Elston.

—Bueno, pues ahí lo tiene, señor Frazier. En eso nos parecemos. Yo no era propietaria de mi familia y usted no debe decirle a la gente que lo era. No lo era. No lo éramos. Éramos propietarios de... —Suspiró y sus palabras parecían brotar de una garganta mucho más seca que segundos antes—. Éramos propietarios de esclavos. Era lo que se hacía, y por eso lo hacíamos.

Ella le contó que su apellido era Elston, pero ese era el nombre de su primer esposo. En su mundo la conocían por el apellido de su tercer esposo. Aquel esposo era un herrero, un antiguo esclavo, un hombre de color nuez pacana con quien tuvo dos hijos en un tiempo en que ella pensaba que su cuerpo no podía hacer tal cosa por ella. Su esposo la llamaba «mamá» y ella lo llamaba «papá».

—Nosotros, ni uno solo de nosotros, los negros, habríamos hecho algo que no nos estuviese permitido hacer —le dijo ella a Anderson.

Fern se miró la palma de la mano. Si Anderson no hubiese sido blanco y hombre, si el día no hubiese comenzado caluroso y no se hubiese vuelto cada vez más caluroso, si ella y su esposo no hubiesen discutido aquella mañana por una nimiedad que ni siquiera merecía llamarse nimiedad, si el jugador no se hubiese marchado a Baltimore mucho tiempo antes sin una de sus piernas, si todo esto no hubiese sucedido, Fern podría haberse abierto a Anderson. *Esta es la verdad tal como yo la conozco en mi corazón.* Si el jugador se hubiese marchado con sus dos piernas, si tan solo hubiese perdido un pequeñísimo dedo en el extremo más externo de una de sus manos.

Los nombres de los miembros de su familia se quedaron con Anderson mientras estuvo sentado con Fern, y era un extraño consuelo.

—¿Ha sentido alguna vez nostalgia, señora Elston?

Los negros, todos los cuales le daban los buenos días, pasaban junto a su casa, de un lado a otro de la polvorienta calle de una pequeña ciudad de Virginia donde las vías del ferrocarril decían con toda claridad a los nativos: todos los negros aquí y todos los blancos allí. Anderson, que no era nativo y que iba camino de convertirse en un devoto judío, se perdió inicialmente.

—No, me he esforzado por vivir fuera del influjo de semejante enfermedad —dijo Fern espantando una mosca—. Aunque tengo entendido que no es tan extenuante ni tan amenazadora para la vida como todas las demás enfermedades. Esas sobre las que se escribe en los libros —se volvió hacia él— y en los panfletos.

Volvió a darse la vuelta.

—No —dijo Anderson—. No, no es tan amenazadora para la vida. En realidad, puede ser muy agradable. —Observó el suelo que se extendía ante ellos, la hierba, los árboles a cada lado del sinuoso sendero que llegaba hasta su porche, la luz del sol que lo cubría todo, y entonces vio allí de pie a sus hermanos y hermanas, todos juntos. Tres meses antes de su visita a Canadá había oído que una de sus hermanas, Sheila, la segunda desde la izquierda en el jardín de Fern, había muerto. Todos sus hermanos y hermanas se encontraban ahora en el jardín de verano de Fern con las más pesadas ropas de invierno, abrigos, botas, gorros de piel. Nevaba. Sus hermanas y hermanos le hacían señas, cada uno de ellos con una mano, y excepto por el movimiento de la mano estaban muy quietos, como si estuviesen posando para un fotógrafo—. Sí, muy agradable.

Fern se volvió hacia él, un hombre tal vez afectado por el implacable calor del Sur.

—Entiendo —y apartó la mirada—. Tendré que aceptar la palabra de un periodista.

Un hombre pasó por delante de la casa y dio a Fern los buenos días y le dijo que aquella mañana parecía otra mañana más de calor.

—¿Llegaste a probar aquellos ocras que les mandé, Herbert? —le preguntó al hombre.

—Sí, señora —dijo él quitándose el sombrero—, y nos gustaron mucho. Adele las preparó muy bien. Exactamente como a mí me gustan. Mañana le terminaré esa cerca de atrás. Adele quiere saber cuándo vendrá usted a vernos.

—Dile que la veré pronto. Dale mis saludos. Y además les mandaré más ocras, Herbert. Eso te lo puedo prometer.

—Y yo se lo agradezco de veras.

Ella y Anderson observaron al hombre llegar hasta la esquina, mirar a izquierda y derecha y luego dirigirse hacia la izquierda.

—A veces pienso que deposito demasiada fe en mi jardín —dijo Fern—. Algún día me fallará y todo el mundo me tomará por mentirosa.

—Señora Elston, ¿podría usted hablarme sobre el señor Townsend?

Ella bebió a sorbos de su limonada, pero no le devolvió la mirada. Durante bastante tiempo siguió bebiendo y al terminar fijó la mirada en el vaso. Los vasos fríos de la limonada lloran, pensó. Algún poeta debería poner eso en un poema dedicado a su dama, a menos que la dama ya se lo haya dicho un par de veces a él en alguna de sus cartas.

—¿Henry o Augustus? Puedo decir que conocí a Henry. Creo que conocí a Henry muy bien. Pero no puedo decir que conociera a Augustus en absoluto. —Incluso mientras hablaba intentaba recordar a Augustus, pero el recuerdo que tenía de él estaba lleno de agujeros, lo mismo que su recuerdo del jugador de una sola pierna. *De tal obligación, tal esposa.* A lo largo de su vida no había visto muchas veces a Augustus y la mayor parte de lo que recordaba correspondía al día en que estuvo frente a él en el funeral de Henry. Era un hombre apuesto, dijo de Augustus—. Nunca he tenido tendencia a la exageración —le dijo a Anderson—. De modo que, cuando digo que era un hombre apuesto, es que lo era de verdad. Henry también lo era, pero nunca se hizo suficientemente viejo como para perder esa apariencia de muchacho que tienen los hombres de color antes de llegar a ser apuestos y perder el miedo; antes de aprender que la muerte está tan cerca como una sombra y dedicarse a vivir sus vidas de acuerdo con ello. Cuando aprenden eso, se vuelven más hermosos de lo que incluso Dios pudo imaginar, señor Frazier.

Además de ser el mozo de cuadras de William Robbins, el muchacho Henry Townsend había sido aprendiz del fabricante de botas y zapatos de la plantación de Robbins. Llegó a ser mejor que el hombre que le había enseñado. «Ya no me queda nada que meterle en la cabeza, amo —le había dicho a Robbins aquel hombre, Timmons, un par de años antes de que Augustus y Mildred comprasen la libertad de su hijo—. Ha devorado todo lo que yo tenía y ahora mira a su alrededor a ver si encuentra algo más». Poco después, Robbins permitió que Henry le tomase medidas y le encargó al muchacho que le hiciese unas botas por primera vez. Quedó muy complacido. «Si la señora Robbins me lo permitiera, Henry, dormiría con las botas puestas». Esto sucedió poco antes de que él y su esposa comenzasen a dormir en camas separadas, ella en la parte de la mansión que su hija de niña llamaba el Este y él en lo que la hija llamaba el Oeste.

A medida que pasaban los días y se acercaba el momento en que los padres de Henry obtendrían su libertad, a Robbins le sorprendió darse cuenta de que echaría de menos al muchacho. No lo habían sorprendido tanto sus sentimientos hacia una persona negra desde el día en que se dio cuenta de que amaba a Philomena. Se había acostumbrado a ver a Henry de pie en el callejón, esperando a que regresara de algún negocio o de visitar a Philomena y sus hijos. El muchacho transmitía tranquilidad y esperaba con toda la paciencia del mundo mientras Robbins, a menudo en plena recuperación de un episodio de tormenta en su cabeza, recorría lentamente el trayecto de la carretera al callejón y hasta la casa. Así esperaban los padres a sus hijos pródigos, pensó Robbins en una ocasión.

«Buenos días, amo Robbins», decía el muchacho, pues era invariablemente por la mañana cuando Robbins volvía a casa.

«Buenos días, Henry. ¿Cuánto tiempo llevas aquí?».

«No tanto», decía el muchacho, aunque normalmente esperaba durante horas, desde el anochecer, aunque hiciese mal tiempo. Robbins se bajaba del caballo y a veces necesitaba ayuda para llegar hasta su puerta. Una vez que el hombre había entrado, el muchacho se ocupaba del caballo.

Cuando Henry obtuvo su libertad, Robbins mandaba llamar al muchacho continuamente para encargarle botas y zapatos para él y sus invitados masculinos. A Henry, por supuesto, no se le permitía tocar a una mujer blanca, pero, recurriendo a una de las esclavas de la casa de Robbins para medir sus pies, hacía lo mismo para la esposa de Robbins, Ethel, su hija, Patience, y cualquier invitada de la plantación. Esas mediciones hechas por mujeres esclavas no eran tan perfectas como a él le hubiese gustado, y pronto aprendió a tomar sus medidas y a observar los pies de las mujeres para obtener medidas más exactas. Robbins difundía el nombre de Henry allá por donde iba, y gracias a los elogios de Robbins y a los elogios de los invitados que regresaban a sus hogares, Henry llegó a ser conocido por lo que un invitado de Lynchburg denominó «la clase de calzado que Dios imaginó para los pies».

Henry comenzó a acumular un dinero que, junto con algunas propiedades inmobiliarias que con el tiempo obtendría de Robbins, sentaría las bases de lo que era y de lo que tenía la noche que murió. Fue Robbins quien le enseñó el valor del dinero, el valor de sus esfuerzos, y a no parpadear nunca al dar un precio por su producto. Muchas veces viajó con Robbins mientras el blanco trabajaba por crear lo que antaño había tenido la esperanza de que llegaría a ser un imperio, «una pequeña Virginia en la gran Virginia». En Clarksburg, en una ocasión, Robbins estaba conversando con el dueño de la casa mientras Henry tomaba medidas al hombre para hacerle un par de botas de montar. El hombre se impacientó y le dio una patada a Henry, diciendo que aquel negro le estaba haciendo daño en los pies. Robbins, que en aquellos momentos tenía cinco pares de botas hechos por Henry, le dijo a Henry que saliera, y cuando volvió, el hombre, sonrojado, fue mucho más amable, pero nunca volvió a comprar cosa alguna de Henry.

Augustus Townsend habría preferido que su hijo no tuviese nada que ver con el pasado, excepto para visitar a sus amigos esclavos en la plantación de Robbins, y ciertamente habría preferido que no tuviese nada que ver con el hombre blanco que en otro tiempo había sido su propietario. Pero Mildred le hizo ver que cuanto más grande pudiera Henry hacer el mundo donde viviera, más libre sería. «Los papeles de libertad que lleva consigo a todas partes no le proporcionan libertad suficiente», le dijo a su esposo. Ella quería que su hijo, que había dejado atrás la esclavitud, fuera de un lado a otro y viera lo que siempre le había sido negado. Que a menudo fuera Robbins quien lo llevase de un lado a otro era un pequeño precio para ellos, y además, él era, en primer lugar, quien había limitado su mundo. «Todo esto de llevarlo consigo de un lado a otro lo hace solamente para redimirse ante los ojos de Dios», decía Mildred.

Después de dos semanas de estar con Robbins, Henry volvía con sus padres, con un brillo en los ojos y con el corazón ansioso por compartir cualquier parte de Virginia donde hubiese estado. Mildred y Augustus, en cuanto oían el caballo de su hijo acercarse, salían a la carretera y esperaban hasta que aparecía, con la misma paciencia con la que Henry esperaba a que Robbins subiera por el callejón hasta la mansión. Robbins le había dicho que confiase en el Manchester National Bank y Henry ingresaba allí una parte de lo que ganaba. El resto, él y su padre, tan pronto como desmontaba del caballo, lo enterraban detrás de la casa y lo tapaban todo con piedras para que el perro no excavase allí. Sus vecinos eran todos gente buena y honesta, pero en el mundo también había extraños y algunos de ellos estaban lejos de ser buenos y honestos. Luego, los tres llevaban el caballo al establo, lo acomodaban y entraban en la casa, abrazados.

Henry pasó así el final de su adolescencia.

El deseo de vivir en Richmond se había apoderado de Philomena Cartwright cuando era pequeña, mucho antes de ser libre. Había nacido en la plantación de Robert Colfax, que fue donde Robbins la vio por primera vez cuando ella tenía catorce años. Cuando ella tenía ocho, Colfax compró dos esclavas de un hombre que recorría la región vendiendo su propiedad, humana o de otro tipo, porque estaba al borde de la bancarrota. Tenía intención de empezar una nueva vida desde cero, le dijo el hombre a Colfax, y empezaba esa nueva vida ofreciéndole a Colfax un buen precio por las esclavas. Una de ellas era Sophie, una mujer de treinta y cinco años de edad a quien le gustaba contarle a la joven Philomena acerca del gran lugar que era Richmond, aunque de hecho lo más cerca que había estado de Richmond era un sitio llamado Goochland. En Richmond, decía Sophie, los amos y sus esposas vivían como reyes y reinas y tenían tantas cosas que sus esclavos vivían como los amos blancos y las esposas que veían a diario por Manchester. Los esclavos de Richmond tenían tanto que comer que siempre tenían que hacerse vestidos nuevos ya que sus cuerpos cambiaban prácticamente cada semana. Había esclavos de Richmond que tenían ellos mismos esclavos, y algunos de los esclavos tenían a su vez esclavos, decía Sophie. Y había fuegos artificiales cada noche para celebrar cualquier evento bajo el sol, incluso el hecho de que un niño pequeño perdiera su primer diente o diera sus primeros pasos. Cualquier parte feliz que hubiera en la vida, Richmond la celebraba. Las historias sobre Richmond comenzaron cuando Philomena tenía ocho años y proseguían cuando Robbins la vio por primera vez.

Aquel día Robbins llegó a la casa de Colfax montado en Sir Guilderham y vio a la muchacha bajar desde la parte de atrás de la casa hacia los barracones. Llevaba sobre la cabeza un montón de ropa para lavar. Él desmontó del caballo y se dirigió con el caballo hacia los barracones, y se fijó en la cabaña donde ella entró. Tenía que ir con frecuencia a Richmond, pero le parecía un lugar tan malo como Sodoma.

Le mencionó la muchacha a Colfax y en un plazo de dos semanas Colfax se la había vendido. Robbins tenía dos hijos con una esclava que vivía con esos niños en una cabaña lejana de su plantación, pero había pasado casi un año desde la última vez que había estado con ella. Seis meses después de comenzar su relación con Philomena, después de haberla instalado en una casa en las afueras de la ciudad con una doncella que llevó desde su plantación, ella le dijo a Robbins que quería llevar consigo a su madre y a su hermano, y Robbins los compró, aunque Colfax no fue tan generoso en el precio como lo había sido con Philomena. Robbins liberó a Philomena cuando cumplió dieciséis años y unos meses después le entregó a su madre y a su hermano. Ella le hizo comprar a Sophie —que contaba historias sobre Richmond— dos meses después de aquello, en su primer mes de embarazo de Dora. El hermano de Philomena pronto se las arregló para fugarse con Sophie, y Philomena proclamó su ignorancia sobre sus preparativos, y lo dijo en un tono tal que Robbins le creyó. Robbins hizo todo lo que pudo por encontrarlos y traerlos de vuelta, pero habían desaparecido. Ofreció una recompensa de 50 dólares por cada uno de ellos, y un mes más tarde la elevó a 100 dólares por cada uno, la mayor cantidad en dólares que se había impreso en los carteles de búsqueda. A Philomena no pareció importarle haber perdido dos propiedades. Le dijo a su madre que creía que habían terminado en Richmond, y algunos días se sentía contenta por Sophie, pues durante muchos años la había querido, pero otros días la despreciaba porque ahora Sophie tenía la vida que Philomena deseaba en Richmond. ¿Se acabarían —se preguntó un día y un año después de la fuga de Sophie— los fuegos artificiales antes de que ella pudiera conocer Richmond?

El nacimiento de Dora hizo que Robbins se acercase a Philomena todavía más de lo que él podía imaginar. Ella lo llamó «William» por primera vez cuando la niña tenía una semana y él no la corrigió, llegó incluso a gustarle que su nombre saliese de su boca y pareciese arremolinarse en el aire como una canción sin sentido antes de que su cerebro lo registrase y le dijese que aquello era su nombre. Le gustaba estar con ella incluso cuando hacía pucheros y se comportaba demasiado como una niña. «No me tratas bien, William. De veras que no, William».

La necesidad de estar en Richmond se reavivó con el nacimiento de Louis, tres años después del de Dora. Esa necesidad nunca había desaparecido del todo, pero el nacimiento de Dora la había ayudado a convertirse en una mujer capaz de aguardar el momento; incluso sin fuegos artificiales, la Richmond de Sophie era una ciudad eterna y esperaría a Philomena. Pero la llegada de Louis la convirtió en un ser taciturno y, un duro día tras otro, delegó el cuidado de los niños en su madre y en la doncella, que ahora era también propiedad suya.

Se fugó a Richmond por primera vez cuando Dora tenía seis años. Robbins envió a su capataz a buscarla y ese hombre la encontró durmiendo en las calles, donde vivía después de haber gastado el poco dinero que se había llevado consigo a Richmond. El capataz le hizo saber, de manera indirecta, que no le gustaba ser utilizado para traer de vuelta a la compañera de cama de su patrón. La segunda vez que Philomena se fugó a

Richmond se llevó a los niños consigo y llevaba más dinero que la primera vez. Dora tenía ocho años y Louis seis. El propio Robbins fue por ellos y se llevó consigo a Henry, que tenía dieciséis años en aquel entonces. Era la segunda visita de Henry a Richmond.

Al final de un largo día, Robbins los encontró a los tres en una casa de huéspedes a menos de diez cuadras del Capitolio, el mismo lugar donde Philomena había estado en su primera visita a Richmond. El hombre y la mujer que regentaban el lugar, personas que habían nacido en libertad, abrieron la puerta y levantaron sus velas para distinguir el rostro del alto Robbins y le dijeron en qué habitación del piso de arriba podía encontrar a Philomena.

Robbins permaneció delante de la puerta cerrada durante largo tiempo y Henry se mantuvo a menos de medio metro de distancia, deseando, por primera vez en su vida, no estar en absoluto cerca del hombre blanco que tanto había llegado a significar para él. Finalmente, Robbins se volvió y miró brevemente a Henry en el pasillo mal iluminado. Henry sostenía una lámpara que los dueños de la casa le habían dado, pero la lámpara humeante daba poca luz.

—¿Qué día es hoy, Henry?

—Miércoles, señor Robbins.

—Entiendo. Entonces, a partir de medianoche será jueves.

—Sí, señor. Desde la medianoche.

Robbins abrió la puerta.

Henry se quedó mirando desde la entrada, temeroso de irse y temeroso de quedarse. Philomena estaba sentada a un lado de la cama, con una zapatilla puesta y la otra suelta en el suelo de la habitación, y no pareció sorprendida de ver a Robbins. Estaba sola en la habitación, y las dos lámparas que había en ella, una en la mesilla junto a la cama y la otra sobre el armario, daban abundante luz a la habitación. Henry podía ver el rostro de ella casi tan bien como podría haberlo visto bajo un sol de mediodía.

—No quiero volver. ¿Me oyes, William? ¡No quiero volver! No me obligues.

Él se acercó y la agarró por los hombros y ella se apartó y se dejó caer en la cama.

—¿Dónde están los niños? —preguntó Robbins, y después de unos segundos ella pudo levantar su dedo y moverlo débilmente hacia la pared, hacia la habitación al otro lado de la pared.

Él miró hacia la pared como si pudiera ver a través de ella y en la otra habitación y cuando volvió a mirar a Philomena estaba más furioso que un momento antes. La agarró por los hombros y cuando ella empezó a resistirse, la abofeteó. Ella lo abofeteó, la primera vez solamente un golpe suave, pero la segunda vez con la fuerza de un puñetazo que lo hizo volver la cabeza. Él soltó uno de los hombros de Philomena y le enseñó el puño, luego le dio un puñetazo e inmediatamente se sintió mal. Ella bajó los brazos y se dejó caer en la cama. Henry, al ver a Philomena desvanecerse en la nada, gritó y Robbins entonces recordó que no había venido solo.

Henry siguió gritando hasta que Robbins se acercó a él y le dijo que se calmara.

—¡Basta ya! ¡Basta ya, te digo!

—Pero está muerta —dijo Henry, mirando más allá de Robbins y señalando a la inmóvil Philomena.

—No está más muerta que tú o que yo. —Robbins le agarró la garganta suavemente—. Y ahora deja de armar alboroto.

Robbins volvió con Philomena y Henry lo siguió. El hombre se sentó en la cama, tomó a Philomena en sus brazos y la zarandeó y por momentos la sensación de malestar amainaba. Henry miraba y no decía nada.

—Ve a buscar a los niños —dijo Robbins—. En la siguiente habitación. Ve a buscarlos y ocúpate de ellos.

Vio salir a Henry y deseó no haberle dicho que se fuera. Estoy en esta casa de negros, pensó, rodeado de negros. Observó las pulsaciones de una vena en el cuello de Philomena y contó sus latidos. Cuando el número se aproximaba a 75, cerró los ojos pero siguió contando.

Henry no vio a la izquierda la puerta entreabierta que daba a la habitación donde estaban los niños. Salió al salón a la derecha, ni siquiera pensó en llamar a la puerta, simplemente la empujó para abrirla y no vio más que oscuridad. No tuvo la sensación de que los niños estuviesen allí y se dirigió a la puerta al otro extremo de la habitación de Philomena y abrió esa puerta. Dora y Louis estaban en la cama y la niña abrazaba a su hermano. Habían oído los gritos de su madre y luego los gritos de su padre y luego habían oído el chillido de Henry.

Se acercó a ellos y les dijo que todo iba a estar bien y unos minutos después ellos empezaron a creerle. Él había hecho sus zapatos, que estaban amontonados en un rincón. Les dio agua y bebieron como si lo hicieran por primera vez en mucho tiempo. Esto fue el comienzo de la razón por la que Louis bajó al agujero sin pensarlo dos veces y cavó durante un buen rato para ayudar a hacer la tumba de Henry. Sin ni siquiera saber por qué, Henry empezó a cantarles y poco a poco Dora fue capaz de soltar a su hermano.

Robbins encontró a Henry arrodillado junto a la cama, cantando todavía. Henry había encontrado un trozo de cuerda en algún sitio y con la cuerda hacía y deshacía la escalera de Jacob, la única cosa que Rita, su segunda madre, había sabido hacer con cuerda.

—Soy muy poquita cosa y no me importa nada. Muy poquita cosa y no me importa. Muy poquita cosa. . . —Robbins se detuvo a escuchar en la entrada—. Soy muy poquita cosa y no me importa nada.

Se preguntó si su esposa, en su casa, estaría dormida. Alguien se rio al otro lado del pasillo y él recordó la risa de un esclavo que trabajaba en sus campos. Robbins tocó la puerta con un puño y vio cómo se abría poco a poco hasta el final.

Dora lo vio primero y saltó de la cama para echarse en sus brazos. Él la besó en las mejillas. Ella siguió abrazada a él hasta

que la volvió a llevar a la cama y la dejó allí. Tocó la mejilla de
Louis, pero el muchacho no respondió porque Henry le había
dado la cuerda y aquello era todo lo que el pequeño sabía en
aquel momento.

—Quiero que te quedes con ellos esta noche, Henry —dijo
Robbins, y tapó a Dora hasta el cuello y sopló para apagar la
lámpara de la mesilla de su lado de la cama—. Quédate con
ellos y que se queden tranquilos. Nada más quédate con ellos.

—Sí, señor.

Fue al lado de la cama donde estaba Louis y lo acostó y lo
tapó hasta el cuello.

—Háganle caso a Henry —les dijo.

Cogió unas cuantas mantas que estaban amontonadas en
una silla y le dijo a Henry que se acostara junto a la cama, y
Henry se quitó los zapatos que él mismo había hecho y se acostó y Robbins apagó la vela del lado de Louis de la cama y salió
de la habitación.

Los dueños de la casa de huéspedes estaban con Philomena
cuando él volvió a su habitación. Un lado de su cara se hin-
chaba y se amorataba por momentos, pero él no distinguía el
color porque la lámpara de aquel lado de la habitación se había
apagado.

—Quiero que alguien se ocupe de esto —le dijo Robbins
al marido y luego se lo repitió a la esposa, señalando en todo
momento la herida con un movimiento de su cabeza.

—Nosotros nos ocuparemos —dijo la mujer.

—Nos ocuparemos —dijo el marido.

Se acercó a la cama y por primera vez pensó que lo que
sentía por Philomena podría convertirse en su condena. A su
esposa le gustaba retirarse pronto, pero su hija se quedaba en
el salón para leer o poner al día su correspondencia. A la planta
baja de su mansión su hija la llamaba el Sur y a la planta alta la
llamaba el Norte. «Vete al Este, mamá», diría Patience, la hija,
años después, aquel día en que Dora fue a la mansión. Fue el
día que Patience pensó que William Robbins estaba a punto de

morir. «Vete al Este y yo iré a buscarte allí, por favor, mamá. Por favor, cariño». Dora estaba en la entrada de la mansión. Las dos hijas nunca se habían visto antes de aquel día. «Vete al Este y yo te iré a buscar, mamá».

Robbins sabía que Philomena no estaría en condiciones de viajar por la mañana y decidió que tendría que dejarla. Tampoco quería que sus hijos le viesen la cara. Les dijo a los dueños de la casa de huéspedes que quería que Philomena volviese a Manchester.

—Me ocuparé de ello —dijo el hombre—. Buscaré a alguien y nos ocuparemos.

Robbins no tenía fe en la palabra de aquel hombre, pero no tenía más remedio que aceptarla.

—Estará recuperada en uno o dos días —dijo la mujer, sosteniendo la barbilla de Philomena e inspeccionando la herida.

Incluso mientras todos hablaban y el hombre y su esposa intentaban garantizarle que le llevarían a Philomena, empezó a tener miedo de no volver a verla. La miraba y no podía apartar sus ojos de ella. Esperaba que su amor por sus hijos la obligase a volver a Manchester. No se atrevía a esperar que la impulsase a hacerlo ningún amor hacia él.

Volvió al hotel para blancos donde se había inscrito anteriormente y bebió bastante, aunque no había sido esa su intención al entrar por primera vez en la casa de huéspedes para negros. Se despertó hacia las ocho, más tarde de lo que hubiese deseado, y volvió con su caballo a la casa de huéspedes y le sorprendió ver que Henry ya había hecho los preparativos para el viaje. Había conseguido un coche de caballos para él y los dos niños y para Philomena, pues no sabía que ella no volvería con ellos. Tirarían del coche el caballo en el que Henry había venido y otro caballo que había conseguido en un establo cercano, utilizando el nombre de William Robbins como moneda, pues él había ido a Richmond con poco dinero propio. Después de ocuparse de Philomena, Robbins encontró a los niños en su habitación, alimentados y descansados y muy risueños. Los llevó a ver a Philomena, pues la hinchazón de la mejilla había disminuido, y luego los sacó afuera y los bajó hasta el carruaje. Philomena estuvo dormida durante su visita.

Emprendieron el viaje a Manchester casi a las diez en punto. A las cinco de aquel día se detuvieron en una casa cerca de Appomattox, más o menos a mitad de camino de su destino, y en aquella casa pasaron la noche. El dueño de la casa, un blanco de cuarenta y nueve años casado entonces con su cuarta esposa, que era la hermana de su segunda esposa fallecida, estaba habituado a un tráfico intenso en la carretera y se había ganado bien la vida ofreciendo servicios de comida y bebida. Conocía a Robbins lo suficiente como para dejarlo tener a tres negros en la habitación contigua a la de Robbins y no le cobró ningún importe adicional por tener negros en la casa y no en el establo.

Henry condujo el coche de caballos todo el camino hasta Manchester, con Louis junto a él y Dora detrás, con la compañía de una muñeca de trapo, y durante buena parte del camino Robbins fue montado sobre Sir Guilderham junto a ellos. En un determinado momento, pasado ya Appomattox, Dora asomó la cabeza para mirarlo. Él sonrió, y más adelante, casi un kilómetro después, le dijo a Henry que se detuviera y ató el caballo a la parte posterior del carruaje y se sentó junto a Dora y ella se arrojó sin decir palabra en sus brazos. Robbins miró la nuca de Henry, vio cómo Louis lo observaba, como si aquello fuera toda una lección sobre la que luego tuviera que examinarse. Dora dormitaba y Robbins pensó que para él esta sería una buena forma de morir, allí mismo, en la carretera hacia su hogar y con sus hijos. Lo único que podría mejorar aquello sería tener a su hija Patience a su otro lado. Mirando la espalda de Henry absorto en su trabajo, pensó en algo que durante mucho tiempo había procurado evitar: que el mundo no sería un lugar demasiado bueno para los hijos que había tenido con Philomena, pero que, cualquiera fuese ese mundo, quería que Henry lo compartiera con ellos.

Llegaron a la casa que había comprado para Philomena poco después del anochecer del segundo día de su viaje. La madre de

Philomena estaba en la puerta, esperando. Había estado viendo a
un hombre de una plantación cercana y él acababa de irse después
de que ella le hubiese dado de comer. A aquel hombre le gustaba
el banjo, que tocaba continuamente para ella, pero tenía un sonido
extraño porque le faltaba una cuerda. La abuela de los niños se
acercó al coche de caballos y montó un verdadero alboroto con los
dos niños, a quienes llamaba sus pequeñas tortitas de maíz fritas.
Su hija era su propietaria pero eso no significaba nada entre ellas.

Cuando Henry, con veinte años cumplidos, le compró su primera parcela de tierra a Robbins, se lo dijo a sus padres enseguida. Esa propiedad se encontraba a kilómetros de distancia de
donde ellos vivían, pero cerca de la plantación de Robbins, aunque
no estaban conectadas. En el momento de su muerte ya era dueño
de todas las tierras entre él y Robbins, de modo que nada separaba
las posesiones de ambos. Cenó con Mildred y Augustus el día de la
venta del terreno. Pero el día que le compró a Robbins su primer
esclavo, Moses, no fue a casa de sus padres y no fue a verlos durante mucho tiempo. Pasó aquel primer día como propietario con
Robbins y con Moses, y él y el hombre blanco planificaron dónde
construiría su casa. No tenía esposa, ni siquiera cortejaba a nadie.
Cuando les contó a sus padres lo de Moses, la casa —dos plantas
y media tan grande como la de Robbins— estaba terminada en su
tercera parte, y él seguía sin tener esposa.

Una tarde a principios de otoño, cuando la casa estuvo a medio hacer, Robbins llegó montado en un caballo hijo de Sir Guilderham y se detuvo al ver a Henry y a Moses enzarzados en una
pelea amistosa frente a la casa inacabada. Henry y Moses no
habían advertido su llegada y el perro, tan acostumbrado a ver
a Robbins, no se había molestado en ladrar.

—Henry —dijo al fin, sin desmontar del caballo—. Henry,
ven aquí.

Se dio la vuelta y se alejó varios metros y Henry salió, seguido por Moses. Cuando Robbins, todavía en movimiento,

volvió la cabeza y vio que Moses iba detrás, la ira apareció en su rostro.

—He dicho «Henry, ven aquí» —le gritó a Moses—. Si quisiera que vinieras tú, te habría dicho a ti que vinieras.

Moses se detuvo y Henry se volvió para mirarlo. Robbins siguió cabalgando despacio, luego un poco más rápido, y Henry finalmente tuvo que correr para ponerse a su paso. Al llegar de nuevo a la carretera, Robbins se detuvo pero no se dio la vuelta. Cuando Henry lo alcanzó, apenas podía respirar. Se inclinó hacia delante, detrás de Robbins, con las manos en las rodillas.

—¿Sí, señor? —dijo Henry varias veces—. ¿Sí, señor? —Robbins no se dio la vuelta y Henry tuvo que dar unos pasos para situarse delante de él, levantando una mano hasta la frente del caballo, que le sacaba más de medio metro de altura—. ¿Sí, señor?

—¿Quién es ese? —dijo Robbins, levantando la mano enguantada y apuntando con el pulgar por encima de su hombro—. ¿Quién es ese con quien estaban jugando como niños en el barro?

—Es Moses. Ya conoce usted a Moses, señor Robbins.

Moses era su esclavo desde hacía menos de seis meses.

—Lo que sé es que me compraste un esclavo para que hiciera lo que se supone que hace un esclavo. Eso es lo que yo sé.

—Sí, señor.

—Henry —dijo Robbins sin mirarlo a él sino mirando hacia el otro lado de la carretera—, la ley te protegerá como amo de tu esclavo, y no le temblará el pulso para protegerte. Esa protección va desde aquí —y señaló un lugar imaginario en la carretera—, hasta donde muere esa propiedad —y señaló un lugar a pocos metros del anterior—. Pero la ley espera que tú sepas distinguir entre un amo y un esclavo. Y no importa que tú no seas mucho más oscuro que tu esclavo. La ley es ciega con respecto a eso. Tú eres el amo y eso es todo lo que la ley quiere saber. La ley estará de tu parte y te respaldará. Pero si tú te revuelcas de un lado a otro y te conviertes en compañero de juegos de tu propiedad y luego tu propiedad se rebela contra ti y te muerde, la ley seguirá estando de tu parte, pero no lo hará con todo el corazón y toda la deliberada rapidez que vas a necesitar. Tú no habrás cumplido tu parte del trato. Habrás señalado la línea que te separa de tu propiedad y le habrás dicho a tu propiedad que esa línea no importa. —Henry apartó la mano de la frente del caballo—. Ahora, hoy te revuelcas con una propiedad sobre la cual tienes un recibo de papel. ¿Cómo te comportarás, Henry, cuando tengas diez recibos de papel, cincuenta recibos de papel? ¿Cómo te comportarás, Henry, cuando tengas cien recibos de papel? ¿Te seguirás revolcando en el barro con ellos?

Robbins espoleó al caballo y no dijo nada más. Henry los observó, al hombre y al caballo, y luego se volvió para mirar a Moses que lo saludó con la mano, listo para volver al trabajo. Moses, con una sierra en la mano, hizo una pequeña danza. Henry se dirigió hacia él.

—Podemos hacer bastante antes de que oscurezca —dijo Moses y levantó la sierra muy por encima de su cabeza.

—No vamos a trabajar más hoy.

—¿Qué? Pero ¿por qué no?

—He dicho que no, Moses.

—Pero tenemos luz de sobra. Hoy es un buen día, amo.

Henry dio unos pasos hacia él, le quitó la sierra y lo abofeteó una vez, y cuando el dolor empezaba a mostrarse en el rostro de Moses, lo abofeteó de nuevo.

—¿Por qué nunca haces lo que te digo que hagas? ¿Por qué, Moses?

—Lo hago. Siempre hago lo que me dice que haga, amo.

—No lo haces, negro. Nunca lo haces.

Moses sintió que empezaba a hundirse en la tierra. Levantó un pie y lo cambió de sitio con la esperanza de sentirse mejor, pero no se sintió mejor. Quiso mover el otro pie, pero eso habría sido demasiado; según estaban las cosas, había movido el primer pie sin permiso.

—A partir de ahora harás lo que yo te diga —dijo Henry.

Dejó caer la sierra al suelo. Se agachó y la recogió y se quedó
mirando durante largo rato la herramienta, con todos sus dientes alineados en una fila y su delicada forma de avanzar hacia
la empuñadura de madera. Dejó caer la sierra de nuevo y se
quedó mirándola—. Trae mi caballo con la silla puesta —dijo
Henry, sin dejar de mirar la sierra—. Trae mi caballo.

—Sí, señor, voy.

Moses volvió enseguida con el animal. Henry montó.

—Volveré más tarde. Tal vez mañana. Pero cuando vuelva
te quiero ver haciendo lo que tienes que hacer.

El caballo echó a andar. Henry estaba a muchos metros de
su casa cuando recordó que se había dejado el sombrero, pero
el día había sido agradable e imaginó que podría arreglárselas
sin él. No había recorrido muchos metros más cuando oyó los
sonidos de Moses al trabajar. Las aves diurnas empezaron a
gorjear y en poco más de kilómetro y medio los cantos de los
pájaros habían tapado por completo el sonido del hombre que
trabajaba a su espalda. Medio kilómetro después, un mulo re-
buznó, acompañado por el mugido de una vaca, y a medida que
avanzaba llegaron los grillos, y luego los pájaros y el mugido de
la vaca y los grillos y el aire del atardecer se entremezclaron.

Moses acabó el suelo de la cocina antes de irse a dormir. La
oscuridad se le echó encima pero sintió la necesidad de completar
el trabajo y encendió velas y algunos faroles por la habitación y
siguió trabajando con su vacilante ayuda y con cierto sentido interior sobre dónde había que poner cada cosa. Era un sentido que
en cierto modo le habría servido incluso si hubiese trabajado en la
más absoluta oscuridad. Y poco a poco, gradualmente, a medida
que la tarde y la noche pasaban, se olvidó de todo excepto de lo
que estaba haciendo. No existía el tiempo ni existía la oscuridad
en el exterior, fuera de la habitación. No existía el estómago vacío.
Únicamente existía el trabajo. El sudor bajaba por su rostro y lamió las gotas que llegaban cerca de su boca y las bebió. Al finalizar
el trabajo de aquella jornada —la trigésimo tercera desde que había clavado el primer clavo en la madera—, comió unos panecillos

y tres manzanas y bebió toda el agua que su cuerpo pudo aceptar. Salió a la cabaña que él y Henry habían compartido, y supo que ahora la cabaña sería solo suya. Al día siguiente, o cuandoquiera que su amo volviese, ellos, él y Henry, podrían pasar de la cocina a la fachada de la casa. Podrían llegar hasta el comienzo del segundo piso, y en una de aquellas habitaciones del primer piso, bien en el comedor ya terminado o en el salón, dormiría Henry. Moses se detuvo en la puerta de la cabaña y alzó la vista hacia la noche. Su abuela, o una mujer que le decía al mundo que era su abuela antes de ser vendida, había intentado hablarle de las estrellas («Las estrellas pueden guiarte»), pero él no tenía cabeza para las estrellas. Ahora las miraba y se cubría los ojos con la mano para darse sombra, tal como habría hecho de haber estado en medio del día más soleado. Se encontraba a poco más de tres metros del lugar donde moriría una mañana.

Después de alejarse de la casa de Henry aquel día, Robbins fue a la de Fern Elston antes de volver junto a su esposa y su hija. Lo que siempre le había sorprendido era que nunca había visto en Henry tantos defectos como los que había visto en hombres blancos que tenían posesiones suficientes en sus vidas como para provocar la ira envidiosa de los dioses. Robbins siempre había creído que, cuantos menos defectos en un hombre, menos puertas tenían los dioses para entrar en la vida de un hombre y hacerla añicos. Y al no ver tantos defectos, Robbins había creído que Henry se abriría camino incluso allí donde algunos hombres blancos buenos y fuertes habían flaqueado y mordido el polvo. Pero a lo largo de los años había visto a veces en el comportamiento de Henry suficientes errores como para preocuparse. Y ninguna flaqueza le había preocupado tanto, desde el día en que dejó entrar a Henry en su vida, como verlo pelear con el esclavo Moses como cualquier negro corriente al volver del campo después de una dura jornada. ¿Cómo podía nadie, blanco o no blanco, pensar que podía conservar su tierra y sus sirvientes y su futuro si no se consideraba superior a sus propiedades? Los dioses, los cambiadizos dioses, detestaban a un hombre que tuviese tanto, pero más aún detestaban a un hombre que no apreciase lo mucho que lo habían elevado desde el polvo.

Robbins llegó a casa de Fern y vio a un criado y le dijo a ese criado que le dijese a su ama que quería verla. Robbins no desmontó de su caballo y si no hubiese visto al criado habría permanecido sobre su caballo, esperando hasta que alguien advirtiese su presencia y le preguntase si necesitaba ayuda. Fern salió de la casa y dio unos pasos hasta el borde del porche y Robbins se quitó el sombrero, pero aun así no desmontó. Fern no bajó los peldaños, de modo que ambos quedaron a la misma altura.

—Fern.

—Buen día, señor Robbins.

—Tengo a alguien que necesita recibir una educación, a partir de la escritura y todo lo demás. Ni siquiera sabe escribir su propio nombre. Tiene que aprender eso y muchas otras cosas. Tiene que aprender a comportarse en Virginia.

—Entiendo —dijo Fern.

No había oído que Robbins tuviese más hijos con Philomena Cartwright, de modo que pensó que se había juntado con otra mujer de color y que ahora era preciso educar al hijo de ese apareamiento. Le gustaba acoger a niños de cuatro años; cuanto más mayores eran a partir de esa edad, más llenas tenían las cabezas con disparates que su enseñanza no podía extirpar.

—Es Henry Townsend. Creo que lo conoces.

Ella se echó a reír, pero al ver que Robbins no se reía, dejó de hacerlo.

—El Henry que yo conozco es un hombre —dijo ella—. *Un hombre* —y quiso estar segura de que él la miraba al repetir esas palabras.

—De ese mismo se trata —dijo Robbins—. Lejos está de ser un muchacho. Pero empieza a ser independiente y no quisiera verlo sufrir por todas las cosas que ignora.

—Un hombre no aprende muy bien, señor Robbins. Las mujeres sí, porque están acostumbradas a dejarse llevar por el viento. Una mujer, no importa su edad, aprende siempre, siempre se transforma. Pero un hombre, si me lo permite, deja de aprender a los catorce o algo así. Se cierra por completo, señor Robbins. Un leño tiene más capacidad de aprender que un hombre. Enseñarle a un hombre sería una batalla, una guerra, y yo perdería.

—No con Henry, Fern. Él estaría abierto a cualquier cosa que le enseñaras. Yo no vendría a hablarte de ningún otro negro. —Le había pagado 20 dólares al mes por educar a Dora y a Louis. Había tenido la tentación de hacerla ir a su casa para darle clases particulares a su hija blanca, tan satisfecho estaba con lo que había hecho con sus hijos negros, pero había cosas que su esposa no toleraría y esa habría sido otra puerta por la que los dioses podrían entrar. Patience, esa otra hija, había recibido una educación bastante buena, pero no tan buena como la que Dora había recibido de Fern—. No sería tan obstinado ni tan torpe como un leño.

—El niño más mayor que me han traído en toda mi vida tenía diez años —dijo Fern—. Fue una guerra, pero yo me impuse. También era una mujer más joven. —Miró a Robbins a la cara, luego miró hacia un lado, más allá de Robbins, hacia el lugar donde se instalaría el jugador Jebediah Dickinson—. Bueno, pues mande recado a Henry Townsend para que venga por aquí mañana a las diez de la mañana. Un segundo más tarde de esa hora y habrá reprobado su primera lección.

No le pidió que fuera personalmente a decírselo a Henry porque sabía que Robbins no aceptaría un mensaje de una mujer que no era de su mismo rango para un hombre que tampoco era de su mismo rango.

—Bien —dijo Robbins—. Esperemos una semana para ver el precio de todo esto.

—No será el precio de un niño. A los niños prácticamente les puedo enseñar con los ojos cerrados.

—No le digas nada sobre esto y yo pagaré el precio de un hombre. Incluso el precio de tres niños —dijo Robbins. Volvió a ponerse el sombrero—. Buen día, Fern.

Seguía deseando que Henry estuviese presente en cualquier mundo donde sus hijos negros tuviesen que estar, pero esas peleas amistosas con Moses le habían mostrado lo mal preparado que estaba Henry. Fern se daría cuenta y haría lo que hubiera que hacer. Aquel día de agosto en el que el escritor canadiense de panfletos Anderson Frazier fue a visitarla, Fern dijo: «No, Henry nunca vivió lo suficiente para ser apuesto del todo. Augustus sí, pero su hijo se quedó corto».

—Buen día, señor Robbins —dijo Fern.

Lo vio cabalgar hacia la carretera y girar a la izquierda. Le había oído decir a Maude, la madre de Caldonia, que tal vez había algo antinatural entre él y Henry. ¿Por qué otra razón un hombre blanco de su categoría perdía tanto tiempo en su vida con un joven del que en otro tiempo había sido propietario? Ahora sabía que no existía nada antinatural. Robbins reflejaba un temor en sus ojos, el mismo temor de cualquier hombre que tuviera que enviar a su hijo al mundo a cazar osos únicamente con su arma predilecta, pero un arma que con excesiva frecuencia le había fallado al padre.

Bajó los escalones del porche. Ramsey, su esposo jugador, que llevaba fuera una semana, había prometido volver aquel día. Zeus, el esclavo en quien más confiaba, se acercó por un lateral de la casa y le preguntó qué podía hacer por ella.

—El jardín —dijo ella, señalando con el mentón hacia las azaleas—. No he visto mi jardín desde ayer.

Zeus fue el hombre que le llevó la limonada a Anderson Frazier aquel día de agosto. Zeus recibía entonces un salario de Fern y de su esposo herrero; los llamaba sus patrones, aunque de hecho era el mejor amigo de Fern.

—Sí, señora —dijo Zeus, mirando hacia el jardín. Fue al cobertizo a buscar el sombrero de jardinera de Fern y todo lo que ella necesitaba para arreglarlo.

El sonido de Robbins al alejarse ya no se oía. Ella suspiró y se quedó mirando la carretera por donde el hombre blanco se había ido. Un mes para enseñarle a escribir su nombre. No, tal vez dos semanas. Era una gran maestra y Augustus y Mildred no eran estúpidos, de modo que la tarea no sería tan difícil como cortar un leño con un hacha desafilada. Se acercó al jardín y al verlo su corazón latió más deprisa. No se había bañado desde la marcha de su esposo, pero sus días de alejamiento del agua llegaban a su fin, aunque ella misma se impacientaba. Zeus llegó con sus herramientas y le puso el sombrero en la cabeza y lo hizo tan bien que ella no tuvo que ajustar lo que él había hecho.

—Tenemos que conseguir otro nuevo de estos, ama —dijo Zeus refiriéndose a su sombrero.

Su esposo había aceptado a Zeus como parte de una deuda de juego de un blanco cuando Zeus tenía doce años de edad. Había llegado con un nombre que a ella, entonces recién casada, no le había gustado, de modo que le había puesto un nombre nuevo. Le puso el nombre de un dios al que ella hubiese rendido culto si hubiese sido de las que rinden culto a los dioses. Ni Fern ni Zeus podían recordar su antiguo nombre.

—Oh, Zeus, este sombrero nos servirá por el momento. Por lo menos hasta final de mes. Y luego ya veremos tú y yo.

Entraron en el jardín, procurando no pisar los brotes más frágiles. Ella misma no se inclinaba ante las flores, sino que señalaba lo que deseaba que se hiciera, lo que había que cortar, lo que había que podar, y Zeus se arrodillaba y lo hacía. Él tenía su propio sombrero, tan viejo como el de Fern. Nunca se jubiló de su trabajo con Fern y su esposo herrero. El día que Anderson Frazier, el escritor de panfletos, fue a visitarla, Fern había estado trabajando aquella misma mañana, unas horas antes, en su jardín, de rodillas junto a Zeus, su empleado. Mientras estaba sentada con Anderson en su porche, advirtió algo de suciedad debajo de una uña, y se reprendió en silencio por no darse cuenta de lo que hasta una niña pequeña habría visto al lavarse.

Fern Elston había decidido no seguir a sus familiares más cercanos en sus vidas como blancos. Se quedó en el condado de Manchester, donde todo el mundo sabía lo que era: una negra libre, aunque fuera tan blanca como cualquier persona blanca. En parte la razón por la que se quedó fue Ramsey Elston, un negro libre llegado del norte de Charlottesville. Si se hubiese ido a cualquier otro lugar y hubiese pasado por blanca, el color de su esposo habría levantado sospechas. Aunque él era de piel clara, no era tan claro como ella y era muy obvio que era de color. En el resto del mundo habría sido una mujer blanca con un esposo negro, y eso habría limitado su mundo casi tanto como el hecho de simplemente vivir como un hombre de color y su esposa de color. Y ser una esposa blanca podría haber ocasionado la muerte de su esposo.

Pero por la mente de Fern nunca se había cruzado la idea de hacerse pasar por blanca. Dado que no sentía mucho aprecio por los blancos, no veía razón para convertirse en una de ellos. Era conocida en todo Manchester como una mujer extraordinaria, y el hecho de haber recibido una educación no había hecho sino aumentar ese carácter extraordinario con el que había nacido. Los patrulleros del comisario John Skiffington llegaron a temer cruzarse con ella si estaba en la carretera después del anochecer, lo cual era infrecuente en ella.

En los primeros tiempos de los patrulleros, lo primero que salía de sus labios cuando le daban el alto era: «Yo no los maltrataré a ustedes de palabra ni de obra y espero que ustedes no me maltraten a mí de palabra ni de obra. Y tampoco quiero que se maltrate a mi criado», refiriéndose con la palabra *criado* a cualquiera de sus esclavos que fuese con ella en aquel momento. Luego les enseñaba documentos que demostraban que era una mujer libre y a continuación un contrato de compraventa del esclavo. Esperaba pacientemente a que ellos examinasen los papeles. Algunos de los patrulleros no sabían leer, pero ella demostraba la misma paciencia con ellos y esperaba mientras el analfabeto aparentaba leer. Ella sabía que la gente no nace sabiendo leer. No les decía «buenos días» cuando le daban el alto, ni les decía «adiós» cuando la dejaban seguir su camino. «Adelante», le decía al criado.

Si sucedía algo «desagradable» con los patrulleros se lo decía a William Robbins, no al comisario John Skiffington, a la
mañana siguiente. En una ocasión, a un patrullero, Harvey
Travis, que sabía leer, le habían molestado sus fríos modales y
había roto los papeles y se lo había arrojado en el regazo. «Y
ahora lárgate», le dijo. «Adelante», le dijo ella a su criado, con
el mismo tono que utilizaba cuando no era maltratada. Fue a
ver a Robbins al día siguiente. Nunca se había dirigido a la
puerta trasera de la casa de un blanco y tampoco lo hizo en
aquella ocasión. El sirviente que la llevaba fue a la parte de
atrás de la casa, encontró a una esclava que estaba lavando
ropa y le dijo que la señora Fern querría tener unas palabras
con el amo Robbins. Cuando el criado de Fern volvió junto a
ella en el carruaje, Robbins ya bajaba las escaleras del porche.

—Señor Robbins —dijo ella—, he tenido un desagradable
episodio con uno de los patrulleros y me temo que, si no se hace
algo, habrá más episodios.

Permaneció en el carruaje todo el tiempo mientras Robbins
estaba de pie junto a él. Ambos pagaban impuestos para financiar a los patrulleros, pero eso no significaba nada para ellos.

Él la conocía lo suficiente como para saber que no había ido
a ver a Skiffington.

—Me ocuparé de ello, Fern. Veré qué puedo hacer.

—Si puede hacer algo, tendrá usted mi gratitud.

—Entonces me esforzaré más aún para conseguir que se
haga algo.

Ningún patrullero volvió a maltratarla. Después de aquello,
cuando veía a los patrulleros en la carretera por la noche, siempre se detenía y mostraba los papeles incluso antes de que se
los pidieran. Con el tiempo, todos los patrulleros llegaron a conocerla y no le pedían los papeles. Pero ella los sacaba de todas
maneras. «Ya sabemos quién es usted», le decían. Ella no decía
nada. Y más adelante, cuando ya era evidente que no tendría
que volver a detenerse nunca más en su vida, ella seguía dete-
niéndose y haciendo lo mismo que había hecho hasta entonces.

El juego de Ramsey Elston los estaba empobreciendo más, aunque se trataba de una pobreza con la que una gran mayoría del condado, blancos y negros libres, se habrían sentido muy cómodos. No jugaba en el condado. En cambio, se alejaba no menos de dos condados para encontrar blancos lo suficientemente amantes del riesgo como para jugar con un negro. Y tenía que asegurarse de que, si ganaba, ellos no se sintieran tan resentidos como para enjuagar sus pérdidas a costa de su pellejo, para luego, después de la paliza, recuperar su dinero. A menudo desaparecía durante tres o cuatro días, como mucho una semana, y en los primeros tiempos de su matrimonio era algo que ella podía soportar. Por otra parte, solía ganar. Las hectáreas de terreno que tenían eran productivas, y además estaba el dinero de los parientes de Richmond y Petersburg. Llevaban años recibiendo ese dinero sin mediar siquiera ningún tipo de acuerdo. Un banco de Richmond o de Petersburg se comunicaba con el único banco de Manchester y se ingresaba un dinero en la cuenta de Fern. Ella sospechaba que los parientes se lo enviaban en pago por su silencio sobre su secreto, pero ella jamás habría dicho a nadie que tenía parientes que se hacían pasar por blancos. Los conocía a todos, había jugado con ellos cuando eran niños, había dormido junto a ellos en sus camas, pero ya no pensaba en ellos como personas de su misma sangre.

Ramsey, especialmente en los tiempos anteriores a la llegada del también jugador Jebediah Dickinson, regresaba y era el más atento de los esposos durante semanas y semanas hasta que de nuevo se apoderaba de él la necesidad de sentarse alrededor de una mesa con dinero y cartas y hombres y cigarros. Ese mundo del juego a dos condados de distancia lo arrastraba y ella podía verlo en su torpe forma de moverse por la casa, en su manera de apartar suavemente a los cachorros de su camino con el pie. Necesitaba volver a ese mundo, con todo lo que implicaba, incluso la visión de ese criado cuyo único trabajo consistía en apartar el humo del cigarro con un periódico que ninguno de los jugadores se habría tomado la molestia de leer.

Fern no era mujer de las que esperan a su esposo en la ventana. Pero suspiraba por él. Él se lo decía el día mismo de su regreso.

—No te laves —le decía antes de marcharse—. No te bañes hasta que yo vuelva.

Esto fue difícil para ella en un principio, pues había sido educada en la idea de que la falta de limpieza la aproximaba a los que trabajaban en los campos.

—Necesito bañarme, señor Elston —decía ella—. *Quiero* bañarme.

—Hazlo después de que yo vuelva.

—Pero entre tanto sudaré por todo mi ser, por todo mi cuerpo hasta mis pobres tobillos.

—Súdame un río entero, no me importa. Nadaré en él. Pero no te bañes.

Ella intentaba evitar a sus estudiantes en esos períodos, pues les había enseñado, desde Dora hasta Caldonia, esa misma idea sobre la limpieza. Ramsey regresaba, generalmente al anochecer, y la encontraba en su dormitorio. «He sido una buena esposa, señor Elston». Él se reía. «Y yo un buen esposo, señora Elston», y ella le creía, noche tras noche, hasta la aparición de Jebediah Dickinson. Luego Ramsey comenzaba a desnudarla, despacio, una prenda tras otra, mientras la única vela de la habitación se consumía rápidamente, hasta su más mínima expresión. Mucho antes de que él terminase de desnudarla, su deseo hacia él aumentaba y sentía como si fuese a desvanecerse, y era entonces cuando él besaba su garganta, en el primer contacto con su piel, saboreando por primera vez la sal acumulada. El beso la reanimaba y vivía hasta volver a sentir el deseo y hasta que él tenía que besar su garganta de nuevo. «¿Se ha bañado usted, señora Elston?». «No me he bañado, señor Elston». Cada palabra suponía un esfuerzo enorme pero absolutamente necesario. «He sido una buena esposa».

Esto sucedía en la primavera y al principio del verano de su vida juntos. Había un refrán en aquella parte de Virginia que decía que las velas ardían con más luz en la primavera y el verano de un año debido a que el viento bajaba de las montañas y daba a las llamas más aire para respirar. Otros decían que no, que habían visto velas arder con la misma luz en otoño, y hasta en invierno, cuando el aire no es tan agradable. Fern Elston estaba de acuerdo con esta segunda opinión.

Los Elston rara vez tuvieron más de trece esclavos, aunque el jugador Jebediah Dickinson, durante el tiempo que estuvo allí, elevó la cifra a catorce. Trece esclavos fueron siempre suficientes para darles servicio en la casa y cultivar las pocas hectáreas necesarias para cubrir todas sus necesidades. Los esclavos de los campos vivían en barracones más cerca de sus amos que cualquier trabajador de cualquier plantación o granja de Virginia. El motivo para ello nadie lo supo nunca. Desde luego había tierra suficiente para situarlos más lejos. Los Elston no tenían esclavos, decía la gente de color, tenían vecinos que resultaban ser esclavos.

Fern no le contó a Anderson Frazier, el blanco que escribía panfletos, que Henry Townsend fue el estudiante de piel más oscura que había tenido, pero sí le dijo que era el primer esclavo liberado y probablemente el más inteligente de todos sus estudiantes.

—Tal vez su sangre era en cierto modo impoluta —dijo ella aquel día con Anderson, cerca ya del mediodía. Estaba dispuesta a no darle ninguna respuesta si él le preguntaba qué quería decir con eso, pero Anderson no dijo nada. Ella escuchó mentalmente el eco de la palabra *impoluta*, y pensó que era la primera vez que la utilizaba en mucho tiempo—. Cuando supo leer y escribir, le abrí mi biblioteca, pero la mayoría de los libros no llamaron su atención como yo pensaba que podrían hacerlo. Era un hombre, por supuesto, no un niño entregado a los placeres. Leía, disfrutaba y se presentaba para el siguiente. Se llevaba un libro consigo a su casa. Ignoro de dónde sacaba tiempo para leer, porque al parecer trabajaba en la casa todo el día. —Aquel día de agosto con Anderson, un hombre y una mujer pasaron tomados de la mano junto a ellos y ella los saludó con la mano y la pareja le devolvió el saludo—. De vez en cuando un libro llamaba poderosamente su atención y lo comentaba durante días. ¿Conoce usted a Milton, señor Frazier? ¿Conoce usted *El paraíso perdido*, señor Frazier?

—Lo conozco, señora Elston.

—Henry también. «Así se habla», dijo refiriéndose al Demonio que proclamó que prefería ser amo en el infierno antes que siervo en el cielo. Él pensaba que solo un hombre que se conociera bien podía decir algo así, darle la espalda a Dios de manera irrevocable. Intenté hacerle comprender lo horrible que era semejante elección, pero Henry se había formado ya su propia opinión al respecto y no hubo manera de hacerlo cambiar. Le entusiasmaba Milton y le entusiasmaba Thomas Gray. Yo no siento debilidad por ninguno de ellos, pero debo dárselos a conocer a mis alumnos, de todos modos. —Se volvió hacia Anderson e inclinó levemente la cabeza hacia atrás de modo que él podía ver su rostro entero. Añadió—: No pude corregir su dicción. A veces hablaba como yo quería que hablara, pero muchas otras veces hablaba como por fuerza tiene que hablar un hombre que ha pasado veinte años en los campos. Su padre también hablaba de aquella manera.

El día que Robbins lo vio enzarzado con Moses, Henry Townsend llegó a casa de sus padres un poco antes de las siete de la tarde. Mildred y Augustus estaban despiertos y él se sentía contento. Había dejado de visitarlos y no les había contado nada sobre la compra de Moses ni que había empezado a construir una casa. Una parte de él simplemente quería sorprenderlos con la nueva casa. Otra parte de él había temido contarles lo de Moses. Pero Henry estaba mentalmente agotado después de lo que le había dicho Robbins y pensó que compartir la historia de su casa y de Moses sería una buena manera de pasar la tarde antes de ir a dormir. Los encontró en la mesa de la cocina y Mildred se levantó y le cubrió el rostro de besos. Augustus jugaba con uno de los perros, tironeándole suavemente de las orejas.

—Ya está bien —le dijo al perro, y se levantó y el perro se hizo a un lado.

Augustus y Henry se besaron en los labios, una costumbre surgida en los tiempos en los que Henry y Robbins viajaban juntos, una manera de vincular a Henry a la familia. El día de la pelea amistosa la familia llevaba casi dos meses sin reunirse.

Se sentaron a la mesa de la cocina. Mildred puso un trozo de tarta de manzana delante de su hijo, luego se lo quitó y puso un segundo trozo en el plato junto al primero. Como pasaba siempre, quedaron en silencio durante largo rato. El tiempo que los tres habían pasado separados durante los primeros años había creado una incomodidad que surgía en esos momentos: Augustus libre primero y trabajando para liberar a su esposa y luego madre e hijo juntos como esclavos y luego padre y madre trabajando para liberar a Henry y luego los tres intentando forjar una vida juntos justo cuando la savia comenzaba a desarrollarse en el muchacho. Pero entonces, en medio del silencio, Mildred o Augustus carraspeaban y las palabras volvían a fluir entre ellos.

—Estoy trabajando en una casa —dijo Henry sin dejar de masticar el segundo trozo de tarta—. Estoy construyendo una casa. Una casa grande.

Mildred y Augustus sonrieron.

—Y después qué, ¿una esposa? —preguntó Augustus.

—Tal vez. Tal vez. Va a ser una buena casa, papá. Incluso los blancos dirán: «Qué casa tan estupenda que se ha hecho Henry Townsend».

—¿Por qué no me lo has dicho, Henry? —dijo Augustus—. Ya sabes que habría hecho todo lo que hubiera podido. Habría ido allí por ti. Para eso estoy aquí.

—Ya lo sé, papá. Solo quería llegar lo suficientemente lejos en algo para que tú y mamá puedan armar un buen alboroto. Quizá puedan venir cuando lleguemos al segundo piso.

—Dos pisos —dijo Mildred—. Fíjate, Augustus, está construyendo una casa más grande que la tuya. —Le guiñó un ojo a su marido—. ¿Cuando *lleguemos* al segundo piso? ¿A qué nosotros te refieres?

Henry dejó el tenedor después del último resto de tarta.

—Esa es la otra parte de la historia. Tengo ayuda.

Augustus movió la cabeza encantado.

—¿A quién has conseguido? Seguro que has contratado a Charles y a Millard de la plantación de Colfax. Son buenos con las manos, eso es cierto. Buenos hombres y valen lo que haya que pagar por ellos. Saca tu dinero del jardín de atrás y págales. Y Colfax los dejará quedarse con algo de lo que ganen. Ese Charles podría utilizar el dinero para tratar de comprar su propia libertad a Colfax. ¿Es Buddy? Buddy el libre, no Buddy el de la plantación de Dalford. No tengo noticia de que Buddy el esclavo haga a veces trabajos fuera. Pero Buddy el libre es otra cosa.

—No, papá. Tengo mi propio hombre. Compré mi propio hombre. Lo compré barato del amo Robbins. Moses. —La tarta le había dado sueño y estaba pensando que sería estupendo subir al piso de arriba y echarse a dormir—. Es un buen trabajador. Muchos años de experiencia. Y el señor Robbins me prestó al resto de los hombres para el trabajo.

Mildred y Augustus se miraron y Mildred bajó la cabeza.

Augustus se levantó tan rápido que su silla se inclinó hacia atrás y consiguió sujetarla sin apartar los ojos de Henry.

—¿Me estás diciendo que compraste un hombre y que ahora es tuyo? ¿Lo compraste y no liberaste a ese hombre? ¿Eres *propietario* de un hombre, Henry?

—Sí. Bueno, sí, papá. —Henry desvió la vista de su padre a su madre.

Mildred se levantó también.

—Henry, ¿por qué? —dijo—. ¿Por qué tenías que hacer una cosa así?

Intentó recordar el momento, el día, en que ella y su esposo le habían dicho todo aquello que debía y no debía hacer. No vayas al bosque sin que papá o yo lo sepamos. No pongas un pie fuera de esta casa sin los papeles de libertad, ni siquiera para ir al pozo o al retrete. Reza tus oraciones cada noche.

—¿Hacer qué, mamá? ¿A qué te refieres?

Arranca los arándanos que estén cerca del suelo, hijo. Esos son los más dulces, en mi opinión. Si un hombre blanco te dice que los árboles pueden andar o pueden bailar, tú dile que sí de inmediato, que tú los has visto hacerlo muchísimas veces. No mires a la gente a los ojos. Si ves a una mujer blanca cabalgando hacia ti, sal de la carretera y ponte detrás de un árbol. Cuanto más fea sea la mujer blanca, más lejos debes irte y más grande debe ser el árbol. Pero dónde, en todo lo que le había enseñado a su hijo, se decía no serás propietario de nadie, después de haber sido tú mismo propiedad de alguien en el pasado. No vuelvas a Egipto cuando Dios ya te haya sacado de allí.

—¿No sabes que eso no está bien, Henry? —dijo Augustus.

—Nadie me dijo nunca que eso no estuviera bien.

—¿Por qué tiene que enseñarte nadie lo que no está bien, hijo? —dijo Augustus—. ¿No tienes ojos para verlo sin que yo te lo diga?

—Henry —dijo Mildred—, ¿por qué hacer las cosas malas de siempre?

—Yo no he hecho eso, mamá. Yo no he hecho eso.

Augustus dijo pausadamente:

—Cuando conseguí este pequeño trozo de tierra me prometí a mí mismo que nunca consentiría que un propietario de esclavos pusiera los pies en ella. Nunca. —Se llevó la mano unos instantes a la boca y luego se tiró de la barba—. De todos los seres humanos sobre la tierra de Dios, nunca, ni una sola vez, pensé que el primer propietario de esclavos a quien tendría que decirle que se fuera de mi casa sería mi propio hijo. Nunca pensé que serías tú. ¿Por qué habríamos de comprarte a Robbins si pensabas hacer esto? ¿Por qué preocuparnos de que fueras libre, Henry? No podrías hacerme más daño si me cortaras los brazos y las piernas.

Augustus salió de la habitación a la puerta principal, con

intención de que Henry lo siguiera. Mildred se sentó de nuevo, pero enseguida volvió a levantarse.

—Papá, no he hecho nada a lo que no tenga derecho. No he hecho nada que un hombre blanco no pueda hacer. Papá, espera.

Mildred se acercó a su hijo y le puso la mano en la nuca y se la restregó.

—¿Augustus. . . ?

Henry siguió a su padre y Mildred siguió a su hijo.

—Papá. Papá, espera un momento.

En el vestíbulo, Augustus se volvió hacia Henry.

—Será mejor que te vayas, y será mejor que te vayas ahora mismo —dijo Augustus. Abrió la puerta.

—No he hecho nada que un hombre blanco no pueda hacer. No he vulnerado ninguna ley. No lo he hecho. Escúchame. —Junto a la puerta, Augustus tenía varios estantes de bastones, uno debajo del otro, unos diez en total—. Papá, solo porque tú no lo hayas hecho, eso no significa. . .

Augustus agarró un bastón, uno con una fila de ardillas persiguiéndose unas a otras, cabeza con cola, cola con cabeza, una línea de elegantes criaturas que daban vueltas al bastón hasta su empuñadura donde los esperaba una bellota con tallo y todo. Augustus estrelló con fuerza el bastón en el hombro de Henry y Henry se derrumbó al suelo.

—¡Augustus, para ya! —gritó Mildred, y se arrodilló ante su hijo—.

—¡Así es como se siente un esclavo! —lo reprendió Augustus—. Así es como todo esclavo se siente cada día.

Henry se desprendió de los brazos de su madre y consiguió ponerse en pie. Le arrebató el bastón a su padre.

—¡Henry, no! —dijo Mildred.

Henry, al segundo intento, rompió el bastón con la rodilla.

—Así es como se siente un amo —dijo y salió por la puerta. Mildred lo siguió.

—Por favor, hijo. Por favor. —Él siguió caminando y a los pocos pasos se dio cuenta de que seguía teniendo en las manos

los trozos del bastón y se volvió y se los entregó a su madre—.
Henry. Espera, hijo.

Él se dirigió al establo. Había venido para pasar la noche y
por tanto había preparado acomodo para su caballo, pero ahora lo ensilló con la escasa luz de luna que entraba en el establo.
El caballo se resistió.

—¡Ven aquí! —le ordenó Henry—. ¡Ven aquí ahora mismo!

Su madre llegó hasta la entrada de la casa y lo vio irse en
la oscuridad. Durante mucho tiempo pudo escuchar los pasos
del caballo sobre el sendero que pasaba por ser una carretera,
fuera de su propiedad, y los sonidos de su escapada dejaron en
su mente una imagen que perduró durante días.

El dolor de su hombro no le permitió cabalgar deprisa y tardó unas tres horas en llegar a la casa de Robbins. Mildred
y Augustus habían buscado un lugar lo más alejado posible de
la mayoría de los hombres blancos. Henry temía que Robbins
no estuviese en casa. Pensaba simplemente dormir en el establo hasta la mañana siguiente. Pero Robbins estaba bebiendo
a solas en el porche y ninguno de los dos dijo ni una palabra
cuando Henry se acercó lentamente hasta la entrada de la casa.
Estaban bien iluminados por la luna. El caballo de Robbins
estaba delante de la casa y levantó la cabeza de la hierba para
mirar a Henry. Henry desmontó. Se llevó el caballo del hombre
blanco y poco después volvió para llevarse su propio caballo.

Cuando volvió, permaneció de pie ante la entrada, mirando a Robbins, que bebía directamente de una botella, algo que
Henry nunca le había visto hacer al aire libre.

—¿Puedo subir y sentarme con usted, señor Robbins?

—Por supuesto. Por supuesto. No darte asiento a ti sería lo
mismo que no dárselo a Louis.

Robbins era uno de los pocos blancos a los que no les importaba sentarse frente a un negro. Además de los grillos y del sonido de la extraña criatura de la noche, sus palabras eran todo

lo que se oía. Henry se sentó en el último escalón. La esposa de Robbins observaba desde una ventana en el Este. Robbins no estaba en su mecedora habitual, porque el balanceo había empezado a darle dolor de espalda.

—Te ofrecería algo, Henry, pero hay caminos en los que es mejor que no te metas. Por lo menos no ahora que estás en tus cabales.

—Sí, señor.

—¿Hoy es martes, Henry?

—Sí, señor, es martes. Al menos durante un rato más.

—Mmm. . . —masculló Robbins, y bebió de la botella, dos sorbos rápidos—. Mi madre nació un martes, en un bonito lugar en las afueras de Charlottesville. Siempre he pensado que los martes son mi día de suerte, aunque yo mismo nací un jueves. Nada puede salirme mal un martes. Yo me casé un martes, aunque la señora Robbins habría preferido un domingo.

—Sí, señor.

—¿Tú sabes qué día nació tu madre, Henry?

—No, señor Robbins, no lo sé.

—Estuve mirando mi gran libro la semana pasada. No mi Biblia. El otro libro. El libro de todos mis sirvientes y todo eso. No, tal vez no fue la semana pasada. Tal vez fue hace dos semanas, o cuandoquiera que tú empezaras a construir tu nueva casa. Y busqué su nombre. Tiene anotado un martes, Henry. Recuerda eso. Cásate en martes y serás feliz. Tú naciste un viernes. Eso dice el libro. Pero no le des importancia.

Henry dijo que no le daría importancia.

—¿Estás contento con tu nueva casa, Henry?

Podía ver a Henry arrodillado ante la cama mientras entretenía a sus hijos aquella noche en Richmond. Sus hijos estarían mejor con Henry en su mundo, siempre que Henry dejase de jugar a pelearse con negros.

—Sí, señor, lo estoy.

Cambiaba continuamente de postura para aliviar el dolor de su hombro.

—No te conformes con una casa y un poco de tierra, muchacho. Ve por todo. Ahí afuera hay hombres blancos, Henry, que no tienen nada. Tú puedes entrar y tomar lo que ellos no toman. ¿Por qué no? Dios está en su cielo y la mayor parte del tiempo no se preocupa por nada. El truco de la vida consiste en saber en qué momentos Dios está pendiente y hacer todo lo que tengas que hacer a sus espaldas.

—Sí, señor.

—Sé que llevas dentro de ti ese deseo, ese deseo de apoderarte de las cosas y quedártelas para ti, ¿verdad que sí, Henry?

—Verdad, señor Robbins.

Hasta ese momento no había sabido cuánto lo deseaba.

—Pues hazlo y que se fastidie el mundo, Henry.

Henry esperó hasta entonces para decirle a Robbins que creía que tenía el hombro roto y que tal vez necesitara ayuda para levantarse de los escalones.

Aquel día de agosto, Fern Elston le dijo a Anderson Frazier, el escritor de panfletos:

—Una mujer nacida para enseñar se levanta por las mañanas desesperada por estar cerca de sus alumnos. Yo era así. Yo soy así. Les he dicho a mis propios hijos y a mi esposo que pongan en mi lápida mortuoria: «Madre» y «Maestra». Antes de cualquier otra cosa, incluso antes de mi nombre. Y si al cincelador le queda sitio, que ponga «Esposa». «Esposa» debajo de mi nombre. «Una buena esposa», si es posible. —Hizo una breve pausa y volvió al tema de Henry Townsend—. No tenía nada pensado excepto pasar la tarde y las primeras horas de la noche de manera agradable cuando invité a Henry a cenar con algunos de mis antiguos alumnos. Creo que fue poco menos de un año después de empezar a darle clases, y aún era alumno mío. Vino con un traje de lana, demasiado caluroso para aquel día. Sospecho que si se hubiera sacudido ese traje, habría salido polvo por todas partes. Creo que por aquel entonces era ya propietario de tres sirvientes. Tal vez cuatro, uno de ellos una mujer que cocinaba para él. . .

—¿Qué tal se desenvolvió aquella noche, señora Elston? —dijo Anderson.

—Muy bien. Dora y Louis lo conocían, por supuesto, lo adoraban. Para ellos era una especie de hermano mayor, de modo que no iba a ser una reunión incómoda. Calvin, el hermano de Caldonia, simpatizó con él de inmediato. Calvin se había sentido incómodo consigo mismo durante mucho tiempo y por esa razón se desvivía por hacer que los demás se sintieran cómodos. Ambos hablaron la mayor parte de la tarde, hasta el anochecer. Luego, hacia el final de la velada, después de haber permanecido sentado frente a ella en la mesa durante todo el tiempo pero sin haber hablado en ningún momento con ella, Henry le dijo a Caldonia: «La he visto montar a caballo y a veces mantiene la cabeza agachada». No se excusó por hablar con Calvin y tampoco se excusó con Frieda, con quien Caldonia estaba hablando. Sus modales todavía no habían sido objeto de ninguna de mis lecciones. Había sido una de las primeras lecciones con ellos, con los niños, por supuesto, pero cuando se enseña a un hombre es preciso cambiar los fundamentos.

Siguió describiendo el resto de aquella velada. Estaba claro que se trataba de uno de sus recuerdos preferidos.

Caldonia había mirado a Henry como si no hubiese advertido su presencia antes. «Oh», dijo después de que él dijese que la había visto montar. «Mantiene usted la cabeza baja y eso no está bien», dijo Henry. Tomó el pimentero con la mano derecha, extendió su brazo y lo movió de derecha a izquierda. Todos en la mesa lo miraban ahora. La mano con el pimentero se deslizaba suavemente, con gracia, de derecha a izquierda. «Así es como cabalga todo el mundo —dijo Henry—. Yo y todo el mundo». Henry tomó el pimentero con la mano izquierda, lo inclinó y movió el brazo de izquierda a derecha con menos elegancia. Mientras lo movía, la pimienta se derramaba del pimentero sobre el mantel blanco de Fern. Henry dijo: «Lamento decirlo, pero así es como cabalga usted». Henry hizo lo mismo varias veces con el pimentero: al ir de derecha a izquierda, el pimentero estaba derecho, pero al ir de izquierda a derecha, la pimienta se derramaba. A Fern le pareció deplorable que la pimienta se derramara, y más deplorable aún porque realmente no había razón para ello.

—Era su torpe manera de decirle a Caldonia que se estaba perdiendo algo por no levantar la mirada —le dijo a Anderson.

Al final, Henry notó la línea de pimienta sobre el mantel y miró a Fern. «Lo siento». «No es tanto problema como piensas —dijo Fern—. El señor Elston ha causado mucho más daño a mi mantel».

Caldonia no había apartado los ojos de Henry y finalmente le sonrió. «Trataré de hacerlo mejor de ahora en adelante —dijo—. Estoy segura de que lo haré mejor». Henry volvió a dejar el pimentero sobre la mesa y recogió la pimienta con un dedo hasta formar un pequeño montón.

Calvin, el hermano gemelo de Caldonia, le dijo: «Llevo años diciéndote que cabalgas así y nunca me has escuchado».

Los ojos de ella seguían fijos en Henry y en aquellos momentos no se acordaba de dónde estaba sentado Calvin. Se encontraba dos sillas a la izquierda de Henry, pero Caldonia empezó a buscarlo a la derecha, sin acertar demasiado porque estaba concentrada en Henry. «Bueno, querido hermano —dijo moviendo los ojos de derecha a izquierda, intentando dirigir sus palabras a su hermano—. Querido hermano, en todo ese tiempo nunca me has hablado como si mi vida dependiera de tus palabras». Todo el mundo se rio y Frieda dijo: «*Touché*».

Fern le dijo a Anderson Frazier:

—El padre de Caldonia todavía vivía, de modo que tenía que dar su permiso para que Henry la cortejara. La doncella de su madre los acompañaba, pues las muchachas decentes no iban de paseo solas con hombres que no fueran de su familia. Si su padre hubiese fallecido, no creo que su madre le hubiese dado permiso, y a Caldonia entonces no se le pasaba por la cabeza oponerse a su madre.

—¿Por qué? —preguntó Anderson—. ¿No le habría dado su permiso?

Fern volvió a recordar que Anderson era blanco. Si tenía que aprender cosas sobre los negros, sobre qué color de piel se consideraba respetable y qué color de piel no, eran cosas que no aprendería de ella.

—No sé por qué —dijo—. Maude, su madre, podía ser peculiar en ciertas cosas.

El funeral de Henry duró poco más de una hora. Todos sus esclavos estuvieron alrededor de su familia y de sus amigos y del agujero donde lo introdujeron. Dado que Valtims Moffett llegó tarde, empezaron sin él. Como no sabían cuándo llegaría Moffett, Caldonia decidió que allí, al final del camino, Dios no tomaría en cuenta a Henry Townsend el hecho de no tener un guía adecuado en su último tren. Mildred habló largo y tendido. Se fue por las ramas y todo el mundo supo que eso estaba bien, y Caldonia permaneció agarrada del brazo de Mildred todo el tiempo. Fern cantó una canción sobre Jesucristo que había aprendido de niña. Empezó a cantar convencida de recordar todavía la letra, pero cuando iba por la mitad de la canción le falló la memoria y prosiguió con palabras inventadas. Augustus no habló. Robbins, con Dora y Louis uno a cada lado, no habló. Estalló una tormenta en su cabeza y se perdió buena parte de la ceremonia. Era el segundo funeral de un negro al que Robbins asistía en menos de un año. Uno de los primeros esclavos que había tenido había muerto, se encontraba en los campos, dejó de trabajar y se dejó caer lentamente, primero sobre una rodilla, luego sobre la otra. El esclavo estaba solo en su hilera, su costal lleno alrededor de su cuello, y durante mucho tiempo los demás siguieron trabajando y no se dieron cuenta de que Michael había muerto.

—Guárdame un lugar acogedor en el más allá, hijo —dijo Mildred ante la tumba de su hijo—, y llegaré enseguida.

Moses y Stamford y Elias llenaron el agujero. La gente de

los campos tenía el día libre, pero los sirvientes de la casa tra-
bajaron hasta muy tarde para ocuparse de los que se quedaron
a llorar y a recordar a Henry. Robbins no se quedó. Había ido
a caballo, no en el carruaje del día anterior.

Después de la noche de Richmond en que Robbins la golpeó, Philomena Cartwright no volvió a ver la ciudad
durante muchos, muchos años. Su mandíbula no se curó ade-
cuadamente y nunca pudo masticar comida sólida por ese lado
de la boca. La única vez que amenazó con fugarse y volver a
Richmond, Robbins le dijo que volvería a venderla como esclava.

—No puedes —dijo ella—. No puedes, William. Tengo mis
papeles de libertad.

Él le dijo que en un mundo en el que las personas creían en
un Dios que no podían ver y afirmaban que su voz estaba en el
viento, los papeles no significaban nada, que solamente tenían
el poder que él, Robbins, quisiera darles. El día que ella vio
Richmond por tercera y última vez fue poco después de que el
Ejército del Norte hubiera reducido a cenizas la mayor parte
de la ciudad. Tenía cuarenta y cuatro años entonces, y habían
pasado treinta años desde el día en que Robbins la había visto
con la ropa para lavar en la cabeza, casi dando saltos, con la
mente atiborrada con las cosas que Sophie le había contado
acerca de Richmond. Los incendios humeaban aún en Richmond cuando Philomena llegó allí la última vez, y les comentó
a Louis y a Dora y a Caldonia y a su nieto que las llamas en el
suelo eran un pálido reflejo de los fuegos artificiales en el aire.

5

Aquel negocio allá en Arlington. Una vaca toma prestada una vida de un gato. El mundo conocido.

Dado que el condado de Manchester era por lo general un lugar tranquilo, pasaban meses y meses en los que el comisario John Skiffington no tenía otra cosa que hacer que decirle a un borracho que se fuese a su casa, y a menudo ese borracho era Barnum Kinsey, uno de sus patrulleros. Una o dos veces cada varios meses, Skiffington y su esposa Winifred aceptaban la invitación a cenar de una familia, y tal vez se quedaban una o dos noches cuando estaban demasiado lejos para volver a su casa en el mismo día. Les encantaba la compañía de otros, especialmente a Winifred, y además Skiffington sabía lo importante que era que los votantes lo conociesen como un buen hombre y un buen esposo, aparte de ser la cara amable de la ley. Si visitaban a una familia de recursos similares a la suya, la cena podía incluir a parejas de la misma clase y acaso una, pero por lo general tan solo una, perteneciente a la clase de William Robbins. También visitaban a personas de la esfera de Robbins, pero cuando cenaban con ellos, Skiffington y Winifred eran los únicos representantes de su clase. En cuanto a la clase a la que pertenecían los patrulleros, eran gente de escasos recursos y las invitaciones de cualquier tipo eran muy infrecuentes.

En la primavera de 1844, un buen número de blancos del condado de Manchester se sentían inquietos por las noticias procedentes de otros lugares acerca del «descontento» creciente entre los esclavos desde unos años antes. En el Norte, la gente lo denominaba levantamientos de esclavos, pero en muchos lugares de Virginia la palabra *levantamiento* tenía un trasfondo abolicionista y se consideraba demasiado fuerte para algo que muchos propietarios de esclavos preferían caracterizar como «una reyerta familiar» instigada por desconocidos que no formaban parte de la familia. Una de las personas que no podía librarse de su inquietud era una prima de Winifred, Clara Martin, que tenía cincuenta y cuatro años. Vivía en la zona más oriental de Manchester, tan hacia el este como Augustus y Mildred Townsend hacia el oeste. Clara tenía una pariente lejana allá en Arlington, que a su vez tenía una vecina que había descubierto que su cocinera esclava llevaba mucho tiempo echando cristal triturado en sus comidas. La pariente lejana le había escrito a Clara que el caso era «especialmente atroz» porque la vecina había criado a la cocinera, Epetha, desde que era una niña negrita, le había enseñado todo lo que había que saber sobre una cocina, «desde todos los puntos de vista posibles». Clara leía la carta una y otra vez, tratando de imaginar cómo se podía haber triturado el cristal tan fino para que la pobre y confiada mujer no se hubiese dado cuenta de lo que estaba comiendo. ¿Le había servido legumbres verdes todo ese tiempo, se preguntaba Clara, para que creyera que el cristal no era sino arenilla por no haber limpiado bien las legumbres? ¿Había reprendido al menos en alguna ocasión a la cocinera por no lavar bien las verduras? ¿Seguía el cristal en su interior, desgarrando sus entrañas, porque, a diferencia de la verdadera comida, no sabía por dónde salir?

Clara Martin solamente tenía un esclavo a su nombre, Ralph, de cincuenta y cinco años, un hombre delgado con melena hasta los hombros, que padecía reumatismo durante todo el invierno. A lo largo de todos esos meses, impedido, se movía de un lado a otro como en un mundo de espesa melaza, reprimiendo sus

gemidos a cada paso. Pero al llegar marzo, sus huesos, como él
decía, volvían a ponerse contentos. Ralph había pertenecido a
la familia de su esposo desde su nacimiento, y se había ido con
ellos cuando ella, a los veinte años, se casó con «mi querido
y dulce señor Martin». Su esposo había fallecido quince años
atrás, y su único retoño, un varón, se había ido a buscar una
eternamente esquiva felicidad en la agreste California, «al otro
lado del mundo», como lo expresaba Clara en una de sus cartas
a su pariente de Arlington. Por consiguiente, durante años Clara
había vivido sola y en paz con Ralph, que entre sus otras tareas
cocinaba para ella. Su vecino más cercano estaba bastante lejos,
ya en otro condado. Pero entonces los esclavos expresaron su
descontento en otros condados de Virginia y ella recibió aquella
horrible carta sobre una esclava otrora fiel, allá en Arlington,
que no quiso seguir haciendo las recetas habituales.

Aquella primavera de 1844, un viernes, Skiffington y Winifred fueron a pasar unos días con Clara. Dejaron a Minerva
en casa, que entonces tenía doce años y empezaba a desenvol-
verse sola. Winifred, e incluso Skiffington, podían pensar en
ella como una especie de hija, pero todos sabían quién estaba
incluido en una invitación a cenar y quién no. Solamente había
un preso en la cárcel, y el padre de Skiffington había convenido
en darle de comer y vigilarlo. El preso, un afable francés llamado Jean Broussard, había asesinado a su socio escandinavo,
el primer asesinato de un blanco que se había producido en
el condado en veintidós años. A Broussard le gustaba hablar.
Más aún le gustaba cantar. Skiffington estaba harto de que
Broussard lo llamara *«Monsieur* Comisario». Imputado solo tres
días antes de que Skiffington emprendiera el viaje a la casa de
Clara, Broussard estaba a la espera de que las autoridades de
Virginia encontraran un juez que se desplazase hasta allí para
celebrar un juicio. Broussard se declaraba inocente y decía que
al final la justicia americana así lo proclamaría.

A media mañana de aquel viernes, Skiffington y Winifred
habían llegado a la plantación de Robert y Alfreda Colfax, una

familia blanca con noventa y siete esclavos en propiedad, y allí fue donde tuvieron una cena a las doce y media. Robert tenía una colección de pistolas europeas antiguas que le encantaba enseñar a cualquiera que en su opinión fuese capaz de disfrutar con ellas sin dejarse llevar por la envidia. Su problema era que la mayoría de los hombres lo envidiaban, de modo que no le era posible enseñar las pistolas como deseaba. Robbins, un buen amigo de Colfax, no lo envidiaba y a menudo ambos disfrutaban con ellas juntos, a veces hasta bien entrada la noche. Skiffington tampoco lo envidiaba. Los hijos de Colfax pensaban que las pistolas eran simples juguetes. Así pues, le encantaba que Skiffington lo visitara, porque juntos podían, con enorme cuidado, sacar las pistolas una por una del armario que Augustus Townsend había construido y admirar lo que un alemán o un italiano había creado mucho tiempo atrás como si su vida hubiese dependido de ello.

El viernes que Skiffington y Winifred llegaron, más o menos a las tres, Clara Martin los esperaba delante de la casa y Ralph se acercó desde la parte de atrás y se hizo cargo del caballo y el carruaje.

—Buenos días, señor Skiffington. Buenos días también a usted, señora Skiffington —dijo. Llevaba su larga melena recogida con un cordel. Skiffington y Winifred dijeron buenas tardes. Ralph se volvió, los miró y asintió con la cabeza—. Sí. Sí, tardes.

Clara lo observó mientras se llevaba el caballo y el carruaje, y cuando ya se había ido le lanzó a Skiffington una mirada de complicidad.

—¿Qué voy a hacer con él, John? —dijo.

Él sonrió.

—Es buena gente, Clara. Un poco lento, pero buena gente.

Skiffington enviaba a sus patrulleros a visitarla de paso de vez en cuando, pero eso no había sido suficiente. «John, es asustadiza como un potro —le dijo Barnum Kinsey a Skiffington después de una visita—. Y a decir verdad, John, no he visto nada por lo que deba estar asustada. Lo busqué, pero no lo pude encontrar».

Comieron un poco después de las cinco, tan pronto como Ralph hizo la comida y se retiró a su habitación, que había sido construida sobre la cocina no mucho después de la boda de Clara. Clara escarbó en la comida. Winifred y Skiffington comieron con ganas, con la esperanza de que su buen apetito le demostrara que no había nada que temer. Ella no dijo nada, pero Winifred pudo notar que Clara había perdido peso desde la última vez que la había visto. Winifred tenía una tía que había quedado en piel y huesos, pero aquello había sido por tuberculosis y aquella mujer había vivido en Connecticut.

—Me gustaría que hablaras con él —le dijo Clara a Skiffington después de la cena.

Estaban en el salón. Ralph había aparecido para llevarse los platos y se había retirado nuevamente antes de llevar el café unos quince minutos más tarde. Se había quitado el cordel del pelo. En una ocasión, unos cinco años antes, al entrar en el salón había encontrado a Clara luchando por peinarse y cepillarse el pelo. «Oh, Dios mío —decía una y otra vez—. Mejor sería no tener nada de pelo antes que tener todo este revoltijo». «No diga usted eso, señorita Martin». «Bueno, no es más que un revoltijo, Ralph. Desde luego que lo es». Había estado lloviendo todo el día y era verano, de modo que sus huesos no le daban ningún motivo de queja. «Mi hermana —dijo ella—, tiene el pelo que Dios debería haberme dado a mí. Y he de decir que nunca lo ha sabido apreciar. Un maravilloso pelo rojo. El pelo de una reina. Ni un solo día dio las gracias a Dios por ese pelo y sin embargo le permite conservarlo». «Su hermana no tiene nada mejor que usted, de eso estoy seguro, señorita Martin. Déjeme a mí ahora, si le parece bien», dijo Ralph, de pie detrás de ella, tocando el dorso de la mano de Clara. Nunca la había tocado antes de forma deliberada, solamente de forma inocente, accidental, de tal modo que nunca habría llamado la atención de ningún testigo.

Indecisa, levantó un poco más la mano y segundos después la abrió y él agarró el cepillo. Aquel día, horas antes, había habido truenos y relámpagos, pero ahora solamente había lluvia, una lluvia que caía sobre el porche, golpeaba en la ventana, regaba las plantas del jardín que llevaban tanto tiempo sin agua. «Déjeme a mí, si le parece bien», y le arregló el pelo con delicadeza. Cuando el cepillo había hecho su trabajo, alargó la mano sin pedir permiso para coger el peine, que reposaba en el centro mismo del regazo de ella. Había algunas hebras de pelo en el peine y él las quitó y se tomaron su tiempo en caer al suelo. Ella se recostó en la silla y cerró los ojos, pensando: *Su hermana no tiene nada mejor que usted.* Él se entretuvo una hora, cepillando y peinando y aplicando unas gotas de aceite dulce, y antes de que acabara ella se había quedado dormida, lo cual era inhabitual en ella, pues siempre decía que la cama era el único lugar donde su cuerpo podía dormir. Se levantó horas más tarde y entonces se dio cuenta de que Ralph se había ido y que su pelo estaba trenzado, suave para sus dedos, encallecidos y huesudos. Lo llamó por su nombre, una y otra vez, y al ver la vela que bailaba con una tenue luz, y al tomar conciencia de un silencio que parecía tener una especie de voz propia, pensó que no estaba bien llamarlo de ese modo y cerró la boca. Suspiró y se recostó en la silla. Pronto volvió a dormirse y pasó una gran parte de la noche en la silla. Siguió lloviendo durante dos días más y Ralph le arregló el pelo cada uno de esos días, pero nunca más después de entonces. «Ya está bien, Ralph —dijo ella aquella última vez—. Por ahora ya es suficiente». «Sí, señora».

Mientras tomaban su café, Clara volvió a decirle a Skiffington:

—Me gustaría que hablaras con él.

—Pero ¿qué debería decirle, Clara? —dijo Skiffington.

—No lo sé. Lo normal en un comisario. Algo que un comisario le diría a un malhechor. A un posible malhechor. «Te estoy vigilando, a ti, posible malhechor».

Winifred se rio. En ese momento estaba bebiendo café y dejó

la taza sobre la mesita junto a ella. La risa estaba provocada por
lo que Clara había dicho, pero también porque la palabra *malhechor* le recordaba los tiempos del colegio y los exámenes de orto-
grafía en Filadelfia. Su esposo era comisario desde un año antes
aproximadamente. Él la llamaba «señora Skiffington», y ella lo
llamaba «señor Skiffington», excepto cuando él la había disgustado o hecho infeliz, y entonces era «John» durante días y días.

—Todo esto es muy serio, John —dijo Clara—. Realmente
lo es. Tú no tienes criados, solo una niña a la que has educado.
Pero Ralph no es un niño, y el mundo está cambiando con respecto al de antaño.

—Pero lo conoces desde hace muchísimo tiempo, ¿no es así?
—dijo Skiffington.

Winifred se volvió a Skiffington.

—Desde antes de que Dios enviase el diluvio a Noé, probablemente.

—El tiempo ya no significa nada, Winnie —dijo Clara—. La
lealtad tampoco. El mundo se está poniendo patas arriba.

—¿Ha dicho él algo que te haga sentir miedo? —dijo Skiffington—. ¿Algo —y le guiñó un ojo a su esposa—, algo por lo
que yo pudiera arrestarlo?

—No, no, por Dios. Es solo... —y Clara extendió una mano
delante de sus ojos y se dio aire con ella varias veces—. Es solo
el miasma. El miasma que él y yo tenemos.

Winifred pensó: *M-I-A-S-M-A*.

—¿Qué es eso? —preguntó Skiffington—. ¿Qué significa
esa palabra?

No era ciertamente una palabra con la que él se hubiera cruzado nunca en la Biblia.

—Es el aire, señor Skiffington —dijo Winifred, y golpeó
suavemente con el dedo índice sus labios cerrados mientras luchaba con su memoria para encontrar un significado mejor—.
Es la atmósfera. Es el aire.

—Mal aire —dijo Clara—. Mal aire.

—Hablaré con él antes de irme —dijo Skiffington.

—¿Qué le vas a decir? —dijo Clara—. No digas nada que hiera sus sentimientos. Por favor, no le digas nada malo, John.

—Clara, o es un malhechor o no lo es. No sé lo que le voy a decir. No se me ocurrirá nada hasta que me encuentre delante de él. Pero no será nada desagradable, porque creo que es un buen sirviente, y debo decírtelo o no sería sincero contigo. Te ha servido todos estos años y te seguirá sirviendo, a pesar de todas las tonterías que oigas de otros lugares.

Clara suspiró.

—Media hogaza de pan es mejor que nada.

—Una rebanada de pan es mejor que nada —dijo Winifred.

Después de que las mujeres se hubiesen retirado para pasar la noche, Skiffington se quedó en el salón, leyendo la Biblia, como a menudo hacía en su casa cuando Winifred y Minerva ya se habían ido a la cama. Su padre fumaba una pipa por las noches antes de dormir, y aunque el hijo había intentado retomar esa costumbre, no le había proporcionado el mismo placer que a su padre. Era una lástima, pensaba a menudo, porque a veces las palabras de Dios provocaban en su mente un estado de confusión que una pipa podría haber calmado.

Oyó a Ralph en la parte de atrás de la casa y se levantó, dejando en la silla la Biblia abierta por la página que estaba leyendo. En la cocina, Ralph terminaba de limpiar antes de irse a la cama.

—¿Hay algo que pueda prepararle esta mañana, señor Skiffington? —dijo Ralph cuando Skiffington apareció en la puerta—. Nos queda un poco de esa tarta que tanto le gusta. Si le pongo una buena ración en un plato, se va usted a la cama como un recién nacido.

—No, Ralph. Solo quería pasar a decirte buenas noches. Quería estar seguro de que todo está bien por tu parte. Sé que cuidar de la señora Clara puede llegar a ser una tarea dura. La has servido bien y ella lo sabe.

—¿Noches? ¿Buenas noches?

—Sí, Solo quería darte las buenas noches.

—Sí, señor. Gracias. Y buenas noches, señor.

—Sí, bueno. . . buenas noches.

—Y buenas noches a usted, señor. Buenas noches. —Llevaba otra vez el pelo recogido con un cordel—. ¿No quiere tarta? Es una buena tarta, si me permite que se lo diga.

—No, gracias. Pero buenas noches. Y gracias por una comida tan buena. Por la tarta, también.

—Y gracias a usted, también, señor. Buenas noches. Y buenos días por la mañana.

—Buenas noches.

Skiffington se fue, con la sensación de incomodidad aún en el aire. Volvió al salón y retomó la Biblia donde la había dejado. Pero aquel capítulo no era lo que sentía que necesitaba justamente entonces, de modo que hojeó el libro y se detuvo en Job, después de que Dios le hubiera dado tantas cosas, muchas más cosas de las que había tenido antes de que Dios devastara su vida.

Al día siguiente le dijo a Clara que había hablado con Ralph y que todo estaba en orden, que ya no tenía que preocuparse nunca más.

—Preocúpate por la lluvia para tu jardín y no subas ningún peldaño más en la escalera de las preocupaciones —le dijo. Ella sonrió.

Tenía cosas que hacer con dos patrulleros —Harvey Travis y Clarence Wilford— a varios kilómetros de distancia de ella, y después del almuerzo, cerca de la una, emprendió el viaje montado sobre un caballo que Ralph le había ensillado. El sábado estaba nuboso, pero confiaba en ir y volver antes de la lluvia, si es que llegaba a llover.

Cuando se formó el grupo de patrulleros, Barnum Kinsey y Oden Peoples, cuñado de Harvey Travis, eran los únicos patrulleros que tenían esclavos. Los patrulleros cobraban 12 dólares al mes, en su mayor parte procedentes del impuesto sobre los propietarios de esclavos, un gravamen de 5 centavos por esclavo cada dos meses. (El impuesto subió a 10 centavos por esclavo con el estallido de la guerra entre los estados y se aplicó durante la mayor parte de 1865). Barnum Kinsey se benefició de una exención del impuesto durante el tiempo de vida de su único esclavo Jeff y a Oden Peoples nunca se le exigió el pago de impuestos.

Oden era cherokee de pura cepa. Tenía cuatro esclavos negros. Uno de ellos era su «suegra», otro era su «esposa», que era a su vez medio cherokee, y los otros dos eran sus hijos. Su esposa había pertenecido al padre de Oden, al igual que la suegra. Cuando Oden tomó a Tassock como su mujer, su padre le obsequió a la madre de ella porque pensó que la mujer de Oden podría sentirse sola tan lejos del pueblo donde había sido su esclava. Al padre de Oden le gustaba ir de un lado a otro proclamando que era un jefe cherokee, el caudillo de mil personas, pero eso no era cierto, y la gente, negros, blancos e indios, hacían mofa de él por esa mentira, delante de sus narices y a sus espaldas. El «Jefe Cuentista», lo llamaban.

La esposa de Oden era media hermana de una mujer con la que el patrullero Harvey Travis se había casado. Ella también había sido esclava, aunque cherokee de pura cepa, pero Travis esencialmente se la compró al Jefe Cuentista y la liberó, argumentando que nunca se casaría con una esclava.

En muchos aspectos, Travis se convirtió en el patrullero más difícil de Skiffington. Pero Travis era bueno en su trabajo y Skiffington lo consideraba una especie de gato salvaje que no podía ser domado pero que cazaba suficientes ratones como para compensar su indisciplina.

Aquel nuboso sábado después de la comida en casa de Clara, Skiffington tuvo que salir a caballo debido a una disputa de Travis con el patrullero Clarence Wilford. Travis tenía una vaca moribunda que decidió venderle a Clarence y a su espo-

sa Beth Ann. Harvey obtuvo 15 dólares por ella y le dijo a
Clarence que la vaca era buena lechera, aunque lo cierto era
que el cielo daba más leche que aquella vaca. Clarence tenía
ocho hijos que estaban a punto de olvidar el sabor de la leche
de vaca. En realidad, sus tres hijos más pequeños únicamente
habían probado la leche de su madre. De modo que Beth Ann
y Clarence compraron la vaca y esperaron y esperaron a que
diese leche. «Nunca he visto tetas tan secas», le dijo Clarence
a su esposa. La situación se prolongó durante semanas, con
Clarence inquieto y cada vez más enfurecido con Harvey. La
situación era tan mala que durante las patrullas discutían y se
peleaban y ningún otro patrullero quería trabajar con ellos.

Entonces, una semana antes del sábado en que John Skiffington fue a verlos, Clarence salió de su casa decidido a sacrificar a la vaca y conformarse con la carne que pudiese obtener de
ella. Sabía el problema con el que tendría que enfrentarse, pues
sus hijos le habían tomado cariño a la vaca, incluso le habían
dado al animal diversos apodos en el tiempo que llevaba con
ellos. Clarence fue al establo y encontró a su esposa Beth Ann
en cuclillas ordeñando la vaca. Ella alzó la vista hacia él con el
rostro totalmente cubierto de lágrimas. «Dios mío, Dios mío»,
decía. Utilizaba el cubo de agua para recoger la leche y a la vez
que ordeñaba con ambas manos intentaba secarse las lágrimas
de la cara con las mangas de la blusa para evitar que cayeran en
la leche. «No paraba de mugir y vine a ver qué pasaba».

Clarence se acercó a su esposa y la besó en la mejilla. «Llámalos —le dijo ella, refiriéndose a los niños—. Llámalos, que vengan todos». Él se levantó y retrocedió un paso, dos pasos, tres
pasos, luego giró y se dio la vuelta nuevamente para comprobar
si la leche seguía saliendo. Como si le leyera el pensamiento, ella
agarró una teta de la vaca y apuntó a un gato que estaba a su
lado. El gato cerró los ojos y abrió la boca y bebió. Hasta entonces había tenido la cola levantada, pero al beber, la cola fue
descendiendo hasta posarse sobre el suelo.

Los niños acudieron, los mayores con los pequeños en brazos.

Todos bebieron del cubo, y al vaciarse, su madre lo llenó de nuevo. Luego volvió a llenarlo dos veces más. Pronto, los niños se tumbaron sobre el suelo del establo y se quedaron dormidos. Clarence se sentó junto a su esposa y poco después puso una mano, la que no estaba manchada de leche, sobre la nuca de su esposa y le acarició el pelo. La vaca meneó la cola y rumió. Soltó un pedo.

Finalmente, los padres tuvieron que llevar a todos sus hijos a la casa a dormir, porque los niños no querían levantarse y andar. «¿Sabes lo que esto significa?», dijo Beth Ann cuando metieron en la cama al último de los niños. «Dime», dijo él. «Significa que tendremos que comprar un cubo nuevo».

Harvey Travis quería que le devolvieran la vaca, porque una vaca rebosante de leche no era por lo que él había cobrado 15 dólares. Clarence le había dicho a Skiffington que le habían disparado dos veces y que, aunque no había visto al que disparó, creía que era Harvey. Beth Ann hizo llegar su mensaje a Skiffington a través del patrullero Barnum Kinsey: «O lo matamos nosotros a él o nos mata él a nosotros».

Skiffington llegó a la propiedad de Clarence y encontró a Beth Ann con dos de los niños en el jardín. Clarence estaba en el bosque y ella envió a uno de los niños a buscarlo. Skiffington envió al otro niño a buscar a Harvey, luego él y Beth Ann entraron en el establo para enseñarle la vaca.

—Me alegro de que hayas venido, John —dijo ella, sacudiéndose la suciedad de las manos. Skiffington sabía que ella era la más vehemente de los dos—. Tal vez tú puedas poner un poco de orden en este caos. Yo desde luego no puedo, y Clarence todavía menos que yo.

Algunas gallinas salieron disparadas al entrar ellos en el establo. La larga melena negra de Beth Ann estaba ligeramente desarreglada, y él notó que solamente harían falta unos toques de cepillo para dejarla atractiva. Los Wilford eran pobres, pero no tanto como la familia de Barnum Kinsey.

—No quisiera irme de aquí, Beth Ann, sin un completo acuerdo.

—Quiero que sepas que hablaba en serio cuando dije que mataría a Harvey Travis. Si tengo que elegir entre él o el padre de mis hijos, no lo dudaría.

Barnum le había contado a Skiffington que las amenazas de muerte las habían proferido por igual tanto el hombre como su esposa. Ahora sabía que su única autora era la esposa y podía entender por qué Clarence, un hombre que había anhelado la paz durante toda su vida, había querido a una mujer como Beth Ann por esposa.

La puerta del establo estaba entreabierta y ella la abrió del todo con una mano y un pie.

La vaca era más escuálida de lo que Skiffington había imaginado, de color amarillento con manchas marrones como platos. Ojos amarillentos, también. Algo sobre lo cual José podría haber soñado y advertido al Faraón. Los hijos de los Wilford llevaban toda la semana llamando a la vaca Risueña.

Cuando salieron del establo, Clarence llegaba al trote, sudoroso, y menos de un minuto después apareció Harvey en lo alto de la colina con dos de sus chicos y el hijo de Clarence a quien Skiffington había enviado a buscarlo. Ninguno de los hijos de Travis se parecía a él. Todos ellos habían salido a su esposa cherokee, aunque tenían la piel más clara que ella, y esa piel clara era el único don que Travis les había legado.

—¿Tú les vendiste a Clarence y a Beth Ann esa vaca? —le preguntó Skiffington a Travis. La comida de Skiffington no le había sentado bien, y ahora, de repente, se sentía impaciente.

—Sí, así es, John.

—Bueno, pues ese debería ser el fin de la historia, Harvey —dijo Skiffington—. La ley está del lado de Clarence. Una compra legítima. Un trato limpio.

—Espera un minuto, John —dijo Travis—. Tal vez tendría que haber ido a verte yo primero, para presentar mi caso, en vez de ser el segundo en testificar como lo soy ahora.

—John, ya puedes ver con lo que hemos tenido que enfrentarnos hasta ahora —dijo Beth Ann—. Este tipo de charla en compañía de balas.

—Las únicas balas han venido de su lado —dijo Travis y miró a Skiffington—. ¿O también vas a creer todo lo que diga ella con respecto a eso? Tal vez si Clarence tuviese más agallas. . .

—Yo solamente tomo partido por lo que es correcto —le dijo Skiffington a Travis—, y si no lo crees así puedes darte media vuelta y marcharte a tu casa. —Esperó—. No tengo tiempo que perder en este asunto de la vaca, Harvey. No quiero que mis patrulleros actúen de este modo.

Él y Harvey estaban ahora frente a frente. Beth Ann sabía lo suficiente sobre la vida como para saber cuándo las cosas bailaban a su propio ritmo, así que se quedó callada. Skiffington dio un paso hacia Travis, de modo que estaban solamente a medio metro de distancia.

—Dime una cosa, Harvey: si esa vaca hubiese muerto un día después de habérsela vendido a él, un día después de entonces. No, un día no, ni siquiera un día, una hora después de habérsela vendido, justo el tiempo suficiente para que Clarence se llevara el animal desde tu terreno al otro lado de la colina, hasta su casa, de modo que todas sus pezuñas estuvieran sobre su propia tierra y él fuera su propietario, sin cargas de ningún tipo, y entonces la vaca se le cayera muerta, ¿le devolverías su dinero? ¿Pensarías que le habías vendido una vaca muerta y le devolverías su dinero? Dime, ¿lo harías?

—Eso me parecería lo correcto, quizá, viendo cómo. . . quiero decir, después de todo, la vaca no habría vivido el tiempo suficiente. . .

Skiffington se sintió decepcionado por la respuesta, pero sabía que no debía sentirse así. Tomó a Harvey por el hombro y se alejaron de los demás.

—Tú le vendiste la vaca, Harvey, y no hay nada que yo pueda hacer con respecto a eso. No hay nada que ni siquiera el presidente Filmore pueda hacer. Tú sabes que si yo pensara que se está cometiendo un error, que si Beth Ann y Clarence estuvieran equivocados en algún sentido, yo te defendería. Movería cielo y tierra para arreglar las cosas en tu favor, Harvey. ¿Me comprendes?

—Sí, John, te comprendo.

—Lo siento. No quiero más trifulcas entre ustedes dos, ni una sola más. ¿Me comprendes, Harvey?

—Sí, John, te comprendo.

—Escucha lo que te digo: dos veces a la semana mandas a dos de tus chicos para que vengan aquí con cualquier cosa que puedan cargar para llevarse algo de leche. Pero únicamente dos de ellos y solo dos veces por semana. Ningún otro viaje ese día. Un viaje y nada más. Y nunca vendrán por aquí ni tú ni tu mujer.

Travis se restregó la boca con la mano y luego se restregó la frente con una de sus mangas. Se le saltaron las lágrimas, porque se llevaba la peor parte después de haber elaborado un plan, cinco semanas antes, del cual tendría que haber salido ganador con 15 dólares. Asintió.

—Espera aquí —dijo Skiffington y volvió con Clarence y Beth Ann, que estuvieron de acuerdo con lo que le había dicho a Harvey.

—John, ¿voy a tener más problemas con él, problemas de tiros? — preguntó Beth Ann.

—¿Acabará todo esto, John? —dijo Clarence.

—No habrá más problemas. Se acabó.

—¿Quién lo dice, John? —dijo Beth Ann—. ¿Es su palabra o la tuya?

—Primero su palabra, respaldada luego por la mía —dijo Skiffington.

—Bien —y ella estrechó la mano de Skiffington y luego Skiffington estrechó la mano de su esposo.

Skiffington volvió con Travis.

—Si las cosas se mantienen en paz, es posible que haya más días de leche para ustedes, Harvey, pero eso tienen que decidirlo Clarence y Beth Ann. Podrán darte más días porque es su propiedad. —Harvey asintió. Se dispuso a irse—. Y, Harvey, si alguien vuelve a disparar contra Clarence, vendré a buscarte, y entonces el mundo será diferente para ti, tu esposa y tus chicos.

Travis no dijo nada, pero estrechó la mano de Skiffington, recogió a sus hijos y se marchó al otro lado de la colina. Todavía le quedaban algunos de los 15 dólares que había recibido por la vaca, pero no le habían dado el placer que había sentido antes de enterarse de que la vaca tenía otra vida. Skiffington lo observó. Travis llevaba un chico a cada lado, ambos con su pelo negro cherokee suelto y ambos casi tan oscuros como su madre. Uno de los niños de Travis alzó la vista y le dijo algo a Travis, y Travis, antes de que todos desapareciesen, bajó la vista para responder al muchacho, cargado de amargura. El niño asintió a lo que fuera que su padre le hubiese dicho.

De regreso hacia la casa de Clara, se sintió sorprendido de que todo hubiese ido bien. Podía decir, por la forma de alejarse de Harvey con sus hijos de la mano, que mantendría su palabra y no habría más problemas con la vaca. Su estómago le seguía molestando. A menudo le decía a Winifred que era un hombre que se estaba deshaciendo en todas sus costuras: mal estómago, malos dientes, un tirón en la pierna izquierda antes de dormirse. Un tirón en la derecha para despertarlo durante la noche.

A mitad del camino de regreso a casa de Clara decidió caminar, dado que no iba a llover y pensando que el paseo aliviaría su dolor de estómago. Intuyó que el caballo de Clara no se alejaría, de modo que dejó caer las riendas y el caballo siguió tras él, como un perro. Luego el sol salió más radiante, y luego más radiante aún, y se detuvo y sacó su Biblia de la alforja y se sentó debajo de un cerezo silvestre. Antes de abrir la Biblia, miró a su alrededor para fijarse en cómo el sol se derramaba sobre dos melocotoneros y por encima de las colinas. Las florecillas blancas se mecían en el viento y al mirarlas se sintió más feliz. Esto es lo que mi Dios me ha dado, pensó.

En tales ocasiones le gustaba pensar que todas las personas

de su vida se sentían igual de satisfechas, pero era consciente
de lo disparatado de ese pensamiento. Clara era buena, como lo
eran Winifred y su padre e incluso la niña Minerva, que cada
día se alejaba más de la infancia. Tal vez Barnum Kinsey el
patrullero había tenido una buena noche y no se había despertado con dolor de cabeza después de una noche de bebida. Un
muchacho, no lejos de la casa de Skiffington, se había quemado
una pierna en la chimenea y Skiffington esperaba que el muchacho se estuviese recuperando bien. A él y al muchacho les
gustaba pescar juntos; el muchacho sabía estar callado, lo cual
no era fácil de enseñar a un niño pescador. Le caía muy bien el
muchacho, pero ansiaba el día en que tendría un hijo propio.

Skiffington hojeó las páginas de la Biblia en busca de compañía para su estado de ánimo. Llegó al episodio del Génesis
donde dos ángeles disfrazados de extranjeros son huéspedes en
la casa de Lot. Los hombres de la ciudad llegaron a la casa para
decirle a Lot que sacase a los extranjeros para que ellos pudiesen abusar de ellos como si fuesen mujeres. Lot intentó proteger a los extranjeros y en su lugar ofreció a aquella gente sus
hijas vírgenes. Este era para Skiffington uno de los pasajes más
perturbadores de la Biblia y sintió la tentación de saltárselo,
abrirse camino hasta los Salmos y la Revelación o hasta Mateo,
pero sabía que Lot y las hijas y los ángeles que se hacían pasar
por extranjeros, todos ellos, formaban parte del plan de Dios.
Los ángeles cegaron a los hombres cuando trataban de asaltar
la casa de Lot, y luego, a la mañana siguiente, los ángeles arra-
saron la ciudad. Skiffington alzó la vista y siguió el vuelo de un
cardenal macho de izquierda a derecha hasta posarse sobre uno
de los melocotoneros, un punto rojo sobre un verde resplan-
deciente. La hembra, de color marrón pálido, fue detrás, hasta
posarse sobre una rama justo encima de la cabeza del macho.
Winifred había sentido siempre una gran compasión por la esposa de Lot y lo que le había sucedido, pero Skiffington no tenía
una opinión firme sobre todo aquello.

De modo que leyó el pasaje entero, y no por segunda vez,

y no por tercera, y no por cuarta. Luego pasó a los Salmos, y después de leer cuatro de ellos pensó que era mejor seguir viaje hasta la casa de Clara. El cardenal macho seguía allí, pero la hembra había desaparecido.

Nunca trabajaba los domingos, el día del Señor, pero llevar el carruaje de vuelta a la ciudad con Winifred no podía considerarse un trabajo. Después del desayuno, Ralph había sacado el carruaje y Skiffington y Winifred y Clara salieron de la casa.

—Les deseo a todos ustedes unos buenos días —dijo Ralph antes de desaparecer detrás de la casa—. Es un buen día para viajar. Un buen día para cualquier cosa que quiera cualquier persona.

—Sí —dijo Winifred—, un buen día para todo.

Clara había estado tranquila la noche anterior y parecía igualmente tranquila aquella mañana. Ahora, con los brazos cruzados sobre el pecho, se quedó mirando cómo Skiffington ayudaba a Winifred a subir al carruaje y luego se daba la vuelta y la besaba en la mejilla y subía a su vez al carruaje.

—Te tomo la palabra de que todo irá bien —y giró la cabeza hacia la parte de atrás de la casa, donde estaba Ralph.

Ellos, Clara y Ralph, vivirían otros veintiún años juntos. Mucho antes de entonces, él se convirtió en un hombre libre como consecuencia de la guerra entre los estados. Skiffington subió al carruaje. Con la libertad, a Ralph se le metió en la cabeza la idea de irse a otro lugar. Tenía parientes en Washington D. C. Pero Clara lloró y lloró y dijo que este viejo lugar, este viejo y maldito lugar no sería el mismo sin la presencia de Ralph de un lado a otro, mañana, tarde y noche. Así que decidió quedarse; de todos modos, sus parientes de Washington nunca le habían caído simpáticos (uno de ellos era borracho de nacimiento).

—Tienes mi palabra —dijo Skiffington, tomando las riendas de manos de Winifred—. Tienes eso y más.

—John, yo no sé lo que haría si al final Ralph me asesinara. ¿Qué podría yo hacer, John?

Y después de aquellos veintiún años, Clara moriría primero, dormida en su cama, con un cuchillo debajo de la almohada y otro junto a ella en la cama, tan cerca como un amante. Su pelo se extendía alrededor de su cabeza, no arreglado sino suelto, como a veces a ella le gustaba cuando dormía, como el pelo de Ralph cuando no lo tenía recogido con un cordel.

Skiffington sonrió.

—Vendría y lo detendría. Eso es lo primero que yo haría.

Aquel domingo, el día que Skiffington y Winifred se fueron, Clara llevaba más de veinticuatro años comiendo la comida preparada por Ralph. Pero después de aquel día, aunque ella sabía cocinar lo mismo que un pájaro posado en su nido, se preparaba sus propias comidas y se sentaba frente a él mientras él comía lo que él había preparado y la miraba y hablaba sobre los buenos tiempos mientras ella comía lo que ella se había preparado.

—El señor Skiffington vendría, lo detendría y lo metería en la cárcel, Clara —dijo Winifred—. Antes de que te dieras ni cuenta.

Por alguna razón esto pareció aliviar la mente de Clara más que cualquier otra cosa que él o Winifred hubiesen dicho aquel fin de semana. Sonrió y siguió sonriendo y no dejaría de sonreír ni siquiera cuando Skiffington le tiró de la mejilla dos veces. La puerta de su dormitorio estaba siempre cerrada con llave. Cuando ella no bajó a prepararse su desayuno el día de su muerte, Ralph subió y llamó a la puerta. Después de más de media hora golpeando la puerta y diciendo su nombre, salió, mientras su propio desayuno se enfriaba en la mesa de la cocina, y anduvo tres kilómetros hasta la granja más cercana, ya en el vecino condado de Hanover, y volvió con un blanco y el primo manco del blanco y ambos blancos forzaron la puerta. Durante años la puerta había sido bloqueada cada noche con dos clavos.

—Clara, te veremos pronto, seguramente antes de finales de junio, a menos que vengas tú a la ciudad —dijo Winifred.

—Bueno, ya saben cuánto echo de menos al señor y a la señora Skiffington. Los Skiffington tienen un lugar en mi mesa siempre que quieran.

Ralph se fue finalmente a vivir con sus parientes de Washington, pues al morir Clara aparecieron familiares suyos por todas partes y entonces Ralph se quedó sin casa. Los familiares le vendieron la tierra a William Robbins, lo cual enfureció a Robert Colfax. Los parientes de Ralph en Washington no eran tan malos como siempre había creído. El borracho había encontrado a Dios una semana después de un Cuatro de Julio y se había despedido de la botella para siempre. Washington fue un buen lugar para los huesos del anciano.

Hicieron el viaje de regreso sentados juntos en el carruaje, ella agarrada al brazo de él y Skiffington cantando canciones que su madre le cantaba de niño en Carolina del Norte, en casa de su primo Counsel. Luego hablaron por primera vez sobre la vida que deseaban vivir en Pennsylvania al cabo de unos años, cuando él dejase su trabajo como comisario del condado de Manchester. Ella quería estar cerca de sus parientes, especialmente de su hermana, en Filadelfia. Él no sentía una gran debilidad por Filadelfia, pero en una visita que habían hecho un año antes habían visto una zona agradable cerca de Darby, justo en las afueras de Filadelfia. Había incluso un lugar donde él podría pescar, un buen lugar para enseñarle a un hijo a ser paciente y silencioso y agradecer lo que Dios había hecho por ellos.

—¿Vendrá tu padre con nosotros? No me gustaría que se quedara aquí sin nosotros.

Skiffington sonrió y Winifred apoyó la cabeza en su hombro.

—El Sur es todo lo que conoce, pero allí podrá pescar almas con la misma facilidad que aquí —dijo él.

Su padre se había hecho evangélico, pero era discreto a ese respecto, diplomático, nunca intentaba imponerle su religión a nadie a menos que le dieran permiso.

—Sí, bueno, tengo la sensación de que le gustará el desafío de la gente de Pennsylvania —dijo Winifred—. Si presentas tu caso como es debido, lo aceptarán.

—Cómo tú hiciste conmigo.

Ella se rio y alzó la cabeza para mirarlo.

—Yo diría, señor Skiffington, que fue más bien al revés. Yo estaba en mi sitio y tú te acercaste a mí. Así es como me educaron. —Él no dijo nada—. ¿Y Minerva?

—Ella vendría también, si no se ha hecho mayor y no vive por su cuenta cuando nos vayamos.

Podía ver a Minerva, en la parte de atrás de la casa, cerca del gallinero, estirándose para coger manzanas, las que no estaban maduras y que por tanto eran mejores para hacer una tarta.

—Podemos llevarla con nosotros a Pennsylvania. Y si ya es mayor, entonces no habrá nada que hablar. Hará con su vida lo que ella quiera.

—Yo también la quiero allí conmigo —dijo Winifred—. No soportaría estar allí sin ella. Quiero que toda la gente a la que amo esté allí, como en un gran jardín donde no nos falte de nada.

—Creo que Adán y Eva podrían habernos arrebatado eso —dijo Skiffington—. Y Pennsylvania puede ser lo más lejos del Paraíso que podemos llegar.

—Bah.

—Lo conseguiremos. Te doy mi palabra.

—Entonces retiro ese bah. —Extendió la mano—. Retírate, bah. —Abrió la mano y se la llevó a la boca abierta y se cerró la boca con ella—. Ya está, ya regresó el bah.

Poco después bostezó y cerró los ojos con la cabeza apoyada en el hombro de John. Él empezó a cantar de nuevo. Ella se durmió enseguida, pero él siguió cantando de todos modos, aunque un poco más bajo que antes.

Minerva esperaba en la puerta cuando ellos aparecieron. Saludó con la mano y ellos hicieron lo mismo. Era casi tan alta como Winifred. Esto era antes de que Skiffington empezase a pensar en ella de forma distinta.

—Papá Skiffington ha ido a la cárcel a dar de comer a ese hombre —dijo Minerva.

Carl Skiffington, el padre de John, no dejaba de trabajar los domingos, y además, decía, dar de comer a un preso era una necesidad, no una tarea que pudiese aplazarse hasta el lunes. Minerva subió corriendo los escalones de la entrada y se abrazó al poste. Se volvió y abrió la puerta y los tres entraron.

Ella, Minerva, no era una sirvienta como lo eran los esclavos a su alrededor, pues ellos no se consideraban dueños de ella. Era cierto que actuaba como sirvienta, se encargaba de limpiar la casa y compartía con Winifred la tarea de cocinar. Pero ellos no la llamarían su sirvienta. Si hubiese sido capaz de fugarse de su lado, si hubiese sabido distinguir el norte del sur y el este del oeste, Skiffington y Winifred habrían ido en su busca, pero no como cuando él y sus patrulleros perseguían a un esclavo fugado. Se habría perdido una criatura y sus padres harían lo que fuese necesario hacer.

El mundo no les permitía pensar en ella como una «hija», aunque Winifred, años más tarde, en Filadelfia, diría que era su hija. «Tengo que recuperar a mi hija —le dijo al impresor que hizo los carteles con la imagen impresa de Minerva—. Tengo que recuperar a mi hija».

Así pues, era una hija, pero no era una hija. Era Minerva. Simplemente su Minerva. «Minerva, ven aquí». «Minerva, ¿a qué sabe esto?». «Minerva, compraré la tela para tu vestido cuando vuelva de la cárcel». «Minerva, ¿qué haría yo sin ti?». Para los blancos del condado de Manchester, era una especie de mascota. «Es la Minerva del comisario». «Es la Minerva de la señora Skiffington». Y todos estaban contentos al respecto. En cuanto a Minerva, no había conocido otra cosa. «Vaya si has crecido», le diría la hermana de Minerva años después en Filadelfia.

John Skiffington fue a la cárcel hacia las ocho de la mañana de aquel lunes.

—Ah, ah, buenos días, *Monsieur* Comisario —dijo Jean Broussard tan pronto como Skiffington apareció por la puerta—. He echado mucho de menos su compañía, aunque he de decir que su *père* es un sustituto encantador y muy competente. Dice todo el tiempo que Dios está conmigo, pero eso es algo que yo ya sabía desde hace mucho tiempo. Dios está en todas partes en América, especialmente aquí conmigo.

—Broussard, buenos días.

—No quiero meterle prisas al mundo, pero estoy empezando a pensar que no saldré libre antes de llegar a ser tan viejo como su *père*.

—Usted dice que es inocente, y si eso es cierto, la ley lo verá así y lo dejará libre.

—*Soy* inocente, *soy* inocente, *Monsieur* Comisario.

Broussard había alegado en todo momento que había actuado en defensa propia al matar a su socio, un hombre de Finlandia o de Noruega o de Suecia, según el estado de ánimo del socio cuando se le preguntaba de dónde era. Cuando el socio estaba de mal humor, decía que era de Suecia. El día que murió era sueco.

—Todo depende de cuándo llegue el juez de distrito para juzgar su caso —dijo Skiffington, mientras colgaba su chaqueta en un perchero junto a la puerta. La chaqueta de Broussard era la única cosa colgada allí, y llevaba allí colgada dos semanas—. Él llega, el jurado lo oye a usted y el mundo entero volverá a pertenecerle. Francia y cualquier otro lugar al que usted quiera ir.

Skiffington se dirigió a su escritorio, se sentó y empezó a buscar papel para solicitar, una vez más, la visita del juez de distrito. La ciudad no había necesitado un juez desde que un hombre blanco, un año antes, había sido acusado de herir a su esposa. Fue absuelto después de que su esposa, modista y amante de Robert Colfax, testificase que ella misma, de algún modo, se había disparado en la espalda.

—Tal vez nunca más Francia. Amo Francia. Francia me dio la vida, pero ahora soy América, *Monsieur* Comisario. ¡Levanto la bandera! ¡Levanto la bandera por encima de mi cabeza y por encima de todas las cabezas de ustedes, *Monsieur* Comisario!

—Bien por usted, Broussard. Bien por todos nosotros.

Un hombre de Culpeper había accedido a desplazarse hasta allí para defenderlo. Skiffington encontró una hoja de papel para la petición, y en otro cajón encontró la lista de preguntas que era preciso responder por escrito antes de que alguien de Richmond aprobase la visita del juez. Cada pregunta tenía que escribirse en el papel de la petición, seguida por la respuesta. Y cada pregunta de la lista tenía que escribirse incluso aunque no hubiese respuesta. *Naturaleza del presunto delito*.

—Creo que me quedaré a vivir para siempre aquí, me quedaré en este lugar y seré feliz. —Broussard era ciudadano de los Estados Unidos desde hacía tres años. No había visto Francia ni a su familia desde su salida ocho años antes. Seguía teniendo planes de traer a su familia a América. Solamente sus dos hijos mayores recordaban apenas el aspecto de Broussard—. Quedarnos y buscar la felicidad, ¿eh?, ese ha sido siempre su derecho y el mío.

La esposa de Broussard tenía un amante desde dos años después de su partida. La esposa y todos y cada uno de los hijos de Broussard estaban enamorados del amante. Era un amor del cual Broussard no habría sido capaz de rescatarlos.

—Canto a América. Canto la felicidad de América.

—Sí —dijo Skiffington, abriendo el tintero—, buscarla sin límites.

Nombre de la presunta víctima (o víctimas).

—Traeré conmigo a mi esposa y seremos fuertes como usted y la señora Skiffington. Seremos el señor y la señora Broussard. Tendremos una casa más grande que la suya, *Monsieur* Comisario. ¿Tiene usted una casa grande, *Monsieur* Comisario?

Broussard y su socio, Alm Jorgensen, habían llegado a Manchester con dos esclavos en venta: Moses, el hombre que se convertiría en el capataz de Henry Townsend, y una mujer llamada Bessie. Habían oído que Robert Colfax buscaba nuevos esclavos, pero a Colfax no le convencieron las explicaciones de Broussard y Jorgensen sobre su adquisición de aquellos esclavos. «Los compramos en Alejandría, maldita sea», le insistió Jorgensen a Colfax. También le dijo a Colfax que era finlandés. Pero no tenían facturas de compraventa por Moses y Bessie, y dado que Broussard y Jorgensen eran forasteros, y encima extranjeros, Colfax se los quitó de encima.

—Mi casa es lo suficientemente grande para mí, y mi familia es en realidad todo lo que cabe en ella. Ya le dije que puede llamarme John —dijo Skiffington.

—Sí, sí. John, como yo también me llamo John, ¿eh?

Broussard tenía pensado utilizar su parte del dinero de la venta de Moses y Bessie para traer a su esposa y a sus hijos. Después de una noche de borrachera, él y Jorgensen se habían peleado en el porche de la casa de huéspedes donde se alojaban y el sueco había acabado muerto.

La puerta de la cárcel se abrió y entró William Robbins, seguido por Henry Townsend, que tenía entonces veinte años. A Henry le faltaba poco más de un año para comprar a Moses, casi tres años para casarse con Caldonia. Más de la mitad de su tiempo lo pasaba en la plantación de Robbins, en una cabaña separada de los barracones de esclavos. Era un hombre libre, fabricante de botas y zapatos, que podía moverse libremente siempre y cuando llevase consigo sus papeles de libertad.

—John —dijo Robbins. Se acercó al escritorio y estrechó la mano de Skiffington. El apretón de manos había terminado antes de que Skiffington terminara de levantarse.

—Bill.

—Buenos días —dijo Broussard, aunque no conocía a Robbins.

—John, hemos tenido un pequeño y desagradable incidente con Henry. Harvey Travis lo maltrató anteanoche después de salir de mi casa. Golpeó a Henry una vez y podría haber seguido si Barnum Kinsey no hubiese intervenido en su defensa. Mal asunto, John, muy mal asunto. Henry se limitaba a volver con su familia.

Henry no se había movido de la puerta.

—Buenos días, *Monsieur* Bill.

Broussard estaba pegado a los barrotes, como lo había estado desde la entrada de Skiffington.

Robbins se volvió.

—Fue Travis, ¿verdad? —le preguntó a Henry.

—Sí, señor.

—Travis —le dijo Robbins a Skiffington.

—Yo lo vi el sábado, Bill. Vi a Harvey el sábado.

—¿En relación con este asunto?

—No, en relación con otro tema —dijo Skiffington—. Volveré a verlo esta noche, antes de la patrulla. Hablaré con él.

Conocía a Henry, el negro zapatero, había hablado con él unas cuantas veces a lo largo de los años. Skiffington y Winifred y Minerva asistirían al funeral de Henry. Mientras observaba a Henry, de pie junto a la puerta, Skiffington recordó que era el hijo del fabricante de muebles Augustus y de la mujer llamada Mildred, que vivían en el rincón más apartado del condado, como podrían haberlo hecho en el fin del mundo.

Broussard y Jorgensen habían obtenido el nombre de William Robbins de Colfax, y poco a poco a Broussard le vino a la mente que este era el hombre que Colfax había dicho que podría estar interesado en comprar a Moses y Bessie.

—*Monsieur. Monsieur* Bill, por favor, un momento. Tres *momento*.

—¿Qué? —dijo Robbins.

—Por favor, tenemos esclavos para usted. Dos buenos humanos para usted.

Skiffington le explicó.

—No he venido aquí para nada relacionado con unos malditos esclavos —le dijo Robbins a Broussard. Había oído hablar del francés que había matado a su socio.

—Por favor. Por favor, quiero traer a mi esposa y a mis niños aquí y ser América.

Skiffington y Robbins se miraron y luego Skiffington se en-

cogió de hombros. Robbins miró durante un segundo a Henry
y luego le dijo a Broussard:

—¿Dónde está esa propiedad?

—Sawyer los tiene detrás de su casa, y el poco dinero que
Broussard tenía para su mantenimiento se está acabando —dijo
Skiffington—. Él puede vivir aquí gratis, pero no sé qué será
de ellos cuando se acabe el dinero.

Robbins se volvió hacia Henry.

—Ve a decirle al señor Sawyer que traiga aquí esa propiedad, y dile que quiero llegar a casa antes de la hora de comer.

—Sí, señor —dijo Henry y salió.

—Buenos humanos. Los mejores de los esclavos —dijo
Broussard.

—Simplemente «mejores» no es bastante —dijo Robbins, y
les dio la espalda a Skiffington y a Broussard para asomarse a
la ventana que daba a la calle—. Únicamente los mejores de los
mejores me sacarán de la cama por la mañana.

—Entonces serán los mejores de los mejores, *Monsieur* Bill.

Sawyer entró por la puerta el primero. Era un hombre obeso
y venía sin aliento. Luego entró Moses, que se volvió para ayudar a Bessie, porque tenía algún problema con el pie. Cojeaba
y hacía un gesto de dolor en cada paso. Estaban sin cadenas,
tanto él como ella, pero Sawyer llevaba una pistola. Luego entró Henry, que se quedó en la puerta después de que todos
hubiesen entrado en la habitación.

—Mire, mire, *Monsieur* Bill. Los mejores de los mejores
humanos.

Moses y Bessie miraron a Broussard, luego a Skiffington
y finalmente a Robbins, que los había observado mientras llegaban por la calle. Ya sabía que la mujer no serviría. La lesión
podía no haber sido permanente, pero observó una especie de
perturbadora inclinación en su manera de andar, como si Dios
hubiese inclinado su cuerpo tan solo un poco hacia un lado al
crearla y la hubiese condenado a caminar inclinada hacia la izquierda durante el resto de su vida. Y dedujo que había estado

llorando y que eso no tenía nada que ver con el pie. Aquello, el
hecho de llorar, era otro rasgo permanente, concluyó Robbins.

Robbins se acercó a Moses.

—Quítatelo todo —dijo a Moses refiriéndose a los andrajos
que llevaba puestos.

—Señor. Señor amo, esta mujer, ella y yo juntos —dijo Moses.

—Haz lo que te digo —dijo Robbins. En un momento Moses estaba desnudo. Robbins dio unos pasos a su alrededor
y después de apretar sus brazos y sus piernas y de mirarle la
boca, dijo a Broussard —: ¿Cuánto?

—Ochocientos dólares, *Monsieur* Bill.

—Cuando hago una pregunta directa y sencilla —dijo Robbins—, no espero menos que una respuesta directa y sencilla.

Henry cambió su peso de un pie a otro. Broussard se mantuvo aferrado a los barrotes.

Sawyer todavía intentaba recuperar el aliento. Retiró un ha-
rapo y se apoyó contra la pared. Skiffington tenía la única silla
en su escritorio. Había estado de pie junto al escritorio, pero
ahora dio dos pasos y se sentó. Sawyer se restregó la cara y la
nuca. Skiffington tomó la lista de preguntas. Ahora tendría que
empezar otra vez desde el principio. *Naturaleza del presunto delito. ¿Hay testigos del presunto delito? ¿Son creíbles los testimonios de los
testigos?*

—Pero, *Monsieur* Bill, son seres humanos *mejores*. Por favor,
por favor, mi hermosa mujer me está esperando.

—Señor, yo no conozco a su esposa, hermosa o no hermosa,
y ella tampoco me conoce a mí.

—Sí. Sí. Entonces setecientos dólares, *Monsieur* Bill. Y quinientos por la mujer. Buenos precios. Vienen de Alejandría. Ya
conoce usted Alejandría. Alejandría, Virginia, es conocida por
los humanos que vende. Vaya usted a Alejandría si quiere encontrar a los mejores humanos en venta, me dijeron. Alejandría. Antigua como Egipto.

Skiffington escribió. *Nombre de la presunta víctima (o víctimas).
Nombre del presunto delincuente (o delincuentes).*

—Quítatelo todo —le dijo Robbins a Bessie, refiriéndose a sus harapos.

Henry retrocedió un paso hasta tropezar con el pomo de la puerta.

—Por favor, señor amo —dijo Moses—, nosotros juntos, ella y yo. No nos separe. Nosotros juntos. —Era cierto que él y Bessie habían venido de Alejandría, donde se habían encontrado en un corral de retención. Y ahora, después de dos meses, no podía soportar la idea de ser separado de ella—. Por favor, señor amo, ella y yo familia.

Robbins lo ignoró. Bessie empezó a llorar nuevamente y no dejó de llorar mientras se desnudaba. Robbins la tocó del mismo modo que a Moses.

—Por favor. . . —dijo Moses.

—Si me dices una sola palabra más —le dijo Robbins a Moses—, te compraré nada más que para sacarte a la calle y pegarte un tiro. Tan solo una palabra más.

Skiffington levantó la vista de sus papeles. *Queda usted detenido por el asesinato de este negro delante de mis narices.*

Robbins se acercó a los barrotes y le dijo a Broussard:

—Te daré quinientos veinticinco por el hombre y ni un penique más. Si dices cualquier otra cosa que no sea «sí», me marcho.

—Sí, *Monsieur* Bill. Sí. —Broussard retiró las manos de los barrotes y las dejó caer a los lados—. Sí, *Monsieur*.

—¿Qué voy a hacer con la mujer, Bill? —dijo Sawyer.

—No lo sé, Reese. Realmente no lo sé.

¿Dónde sucedió el presunto delito? Esta era la pregunta más fácil de todas, y escribió: «Condado de Manchester, Virginia». *Fecha del presunto crimen.* Había olvidado el día exacto del asesinato y tendría que preguntárselo a Broussard. Sabía que más abajo en la lista había una pregunta sobre los testigos. Tendría que preguntarle a Broussard sobre eso también.

—Nosotros juntos, amo —le dijo Moses a Skiffington—. Yo y Bessie juntos. Ella todo lo que tengo en este mundo. Nosotros uno como familia.

—Ya lo sé —dijo Skiffington, intentando escribir—. ¿No crees que ya lo sé?

Pensó que una mujer blanca podría pasar junto a la ventana y sentirse herida en sus sensibilidades por ver a un esclavo desnudo y se puso en pie y fue hasta la ventana, como una especie de distracción para cualquier mujer que pasara por allí.

—Por favor, ahora, nosotros uno, ella y yo. Nosotros uno.

Skiffington vio a la señora Otis que paseaba al otro lado de la calle. Se detuvo para charlar un rato con la señora Taylor, que estaba obviamente en estado. La señora Otis llevaba de la mano a su hijo más pequeño, un muchacho que no se había desarrollado tan rápido como sus otros hijos. La señora Taylor se rio de algo que la señora Otis dijo y se llevó brevemente una mano enguantada a la boca. Sostenía su sombrilla bajada y hacia un lado. El muchacho Otis estaba fascinado con la sombrilla. A Skiffington le caía bien el muchacho Otis y pensó que todo lo que necesitaba eran unos años para dejar de ser distinto de cualquier otro muchacho de su edad. «Dele tiempo», le había dicho en más de una ocasión al señor Otis. No le diría tal cosa a la señora Otis, porque ella no creía que a su muchacho le pasara nada malo. El muchacho intentaba alcanzar la sombrilla, y la señora Taylor, consciente de lo que haría si lo lograba, la levantó fuera de su alcance. Aunque Skiffington tenía esperanzas sobre el progreso del muchacho, no era ciego. Tenía que haber algún problema con un muchacho que se chupaba tres dedos a la vez a los doce años y que tenía miedo de separarse de su madre porque los demonios le comerían sus partes privadas. Fue aquel muchacho, junto con su hermano mayor y un niño esclavo llamado Teacher, quienes ardieron en llamas frente a la tienda de telas. El muchacho blanco más joven fue el primero en arder, seguido por su hermano. El esclavo Teacher los seguiría unos minutos después, justo cuando un hombre con un cubo de agua subía corriendo por la calle.

Moses dijo una vez más que estaban juntos y Sawyer le dijo que se callara porque le estaba lastimando los oídos.

—Solo la tengo a ella, amo. Nosotros familia.

Momentos después habían salido todos de la cárcel excepto Skiffington y su prisionero, que permaneció callado el tiempo suficiente para que Skiffington pudiera terminar su petición. Luego firmó con su nombre y anotó su cargo y finalmente puso la fecha.

—Lo recompensaré por su ayuda, *Monsieur* Comisario —dijo Broussard un rato después. Estaba en su catre y muy complacido por cómo se habían desarrollado las cosas, aunque todavía le quedase Bessie por vender.

—No quiero nada, Broussard. Me pagan por lo que hago aquí.

Broussard dio un salto y se acercó a los barrotes.

—Pero no. No. Quiero mostrar mi agradecimiento. —Señaló hacia la pared izquierda donde Skiffington había colgado un mapa, un grabado de madera, pardusco y amarillento, de unos 180 por 240 centímetros. El mapa lo había hecho un alemán, Hans Waldseemuller, que vivió en Francia tres siglos antes, según la leyenda que aparecía en la esquina inferior derecha—. Yo vivo donde hicieron ese hermoso mapa. Conozco a la persona que los hace, *Monsieur* Comisario, y puedo conseguirle un mapa mejor, más grande. Puedo hacerlo para mostrarle mi agradecimiento.

—Este me sirve —dijo Skiffington.

Un ruso que afirmaba ser descendiente de Waldseemuller había pasado por la ciudad y Skiffington le había comprado el mapa. Lo quería como regalo para Winifred, pero a ella le había parecido demasiado espantoso para tenerlo en su casa. El título que encabezaba la leyenda decía: *El mundo conocido*. Skiffington sospechó que el ruso, un hombre cuya barba blanca le llegaba hasta el estómago, era judío, pero no era capaz de distinguir a un judío de cualquier otro hombre blanco.

—Yo le consigo mejor —dijo Broussard—. Le consigo mapa mejor y mapa más de hoy. Mapa de hoy, tal como es el mundo entero de hoy, no de ayer, no de hace mucho tiempo.

El ruso le había dicho a Skiffington que era la primera vez en la historia que la palabra *América* aparecía en un mapa. La superficie de América del Norte en el mapa era más pequeña que en la realidad, y donde tendría que aparecer Florida no había nada. América del Sur parecía del tamaño adecuado, pero era el único de ambos continentes que recibía el nombre de «América». América del Norte aparecía sin nombre.

—Me gusta el que tengo —dijo Skiffington.

El mapa le había sido entregado por el ruso en doce piezas, cada una de las cuales pesaba casi kilo y medio, y Skiffington se entretuvo bastante en unir las piezas. Lo hizo mientras Winifred y Minerva estaban en casa de Clara, y cuando Winifred volvió y le dijo que no lo quería en su casa, tuvo que desmantelarlo y ensamblarlo de nuevo en la cárcel.

—Ya verá, *Monsieur* Comisario —dijo Broussard—. Le consigo mejor. Le consigo *más mejor* mapa.

Jean Broussard fue condenado por asesinato en primer grado y llevado a Richmond, donde fue ahorcado. El perezoso cuñado del alcalde de la prisión se las arregló para encontrar en Richmond un cura católico —un hombre que se encontraba en un momento de la vida en el que todas las personas que aparecían en sus sueños hablaban latín— y aquel cura, con la intención de escapar de aquellos sueños, permaneció día y noche junto a Broussard hasta el final. Los 525 dólares que Broussard hubiera recibido por la venta de Moses fueron transferidos por Skiffington a Richmond, que los trasladó a Washington D. C., que a su vez los hizo llegar a la Embajada francesa. A los cinco meses, el dinero, ya en francos, llegó a manos de la viuda de Broussard. La señora Broussard nunca tuvo una idea exacta de América, nunca fue capaz de comprender que América fuese un lugar de estados separados y al mismo tiempo un país. Y con esa noción en su mente nunca pudo entender que el dinero proviniese del Gobierno de la Mancomunidad de Virginia. Ella, junto con sus hijos y su amante, siempre creyeron que el dinero había sido enviado por el Gobierno de los Estados Unidos de América, como pago por lo que el Gobierno le había hecho a su esposo, un ciudadano americano.

Los 385 dólares por Bessie, que fue vendida dos semanas después que Moses a un ciego y su devota esposa en Roanoke, siguieron la misma ruta desde el condado de Manchester, pero en algún lugar entre el condado y el barco que llevaba el correo junto con los desalentados y nostálgicos inmigrantes que regresaban a Europa, los 385 dólares se perdieron o fueron simplemente robados. Alguien disfrutó del dinero, pero no fueron la viuda Broussard y sus hijos y su amante de Saint-Etienne.

Tal vez fuera lo mejor que Jean Broussard tuviera el final que tuvo en América. Su familia nunca se habría separado del amante, que tendría que haber ido con ellos, pues de lo contrario nunca habrían vuelto con Broussard. No, todo había terminado para él en Francia. Incluso alguien había roto accidentalmente la jarrita preferida de Broussard. A su familia podrían haberle ido mucho peor las cosas que con el hombre con quien su esposa se había asociado. El amante era, a su manera, un hombre muy religioso. Y era hábil con un cuchillo. Era capaz de extirpar el corazón de un hombre en el tiempo en que esa misma maquinaria humana tardaba en pasar de un latido a otro; y con ese mismo cuchillo el amante era capaz de pelar una manzana, sin sacrificar ni un ápice de su carne, y ofrecérsela fresca y entera a un niño expectante.

Si Alm Jorgensen, el hombre asesinado, tenía algún heredero, nadie lo sabía.

Los archivos del juicio de Jean Broussard, junto con la mayoría de los archivos judiciales del condado de Manchester en el siglo XIX, quedaron destruidos en un incendio de 1912 en el que murieron diez personas, incluidos el conserje negro del edificio donde se guardaban los archivos, y cinco perros y dos caballos. El juicio de Broussard duró un día; en realidad, parte de un día, el juicio como tal toda aquella mañana y las deliberaciones del jurado una parte de aquella tarde de verano. Uno de los miembros del jurado era un hombre que había estudiado derecho en el College of William and Mary, donde también su padre y su abuelo habían estudiado. Cuando aquel hombre, Arthur Brindle, volvió de la universidad a Manchester y empezó a practicar la abogacía, descubrió que el derecho lo estaba convirtiendo en un hombre pobre. De modo que se pasó al comercio y se ganó bien la vida. Este comerciante-abogado sufrió noches de insomnio durante la mayor parte de su vida, desde luego que sí. Él y su esposa descubrieron que si él le contaba cómo había ido el día antes de intentar dormirse, podía arrancarle a la noche al menos dos horas de sueño, lo cual era mejor que la media hora que conseguía habitualmente cuando no hablaban. Y así, la noche del día en que él y los otros once hombres condenaron a Jean Broussard, él se acostó junto a su esposa y se lo contó. En el estrado, según contó el comerciante, Broussard insistía en que él era otro ciudadano americano más, orgulloso y cabal, y que jamás haría daño a otro ciudadano americano orgulloso y cabal si podía evitarlo. No fue tanto esto, esta repetición de quién era él, lo que perjudicó su caso, dijo el comerciante, al tiempo que bostezaba y escuchaba el suave zumbido de sus diez hijos durmiendo por toda la casa. Tampoco lo fue que el abogado de la defensa de Culpeper insistiera en decirles a los miembros del jurado que el socio escandinavo de Broussard no era un verdadero ciudadano americano, aunque eso tampoco fue de gran ayuda en su caso. Fue el acento. El acento le proporcionaba «el hedor de un fingidor». Todo lo que Broussard afirmaba salía deformado a causa de su acento, incluso cuando decía su propio nombre. Los miembros del jurado, le dijo el comerciante a su esposa, habrían podido aceptar las razones de la muerte del socio si Broussard se hubiese sentado en el estrado y hubiese contado toda su historia sin acento.

6

Una vaca congelada y un perro congelado.
Una cabaña en el cielo. El sabor de la libertad.

El domingo, segundo día desde el entierro de Henry Townsend, Maude Newman, su suegra, entró en el dormitorio de su hija en la casa que Henry y Moses habían construido, se sentó en un lado de la cama de Caldonia y tomó la mano de su hija en una de las suyas, suspirando sin parar.

—Mi pobre niña viuda —suspiraba Maude.

Solo unos momentos antes, Loretta, la doncella de Caldonia, le había preguntado a su ama si deseaba que le llevase algo de comer o de beber. Caldonia le respondió que su mente no estaba para comidas o bebidas; todo lo que podía hacer, le dijo a la mujer que había estado con ella la mayor parte de su vida de casada, era abrir los ojos y respirar. Loretta dijo: «Sí, señora», consciente de hasta qué punto eso debía de ser cierto, y retrocedió unos pasos para observar a Caldonia tomarse su tiempo para incorporarse en la cama. Loretta conocía la historia de una esclava que tenía que hacer prácticamente todo por su ama, incluso limpiar el trasero de la señora después de cada evacuación intestinal. Caldonia había sido siempre fuerte, había preferido hacer muchas cosas por sí misma, y Loretta, con el tiempo, se había convertido más bien en una especie de dama de compañía. «Por su forma de ser, podría haber sido una esclava», había bromeado en una ocasión Loretta con Celeste, la esposa de Elias, a sabiendas de que Celeste podía guardar un secreto.

Una vez incorporada en la cama y recostada sobre las almohadas, Caldonia miró a Loretta como si quisiera preguntarle qué más esperaba el mundo de ella. Caldonia dirigió la vista hacia el armario abierto, cuya puerta estaba rota y por eso nunca cerraba bien, y se fijó en el vestido negro colgado en su interior. Parecía tener vida propia, tanta vida que podría haberse descolgado y andar y haberse colocado por sí solo en su cuerpo. Podría haberse abrochado por sí solo. Su madre había usado el vestido solamente durante un mes después de la muerte del padre de Caldonia. «No puedo pasar más tiempo con este vestido —había dicho Maude cuando decidió guardarlo—. Vestir de luto me produce picor en la piel. El señor Newman era un hombre del agrado de Dios, pero ¿por qué he de sufrir yo ahora que ya está sentado con Nuestro Señor?». Y el luto de Maude había llegado a su fin.

—Mi pobre niña viuda —volvió a decir Maude.

—Mamá, por favor. Por favor, no me vengas con esto ahora. Mañana. Pasado mañana, pero hoy no.

—El legado es tu futuro, Caldonia, y eso no puede esperar. Me gustaría que fuese posible, pero no. Todo lo demás puede esperar, pero el legado no. —Para Maude, el legado significaba esclavos y tierra, la base de la riqueza. Su temor era que Caldonia, en su dolor, pensara en vender los esclavos, junto con la tierra, como para concretar algún deseo que a Henry, atado a la privación y a la necesidad de un mundo material, le hubiese dado demasiado miedo tratar de cumplir en vida—. No quiero que seas como tu padre, que se dejaba llevar por un dolor tan profundo que no era capaz de distinguir entre lo que está bien y lo que está mal.

—Aprendí de Henry a no dejar que algo como el dolor me impida distinguir entre lo que está bien y lo que está mal, mamá.

Con aquellas palabras podía verlo, en el jardín de su madre saturado de olor a madreselva, vestido aún con ropas demasiado gruesas para la estación del año, cuando explicaba que sería un amo distinto de cualquier otro, la clase de amo-pastor que Dios había imaginado. Había sido bastante ambiguo al referirse a una buena alimentación para sus esclavos, nada de latigazos, jornadas cortas y felices en los campos. Un amo que los observaría desde lo alto a todos ellos, tal como Dios en su trono lo observaba a él desde lo alto. Era un joven zapatero, un fabricante de botas, que más de un año antes había cerrado con William Robbins el generoso trato sobre Moses. Pero las palabras no le importaban a Caldonia; era joven, desdichada por las perspectivas de noviazgo a su alrededor, de modo que, aunque él hubiese hablado toda la tarde sobre plantaciones y recogidas de tabaco, a ella le habría parecido una serenata. Esto sucedió más de un año después de que Augustus le hubiese roto el hombro con el bastón de la bellota y las ardillas.

Caldonia miró detenidamente a su madre. Henry había sido un buen amo, decidió su viuda, tan bueno como cualquiera. Sí, a veces tenía que racionar el alimento que les daba. Pero eso no era culpa suya: si Dios hubiese enviado más alimento, Henry sin duda se lo habría dado a ellos. Henry era solamente el intermediario en aquella transacción. Sí, había tenido que ordenar palizas a algunos esclavos, pero se trataba de aquellos que no hacían lo correcto y lo apropiado. Quien escatima la vara. . . advertía la Biblia. Su esposo había actuado de la mejor manera posible, y en el día del Juicio Final sus esclavos se presentarían ante Dios y darían testimonio de ese hecho.

—Henry fue un buen maestro —le dijo Caldonia a su madre.

Caldonia volvió a tenderse en la cama y cerró los ojos. ¿Qué habrían dicho sus esclavos, aquel mismo día, sobre la clase de amo que había sido Henry? ¿Serían tan generosos como lo serían el día del Juicio Final cuando todo hubiese terminado y pudieran permitirse ser generosos? Abrió los ojos y vio a Maude que sonreía. En la clase de Fern Elston, un día, cuando Caldonia tenía diez años, Calvin, su hermano, le había pegado a otro niño un puñetazo en el brazo y el muchacho lloró. «No le di tan fuerte, señorita Elston. Le di un golpecito muy pequeño, un golpecito de nada. No le he hecho daño». Fern se acercó a Calvin y le dio una bofetada y lo zarandeó por los hombros hasta que Calvin lloró. «¿Por qué lloras, Calvin? Solo te he dado un golpecito de nada». Cuando ambos niños dejaron de llorar, Fern le dijo cariñosamente a Calvin: «El agresor nunca puede ser el juez. Solo el que recibe el golpe puede decir lo duro que fue, tanto si causó la muerte de un hombre como si simplemente provocó el bostezo de un recién nacido».

—No me cabe duda de que Henry te enseñó todo lo que necesitas saber —dijo Maude, y apretó la mano de Caldonia—. Pero, lo mismo que tu padre, tienes demasiada melancolía en la sangre y eso no es bueno.

La muerte de su hijo más pequeño unos trece años antes había llevado a Tilmon Newman a creer que Dios quería que liberase a sus esclavos, cuyo número ascendía a doce en el momento de la muerte del niño. Dios, le dijo Tilmon a Maude, no había logrado hacerse entender con las muertes de los padres y los hermanos de Tilmon —todos ellos en cautiverio—, de modo que había comenzado con los hijos de Tilmon para que la lección se entendiera mejor. «Ninguno de ustedes está a salvo de Dios —dijo Tilmon días después de enterrar a su hijo, que había cumplido los cuatro años—. Ni siquiera tú, Maude. Atravesará cualquier montaña para llegar hasta ti».

Loretta retrocedió unos pasos más hasta tocar con su espalda la pared del dormitorio. Luego se encogió hasta quedar totalmente envuelta en la sombra del rincón. Tenía que estar cerca si Caldonia la necesitaba, pero no era conveniente que Maude pensara que prestaba atención a cada palabra de los dimes y diretes de sus vidas y que daba algún sentido extraño a lo que escuchaba sin querer. Algunas amas blancas no se preocupaban de lo que sus sirvientas oyeran; consideraban que las sirvientas tenían tanta capacidad de escuchar y de juzgar como si fueran tazas y platos. Y algunas, como Caldonia, veían a algunas sirvientas como confidentes. Pero otras, como Maude, consideraban que Dios había puesto al mundo entero contra ellas y que nadie podía estar más en contra de ellas que la propiedad con capacidad de oír y hablar y pensar. Estas últimas nunca cometerían el error de creer que una esclava no era más que una taza o un plato. A Loretta le parecía que Maude se levantaba todas las mañanas con fuego en la sangre y una espada en las manos, e inclusive sus propios hijos tenían que expresarle su lealtad constantemente. Amas como ella podían ser mucho más brutales con una esclava, fuese ella o no la propietaria de esa esclava, y haría cualquier cosa por apartar a una esclava entrometida de la pequeña vida a la que estuviese habituada. Los años de servicio con Caldonia podrían no significar nada para Maude. Momentos después, mientras la conversación proseguía, Loretta salió al pasillo sin que ellas lo advirtieran.

—Mamá, dame un poco de paz. Mi esposo todavía no se ha enfriado. Solo un poco de paz antes de atosigarme con esto. Moses se ocupa de casi todo. Y Calvin está aquí. Puedo llorar un poco más. Calvin está aquí.

—Calvin, Calvin —dijo Maude—. Su sangre tiene más melancolía incluso que la tuya. Déjalo en sus manos y tu legado saldrá por la puerta antes de mañana por la mañana. —Caldonia se hundió aún más en la cama y apartó su mano de la de su madre—. No te comportes como una niñita, Caldonia.

—No me estoy comportando como una niñita, mamá. Solo me comporto como una pobre niña viuda.

—No consentiré ninguna tontería de tu parte, Caldonia. —Loretta permanecía donde Caldonia y Maude no pudieran verla, pero donde ella pudiera ver a cualquiera que subiera las escaleras—. No volveré a pasar por esto.

Tilmon Newman, como Augustus Townsend, se había esforzado para comprar su propia libertad. Su plan había sido comprar la libertad de todos los miembros de su familia, unas cuatro personas, incluidos sus padres. Pero en sus primeros tiempos de libertad el joven había conocido a Maude y se había casado y habían empezado a construir una vida propia, un pequeño terreno aquí, uno o dos esclavos allá. Un hijo. Maude le recordaba constantemente lo amable que era el amo de sus padres y que por tanto el cautiverio de su familia no era una carga tan grande como para muchos otros esclavos. «Tú lo has vivido —decía Maude—. Tú sabes qué tipo de hombre era Horace Green. Tus padres y tus hermanos pueden esperar hasta que nos vayan bien las cosas y hayamos prosperado, hasta que tengamos suficiente de todo para que puedan venir a la libertad y no sufrir privaciones». Pero en menos de tres años todos fallecieron antes de que él pudiera comprar su libertad: su madre ahogada, su padre en una pelea con otro esclavo, su hermano mayor a causa de una intoxicación alimentaria por un cerdo robado de una granja vecina, y su hermano menor, enviado por su amo a buscar una vaca perdida en una tormenta de nieve, fue descubierto cuatro días después acurrucado junto a la vaca, ambos congelados. Hubo que esperar a que el niño y el animal se descongelaran para poder enterrarlos por separado.

Caldonia volvió a incorporarse en la cama.

—Madre, Henry trabajó muy duro para darme todo esto. No lo voy a dilapidar, de ninguna de las maneras que puedas imaginar. Conozco mi obligación con respecto a lo que me ha dejado. Por mucho que sea la hija de papá, también soy hija tuya.

—Debes recordar que es muy fácil caer en la indigencia. —Su propia familia había sido libre durante generaciones, pero nunca habían tenido lo suficiente para comprar ni siquiera un esclavo—. No quisiera eso para ti. La indigencia provocada por el dolor. —Se miraron—. Deberías comer algo, Caldonia.

—No tengo ganas de comer, mamá.

—Pues tendrás que hacer un esfuerzo, Caldonia. Un poco de leche. Un poco de pan. Haz un esfuerzo para comer algo.

Tilmon Newman había planeado encontrar el modo de darles la libertad a todos sus esclavos; se había puesto en contacto con un blanco de Carolina del Sur que pensaba que podía cargar con todos ellos y llevarlos hasta la libertad. «Debemos presentarnos ante Dios con lo mismo que llegamos al mundo como recién nacidos», le decía Tilmon a Maude. Pero ella había envenenado a Tilmon antes de que semejante cosa pudiera suceder. Tarta con arsénico. Café con arsénico. Carne con arsénico. Los sirvientes pensaron que se había vuelto loca por querer hacer personalmente todas las comidas de su esposo. «Él ha hecho tantas cosas por mí, así que ¿por qué no habría yo de atender a mi esposo de vez en cuando?», les decía ella. El arsénico devoró a Tilmon, se comió la carne y el músculo de sus huesos. «A fe mía —dijo el doctor blanco—, que no soy capaz de averiguar lo que lo aqueja». Años después, Maude todavía conservaba un poco de arsénico guardado en un frasco en un rincón detrás de su cómoda. Las sirvientas que limpiaban aquella habitación creían que se trataba de algún remedio para los frecuentes dolores de cabeza de Maude. Las sirvientas de la casa nunca habrían echado mano de ese frasco cuando tenían dolores de cabeza, pues todas ellas daban por seguro que cualquier cosa que surtiera efecto con Maude nunca, jamás de los jamases, le serviría a una esclava.

—Un poco de confitura en una rebanada de pan, entonces —dijo Caldonia.

Loretta estaba junto a la cama.

—¿Un poco de leche? —dijo.

—Agua nada más. Agua fría, nada más, Loretta. Por favor. Maude se levantó.

—Y una vez que haya comido, Loretta, ayúdala a vestirse.

—Sí, señora.

—Siempre me visto yo sola, mamá.

—No tienes que seguir haciendo las cosas como las hacías antes, Caldonia.

—De momento así será.

Loretta y Maude salieron juntas. Ya en la planta baja, Loretta fue a la cocina y Maude salió al porche donde sabía que encontraría a Calvin.

—Espero que no hayas ido a verla tan temprano por la mañana, mamá —dijo Calvin. Estaba apoyado en una columna con los brazos cruzados. Él había llevado al hombre blanco de Carolina del Sur ante su padre—. Con toda esa historia del legado. No tendría que oír esas cosas tan pronto después de enterrar a Henry.

—Calvin, cada día de tu vida me causas mayor sufrimiento —dijo Maude junto a la otra columna.

Después de la muerte de Tilmon, ella se dio cuenta de que su

esposo había conocido al abolicionista, aquel hombre blanco de
Carolina del Sur, solo por culpa de su hijo. A los pocos meses de
aquel día, Maude enfermaría terriblemente y se mantendría así
durante años. Calvin permaneció a su lado, una especie de enfermero para una madre que en realidad ya no lo apreciaba. «A fe mía
—le dijo el doctor blanco a Calvin al tercer año de la enfermedad
de su madre—, que no soy capaz de averiguar lo que la aqueja».

—Lo siento, mamá —le dijo ahora Calvin a Maude—. Por
todo ese sufrimiento.

Se le hacía cada vez más difícil pensar en una razón para
quedarse en Virginia. Mientras cavaba la tumba de Henry, había pensado que hablaría con Caldonia para que pusiese en libertad a esclavos, pero ahora sabía que la mente de ella no iba
por esos derroteros. Además, su madre era temible.

Maude se acercó a él.

—No es culpa tuya, Calvin. Somos lo que Dios deposita en
nosotros. —Ella le tocó el brazo y él la miró brevemente—. No
quiero que hables con Caldonia sobre la venta de su legado. No
quiero que le digas que puede ser feliz en algún lugar lejano sin
todo esto. —Él puso una mano sobre la suya, la mano que ella
tenía en su brazo—. No trates de meterle tus sueños en la cabeza.

—Nada más lejos de mi intención, mamá.

Maude entró en la casa y volvió a salir instantes después.

—Quiero que sepas que tengo un legado para ti, lo quieras
o no.

—La verdad es que no lo quiero.

Esperaba que ella le recordara que vivía en su casa, que estaba atendida por esclavos. Comía la comida que ellos preparaban. Dormía en una cama que ellos habían hecho. Vestía ropas
que ellos limpiaban.

—Aun así. Lo tengo, Calvin. Con Caldonia viviendo su vida,
no tengo a nadie más que a ti para darlo. Todos los demás han
muerto. Te lo dejaré todo a ti. Posiblemente no me permitirán
llevarme mi legado al cielo, de modo que te lo dejaré a ti.

Volvió a entrar en la casa.

Más tarde, aquella misma mañana, los esclavos de los campos volvieron a sus tareas. Solamente quedaron exentos los menores de cinco años, atendidos en la cocina de Caldonia por Delores, que tenía siete años. Algunas semanas, Tessie, Celeste y el hijo de seis años de Elias cuidaban de los niños pequeños. Aunque era domingo, un día en el que Henry siempre los dejaba descansar de los otros seis, Moses el capataz decidió por su cuenta que volviesen al trabajo. Valtims Moffett llegó muy temprano para predicar y se sorprendió de verlos en los campos. Se limitó a vociferar unas pocas palabras mientras ellos trabajaban y se marchó sin esperar a que le pagasen. Cuando Calvin —menos de dos horas después de que los esclavos, incluida Celeste, embarazada de cuatro meses, fuesen a los campos— supo lo que Moses había hecho, habló con Caldonia y ella le dijo que no quería que se trabajase aquel día. Calvin salió y les dijo a todos que saliesen de los campos y volviesen a sus cabañas.

—Caldonia no quiere que hagas nada más por tu cuenta —le dijo Calvin a Moses. Moses le molestaba de un modo que nunca había podido comprender y le gustaba bajarle los humos—. No hagas nada sin consultar con ella primero. O conmigo.

—Sí, señor Calvin —dijo Moses—. Ahora lo entiendo.

Calvin se detuvo en la entrada del callejón y presenció el regreso de los esclavos en grupos de dos y de tres, con los niños dando brincos delante. Se había esforzado por aprenderse todos sus nombres, del mismo modo que sabía los nombres de todos los esclavos de los lugares que visitaba a menudo. Saludaba a la gente que se cruzaba con él y que en su mayor parte se paraba a hablar y lo llamaba «señor Calvin». Los niños se mostraban siempre tímidos con él y de nuevo volvió a preguntarse qué les habrían contado sobre él y la gente como él.

—Dígale a la señora que no se preocupe —le dijo Stamford a Calvin, el hombre que se desvivía por la carne joven, el hombre a quien Gloria había rechazado—. Dígale a la señora que le ha dicho Stamford que no se preocupe.

—No, no la deje preocuparse, amo —dijo Priscilla, la esposa

de Moses—. No sería bueno que la pobrecita se preocupase
demasiado.

Los otros esclavos pasaron de largo; conocían bien a Stamford y a Priscilla.

—Dígale a la señora —dijo Stamford— que el amo Henry
se ha ido directamente al cielo. Llegó a sus puertas y el Señor se
las abrió enseguida y le dijo: «Amo Henry, llevo mucho tiempo
esperándote. Pasa, no te quedes ahí. Tengo un lugar especial
para ti, amo Henry, justo aquí a mi lado». Dígale a la ama que
Stamford dicc todo eso, amo Calvin.

—Se lo diré —dijo Calvin, tratando de recordar si Caldonia
conocía todos sus nombres.

En una ocasión, a los veinte años, había ido a pasar aproximadamente una semana con un amigo cerca de Fredericksburg
y se había encontrado con un hombre, esclavo de un hombre
blanco, al regresar a casa cuando ya se hacía de noche. El esclavo conocía al amigo de Calvin, un hombre liberado cuya familia
había tenido un esclavo, pero lo vendieron porque no podían
permitirse mantenerlo. Calvin y su amigo estaban ebrios.

Alice llegó hasta ellos y metió la cabeza entre Priscilla y
Stamford y le cantó a Calvin:

—El amo murió, El amo murió. El amo se muere en su tumba.

—¿Cómo estás, Alice? — dijo Calvin.

Algo llamaba la atención en relación con la forma en que el
esclavo de la carretera de Fredericksburg se había quitado tan rápidamente el sombrero ante el amigo de Calvin y luego ante Calvin. «¿Cómo está usted esta noche, señor Ted?», le había dicho el
hombre al amigo de Calvin antes de volver a ponerse el sombrero.
Mientras el amigo y el hombre hablaban sobre nada en particular y los murciélagos empezaban sus vuelos nocturnos, Calvin se
acercó y de un manotazo le quitó el sombrero de la cabeza a aquel
hombre. No sabía lo que le había pasado. La bebida, supuso más
tarde. Siempre se volvía más agresivo cuando bebía. Nunca volvió
a ver al esclavo, y lo mejor que Calvin pudo ofrecer como disculpa
fue no volver a beber nunca.

—Oh, vete de aquí ya, tú. Deja de alborotar —le dijo Priscilla a Alice, que retrocedió y se alejó a saltos.

—¿Cuándo la luna vendrá? —canturreaba—. ¿Cuándo la luna vendrá? Quiere el sol saber cuándo la luna vendrá.

Calvin volvió a la casa. Faltaba mucho para las doce y pensó que aún quedaba buena parte del domingo para disfrute de todos ellos. El hombre de la carretera de Fredericksburg se había quedado atónito, al igual que el amigo de Calvin. «Vamos, pégame por haberte hecho eso —le había dicho Calvin, con los puños preparados a los lados—. Pégame. Dame un buen golpe por haberte hecho eso». Sabía que aquel hombre nunca haría tal cosa y se odiaba por saber la razón por la cual no podía hacerlo. Si el hombre le hubiese dado un buen golpe, Calvin no habría respondido, simplemente habría dejado que le pegase hasta tirarlo al suelo.

Calvin volvió del paseo a la casa y contempló a los esclavos dispersos entre las cabañas y pensó en voz alta, de modo que cualquiera que estuviera a pocos metros de él podría haberlo oído:

—Nuestro Henry ha muerto.

Deseó que Louis estuviese con él, aunque sabía que no había nada que decir y nada que hacer. Su interés por el hombre del ojo viajero no tenía solución. Tal vez Nueva York pudiese ayudarlo a alejar el amor, junto con todo lo demás. Llegó hasta los escalones de la casa y se detuvo a contar cada escalón por primera vez. Sus sentimientos hacia Louis estaban allí desde tiempo atrás, pero hacía dos meses había comprendido que todo era imposible y que para salvarse a sí mismo lo mejor que podía hacer era marcharse.

Habían ido a nadar a un arroyo, como solían hacerlo a menudo en su infancia después de sus clases con Fern Elston. Enseguida se cansaron y salieron del agua, Louis detrás de Calvin, y se tumbaron en la orilla, a pocos centímetros de distancia uno del otro. Louis hablaba sobre alguna mujer en la que estaba interesado y describía todo lo que había llamado su atención desde un principio. Esa había sido durante mucho tiempo su relación con Calvin, contarle tal o cual cosa en la que hubiese fijado su atención. Estaban tumbados, y Calvin, por su parte, miraba a Louis, que estaba

ligeramente incorporado sobre sus codos. Calvin había observado
un diminuto charco de agua y sudor que se había formado en un
pequeño hueco en la base del cuello de Louis. El charco permaneció allí la mayor parte del tiempo, durante toda la charla sobre la
mujer aquella, con leves vibraciones que alteraban la superficie del
agua conforme las palabras salían de la boca de su amigo. Mucho
antes de que Louis terminara, Calvin deseó inclinarse sobre él y
beber del pequeño charco con su lengua. Lo habría hecho, justo en
ese instante final, pero Louis movió ligeramente la cabeza y toda el
agua se derramó sobre su pecho. Calvin se levantó y dijo que quería irse a casa. Algún día, se dijo, llamaré a Nueva York mi hogar y
todo esto quedará muy lejos. Pero ni siquiera después de sus muchos años como enfermero de Maude llegaría a ver Nueva York.

Calvin subió las escaleras de la casa de Caldonia y se entretuvo
en el porche, de pie junto a la columna de la derecha. Si hubiese llegado a beber, sabía que Louis habría intentado matarlo allí mismo.
«Nueva York», como le escribió en una carta a un amigo, ayudaría.
No conocía a nadie allí, ni a un alma, a menos que el perro congelado pudiese ser tenido en cuenta. Entre sus posesiones figuraba
una de las primeras fotografías realizadas de la vida en la ciudad
de Nueva York: una familia blanca completa sentada en su porche.
Parecían vivir en una granja de aquella ciudad y a cada lado de su
casa Calvin podía ver árboles y un espacio vacío que se extendía
por lo que parecía ser un valle, al menos en la parte izquierda de la
fotografía. Algunos de los rostros estaban borrosos, allí donde las
personas se habían movido justo en el momento de hacerse la foto.
En el jardín delantero, aislado, aparecía un perro mirando hacia
la derecha. El perro estaba de pie, con la cola estirada, como preparado para reaccionar ante la primera palabra de alguna de las
personas del porche. No había nada borroso en el perro. Desde el
primer instante, al ver la fotografía, a Calvin le había intrigado saber qué era lo que llamaba la atención del perro y lo había inmovi-
lizado para siempre. Tenía la minúscula esperanza de que, cuando
fuese a Nueva York, podría llegar a encontrar la casa y a aquellas
personas y a aquel perro y averiguar lo que lo había petrificado.

Había todo un mundo allí afuera, a la derecha, que la fotografía no había recogido. Fuese lo que fuese, tal vez era lo suficientemente poderoso, lo suficientemente maravilloso, como para esperar a que Calvin llegara y lo viera y lo conociera por sí mismo.

Aquel domingo, Stamford dejó a Priscilla y fue a buscar a Cassandra, la hija de Delphie, para pedirle una vez más que fuese su mujer. Ahora que Gloria se mostraba fría con él, Stamford sabía que necesitaba otra carne joven que la reemplazara. El invierno llegaría antes de darse ni cuenta. El hombre que le dijo a los doce años que la carne joven lo ayudaría a sobrevivir a la esclavitud tenía los dientes más horribles que uno pueda imaginar. Pero parecía disponer de toda la carne joven que pudiese aceptar. «La carne joven —le dijo en una ocasión el hombre—, te volverá loco si se lo consientes. Tienes que domar esa carne joven para que no te vuelva loco».

Stamford llamó suavemente a la puerta de la cabaña de Cassandra.

—¿Cassandra, estás ahí? —Unos meses antes la había abierto después de haber llamado durante unos cinco minutos y Cassandra se había acercado hasta él y le había dado un puñetazo en pleno rostro. Había intentado ser paciente desde entonces, pero la paciencia no era cosa que hubiese tenido jamás—. Cassandra, cielo, ¿estás ahí?, soy yo, Stamford.

La puerta de la cabaña se abrió y apareció Cassandra con las manos en las caderas. Celeste lo observaba desde su puerta al otro lado del callejón y movía la cabeza. La historia de su persecución de Cassandra había pasado de cómica a triste y ahora volvía a ser cómica.

—Hombre, estoy cansada de escucharte, ¿oíste? Déjame ya tranquila. Estoy harta de cualquier cosa que tengas que decirme.

—Oh, cariño, ya me conoces. Soy Stamford. Soy tu dulce Stamford.

Ella se metió en la habitación y volvió con un trozo de madera.

—Si no me dejas tranquila, te voy a partir la cabeza con esto. Lo digo en serio, Stamford.

—Pero, cariño, soy yo, tu dulce Stamford. No hablas en serio.

Le dio dos veces en la cabeza y el polvo y la suciedad de la madera se levantaron en el aire y se asentaron en la cabeza de Stamford.

—Aquí tienes a tu cariño —dijo ella—. Este es todo el cariño que puedes recibir de mí. Así que tómalo y lárgate.

Volvió a darle otras dos veces y él retrocedió rápidamente, justo a tiempo de evitar que se asentaran en su cabeza más polvo y más suciedad.

—Esta no es manera de tratar a tu hombre, cariño.

Volvió la noche siguiente, después de que Moses los relevara a todos de sus tareas en los campos. Llegó más tarde de lo habitual, pues había esperado a que no hubiese nadie para robar unas flores del jardín de Caldonia.

—Cariño, tengo algo para ti, cariño.

Podía oír a Cassandra y a Alice y a Delphie en la cabaña. Oía a Cassandra decirle a una de las otras dos mujeres que saliese a ver qué quería, y Alice abrió la puerta de par en par. Sus ojos se dilataron a la vista de las flores, un puñado de rosas rojas y un par de begonias no muy lozanas. Alice se puso a bailar a su alrededor.

—¿Qué pasa, Alice? ¿Qué te está haciendo? —dijo Cassandra.

Llegó a tiempo de ver a Alice apoyarse en la jamba de la puerta, inclinarse y dar un mordisco a las rosas. Las masticó, las tragó y volvió por más al tiempo que Stamford se apartaba.

—Tú, chica, ¿por qué haces eso? Que Dios tenga piedad —dijo Stamford—. Que Dios la perdone.

—Te lo tienes merecido —dijo Cassandra—. Robas y luego quieres que yo participe de tu robo. Entra, Alice. —Y cerró la puerta.

Lo que quedaba de las flores seguía junto la puerta a las dos de la mañana cuando Alice volvió de su vagabundeo. Las introdujo en la casa y dejó el pequeño ramo junto a la durmiente Cassandra en su camastro.

Stamford podría haber vuelto a la noche siguiente, pero la noche que robó las flores se había despertado de un sueño que no podía recordar. El sueño se deshizo en pedazos tan pronto como se sentó en su camastro, pero entonces le vino a la mente el pensamiento de su madre y su padre. No los había visto en más de treinta y cinco años. Los llamó en la oscuridad y no recibió respuesta. Tenía cuarenta años. Se sentó en su camastro y empezó a pensar que nunca más tendría carne joven, que se marchitaría y moriría solo en la esclavitud. Allí, en la oscuridad, se dio cuenta de que ni siquiera recordaba los nombres de sus padres. ¿Tenían nombres?, se preguntó, mientras la cabaña retumbaba con los ronquidos de los otros dos hombres. ¿Tenían nombres? Debían de tenerlos, se dijo. Todos los hijos de Dios tienen nombre. Dios no permitiría que fuese de otro modo. Si sus padres no tuvieran nombres, entonces tal vez no habían existido, y de ser así, no podrían haberlo creado a él. Tal vez él ni siquiera había nacido, sino que había aparecido un buen día como niño pequeño y alguien, al verlo solo y desnudo en algún callejón, se había apiadado de él y le había dado un hogar. No tiene madre ni padre, denle a ese pobre muchacho un hogar.

Stamford volvió a acostarse y trató de encontrar una posición cómoda sobre la paja. Dio vueltas y más vueltas hasta acomodarse sobre un costado. Lo preocupaba no ser capaz de recordar sus nombres. Tal vez si hubiese pensado más en ellos a lo largo de su vida. Cerró los ojos y agarró a sus padres de las manos y los llevó por toda la plantación donde los había visto por última vez, su madre de la mano izquierda y su padre de la mano derecha. Pero eso no lo hizo sentirse bien, de modo que agarró a su padre de la mano izquierda y a su madre de la mano derecha y eso lo hizo sentir mejor. Los dejó en el exterior del ahumadero, que tenía un agujero en la parte posterior del tejado. «Los fantasmas entran por ese agujero y te llevan con el demonio —le había dicho una vez un chico mayor que él. Stamford tenía cinco años y no hacía mucho que sus padres habían sido vendidos—. Di el nombre de Jesús tres veces y los fantasmas te dejarán en paz». «Jesús Jesús

Jesús». «Tienes que decirlo más rápido para que los fantasmas te dejen en paz». «JesúsJesúsJesús». «Eso ya suena mejor».

Stamford acomodó a su madre y a su padre delante de la cabaña que habían compartido con otra mujer, pero seguía sin acordarse de los nombres. Se separó un momento para tocarse el ombligo y eso le dijo que en alguna ocasión había sido el recién nacido de alguien, había formado parte de una mujer verdadera y viva que había estado con un hombre verdadero. Tenía ombligo y esa era la prueba de que en algún momento había pertenecido a una madre. Mentalmente, Stamford volvió a levantar a sus padres y los puso delante de la gran casa del amo, los puso delante del amo y de la señora, los puso delante de los hijos del amo, grandes y pelirrojos y gritones como tres toros furiosos. Los puso en los campos, los puso en el cielo y por último los dejó delante del cementerio, donde no había nombres. Y eso fue todo: su madre se llamaba June, así que abrió su mano derecha y la dejó ir. El nombre de su padre no le vino a la cabeza, por mucho que intentase ponerlo por toda la plantación. Tal vez Dios se había despistado en aquella ocasión. Stamford se quedó dormido y justo antes del amanecer despertó y dijo en la oscuridad: «Colter».

Entró en una especie de duelo por sus padres y no volvió a la casa de Cassandra. Pero le daba miedo la muerte y por eso, después de cuatro días, se le metió en la cabeza que Gloria podría aceptarlo de nuevo incluso aunque dijese que no quería tener nada que ver con él. La observó ir de un lado a otro por varios días, y el jueves en la noche, al volver de los campos, se acercó furtivamente a ella, que volvía de la cabaña de Celeste y Elias, y le dijo:

—¿Qué has estado haciendo, cariño?

—Eso no es asunto tuyo.

—Es asunto mío, por todo lo que siento por ti.

—Pues vete a sentirlo a otro sitio, porque yo no quiero que lo sientas aquí.

Intentaba ser paciente, así que la dejó tranquila durante un par de días. A la hora del almuerzo, Stamford encontró a Gloria en un lugar apartado del campo donde ella trabajaba, y estaba comiendo con Clement, el último esclavo que Henry había comprado antes de morir.

—¿Qué haces tú con Gloria? —le preguntó a Clement.

Gloria se echó a reír y eso dio a Clement licencia para ignorar a aquel hombre más viejo. Ambos siguieron comiendo, algunos panecillos, un poco de melaza.

—Te he preguntado qué haces con Gloria. Ella no está contigo.

—A mí me parece que sí —dijo Clement.

—Y a mí me parece que también —dijo Gloria.

Stamford se inclinó hacia delante y empujó el hombro izquierdo de Clement.

—Déjalo ya, Stamford, si sabes lo que te conviene —dijo Clement.

—Ya está bien, Stamford —dijo Gloria, dejando su comida a un lado.

—Déjame en paz, si sabes lo que te conviene —dijo Clement. Compartía la cabaña con Stamford y siempre se habían llevado bien.

—Oh, yo ya sé lo que me conviene. Me parece que el único que no lo sabes eres tú.

Volvió a empujar al hombre y Clement le apartó la mano. Cuando volvió a empujar, Clement se levantó.

—Te voy a denunciar con Moses, Stamford —dijo Gloria, levantándose también.

Stamford abofeteó a Clement y Clement lo golpeó en la cara, primero con un puño y luego con el otro. Gloria gritó y las otras mujeres que estaban cerca empezaron a gritar también. Stamford empezó a caerse con el segundo puñetazo y todos aquellos gritos parecieron empujarlo más en su caída. Clement se subió encima y siguió golpeándolo con los puños.

—Que me dejes tranquilo es todo lo que quiero —decía Clement—. Que me dejes tranquilo, nada más. Déjame en paz. Déjame déjame déjame.

Gloria fue corriendo a buscar a Moses y a Elias y a los otros hombres, y las mujeres intentaron separar a Clement de

Stamford, que ahora era todo sangre y magulladuras y estaba tumbado y totalmente inmóvil.

—¡Stamford —gritó Celeste—, no te mueras! No estaría bien —y Tessie repitió lo que su madre acababa de decir, palabra por palabra.

Las mujeres levantaron a Stamford antes de que llegaran los hombres. Luego cuatro de los hombres llevaron a Stamford a su cabaña y Moses, que no era uno de los cuatro, les ordenó a todos que volviesen al trabajo. No quiso llevar la noticia a la casa, a Caldonia; se supone que un capataz sabe manejar todos esos pequeños asuntos, como Henry le había dicho en una ocasión. Pero cuando llegó a la cabaña y vio el estado en que estaba Stamford, supo que no podía ocultarlo. Celeste y Delphie lo siguieron a la cabaña y empezaron a atender a Stamford.

—Dios mío, ¿qué tendrá este viejo loco en la cabeza? —dijo Delphie. Ella era tres años mayor que Stamford.

—Hagan todo lo que puedan para que se mejore —les dijo Moses a las mujeres—. Ahora vuelvo.

Stamford parpadeaba y cuando no parpadeaba sus ojos se centraban en una telaraña que colgaba de una esquina del techo. Quería decirle a la gente que lo estaba tocando que la telaraña era la mano del fantasma, lo que indicaba que estaba en camino. Abrió la boca y a través de la sangre y de los dientes rotos le dijo a la telaraña:

—JesúsJesús. . .

Moses llegó a la casa y vio a un hombre blanco que subía las escaleras con un gran libro debajo del brazo. En la parte posterior de la casa, Moses llamó a la puerta, y Bennett, el marido de la cocinera, le abrió.

—Stamford está herido —le dijo a Bennett—. Alguien de aquí debería saberlo.

—¿Malherido? —preguntó Bennett. Había sido amigo de Stamford.

—Tal vez herido de muerte —dijo Moses.

—Oh, Dios mío. Ahora mismo voy a decírselo —dijo Bennett.

El hombre en la entrada principal era de la Atlas Life, Casualty and Assurance Company, una aseguradora con sede en Hartford, Connecticut. Su conversación con Calvin en la puerta fue lo que entretuvo tanto a Bennett. Calvin llegó al fin con Bennett y cuando Moses le contó lo que pasaba, Calvin se fue y volvió con Caldonia, seguida por Maude y Fern Elston. Calvin le había dicho al hombre de Atlas que su hermana no estaba interesada en asegurar a sus esclavos.

—Está malherido, ama —le dijo Moses a Caldonia—, por lo que he podido ver.

Caldonia le dijo que fuese con ella y todos siguieron a Caldonia para cruzar la casa, mientras Maude le preguntaba a Moses dos veces si tenía los zapatos limpios y Caldonia le decía a su madre:

—Déjalo en paz, mamá.

Henry, siguiendo el consejo de William Robbins, nunca había hecho asegurar a sus esclavos, y su viuda, al menos aquel día, seguía ahora los pasos de su difunto esposo.

Maude y Fern se quedaron en la casa y enseguida Moses y Caldonia y Calvin llegaron a la cabaña de Stamford. Su ama se acercó a él y se arrodilló junto a su camastro. El hombre de la Atlas Life, Casualty and Assurance Company ya estaba para entonces en la carretera, en su calesa. La gente de Hartford, Connecticut, sabía por experiencia que una mujer era más propensa a contratar un seguro para sus esclavos que un hombre.

—¿Stamford? —dijo Caldonia—. ¿En qué lío te has metido ahora? —Tomó el trapo que Celeste sostenía en sus manos y limpió el resto de la sangre del rostro del hombre—. Celeste, ve a buscar más trapos, por favor.

Loretta, que había curado a muchos en la plantación, entró con una caja de trapos limpios que usaba como vendas, y se arrodilló junto a Caldonia.

—¿Qué voy a hacer contigo? —le preguntó Caldonia a Stamford a la vez que cogía trapos de la caja de Loretta.

Stamford dejó de parpadear y se concentró en la telaraña y en tratar de levantar un brazo para advertir a todos los que se encontraban en la cabaña. Viene el fantasma, viene el fantasma, creía estarles diciendo. Sus ojos y sus mejillas se hinchaban rápidamente; no relacionaba eso con los puñetazos que había recibido. Sentía que la hinchazón era resultado del poder del fantasma. La puerta de la cabaña estaba abierta y al entrar el viento la telaraña se movió furiosamente. Miren a ese fantasma, creía Stamford que les estaba advirtiendo. Déjanos tranquilos. No te hemos hecho nada. JesúsJesús. . .

Una vez que terminaron de limpiarlo, se quedó dormido. Se despertó hacia las tres y Delphie estaba allí con un poco de sopa que Zeddie la cocinera había traído de la casa por orden de Caldonia. La puerta estaba cerrada mientras Delphie le daba de comer, y de algún modo, en el tiempo en que estuvo dormido, la telaraña había desaparecido. Su rostro era una pelota hinchada, pero Delphie se las arreglaba para darle la sopa. Comió y no dejó de pensar en que el hecho de decir «Jesús» rápido había funcionado. Tuvo la cabaña para él solo aquel día y aquella noche, pues Moses había enviado a Clement y al otro hombre a dormir a otro sitio. Delphie durmió en uno de sus camastros. Loretta se pasó otras tres veces por allí para comprobar su estado: a las siete, a las diez y a las cinco de la mañana siguiente. Fue la visita de las diez en punto la que le indicó que todavía era posible que viviera. En la de las cinco en punto, ya no tuvo duda.

Ninguna póliza de Atlas habría pagado a Caldonia la semana y media que Stamford estuvo sin trabajar. Las pólizas por esclavos heridos durante el trabajo no se suscribirían hasta unas semanas más tarde. (Dado que todo había sucedido en los campos, ella podría haber eludido el asunto calificándolo como una lesión por accidente laboral, en cuanto que el agente no había ido a ver a Stamford personalmente). Esas pólizas por accidente laboral se establecieron porque un agente de Carolina del Sur escribió a Hartford para explicar que muchos de sus clientes reclamaban seguros para sus esclavos heridos durante la realización de sus trabajos. Hombres y mujeres estaban perdiendo brazos y piernas, padeciendo todo tipo de enfermedades directamente relacionadas con sus trabajos, decía el agente en su carta a Hartford. Y los clientes buscaban cierta compensación por ello. En el momento de la paliza de Stamford, existía una póliza, por una prima de 25 centavos al mes, que hubiese compensado a Caldonia en caso de muerte. No le habrían pagado el precio que Henry pagó por Stamford, 450 dólares, porque Stamford era ahora mucho más viejo. Pero el dinero habría sido de gran ayuda para comprar otro esclavo, alguien más fuerte y sin duda más capaz de defenderse.

El hombre de Atlas había acudido el día de la paliza porque Maude le había mandado recado de que su hija recientemente enviudada necesitaba toda la ayuda que fuera posible. Maude tenía pólizas sobre todos sus esclavos. En su viaje de vuelta aquel día, el hombre de Atlas anotó mentalmente que la próxima vez tendría que insistir en ver a la señora de la casa y no aceptar una respuesta de un pariente masculino que no conocía las ventajas de los productos de Atlas. Una respuesta negativa, había pensado la gente de Hartford, solo preparaba el terreno para una respuesta positiva.

Stamford no volvió a perseguir ni a Gloria ni a Cassandra. Aunque el fantasma se había ido de su cabaña, empezó a pensar que no le quedaba mucho tiempo en el mundo, que ninguna carne joven volvería a quererlo nunca más. Se volvió aún más difícil y se metió en más peleas aún con otros hombres. Incluso maldecía a los niños cuando no había cerca ningún adulto para espantarlo. Los niños del callejón empezaron a decir que era un hombre que había renunciado a toda comida humana. Ahora Stamford solo comía clavos, decían, clavos oxidados, y solo bebía agua sucia, cuanto más sucia mejor.

Conoció a un esclavo de una plantación vecina y ese hombre le daba de vez en cuando un brebaje que, según decía aquel hombre, era mejor que el *whisky* que bebían los blancos. El ingrediente básico del brebaje eran papas fermentadas durante meses. Contenía otras cosas, en su mayor parte las cosas que el hombre encontraba a mano de forma casual: hojas, insectos muertos, patas de pollo, periódicos, trapos sucios, agua salobre. Todo eso iba a parar al brebaje. Y durante un tiempo después de beberlo, el cuerpo entraba en un estado agradable, un lugar que al hombre del brebaje le gustaba llamar cielo en la tierra. El efecto era breve y si el bebedor no se iba a dormir de inmediato, le daba una jaqueca peor que si se le hubiese caído un árbol encima de la cabeza, pues aquello solamente lo bebían hombres.

Poco más de tres semanas después de que Clement lo golpeara, Stamford bajaba andando hacia el callejón. Había bebido de ese brebaje el día anterior y le dolía horrores la cabeza. Veía borroso. Era domingo por la tarde y llovía. No recordaba dónde había estado, pero ahora se dirigía a la cabaña de Delphie. El callejón embarrado estaba vacío excepto por la presencia de Stamford y uno de los tres gatos del lugar al que no le importaba estar a la intemperie bajo la lluvia.

Llamó la puerta de Delphie y ella abrió antes de que fuera necesario un segundo golpe.

—He estado pensando que por qué no nos juntamos tú y yo —dijo Stamford.

La cabeza, aunque le dolía, estaba más despejada que aquella misma mañana, pero no lo suficiente como para distinguir la diferencia exacta entre lo que estaba bien y lo que estaba mal.

—¿Qué? —dijo Delphie. Había ayudado a su curación después de su pelea con Clement lo mejor que había podido, y al ver que pasaba a prestar atención a otras cosas ella había vuelto a ocuparse de sus propios asuntos.

Stamford sonrió. El camino que lleva hasta la carne joven pasa por el bosque de las anchas sonrisas, le había aconsejado el hombre cuando Stamford tenía doce años. Pero la carne joven merece la pena. Stamford sonrió un poco más.

—Tú y yo. Los dos juntos. Tú y yo juntos como una pequeña familia, eso es lo que estoy diciendo.

Si no podía conseguir carne joven, agarraría lo que pudiera conseguir. El invierno se echaría encima antes de que se diera ni cuenta.

Delphie salió de la cabaña. No estaba sonriendo porque no estaba muy contenta. Los hombres como él nunca vivían demasiado. Morían y eran olvidados en un par de semanas.

—Yo no querría eso, Stamford. En absoluto.

—Seguro que sí. Seguro que sí lo querrías. Te estoy diciendo que tengo lo que a ti te falta, cielo. Te puedo dar eso y mucho más. —En invierno, le había aconsejado el hombre al muchacho, puedes envolverte con toda esa carne joven y así no tienes que salir hasta la primavera. Te quedas hibernando como los osos—. Dame una oportunidad de mostrarte lo que tengo, cielo. Solo una oportunidad.

Delphie miró a un lado y otro del callejón. Justo entonces la lluvia era suave, no fuerte, y pudo verlo simplemente por cómo los escasos retazos de hierba no se inclinaban ni se mezclaban al ser golpeados por la lluvia. Sus ojos volvieron a Stamford y se dio cuenta de que lo compadecía más de lo que nunca había compadecido a ningún ser humano. Más incluso que a un niño tendido, muerto y huérfano, en la carretera. Recordó las palabras que Stamford había pronunciado en sus sueños en los días posteriores a la paliza que le diera Clement.

Stamford se acercó y le tocó el pecho. La teta, según había informado el hombre al muchacho, es la que tiene la última palabra en una mujer, ya sabes lo que quiero decir. Tienes que decirle lo que deseas incluso cuando la boca de esa maldita carne joven diga lo contrario de lo que tú deseas. Háblale primero a la teta y la puerta se abrirá sin más.

Delphie apartó la mano de Stamford de su pecho, con firmeza, y Stamford la dejó caer a un lado. Su sangre había empapado siete grandes trapos. Con la otra mano Stamford se limpiaba la lluvia del rostro, pero no servía de nada porque estaba de pie a

la intemperie y más lluvia cubría rápidamente su rostro. Al final,
él vio lo mismo que ella. La lluvia se detuvo durante unos diez
segundos, y entonces, con la boca todavía inmovilizada en una
sonrisa, Stamford miró a su alrededor buscando el motivo de ese
nuevo silencio. Cuando volvió en sí, ella estaba esperando.

—Jamás estaría contigo —dijo. La lluvia volvió. Delphie
se acercó más a él y durante ese preciso instante él se sintió
esperanzado, olvidó las palabras de ella y absorbió su olor. Delphie apoyó las manos en los hombros de Stamford, se agarró
a ellos para tomar su medida completa—. Tú pesas demasiado
para poder cargar contigo, Stamford. He cargado con hombres
pesados y sé que pueden romperte la espalda. Solo tengo esta
espalda y no quiero que se me rompa otra vez, al menos no en
los próximos cincuenta años.

Delphie retrocedió, se dio la vuelta y entró a su casa. Estaba
acostumbrada a cuidar de la gente, a tratar de curarla, y por
eso dejó pasar un largo instante antes de cerrar la puerta, y
cuando por fin la cerró no hizo ningún ruido.

Stamford se metió de lleno en el centro del callejón, en el
fango. El hombre, el consejero, guardaba silencio en su cabeza. Se alejó distraído del lugar al que inicialmente se dirigía y
avanzó con dificultad a través del fango hacia la casa de Caldonia. Mientras la lluvia arreciaba, comprendió que de hecho se
estaba alejando de su propia cabaña y se dio la vuelta y a través
de la fuerte lluvia intentó adivinar qué cabaña era la suya. Bajó
por el callejón. El barro lo arrastraba. Siguió caminando y poco
a poco tomó conciencia de su entorno. Pasó de largo la cabaña
de Celeste y Elias. Se detuvo. Llueve, pensó. Demonios si no
llueve a cántaros aquí afuera.

Estuvo allí de pie mucho tiempo, y cuanto más tiempo estaba,
más se hundía. Todo el ánimo que tenía para vivir en el mundo
empezó a abandonarlo. Podía sentir la vida bajar por su pecho, sus
brazos y piernas, dándole al suelo algo que jamás había sido capaz
de darle a él. Si Dios le hubiese preguntado si estaba preparado,
justo entonces, solamente habría habido una respuesta. «Llévame

a casa. O escúpeme en el infierno, ya no me importa. Lo único que quiero es que me lleves lejos de aquí».

Siguió caminando, entorpecido por el fango.

Cuando se aproximaba a su cabaña, otra puerta se abrió y Delores, de siete años, salió de su casa con un cubo en la mano. Al llegar al callejón, con Stamford a menos de un metro de distancia, resbaló y se cayó en el fango.

—Condenada tonta —dijo Stamford, mientras ayudaba a la niña a levantarse—. ¿Qué haces aquí en medio de todo este caos?

—Voy a buscar arándanos —dijo Delores.

En una parte del mundo, muy a la derecha de las cabañas, cayó un rayo y desapareció rápidamente, antes de que el hombre o la niña se diesen cuenta de lo que había pasado.

—¿Qué? —dijo Stamford—. ¿No tienes el sentido que Dios te dio, muchacha?

Si conocía su nombre, hacía mucho tiempo que lo había olvidado.

—Claro que lo tengo —dijo Delores—, así que déjame tranquila. —Ella y Tessie, la hija mayor de Celeste y Elias, eran los únicos niños del callejón que no le tenían miedo a Stamford y que no se preocupaban por su dieta de clavos y agua sucia—. Déjame en paz.

Stamford le entregó el cubo.

—¿Adónde demonios vas con toda esta lluvia, muchacha?

—Ya te lo he dicho: voy a buscar arándanos —dijo. Ni el hombre ni la muchacha se percataron de que el hermano de Delores, Patrick, de cuatro años de edad, estaba de pie en el umbral de su cabaña. Su hermana le había dicho que se quedara dentro con la puerta cerrada hasta que ella volviera—. Voy a recoger arándanos. Ahora déjame tranquila para que me pueda ir.

Se enjugó la lluvia de los ojos y le parpadeó a Stamford.

—¿Arándanos? —Él miró alrededor hacia las cabañas como si el terreno de los arándanos estuviese a unos pasos—. ¿Dónde está tu mamá?

—Está arriba en la casa trabajando.

—¿Dónde está tu papá? —preguntó Stamford.

—En el establo ayudando con el caballo enfermo.

—Señor, Señor —dijo Stamford—. Dame esa maldita cosa. Dame ese cubo.

—Lo necesito para mis arándanos. Mi hermano y yo queremos arándanos. —Miró hacia la cabaña y vio a su hermano—. ¿No te he dicho que te quedes dentro? —le gritó a Patrick, que encogió los hombros y luego le sacó la lengua, algo que su padre le había dicho que no hiciera nunca. Patrick cerró la puerta de un portazo.

—Yo iré a buscar esos malditos arándanos y tú entra en la casa —dijo Stamford. Los truenos y los relámpagos estaban más cerca, y Stamford era ya consciente de que lo que se avecinaba era algo más que lluvia. Miró a la niña y al cubo—. Yo recogeré esas malditas cosas.

Sabía que iba a morir, pero pensó que este pequeño asunto podría proporcionarle un minúsculo asiento en un apartado rincón del cielo por el que nadie se preocupara. Ese rincón del cielo reservado para los tontos, las personas demasiado estúpidas para escapar de la lluvia. La gente llegaba a ese rincón por la puerta trasera del cielo.

—¿Me lo prometes? —dijo Delores.

—Si lo digo, lo digo muy en serio, maldita sea. Ahora entra en la casa antes de que te mates.

La niña entró en la casa. Stamford vació la lluvia que se había acumulado en el cubo desde que la muchacha había salido de la casa. Se dirigió hacia donde sabía que estaban los arándanos, de nuevo la única persona en el callejón. Había oído hablar de una planta venenosa que un hombre había tomado para pasar al otro lado, pero dado que Stamford nunca había pensado que desearía morir, con toda la carne joven que había en la tierra, no había tomado nota de qué planta era aquella ni dónde podía encontrarse. Una mujer de una plantación del condado de Amelia había afilado una piedra y se había cortado las dos muñecas. Se desangró en el suelo. Había oído decir que era una mujer realmente guapa, de modo que tuvo que ser un desperdicio de carne joven. Tal vez era una tullida como Celeste. Que fuese guapa estaba bien. Tullida, no tanto. El hombre, el consejero, seguía callado en su cabeza, y Stamford fue más allá del callejón hasta llegar a una amplia extensión cerca del bosque improductivo al que Moses iba para estar solo. Los truenos y los relámpagos ya estaban más cerca incluso, a unos tres kilómetros de donde él pensaba que podían recogerse los arándanos más dulces. Será mejor darse prisa, pensó. Mejor salir de este temporal. Deseaba morir, pero realmente no deseaba resfriarse para ello.

El terreno que encontró no tenía precio, un buen pedazo de tierra que pertenecía en parte a la plantación de los blancos vecinos. A Stamford no le importó. Cuando veía alguno que le gustaba, saltaba la cerca. Trabajó sin descanso y en menos de media hora estaba agotado. Sopesó el cubo. Sí, esto saciaría las barrigas de dos pequeños hasta la cena. Se alejó de aquel terreno y volvió a la plantación de los Townsend. Enseguida el bosque improductivo quedó a su derecha, y el callejón y las cabañas a casi un kilómetro de distancia. Se encontraba en un agradable terreno abierto donde, según decían algunas mujeres, crecían las más hermosas flores blancas y campanillas. Él había recogido algunas cuando cortejaba a Gloria. Flores hermosas en las manos sudorosas de un hombre. Pero sirvieron. Desde luego que sí. Tal vez debería matarla a ella antes de morir. Eso le enseñaría una lección. Enviar su trasero al infierno para que pudiera sentarse por toda la eternidad en uno de los temblorosos taburetes de dos patas del demonio, para que así pudiera reflexionar sobre lo que le había hecho. Matarla y sentarse luego en lo alto y verla sufrir durante el resto de la eternidad. Luego se le ocurrió que las malas palabras y los arándanos de los niños no congeniaban bien. Seguía lloviendo y los truenos y los relámpagos estaban aún más cerca.

No prestó mucha atención al primer estallido de truenos y rayos, pero el segundo le hizo volver la cabeza. Llegó a tiempo de ver el árbol más cercano del bosque estremecerse, luego inmovilizarse, luego de nuevo estremecerse. Un roble. Momentos después pudo ver el primer cuervo que voló al revés, hacia el suelo, con un revoloteo de dos o tres plumas detrás del cuerpo. El segundo cuervo que voló al revés vino a decirle que lo que se había apoderado de ambos no era el vuelo sino la muerte. Cuando todavía no había terminado de parpadear para quitarse la lluvia de los ojos, el segundo cuervo ya estaba junto al primero en el suelo, con sus plumas detrás. Si algún ruido hicieron al caer, el estruendo de la lluvia no le permitió oírlo.

El tercio superior del roble era ahora una esplendorosa llamarada de luz amarilla, como si le hubiesen puesto encima un millón de velas. El rayo había alcanzado a los pájaros y Stamford podía verlo ahora arder allá arriba, en la copa del árbol, aún hambriento. Le dio por pensar que el árbol era muy alto, y que si un hombre consiguiera subirse a su cima podría saltar y morir verdaderamente bien. Muy despacio, mientras él lo observaba, el rayo del millón de velas se agrupó para formar una palpitante hilera de fuego azul de casi dos metros de longitud, que él podía ver a través de las hojas y las ramas. El rayo comenzó a abrirse camino árbol abajo, arrimado a su tronco y quemándolo todo a su paso, hojas y ramas de distintos tamaños y cualquier cosa que pudiese haber anidado en el árbol. Al fin, el rayo se detuvo en la base del árbol, aún azul, aún palpitante, aún con casi dos metros.

Stamford dejó el cubo en el suelo y se dirigió hacia el rayo, hacia su muerte.

Antes de haber llegado demasiado lejos, se volvió y miró el cubo de arándanos, que se estaba inclinando porque lo había dejado sin darse cuenta sobre un montículo de tierra. Para que alguien pudiera encontrarlo y saber a quién debía ser entregado, el cubo debía estar recto y más cerca de los barracones, de los niños. Retrocedió y movió el cubo unos tres metros más cerca de los barracones. La lluvia no cesó en ningún momento.

El rayo no se había movido, y cuando Stamford corrió hacia él, descendió hasta el suelo formando una hilera de fuego extendida sobre la hierba, sin hacerla arder. Stamford corrió más rápido. Cuando ya estaba a metro y medio del rayo y del bosque, el rayo se apartó a toda velocidad y se incrustó en otro árbol que se partió en dos. Stamford llegó justo a tiempo de ver cómo el árbol se dividía y sus dos mitades iguales decidían caer en sentido contrario. Una extenuante tristeza se apoderó de él. Cada día sucedía una maldita novedad tras otra.

La lluvia siguió y la tormenta se alejó de él, hacia las cabañas. Los cuervos estaban a sus pies. Stamford se arrodilló. Aunque los pájaros habían caído en mortífero desorden, algo los había colocado elegantemente sobre el suelo: las plumas recogidas de los alrededores y colocadas de nuevo en sus alas, los ojos cerrados, sus negros cuerpos y sus alas refulgentes como si todavía viviesen. Nada ardía. Yacían juntos, del mismo modo que habían posado juntos hasta que la muerte se les echó encima. Nunca habían tenido un aspecto tan hermoso en vida, pensó Stamford. Incluso si resucitasen, este, en aquel momento, era el mejor aspecto que tendrían nunca. Ahora todo lo que necesitaban era que alguien se acercase a ellos y le proporcionase a cada uno su pequeño ataúd.

Stamford se lamió los dedos y los restregó contra los dos pájaros.

—Solo necesito un pequeño empujón para pasar al otro lado —le dijo al primer cuervo. Cerró los ojos y esperó a la muerte. Se puso a hablar con el segundo pájaro—: Ahora no seas tacaño con lo que tienes.

Siguió restregando los dedos contra ellos y lamiéndose la mano. Hablaba con cada pájaro por separado, como si la historia que mantenía con uno fuese totalmente distinta de la que mantenía con el otro. Hablar con ellos como pareja, como una unidad, habría sido irrespetuoso con la historia que compartía con cada uno. Siguió lamiéndose los dedos y tocando a los pájaros, pero ninguno de ellos parecía muy interesado en compartir su pequeño pedazo de muerte.

—Está bien, viejo pájaro, no te culpo —le dijo al primer pájaro—. Puedo comprender que solo tenías lo suficiente para ti mismo —le dijo al segundo pájaro—. No te lo reprocho.

Sintió caer sobre él algo pesado y que no parecía lluvia y se tocó la cabeza. Recogió de ella lo que empezó a comprender que eran yemas de huevos. Luego, trozos de cáscara de huevo cayeron en su mano abierta, trozos de color verde pálido con manchas de color marrón oscuro. Miró hacia arriba y cayeron más huevos y cáscaras, junto con ramitas y palos que habían formado el nido de los cuervos. Observó las cáscaras y las yemas durante bastante tiempo, y durante todo ese tiempo siguió lloviendo. Miró a su alrededor como si alguien hubiese pronunciado su nombre. Luego tomó algunas de las cáscaras de huevo y las introdujo debajo de cada una de las alas izquierdas de los pájaros. Restregó las yemas sobre sus cuerpos. Y cuando terminó, la tierra se abrió y dejó entrar en ella a los pájaros. Stamford lloró.

Este fue el inicio de Stamford Crow Blueberry*, el hombre que, junto a su esposa, fundaría la Residencia Richmond para Huérfanos de Color. En 1909, la gente de color de Richmond renombró extraoficialmente una calle muy larga con su nombre y el de su esposa, y un año tras otro durante décadas aquella gente les reclamaba a los blancos que dirigían el Gobierno de Richmond que consagraran aquel nombre como oficial. En 1987, después de una nueva campaña en favor de la redenominación de la calle, dirigida por una de las biznietas de Delphie, la ciudad de Richmond transigió e instaló letreros nuevos a lo largo de toda la calle para demostrar que se trataba de algo oficial.

Stamford volvió hasta donde estaba el cubo de arándanos y se arrodilló e inmediatamente empezó a parecerle que tal vez el cubo no tenía bastantes arándanos. Pero los niños llevaban mucho tiempo esperando y no quería decepcionarlos. Agitó el cubo, pensando que así podría parecer más lleno. Eso ayudó, pero no gran cosa. Tal vez sería posible hacer creer al muchacho que aquello era un cubo lleno, pero la muchacha no era tonta, sabía cosas y se daría cuenta de que no había sido capaz de llevarles un cubo lleno. Aflojó los hombros y siguió lloviendo. Vio un arándano que rodaba por un pequeño montículo dentro del cubo y lo cogió. Sostuvo el fruto entre sus dedos,

---

* Stamford «Cuervo Arándano».

empezó a estrujarlo. Soltó un poco de jugo. Ese arándano ya
no serviría para ningún niño y lamentó haberlo estrujado. Para
no desperdiciarlo, se lo llevó a la boca. No estaba mal, pero
nunca había logrado entusiasmarse por comer esas cosas: Dios
le había dado una cabeza llena de buenos dientes, pero ni uno
de ellos era aficionado a lo dulce. ¿Qué demonios había pasado
con aquel cubo lleno? Masticó y tragó el arándano, y entonces
alzó la vista y vio una cabaña que volaba hacia él a través del
aire lluvioso. El movimiento de la cabaña no resultaba amenazador en modo alguno y por ello Stamford no sintió miedo.
Pero se puso en pie.

La cabaña siguió volando y se posó en tierra a tres metros de él.
La puerta se abrió y Delores apareció de pie en la entrada, con las
manos a la espalda, encantada consigo misma como suelen estarlo
las niñas pequeñas que tienen un secreto que se mueren de ganas
por contar. Abrió la boca, con los dientes y la lengua manchados
de azul, una niña feliz con sus arándanos. Su hermano Patrick
apareció tras ella y abrió su boca azul para mostrar también su
felicidad. Luego, así como así, el muchacho cerró la puerta con un
fuerte portazo. Esto no tenía nada que ver con Stamford: a pesar
de lo que su hermana siempre decía de él, no necesitaba que se le
dijeran las cosas tres veces. La cabaña se elevó más y más y volvió
por donde había venido. La puerta cerrada debía de servir como
una especie de ojo, porque la cabaña se dio la vuelta para que la
puerta pudiera ver el camino de regreso a los barracones.

En 1987, la ciudad de Richmond acababa de contratar a una
mujer joven procedente del Holy Cross College y el primer trabajo de esa mujer fue diseñar un letrero con los nombres del
señor y la señora Blueberry. La biznieta de Delphie, que estaba
en el Ayuntamiento, deseaba que ambos nombres aparecieran
en los letreros de la calle, no simplemente algo como «Calle
Blueberry». La mujer negra de Holy Cross lo hizo bien y la
noche del día en que acabó su tarea llamó a su madre a Washington D. C. y le leyó lo que había conseguido encajar en un
letrero: *Calle de Stamford y Delphie Crow Blueberry.*

Después de entregar el cubo a Delores y Patrick, Stamford se quedó en el callejón, en medio del barro y de la lluvia, y contó las puertas de las cabañas donde vivían niños. No incluyó las cabañas con recién nacidos porque sabía que no tenían edad suficiente para masticar y disfrutar de los arándanos. Y nunca había oído hablar de un chupete impregnado de arándanos. Se equivocaba al contar y tuvo que hacerlo varias veces. Cuando al fin lo logró, supo que tenía un nuevo problema: cómo encontrar cubos suficientes para tantos malditos arándanos.

La lluvia cesó al día siguiente, pero volvió tres días más tarde. Fue mucho peor y todos los que anduvieron bajo ella sintieron su aguijón. «Fue una lluvia muy penosa», escribió en 1952 Jim Woodford, un historiador del Lynchburg College. La lluvia provocó una gran inundación, y el historiador de Lynchburg comentó, sin hipérbole de ningún tipo, que fue probablemente la peor sufrida por ningún condado desde la conversión de Virginia en estado. Veintiún seres humanos perdieron la vida, incluidos ocho esclavos adultos, cinco hombres y tres mujeres. Todos los niños, ya fueran blancos o negros o indios, libres o esclavos, se salvaron. Nadie contó el ganado ni los perros y gatos que murieron porque eran demasiados. La tierra estuvo durante semanas y semanas recubierta de cuerpos de animales.

Tres semanas después del día de la paliza de Clement a Stamford, el hombre de Atlas Life, Casualty and Assurance volvió por tercera vez en su calesa alquilada y Caldonia le dijo que no quería ningún seguro. Maude miraba por encima del hombro y con un suspiro de disgusto.

—Buenos días, señora Townsend —le dijo el hombre blanco a Caldonia antes de que ella lo despidiera, con su gran libro en una mano y su sombrero en la otra. Era su primera oportunidad de hablar con ella directamente—. Sentimos mucho su desafortunada pérdida. Mi compañía, Atlas Life, Casualty and Assurance, y todos sus empleados le transmiten sus eternas condolencias.

Cuidar de Stamford después de la paliza recibida convenció a Caldonia de la necesidad de dejar a un lado su dolor en lo posible y pasar a ocuparse de la plantación. Decidió, después de escuchar a Celeste y a Gloria y a Clement, que Clement no sería castigado. Encargó a Moses de decirle a Stamford que tuviera cuidado con lo que hacía de ahora en adelante. «No más peleas, de nadie», le dijo a Moses, si bien esto sucedía muchos días antes de que Stamford obedeciera, después de los cuervos, después de los arándanos y la cabaña.

Moses, por su cuenta, obligó a Stamford y a Clement a trabajar varias horas durante tres domingos. Podrían haber apelado a Caldonia, pero creyeron que lo único que hacía Moses era transmitir sus órdenes. El primer domingo fue no mucho después de que Stamford volviera a los campos después de la paliza, y Elias trabajó en su lugar después de que Celeste dijera que no creía que Stamford pudiese trabajar siete días seguidos.

A consecuencia de la paliza, Caldonia hizo que Moses fuese a informarla cada noche una vez finalizado todo el trabajo. Él se quedaba de pie en el salón y le contaba todo lo que había pasado durante el día, desde el momento, justo después del desayuno, en que se encontraba con los esclavos en el callejón hasta el momento de la noche en que les decía que la jornada había terminado. Al principio el informe concluía en cuestión de minutos. Pero a medida que se iban acumulando los días desde la muerte de Henry, se extendía cada vez más, pues Moses tenía la sensación de que Caldonia deseaba sus palabras. Maude, y a veces Fern, se retiraban antes de que terminara, pero Caldonia y Calvin escuchaban cada palabra. Y cuando Caldonia se quedó finalmente sola en la casa y su madre y su hermano y Fern se habían ido, ella seguía escuchando y el informe de Moses se alargaba más aún, a veces hasta una hora. Pronto empezó a salirse de la conversación sobre el trabajo de la jornada y a inventarse historias acerca de los esclavos. Loretta se sentaba en una silla en un rincón, conocedora de lo que era cierto y lo que no, pero nunca se lo contaba a su señora.

La noche del día en que Fern se fue, Caldonia le dijo a Moses que se sentara. Él miró a Loretta en su silla, y después de un largo minuto de vacilación, se sentó. Caldonia le dijo a Loretta que podía retirarse por esa noche y Loretta se fue.

—Tú has estado aquí desde un principio, ¿verdad? —dijo Caldonia.

—¿Señora?

—¿Estuviste aquí con Henry desde un principio, desde el primer día?

—Sí, señora, es cierto.

—¿Qué hacían?

Moses alzó la vista y comenzó a inventar unos primeros días en los que ellos construían la casa y no había en aquellos terrenos gran cosa excepto lo que Dios había puesto allí. Caldonia estaba en el borde del sofá, con su vestido de luto.

—Pero el amo Henry siempre supo el tipo de casa deseaba construir, señora. No creo que ni siquiera la conociese a usted en aquel momento concreto, pero seguramente tenía cierta idea de que usted estaba cerca, en alguna parte, esperando en cierto modo, porque se puso a construir una casa que le gustase a usted. La construyó de la nada. Yo estaba allí, pero no como él. Aquel primer día me dijo: «Moses, vamos a empezar por la cocina. Una esposa necesita un lugar para preparar sus comidas para la familia. Por ahí es por donde vamos a empezar». Y se agachó y el amo clavó aquel primer clavo. ¡Bam! Era lunes, señora, porque el amo Henry no creía que fuese bueno empezar nada un domingo, el día de Dios.

Caldonia, con las manos apretadas en su regazo, se reclinó y cerró los ojos. El relato sobre el primer clavo surgió cuando Henry llevaba ya algo más de un mes en su tumba. Era una creencia entre los esclavos que uno de los caminos más rápidos de llegar al infierno era contar mentiras acerca de los muertos, pero Moses no pensó en eso al hablar del primer clavo, no pensó que los muertos necesitaran que se dijese la verdad sobre ellos. No pensó en ello hasta el día en que Oden Peoples, el patrullero cherokee, les dijo a los hombres que lo rodeaban, refiriéndose a Moses: «Levántenlo hasta aquí. Yo lo sujetaré. No sangrará mucho tiempo».

Barnum Kinsey, el patrullero y el blanco más pobre del condado de Manchester, estaba absolutamente sobrio cuando se encontró con Harvey Travis y el cuñado de Travis, Oden Peoples, una noche a principios de septiembre poco más de cinco semanas después de la muerte de Henry Townsend. Barnum llevaba sobrio tres semanas y media, y sabía por experiencia que si era capaz de superar la cuarta semana —tal vez incluso la quinta— sin beber, podría pasar el resto del año sin el ansia que a menudo se había apoderado de él en aquellas primeras semanas, el ansia que le corroía las entrañas incluso mientras cabalgaba para encontrarse con Travis y Oden bajo la luna más brillante que había visto en mucho tiempo. Después de aquella quinta semana de sobriedad, sería capaz de mirar a esa ansia a los ojos y decirle que no y ordenarle que se apartase de él. Luego, con renovada fuerza, podría cosechar cualquier cosa que su tierra le diese aquel otoño y durante el resto del año podría ofrecerse para trabajar, para que él y su familia pudiesen pasar el invierno con un poco de bienestar.

Le daba muchísimo miedo pasar privaciones en invierno; veía el invierno por delante como el desafío que Dios le planteaba para abandonar la bebida y andar sobre sus dos piernas sin tambalearse. Su abuelo, que también había sido bebedor, había muerto en invierno, había salido a tomar una copa y había muerto congelado en la cuarta noche más fría de aquel invierno. El padre de Barnum no había sido bebedor, de modo que Barnum había pensado durante mucho tiempo que la maldición tendía a saltarse generaciones, pues ninguno de los hijos de su primer matrimonio sintió la necesidad de la bebida. Los hijos del segundo matrimonio eran todavía muy pequeños, de modo que la bebida aún no era un problema. En cuanto a las mujeres de su familia a lo largo de generaciones, todas ellas se habían librado de la maldición y pasaban por el mundo sin mancha, con las mentes limpias y sin la necesidad de que Dios les enviase un desafío cada invierno.

Los tres, Barnum, Travis y Oden, estaban juntos y eran casi las diez en punto cuando Augustus Townsend apareció por la carretera en su carreta, tirada por un mulo que estaba tan cansado como su dueño. El mulo era más viejo que el otro que Augustus tenía y no lo hacía trabajar tanto como al mulo más joven, pero de vez en cuando lo sacaba para demostrarle al mulo que todavía tenía confianza en él. El mulo y su hombre habían entregado una cómoda y una silla y un bastón a un hombre a dos condados de distancia, un hombre blanco que había casado recientemente a la última de sus tres hijas y por ende tenía un poco de dinero para gastar en sí mismo. «Alégrame con algo —le había dicho a Augustus—, antes de que el próximo nieto irrumpa en mi mundo». Augustus, como solía sucederle, había subestimado el tiempo del viaje de ida y vuelta y por ese motivo él y su mulo volvían aproximadamente un día más tarde a casa con su esposa Mildred. Augustus había estado todo el día pensando en Henry y todo el día intentando no hacerlo.

—Alto ahí —le dijo Travis a Augustus—. Alto ahí y enséñanos quién eres.

La carreta de Augustus llevaba un farol colgado sobre el asiento. Al mulo le gustaba tener luz. Parecía proporcionarle cierta tranquilidad mientras hacía su trabajo. El farol y la luna ofrecían luz suficiente para que Travis viera que Augustus era alguien a quien había parado ya en muchas ocasiones.

Augustus se detuvo y sacó sus papeles de libertad. Estaba demasiado cansado para hablar, pero también sabía que las palabras no habrían servido para nada con ellos, al menos con el blanco Travis y probablemente tampoco con el cherokee Oden.

—Buenas noches, Augustus —dijo Barnum. Augustus no lo había visto en un principio.

—Señor Barnum, buenas noches. ¿Cómo está su familia?

—Están bien, gracias a Dios.

—Esto no es una maldita reunión en una iglesia —dijo Travis, arrebatando los papeles de libertad de Augustus—. Esto es un asunto de la ley.

Travis sabía leer y sostuvo los papeles en alto y se dio luz con el farol de Augustus y examinó los papeles una y otra vez. No los leía, porque ya los había leído muchas veces antes. Tú y yo, pensaba Augustus mientras observaba al hombre blanco, nos los sabemos ya palabra por palabra. Por no saber leer, Augustus, en sus primeros tiempos de libertad, le había regalado a un hombre libre de color un bastón simplemente para que le leyera los papeles cinco veces al día durante dos semanas y en el transcurso de esas lecturas había memorizado cada palabra.

—Son papeles buenos —dijo Augustus—. Soy un hombre libre desde hace mucho tiempo, señor Travis.

—Tú no eres libre a menos que yo y la ley digamos que eres libre —dijo Travis.

—Vamos, Harvey, conocemos a Augustus desde hace muchos años —dijo Barnum.

—No me digas lo que sé y lo que no sé. Cierra la boca. Dile lo que sepas a la botella si tiene cabeza para escucharte. ¿No es así, Oden?

—Estoy de acuerdo contigo —dijo Oden—, si es a eso a lo que te refieres. Barnum, John no querría que dejásemos pasar a cualquiera simplemente porque lo hayamos hecho muchas veces antes, eso no sería legal.

Travis agitó los papeles en el aire y le dijo a Augustus:

—Me parece muy mal que vayas de un lado para otro por estas carreteras sin preocuparte por nada, sin un «Sí, señor, ¿verdad que hace un buen día, señor?». Sin decir nunca amablemente: «¿Puedo besarle el culo hoy, señor?».

—Solo hago lo que tengo derecho a hacer —dijo Augustus.

Travis empezó a comerse los papeles, empezando por las esquinas inferiores derechas, las masticó y se las tragó.

—Esto es lo que yo pienso de tu derecho a hacer cualquier cosa a la que tengas derecho.

—Espere un momento —dijo Augustus—. No puede hacer eso.

Se puso en pie en la carreta, las riendas en su mano izquierda. El mulo no se había movido en ningún momento desde que Augustus lo había hecho parar.

Travis empezó a comerse el resto de los papeles, con gran estruendo, y al terminar de comerlos se chupó los dedos.

—¿Estás seguro de que sabes dónde has metido los dedos? —dijo Oden. Travis se rio y eructó.

—Harvey, por el amor de Dios, esos papeles le pertenecen —dijo Barnum—. ¿Qué va a hacer ahora? —Miró más allá de Augustus y vio algo que se acercaba hacia ellos. Esperó que fuera Skiffington—. Eso no está bien, Harvey. No hay derecho.

Travis se restregó la boca con la mano.

—El derecho no tiene nada que ver con esto —dijo—. La mejor comida que he tenido en muchos domingos.

Algunos trozos de papel quedaron incrustados entre sus dientes y Travis se los quitó fácilmente con la lengua.

—No me gustaría estar en tu lugar por la mañana cuando tengas que cagar todo eso —dijo Oden.

—No sé —dijo Travis—, a lo mejor me sirve de laxante. No creo que me sienten peor que las hojas de col.

Una carreta el doble de grande que la de Augustus llegó hasta donde estaban los cuatro hombres. La conducía un negro enorme y a su lado iba un blanco mucho más pequeño cubierto con pieles de castor. El calor de septiembre no parecía preocuparle. En la parte trasera de la carreta había cuatro adultos negros y un niño negro. El hombre blanco de la carreta cogió dos patas de castor y las olfateó profundamente.

—No hay nada como el olor de Tennessee —dijo.

—Darcy, Darcy —dijo Travis—. ¿Adónde vas? ¿A casarte otra vez? Se te acaban las mujeres en menos tiempo del que yo tardo en darte la bienvenida.

—Solo estamos de paso yo y los míos antes de que su comisario me eche el ojo y meta demasiado su hocico en mis asuntos. John Skiffington debería llamarse John Sniffington*.

Darcy tenía cuarenta y dos años, pero con la desaliñada barba que le llegaba hasta las rodillas y con buena parte de su cuerpo cubierto de pieles, podía pasar por un viejo de setenta y cinco.

Travis se rio y Oden lo imitó. Barnum se quedó callado. El niño de la parte de atrás de la carreta tosió.

—Por cierto, Darcy —dijo Travis—, me parece que has llegado en el momento más oportuno. Yo pensaba que tú no sabías nunca ni la hora, pero esta noche, sin saberlo, parece que has llegado a tiempo. Dios actúa de formas misteriosas.

—Alabado sea su nombre. Yo nací con un reloj en la cabeza —dijo Darcy—. Tic tac, tic tac. Una noche detrás de la otra. Tic tac.

—Bueno, esto no es exactamente lo que me pasaba por la cabeza cuando paré a este negro, pero servirá de todos modos —dijo Travis.

—¿Qué tienes para mí, Harvey?

—Un negro que no sabía qué hacer con su libertad. Pensaba que quería decir que era libre.

—Ese de ahí —y Darcy señaló a Oden. Darcy se rio y le dio con el codo al negro que se sentaba a su lado—. Ha pasado mucho tiempo desde la última vez que vendí un indio. Tal vez cinco meses. No me proporcionó el dinero que yo esperaba. ¿Te acuerdas de aquel tipo, Stennis? —Y volvió a darle al negro con el codo.

—Pagaron bastante, si no recuerdo mal, amo —dijo Stennis.

—Bueno, me inclino ante tu memoria porque siempre ha sido mejor que la mía. A ese reloj que llevo en la cabeza no le gusta compartir espacio con ninguna capacidad de memoria. Es un egoísta hijo de puta. Me llevaré a los dos, al indio y al negro.

---

* Darcy sugiere que a John Skiffington deberían llamarlo John «Olfateador».

—A él no —dijo Travis de Oden—. Somos parientes. Somos familia. Ya conoces a Oden. De quien te hablo es del negro de la carreta.

—Señor, ese Augustus Townsend es un hombre libre —le dijo Barnum a Darcy—. No puede comprarlo. Déjelo tranquilo.

Travis se inclinó hacia delante y empujó a Barnum y le escupió.

—«Ese Augustus es un hombre libre. Ese Augustus es un hombre libre». Me caías mejor cuando estabas tan borracho que apenas podías mantenerte en pie, Barnum. Se te entendía mejor entonces. Un negro está en venta si yo digo que está en venta, y este de aquí está en venta.

—Señor —le dijo Augustus a Darcy—, soy un hombre libre y lo he sido durante muchos años. Liberado del señor William Robbins.

—Sí sí sí. Feliz Navidad, Feliz Navidad —dijo Darcy—. ¿Qué pides esta vez, Harvey?

—Le digo que es libre —dijo Barnum.

—Dame doscientos y dormiré bien esta noche —dijo Travis al tiempo que apuntaba a Barnum con su pistola.

—¡Caray! Eso es un mes entero de buenas noches, Harvey. Tú lo que quieres es que yo me convierta en tu maldito colchón y en tu almohada.

—Cien.

—Dejémoslo en veinticinco dólares. Tienes a estos dos diciendo que es libre, Harvey. Eso podría ser un problema para mí en el futuro.

—Vamos, Darcy. Este negro hace muebles. Trabaja la madera, y si no pudieras encontrar madera, estoy seguro de que tiene una buena espalda para cualquier otra cosa que necesites. Dame esos cien.

—Aun así, dice que es un hombre libre, Harvey. Eso es un riesgo para mí. Treinta dólares.

Augustus agarró las riendas y se dispuso a huir. Oden sacó su pistola, miró un segundo a Travis y apuntó con la pistola a Augustus.

—Debes quedarte. Creo que debes quedarte —dijo Oden. Augustus se detuvo.

—Sí, quédate —dijo Travis—. Barnum va a sacar el banyo y la vamos a pasar muy bien. Vamos, Darcy, yo también corro riesgos. Cincuenta dólares, entonces. Te lo dejo en cincuenta.

—¡Hm! —dijo Darcy—. Tengo que reconocer que eres un negociador muy difícil. Stennis, ¿podríamos permitirnos meter cincuenta dólares en el bolsillo de ese hombre?

—No le preguntes a ese negro sobre negocios de blancos —dijo Travis.

—Yo vivo y muero con Stennis —dijo Darcy—. Harvey, tú no sabes todo lo que este hombre ha hecho por mí.

—Amo —dijo Stennis—, podríamos permitirnos cincuenta dólares, pero no creo que podamos permitirnos mucho más.

—¡Setenta y cinco dólares! —gritó Travis—. Por el amor de Dios en su cielo, Darcy. No consientas que tu negro me engañe. No dejes que un negro se meta en los asuntos de los blancos.

—Entonces lo dejamos en cincuenta dólares —dijo Darcy, y olisqueó de nuevo las patas de castor.

—¡Mierda! Entonces, diez dólares por el mulo —dijo Travis.

—¿Qué mulo? —dijo Darcy.

—Ese de ahí.

Alguien en la parte trasera de la carreta grande se movió y Augustus oyó el movimiento de las cadenas. El niño volvió a toser.

—Eso me lo puedes dar gratis, Harvey. No creo que sea un mulo muy bueno. ¿Canta y baila bajo la luz de la luna?

—No te burles de mí —dijo Travis—. Puedes decir, como otras veces has dicho, que no entiendo mucho de carne de negro. Eso te lo puedo consentir, pero conozco a mis mulos y a mis caballos. De eso sí que entiendo, Darcy. Quiero diez dólares. Me merezco diez dólares.

—De acuerdo, Harvey. Pero espero que ese mulo se sostenga de pie. Espero que valga cada centavo que te doy, porque de lo contrario te echaré la ley encima.

A Darcy le dio la risa y enseguida fue coreado por Stennis en su risotada. Luego a Travis le dio también la risa y Oden lo imitó. Stennis se agachó entre sus rodillas para llegar al suelo de la carreta y levantó una caja de caudales. La abrió con una llave que llevaba colgada de una cuerda alrededor del cuello, sacó algunas monedas y las puso en una pequeña bolsa y le arrojó la bolsa a Travis.

Darcy le dijo a Augustus que bajara de la carreta y Augustus dijo que no.

—Soy un hombre libre, señor.

—Sí sí sí. Feliz Navidad, Feliz Navidad. Ahora baja de ahí.

Augustus dijo que no lo haría.

—Stennis —dijo Darcy—, ¿por qué nos amenazan por todas partes los incorregibles? ¿Por qué nos amenazan cada vez que nos damos la vuelta? ¿Hemos disgustado a nuestro Dios de alguna manera?

—No lo sé, amo. Por más que lo pienso, sigo sin saberlo.

—Pero, Stennis, ¿estarías de acuerdo con que nos amenazan por todas partes?

—Eso que dice usted es muy cierto —dijo Stennis.

Travis enfundó la pistola y desmontó, y a continuación Oden desmontó también, sin dejar de apuntarle a Augustus con la pistola. Pero ninguno de los dos había llegado al suelo cuando ya Stennis, en un movimiento sin esfuerzo, había saltado de la carreta y había llegado hasta Augustus. Sacó a Augustus fuera de la carreta y empezó a golpearlo con los puños.

—No me estropees la fruta —dijo Darcy.

Stennis y Travis arrastraron a Augustus a la parte trasera de la carreta de Darcy y lo encadenaron al negro que estaba más cerca de su extremo. Augustus deseaba insistir en su condición de hombre libre, pero sentía demasiado dolor y de todos modos las palabras no habrían salido de su boca porque la tenía llena de sangre y nada más escupir se le llenaba de sangre otra vez.

Stennis le quitó los arreos al mulo de Augustus y lo ató detrás de la carreta.

—Ahora sí —le dijo Darcy a Travis cuando este y Oden estaban otra vez montados en sus caballos y Stennis de nuevo junto a él en la carreta—, ahora dejaré que el viento me lleve a mí y a los míos. —Darcy se ajustó más aún las pieles alrededor del cuello—. Oh, estar en Tennessee. Ese es mi sueño, Stennis.

—Y el mío también.

—Pido a Dios que me conceda mi sueño, Stennis.

Su carreta tenía dos caballos y Stennis tomó las riendas y sin que se les dijese ni una palabra los caballos echaron a andar y el mulo fue detrás y en un santiamén la carreta había desaparecido.

Eran casi las once en punto. Barnum miró en la dirección por donde se había ido Augustus y dijo:

—No deberías haber hecho eso, Harvey. Sabes que no deberías. Tú lo sabes y yo lo sé. —Se volvió hacia Oden—. Hasta Oden lo sabe.

—Yo no sé nada —dijo Oden.

—Pues deberías. Ninguno de los dos debería haber hecho eso. ¿Por qué?

—Esa no es la cuestión —le dijo Travis a Barnum—. La cuestión no es por qué lo hacemos él y yo, sino por qué *no* lo haces tú. Esa es la cuestión en todo momento. Por qué un hombre, incluso algo inútil como tú, ve lo que hay que hacer, pero aun así se niega a hacerlo. —Travis carraspeó y escupió hacia la carretera—. Esa es toda la cuestión que hay que plantearse. —Se quedó callado durante unos momentos—. Bueno, vamos.

—Y le entregó una moneda de oro de veinte dólares a Barnum y le lanzó otra moneda de veinte dólares a Oden, que había enfundado su pistola después de volver a montar sobre su caballo y pudo atrapar la moneda con ambas manos.

—No la quiero —dijo Barnum—. No la acepto.

Le devolvió la moneda de oro a Travis.

—Te la quedarás y te gustará —dijo Travis, al tiempo que sacaba su pistola y le apuntaba otra vez a Barnum—. ¿Te pones de parte del negro ahora? ¿Es eso? ¿Te apartas del blanco y te pones de parte del negro? ¿Es de eso de lo que se trata?

—Sí, eso es —dijo Oden—. ¿Te pones de parte del negro contra el hombre blanco?

—Simplemente no la quiero, eso es todo —dijo Barnum.

Travis acercó su caballo hasta situarse junto a Barnum, mirando hacia el sur mientras Barnum miraba hacia el norte. Estaban tan cerca que sus muslos se rozaban y los caballos, incómodos por estar tan próximos, empezaron a agitarse. Travis puso la pistola en la sien de Barnum.

—He dicho que lo aceptarás y que te gustará. —Metió el dinero en la camisa de Barnum—. Feliz Navidad Feliz Navidad.

Barnum se fue al galope.

—¿Y ni siquiera una palabra de agradecimiento, eh, Barnum? —gritó Travis a su espalda—. Debería denunciarte a Skiffington por no cumplir con tus obligaciones de patrullero hasta el final. Ni una palabra de agradecimiento, Oden.

—No —dijo Oden—, ni tampoco un *buenas noches*.

—También nosotros podemos dar por terminada la noche —dijo Travis—. Hemos encontrado, juzgado y castigado a un criminal aquí esta noche. El único y verdadero fugado que andaba suelto. Creo que podemos dar por terminada la noche, Oden.

—Yo creo que sí —y entonces Oden inició su marcha—. Saluda a Zara y a los chicos de mi parte. Diles que pienso en ellos.

—Sí. Y tú saluda a Tassock y a los chicos de mi parte —dijo Travis—. Me ocuparé de la carreta del negro. Buenas noches.

—Buenas noches.

Travis lo vio irse y minutos después desmontó y utilizó la llama del farol de Augustus para prender fuego a la paja de la parte trasera de la carreta que protegía los muebles en el trayecto antes de la entrega a sus nuevos dueños. Cuando el fuego creció y tomó fuerza, Travis cogió unas ramas de la cuneta de la carretera y las arrojó dentro de la carreta. Luego volvió a montar y contempló el fuego sin moverse. Estaba decidido a contemplar el fuego hasta el final. El caballo reculaba a medida que el fuego se hacía más intenso y Travis lo dejó hacerlo. Después de casi una hora, Travis se bajó del animal y, con las riendas en la mano, se acercó a pocos pasos del fuego. El caballo estaba ligeramente inquieto, pero Travis se volvió para tranquilizarlo diciéndole que todo estaba bien y el animal se calmó. Era la bestia más inteligente que había conocido nunca. Le había enseñado a retroceder cuando él pronunciaba la palabra «fuego». Ante la palabra «agua», sabía que tenía que avanzar de nuevo. Ahora el caballo permanecía en silencio detrás de él y Travis creyó escuchar los latidos de su corazón en el silencio, junto al chisporroteo del fuego y a los insectos comunicándose entre sí como únicos sonidos en el mundo. De vez en cuando, el caballo resoplaba sobre el pelo de Travis.

Permaneció hasta el final junto al fuego, viendo cómo el metal de la carreta se desplomaba al desaparecer todo su soporte de madera. Hacia la una de la mañana, el fuego comenzó a ceder, y luego, casi una hora más tarde, se fue extinguiendo hasta dejar solamente unos rescoldos dispersos de cierta intensidad. Soltó las riendas y recogió tierra de la carretera y la arrojó sobre lo que quedaba del fuego. Se levantó un humo rosáceo, gris, débil, casi insignificante, pues no llegó a subir ni medio metro y luego se disipó.

Había tenido noticia por primera vez de Augustus Townsend muchos años antes, por una silla que Augustus había hecho para un blanco en la ciudad de Manchester. El hombre pesaba más de ciento ochenta kilos. «Más de veintisiete piedras», según su propia expresión. Era soltero, pero eso no tenía nada que ver con su peso. Harvey Travis había ido un día a ver a aquel hombre para un trabajo como leñador. En el salón de aquel hombre se encontraba la silla de Augustus, sencilla, ni siquiera pintada, pero de tacto suave, y cuando el hombre se sentaba en ella la silla no se quejaba, ni siquiera un chasquido. Simplemente aguantaba el peso y cumplía su función, como si el hombre pudiese echarle encima otros ciento treinta kilos. Cuando el hombre salió a buscar el dinero para pagarle a Travis, este examinó la silla, se fijó en todos sus detalles para tratar de descubrir su secreto. La silla no le dio ninguna respuesta. Era una silla excelente. Era una silla que merecía la pena robar.

Entonces, mientras el fuego de la carreta se extinguía, Travis se dio la vuelta, se limpió las dos manos en los pantalones y tomó las riendas. Le había enseñado al caballo a inclinar la cabeza una vez al decirle las palabras «buenos días». «Buenos días», le decía al caballo, y este inclinaba la cabeza una vez. El caballo también había aprendido a inclinar la cabeza dos veces al decirle «buenas tardes», y al decirle «buenas noches» inclinaba la cabeza tres veces. Travis dijo otra vez «buenos días», pero sintió necesidad de mucho más y siguió diciendo esas palabras y el caballo seguía inclinando la cabeza. Luego, como si con «buenos días» no fuera suficiente, repitió una y otra vez todos los saludos del día y de la noche y el caballo siguió inclinando la cabeza hasta que, al fin, el animal, exhausto y confuso, bajó la cabeza y dejó de responder. Travis permaneció sin moverse bastante tiempo y luego frotó la frente del caballo. También había le enseñado al caballo a llevarlo a su casa. Era una ventaja cuando la carretera era recta, recta como el vuelo de los cuervos. De otro modo, a veces el caballo se adentraba por una carretera que no era la que llevaba a su casa. Travis montó.

—Llévame a casa —le dijo al caballo, que acababa de vivir uno de los días más largos de su vida. El caballo lo llevó a casa.

7

Trabajo. Chuchos. Disparos de despedida.

En algún lugar entre la ciudad de Tunck, cerca del río Waal, en Holanda, y el condado de Johnston, en Carolina del Norte —donde Counsel Skiffington, primo del comisario John Skiffington, y su familia habían prosperado durante tres generaciones— Saskia Wilhelm, una recién casada, contrajo la viruela, aunque nunca se sentiría enferma por ese motivo, ni un solo día de su vida. Casados tres meses antes, ella y su esposo, Thorbecke, que también contrajo la enfermedad, tardaron dos meses en cruzar Europa a hasta Inglaterra. Thorbecke no era un buen hombre, no sería un buen esposo ni un buen padre, algo que el padre de Saskia le dijo por undécima vez un mes antes de su fuga con Thorbecke. El amor que Saskia sentía por Thorbecke, no obstante, era un amor enfermizo. Su madre le dijo que se apagaría por sí solo con el tiempo, pero Saskia desapareció con Thorbecke y el amor no hizo sino crecer. Después de lo que le sucedió con él, en Europa y en América, nunca amaría del mismo modo a ningún otro ser humano.

El joven sabía que en la región del río Waal tenía la reputación de no valer nada, y durante el viaje por Europa juró, no a Saskia sino a sí mismo, que prosperaría y algún día volvería a Tunck y a todas las ciudades de la ribera del Waal y haría que todos le dijeran a la cara lo equivocados que habían estado sobre su persona. Lo juró en Francia, pero fue expulsado de allí por diversas fechorías, y lo juró en Inglaterra, pero también de allí fue expulsado. Su castigo no sería la prisión, decidieron los ingleses, sino la pena de no poder volver a disfrutar jamás de Inglaterra. Thorbecke hizo el juramento nuevamente en el barco a Nueva York, donde él y Saskia se establecieron más de cinco años antes de la muerte de Henry Townsend. Thorbecke vivió hasta los setenta y tres años, pero jamás volvió al Waal, como tampoco Saskia, la cual vivió hasta los setenta y uno. Murieron en lugares a más de seis mil kilómetros de distancia. Ella no tenía hijos cuando murió. Nunca había sucedido nada que le dijera, tal como su madre y su padre podrían haberle dicho, que existiese un amor más allá de Thorbecke.

Saskia tuvo un presentimiento de su error a mitad de camino en su viaje a América. Podría haber vuelto con su familia en Tunck, pero seguía queriéndolo y durante todo el trayecto pensó que nunca la perdonarían, que incluso podrían decirle sin más que volviese con su esposo. En un principio, Thorbecke trabajó como pescador en la ribera del río Hudson, pero el capitán y su tripulación llegaron a pensar que Thorbecke les traía mala suerte y le pidieron que se fuese. De ahí pasó a dedicarse a la venta callejera en la ciudad de Nueva York, ropas, baratijas, frutas y verduras. Volvió a fracasar, pues tenía un temperamento viperino y espantaba a los clientes. Pronto comenzó a vivir tan solo de lo que Saskia obtenía como sirvienta con los ricos de la ciudad. Una de aquellas familias era la que aparecía en la fotografía que Calvin Newman poseía. El perro congelado de la foto se llamaba Otto, como el propio perro de Saskia allá en Tunck.

No ganaba mucho como sirvienta. Parte de lo que ganaba era alojamiento y comida, y eso no podía transformarse en dinero para Thorbecke. La metió en la prostitución y un año después la vendió a un hombre que la llevó, a ella y a otras dos mujeres, todas ellas de Europa, al sur, primero a Filadelfia y finalmente a Carolina del Norte, donde el padre y la madre de aquel hombre tenían un burdel. En aquel burdel, Saskia trabajó y dejó de pensar en Thorbecke, y más tarde dejó de pensar en su familia y en todo lo relacionado con Tunck.

Allí fue donde Manfred Carlyle se enamoró de ella. En la época en que se conocieron, un poco menos de tres años antes de la muerte de Henry, el amor no era algo por lo que Saskia se preocupara. Lo recibía cada vez que él llegaba, le decía todo lo que él deseaba oír, y aunque durante todo aquel tiempo él olvidaba que estaba pagando por las palabras, ella no lo olvidaba. Él la visitaba a menudo, desesperado siempre por estar cerca de ella. «He hecho el viaje hasta aquí en menos tiempo del que pensaba», dijo en una ocasión, con el rostro sudoroso y rojo por el viaje. «Entonces te prepararé tu recompensa», decía Saskia.

Carlyle era veinte años mayor que ella, y era uno de los acreedores de Counsel Skiffington. El primo de John Skiffington le permitía a Carlyle «airearse» en su plantación de todo el *whisky* y todo el sexo consumidos en el burdel. A Counsel siempre le había complacido dar alojamiento a un hombre a quien le debía dinero y le había dicho a su capataz, Cameron Darr, que se quedase junto a Carlyle y lo mantuviese contento. En una pequeña casita situada en el rincón noreste de la plantación de Counsel, Carlyle se aireaba, durmiendo unas catorce horas diarias. En la que sería su última visita, para mantenerlo contento, Darr bebió con él. Después de tres días aireándose, Carlyle recorrió la treintena de kilómetros hasta su propio hogar, con su familia, que eran seres grises después de su exultante tiempo con Saskia. Al igual que Thorbecke y Saskia, Carlyle tampoco sufriría la viruela ni un día, y su familia y sus esclavos se libraron también. En su último viaje de vuelta de la plantación de Counsel, alguien robó su caballo mientras orinaba en la orilla de un río. «Eso debería haberme servido de aviso», le dijo a un amigo meses después, de regreso en el burdel.

Counsel Skiffington había sufrido tres años de malas cosechas, y luego, al cuarto año, el año en que Saskia llegó al condado de Johnston, comenzó a prosperar de nuevo. Lo consideraba un buen año cuando cada esclavo producía una cosecha por valor de 250 dólares, pero durante aquellos tres terribles años solamente obtuvo 65 dólares de cada esclavo. Los tiempos habían sido tan duros que los sirvientes de la casa, gente con una piel y unas manos impecables que no habían conocido ampollas de importancia, fueron enviados a los campos a trabajar con la esperanza de que más manos pudieran extraer más de la tierra. Carlyle era uno de los cuatro acreedores, de los cuales solamente uno era un banco, y los acreedores fueron amables con él durante aquellos años, aunque el banco enviaba a un hombre cada dos meses para comprobar la salud de la plantación. En aquel cuarto año, el año de la recuperación, el beneficio por cada esclavo fue de 300 dólares, y el hombre del banco dejó de hacer su visita. Counsel iba camino de un quinto año incluso mejor cuando, en medio de una tranquila noche, Darr, el capataz, se despertó con una tos tan fuerte que despertó a la esposa de Counsel, Belle, en su mansión a medio kilómetro de distancia. Su esposo siguió durmiendo, pues era de esa clase de hombres —como le comentó Belle en una carta a su prima política Winifred Skiffington— que pueden dormir aunque Jesucristo esté llamando a la puerta. La tos de Darr despertó también a los cuatro hijos de Skiffington, pero Belle y dos de los esclavos de los niños consiguieron que se durmieran de nuevo. Les dijo a los sirvientes que volvieran a la cama y ella hizo lo mismo, pero le costó volver a conciliar el sueño incluso después de que la tos del capataz se calmase, aproximadamente una hora más tarde.

No hubo más toses de Darr después de aquella primera noche, pero uno tras otro, los esclavos comenzaron a caer enfermos con dolores de cabeza, escalofríos, náuseas y un insoportable dolor en espaldas y extremidades. «No están fingiendo —le dijo el capataz a Counsel—. Yo me daría cuenta si estuvieran fingiendo y no es el caso». Darr, padre de cinco hijos, conocía muy pocas cosas más allá de la vida que llevaba en la plantación, y por ello le gustaba mucho oír a Carlyle hablar de todos los lugares que había visitado y de todas las mujeres que le había dado el cielo y de cómo se había fijado por fin en Saskia. Darr no era hombre bebedor, pero había bebido aquella última vez con Carlyle porque eso hacía más agradable escuchar y recordar sus historias. Le dijo a Counsel que los esclavos no estaban fingiendo, un día o dos antes de que los purulentos puntos rojos comenzasen a aparecer en los esclavos y en sus propios hijos. Counsel decidió llamar al doctor blanco, consciente de que lo que los esclavos tenían no era un mero percance de una semana en su camino hacia un rentable quinto año.

El doctor puso el lugar en cuarentena y en poco tiempo se extendió por toda la región el rumor de que «El Sueño de un Niño», como Belle había bautizado la plantación, se estaba desmoronando. El hombre del banco, ante el temor de que su empresa lo obligara a visitar la propiedad de Counsel incluso a pesar de la cuarentena, abandonó su trabajo.

Cuando Manfred Carlyle llevaba cuatro semanas en casa con su familia, más de la mitad de los esclavos de la plantación de Counsel habían muerto, unos veintiún seres humanos, con edades comprendidas entre los nueve meses y los cuarenta y nueve años. En esa cifra estaban incluidos Becky, de un año de edad, a la que le estaban saliendo los dientes pero a quien su madre había amamantado con toda la frecuencia que le había sido posible con la esperanza de que la enfermedad no se transmitiera a su hija; Nancy, de diecisiete años, a quien le faltaban pocos días para casarse con un hombre al que creía amar, un hombre con músculos suficientes para dos hombres; Essie, de treinta y nueve años, que acababa de cometer adulterio por octava vez; y Torry, de veintinueve años, que tenía un labio leporino, pero que, cuatro días antes de morir, se había tragado enteras dos mollejas de pollo crudas, pues un curandero le había dicho que curarían su «aflicción». Luego, después de perecer esos esclavos, murió la esposa de Darr y con ella tres de sus hijos. Diez esclavos más murieron, y aquel mismo día murió el primero de los hijos de Counsel, la mayor, la pecosa

Laura, que tan bien tocaba el piano. En los tres días posteriores a su muerte, la enfermedad se llevaría consigo prácticamente a todos los demás, hasta la más joven de las esclavas, Paula, de diez semanas de edad, cuya madre había muerto en el parto. Solo Counsel quedó vivo, tan sano como la noche lluviosa en que su madre lo alumbró.

Los animales también sobrevivieron; de algún modo se las arreglaron para salir adelante incluso con todos sus cuidadores muertos. Los acreedores, semanas y semanas después, no obtendrían mucho por el ganado procedente de un lugar al que Dios había vuelto la espalda. Las tierras del comprador podrían ser las siguientes si compraba una vaca o un caballo; si Dios podía hacerle eso a Counsel Skiffington, comentó un potencial comprador, ¿cuánto más podría hacerle a un pobre hombre como yo?

Al final, después de que Counsel intentase alejar a los animales, no quedó mucho más que la tierra, e incluso eso, más de un año después, cuando los acreedores y otros tuvieron valor suficiente para acercarse, se vendió por poco menos de un cuarenta y cinco por ciento de su valor. Belle fue la penúltima persona en morir, unas pocas horas antes de que una esclava, Alba, de cincuenta y tres años de edad, saliera de su cabaña en pleno delirio a deambular y sentarse hasta la muerte frente a la casita donde se aireaba Carlyle. Al morir Belle, Counsel quemó la mansión. Desde el primer fallecimiento no había enterrado a nadie y todas las personas de su familia, incluidos los cuerpos de nueve sirvientes, ardieron junto con el edificio. Luego fue a la casita donde se había alojado Carlyle y a la casa de Darr y quemó también esas construcciones. Los establos. El ahumadero. La herrería. Todo fue reducido a cenizas. Las cabañas de los esclavos, muchas de ellas con los cuerpos de los muertos todavía en su interior, resistieron el fuego y en su mayoría se mantuvieron en pie, chamuscadas, pero en condiciones de recibir nuevos ocupantes. Las construcciones de barro y ladrillo barato seguían en pie cuando el contable del primer acreedor hizo su visita para comprobar con qué tenía que enfrentarse. Ocho meses más tarde, en Georgia, Counsel se fijaría en una cabaña de dos puertas construida para dos familias de esclavos, y pensaría que las cabañas de su propiedad se habían mantenido en pie porque ellas, al igual que el lugar de dos puertas, no tenían prácticamente nada en su interior. Incluso la mansión de Dios ardería fácilmente si hubiese un piano en el salón y trescientos libros en la biblioteca desde el suelo hasta el techo y muebles de madera procedentes de Inglaterra y Francia y mundos aún más remotos.

Las cosechas se libraron del fuego y salieron adelante, sin que nadie las atendiese. Los campos no habían sido tan pródigos en más de siete años. No hubo cosecha en el sentido habitual, pues nadie acudió a recoger lo que los esclavos habían sembrado. Si alguien hubiese contado lo que las cosechas ofrecían, habría ascendido a más de 325 dólares por esclavo.

El fuego ardió en «El Sueño de un Niño» durante tres días. Counsel se marchó el segundo de aquellos días, abrumado por el mayor dolor que conocería nunca, y se dirigió hacia el oeste del condado y luego hacia el sur, evitando en lo posible todo contacto con cualquier ser humano. No le importó, pero ya en Carolina del Sur le vino a la mente que lo que había hecho era un delito, pues gran parte de lo que tenía pertenecía a otras personas. Siguió adelante, sin rumbo fijo, apesadumbrado por la carga de los recuerdos de sus seres queridos y del final de una plantación de la que se había oído hablar hasta en Washington D. C. Tenía parientes en Carolina del Sur, y Belle tenía familiares en Georgia, en la costa, pero decidió no ir a esos lugares. ¿Quién comprendería lo que le había pasado? Y estaba el primo con quien había crecido en el condado de Manchester, Virginia, pero Counsel siempre había tenido muchas más posesiones que John Skiffington y nunca había perdido la ocasión de recordárselo. No se imaginaba de pie ante la puerta

de John, sin un penique, si bien presentía que John le habría
abierto los brazos y le habría dado todo lo que tenía. De modo
que siguió cabalgando, sin saber siquiera que lo único que deseaba era un poco de paz, y sin saber, hasta mucho después,
que deseaba recuperar todo lo que había perdido.

Unos tres meses después de abandonar su plantación, Counsel llegó a Chattahoochee, Georgia, al sur de Columbus,
creyendo estar suficientemente lejos de la costa donde vivían
algunos de los parientes de Belle. Había cabalgado casi a diario
excepto durante un período de dos semanas en Estill, Carolina
del Sur, donde un fuerte resfriado lo obligó a guardar cama. No
fue como cualquier otro resfriado que hubiese tenido nunca y
sospechó que era algo más, que la viruela que ni siquiera estaba intentando dejar atrás finalmente lo había atrapado. Había
llevado consigo algún dinero desde Carolina del Norte y eso le
permitió ocupar un espacio en una habitación trasera de la casa
de huéspedes de una pareja de ancianos. Pagó por una estancia
de una semana, convencido de que al terminar esa semana estaría muerto. La anciana debió de sospechar lo que le pasaba por
la cabeza, pues le dijo, al tercer día, mientras le daba de comer,
que en su casa nunca había muerto nadie y que él no sería el
primero. Se recuperó y dejó el lugar por la noche, llevándose
consigo el caballo y la silla que les había entregado.

En Chattahoochee, un mes después de salir de Estill, la enfermedad lo alcanzó de nuevo, justo cuando había encontrado trabajo con un hombre que tenía una granja de grandes
dimensiones. El hombre no tenía esclavos, solo negros libres
a quienes contrataba cuando era necesario. Counsel se sintió
extrañamente incómodo en compañía de negros que trabajaban pero no eran esclavos; gente que venía y se iba cuando
quería. No dijo nada, pues necesitaba el dinero para poder
seguir adelante. Trabajó tres días y al cuarto se desplomó.

—Me estoy muriendo y no hay nada que hacer —les dijo a

los negros y al granjero blanco mientras lo trasladaban desde los campos.

—Entonces encontraremos un lugar para ti allí abajo —le dijo el hombre blanco, señalando el cementerio por donde Counsel había pasado el día de su llegada.

Se quedó en la habitación en la casa del hombre blanco y fue cuidado principalmente por Matilda, la mujer negra que cocinaba y limpiaba para ellos. Si sabía hablar, nunca le dijo una palabra, ni siquiera buenos días, ni siquiera buenas noches. Él comenzó a recuperarse, lentamente, y un día tras otro maldecía a Dios por jugar con él. «A ver si te decides —le dijo a Dios—. No me importa morir. Lo único que quiero es que te decidas».

Una noche, ya muy tarde, tres semanas después de enfermar, esperó a que todos estuviesen dormidos en la casa y cogió dinero de un escritorio en el salón del hombre y ensilló uno de sus caballos y se marchó. Quería ir a Alabama y finalmente se dirigió a California. No sabía nada acerca de California, solo que estaba muy lejos de Carolina del Norte. En noviembre, en Cartago, Mississippi, compró una pistola para reemplazar la que no había podido encontrar en la oscuridad en la granja. Aquella pequeña pistola Allen de 1840 había pertenecido a su padre y durante todo su trayecto por Alabama había pensado que podría volver a casa del granjero y devolver el dinero para no tener que quedarse sin la pistola de su padre. Pero había muchas otras cosas que habían sido de su padre y que se habían quemado allá en Carolina del Norte, y ya cerca de Cartago comprendió que era una tontería dejarse llevar por una simple pistola.

En las afueras de Merryville, Louisiana, en Beauregard Parish, llegó a un amplio terreno que parecía no tener fin, hierba y tierra resecas donde se abrían grietas de casi medio metro de anchura en algunos tramos. Los árboles parecían no haber nacido del suelo sino haberse incrustado en el terreno, como un mueble en una habitación. Su caballo, por su propia cuenta, empezó a moverse despacio y Counsel tuvo la sensación de que el animal podría decidir en cualquier momento dar media vuelta. Él habría acatado esa decisión. Luego, poco a poco, la tierra se hizo más verde y aparecieron un ciprés tras otro y el caballo avanzó con mayor confianza. Counsel vio pelícanos y pensó que podía oler el mar. Pero siguió sin ver signo alguno de seres humanos.

La tierra verde se hizo más uniforme y al fin pudo ver una casa y una construcción más pequeña en la distancia, un lugar al que podría llegar en un par de horas, según lo rápido que fuese su caballo. Se tomó su tiempo, pensando que lo que veía era la ilusión óptica de una mente cansada, y llegó a la casa en aproximadamente una hora. Pero después de cabalgar durante toda esa hora, estaba de nuevo en un lugar desolado. La tierra parecía incapaz de producir nada que no fuese dolor, pero, cuando Counsel miró alrededor, pudo ver que se habían hecho algunos esfuerzos de cultivo. Y en algunos lugares vio que se había logrado, aunque no pudo distinguir qué era lo que crecía allí. Los cultivos tenían un metro de altura. La casa se inclinaba hacia la derecha, y el edificio parecido a un establo, cerca de ella, se inclinaba hacia la izquierda.

Un mulo salió del establo y miró a un lugar distinto de donde Counsel y su caballo se encontraban y luego miró a Counsel y se dirigió lentamente hacia él. El mulo empujó con suavidad al caballo en la nariz y el caballo le devolvió el empujón.

Counsel había visto el humo de la chimenea una media hora antes y desmontó y fue hacia la puerta. Antes de llamar, echó un último vistazo alrededor. Todo parecía mejor desde el porche; era un lugar que podría sustentar bien a un hombre y su familia, si sustento era todo lo que deseaba. Pieles y carne de animales, ardilla y conejo y otros animales más grandes que Counsel nunca había visto antes, colgaban de un extremo a otro del techo del porche.

La puerta estaba entreabierta. Llamó una vez y una mujer abrió la puerta de par en par y lo miró como sopesando si merecía su sonrisa. No sonrió, sino que se volvió hacia la habitación y dijo:

—Es alguien.

A Counsel la mujer le pareció atractiva, especialmente después de que ella moviera la cabeza y él pudiera ver su cuello ascender hasta encontrarse con su pelo. La belleza se marchitaba y lo hacía a gran velocidad.

—¿Qué alguien? —dijo un hombre.

Un muchacho de unos doce años salió a la puerta y le dijo a Counsel que entrara. Llamó a la mujer «Ma» y le dijo que cerrara la maldita puerta después de entrar Counsel y ella así lo hizo. Había un hombre sentado junto a una mesa en una zona que parecía ser la cocina. El suelo era de tierra prensada. La habitación olía fuertemente a humo y había una densa humedad. La casa era mucho más grande de lo que parecía desde el exterior, pero no era una casa de habitaciones sino una gigantesca habitación y cada zona parecía tener una función como las que tienen las habitaciones en una casa normal. Las camas muy a la derecha, la cocina y la mesa en la parte de atrás a la izquierda, y cerca del frente del edificio había una zona de estar donde dos niñas más pequeñas que el muchacho jugaban en el suelo con muñecas hechas con mazorcas de maíz. Counsel supo por la forma de hablar de una de las niñas que no se trataba de un juego amistoso.

El hombre estaba comiendo en la mesa y le dijo a Counsel:

—Yo soy Hiram Jinkins.

Counsel le dijo quién era él, que estaba de paso y agradecería un lugar donde pasar la noche, tal vez algo de comer. Jinkins señaló una silla al otro lado de la mesa donde él estaba y le indicó a Counsel que se sentara. La silla tenía una pata más corta que las otras y Counsel comprobó que era necesario mantenerse en equilibrio todo el tiempo. Tenía la sensación de que el hombre no deseaba que se moviese a otro lugar. La única otra silla vacía estaba cerca del hombre y el muchacho se sentó en aquella poco después de sentarse Counsel.

—Esta es Meg —dijo Hiram, señalando a la mujer, que se acercó y se llevó el plato de metal vacío donde Hiram había

estado comiendo—. Y este es Hiram Cuarto —y movió la cabeza hacia el muchacho. Counsel les dio a ambos los buenos
días—. ¿Dice usted que no ha comido? —dijo Hiram el hombre.

—Así es —dijo Counsel.

—Bueno. . . —y la mujer volvió pronto con el mismo plato
de metal, rebosante ahora con un guiso que compartía el plato
con una espesa grasa.

Contenía generosas porciones de carne. Counsel estaba demasiado hambriento para preguntar de qué carne se trataba.
La mujer puso una cuchara junto al plato.

—Panecillos también —le dijo el muchacho a su madre—.
No olvides los malditos panecillos.

Meg le llevó panecillos y Counsel comió. Las niñas siguieron
jugando en un rincón de la habitación y la niña deslenguada se
había tranquilizado.

—¿De dónde eres? —dijo el muchacho—. ¿De Louisiana?

Aunque parecía tener unos doce años, tenía la voz ronca y en
una habitación a oscuras podría haber pasado por un hombre.

—De Georgia —dijo Counsel, intentando recordar todo lo
posible sobre la granja.

La habitación se oscurecía a medida que caía la noche, y
Meg y las niñas iban de un lado a otro de la casa encendiendo
velas y dos faroles. El muchacho vio a una de las niñas con un
farol. Se giró rápidamente sobre su silla y dijo:

—Reserven los malditos faroles. No debería recordárselo.
Reserven los malditos faroles.

—¿De dónde ha dicho? —le preguntó en voz baja el hombre al muchacho.

—De Georgia. ¿Dónde tienes tus malditas orejas?

El hombre se tocó los dos lóbulos de las orejas a la vez y dijo:

—Donde siempre han estado.

—Pues úsalas. Ha dicho Georgia tan claro como el maldito
día y tú ni siquiera lo oyes. Estás más cerca de él que yo y a
pesar de eso ni siquiera lo oyes.

Por primera vez en todo este tiempo, Counsel echó de menos las noches con su familia: Laura tocando el piano, Belle leyéndoles a los niños más pequeños. A ver si te decides, Dios, eso es todo lo que pido.

—Puedes irte a comer mierda, muchacho —dijo el hombre—. Coge tu maldita cuchara y ponte a comer mierda.

—De eso ya he comido bastante.

Hiram, el hombre, dijo:

—¿Qué hace usted en Georgia, señor Skiffington? Estoy seguro de que es usted una persona ilustrada. De eso estoy seguro.

—¿Cómo puedes saberlo? —dijo Hiram, el muchacho—. ¿Cómo puedes saber nada sobre él cuando todo lo que ha hecho es decir su nombre y Georgia y entrar aquí y comerse nuestra comida? ¿Cómo puedes decir eso, Pa?

—Es bastante fácil —dijo el hombre.

Por el rabillo del ojo Counsel podía ver a Meg de pie junto a la ventana. De algún lugar llegaba una corriente de aire y la vela en esa parte de la habitación temblaba y, de vez en cuando, con la luz intermitente, Meg parecía desaparecer. Las niñas estaban hablando, pero Counsel no tenía ni idea de en qué lugar de la enorme habitación se encontraban.

—¿Qué hace usted en Georgia? —repitió el hombre.

—Era agricultor. También tuve una pequeña tienda, vendía telas y lo que hiciera falta.

—Un hombre que sabe hacer de todo —dijo Hiram, el hombre—. Me caen bien los hombres que saben hacer de todo.

—Eso no es lo que ha dicho, Pa. No ha hecho de todo y no sé por qué te imaginas que lo ha hecho.

El hombre bostezó.

—Tuve tres hijos que se murieron, y luego llegaste tú —dijo. Cruzó los brazos y le dijo a Counsel—: Podemos darle alojamiento en el establo. ¿Cree que podrá soportarlo?

—Sí —dijo Counsel—. Y se lo agradezco.

Se levantó.

—Estoy seguro de que sí —dijo el muchacho.

—Hiram —dijo el padre—, ocúpate de que el señor Skiff-ington se acomode en el establo. Enséñale dónde está el retrete.

—Ocúpate tú de que se acomode en el maldito establo —dijo el muchacho.

El hombre extendió un puño hacia Counsel.

—Tres de ellos se fueron —abrió uno, dos, tres dedos—. Y luego nació él. Dios y sus misterios. —Sacudió la cabeza—. Meg, ocúpate de que este hombre se acomode en el establo.

Meg llevaba en las manos una vela y dos mantas y fue delante y Counsel la siguió hasta el establo, tirando de su caballo.

—Quédese con la vela —dijo ella después de indicarle un lugar aceptable donde acostarse—, pero, por favor, no incendie todo esto. No estaría bien.

—Tendré cuidado —dijo él cuando ella se iba.

Comprobó que su caballo estaba cómodo y se acostó junto al mulo que parecía moverse impaciente en su propio espacio.

—Para —le dijo Counsel al mulo después de haberse instalado—. Te he dicho que pares.

El mulo se detuvo, pareció analizar lo que el hombre le había dicho y luego volvió a moverse de un lado a otro. Counsel se puso de costado y se subió la manta hasta las orejas. Estaba profundamente dormido cuando sintió que algo le tocaba el hombro. En un principio pensó que el mulo se había salido de su espacio y lo golpeaba suavemente con el hocico, pero el toqueteo se hizo más insistente y echó mano de la pistola. Se volvió y amartilló el arma.

—Oh —dijo Meg y se echó hacia atrás ante el sonido de la pistola.

—¿Qué? ¿Qué quieres? —dijo Counsel.

Intentó distinguir el rostro de la mujer en la oscuridad, intentó recordar lo poco de él que había visto al atardecer, pero lo único que pudo recordar fue el rostro de una mujer de Alabama que se le había adelantado en su carreta con sus pertenencias y su familia.

De nuevo arrodillada, Meg levantó la manta y se inclinó sobre él y empezó a besarle el rostro. Se alzó el vestido y se llevó la mano de él a la entrepierna. Él se preguntó si el muchacho había nacido de ella. Finalmente, hizo que se tendiera junto a él y siguieron besándose y él podía oír que el mulo seguía moviéndose de un lado a otro. Su caballo estaba quieto. La mujer tiró de él para que se subiera encima de ella y abrió las piernas aún más, sin separar nunca sus labios de los del hombre. Le sorprendió estar dentro de ella, como si todas las caricias y los besos no tuviesen que desembocar en eso sino en algo totalmente inocente, algo que pudiesen hacer en la mesa delante del muchacho. Durante todo el tiempo que ella estuvo allí, aquel «Oh» fue lo único que dijo.

Por la mañana permaneció acostado pero despierto durante un tiempo para poner en orden sus ideas. Oyó al mulo orinar en su compartimento. Supo enseguida que la visita de Meg no había sido un sueño. Ese había sido a veces su problema con los hechos desde su salida de Carolina del Norte: la sensación, al despertar, de que todo había sido nada más que un sueño, que Carolina del Norte era lo real y que no podía confiar en nada de lo sucedido después. Echó un vistazo a su caballo. Tenía la mirada fija en la puerta rota del establo. Counsel había descubierto que, si permanecía tumbado durante un tiempo, el mundo se enderezaba y entonces él sabía dónde se encontraba y sabía que en lo que no podía confiar era en Carolina del Norte.

Al salir del establo, miró hacia un lado de la casa y se dio cuenta de que las dimensiones eran mucho más pequeñas que el interior real de la casa. Era imposible que lo que se veía desde fuera —la pared de no más de seis metros— pudiera contener todo lo que él había visto dentro la noche anterior. Y el frente de la casa no tenía más de cuatro metros y medio. El interior de la noche anterior tenía cuando menos veintidós por quince metros. Counsel pensó que debería volver al establo y tratar de empezar el día de nuevo, pero acordarse del muchacho le hizo desear marcharse.

Se detuvo delante de la casa antes de llamar a la puerta. Confiaba en que la mujer mantuviera en secreto lo sucedido entre ellos. Parecía el tipo de persona que sabe cómo hacerlo. Allí seguía él cuando la puerta se abrió y una de las pequeñas le dio los buenos días. Él dijo buenos días y ella dijo que había algo de comer en la mesa.

En el interior vio los mismos veintidós por quince metros de la noche anterior. Los dos Hiram estaban comiendo en la mesa y Meg estaba de pie detrás del hombre.

—Coma un poco —dijo el padre, y señaló un plato frente a él.

Counsel tomó el mismo asiento que la noche anterior. Había un grumo de huevos revueltos y una loncha de beicon muy hecho que compartía el plato con dos grandes trozos de pan. Counsel se sentó y solo entonces vio la pistola junto al plato del hombre. Estaba a igual distancia entre el plato del hombre y el plato del muchacho, de modo que no era fácil saber a quién le pertenecía el arma. Pero, para dejarlo claro, el hombre puso la pistola en su regazo y chasqueó los dientes.

—¿Has dormido bien? —le preguntó el muchacho a Counsel.

—Mejor que en la mayoría de los sitios —dijo él—. Y se agradece.

Había dejado su propia pistola con el caballo en el establo, y aunque había entrado hambriento, la comida que tenía delante empezó a revolverle el estómago. Se preguntó: ¿duele más una bala en la barriga cuando la bala no tiene que mezclarse con huevos y beicon y trozos de pan? ¿Se tarda más en morir con el estómago vacío?

Miró detenidamente a la mujer. Tenía un oscuro moratón junto a su ojo izquierdo.

—No tenemos las comodidades de un hotel —dijo el muchacho.

—Lo que quiere decir es que procuramos tratar bien a los forasteros.

—Sé lo que quiero decir, Pa. Él sabe lo que quiero decir. Estoy hablando en cristiano.

—Nunca sabe uno cuándo un forastero es un ángel —prosiguió el padre—, que viene a comprobar a qué lado del bien y del mal se encuentra uno. Dios sigue haciendo eso con la gente, digan lo que digan algunos, incluso algunos predicadores. Sigue enviando ángeles para ponernos a prueba. No quiero defraudarlo.

—No —dijo Counsel—. Yo tampoco querría defraudarlo.

El padre alzó la pistola y señaló la comida que Counsel tenía delante.

—Coma, coma —dijo—. Mi esposa ha trabajado como una esclava toda la mañana para preparar todo eso.

Dejó la pistola junto a su plato, mucho más lejos esta vez del plato del muchacho.

—No tengo tanta hambre esta mañana —dijo Counsel—. La verdad es que he venido solamente para despedirme.

—Oh, vamos. Coma. Estoy seguro de que tiene usted hambre de sobra. El trabajo de un ángel debe de ser un trabajo duro, creo yo. Los ángeles hacen todo ese trabajo duro en nombre de Dios y lo menos que podemos hacer es darles de comer lo mejor que podamos. —Había levantado la pistola y decía esas últimas palabras dándose golpecitos en el pecho con el cañón del arma—. Desde luego *yo* estaría hambriento si hubiese tenido que hacer todo ese trabajo.

—Escuche... —empezó a decir Counsel.

—¿Me está usted diciendo que la comida que prepara mi esposa no es lo suficientemente buena para uno de los ángeles de Dios?

—Eso es exactamente lo que acabo de oír —dijo el muchacho—. Se planta usted aquí, duerme en nuestra casa y luego desprecia la comida de mi madre. Y tú, Pa, no sé por qué dices que es un ángel o algo así.

—He entrado solo para darles las gracias y decirles que tengo que irme —dijo Counsel—. Eso es todo lo que quiero hacer. —Se puso en pie lentamente y desvió la mirada del hombre a la mujer, que no parecía descontenta en absoluto, a pesar del cardenal que lucía en su rostro—. Solo quiero seguir mi camino, eso es todo lo que quiero. —La silla, con su pata rota, se volcó y Counsel la maldijo mentalmente—. Lo único que quiero es irme.

Retrocedió unos pasos hacia la puerta, sin volver en ningún momento la espalda al hombre. El muchacho bebía de una taza al otro lado de su plato. Lo que bebía era leche y Counsel vio el blanco alrededor del labio superior del muchacho. ¿Dónde habían guardado la vaca todo este tiempo?, pensó, sin dejar de retroceder hacia la puerta. ¿Dónde había estado la vaca? ¿Dónde estaba la vaca ahora? Y las gallinas para los huevos, ¿dónde estaban las gallinas? El cerdo para el beicon.

—Lo único que quiero irme en paz.

El hombre se levantó, sin prisa, como si Counsel fuera lo último en su mente.

—Sentiríamos verlo marchar, ángel, pero cuando tiene uno que ocuparse del trabajo de Dios, tiene que hacerlo.

—Deberíamos hacerte pagar por todo lo que has recibido —dijo el muchacho—. Debería sacarte cada centavo de lo que nos debes. Y luego, además, debería sacarte el pellejo. —Estiró la mano para alcanzar la pistola, pero el hombre se apartó—. No hagas que me ponga furioso —le dijo a su padre—. Ya sabes lo que pasa cuando me pongo furioso.

Counsel abrió la puerta y salió. ¿Se lo había contado ella al hombre y luego se había divertido junto a su marido con la incomodidad y el miedo de Counsel?

Fue al establo y ensilló su caballo, y cuando salió, el muchacho estaba en el porche, con las piernas separadas, las dos manos medio metidas en la cintura de sus pantalones. Counsel montó y se alejó muy despacio porque sabía que la velocidad era otra de las cosas del mundo que al muchacho no le gustaban.

Tardó el día entero en llegar a Texas. Ya no quería saber nada de California. Había tanta civilización en el este, cerca del océano Atlántico, tanta certidumbre. Aquí, lejos de lo que siempre había conocido, había un mundo con el que no creía que pudiera llegar a entenderse nunca. Siguió adelante y evitó ciudades, granjas, todo indicio de seres humanos.

Tres días después de Louisiana, surgió de la nada un bosque a la altura de Georgetown, Texas, y se alegró de verlo después de tanta y tan monótona planicie. Mucho antes de llegar al bosque, sintió el estruendo en el suelo, pero pensó que se trataba de algún fenómeno atmosférico, un mensaje del cielo a la tierra avisando de la tormenta que se aproximaba. En Carolina del Norte, en una ocasión, había permanecido en su porche mientras llovía, para luego simplemente bajar los escalones y alejarse unos cuantos metros hasta un lugar donde no llovía. Y muchas veces había visto allí truenos y relámpagos durante una nevada. De modo que estaba acostumbrado a los ardides de la climatología. Los árboles del bosque parecían suficientemente frondosos como para proporcionar un pequeño refugio para él y su caballo durante la tormenta. El estruendo del suelo aumentaba a medida que se aproximaba al bosque.

Estaba a menos de quince metros de la linde del bosque cuando los perros emergieron de los árboles, avanzando despacio, pero con cierta determinación. Era una manada impresionante y extrañamente disciplinada de perros mestizos. No pudo ver ni un ejemplar de raza en la manada, había unos veinticinco chuchos en total. Estaba demasiado cerca de ellos para correr; no les habría costado mucho alcanzarlos a él y al caballo. Primero un perro se fijó en él, uno situado en el centro de la manada, y luego otro situado en el extremo del grupo, y luego todo el resto lo miró indiferente. Cuando todos habían salido del bosque, se sentaron al unísono sobre sus patas traseras. Desde una cierta distancia segura, pensó, podría haber admirado aquella maravilla, la variedad de colores y tamaños y la sensación de que compartían una misma mente. Se habían detenido, pero el estruendo del suelo continuó. Sacó la pistola de su funda y la sostuvo junto con las riendas. Tal vez la simple visión de la muerte de uno o dos de ellos atemorizaría al resto.

Algo le dijo que sería mejor seguir adelante; tal vez reconocían en él y en el caballo algo de valor por no echar a correr. Le pareció extraño que el caballo no hubiese mostrado ni una pizca de vacilación o temor. Se movía lentamente en medio de la manada, y los perros, una fila tras otra, se levantaban y se quitaban del camino y volvían a sentarse después de dejarlo pasar. Se habían adentrado bastante en el bosque cuando el estruendo se hizo más intenso y se imaginó que era debido a que los sonidos quedaban atrapados bajo la bóveda de los árboles. Luego, como si hubiesen sido invisibles y hubiesen elegido justamente ese momento para reaparecer, aparecieron frente a ellos diez hombres y mujeres a caballo, y Counsel pudo ver más allá de ellos incluso más personas y caballos, así como seis o siete carretas, todas las cuales atravesaban con facilidad el bosque como si transitasen por una carretera bien pavimentada. A medida que pasaba su mirada de un rostro a otro y a otro, la multitud de personas y caballos aminoró el paso hasta detenerse. Le tembló la mano y la pistola cayó casi en silencio al suelo del bosque. Un hombre negro, a menos de un metro de distancia de Counsel, se acercó más aún con su caballo y se inclinó hasta el suelo para recoger la pistola y entregársela a Counsel, junto con restos de la maleza donde el arma había caído.

El hombre negro, a su derecha, empezó a hablar un idioma extranjero y señaló el bolsillo de la chaqueta de Counsel y sus alforjas. Counsel pudo distinguir algunas palabras inglesas pero el conjunto carecía de sentido para él. Counsel sacudió la maleza de la pistola y la dejó reposar sobre la silla de montar. El negro siguió hablando, y su charla, levemente por encima de un susurro, sonaba muy alta en el bosque, a pesar de todas las personas y los animales. Todas las personas y los caballos parecían haberse callado tan solo para escuchar lo que él tenía que decir. El hombre se acercó y sacudió el dobladillo de la chaqueta de Counsel y pareció decepcionado al no oír lo que esperaba. Counsel utilizó la pistola para apartar la mano del hombre. Una mujer que a Counsel le pareció mexicana se acercó montada en un caballo palomino y se detuvo junto al hombre negro y le hizo un gesto con la cabeza a Counsel. Le pareció que era mexicana porque se parecía a una ilustración de uno de los libros de su biblioteca en Carolina del Norte.

—¿Qué está diciendo este negro? —dijo Counsel—. ¿Qué habla? —Se dirigió a la mujer, pero también dirigió sus preguntas a un blanco cuya presencia advirtió justo detrás del negro y a otro blanco que apareció a su izquierda—. ¿Qué quiere de mí este negro? —le preguntó al blanco de la izquierda—. ¿Qué habla?

—Habla americano —dijo la mujer mexicana, con gesto adusto, como si quisiera transmitir la gravedad de lo que el negro estaba diciendo.

Él supo que ella mentía y en ese momento solo deseó que se largara.

—Pregunta si tiene usted tabaco —dijo el blanco de la izquierda—. Supongo que no es usted americano, porque de lo contrario le entendería. —El hombre levantó su sombrero por la copa y luego lo dejó caer de nuevo sobre su cabeza—. Es duro de oído, de lo contrario se sentiría insultado y discutiría con usted. Me han dicho que sus discusiones pueden llegar ser penosas.

—Dígale que no tengo nada para él.

El negro se encogió de hombros, aparentemente por entender lo que Counsel había dicho. Empezó a pasar de largo a Counsel y luego se detuvo y recogió el último resto de maleza de la pistola de Counsel. ¿Lo ahorcarían en uno de los árboles si le pegase un tiro al negro allí mismo?

—Necesita una pistola nueva —dijo el negro con la misma claridad con la que había pronunciado todas las demás palabras. Siguió su camino.

El blanco de la izquierda le pareció a Counsel más sensato, a pesar de las tonterías que habían salido de su boca.

—Solamente quiero seguir mi camino.

¿Había dicho eso mismo una hora antes tan solo? ¿Unos días antes? ¿O eran los vestigios de una conversación procedente de un sueño?

—Nosotros no retenemos a nadie —dijo la mujer mexicana, y siguió al hombre negro.

—No a propósito, en todo caso —dijo el hombre blanco que estaba detrás de ella.

Counsel empezó a avanzar y la gente y sus caballos le abrieron paso. Había calculado en la mitad el volumen de personas, y a medida que avanzaba, le pareció que su número, con sus caballos y sus carretas, no terminaría nunca. En un momento dado se dio la vuelta y se quedó mirando la parte de atrás de una carreta y vio a dos mujeres embarazadas, una blanca y una negra, sentadas y con la mirada fija en él. La mujer negra lo saludó con la mano, pero la mujer blanca tenía los labios fruncidos; llevaba puesto un gorro de color verde claro y una de las cintas del gorro en la boca. Había visto que conducía la carreta un anciano de piel oscura. No realmente un negro, no realmente de ninguna raza que estuviese registrada en ninguno de los libros de su destruida biblioteca. Al mirar entre las mujeres embarazadas vio a un diminuto niño de pelo rubio que mantenía los brazos alrededor del cuello del hombre de piel oscura, agarrado a él en busca de apoyo. El niño se volvió y lo miró. Counsel se preguntó si las autoridades tenían conocimiento de todas estas personas. Aquí había algo que no estaba bien y el Gobierno de Texas debería hacer algo al respecto.

Cuando apartó la vista de la carreta con las mujeres embarazadas, un muchacho que sonreía con una dentadura perfecta estaba frente a él. Conocía sus orígenes gracias a otro de los libros destruidos: una persona de Oriente. Podría ser de China, si el libro decía la verdad. El muchacho no tenía más de quince años y su trenza larga y gruesa reposaba sobre su hombro izquierdo con la tranquilidad de una codiciada mascota. El muchacho se interponía en su camino y Counsel se detuvo. El muchacho, con la mano extendida, se desplazó ligeramente a su derecha y Counsel continuó, y al pasar, la mano del muchacho, nunca amenazadora, nunca violenta, se detuvo en la oreja del caballo de Counsel y descendió por el cuello del caballo, a lo largo de la silla y el muslo de Counsel y siguió hasta pasar por la grupa del caballo y por último agarrar suavemente su cola antes de dejar pasar a caballo y jinete. El muchacho no había dejado de sonreír en ningún momento, y la sonrisa, más que el hecho de tocarlos, era lo que le daba escalofríos a Counsel.

La gente de un color u otro y sus caballos fueron pasando de largo, mientras el suelo retumbaba y el sol moteado se ponía sobre todos ellos. Al final, no parecía que él y su caballo se movieran, sino que estaban simplemente siendo transportados por alguna fuerza en sentido contrario que los caballos y las carretas y las personas generaban al pasar a su lado. Se encontraba en un río formado por todos ellos y no tenía voz en el asunto. Cerró los ojos.

—Será mejor que abra los ojos o se caerá de bruces en Texas.

Counsel abrió los ojos y vio a una mujer blanca pelirroja que lo observaba. Detrás de ella pudo ver lo que pareció el final de todo ello.

—Recuerdo cuanto tú hiciste lo mismo y te caíste de bruces en Mississippi desde Alabama.

Un hombre rubio apareció tras ella. El pelo era parecido al del muchacho abrazado al negro de la carreta, y Counsel, en un intento de dar algún sentido a todo aquello, pensó que el hombre podía ser el padre de aquel muchacho. El hombre y la mujer iban montados en caballos negros, aunque el caballo de la mujer parecía volverse azul a medida que pasaban los segundos.

—Eso no es cierto —dijo la mujer, y le dio una patada al hombre en la pierna—. Esa fue Jenny y su ojo tuerto.

Se interponían ahora en el camino de Counsel y este se detuvo de nuevo.

—¿Va a seguir entrando en Texas? —le preguntó el hombre a Counsel.

—Esa es mi intención.

Tuvo la sensación de que todos detrás de él, caballos y personas y carretas, se habían detenido ahora, como si lo que él y la mujer blanca y el hombre blanco estaban diciendo fuese más importante que su lugar de destino, cualquiera que fuese.

—Hmm —dijo la mujer—, he visto el resto de Texas y ahora le he visto a usted, y no creo que ustedes dos vayan a llevarse bien.

¿Dónde estaba la ley en Texas con toda esta gente deambulando por ahí?

—Podría usted unirse a nosotros —dijo el hombre blanco. Sí, decidió Counsel, el muchacho era su hijo—. Hemos visto Texas y podríamos contarle todo lo que se está perdiendo usted. Los ríos, la tierra, el polvo. Antes de que acabemos de contárselo, pensará usted que ya ha estado en todos los lugares de Texas.

—Somos tan buenos como libros ilustrados —dijo la mujer.

—Lo único que le pedimos es que no les haga daño a los niños —dijo el hombre.

—Eso es difícil —dijo la mujer, y le propinó otra patada al hombre.

—Yo aprendí. Él también puede aprender.

—Quiero verlo por mí mismo —dijo Counsel, y arreó de nuevo a su caballo.

—Lo aprendiste después de aprender a no mentir nunca más —dijo la mujer, y se acercó y restregó el dorso de una mano por la barba del hombre rubio. Él cerró los ojos y sonrió, y si hubiese sido un gato se habría hecho un ovillo y habría ronroneado.

—No —dijo el hombre abriendo los ojos—, era Jenny la que tenía el problema de mentir. El problema de mentir además del problema de caerse de bruces en Mississippi.

—Texas —dijo Counsel e hizo girar a su caballo hacia la derecha.

—Allá usted —dijo el hombre.

—Allá todo el mundo —dijo la mujer, y nada más decirlo comenzó el estruendo del movimiento y el hombre blanco y la mujer blanca partieron y Counsel pasó entre ellos—. Pero acuérdese de no mentir ni hacer daño a los niños. Jenny lo aprendió por las malas.

Counsel volvió a ver la plena luz del sol por primera vez desde que había entrado en el bosque, pero unos metros después sintió acercarse un estruendo por delante y aparecieron docenas de caballos. Ninguna persona, solamente caballos que parecían seguir a todas aquellas personas con la obediencia de los perros al principio del bosque. Entró en la manada y cerró los ojos. Sintió el olor dulce y húmedo de los caballos, y cualquier otro día, en algún otro lugar, podría haber disfrutado de aquel prodigio. Un hombre detrás de él comenzó a silbar. Tal vez, pensó Counsel, Texas se estaba vaciando de suciedad y fuese ahora un lugar mejor para un hombre como él.

En cuestión de cinco minutos el terreno se había despejado y la tierra y el aire le pertenecieron a él solo. Pero todavía podía oír el estruendo y permaneció en su mente incluso a medida que aumentaba la distancia entre él y la manada. Se detuvo en un arroyo y él y el caballo bebieron, e incluso después de haber metido la cabeza entera en el agua, el estruendo seguía allí. Él y el caballo cruzaron el arroyo, y al llegar al otro lado montó y siguieron bien durante más de tres kilómetros. Luego apareció una espesura de vegetación. Desmontó y en un principio le resultó fácil seguir simplemente con algunos cortes aquí y allá con su cuchillo. Pensó que en cualquier momento llegarían de nuevo a un claro. Pero la vegetación continuó, al igual que el estruendo en su cabeza. Counsel miró a izquierda y derecha, con la esperanza de encontrar un modo de evitar los matorrales, pero allí solo había largas hileras de vegetación que, tuvo la sensación, tardarían días en cruzar. El caballo comenzó a resistirse. Counsel tiró de él y siguió cortando la vegetación con su cuchillo.

—Vamos —le dijo al caballo, preguntándose si podría estar

sintiendo la presencia de alguna serpiente al acecho en los ma-
tojos —. Vamos.

Soltó las riendas y siguió adelante para abrir un sendero. Volvió por el caballo y este pareció estar satisfecho, pero cuando
Counsel quiso avanzar de nuevo, todavía sosteniendo las riendas
y abriéndose camino con el cuchillo, el caballo volvió a resistirse.

—He dicho vamos. Quiero que vengas.

El caballo empezó a tirar hacia atrás. Counsel se detuvo,
sudando, la cabeza aturdida con el estruendo, la respiración
agitada, y miró al caballo a los ojos.

—Vamos —dijo con la voz más tranquila que pudo sacar—.
Vamos. —Sacó su pistola—. Cuando te digo que vengas, ¿no te
parece que hablo en serio? —El caballo no se movió—. Vamos
—dijo, de nuevo en tono tranquilo.

Levantó la pistola y le disparó al caballo entre ceja y ceja. El
caballo se derrumbó sobre sus rodillas delanteras y relinchó y
Counsel volvió a dispararle y el caballo se desplomó. Respiraba
pesadamente y Counsel estaba dispuesto a volver a disparar,
pero enseguida dejó de respirar—. ¿Por qué está resultando
tan difícil? —le dijo al caballo.

En uno de los libros destruidos, allá en su casa, había habido
un hombre, en un lugar oscuro, que controlaba el poder de una
alfombra mágica. Counsel había sentado a una de sus hijas sobre su rodilla y le había contado historias. Qué fácil había sido
todo para aquel hombre y su alfombra.

Enfundó la pistola y todo el estruendo se interrumpió por
primera vez desde la entrada en el bosque. Algunas moscas
acudieron de inmediato al caballo.

—¿Qué es lo que quieres de mí? —le preguntó Counsel a Dios.

Se sentó, a poco más de un metro del caballo, y más moscas,
más grandes que cualquiera de las que había conocido en Carolina del Norte, llegaron hasta el caballo en una nube negra.
Se quitó el sombrero e intentó espantarlas a manotazos, pero
acudieron más, como si los manotazos hubiesen sido la señal
para acudir.

—¿Qué quieres que haga? —le preguntó a Dios—. Dime, ¿qué?

Alzó la vista y le sorprendió que los zopilotes volasen en círculos tan pronto. Disparó contra uno, pero falló y nada más desaparecer el sonido del disparo los zopilotes comenzaron a posarse en tierra. Tal vez no fuera en Texas donde debía estar; tal vez seguía siendo una tierra llena de negros y de gente que nadie podía identificar porque no aparecían en los libros, y seguía llena de mujeres blancas de mala vida y hombres blancos que les consentían esa mala vida.

—Dime lo que debo hacer y lo haré —le dijo a Dios—. ¿No es así como han sido siempre las cosas? Tú dices, yo hago. Tú dices y yo hago.

Pensó en los hombres de la gran Biblia familiar de la destruida biblioteca que hablaban como hablaba él ahora. A veces Dios oía y actuaba, se apiadaba de sus criaturas, y a veces oía e ignoraba a las criaturas que le hablaban. A sus hijas les habían gustado las historias de la Biblia, la Biblia con sus nombres y sus fechas de nacimiento escritos en grandes caracteres y con una tinta que, según había dicho el vendedor, duraría generaciones. «Primero —dijo el hombre—, la tinta anotará los nacimientos de sus hijos, y luego anotará sus fechas de matrimonio. La tinta vivirá más años que usted, señor Skiffington». Counsel siguió hablando con Dios y los zopilotes descendieron y se unieron a las moscas, y todos ellos y todas ellas se dieron un festín con el caballo e ignoraron al hombre que todavía llevaba dentro de sí algo de vida.

8

Homónimos. Scheherezade. Esperando el fin del mundo.

Desde el día de la llegada de Fern Elston al morir Henry Townsend hasta el día en que puso fin a su prolongada estancia con Caldonia transcurrieron algo más de cinco semanas, aunque había vuelto a su casa durante períodos no superiores a uno o dos días. Vivía a unos trece kilómetros de Caldonia. Fern, al igual que Maude, la madre de Caldonia, y su hermano Calvin, pensó que podía ser de mayor consuelo y utilidad para Caldonia si se quedaba con ella bajo el mismo techo, un día tras otro. Fern sabía que la muerte y el posterior luto podía dejar una vida a la deriva, y lo importante que era para una familia y sus amigos guiar a un alma en su regreso a la costa, al hogar. Al principio de la cuarta semana, Fern pudo ver que Caldonia se había mantenido en pie en su embarcación, había puesto su mano sobre el hombro del capitán para darle fuerza y tranquilizar a toda la tripulación y estaba pensando en qué lugar sería el mejor para volver a la orilla. «Era hija de buena familia, de modo que nunca tuve miedo por ella», le dijo Fern a Frazier Anderson, el escritor canadiense de panfletos, aquel día de agosto de 1881. «Y usted había sido su maestra», añadió Anderson. Ella respondió, ignorando el cumplido: «He visto reconocido mi trabajo cuando no lo merecía. Y ha habido ocasiones en las que se me ha negado el reconocimiento debido. Pero ese es el destino de muchos maestros, para bien y para mal».

Maude fue la primera en volver a su casa. Podría haberse quedado más tiempo, pero sabía que toda su charla sobre el legado habría endurecido la posición de Caldonia en contra de lo que ella decía. Y Maude estaba ansiosa por volver con el amante que se había buscado después de asesinar a su esposo. Aquel amante, Clarke, un esclavo, había sido dejado a cargo de su propiedad, y confiaba en él tal vez tanto como en sus propios hijos. Clarke había aprendido a leer y escribir sin ayuda de nadie, y la confianza de Maude provenía del hecho de que, solo unas semanas antes de la muerte de su esposo Tilmon Newman, Clarke había acudido a ella para contarle lo que había aprendido a hacer. No había esperado a que ella lo adivinara por sí misma, a que ella se lo encontrase por sorpresa con la cabeza metida en un libro para tener que justificarse entonces apresuradamente con el libro boca abajo y fingiendo que en realidad no sabía lo que hacía. Eso es lo que le había pasado a una pareja blanca, conocidos de Maude en el condado de Amelia. La mujer blanca se había asustado ante la incongruencia de ver a una negra con un libro, le contó a Maude después de que la esclava, Victoria, hubiese sido azotada y se le hubiera dicho que olvidase todo lo que sabía. Eso la asustó más de lo que la habría asustado entrar en el establo y oír a un mulo cantar himnos o pronunciar las palabras del Señor, le había dicho la mujer a Maude.

«¿Sabes —le había dicho Maude la primera vez que ella y Clarke se acostaron—, que si yo fuese una mujer blanca entrarían aquí y te despedazarían miembro a miembro?». «¿Y qué harían al ser tú de color?», preguntó él. Maude, encantada de haber dado semejante paso en su vida, se recostó, con el sudor sobre su cuerpo todavía secándose. «Sospecho que, puesto que soy tu propietaria, puesto que tengo los papeles de propiedad sobre ti, podrían hacer lo mismo si yo me levantase y gritara. No serían tan rápidos, imagino, pero vendrían, Clarke». Él no dijo nada.

Calvin siguió a su madre dos días después, aunque tenía muy pocos motivos para volver. El lugar del que Maude era propietaria se había hecho más y más pequeño con el paso del tiempo a medida que ella arrendaba parcelas de su terreno. También arrendaba a muchos de sus esclavos; cada esclavo arrendado podía reportarle hasta 25 dólares al año, y el arrendador se hacía cargo de las comidas y el mantenimiento durante el arrendamiento del esclavo, de modo que prácticamente la totalidad de los 25 dólares era beneficio. Calvin no era un hombre perezoso y trabajaba en los campos que quedaban, junto a sirvientes de su madre. Pero el esfuerzo físico, incluso antes de morir Henry Townsend, no le satisfacía como antaño. Y al volver a casa después de la muerte de Henry, se levantó y salió a los campos cada vez más pequeños únicamente porque sabía que de lo contrario se atrofiaría. Llegaría a culpar de todo a la esclavitud. Si él y Clara Martin, la prima de Winifred Skiffington, hubiesen hablado alguna vez, él habría comprendido tal vez su sensación del miasma. Un dolor generado por el propio aire a su alrededor penetraba en sus huesos y se asentaba exactamente junto al dolor de amar a Louis en silencio.

Luego se marchó Fern. Su esposo se había quedado en casa durante todo el tiempo que ella había estado fuera, abandonando sus timbas por el momento. Pero ella se había dado cuenta, en sus breves regresos a casa, de que él tenía un comportamiento cada día más errático y que no podía depender de él para administrar las cosas como ella sabía que debían administrarse. Su patrimonio no era tan grande como el de Caldonia, pero, como les había explicado a sus estudiantes, el tamaño no determinaba la vulnerabilidad ante la putrefacción. Ella había enseñado que la ruina de un imperio podía comenzar no con la rebelión en los rincones más remotos del imperio, sino en el ático o en el dormitorio o en la cocina del palacio del emperador, donde él hubiese consentido que el caos doméstico se emponzoñara y finalmente provocara el derrumbe del palacio, y al palacio podría seguirle el imperio. Su esposo no era un hombre dado a la bebida todo el tiempo, le dijo Fern a Caldonia en una ocasión, pero a menudo actuaba con la irresponsabilidad de un borracho. Mejor hubiera sido que fuese un borracho, prosiguió, entonces al menos habría tenido la ventaja del regocijo que suele acompañar a la bebida.

Caldonia se quedó en el porche y vio a Fern alejarse, con Loretta justo detrás de ella y a la izquierda. Entraron en la casa y Caldonia leyó durante buena parte de la tarde, y luego cosió con Loretta. Moses fue aquella noche y le habló a Caldonia sobre el primer clavo que Henry había clavado en un tablero de la cocina, cuando la casa no era más que un sueño en su cabeza.

El sirviente que llevaba a Fern a casa aquel día vio al hombre primero y le dijo a Fern que había alguien en la carretera. Faltaba poco para la puesta del sol, y el firmamento estaba envuelto en rojo y naranja. Los patrulleros ya se habían cruzado con ellos, de modo que Fern estaba segura de que, quienquiera que fuese, era alguien con una razón legítima para estar en la carretera.

—No puedo distinguir qué es —le dijo Zeus, el sirviente—. Veo algo grande.

Veía «algo» grande porque el hombre estaba sentado sobre un caballo, pero, dado que el sol agonizante transformaba al hombre en una enorme silueta, lo que Zeus podía distinguir era una figura de una pieza, no del todo hombre y no del todo caballo.

—¿Es usted la señora Elston? —dijo el hombre, quitándose el sombrero cuando se aproximaban. Era un negro y Fern pudo ver con el último vestigio de luz diurna que era del color de una oscura nuez pacana.

—Yo soy Jebediah Dickinson —dijo el hombre.

—¿Y me busca a mí, señor Dickinson? —dijo Fern.

—Sí, señora, pero no.

—Estoy cansada, señor Dickinson, a esta hora del día lo que deseo no son acertijos.

—Su esposo me debe quinientos dólares, y yo lo único que quiero es que me los pague para poderme ir adonde tengo que ir.

Ramsey Elston, su esposo, había salido de la casa el día anterior; la necesidad de jugar lo había vencido al fin después de tantas semanas.

—Deduzco que ha estado ya en la casa y que el señor Elston no se encuentra allí. Más allá de eso, yo no puedo ayudarlo. Adelante —le dijo Fern a Zeus, y Zeus levantó las riendas, pero cuando el hombre empezó a hablar las dejó caer de nuevo.

—Un hombre puede pensar que la deuda de uno es la deuda del otro cuando dos personas son una y la misma como marido y mujer.

El hombre no se había movido. Estaba más o menos atravesado con respecto a la carretera, aunque sin resultar amenazador en ningún sentido, y Zeus podría haber pasado si su ama así se lo hubiese ordenado. El caballo de Jebediah parecía de la especie nerviosa, de los que movían la cabeza de arriba a abajo y la cola sin parar. Le habían acortado la cola, pero solamente Zeus, que no sabía mucho de caballos, se dio cuenta.

—¿Eso cree usted? —dijo Fern. Jebediah se bajó del caballo y se acercó a ella y el caballo dejó de mover la cola e instantes después dejó de cabecear—. Está usted completamente equivocado, señor Dickinson. Cualquier cosa que el señor Elston haga por ahí es asunto suyo. No tiene nada que ver conmigo, del mismo modo que lo que usted haga por ahí tampoco es asunto mío.

He sido una buena esposa.

—Lo único que digo, señora. . .

—No me interesa nada de lo que usted diga. Sus deudas son suyas y de nadie más. Si usted es jugador, y deduzco que lo es, debería saberlo. —Se preguntó cuándo había empezado Ramsey a jugar con negros. Se preguntó si seguía jugando con blancos—. Adelante —dijo a Zeus.

Allí siguió al día siguiente y todos los días posteriores durante casi una semana. Ella iba y volvía —una vez al día— de casa de Caldonia, y él no le decía nada, solo alzaba su sombrero en la ida y lo alzaba de nuevo en la vuelta. Por la noche seguía allí, pues ella podía distinguir un pequeño fuego. Y había movimiento, aunque también podría fácilmente tratarse de un oso. Los patrulleros a menudo se le acercaban y él sacaba sus papeles de dentro de su camisa y luego ellos se marchaban. Fern podía verlo a lo lejos en el camino desde su ventana. No debería ser posible verlo: ella había querido plantar árboles justo antes de la entrada, árboles que ahora habrían sido suficientemente altos para ocultarlo de su vista. Pero Ramsey siempre había querido el paisaje sin obstáculos.

Qué era lo que comía era algo que Fern ignoraba, y sus esclavos no supieron decírselo. Siete días después de estar allí, él llamó a la puerta de la casa. Zeus abrió y le dijo a Jebediah que a su ama no le gustaba que la gente, esclavos y extraños negros como él, llamasen a su puerta principal.

—Para eso hicieron la puerta trasera —dijo Zeus.

—¿Entonces para que hicieron la puerta delantera? —preguntó Jebediah.

Zeus cerró la puerta, con suavidad, como si realmente no quisiera hacer un escándalo. En menos de dos minutos Fern salió a la puerta, y Zeus, con gesto adusto, estaba detrás de ella.

—Señora Elston, mi yegua se me está muriendo, y no tengo pistola, de modo que no puedo liberarla de su sufrimiento —dijo Jebediah. Tenía el sombrero delante del pecho y lo sostenía con ambas manos—. Si yo fuera suficientemente fuerte, podría retorcerle el cuello, pero eso llevaría tiempo y ella sufriría y yo también sufriría. Tengo un cuchillo, pero eso supondría más o menos el mismo sufrimiento para ambos.

—Zeus —dijo Fern—, por favor, dile a Colley que venga aquí. Dile a Colley que traiga el rifle y una pistola.

Cuando se casó por segunda y tercera vez, Zeus seguía con ella. En realidad, mientras ella hablaba con Anderson Frazier

aquel día de 1881, él estaba dentro de la casa y ocasionalmente
se asomaba a través de las cortinas por detrás de sus cabezas. Le
llevó limonada a Anderson después de que Fern se la ofreciera.

—Sí, señora —dijo Zeus.

—¿Tiene usted intención de convertir ese lugar de ahí afuera en su casa, señor Dickinson? —preguntó ella mientras esperaban.

—Su esposo me sigue debiendo quinientos dólares, eso es
todo.

Ella habría suspirado, pero no era su carácter. Suspirar era
un indicio de capitulación, de indefensión en ciernes. Cruzó los
brazos.

Zeus volvió dando la vuelta a la casa, con una pistola, seguido
por Colley, un hombre incluso más grande que Jebediah. Colley
llevaba un rifle apoyado en el hombro. Los tres hombres fueron
al lugar donde se encontraba la yegua y, después de que Jebediah le dijese algo a Colley, este le entregó el rifle y Jebediah le
disparó a la yegua dos veces en la cabeza y luego le devolvió el
rifle a Colley. Fern observaba desde el porche y pudo ver cómo
la yegua simplemente desaparecía en uno, dos segundos de su
vista sin árboles, sin dejar ni rastro de haber estado allí nunca
excepto por una polvareda un poco molesta. Zeus había permanecido con las manos a la espalda y la pistola en su mano izquierda. Volvieron y Jebediah le pidió a Fern que le prestase una pala
para enterrar al animal, y cuando terminó el hoyo, Colley acudió
con otro hombre y dos mulos, y los tres hombres y los dos mulos
lograron arrastrar el cadáver de la yegua muerta hasta introdu-
cirlo en el hoyo. Dickinson cubrió el hoyo con tierra. Zeus no
participó, porque todo el trabajo que hacía era en la casa, excepto por algunas pequeñas actividades en el jardín de Fern.

Siempre que Fern hacía su viaje de ida y vuelta después de
aquello, encontraba a Jebediah sentado sobre su silla de montar cuando no estaba de pie. Él levantaba su sombrero como
siempre. Y en todos aquellos días su esposo no apareció ni envió noticia de su paradero.

Oden Peoples, el patrullero cherokee, se cansó de ver a Jebediah allí afuera un día tras otro, y así se lo dijo al comisario John Skiffington. Era la segunda semana que Jebediah estaba allí.

—Dale un poco más de tiempo —dijo Skiffington—. Seré paciente con ese vago, pero no hasta el fin de mis días.

Y así, hacia el fin de la segunda semana, a plena luz del día, cuando se suponía que no estaba de patrulla, Oden cabalgó hasta Jebediah y le apuntó con su pistola. Fern los observaba desde su ventana.

Jebediah levantó las manos sin problema. Seguramente le diría algo acerca de que era un hombre libre, porque Oden le lanzó un grito prolongado y fuerte. Oden estaba montado sobre su caballo y desmontó, sin dejar de apuntar en ningún momento a Jebediah. Ató las manos y la cintura de Jebediah con una cuerda que bien podía tener casi dos metros, y luego volvió a montar en su caballo y comenzó a cabalgar, con una mano en las riendas y la otra en el extremo de la cuerda amarrada a Jebediah, obligado a caminar. Había enfundado su pistola porque consideró que ya no la necesitaba.

Fern salió a la carretera, con Zeus tras ella, y ambos observaron. Los observaron durante mucho tiempo. Había más de dieciséis kilómetros hasta la ciudad, pero la mujer y su esclavo no podían ver hasta tan lejos, únicamente un kilómetro y medio o algo más, y luego los árboles y las colinas se interponían. Fern le dijo a Zeus que enviase a alguien a recoger la silla de montar del señor Dickinson.

Según lo que todo el mundo podía recordar, nunca había habido un hombre de color en la cárcel del condado de Manchester. Ninguno de ellos, libre o esclavo, había hecho nunca nada que mereciese una estancia allí. Los hombres libres de Manchester conocían la fragilidad de sus vidas y siempre se esforzaban por portarse bien; sabían que eran esclavos con otra denominación, simplemente. La mayoría de los delitos y faltas cometidos por esclavos eran resueltos por sus amos; podían incluso ahorcar a un esclavo si este había matado a otro esclavo, pero eso habría sido como arrojar dinero a un pozo después de que el esclavo hubiese arrojado ya otro primer montón de dinero, como William Robbins le dijo en una ocasión a Skiffington.

Skiffington era muy reacio a encerrar a un negro en una instalación que algún día tendría que ser utilizada de nuevo por un hombre blanco, un delincuente blanco. Le molestó que Oden lo pusiera en ese aprieto. Podía haber encadenado a Jebediah en el establo de Sawyer, en la parte de atrás, pero Sawyer pedía un ojo de la cara por cualquier cosa, y Skiffington consideró que la ley no debía tener que pagar tanto. Además, la ley ordenaba que el comisario de un condado tuviese en todo momento cierto control sobre un preso, lo cual no habría sido posible en el establo de Sawyer. Así que metió a Jebediah en la celda de la cárcel y decidió que todo el mundo tendría que aceptarlo.

Los documentos de libertad de Jebediah decían que había sido emancipado por el reverendo Wilbur Mann de Danville, Virginia. Los documentos parecían auténticos, pero Skiffington telegrafió al comisario de Danville diciendo que tenía un negro sospechoso y el comisario lo telegrafió a su vez diciendo que Jebediah era propiedad de Mann. «Rev. en camino», añadía el telegrama. A los cuatro días Mann estaba en la cárcel. Se plantó allí una mañana temprano antes ni siquiera de que Skiffington hubiese llegado a la cárcel, y el comisario encontró a Mann mirando por la ventana y riéndose. El reverendo era un hombre alto, muy enjuto, y tenía la melena rubia más hermosa que Skiffington hubiera visto nunca en un hombre.

—Me pertenece —repetía Mann ya en el interior.

Presentó un contrato de compraventa que mostraba que Jebediah había sido vendido en Durham dieciséis años antes por 250 dólares.

—¿Cómo consiguió ese documento de libertad? —dijo Skiffington.

Mann pareció avergonzado.

—Él lo escribió. Sabe leer y escribir mejor que usted y que yo. —Mann se quitó el bonito sombrero gris y lo dejó con ambas manos encima del escritorio de Skiffington, cerca de la Biblia—. Fue cosa de mi esposa, que Dios la bendiga. Le dije que no hiciera semejante cosa, pero nunca pude negarle nada. Él no era más que un cachorro entonces. Ella era adorable, excepto por hacer cosas que yo no aprobaba.

Jebediah, en la celda, guardaba silencio.

—Debería decirle a su mujer que deje de hacer esas cosas. —dijo Skiffington—. Ella debería saber que eso no se hace. ¿Acaso no sabe lo que dice la ley acerca de enseñarles a los esclavos a leer y a escribir?

—Lo sé —dijo Mann—. Pero ya murió, murió hace dos años; nos dejó no mucho antes de que este maldito Jebediah se largara. Que Dios la bendiga. Ahora tengo una esposa realmente inteligente, no sabe leer ni escribir, de modo que no puede enseñarle a nadie lo que no sabe. —Le dijo a Skiffington que Dickinson era el nombre de soltera de su primera esposa—. ¿No le parece un golpe muy duro? —dijo el predicador.

—No lo sé —dijo Skiffington—. Supongo que sí, si usted lo dice.

—Le aseguro que sí. Es un golpe muy duro —dijo Mann.

—Si usted no le dio la libertad —dijo Skiffington—, ¿cómo consiguió ese documento de libertad?

—Ya le he dicho que sabe leer. Sabe leer y escribir. Puede hacerlo mejor que yo, ¿no es así, Jebediah? También sabe usar las cifras como un demonio. —Se acercó a los barrotes—. Que tu alma se pudra en el infierno por causarme todos estos problemas. —Jebediah siguió callado—. ¿Y por qué tenías que mancillar la memoria de mi esposa utilizando su nombre para cometer un delito con él? ¿Eh? ¿Puedes responderme a eso? Maldita sea tu alma.

—Puede llevárselo cuando quiera —dijo Skiffington.

—Permítame salir a comer algo. Vine con mi vecino y él está comiendo ahora. Los dos podremos llevarlo de vuelta al lugar que le corresponde.

—Bien, por mí de acuerdo.

Mann se había vuelto para hablar con Skiffington, pero ahora se volvió de nuevo hacia Jebediah.

—Azotaré tu negro pellejo hasta que Dios me diga que deje de hacerlo, ¿me oyes? —Jebediah retrocedió unos pasos y se sentó en el jergón del suelo. El catre para los presos blancos había sido retirado—. Sí señor, descansa bien ahora porque luego te voy a dar una buena zurra, muchacho. Y luego dejaré que te cures, te daré tiempo para que te crezca otra vez el pellejo y otra vez te azotaré hasta despellejarte. Luego dejaré que te crezca otra vez más y otra vez más te azotaré hasta despellejarte. Vas por ahí mancillando el buen nombre de mi esposa y cometiendo sabe Dios qué crímenes. En eso consistirá tu trabajo de ahora en adelante, Jebediah, en dejarte crecer el pellejo y ver cómo yo te lo arranco a latigazos.

Mann levantó su sombrero e inclinó la cabeza unos grados hacia atrás, se atusó el flequillo de su rubia melena y se colocó el sombrero en la cabeza con la misma delicadeza con la que depositaría el sombrero en una sombrerera.

—Enseguida vuelvo —le dijo a Skiffington, y salió por la puerta.

Casualmente, Ramsey Elston había regresado a su casa dos noches antes. Le dijo a su esposa que no conocía a ningún Jebediah Dickinson, y que si un tal Jebediah Dickinson no existía para él, seguramente tampoco podía existir ninguna deuda de 500 dólares. Fern sabía que no le estaba diciendo la verdad. El don que Dios le había otorgado a Ramsey a medida que se hacía viejo era su facilidad para mentir. Estaban en su undécimo año de matrimonio. Ella no había podido sacarse a

Jebediah de la cabeza desde el día en que Oden se lo llevó a rastras con su caballo.

Había tenido intención de ir a la ciudad a preguntar por Jebediah el día después de que su esposo le dijese que no lo conocía, pero Ramsey se levantó aquella primera mañana y estuvo tan dulce como siempre. Por la noche volvió a ponerse desagradable y ella se fue a la cama con la decisión tomada de ir a preguntar por Jebediah. *He sido una buena esposa*. No sabía nada de Mann y llegó con Colley a la cárcel aproximadamente a la misma hora en que Mann debía de estar a punto de hincar el diente a su primer bocado de comida en compañía de su vecino.

Skiffington le contó toda la historia sobre Jebediah y ella se sentó en su coche a esperar a que Mann terminara de comer. Volvió calle arriba seguido por un hombre blanco tan alto como él, pero ese hombre se quedó fuera de la cárcel al entrar Mann. Mann se quitó nuevamente el sombrero con las dos manos y volvió a dejarlo sobre el escritorio de Skiffington junto a la Biblia. Fern entró.

Le dijo que quería comprar a Jebediah. De inmediato él pregunto:

—¿Cuánto?

Cuando ella le dijo 250 dólares, él hizo un pequeño chasquido con la comisura de los labios para indicar que esa cifra le disgustaba.

—No puede usted decir que sea muy de fiar, dado su historial —dijo Fern.

—Pagué trescientos cincuenta dólares por él cuando era un cachorro —dijo Mann.

Skiffington había visto el contrato de compraventa por 250 dólares, pero no contradijo a Mann. El único hombre de Dios en cuya palabra confiaba era su padre, y su padre no había sido ordenado por nadie. Fern dijo 300 dólares. Mann caminó hacia la celda donde Jebediah seguía sentado sobre el camastro. Aquel día en efecto iba a realizarse una venta y eso se reflejaba claramente en el rostro de Mann. Lo que también se reflejaba

claramente era su desilusión por no poder hacer todo lo que
había planeado desde su llegada desde Danville. Tal vez daba
lo mismo, pensó, con ambas manos en los barrotes de la celda,
pues al fin y al cabo, ¿cuántas palizas podría propinarle a Jebediah antes de que se le cayese muerto encima? Fern y Mann
no dijeron nada durante unos minutos, y finalmente Fern dijo
375 dólares:

—Una buena ganancia se mire por donde se mire.

Mann estuvo de acuerdo.

Mann y el hombre blanco que había venido con él escoltaron
a Fern y a su conductor Colley y a Jebediah de regreso a su
casa. Jebediah fue atado de nuevo y se sentó en el asiento delantero junto a Colley, que no le dirigió en ningún momento la
palabra. Ya en la propiedad de Fern, Mann y el hombre blanco
metieron a Jebediah en el establo y lo encadenaron a una pared.

—Si casualmente se levanta y desaparece durante la noche
—dijo Mann antes de que él y su compañero se marcharan—,
me seguirá debiendo mi dinero.

—Lo entiendo —dijo Fern—, pero no creo que se produzca
ninguna desaparición.

En todo momento Mann pensaba que estaba tratando con
una mujer blanca y nunca sabría otra cosa.

Fern le dijo a Colley que se asegurase de que Jebediah estuviera cómodo, alimentado y abrigado, y él estaba todo lo cómodo que podía estar con menos libertad de movimiento de la que
había tenido en la celda de la cárcel de Skiffington. Su esposo,
que no andaba por allí cuando ella volvió con Jebediah, fue
llevado al establo al día siguiente y en aquel mismo instante
Jebediah comenzó a despotricar y a echar pestes.

—¿Dónde está mi maldito dinero, Ramsey? ¡Me debes quinientos dólares y quiero cada maldito centavo! —Tiraba de las
cadenas y daba patadas en la paja contra Ramsey—. ¡Suélta-
me, ¿me oyes?! —le gritó a Fern.

—Yo no te conozco y no sé nada de ningunos quinientos
dólares —dijo Ramsey, con los pies separados y haciendo caso

omiso de la paja que se amontonaba en sus botas—. ¿Por qué compras algo que no te va a dar más que problemas? —le dijo a su esposa.

Sus padres se habían reunido y habían discutido su matrimonio antes de que siquiera se hubiesen visto las caras. Ramsey comió de mala gana su pollo la noche de su primera reunión. A ella él no le causó una buena impresión ni se la causaría durante un tiempo.

—Te plantas ahí con todo el amor a tu alrededor ahora, ¿eh? —le dijo Jebediah a Ramsey. Colley se había acercado a Jebediah y cada vez que este tiraba de las cadenas para tratar de alcanzar a Ramsey, Colley agarraba las cadenas y tiraba en sentido contrario—. Hay mucha gente en Richmond y en otros lugares que se quedaría muy sorprendida al saber que tienes una maldita esposa. —Y luego le dijo a Fern—: Yo no supe que tenía esposa hasta que una noche se despertó gritando con aquella belleza al otro lado del pasillo donde estaba yo. Me despertó a mí y despertó a mucha más gente. —Algunos restos de paja se habían posado sobre el vestido y las botas de Fern y ella comenzó a quitársela de encima—. Quiero mis malditos 500 dólares, Ramsey, y quiero cada maldito centavo ahora.

Ramsey salió del establo. Fern dejó de sacudirse la paja y se acercó más a Jebediah.

—Te quedarás aquí hasta que aprendas modales, hasta que aprendas que no puedes levantarte y andar de un lado a otro como cualquier hombre libre.

—Soy libre —dijo Jebediah—. Mann no tenía idea de lo que decía. Soy libre.

—No es eso lo que dice la ley. —Su intención, solo unas horas antes, había sido liberarlo, dejar que lo pagado por él se convirtiese en un trato por lo que Ramsey le debía. Había esperado que Jebediah lo aceptara, pues quedaría, después de todo, libre y sin ataduras de ningún tipo. Pero el conocimiento de la infidelidad de su esposo se hizo insoportable y se interpuso en toda su extensión, impidiéndole ver cualquier otra cosa. Se sentía agraviada por su esposo y agraviada por el mensajero, el compañero de su esposo. Había cumplido treinta y cuatro años—. Este establo lleva aquí muchos años y aquí seguirá muchos más contigo dentro si no eres capaz de aprender modales.

—No son modales lo que necesito, señora. Necesito mi dinero.

—No quiero que vaya a ninguna parte hasta que aprenda a distinguir entre lo que está bien y lo que está mal, entre la noche y el día —le dijo Fern a Colley.

—Si, señora —dijo Colley, y tiró tres veces de la cadena.

—¡Tú y tu maldito y endemoniado esposo pueden irse al infierno! —gritó Jebediah al salir ella—. Óyeme bien. Se pueden ir todos directamente al infierno.

Jebediah pasó allí cuatro días y luego le dijo a Colley que estaba dispuesto a hacer aquello por lo que ella había pagado, y Colley y otro hombre llevaron a Jebediah a la parte posterior de la casa y Fern salió y se acercó a él.

—No quiero problemas. No quiero ni el más mínimo problema —dijo Fern.

—Está bien, está bien —dijo Jebediah, y ella lo abofeteó.

—Creía que habías dicho que ya había aprendido modales —le dijo Fern a Colley.

—Fue lo que me dijo, señora. Fue lo que me dijo.

Colley agarró a Jebediah por el cuello y lo obligó a arrodillarse. Ramsey no había vuelto a irse a jugar desde su regreso cuando Jebediah estaba en la cárcel. No había estado con ella en su cama desde la primera noche después de volver. Ella no se había lavado el día de su regreso; se había lavado la noche antes de ir a comprar a Jebediah.

—Por favor, dile que me suelte —dijo Jebediah—. Me portaré bien. Se lo prometo.

E ra un buen trabajador, cuando iba a trabajar. Durante más de dos semanas Fern no tuvo problemas con él. Colley, que era lo más parecido a un capataz que tenían los Elston, vigilaba día y noche a Jebediah. Fern había alertado a Skiffington de que podría fugarse, y el comisario ordenó a sus patrulleros no retirarse por la noche sin saber dónde estaba Jebediah. Todo el mundo se acostumbró a que fuera un buen trabajador. Luego, hacia el final de la tercera semana de hacer lo que se le decía, simplemente echaba a andar. No montaba ningún espectáculo. Solo dejaba de hacer lo que le habían ordenado y se iba a pescar, o se iba a recoger arándanos y se atiborraba de ellos en el mismo lugar donde los recogía, o buscaba un prado donde echarse una siesta, después de espantar a las vacas cuando ocupaban un sitio que le gustaba.

Lo arrastraban de vuelta sin mucho alboroto, pero volvía a hacerlo, tal vez no al día siguiente ni al otro, pero muy pronto.

A la cuarta semana comenzó a irse por la noche y a volver antes de la mañana, aparentemente sin problemas por parte de los patrulleros. Varias esclavas de la zona conocían su nombre y lo conocían bien; a una le dijo que era un predicador y que había sido llamado por Dios Todopoderoso. Durante una semana se cruzó con Alice en sus paseos, y no se decían ni una palabra el uno al otro, pero siempre se saludaban como si se encontraran en el mercado. Luego, una noche él dijo «Hola» y ella comenzó a soltar sus disparates y él se dio la vuelta y comenzó a caminar con ella y a escuchar todo lo que decía. Quería saber cuánto tiempo mantendría ella su charla y comprobó que era capaz de seguir más tiempo que él paseando junto a ella.

Lo que Fern y Ramsey descubrirían era que de alguna manera se había hecho con un trozo de papel y había fabricado un pase y se lo había estado enseñando a los patrulleros cada noche que se encontraban con él en la carretera. Había tenido suerte de no encontrarse con Oden Peoples. «Este negro», decía el papel, «está trabajando para sus propietarios, Ramsey y Fern Elston en la hacienda de los Elston. Se puede confiar en que volverá a su casa». Estaba firmado «Fern Elston», aunque no se parecía en nada a su firma porque nunca la había visto. Los Elston le quitaron ese pase sin saber que tenía otro firmado

«Ramsey Elston». En este otro no solo estaba «trabajando» para los Elston sino «trabajando en un asunto urgente».

Pero lo peor de todo era que, cada vez que se encontraba cerca de la casa, se ponía a gritar que quería su dinero. «No me voy a olvidar de que tienen mi dinero. No voy a olvidar lo que me deben. Quiero mis quinientos dólares». Lo decía por las noches, antes de que le quitaran los pases. Lo decía cuando iba a buscar arándanos y lo decía cuando iba a echarse una siesta. «No me olvido de que tienen mi dinero». Ramsey salió una mañana y disparó su pistola por encima de la cabeza de Jebediah, pero eso no lo detuvo.

Luego, tres días después de que Ramsey volviera a irse a jugar, Fern salió y le dijo que quería que cambiase de actitud. Hizo que Colley y otros dos hombres inmovilizaran a Jebediah delante de la cabaña que compartía con otro hombre soltero.

—Todo esto va a terminar hoy —dijo Fern—. He sido paciente, pero mi paciencia ha terminado. Si no te portas bien, te volveré a poner las cadenas.

Jebediah dijo, cuando ella se alejaba:

—Si fueras mi mujer no estarías durmiendo en esa cama sola todas las noches. —Ella se detuvo pero no se dio la vuelta—. ¿Sabes cuánto tardaría yo en deshacer tu pelo y desnudarte? ¿Sabes cuánto tiempo?

Tuvo que saber, con aquel corazón y aquella mente nacidos en la esclavitud, que había ido demasiado lejos y agachó la cabeza. Sin que Fern dijera ni una palabra, los hombres lo soltaron y Jebediah se quitó la camisa y se tumbó bocabajo en el suelo. A Fern nunca le gustaba azotar a los esclavos; por cada marca de látigo en la espalda de un esclavo, ella calculaba que su valor bajaba en cinco dólares. Pero había algunas cosas imperdonables en este mundo.

Le dieron quince latigazos, los últimos cinco con escaso efecto, pues a los diez ya se había desmayado. Tardó una semana en recuperarse, guardaba silencio cuando estaba trabajando. Y no se marchaba a deambular. Una semana después de su vuelta al trabajo, en el establo, pisó un tablón que tenía un clavo oxidado. No le dio importancia en un principio, y se limitó a curarse la herida con un poco de barro y unas cuantas telarañas. Pero la herida se infectó y finalmente tuvieron que amputar el pie derecho de Jebediah para salvarle la vida, o al menos eso fue lo que dijo el doctor blanco.

Después de aquello no se movió de delante de su cabaña, excepto para ir al retrete o para entrar a comer y a dormir. Poco menos de dos semanas después de habérsele amputado el pie, Fern bajó a decirle que lo dejaba libre. Él no dijo nada, solo siguió escuchando a su pie fantasma que le hablaba en voz alta.

Fue a la casa con Colley al día siguiente y entró hasta la cocina. Andaba con las muletas que alguien le había hecho. Fern estaba en la mesa, escribiendo. Al terminar, aplicó el secante al papel y se lo entregó. Él lo leyó y se lo devolvió.

—La palabra *manumit* solo tiene una «t» —le dijo—, excepto cuando se usa en tiempo pasado.*

Ella nunca antes había escrito esa palabra. Escribió el documento otra vez, y hasta una tercera. Era sabido que los hombres pierden cosas. Entre todos los seres humanos que ella conocería a lo largo de su vida, él sería el único a quien estuvo a punto de decir «Lo siento». No le dijo nada de esto a Anderson Frazier, el escritor de panfletos.

Le ofreció alojamiento y trabajo en la hacienda, pero él le dijo que había llegado a considerar Virginia como un estado endemoniado y que no deseaba formar parte de él.

—Si hubiese agua del océano ahí mismo —dijo—, me zambulliría y nadaría sin parar hasta Baltimore para no tener que pisar la maldita tierra de Virginia.

Ella le dio una carreta y un viejo caballo para el viaje. Y le dio 50 dólares.

—Tú y tu endemoniado esposo me deben 450 dólares más y

---

* *Manumit*: liberar, conceder la libertad a un esclavo.

eso no tiene vuelta de hoja. Todo mi trabajo y mi pie se los dejo gratis.

Se marchó, llevándose consigo la carreta y el caballo con todos sus años a cuestas. Encontró mucha amabilidad en su viaje hacia el norte por tener solamente un pie, pero por muchas camas calientes y por muchos platos llenos que le dieran negros y blancos, y por muy bien que trataran a su caballo, nunca dejó de pensar que atravesaba un estado endemoniado. Llegó hasta Washington D. C. y se instaló allí, aunque era en Baltimore donde estaba su corazón. El caballo de Fern murió seis meses después de llegar Jebediah a Washington. Nunca se preocupó de recorrer los 64 kilómetros hasta Baltimore para comprobar si todo era como él lo había soñado. A su primera hija, su única hija, la llamó Maribelle, el nombre de la yegua que tuvo que matar a tiros fuera de la propiedad de Fern y con el rifle de Fern. A su segundo hijo lo llamó Jim, como el caballo que lo había llevado hasta Washington. Un día sorprendió a su hijo escribiendo «James» en sus lecciones, y le dijo al muchacho, sin levantar la voz, que, si hubiese querido llamarlo James, eso habría hecho.

Caldonia y Moses habían convertido en costumbre las visitas de Moses a la casa, la mayor parte de los días laborables, para contarle los acontecimientos de la jornada. En raras ocasiones había alguna verdadera noticia, pero elaboraba su relato con cierto detalle: cuántos tejamaniles para reparar el establo, qué beneficios podía esperar Caldonia de cada cosecha, qué se les había dado a los esclavos para almorzar y para cenar, el número de baldes de leche de cada vaca, cuánto se había tardado en levantar un nuevo granero en sustitución del destruido por un mulo sonámbulo. En última instancia, lo importante era que las cosechas iban bien y eso se podría haber dicho en menos de cinco minutos, pero casi al término de la narración añadía pequeños fragmentos acerca de las vidas de los esclavos. Una noche, a principios de septiembre, en la época en que Augustus Townsend fue secuestrado y vendido, Moses estaba de pie en el salón, con su sombrero agarrado con ambas manos. Había estado sudando la mayor parte del día y había esperado detrás de la casa hasta estar seguro de estar presentable y seco. Ella le dijo que se sentara, y, como siempre, él dudó en hacerlo, pues llevaba puesta la misma ropa que usaba en los campos. Pero se sentó y al final del relato de la jornada de trabajo le mencionó a Caldonia que el embarazo de Celeste iba bien y que Gloria se había quemado con lejía y que la parte izquierda de la cara de Radford había aumentado por tres su tamaño normal, tal vez un dolor de muelas, pues era sabido que Radford masticaba cualquier cosa que no fuera un yunque.

Estaba a punto de iniciar otra imaginativa historia sobre Henry cuando Loretta entró en la habitación y le preguntó a Caldonia si deseaba alguna cosa y Caldonia dijo que una galleta y media taza de café, con más agua que café, añadió. También le dijo que llevara galletas para Moses.

Había un problema con alguien que estaba robando comida en una o dos cabañas, prosiguió Moses, pero tenía una idea de quién era.

—Se me ocurre —dijo—, que podría ser algún niño. Casi siempre es melaza lo que roban.

Caldonia reclinó hacia atrás la cabeza y cerró los ojos, como había hecho desde la segunda tarde. Él empezaba a sentir que podía decir cualquier cosa y que no importaba.

—¿Sabes exactamente quién podría ser?

—Le tengo echado el ojo al pequeño de Selma y Prince, Patrick. Podría estar en ello con Grant, el chico de Elias y Celeste. O Grant y Boyd. Desde aquella historia del sueño han sido uña y carne, van juntos a todas partes.

—¿El sueño?

Loretta le dio dos galletas, pero él no se las comió.

Él le contó que los chicos compartían sus sueños y que de ese modo se habían hecho íntimos. Celeste decía que era de

esperar que los sueños terminasen con la llegada del otoño, pero
Moses no creía que eso fuera cierto. «Son peores de lo habitual
en los niños pequeños. Tienen el demonio metido en el cuerpo
y no se les va a marchar porque haya un cambio de estación».

—¿Crees que pasan hambre? —preguntó Caldonia—. ¿Podría ser esa la razón de que roben?

Estaba de nuevo sentada en el borde del sofá, con su vestido
negro.

—¿Hambre? —La mayoría de las veces, Henry había entregado a cada esclavo, los sábados, lo que consideraba provisiones suficientes, incluido medio litro de melaza residual. Dichas
provisiones disminuían o aumentaban según su ganancia en un
año determinado; el medio litro de melaza nunca había cambiado y él lo había considerado suficiente para cada esclavo, excepto para los esclavos con niños—. No, yo no creo que pasen
hambre. El amo Henry no permitía que ningún esclavo pasara
hambre si podía evitarlo.

—Ya sé que no lo permitía —dijo Caldonia.

Bebió de su taza y la dejó con extremo cuidado sobre su
regazo. La mano de Moses que sostenía las galletas comenzó
a sudar y se las pasó a la otra mano. No miraba directamente
hacia ella, sino hacia un punto en el centro del sofá.

—Sé que tu chico, Jamie, es corpulento, ¿crees que el culpable podría ser él?

Se rio para aliviar la tensión por si acaso Moses se sentía
ofendido por la acusación.

—¿Mi chico? ¿Jamie? ¿Ladrón? Bueno, le gusta comer y
no puedo decir lo contrario, pero sabe que lo despellejaría vivo
si lo sorprendo tocando algo que no sea suyo.

Con cada palabra que decía apartaba los ojos del punto en el
centro del sofá y los desplazaba hacia ella. Recordó la primera
vez que la vio: una mujer demasiado delgada para ser una buena esposa para ningún hombre.

—Entiendo. Podría ser una buena idea aumentar la porción
de melaza a tres cuartos de litro —dijo ella.

—Sí, señora, empezaré este sábado.

—Bien. Te veré mañana.

Abrió los ojos y se levantó.

—Buenas noches, señora —dijo Moses poniéndose en pie.

Se lavó antes de ir la tarde siguiente; fue al pozo y se echó agua por encima y se frotó con las manos mientras Priscilla, su esposa, lo observaba y se reía.

—Mañana volverás a estar igual de sucio.

—Tú cállate —le dijo Moses. Se secó con la camisa que había usado en los campos y se la volvió a poner.

—No puedes ir a la casa y dejar que Loretta vea que has estado trabajando como un burro todo el día en ese campo. —Dado que Moses no era un buen esposo para ella ni un padre demasiado bueno para su hijo, a Priscilla no le parecía en absoluto imposible que Loretta pudiera ser el motivo de sus frecuentes visitas a la casa. Era un capataz, después de todo, y aunque también era un trabajador del campo, era un hombre con cierto poder y cualquier mujer, incluso una mujer de la casa, podría sentir la tentación de mover las caderas hacia él—. No, no podemos permitir que Loretta vea lo que realmente somos, día tras día. Antes tenemos que quitarnos de encima ese mal olor.

Él la abofeteó. No fue un golpe fuerte, pero a pesar de todo ella cayó de rodillas, porque la bofetada era el resultado de años de maltrato y rechazo.

—¿Por qué me tratas de ese modo, Moses? ¿Por qué no puedes portarte bien conmigo?

—Me porto todo lo bien que puedo —dijo él.

Tessie, la niña de Celeste y Elias, apareció, llevando de la mano a Alice hasta su cabaña.

—El amo pequeño da bofetadas. El amo pequeño da bofetadas. Al amo pequeño le ha dado la enfermedad de dar bofetadas —canturreaba Alice.

—¿Por qué lloras? —preguntó Tessie.

—Fuera de aquí —les ordenó Moses. Y a Priscilla—: Vete a la cabaña.

Ella se levantó y se fue a la cabaña. No había secretos entre las cabañas, y mucho después, cuando el comisario fue a indagar sobre las desapariciones, se enteraría de que Moses le había pegado a Priscilla. «Todos podíamos oírlo», le dijeron los niños a Skiffington, aunque los adultos no le contaron gran cosa al hombre blanco. «No pasaba todas las noches, pero sí casi todas. La pegaba y las paredes temblaban. Así: bum bum bum». Priscilla llegó a su cabaña y empujó la puerta con suavidad y la puerta se abrió, y el fuego de la chimenea que su hijo había encendido para ellos la iluminó, y entró y cerró la puerta tras ella. «¿Y alguna vez le pegó a su hijo?», les preguntó más tarde Skiffington a los niños. «¿Alguna vez le hizo daño a esa Alice?». «Le pegaba a todo el mundo», diría Tessie, una declaración confirmada por cualquier niño capaz de hablar.

—Moses —dijo Caldonia después de que él le hubiese contado los sucesos del día—: ¿Cuánto tiempo tardaron tú y Henry en construir esta casa?

—¿Cuánto tiempo, señora?

—Sí, ¿cuánto tiempo? ¿Semanas? ¿Meses?

—Yo diría que tal vez cuatro semanas, trabajando todos los días. Sí, señora, muchos días habíamos estado trabajando el día entero y él decía: «Moses, ¿tú crees que a la señorita Caldonia le gustará esta habitación? ¿Tú crees que su corazón se alegrará cuando vea todo esto?», Y yo le decía: «Sí, amo Henry, le va a gustar».

La cabeza de ella se reclinaba nuevamente hacia atrás, y si recordaba que la casa se había terminado mucho antes de que Henry la conociera, no decía nada.

—Entiendo —dijo un rato después.

—También le diré que en algunas habitaciones no me dejaba trabajar con él. Algunas habitaciones quería hacerlas él solo.

—¿Habitaciones?

—Esta habitación, señora. El salón. Él sabía que habría días y días en los que querría estar aquí a solas con usted, y supongo que no quería que yo tuviese nada que ver con eso. Y también. . . el dormitorio del piso de arriba. Eso quería hacerlo él solo. Así es como era, señora.

Podía ver al hombre al que aún amaba trabajando sin parar. ¿Qué había estado haciendo ella en aquellos días en los que Henry trabajaba aquí, cuando aún no se conocían? ¿Había estado fantaseando sobre algún otro, había estado planeando el futuro con algún otro hombre con el que se hubiera cruzado en la carretera?

Le dijo que se fuera después de casi una hora y media, su mayor tiempo juntos. Loretta estaba sentada en el pasillo cuando él se fue. Loretta se levantó de su silla y ella y Moses no hablaron y Loretta llamó a la puerta ligeramente abierta que daba al salón y él fue por el pasillo hacia la cocina. No se entretuvo, pero caminaba más despacio de lo habitual. En la cocina mintió y le dijo a Bennett, el esposo de Zeddie la cocinera, que la señora quería que tuviese otra camisa y otro par de pantalones. De haber sido cualquier otro, un esclavo que no fuese el capataz y que no hubiese estado hablando durante muchas noches con su ama, Bennett habría sospechado. Bennett dijo que tendría la ropa preparada a la mañana siguiente.

Moses encontró a Elias sentado en el tocón de árbol, tallando un pájaro para su hijo más pequeño, Ellwood.

—Hay que encargarse de ese mulo mañana por la mañana —dijo Moses. Ella necesitaba un hombre, así que por qué no él mismo—. Será mejor que duermas algo. —¿Se atrevería a mirar tan alto? ¿Se atrevería, se atrevería?— No quiero tener que salir a repetírtelo.

Elias no se movió. Moses, justo antes de abrir la puerta de su cabaña, volvió a decir:

—Hay que encargarse de ese mulo mañana por la mañana. ¿Quieres que le cuente a ella que hay alguien aquí que no quiere hacer lo que yo le digo?

Elias se levantó y pasó adentro, llevándose consigo la lámpara. La sostenía con el mismo cuidado con el que trataba a su pájaro y su cuchillo de tallar. Había tomado prestada la lámpara de Clement, que era su dueño junto con Delphie y Cassandra.

El callejón quedó entonces oscuro y silencioso y Moses entró en su cabaña. Priscilla había preparado la cena, pero él no la quiso. Quedaban unos últimos rescoldos del fuego de la chimenea y se sentó en un lado de su camastro y se comió las galletas. Su esposa y su hijo lo observaban. Una hora después de haber entrado, Alice salió a pasear, olisqueó la puerta de cada cabaña y siguió su camino. Su voz estaba ronca por toda la charla del día pero seguía canturreando de todos modos. Centenares de ángeles esperaban sus canciones.

Más adelante, después de las desapariciones, Skiffington interrogó a Elias más a fondo, y Elias, de todos los adultos, fue quien menos se contuvo. Celeste fue la que menos habló. «No sé nada de Moses ni de ninguno de ellos», le dijo a Skiffington. «No le cuentes nada, Elias», diría Celeste después de la segunda visita de Skiffington al callejón. «Por favor, no lo hagas, esposo». «Tengo que hacerlo», dijo Elias. Estaban sentados en su camastro, con los hijos dormidos alrededor. Hacía frío en el exterior aquella noche y el fuego de la chimenea era muy intenso. «Lo tengo en el corazón y no puedo dejarlo dentro. No, por nadie, no puedo dejarlo dentro». «Por favor, Elias. . . ».

Un día después de que Bennett le diese unos pantalones y una camisa nuevos, Moses volvió a los bosques para estar a solas por primera vez desde la muerte de su amo. Al acabar permaneció tumbado, mirando las estrellas que parpadeaban entre las hojas de los árboles que oscilaban a su alrededor. El mundo estaba en los últimos días del verano y emanaba una fecundidad que lo empujaba al sueño. Era un momento de tanta paz que se dijo, en un susurro, que si tuviese que morir ahora no odiaría a Dios por ello. Estaba a punto de levantarse y vestirse cuando oyó quebrarse una pequeña rama y enseguida supo que no era un animal que seguía su camino, ajeno a él y a cualquier cosa que él hiciera. Se levantó sobre un codo y esperó. Ahora era plenamente consciente de que estaba desnudo y se llevó los pantalones a la entrepierna. El peso de un ser humano soltó la rama quebrada y Moses oyó el suspiro casi imperceptible de la madera.

—¿Quién está ahí? —preguntó—. ¿Priscilla? ¿Eres tú?

Se puso en pie y se vistió, y mientras lo hacía sintió el movimiento de la persona que se alejaba. Fue en la dirección del movimiento y después corrió. Al salir del bosque estaba solo y sin nada alrededor, excepto los cultivos y los grillos que le decían cosas que no deseaba escuchar.

Cuando llegó al callejón, se encontró con Alice en medio del sendero, de rodillas y rezando.

—Vete a casa, tú —le dijo. Ella no le hizo caso—. Vete a casa si sabes lo que te conviene. —Se acercó a ella por detrás y le dio con la punta del pie en el muslo izquierdo—. ¿Me oyes, muchacha? —Dijese lo que dijese ella, él no pudo entenderlo, pues era más disparatado de lo habitual—. O te vas a casa o te doy con la correa.

Siguió su camino y al llegar a su puerta miró hacia atrás y vio que se ponía en pie. Alice dio una vuelta completa y se detuvo, y él supo que era ella la que había estado en el bosque. Alice fue hacia él y pasó de largo, desapareció por el sendero que la llevaba a la carretera. Entonces la oyó con toda claridad:

En el callejón del amo un hombre muerto me encontré
y a ese hombre muerto su nombre pregunté.
Su huesuda cabeza levantó y el sombrero se quitó
y esto y aquello me contó.

Pensó en ir tras ella y acabar con ella, pero cuando llegó al claro más allá de las cabañas ya se había ido. Seguía oyendo el canturreo, pero cuanto más tiempo permanecía allí menos seguro estaba de lo que oía, sus canturreos de verdad o el recuerdo de sus canturreos. Y el sonido de su voz parecía venir de todas partes.

La siguió la noche siguiente; se resistió a la necesidad de volver al bosque y se escondió detrás del establo hasta que la vio salir de su cabaña. A los pocos minutos de llegar a la carretera había desaparecido. Moses fue por donde pensaba que se había ido ella, y unos minutos más tarde se dio cuenta de que estaba más lejos de la plantación de Townsend de lo que había estado en muchos años. Lo conocía todo sobre la plantación, pero lo que había justo al otro lado de los límites de la propiedad de Caldonia le era extraño. Moses miró a su alrededor todo aquello que le era desconocido y dijo en voz baja:

—¿Alice? ¿Estás ahí? —La llamó en voz alta—. Alice, ven aquí para que pueda verte. Sal ahora mismo, muchacha.

Escuchó, carretera arriba, el sonido de caballos a galope y volvió corriendo hacia la plantación, pero sintió que los caballos se aproximaban y se arrojó a unos matorrales a un lado de la carretera. El espeso polvo del verano sedimentado en ellos se levantó sobre él y los arbustos, y Moses sintió deseos de vomitar. Enterró la boca en los arbustos y mordió con fuerza sus espinosas hojas, temeroso de que, pese al ruido de su galope, los jinetes blancos pudieran oírlo toser por culpa del polvo. Se hizo sangre en la boca. Los caballos y sus jinetes pasaron de largo, pero cuando, después de escupir el polvo y la sangre, volvió de nuevo a la carretera, no estaba tan seguro de en qué dirección se encontraba la plantación. Estaba en un cruce de caminos y se estremeció al darse cuenta de que se había metido allí, que había seguido a una mujer a quien tendría que haber retorcido el cuello mucho tiempo antes. Giró en derredor. Un camino parecía ser el correcto pero cuando miraba los otros tres también parecían los correctos. Las estrellas y la luna estaban tan radiantes como la noche anterior, pero, como Elias le diría a Skiffington, Moses era un «absoluto estúpido» y por consiguiente los cielos no significaban nada para él.

—Dios bendito —dijo, caminando en la dirección que habían tomado los caballos. Pero en esa dirección encontró un pequeño grupo de árboles por donde anteriormente no había pasado—. Dios bendito.

Se detuvo, para tratar de aclarar su mente y escupir sangre. El sonido de los caballos y sus patrulleros era ahora un leve rumor en el suelo.

—Alice, ven aquí, te digo. —Oyó una rama romperse en uno de los caminos, un sonido casi idéntico al de la noche anterior, y bajó por ese camino.

Llegó a la plantación media hora más tarde, con la boca hinchada por los pinchazos de las espinas. En la cabaña de Alice, puso las dos manos sobre la puerta, dispuesto a abrirla de un empujón, y supo de inmediato que ella estaba dentro, dormida o a punto de dormirse. Retrocedió, volvió al callejón y miró a su alrededor. Si ella lo hizo, ¿por qué otros no podrían haberlo visto también en el bosque? ¿Qué pensarían y qué le contarían a la señora? Moses estaba solo en el bosque, jugando consigo mismo. Ninguna mujer, nada de nada, consigo mismo y con nadie más. Se cuentan cosas de Alice, señora, pero de quien tiene que preocuparse usted es de Moses. Moses se dirigió a su cabaña. No había ventanas en ninguna cabaña, pues Henry no quiso pagar los cristales, pero sintió que los ojos de todos lo vigilaban a través de las puertas, a través de las paredes. Veo a Moses bajar por el callejón. Veo a Moses bajar por el callejón. Veo a Moses tumbado en ese callejón. Cuando llegó a su propia puerta, apenas podía abrir la boca.

—¿Moses? —dijo Priscilla cuando entró.

Ella había estado soñando que se encontraba en una casa extraña, no su cabaña, no la casa de su señora, y que alguien había llamado a la puerta y ella le había ido a abrir la puerta y había dado la bienvenida al extraño en lo que ella, a medida que andaba, comprendía que era su propia casa. «Bienvenido a mi casa», le decía ella al extraño. Moses cerró la puerta de la cabaña y soltó un gruñido y Priscilla se dio la vuelta e intentó dormir de nuevo.

Por la mañana, gran parte de la hinchazón había desaparecido y Moses llevó a los esclavos hasta los campos. Alice no se comportaba de forma diferente a cualquier otro día: una buena trabajadora que no chismorreaba y que parecía recorrer un surco de arriba abajo en el mismo tiempo que la mayoría de los demás necesitaban para hacer la mitad. A veces, Moses levantaba la vista de su propio trabajo y la observaba, pero, como siempre, ella estaba en su propio mundo. Cuando el viento soplaba a favor o cuando nadie más cantaba, podía oírla: *«Voy por ti, Voy por ti. Te dejaré tranquilo cuando digas bien mi nombre».*

Aquella noche se cambió y se lavó en el pozo y se puso la camisa y los pantalones nuevos para informar a Caldonia. Otro día de trabajo había ido bien, le dijo. Se sentó nuevamente en la silla y ella le preguntó por primera vez si él, también, deseaba café. Dijo que sí y Loretta le trajo café en una taza idéntica a la de Caldonia.

—Me preocupan las escapadas de esta Alice todas las noches —dijo él casi al final de la reunión—. Tal vez convendría encerrarla por las noches, para que los patrulleros no le hagan algo.

—El comisario y sus patrulleros no me han dicho nada. ¿Alguien te ha dicho algo a ti, Moses?

—Bueno, no, señora. Pero lleva demasiado tiempo haciendo eso. Una mujer loca puede ser un problema para la paz y la armonía, diría yo. Todos los demás pueden empezar a querer comportarse también como locos.

—¿Desde cuándo se comporta de ese modo?

—Desde el día que el amo Henry la compró.

—Entonces tal vez siga siempre igual de loca.

—Oh, podría volverse más loca todavía. Yo no la dejaría volverse más loca.

Caldonia dejó su taza sobre la mesita junto a ella y reclinó la cabeza hacia atrás y cerró los ojos y guardó silencio. Él pensó que se había quedado dormida, pero ella extendió los brazos después de unos momentos y dejó reposar las manos abiertas a cada lado de su cuerpo. Él siguió la trayectoria de su cuello que descendía desde su mentón hasta desaparecer en su blusa. Ella estaba inmóvil pero su pecho subía y bajaba y él la observó durante tanto tiempo que se ensimismó en la forma de su pecho subiendo y bajando. Había ganado peso con los años. Él se había quedado en la puerta de su cabaña aquella primera noche después de la boda entre ella y Henry, había levantado la vista hacia la casa solamente con una leve curiosidad. Ahora estaba tan solo a la distancia de un salto de liebre de ella, de todo lo que Henry había podido tener cualquier noche de su vida juntos.

—No lo olvidarás —dijo ella al fin.

—¿Señora?

—No olvidarás a Henry Townsend, ¿verdad?

—Antes olvidaría mi propio nombre, señora.

—Buenas noches, Moses. Dile a Loretta que entre.

Esperó todo el tiempo que pudo y luego se llevó la imagen de ella en el sofá con él al bosque. No había pensado en una mujer real, una mujer que él hubiese conocido carnalmente, desde los primeros días en los que iba hasta allí y pensaba en Bessie, la mujer que Jean Broussard y su socio escandinavo habían comprado junto a Moses en Alejandría. Moses se levantó sin dilación al terminar en el bosque e intentó escuchar a Alice.

Cuando volvió al callejón, ella salía de su cabaña y él se interpuso en su camino. Ella intentó esquivarlo, pero él la siguió.

—Déjame en paz o te mandaré al infierno —dijo él, y levantó ambos puños delante de su cara.

—Oh, amo, solo voy a dar de comer a las gallinas —dijo ella.

—¿Qué? —preguntó Moses—. ¿Qué has dicho?

—Solo les voy a dar de comer a las gallinas. Gallinita, gallinita, pitas, pitas.

Él la empujó con toda su fuerza.

—Te he dicho que me dejes en paz. —Alice se echó a llorar—. Te he dicho que me dejes en paz.

La dejó en el suelo. Alice se quedó tirada y extendió brazos y piernas y lloró aún más fuerte.

Delphie salió y se acercó a ella.

—Moses, ¿qué está pasando? Tranquila, niña. Estoy aquí. Moses, ¿qué pasa con ella? Tú sabes que esto no está bien.

—Le he dicho que me deje en paz. Dile que me deje en paz o la próxima vez la mataré. La mataré bien muerta.

Se fue a su casa.

Delphie ayudó a Alice a ponerse en pie.

—Esta noche te quedas, ¿de acuerdo?

Alice dejó de llorar una vez que entró en la cabaña, pero una hora más tarde estaba otra vez afuera, olisqueando las puertas antes de salir a pasear.

Al día siguiente era domingo y Moses no salió, pero el lunes por la noche esperó cerca de la casa y observó a Alice salir de la zona de las cabañas y caminar decidida hacia la carretera. La noche era muy cálida y los insectos lo molestaban. No sabía lo lejos que llegaría, pero a menos de un kilómetro de la plantación oyó los caballos galopar hacia ellos. Se escondió en un barranco y pudo ver a Alice y a los caballos con sus jinetes a muchos metros de distancia. Alice se levantó el vestido y bailó e intentó subirse al caballo de uno de los hombres. El hombre la rechazó de un empujón al tiempo que el caballo se encabritaba. Los caballos y los hombres se alejaron al trote y Moses permaneció en el barranco hasta que desaparecieron, con los ojos y la boca cerrados y protegiéndose la nariz del polvo.

Cuando se levantó, Alice ya se alejaba. Luego se detuvo y miró a su alrededor y ladeó apenas la cabeza. Se puso a canturrear de nuevo, en voz baja al principio, indecisa. Dejó de cantar varias veces para escuchar y tomar nota de todo lo que la rodeaba. Cada vez que reanudaba el canturreo lo hacía con menos confianza que cualquiera de las noches anteriores. Moses esperó durante más de una hora a que ella volviera, y al ver que no lo hacía, regresó a su casa. E incluso después de otra hora de espera junto a la puerta, ella no apareció. Él entró en la cabaña y sintió cierta satisfacción al recordar cómo había mirado ella en todas direcciones para comprobar si la oía. Tal vez puede uno volverse loco si se hace pasar por loco durante mucho, mucho tiempo. Se acostó, y antes de dormirse buscó en su memoria, tratando de recordar si alguna vez había habido algún esclavo que hubiese escapado de la plantación de los Townsend. Nunca había habido ninguno.

No volvió a mencionar el asunto de Alice con Caldonia. Los patrulleros se ocuparían de ella un día u otro, pensó. El miércoles por la noche, el calor de los días anteriores amainó y Caldonia le dijo a Loretta que le llevase a Moses un trozo de tarta junto con el café. A Moses le pidió que le contase otra vez cómo había construido Henry la casa, que le contase cómo había construido sin ayuda de nadie el salón y el dormitorio.

—Cuéntame lo que hizo —dijo ella, al tiempo que se recostaba hacia atrás y cerraba los ojos.

—Ahora me sorprende que esta casa no tardase años en terminarse, tal como el amo Henry hacía las cosas —dijo Moses—. Pendiente de cada clavo, tal como yo lo recuerdo. Sopesando cada tablón, cada tablón de esta misma habitación. Señora, esta casa seguirá en pie el día que Jesucristo vuelva para llevarnos a todos a casa, tanto empeño puso el amo Henry en ella, tanto tiempo y tanto cuidado. Puedo verlo como si fuera ayer.

—Moses, no lo olvidarás, ¿verdad que no?

Antes de que él pudiese responder, ella se inclinó hacia delante y se cubrió la cara con las manos para llorar. Él se levantó. ¿Estaría Loretta oyendo y pensaría que le había hecho daño a su ama? Miró hacia la puerta y no se abrió. Escuchó, en espera de un gran revuelo en la casa, docenas de personas encima de un esclavo que había ido demasiado lejos, y todo lo que pudo oír fueron los crujidos de la casa al asentarse en uno u otro rincón, y el sonido de una mujer que sollozaba y llenaba el resto del silencio. Se acercó despacio hasta ella y se arrodilló.

—No olvidaré al amo Henry, señora. Le he dicho que no lo olvidaría y no lo haré, no mientras viva.

Ella siguió llorando, y entonces, mientras la casa se asentaba en otros rincones, él tomó la mano de ella y abrió su puño un dedo tras otro, hasta llegar al pulgar que había quedado cubierto por los otros cuatro dedos. Besó la mano abierta y su mundo no llegó a su fin. Ella apretó su mano contra el rostro de él y cuando Moses levantó la vista hacia ella, Caldonia se inclinó y lo besó y el mundo siguió sin llegar a su fin.

Se pusieron en pie y se abrazaron, y luego, como si compartieran el mismo pensamiento, se separaron y ella puso su mano en el pecho de él y contó los latidos de su corazón. Seguía llorando. Él le tocó la mejilla y se dijo que debía irse, que ya era bastante por esa noche. Ella había contado hasta 109 latidos de su corazón cuando Moses fue a la puerta y le dijo a Loretta que la señora la llamaba y fue desde el pasillo hasta la cocina, hasta la puerta de atrás.

La noche siguiente permanecieron cada uno en su casa. Él estuvo todo el día pensando que ella no querría que volviese, pero cuando fue a la puerta de atrás y Loretta lo escoltó hasta el salón y la vio sentada tal y como se había sentado la noche anterior, dejó de sentir la necesidad de preocuparse. Aquella noche entretejió la historia más imaginativa hasta entonces acerca de cómo Henry Townsend había domesticado la tierra y había construido el lugar adonde llevaría a su esposa.

—Desde el momento en que puse mis ojos en usted, señora, supe que usted era la mujer que haría feliz al amo Henry. Él tenía esto y aquello y lo de más allá, pero lo que realmente necesitaba era alguien que lo pusiera todo en orden, que brillara sobre todo ello y lo embelleciera.

Siguió inventándose la historia de su amo, empezando por el muchacho que era más listo que dos muchachos juntos. Él estuvo presente en el nacimiento de Henry, estaba allí el día en que fue liberado, fue testigo de cómo todos los mejores blancos estiraban los pies y le pedían a Henry que les hiciera zapatos y botas con los que pudieran entrar en el cielo.

La tarde siguiente ella volvió a llorar y él se sentó en el sofá y la abrazó. Entonces ella le permitió atraerla a su regazo, mientras él llenaba cada instante con palabras sobre Henry. No harían el amor hasta otra semana después, ambos aún en su mayor parte vestidos, y con la casa muy silenciosa, después de todos los crujidos que había hecho al asentarse durante todo aquel día.

9

Estados de ruina. Una modesta proposición.
Por qué los georgianos son más inteligentes.

Darcy y Stennis y las personas —incluido Augustus
Townsend— a las que habían secuestrado llegaron a
Carolina del Sur en menos de dos semanas. Stennis se
había deshecho de la niña muerta, Abundance, en la cuneta de
la carretera mucho antes de llegar a Carolina del Norte; la niña
que había estado tosiendo desde Manchester.

—Debemos enterrar a esa pobre criatura —dijo el encadenado Augustus cuando Stennis volvió a la carreta después de
arrojar el cuerpo de la niña en unos arbustos. Augustus había
llevado en brazos a la niña muerta durante kilómetros, pues se
negaba a creer que estuviese muerta—. No dejen a esa pobre
criatura tirada de ese modo.

Darcy y Stennis habían secuestrado a Abundance Crawford,
una muchacha libre que tenía un resfriado, cuando caminaba
por una carretera en las afueras de Fredericksburg con sus zapatos nuevos. Habría cumplido nueve años dos semanas más
tarde.

—¿Deberíamos enterrarla, Stennis? —dijo Darcy.

—No tengo pala, amo —dijo Stennis.

—Yo lo haré —dijo Augustus—. Yo cavaré una tumba para
ella con mis manos. Denme un poco de tiempo, nada más.

Las personas que iban en la parte de atrás de la carreta con Augustus dijeron que ellos lo ayudarían a cavar una tumba con sus manos. Aquellas personas eran dos hombres y una mujer. Todos ellos, excepto Augustus, serían vendidos antes de que la carreta llegase a Georgia. Los dos hombres eran Willis, un ladrillero de treinta y siete años que tenía una pierna más corta que la otra, y Selby, un panadero de veintidós años que cinco semanas antes se había casado con una mujer cuyo pelo caía sesenta centímetros por debajo de su cuello. Aquellos dos hombres habían sido personas libres, como Augustus. La mujer era Sara Marshall, una costurera de veintinueve años cuyos amos le habían dado su apellido diez años antes. «No traigas vergüenza a nuestro nombre, Sara», le habían dicho en una especie de ceremonia en su cocina. «Trae siempre honor a nuestro nombre. El nombre de Marshall significa algo en esta tierra».

—No sé yo, amo, si hay que enterrarla —dijo Stennis refiriéndose a la niña Abundance—. Quitarles las cadenas y volvérselas a poner. Vigilarlos para que no se fuguen. Demasiado problema por algo que ya no dará más problema en este mundo.

—Bueno —dijo Darcy—, pues si tú no lo sabes, ¿cómo lo voy a saber yo? Adelante, Stennis, adelante.

En Carolina del Norte, cuando se aproximaban a Roxboro, Augustus preguntó si a Darcy no le importaría enviarle un telegrama a Mildred, «mi esposa, que estará preocupada», para hacerle saber que estaba vivo. Darcy le preguntó a Augustus si sabía que enviar un telegrama significaría una pérdida para su bolsillo y le dijo que un prudente hombre de negocios intentaría recortar sus pérdidas lo más posible. Un telegrama era una pérdida, dijo, y añadió que sería mejor que «la pobre Mildred» pensara que simplemente había ascendido al cielo debido a su buen carácter. En Roxboro, Willis el ladrillero le gritó a un blanco con quien se cruzaron, que era libre y había sido secuestrado. Darcy le sonrió al hombre blanco y le dijo: «Hemos tenido este problema con él desde Virginia». El hombre asintió.

Fue en Carolina del Sur, en Kingstree, en el río Negro, donde Augustus decidió que haría lo menos posible por ayudar a sus secuestradores, pero más allá de eso estaba indefenso. Para entonces, mucho antes de Kingstree, Selby el panadero había sido vendido por 310 dólares y Sara Marshall por 277 dólares y una pistola de principios del siglo XIX que Darcy averiguaría después que solo funcionaba cuando ella quería. Al comprador de Sara le hizo gracia que tuviese apellido. «Denota su buena educación», le dijo Stennis al comprador. Y allí, en Kingstree, Willis empezó a inclinarse hacia delante todo el tiempo, el pecho sobre los muslos y el rostro en las manos. «Vamos a salir de esto», le repetía Augustus.

Darcy abordó a un hombre en Kingstree cuando salía de su casa. La casa estaba en la única calle del lugar.

—Podría usted estar interesado en una buena carne negra —le dijo Darcy, y llevó al hombre hasta el final de la calle, a un callejón donde estaba la carreta con las personas.

Darcy agarraba al hombre del codo todo el tiempo y el hombre no se había quejado. Stennis bajó a Augustus de la carreta. Willis no levantó la cara de las manos.

El hombre tenía aspecto de ser alguien sin nada mejor que hacer en aquel momento.

—Abre la boca —le dijo a Augustus.

Nunca había sido propietario de ningún esclavo, pero había asistido a suficientes subastas como para saber que obligar a un esclavo a abrir la boca era una de las primeras cosas que hacía un potencial comprador.

Augustus farfulló algo y se llevó la mano abierta a la oreja. Volvió a farfullar.

—Pero bueno, demonios, este negro es sordo y mudo.

—¿Qué diablos dice usted? —dijo Darcy.

—¿Qué diablos dice este señor, amo? —dijo Stennis.

—Les digo que no oye ni habla. ¿Puedes hacerlo? —le dijo el hombre a Augustus, que le miró inexpresivo, con la mano aún detrás de la oreja—. ¿Qué tipo de carne me quiere vender usted, señor?

—No, no. Sí que oye, sí que habla —dijo Darcy—. Podía

hablar y oír en Virginia. Podía hablar y oír en Carolina del Norte. Puede oír y puede hablar, se lo aseguro. —Y luego le dijo a Augustus —: Abre la boca y saluda a este hombre blanco, dile que hace una maldita buena tarde.

Augustus farfulló y se llevó la otra mano a la otra oreja. El hombre blanco desvió la mirada desde Augustus hacia Darcy y luego hacia Stennis.

—Bueno, no debe de hacer una maldita buena tarde, porque parece que no me lo dice.

—No es sordo ni mudo. Tiene usted mi palabra —dijo Darcy—. ¿No puede hablar, Stennis?

—Sí, amo. Puede hablar. Puede hablar tan claro como el pájaro que canta en el árbol, tan claro como. . .

—Está bien, Stennis, es suficiente con eso. Yo no le mentiría, señor.

—Yo no quiero un negro sordomudo. Quiero un negro entero, de arriba abajo.

El hombre se dio la vuelta para irse y Darcy le tiró de la manga.

—Suélteme, señor —dijo el hombre—, o lo enviaré con Dios.

Stennis gruñó a voz en grito. Darcy retrocedió y el hombre se fue.

—Tú sabes mejor que nadie que no puedes ladrarle a un hombre blanco —le dijo Darcy a Stennis—, aunque se trate de un cliente poco favorable. —Se volvió sobre Augustus y le hundió dos de sus dedos en el pecho—. ¿A qué estás jugando, negro? Tú no eres más sordo ni más mudo que Stennis. ¿A qué estás jugando? —Augustus no dijo nada—. ¿Has perdido el oído aquí en Carolina del Sur, es eso? ¿Has perdido la lengua también, eh? ¿Qué es lo que perdiste en Carolina del Norte? ¿La verga? ¿Y en Virginia el cerebro, lo poco que te queda de él? ¿Y qué va a ser en Georgia? ¿Los brazos? ¿Y luego las piernas en Alabama y en Mississippi, si llegamos tan lejos? Te vas a ir atrofiando en cada estado al que lleguemos. ¿Es eso? —Darcy miró a Stennis—. Apuesto que si lo llevamos hasta Texas habrá desaparecido del todo, Stennis. Nada más que un soplo de nada para cuando lleguemos a Texas. ¿Y no sería eso una lástima? Eso sería una maldita lástima. Porque no pagan gran cosa por un negro fantasma en Texas.

—¿Qué vamos a hacer? —dijo Stennis.

—Vamos a seguir adelante, Stennis. Vamos a seguir adelante hasta que todos los pájaros se caigan de los árboles. —Escupió y luego cogió la pata de uno de los castores muertos que colgaban de su pecho y la inhaló profundamente—. Tennessee es un buen lugar para estar en esta época del año, Stennis. El aire te llevará consigo, hasta donde quieras llegar. —Dejó caer la pata de castor y volvió a golpear a Augustus con el dedo—. Y vamos a vender a este negro, aunque tenga que regalar a mi padre y a mi abuelo y a mi bisabuelo en el trato. Vámonos de aquí. —Stennis tiró de la cadena de Augustus, lo levantó y lo arrojó al interior de la carreta. Darcy cogió otro extremo de pata de castor y casi la pata entera y volvió a inhalar profundamente—. El aire de Tennessee curará todos tus males, Stennis.

—Puedo olerlo desde aquí, jefe.

En Charleston vendieron a Willis por 325 dólares. Darcy podría haber conseguido 400 dólares, pero el hombre blanco y su esposa, ambos maestros de escuela, no se fiaron de los papeles que Darcy tenía sobre Willis. Con los papeles en la mano, la mujer dijo que su padre había estado metido en el negocio de esclavos y que por eso sabía que ningún precio era eterno.

—Trescientos veinticinco —dijo ella, y su esposo repitió lo que ella decía.

—Yo era un hombre libre en Virginia —les dijo Willis en voz baja a los maestros una vez acordado el precio. Darcy se rio.

—Siempre dice lo mismo —dijo Darcy en tono burlón—. Virginia es un hermoso lugar. Allí todos nos sentimos libres. Es el salón de Dios, pero este se olvida de que no estamos en Virginia.

Sus palabras eran poco amables con Carolina del Sur, pero los maestros no parecieron darse cuenta. Mientras Darcy y los

maestros salían del banco y Darcy contaba el dinero, Willis le
dijo a Augustus:

—Te veré. Te veré en el más allá.

—Yo también te veré a ti, Willis —le dijo Augustus—. Te
veré en el más allá. Te lo prometo.

En el salón de Winifred y John Skiffington había un librero
maravilloso, de excelente madera de roble, con una cabeza de
león rugiente a cada lado, de tres estantes, un artículo de segunda mano hecho por Augustus Townsend no mucho después de
que Augustus comprase su libertad. En un principio Augustus
había pensado en quedárselo para él y la familia cuya libertad iba
a comprar, aunque ninguno de ellos supiese leer entonces. (Él
y Mildred nunca aprenderían a leer). Lo conservaría como una
especie de símbolo de su determinación de lograr la libertad de
los suyos. Pero luego comprendió que lo que pudiese obtener por
el librero lo acercaría más a su esposa y a su hijo, de modo que le
puso un precio. Quince dólares. Fue vendido inicialmente a un
hombre propietario de dos esclavos, que luego perdió la vista y
que por ello, según le dijo a Skiffington, perdió también su hambre y su sed de libros. Skiffington lo compró por cinco dólares.

Aparte de la Biblia, Skiffington no era un gran lector, a
diferencia de Winifred. Ella había leído tanto, dijo su esposo
en una ocasión, que podría ser maestra. Todos los estantes de
aquel librero de segunda mano estaban llenos, principalmente
con libros que ella había llevado desde Filadelfia. Skiffington le
había pedido que no le enseñase a Minerva a leer, pero ella no
pudo evitarlo. Lo único que le había pedido a Minerva es que
no dejase que nadie la viese leyendo.

Entre los tesoros de Winifred en el primer estante se encontraban las obras completas de Shakespeare en dos volúmenes,
un regalo de sus padres, y el *Libro de apuntes* de Washington
Irving, un regalo de Skiffington cuando le pidió que se casara
con él. El libro de Irving estaba encuadernado en cuero rojo,

una hermosa segunda edición publicada en Londres en 1821. Después de la cena, los Skiffington, incluido el padre de John, se reunían en el salón y Winifred cogía algún libro de la estantería y lo leía. El propio Skiffington tenía debilidad por el «Rip Van Winkle» de Irving. «Lo vas a desgastar, John», le decía Winifred. «Conseguirás que pierda toda su frescura». Para persuadirla, él empezaba: «Rip Van Winkle, escrito póstumo de Diedrich Knickerbocker».

Skiffington pensó en «el viejo Rip» cuando vio a aquel hombre en los escalones que iban de la calle a la cárcel. El pelo que cubría el rostro de aquel hombre estaba desaliñado y era muy abundante, y a medida que se acercaba Skiffington distinguió los ojos y la nariz y la boca que sobresalían del pelo. Únicamente el pelo le indicaba que era un hombre blanco, pues tenía la piel demasiado sucia para atestiguar tal cosa. Podría tratarse de uno de los montañeros que vivían solos y bajaban de vez en cuando tan solo para oír alguna voz humana. El hombre se levantó varios metros antes de que Skiffington llegase a la cárcel y se mantuvo firme sobre sus dos pies, como si quisiera testificar que, dijesen lo que dijesen el polvo y el pelo sobre su persona, había un corazón y una mente dispuestos a decir otra cosa.

—John —dijo Counsel Skiffington.

Skiffington se detuvo con un pie en los escalones y el otro aún en la calle. Estudió al hombre durante más de un minuto y cuando el hombre pronunció otra vez su nombre, Skiffington dijo:

—Counsel, ¿eres tú?

Sonrió y le extendió una mano. Había oído rumores de que Counsel había caído al fuego que él mismo había provocado en «El Sueño de un Niño», en Carolina del Norte, justo después de pegarse un tiro en la cabeza. De hecho, el banco al que Counsel le debía dinero había difundido esa historia en un intento de poner fin de algún modo a todo el asunto de Counsel Skiffington. Entre docenas de cuerpos quemados, ¿quién podía saber si uno de ellos no era el amo de la plantación?

—Soy yo —dijo Counsel—. Soy yo y creo que puedo decirlo sin temor a equivocarme.

Siguieron estrechándose las manos, y podrían haberse abrazado, pero aquellos primos nunca habían sentido esa clase de afecto. Counsel había llegado a altas horas de la noche con un hombre que lo había recogido en Roanoke. El hombre llevaba dos cargamentos de mercancías —desde ropa hasta munición y libros— a Virginia del Norte. Counsel tenía intención de aceptar el viaje gratuito hasta el punto de destino de aquel hombre, pero el Dios que encontró en Texas le dijo que también podría pararse a ver lo que pudiera pasar con John Skiffington.

—Counsel, te daba por muerto —dijo Skiffington—. Winifred y yo te dábamos por muerto, a ti y a todos, eso es lo que habíamos oído.

—Todos lo están, John. Supongo que yo también lo estuve. Pero aquí me tienes y te digo que no lo estoy.

—Déjame que te lleve a casa con Winifred, para que puedas lavarte.

—Creo que no estoy en condiciones de encontrarme con ninguna mujer —dijo Counsel—. Especialmente con ninguna de la familia.

—A la señora Skiffington no le importaría.

—A mí sí, John. A mí sí —y Counsel recordó que el mundo había llamado siempre a su propia esposa «señora Skiffington»—. A mí sí me importaría. Tal vez si pudieras prestarme algo para que pueda alojarme en la casa de huéspedes, podría estar presentable en un par de días. Un baño, algunas comidas, y volveré a estar preparado para la sociedad civilizada.

—Estás bien como estás, pero si lo que quieres es la casa de huéspedes, eso está hecho.

Fueron dos calles más arriba y Skiffington pagó tres noches en la casa de huéspedes.

Se pasó por allí hacia el mediodía y él y Counsel comieron juntos en el pequeño comedor de la casa. Counsel se había bañado y afeitado, y mientras comía, aquel hombre a quien John

Skiffington apreciaba, pero con quien había tenido tantos problemas comenzó a reaparecer. Durante la comida, Counsel dijo que había estado prácticamente en todas partes y que ahora no sabía qué hacer consigo mismo. Al final de la comida, Skiffington le preguntó a Counsel si quería ser su ayudante.

—Siempre he pensado en ti como alguien a quien le gustaba hacer todo el trabajo solo —dijo Counsel, bebiendo café—. Al menos esa era la impresión que me daba cuando Belle me leía las cartas de Winifred. John Skiffington puede hacerlo todo sin ayuda de nadie.

—Cada vez hay más cosas que hacer. No vendría mal tener a alguien que me cubra las espaldas. La familia es buena para eso. Buena para cubrirte las espaldas.

—Haré lo que pueda.

Counsel se fue a vivir a casa de Skiffington, donde compartió habitación y cama con Carl Skiffington, el padre de John. Aunque no le dijo nada a nadie, Counsel se consideraba con derecho a la habitación que siempre había sido de Minerva. No entendía por qué una muchacha esclava tenía que ser puesta por encima de él. Una esclava que antaño había sido propiedad suya incluso. Sospechó que había algo más entre ella y Skiffington y que tener habitación propia era simplemente algo que la muchacha había obtenido de su primo mediante adulaciones. Había conocido a otros blancos que se había dejado engatusar, así que ¿por qué no un hombre que tanto presumía de andar con Dios? Después de su paga del primer mes, Counsel se trasladó nuevamente a la casa de huéspedes, y la dueña del sitio le cobraba menos que a los demás inquilinos, porque representaba la ley y porque había sufrido tragedias en Carolina del Norte.

Mildred Townsend salía a la carretera por la mañana y por la noche todos los días desde que se llevaron a Augustus y esperaba durante casi media hora. Sabía que Augustus aceptaba a veces trabajos inesperados cuando estaba lejos de casa y olvidaba enviarle recado de que no tardaría mucho en llegar. Al término de cada media hora, alzaba los brazos, con los dedos bien abiertos, y sentía el espíritu de Augustus fluir desde las puntas de sus dedos y sabía entonces que estaba en camino. No se preocupó la primera semana ni durante la mayor parte de la segunda semana. «Me voy a despachar a gusto con ese hombre cuando aparezca», le decía a su perro, que salía a la carretera con ella y esperaba junto a ella todo el tiempo. «Y tú me ayudarás, ¿eh? Tú me ayudarás a dejárselo bien claro». Ella y Augustus llevaban casados más de treinta y cinco años, y ella confiaba en que estuviera a salvo en algún lugar. Sabía que, ahora que su único hijo los había dejado, su esposo no haría nada que pudiera aumentar el sufrimiento de su corazón. Sería hacia finales de la segunda semana cuando fue a ver a Caldonia y ambas, junto con Fern Elston, fueron a ver a Skiffington, que estaba fuera. Pero Counsel, su nuevo ayudante, se encontraba allí, en la cárcel.

Aproximadamente una semana después de Carolina del Sur, en los alrededores de McRae, Georgia, acamparon y después de que Stennis hubiera triturado algo de comida para Darcy, que solo conservaba dos dientes, Stennis le dio de comer a Augustus y lo dejó junto a un manzano.

Augustus le dijo a Stennis antes de que este volviera con Darcy:

—Te debo los mismos golpes que tú me diste a mí allá en Virginia. Quiero que sepas que te los debo.

—Todo tiene su costo, ya lo sé, incluso los golpes aquellos, allá en Virginia.

—Y cuando vaya por ti, lo sabrás —le dijo Augustus.

— Eso también lo tengo contado entre los costos del oficio.

—Quiero irme a mi casa —dijo Augustus—. Quiero irme a mi casa y creo que tú sabes cómo ayudarme.

—Todos queremos irnos a casa.

—Yo quiero irme a mi casa.

Stennis se dio cuenta de que estas eran las primeras palabras que Augustus pronunciaba desde la treta del sordomudo en Carolina del Sur.

—Veo que has recuperado el habla.

—No he tenido nada que decir.

Stennis volvió a comprobar las cadenas.

—Que pases buena noche.

—Déjame marchar —dijo Augustus.

—Él sabría que fui yo quien te abrió la puerta.

—Entonces ven conmigo. Podemos ir juntos. Los dos juntos.

—Eso no está a mi alcance.

—Yo te digo que sí lo está.

—No lo está. Él es mi sustento. El que me asegura el pan, y hasta la mantequilla.

—En mi casa —dijo Augustus—, yo soy mi propio sustento. Mi propio pan y mi propia mantequilla.

—Ya veo —suspiró Stennis y se levantó—. Puedo verlo con mis propios ojos, con los dos.

—¡Stennis! ¡Stennis! —gritó Darcy—. ¿Dónde estás?

—Aquí, amo.

Stennis echó a andar.

—Déjame marchar.

—¡Stennis!

—¡Ya voy, amo!

—Pues ven, entonces. Ven aquí y frótame los pies.

La mañana después de que Caldonia Townsend hiciera por primera vez el amor con su capataz Moses, se despertó de madrugada y se sentó en su cama y contempló la salida del sol. Había pensado que no dormiría muy bien, pero la noche había sido amable y había dormido muchas horas sin alteraciones una vez que la venció el sueño. Justo antes de despertar había soñado que estaba en una casa más pequeña que la suya, una casa que tenía que compartir con otras mil personas. Mientras permanecía sentada contemplando el sol intentó recordar más detalles del sueño. Nada le vino a la memoria excepto el recuerdo de alguien en el sueño que decía que la gente del ático estaba quemando a otras personas. La casa que Henry había construido no tenía ático. Ella dormía siempre con las cortinas abiertas, algo a lo que Henry se había acostumbrado. ¿Quién más en este mundo aceptaría dormir con las cortinas abiertas?, pensó, y subió las rodillas hasta el mentón. No se sintió culpable por Moses, lo cual la sorprendió. Alguien allá en los campos, una mujer, cantaba. Pronto se dio cuenta de que la mujer era Celeste. No era una canción triste lo que Celeste cantaba y tampoco era una canción alegre, simplemente palabras melodiosas para llenar el silencio que de otro modo sería reclamado por los cantos de los pájaros. La habitación estaba a oscuras cuando abrió los ojos por primera vez, pero en su ascenso sostenido el sol se apoderó de la canción de Celeste y la llevó con la luz a cada rincón de la habitación, y poco a poco la rigidez del letargo desapareció en Caldonia y ella se estiró y bostezó y se preguntó qué haría finalmente con respecto a Moses. No pensaba en él como había pensado en Henry Townsend a la mañana siguiente de conocerlo. Aquella mañana había salido de la cama, temerosa y debilitada por el miedo de no volver ni siquiera a tener el placer de volver a ver a Henry. De haber sabido que él había tenido sentimientos similares, habría tenido la fortaleza que tenía esta mañana, mientras la canción de Celeste llegaba hasta ella palabra por palabra, de forma clara e innegable.

Se vistió y salió al pasillo, donde, pese a que había una ventana en cada extremo, el sol tardaba en llegar. Oyó a Loretta moverse en su propia habitación, junto a las escaleras, pero Caldonia no llamó a la puerta para decirle a su doncella que la acompañase. En la cocina, Zeddie, la cocinera, estaba en el fogón y su esposo Bennett apilaba madera en la leñera.

—Señora —dijo Zeddie—, ¿qué puedo prepararle para desayunar?

—Nada todavía —dijo Caldonia, y abrió la puerta de atrás.

—Hace mucho frío esta mañana —dijo Bennett—. ¿Quiere que le traiga un abrigo?

—No, estoy bien —dijo Caldonia, y salió y cerró la puerta tras ella.

Realmente hacía frío, pero entró en calor a medida que avanzaba hacia el cementerio con su único ocupante. El túmulo de tierra se había asentado aún más desde su última visita. Había encargado una lápida, pero el hombre había dicho que su entrega podía demorarse un mes. A los pies de la tumba de Henry, deseó haber llevado flores de su jardín.

—¿Estoy perdonada? —dijo. Las flores de su última visita, tan solo dos días antes, todavía conservaban algo de vida, y estaban puestas encima de otras flores de cuatro días antes que se estaban marchitando y fundiéndose con la tierra—. Sigo siendo tu esposa, así que ¿estoy perdonada?

Moses fue a verla aquella tarde y ella no le hizo ninguna señal para que se levantase de la silla y se acercase a ella. De modo que habló sobre el trabajo de los esclavos desde el sillón, peinado y con la camisa y los pantalones ya no tan nuevos adheridos a la piel porque el sudor le había venido incluso antes de haber puesto un pie en la cocina. Había tenido la esperanza de que al poseerla de nuevo ambos cruzarían un umbral irrevocable. Pero no hubo lágrimas ni indicio alguno de que ella lo deseara, de modo que se sentó envuelto en sudor y farfulló una recitación de los preparativos para la cosecha. Si no hubiese sido su esclavo, podría haberse levantado y haberse acercado a ella con la misma autoridad de la noche anterior. Pero el sol no subía muy alto en la vida de Moses, y solo existía un día a la vez, y ningún día era similar al siguiente.

—Dile a Loretta que entre —dijo Caldonia, y él se levantó y salió de la habitación.

Todavía no había salido y bajado la escalera trasera cuando

ella lamentó haberle dicho que se fuera. ¿Qué daño habría hecho dejarlo abrazarme?, pensó mientras Loretta le preguntaba si querría café y un poco de tarta antes de irse a dormir.

Según estaba previsto, Fern, su hermano Calvin y Dora y Louis, los hijos de William Robbins, fueron a cenar la noche siguiente. Pollo asado, una de las especialidades de Zeddie, y la sopa de calabaza que a Fern le gustaba. Fern, que desde hacía ya varias semanas era la propietaria de Jebediah Dickinson, tenía poco que decir, lo cual era inusual en la locuaz maestra rodeada por tres de sus antiguos estudiantes, que la consideraban una de las principales influencias en sus vidas. Cuando habló, fue en general para referirse a sus problemas con un «insolente» esclavo que insistía en llamarse Jebediah Dickinson, aunque su antiguo amo decía que en realidad se llamaba simplemente Jebediah y nada más que Jebediah. «El Dickinson», había dicho el antiguo amo, «lo robó de mi esposa fallecida». Todo el mundo en la mesa se dio cuenta de que Fern no era ella misma, pero lo pasaron por alto porque la querían.

—Con él allí —dijo después de la cena—, me siento como si le perteneciera, como si yo fuera su propiedad.

Los jóvenes se rieron al oírla decir algo tan extraordinario. Todos ellos eran miembros de una clase negra libre que, aunque no tenían el poder de algunos blancos, habían sido educados para creerse gobernantes a la espera entre bastidores. Eran mucho mejores que la mayoría de los blancos, y era solo cuestión de tiempo que esos blancos llegasen a comprenderlo.

—¿Por qué no lo vende? —preguntó Dora.

—Me temo que toda Virginia lo conoce lo mismo que yo y venderlo me costaría más de lo que ya he pagado.

Aquello no tenía ningún sentido para el resto, y lo atribuyeron al hecho de que Fern había tomado una copa de oporto, cosa poco habitual en ella.

—Siempre puede venderlo a bajo precio y quitárselo de encima, como se suele decir —dijo Louis.

—Volvería —dijo Fern—, se repite como una mala comida.

Esa es una pobre metáfora de mi parte, querida Caldonia. No tiene nada que ver con nuestra gran velada de esta noche. Confío en que comprendas mi estado de ánimo, querida Caldonia.

—Lo comprendo —dijo Caldonia—. Zeddie no cocinaría mal aunque fuese ciega y manca.

—Exactamente —dijo Fern.

—Señora Elston —dijo Calvin—, ¿por qué no liberarlo y dejarlo marchar? ¿No resultaría eso más barato a largo plazo?

—Ya lo he pensado. Pero creo que se ha convertido en una especie de deuda heredada de mi amado esposo. Ahora es mío y liberarlo parece fuera de lugar.

No dijo que liberar a un esclavo no se correspondía con su personalidad. Alguien le había contado en una ocasión que una mujer blanca de Carolina del Sur había liberado a sus esclavos tras la muerte de su esposo, y que uno de ellos había vuelto y la había matado.

—Fern, todo se arreglará por sí solo —dijo Caldonia.

La mayor de sus alumnos se había convertido en confidente de Fern y solamente a ella le estaba permitido llamarla por su nombre de pila. No era un privilegio que los demás envidiaran.

—Me temo que sí —dijo Fern, y bebió la última gota de su copa—. ¿He tomado más oporto del que me está permitido, querida Caldonia? ¿Ya he consumido mi parte?

—En esta casa te está permitido todo el oporto que tu alma pueda soportar. Ya lo sabes.

—Cuando la mente se abotarga, se olvida una.

—¿Bennett? —dijo Caldonia.

Bennett apareció y llenó la copa de Fern. Se acercó a un lado de Caldonia y le susurró al oído que Moses llevaba un tiempo esperando en la cocina para «contarle unas cosas».

Pensó que podría ir a decirle que lo vería al día siguiente, pero lo que Fern había estado contando sobre el esclavo de los dos nombres se le había metido en la cabeza, y le dijo a Bennett que le dijese a Moses que las noticias del día podían esperar, a menos que hubiese algo que requiriese su atención. Añadió que

estaba atendiendo a unos invitados. Bennett transmitió todo
esto a su modo y Moses se fue a su cabaña. Priscilla, su esposa,
le dijo que le había preparado algo de comer, pero él respondió lo más amablemente que pudo que no tenía hambre y que
esperaba no tener que repetirlo. Ella sabía lo suficiente como
para leer en su mente, y ella y su hijo se sentaron delante de la
chimenea y jugaron a las bochas con su colección de guijarros.
El muchacho había mejorado mucho, después de descubrir que
si arrojaba los guijarros de modo que se amontonaran, tenía
más probabilidades de ganarle a su madre. Moses, al oírlos jugar, estuvo a punto de salir al bosque, pero lo asaltó el temor de
compartir aquel lugar ahora con Alice. En vez de hacerlo, fue
al galpón de las herramientas y afiló azadas hasta que la luz del
farol comenzó a fallar y hasta que le dolieron los brazos.

El humor de Fern pareció mejorar con la segunda copa de
oporto y ya no se habló más sobre el esclavo Jebediah
Dickinson.

—He estado recibiendo —empezó a decir no mucho después de que Bennett hubiese cambiado las velas— muchísimos
panfletos acerca del asunto ese del abolicionismo. De dónde
sacan mi nombre, nunca lo sabré.

—¿Qué piensa usted, señora Elston? —dijo Dora.

—Me he dado cuenta de que si yo estuviese en cautiverio le
cortaría el cuello a mi amo el primer día. Me pregunto por qué
no se han levantado y han hecho eso todos ellos.

Dio un sorbo.

—El poder del estado los haría añicos —dijo Louis. Habló,
como siempre, no porque tuviese ninguna opinión firme sobre
un determinado tema, sino para impresionar a las mujeres a su
alrededor, y se encontraba ahora en un punto en el que la mujer
a quien más deseaba impresionar era Caldonia. Había asistido
a las clases de Fern cuando Caldonia ya había terminado varios
años de su educación, de modo que ella no había tenido mucho

tiempo para conocerlo bien. Y Calvin le había hablado poco de él a ella, de manera que, en muchos aspectos, seguían siendo extraños el uno para el otro—. La Mancomunidad pondría fin al asunto rápidamente.

—El estado tendría sus dudas —dijo Calvin—. No querría perder a su propia gente, a tantos excelentes blancos, así como a toda la gente de la que el estado depende para trabajar los campos y realizar todos los demás trabajos que contribuyen a que Virginia sea la gran Mancomunidad.

—Ustedes dos, hombres, ¿están hablando de guerra? —dijo Dora.

—¿Se te ocurre alguna otra forma de llamarlo? —dijo Louis. Dora se rio.

—Esclavos contra amos. Trata de ver esa imagen en tu mente y a continuación verás la imagen de todos los esclavos muertos.

—Ya lo hice —dijo Fern—. Desde luego que sí. —Estaba pensando en el descaro con el que Jebediah se marchaba cada vez que le daba la gana—. La única cuestión para nosotros, los que estamos reunidos en torno a esta bendita mesa, es qué lado deberíamos escoger. Supongo que eso es lo que esos panfletos quieren que haga. Escoger de qué lado estoy.

—¿Lo has hecho? —dijo Caldonia.

—A mi manera pusilánime, creo que sí —dijo Fern—. No creo que se me dieran muy bien las cosas como aprendiz de costurera. «Sí, señora» y «Sí, señor» no salen con facilidad de mi boca. Mis manos, mi cuerpo, temen la suciedad del campo.

—Podría usted enseñar incluso más —dijo Louis—. Podría dar clases todo el tiempo.

—La luz de la enseñanza se me va apagando poco a poco.

—Eso te pasa por tener malos alumnos —dijo Caldonia, y los cinco se rieron.

Fern pensó que podría tomar una tercera copa de oporto, pero mientras sostenía la copa vacía en la mano, los efectos de las dos primeras se hicieron sentir con fuerza y ella le sonrió a la copa y se dijo que con dos era suficiente por esta noche. Desde la aparición de Jebediah su esposo había permanecido en casa, pero nada era lo mismo. *Soy. . . Esta noche soy una buena esposa. Esta noche. . .*

—Dejaría todo esto en caso de guerra —dijo Calvin.

—¿No echarías una mano a los preciosos esclavos? —dijo Louis.

—Bueno, ahora que lo dices, ya que planteas el tema, creo que sí que lo haría.

Caldonia se rio.

—¿Tú crees que mamá te dejaría tomar las armas contra ella? —Todos se imaginaron a Maude con los brazos cruzados, dando golpecitos nerviosos con el pie y se echaron a reír.

—Lo haría con ella vuelta de espaldas.

Calvin se rio.

—¿Una bala en la espalda de tu pobre mamá, Calvin? Te parecerá bonito —dijo Dora.

—Una bala, has dicho. La quiero demasiado para hacer nada más dañino que decir que no. Además, mi madre vive con un alto muro de ladrillo a sus espaldas. Nada podría atravesar ese muro.

Cuando su madre estuvo enferma durante todos aquellos años, Calvin durmió muchas noches en el suelo junto a su cama.

—Qué agradable conversación para la sobremesa —dijo Fern—. ¿En qué colegio les han enseñado esto?

—En uno muy difícil de Manchester, Virginia.

Louis miraba desde el otro lado de la mesa a su hermana, y mientras lo hacía su ojo viajero atrapó una mota de polvo flotante y la siguió antes de parpadear.

Sus invitados durmieron allí aquella noche. Por la mañana, no mucho después del desayuno, Caldonia y Calvin llevaron a Dora y Louis al porche, donde Louis la abrazó inesperadamente.

—Tu hospitalidad no tiene comparación —dijo, sin intentar en absoluto impresionarla.

—El mérito —dijo Caldonia— es de mis invitados.

Mucho tiempo después, el día en el que le pidió que se casara con él, Louis le diría que había tenido miedo de preguntárselo porque no pensaba que pudiera merecerla. «Todos nos merecemos unos a otros», diría Caldonia.

Dora y Louis se marcharon en sus caballos. Fern durmió hasta tarde y no se marchó hasta mucho después del mediodía. Calvin se quedó otra noche más y por tanto se encontraba allí cuando Moses llegó aquella tarde. Bennett entró en el salón para decirle a Caldonia que su capataz estaba allí. Ella se levantó.

—¿Qué pasa? —dijo Calvin.

—Nada importante —dijo ella, excusándose y adelantándose a Bennett para dirigirse a la cocina.

—Señora, solo quería informarle sobre cómo ha ido el día, eso es todo —dijo Moses tan pronto como ella entró. Ella no le dijo a Bennett que se fuera.

—Estoy atendiendo a mi hermano —dijo ella, acercándose hasta un paso de distancia de él. Ella deseaba verlo, sus palabras y sus gestos así lo indicaban, pero esto era lo mejor que podía hacer por ahora—. Puedes contármelo todo mañana por la tarde. Ahora vete a casa y descansa esta noche. Sé lo mucho que trabajas.

El asintió y se fue.

—Parece que ahora las responsabilidades se te echan encima a ti —dijo Calvin al volver ella.

—Una tras otra —dijo ella.

—Podrías ser feliz en Nueva York. Una tierra nueva, un aire nuevo. Podríamos ser felices allí. Te quitarías de los hombros todas esas cargas, Caldonia.

—Calvin, tú eres tú solo y lo que quieras cargar a tus espaldas. Yo tengo la responsabilidad sobre muchas personas. Adultos y niños. No puedo elegir no tenerla. Mi esposo construyó algo aquí y ahora es mío y no puedo abandonarlo por una tierra extraña.

Calvin no dijo nada. Estaba en la silla en la que siempre se sentaba Moses. Deseaba decirle que podía abandonarlo todo, pero a esas alturas estaba perdiendo la fe en su capacidad para persuadir a nadie sobre cosa alguna. Ella no podía ver a ninguno de esos treinta y tantos seres humanos viviendo como personas libres, del mismo modo que él desde Virginia tampoco podía ver todo lo que veía el perro congelado de la fotografía de Nueva York.

A día siguiente, ella no quería que Calvin se fuese y así se lo dijo. Se había dado cuenta de que con su gente alrededor —y en ello incluía a Fern y a Dora y Louis— era más capaz de enfrentarse con el mundo. Tenía cosas que hacer en Richmond, dijo Calvin, pero a la vuelta se quedaría con ella más tiempo.

Aquella noche le dijo a Moses que no quería oír nada sobre los tediosos trabajos de la jornada y él se sentó y trató de inventar alguna otra historia sobre Henry. Ella se levantó después de un buen rato y se sentó encima de él y lo besó. No le permitió hacerle el amor aquella noche, pero cuando volvió la noche siguiente sí se lo permitió.

—Ha sido duro sin ti —le dijo.

—Fue duro para mí, señora —dijo él.

Cuando él dijo eso, habían terminado de hacer el amor y estaban parcialmente vestidos sobre el suelo, y sus palabras le hicieron preguntarse si Virginia tenía alguna ley que prohibiese tales cosas entre una mujer de color y un hombre de color que era su esclavo. ¿Era esto una especie de cruce de razas?, se preguntó. Una mujer blanca de Bristol había sido azotada por ese delito, y su esclavo fue ahorcado en un árbol en lo que pasaba por ser la plaza de la ciudad. Trescientas personas acudieron a verlo, los latigazos y el ahorcamiento, lo primero por la mañana y lo segundo por la tarde. La gente llevó a sus hijos, a sus recién nacidos, que durmieron durante la mayor parte de las actividades. Había sucedido un año antes, pero no hacía mucho que las noticias habían llegado a Manchester.

—¿Volverás mañana? —preguntó ella después de que él se levantase del suelo.

—Sí, señora. Sí, señora, lo haré.

Él se fue y ella, un instante antes de entrar Loretta, se dijo: «Amo a Moses. Amo a Moses con tan solo su nombre de pila». Pero cuando vio a Loretta aquellas palabras no tuvieron tanto sentido.

—Estoy lista para irme a dormir —dijo, y eso era lo que más sentido tenía.

Antes de acostarse, se lavó sus partes íntimas con vinagre y el jabón que sus esclavos hacían para todos. El suyo, no obstante, estaba hecho con unas gotas de perfume que Loretta les suministraba a los fabricantes del jabón. En Bristol, las autoridades afirmaron que la mujer blanca había tenido un niño. Ningún rumor, ni tampoco la información del periódico, contaba qué había sido de aquel niño.

Aquella noche fue la primera vez que Moses pensó que su esposa y su hijo no podían vivir en el mismo mundo con él y Caldonia. Si hubiesen hecho el amor en silencio, como antes, él no habría empezado a pensar más allá de sí mismo. Pero ella había hablado de mañana y eso significaba otros mañanas después de aquel. ¿Dónde encajaban una esposa esclava y un hijo esclavo con un hombre que estaba a punto de ser liberado y de casarse luego con una mujer libre? ¿A punto de convertirse en el señor Townsend?

Bajó de la casa de Caldonia aquella noche y se detuvo a la entrada del callejón. ¿Qué hace un hombre con una familia que no necesita?

Alice salió de su cabaña y, si se sorprendió al verlo, no lo expresó. Pero tampoco canturreó, tampoco bailó.

—¿Adónde vas? —preguntó Moses. Sabía de ella más de lo que había sabido solo tres semanas antes y, aunque no había dado muestras de entender nada, Moses presintió que ella era consciente de que el mundo se le había hecho más pequeño. Ya no estaba sola en la noche en sus correrías; ahora también estaba él siguiendo sus pasos. Alice pasó por su lado a zancadas y él se volvió y la agarró de un brazo—. Contéstame cuando te hablo.

—A ninguna parte —dijo ella. La sencillez de una respuesta clara los sorprendió a ambos y no dijeron nada hasta que vieron a Elias y a Stamford reírse mientras volvían del establo hacia sus cabañas. Ambos llevaban faroles.

—Eso está mejor —le dijo Moses a Alice, y la soltó. Ella salió al sendero que la llevaba a la carretera.

Él esperaba que ella desapareciese esa noche y que su cuerpo fuese entregado por los patrulleros antes de la mañana, pero a la mañana siguiente Alice seguía en su cabaña.

La noche siguiente, Moses esperó junto a la puerta de la cabaña de Alice a que ella saliera.

—Tengo un trabajo para ti —le dijo—, y si lo haces bien no tendrás que ser esclava de nadie nunca más.

No había hecho el amor con Caldonia aquella noche, pero él se sentía en el séptimo cielo.

Ella deseaba canturrear, pero los ángeles podrían no entender lo que dijera con su capataz como testigo. *En el callejón del amo un hombre muerto me encontré. . .* Tal vez si alzaba los brazos ahora, ellos la recompensarían por todos sus cantos del pasado y la llevarían en volandas hasta la libertad. *Un hombre. . . Un hombre muerto es lo que es. . . ¿Cómo podrías olvidar a ese muerto?* Todos sus cantos debían tener algún valor. Si alzaba los brazos y movía rápidamente los dedos, los ángeles podrían verla incluso en la oscuridad con ese capataz y llevársela en volandas en un santiamén. *En el callejón del amo muerto una mujer muerta me encontré allí tendida. . .*

—Puedes irte, porque te estoy vigilando —le dijo Moses—. Te estoy vigilando con los dos ojos. —La observó irse—. Ese mulo te estará esperando por la mañana.

Era cierto, pensó ella mientras caminaba con paso vacilante

por la carretera, que el mundo la había estado vigilando, e incluso aunque los ángeles se la llevasen ahora, el mundo simplemente se agarraría a ella y la haría volver. *Allí no te quieren, muchacha, así que vuelve con nosotros...* No fue muy lejos aquella noche y se dio la vuelta no mucho después de pasar el cruce de caminos. El callejón estaba muy silencioso, pero no tan silencioso como todas las otras noches en las que tenía la voz ronca y los pies cansados de tanto andar y bailar. Entró en la cabaña y esperó adentro a que todo aquel sonido llegase a su fin. Tal vez si se hubiese preocupado lo suficiente por todo el mundo; tal vez si hubiese compartido; tal vez incluso si hubiese creído que Delphie y Cassandra querrían ir con ella a cantar a los ángeles. Nada se oyó excepto los sonidos de su propio corazón y se dejó caer sobre sus rodillas y se arrastró hasta su camastro, a pocos pasos de los de Delphie y Cassandra. Tal vez había esperado demasiado tiempo y, mientras esperaba, el tren y la gente saludaron al pasar su lado. ¿Quién sabía que nunca había habido tiempo suficiente? ¿Quién sabía que Dios había racionado el tiempo del mismo modo que Bennett y Moses racionaban la comida y la harina y la melaza? *Esto tiene que durar así que a ver si tienen cuidado con lo que comen...* En la última plantación en la que había estado, una mujer se había tirado al pozo y había jurado ir nadando hasta su casa. Y ella también lo había hecho, sin la bendición de la coz de un mulo. ¿Por qué se había retrasado tanto simplemente en irse andando a casa? Ahora, ese mulo podría querer que le devolviera su coz. *No la vas a usar, así que dámela...*

Dos mañanas más tarde, el jueves, Caldonia le dijo a Loretta, que a su vez se lo dijo a Zeddie, que cenaría con Moses en la cocina. Loretta no era mujer que se hiciera repetir las cosas por su ama, pero Zeddie quiso saber si Loretta llevaba los oídos demasiado sucios para oír bien. Loretta no tenía costumbre de bromear, y cuando Zeddie vio que tenía la misma cara de todas las mañanas, dijo:

—Dile que lo tendré todo listo para ella y el capataz.

Acabaron de cenar bastante rápido porque no hablaron. Él

nunca se había sentado ante una mesa como aquella ni había tenido un plato lleno delante de él. No había sabido qué hacer y ella se dio cuenta y se lo llevó de la mesa.

No hicieron el amor, pero él volvió al callejón con la misma sensación de alegría. Llamó a la puerta de la cabaña de Alice y la hizo salir, la llevó a un lateral del establo y le dijo que le daba la libertad, que tenía poder para hacerlo. Ella no dijo nada y él se rio porque sabía que ella estaba pensando que se trataba de una treta del capataz.

—Tú simplemente prepárate para salir el sábado por la noche. ¿No es un buen momento para irse, el sábado? ¿Con todo ese domingo sin nada que hacer para irse? ¿Qué? ¿No lo es?

—Yo no sé nada de irme a ninguna parte —dijo ella—. Yo solo soy Alice en la plantación del amo Henry, eso es todo lo que yo sé. El amo Henry y la señora Caldonia Townsend en el condado de Manchester, Virginia.

Él volvió a reírse.

—Henry está muerto. Yo mismo lo puse en su tumba y lo enterré.

Ella podía ver que no era el hombre que se manoseaba torpemente y se abrazaba en el bosque, tan solo una triste visión más mientras ella se abría camino sin cesar en la noche. Ningún esclavo, ni siquiera el capataz, pronunciaba el nombre del amo sin llamarlo amo primero, y Moses lo estaba haciendo, sin preocuparse además de que alguien pudiese oírlo en la noche. Entonces Moses dijo:

—Y quiero que te lleves a mi mujer y a mi hijo contigo —y ella empezó a darse cuenta de que no se trataba de ninguna treta.

—¿Llevarme a Priscilla y a Jamie? ¿Llevármelos a ellos también?

El muchacho era obeso y la mujer vivía abrumada de tanto venerar a su esposo y a su ama.

El asintió.

—Simplemente te los llevas contigo. No me digas que no

sabes lo que haces. No me vengas con rodeos, muchacha. Te conozco. Sé muy bien lo que has estado tramando.

—Yo no he estado tramando nada. Solo soy Alice, ya se lo he dicho. Aquí en la plantación del amo Henry en el condado de Manchester, Virginia.

Nadie volvió a beber nunca del pozo al que se tiró la mujer para irse nadando a casa. Era el pozo que utilizaban los blancos, e incluso después de haber abierto uno nuevo, no consintieron que los negros utilizasen el pozo donde la esclava había nadado hasta llegar a casa. Todos los esclavos del lugar querían probar el agua que había dado a una mujer los poderes de un pez, pero los blancos taparon el pozo con ladrillos. Hubo quien dijo que antes de taparlo habían envenenado el agua.

—Presta atención a mis palabras o me encargaré de que no vuelvas a corretear por ahí como lo has estado haciendo.

Aquella noche Moses le dijo a su familia que los iba a enviar a la libertad y que él iría tras ellos pronto.

—Yo no sé cómo ir a la libertad —dijo Priscilla.

—Yo tampoco —dijo el muchacho.

—Alice los llevará, y pueden buscar un sitio para mí.

Moses estaba en el interior de la cabaña, junto a la puerta cerrada.

—¿Alice? ¿Qué es Alice, Moses? ¿Qué es? Su mano izquierda se perdería intentando encontrar su mano derecha. ¿Qué puede hacer Alice?

Priscilla se estaba preparando para avivar el fuego de la chimenea cuando su esposo entró. Ahora estaba en pie con los trozos de madera en los brazos. El fuego primero vaciló y luego se inclinó hacia la mujer al bajar el viento por la chimenea y desplazarse hacia los bajos de la puerta.

—Sabe más de lo que tú te crees, mujer. De veras. Ahora tienes que confiar en mí, Priscilla, simplemente. Tienes que confiar en que puedo llevarlos a todos al otro lado.

—Dios mío, Moses —dijo Priscilla—, ¿por qué quieres librarte de nosotros de este modo?

—No es eso —dijo Moses—. Les estoy facilitando las cosas a todos en este lado, eso es lo que intento hacer. —Priscilla se estremeció y la madera cayó de sus brazos—. Tienes que confiar en que Alice ya sabe lo que tiene que hacer.

—¿Por qué no puedes venir con nosotros ahora, Moses?

Se abría un abismo ante ellos y él le estaba diciendo que para ella era fácil saltar, que simplemente tenía que dar el salto a esta cosa de la libertad en la que en un principio ni siquiera él estaba incluido. No era un buen esposo, pero era todo lo que tenía. Algunas mujeres no tenían esposos o tenían a sus esposos en otra plantación, no junto a ellas todas las noches, respirando y luchando con el mundo en sueños.

—Papá, ¿tú vendrás después? —dijo Jamie.

—Eso es —dijo Moses.

No hablaron más, pero durante todo el día siguiente Priscilla se demoró en sus surcos y Moses tuvo que ir a decirle que hiciera bien su trabajo.

—Que no tenga que estar detrás de ti otra vez —dijo.

A unos dos kilómetros de la plantación, aquel sábado por la noche, los cuatro llegaron a una extensión de bosque que terminaba unos cinco kilómetros más adelante en la plantación de William Robbins. Alice no le había dicho nada a Moses, pero los sábados era habitual que los patrulleros hubieran estado bebiendo. Ella no lo sabía, pero el comisario les pagaba el sábado, y aunque no se los prohibía, no le gustaba que trabajaran los domingos, el día del Señor, un día de descanso. De modo que los patrulleros solían empezar sus domingos mucho antes del sábado por la noche.

En el bosque, Priscilla rompió a llorar.

—Moses, ¿por qué no puedes venir ahora? Por favor, Moses, por favor.

Alice se acercó a Priscilla y le dio dos bofetadas. Moses no dijo nada y Jamie tampoco dijo nada. ¿Quién era esta nueva mujer, quién era esta Alice que se comportaba de este modo en la noche?

—Deja de llorar así ahora mismo —dijo Alice—. No lo permitiré. Nunca una lágrima sació mi sed, y tampoco saciará la tuya. Así que deja de llorar ahora mismo.

—No es tan difícil, mamá —dijo Jamie—. Podemos hacerlo. Mira. —Y el muchacho corrió varios metros y volvió, luego se alejó corriendo otra vez y volvió de nuevo. Siguió corriendo sin moverse del sitio—. Podemos hacerlo, mamá.

—Hazle caso a este muchacho —le dijo Alice a Priscilla—. Será mejor que le hagas caso a este muchacho. Moses, mantente callado todo el tiempo que puedas. —En la oscuridad del bosque, no podían verse las caras directamente, de modo que la única manera de ver a una persona era mirar algo justo al lado. Solo entonces se veía con claridad un rostro. Alice miró el árbol junto a Moses—. Si te dicen que te verán del otro lado, será porque saben algo que yo no sé.

Para mirar a Alice, Moses miró a su hijo junto a ella.

—Entonces los veré a todos.

—Adiós, papá.

—Moses —dijo Priscilla—, no me olvides.

Alice agarró a Priscilla de la mano y los tres desaparecieron en el bosque, y por mucho que mirase a izquierda o a derecha Moses no podía verlos. Oía lo que creía que eran ellos, pero había oído los mismos sonidos cuando estaba a solas en aquel otro bosque. Cuando se hizo el silencio, empezó a preguntarse qué pasaría si los atrapaban. *Moses nos ayudó a hacerlo...* Miró a sus espaldas y los sonidos comenzaron de nuevo. *Moses, ¿por qué tuviste que hacer esto cuando yo confiaba en ti? ¿Por qué tuviste que tomar nuestro futuro y tirarlo por la borda?* Cerró y abrió los puños. Conocía el camino de vuelta a casa, pero ¿podría darles alcance allí afuera, en algún lugar, y luego encontrar el camino de vuelta? *Oh, Moses, ¿por qué? Teníamos esto y lo otro y lo de más allá, así que ¿por qué?* Fue tras ellos, andando en un principio, corriendo después, con un brazo delante para evitar que las ramas bajas lo golpearan en la cara.

Esperó hasta justo después del mediodía para informar en la casa. Su corazón había latido furiosamente toda la noche y había esperado un alivio al salir el sol, pero el corazón se negó. En la cocina, le dijo a Caldonia, mientras Loretta y Zeddie y Bennett miraban, que Priscilla y el muchacho se habían ido en algún momento durante la noche mientras él dormía. Había ido a la cabaña de Alice, dijo, y había descubierto que no había vuelto de sus paseos.

Caldonia no se preocupó y le dijo que los patrulleros los encontrarían y los traerían de vuelta. «Se habrán extraviado», dijo. Alice estaba suficientemente fuera de sus cabales como para perderse.

Cuando no hubo rastro de ellos al anochecer, le dijo a Bennett que quería que fuese a ver al comisario al día siguiente, lunes, para informar de la «desaparición» de tres esclavos. La palabra «fuga» ocupaba un lugar muy distante de su mente, dadas las tres personas implicadas, y ningún hombre, pero tal vez habían sufrido algún daño. Los patrulleros podrían haberse aprovechado de las mujeres y haberlos matado a todos para encubrir su delito. ¿Pero por qué matarlos si el delito era solo violación? La violación de una esclava no haría caer sobre ellos el peso de la ley. En muchas mentes, violar a una esclava no era ni siquiera un delito. Matar a una propiedad era el mayor delito. Le escribió a Bennett una autorización, luego escribió una carta explicándole al comisario Skiffington lo que sabía. Le dijo a Moses que no perdiera de vista a nadie hasta que el asunto pudiera aclararse. En un principio lo culpó a él en parte, dado que su esposa y su hijo eran dos de los desaparecidos, pero su decepción no duró demasiado.

Bennett encontró a Skiffington hablando con Counsel delante de la cárcel, y cuanto más añadía Bennett a lo que se explicaba en la carta, más sospechaba Skiffington de Moses. No sabía gran cosa acerca de la plantación de los Townsend y se lo recriminó a sí mismo como comisario de todo el territorio. Dejó a Counsel y cabalgó con Bennett hasta la plantación. Tenía fe en sus patrulleros, confiaba en que no permitirían que tres piezas de propiedad les pasaran inadvertidas. Por lo tanto, los esclavos estaban en algún lugar del condado. Si estaban vivos, podrían estar de vuelta antes del anochecer. Y si estaban muertos, podría ser cosa de lobos u osos o pumas.

Bennett se ocupó del caballo de Skiffington y Zeddie lo condujo hasta el salón donde ya se encontraba Caldonia cuando él entró en la habitación. Se quitó el sombrero y dijo, como había hecho en el funeral, que lamentaba mucho lo de su esposo.

—No sé adónde pueden haber ido —dijo Caldonia. Ninguno de ellos se sentó.

—Tengo entendido que la tal Alice no estaba bien de la cabeza.

—No, y Priscilla no tenía más motivos para dejar esta plantación que yo misma, comisario.

—¿Cuánto valían?

—¿Disculpe?

—¿Cuánto valían esos tres esclavos? ¿Cuánto obtendría usted si fuese a venderlos? En el mercado.

—Oh, no lo sé. Mi esposo lo habría sabido de inmediato, pero yo no puedo decir que esté al día en esos asuntos. Lo siento.

—No importa mucho. ¿Cuánto tiempo llevaban casados ese capataz y ella?

—Yo diría que unos diez años —dijo Caldonia.

Era la primera vez que tenía plena conciencia de haber estado haciendo el amor con el esposo de otra mujer. Priscilla había estado siempre allí y sin embargo ella había estado en el otro extremo de la tierra, casada con otro hombre diferente.

—Diez años es mucho tiempo —dijo Skiffington.

Caldonia no dijo nada, pero pareció ligeramente perpleja. Cuando Skiffington preguntó por Moses, ella se ofreció a hacerlo venir a la casa, pero él le dijo que saldría a buscarlo.

Cuando se dirigía hacia los campos, recordó al esclavo y la esclava en su oficina, el hombre vendido aquel día a William Robbins y la mujer vendida días más tarde a otra persona. Estamos juntos, no paraba de repetir el esclavo. *Somos uno...*

Llegó a un pequeño cerro desde donde se bajaba a los campos y no pudo distinguir al capataz porque no estaba vigilando a los demás desde su caballo, sino que era uno más entre los esclavos que trabajaban. Descendió el cerro y gritó que quería ver a Moses. Moses se levantó del surco y se acercó a Skiffington.

Moses se quitó el sombrero y le dijo buenos días a Skiffington y el comisario dijo buenos días.

—¿Sabes dónde podrían estar?

—No, señor. Me desperté ayer y se habían ido, los tres, simplemente se habían ido.

—¿Estaban allí cuando te fuiste a dormir?

A Skiffington le venían a la mente cada vez más detalles del día de la venta de Moses en la cárcel.

—Sí, señor. Pero esa Alice tenía la costumbre de irse por ahí, no estaba bien de la cabeza. No había nada de malo en eso. No había nada de malo en que se fuese a pasear de un lado a otro y cosas así. Y a veces mi Priscilla y mi Jamie iban a hacerle compañía. Les caía bien Alice.

En la segunda visita de Skiffington, Elias afirmaría que todo aquello era mentira en su mayor parte. Moses siguió inventándose una historia que Elias y otros harían añicos con solo unas cuantas preguntas de Skiffington.

Skiffington le dijo finalmente que volviese al trabajo y Moses se puso el sombrero y regresó. Durante unos días Skiffington no recordó quién le había dicho que Moses y su ama habían cenado juntos —«exactamente como marido y mujer»— justo antes de que los esclavos desaparecieran. Recordó que nadie, en ningún momento, había informado haber visto zopilotes en el cielo como indicio de alguna persona muerta por lobos u osos. Estaba convencido de que los tres habían muerto y que alguien había tenido que enterrar a los muertos para evitar a los zopilotes. Observó a Moses, que venció el impulso de volverse para mirar al comisario. Skiffington sabía que todo esclavo querría dejar los campos y no volver jamás. Fue al observar a Moses alejarse cuando empezó a sospechar que había cometido un asesinato. No pudo entender por qué hasta que oyó que había cenado con Caldonia. ¿Pero por qué matar cuando todo lo que necesitaba era traspasar la puerta de la cabaña, lavarse las manos con respecto a una esposa y un hijo, y entrar por la puerta de la casa? ¿Y por qué hacer daño a un niño y a una mujer que no estaba en sus cabales?

Observó a Moses volver a la misma fila donde estaba antes y levantar su saco y fundirse con todo lo que lo rodeaba, la tierra y su prodigalidad y los esclavos inclinándose y recogiendo y avanzando. Los cuervos se cernían sobre ellos. Skiffington podía ver que los pájaros volaban lo suficientemente alto como para evitar una mano, pero no lo bastante como para escapar de una piedra que se les arrojase. Moses lo había mirado a los ojos todo el tiempo, sin parpadear ni apartar la vista ni una sola vez. Había una razón por la que Dios había convertido el decir la verdad en uno de sus mandamientos; mentir tenía el poder de ser una gran muralla para ocultar todas las demás transgresiones. Skiffington pensó en Caldonia. Había oído hablar de aquella mujer blanca de Bristol que se había acostado con su esclavo. Mal asunto. Pero lo que la gente de color como Caldonia y Moses hicieran entre ellos no era un crimen en sí mismo. Matar a un esclavo sin motivo era siempre un crimen, ante los hombres, ante Dios.

Dos días más tarde, ya casi de noche, Skiffington oyó una conmoción en la calle y salió a ver qué sucedía.

—¡Eh, John! —dijo Barnum Kinsey, el patrullero, montado en su caballo, el viejo rocín que su suegro le había regalado.

Incluso antes de llegar junto a él, Skiffington ya sabía que Barnum había estado bebiendo y mucho. Habían pasado más de dos semanas desde que Augustus Townsend había sido vendido otra vez como esclavo. La esposa de Barnum había sufrido muchas penas, pero nunca había lamentado casarse con él.

—¿Barnum? —dijo Skiffington.

El comerciante había intentado sin éxito ahuyentar a Barnum de la fachada de su establecimiento, pero ahora que Skiffington estaba allí, se dispuso a echar el cierre nocturno. Una vez que el comerciante hubo entrado, la calle quedó vacía con la excepción de los dos hombres, el caballo en el que Barnum estaba montado, el caballo atado de Skiffington y un perro extraviado al otro lado de la calle.

—Eh, John. Bonita tarde, ¿eh?

—No está mal, Barnum. ¿Te vas a casa?

—Sí, John, creo que eso es lo que voy a hacer. Pronto. Pero tengo que hacer mi trabajo de patrullaje. —Se quedó callado durante un rato, y mientras tanto el perro se levantó de sus ancas y se encaminó hacia el oeste—. Quería decirte algo y le he estado dando vueltas a la cabeza para que las palabras me salgan en línea recta. Ya sabes lo que pasa, John.

—Claro que sí, Barnum. Pon las palabras una detrás de la otra, simplemente, y saldrán bien, y a ver adónde nos llevan.

—Harvey Travis y Oden Peoples atraparon a Augustus Townsend y lo vendieron. Harvey se comió sus papeles de libertad, y luego lo vendieron, John. Eso es todo.

—¿Vendieron a Augustus? ¿Cuándo pasó eso?

—Hace días tal vez. Tal vez una semana. El tiempo y yo ya no hacemos buenas migas, así que un día puede ser como un mes. O como un minuto. —Barnum eructó y parecía serenarse con cada palabra que pronunciaba—. El nombre del tipo era Darcy, ese especulador de esclavos que nos dijiste que vigilásemos. Lo vendió por más dinero del que yo he visto nunca junto. Le vendió el mulo también, John. Vendió el mulo de ese hombre. Llevaba negros detrás que probablemente intentaba vender. No te puedo decir a quién pertenecían.

—Podría haber sido conveniente que me lo hubieras dicho antes, Barnum. Vender a un hombre libre es un delito y tú deberías estar allí para impedirlo.

—Lo sé, John, sé todo eso. No tienes que decirme nada que

ya no sepa. —El perro volvió y se detuvo en medio de la calle, luego miró a su alrededor. Trotó hacia el este. Barnum eructó otra vez. Se movió en la silla—. Me hubiera gustado ser más valiente, John. Me hubiera gustado ser tan valiente como tú.

—Lo eres, Barnum, y un día la gente lo sabrá.

—No sé. No sé. —Se inclinó hacia delante—. Lo que no quiero es que ahora me digas que con todo esto me estoy convirtiendo en un amante de los negros o algo parecido. No se trata de eso. Tú me conoces, John. Pero ellos vendieron a ese Augustus y vendieron su mulo.

Era noche cerrada y las estrellas se veían con toda claridad en el cielo. La luna, todavía baja, estaba detrás de Skiffington y solamente Barnum podía verla.

—Te conozco, Barnum.

—Pero era un hombre libre y sin cuentas con la justicia, y la ley así lo decía. Augustus nunca me hizo daño, nunca me dijo nada malo. Lo que Harvey hizo estuvo mal. Pero el hecho de contártelo no me pone del lado de los negros. Sigo estando del lado de los blancos, John. Sigo estando con los blancos. Que Dios me ayude si crees otra cosa de mí. —Volvió a moverse en su silla. La luna estaba ahora justo sobre el horizonte, un círculo enorme y polvoriento de color naranja, pero Barnum no levantó la cabeza lo suficiente para verla—. Es solo que debería haber un modo de que alguien diga algo sin que nadie diga que se está poniendo del lado de los negros. Un hombre debería poder ponerse bajo una cierta. . . bajo una cierta luz y declarar lo que sabe sin ser castigado por ello. Debería existir alguna especie de farol, John, bajo el cual pudiéramos ponernos y decir: «Yo sé lo que sé y lo que sé es la verdad de Dios», y luego salir de debajo de esa luz sin que nadie arme ningún gran escándalo por lo que haya dicho. Puede decirlo y seguir con sus asuntos, sin que nadie diga: «Está defendiendo a los negros, está defendiendo a los indios». El farol de la verdad no les permitiría decir eso. Debería existir ese tipo de luz, John. Lamento lo que le pasó a Augustus.

—Sí, Barnum, lo sé.

El comerciante salió de la tienda y levantó su sombrero para saludar a Skiffington, y Skiffington lo saludó y el comerciante se fue a su casa.

—Un hombre podría ponerse bajo esa luz y decir la verdad. Tú podrías sostener el farol con la luz justo desde donde estás ahora, John. Sostenerlo para que yo pudiera ponerme debajo de ella. Y cuando nadie hablase, cuando nadie dijese la verdad sobre lo que saben, tú podrías guardar el farol en la cárcel, John. Mantenerlo a salvo en la cárcel, John. —Barnum cerró los ojos, se quitó el sombrero, abrió los ojos y estudió el ala del sombrero—. Pero no guardes el farol demasiado cerca de los barrotes, John, porque no querrás que los criminales lo toquen y todo eso. Deberías escribirle al presidente, deberías escribirle al delegado, para que aprobasen una ley que dijera que había que tener ese farol en todas las cárceles de los Estados Unidos de América. Yo apoyaría esa ley. Dios sabe que lo haría. Realmente lo haría, John.

—Yo también, Barnum —dijo Skiffington. Barnum volvió a ponerse el sombrero—. Ahora quiero que te vayas a casa. No quiero que patrulles esta noche. Descansa. Vete a casa con la señora Kinsey y los chicos. Vete directamente a casa.

El perro volvió y se encaminó hacia el oeste y ya no volvió aquella noche.

—Lo haré, John. Me iré a casa con la señora Kinsey y los chicos.

Barnum podía ver una lámpara encendida sobre la mesa donde él y su familia tenían sus comidas. Vio otras dos sobre la repisa de la chimenea, y cuando se dio la vuelta en esa habitación, vio a su esposa, y las dos lámparas de la repisa de la chimenea se reflejaban en sus ojos.

—Lo haré, John.

Días antes de que él y su familia dejasen el condado para siempre, uno de sus hijos, Matthew, encontró un mapa de América en un periódico de dos años antes. Matthew le mostró a su padre el lugar adonde iban, cogió el dedo de su padre y trazó la ruta desde Virginia hasta Missouri. «Un largo camino», dijo Barnum. «Sí», dijo el muchacho.

—Espera —dijo Skiffington—, espera un momento. —Entró en la cárcel y volvió con una pequeña bolsa de arpillera, no más grande que la cabeza de un cachorro—. Unos pocos dulces para los chicos, Barnum. Unos caramelos. Un poco de menta para los chicos.

—Te lo agradezco, John.

—Ahora vete directamente a casa, Barnum.

Observó a Barnum irse. Las golosinas eran para Winifred y Minerva, y tal vez para su padre si coincidía que estuviera en la casa. Ahora que el tendero se había ido, Skiffington no podría comprar más hasta el día siguiente. En cuanto a sí mismo, su estómago no le permitía saborear dulces.

A la mañana siguiente le dijo a Winifred que probablemente tendría que pasar la noche en casa de Robbins y que no se preocupara. Luego fue a la oficina de telégrafos y envió largos telegramas sobre Darcy y su carreta a los comisarios entre Manchester y la frontera con Carolina del Norte. Sabía el aspecto que tenía Darcy y mencionó las pieles de castor y que viajaba con un negro que podía ser o no ser un esclavo. También mencionó a Augustus Townsend, «un hombre libre y buen ciudadano del condado de Manchester». «¿Está usted seguro de que quiere decir todo esto?», le preguntó el telegrafista. «Estoy seguro. Envía cada palabra. El condado pagará». «No es eso lo que me preocupa, John».

Fue a la cárcel y le dijo a Counsel que estaría fuera durante el resto del día, y que tendría que encargarse de todo hasta su vuelta al día siguiente.

—¿Quieres que vaya contigo? —dijo Counsel.

—Creo que puedo arreglármelas yo solo —dijo Skiffington—. Tú ocúpate de que todo esté tranquilo aquí, ¿lo harás, Counsel?

Cabalgó todo lo rápido que pudo. Se preguntó por qué ni

Mildred ni nadie había ido a informarle del secuestro de Augustus. Llegó a la mansión de William Robbins hacia la una, y podía haber tenido una buena comida, pero pasó de largo. Si él hubiese sido un hombre de color y de algún modo hubiese sido vendido, habría querido que alguien se lo hiciera saber a una Winifred de color, le hiciese saber que había esperanza para ella. Pasó junto a los restos de la carreta de Augustus que Travis había quemado, pero ignoraba que aquello era lo que quedaba de Augustus. Hacia las tres llegó a la casa de Mildred y llamó a la puerta, pero no obtuvo respuesta. No estaba en el establo ni en el pequeño taller que Augustus había construido junto al establo. La encontró detrás de la casa, regresando del jardín. El perro estaba con ella y se acercó a Skiffington y lo olisqueó y luego siguió hacia la casa.

Se quitó el sombrero.

—Mildred. . .

—¿Ha muerto mi esposo, comisario? —Tenía una cesta de tomates y la dejó en el suelo y se limpió el sudor de un lado de la cara, y mientras se limpiaba el otro lado, dijo—: ¿Ha fallecido mi esposo?

—No, no que yo sepa. Fue vendido por un especulador.

Todavía había en el contado quien creía que los tomates eran venenosos, pero Mildred y Skiffington no lo creían.

—¿Cómo se puede vender un hombre libre, comisario?

—Fuera de la ley, Mildred. Saliéndose de la ley.

—Fuera. Dentro. Fuera. Dentro. —Levantó la cesta.— Yo no creo que Augustus estuviera fuera de la ley. Ese no habría sido Augustus.

—Intentaré encontrarlo, Mildred, y traértelo a casa. Lo que ha sucedido es un delito y la ley tendrá eso en cuenta.

—Sé que lo hará.

—¿Por qué no me dijiste que había desaparecido?

Había estado toqueteando los tomates y levantó la vista rápidamente hacia él.

—Caldonia y Fern y yo fuimos a la cárcel y su ayudante dijo

que se lo contaría a usted. Me dijo que él le comunicaría a usted que Augustus había desaparecido.

No le gustaba comentar con los negros los fallos de otros blancos, pero dijo:

—No me ha contado nada, Mildred. No me lo han dicho hasta esta noche.

—¿Él? ¿Tan tarde se lo ha contado?

—No, me lo ha dicho Barnum Kinsey. —Podía ver a Counsel sentado en su escritorio, limpiando su pistola y silbando—. Yo no sabía nada, eso te lo puedo prometer.

—Nada de eso importa ya, comisario. —Mildred pasó a su lado y se dirigió hacia la puerta trasera. El perro quería entrar y ella abrió para darle paso y se volvió hacia Skiffington. La puerta se cerró sola—. Tenía fe en que vendría a casa. A veces podía entretenerse en arreglar algo y perder tiempo y retrasarse durante días y días. Yo lo dejaba pasar porque siempre sabía que estaba a salvo. Pero que venga usted aquí es otra cosa. Preferiría haber esperado meses hasta que simplemente volviera, antes que verlo a usted venir aquí de este modo con tan malas noticias.

—Haremos lo que podamos, Mildred.

—Tengo la sensación de que ya no importa, comisario. A nadie le importa. A su ayudante no pareció importarle.

—A la ley, Mildred. A la ley siempre le importa. —Ella lo miró y él parpadeó porque sabía que ella estaba más cerca que él de la verdad—. A la ley le importa —repitió.

Mildred no dijo nada más y abrió la puerta y entró. Skiffington se puso el sombrero y rodeó la casa para volver con su caballo. El caballo estaba comiendo hierba y Skiffington tuvo que tirar de él para apartarlo. Lo llevó al abrevadero, pero no era eso lo que el caballo quería, así que Skiffington lo dejó comer más hierba.

Mildred había cruzado la casa y estaba ahora en el porche.

—Augustus no me perdonaría que no le pregunte si desea comer algo.

—No, no la molestaré más —dijo Skiffington—. Tengo que
volver antes de que se haga demasiado tarde. —Pensó en los
hermosos tomates; tal vez hubiera pan, también—. Agradezco
el ofrecimiento.

—No sería ningún problema. Tengo mucha comida.

—Me sentaré y me quedaré un rato cuando le traiga buenas
noticias acerca de su esposo —dijo él—. La próxima vez.

Ella le dio los buenos días y volvió a entrar en la casa. El
perro había estado observando pero no se movió del umbral.

Skiffington no se detuvo en casa de Robbins en su regreso a
la ciudad, pero se detuvo dos veces para leer su Biblia. Había
empezado a pensar otra vez en Minerva y deseaba que la Biblia lo ayudara a quitársela del corazón. No se sentó. Se quedó
de pie en el camino y leyó el libro mientras el caballo, las dos
veces, deambulaba suelto. Había tenido su ración de hierba en
casa de Mildred y por esa razón iba de un lado a otro con la
curiosidad de un niño. Skiffington leía y leía pero era incapaz
de concentrarse.

Tres semanas antes, la mañana siguiente al decimoquinto
cumpleaños de Minerva, cuando Skiffington salía a trabajar, la
había visto vestirse en su habitación. Aparentemente ella había
salido a vaciar su palangana y había vuelto para terminar de
vestirse dejando la puerta entreabierta, tal como había hecho
desde pequeña. En el instante en que la vio, su camisón estaba
muy ceñido a su alrededor y la plenitud de su cuerpo, desde
sus pechos hasta sus rodillas, se transparentaba. Ella no lo vio
y él se fue sin decir nada, pero en todo momento la tuvo en su
mente desde entonces. Conocía a muchos blancos que habían
tomado a mujeres negras como propias, y entre aquellos hombres se habría considerado normal. Pero él se veía a sí mismo
viviendo en compañía de Dios, que lo había casado con Winifred, y creía que Dios lo abandonaría si tomaba a Minerva.
Y Winifred descubriría lo que hubiera hecho, incluso aunque
Minerva nunca dijera ni una palabra.

Dejó de leer la Biblia, pues no le estaba haciendo ningún

bien, y llegó a la cárcel hacia las siete de aquella noche y el lugar estaba oscuro hasta que él encendió los faroles. No había mensajes de Counsel, de modo que supuso que el día había transcurrido sin incidentes. Había dudado de Counsel desde un principio. Ahora su fe en él se había desmoronado todavía más. Cepilló a su caballo y lo dejó en el establo, detrás de la cárcel, y fue andando a su casa. Minerva estaba sentada en la mecedora del porche y lo saludó con la mano y él volvió a sentir lo mismo que había sentido la mañana que la había visto después de su cumpleaños. ¿De qué había servido tanta oración? ¿Por qué debía tener un hombre ese tipo de sentimientos hacia alguien que era como una hija para su corazón?

—¿Cómo estás? —dijo él.

—¿Tiene hambre? —respondió ella.

—No. ¿Dónde está Winifred?

—Dentro, cosiendo.

Él entró y se sintió súbitamente aplastado por el peso del día y del largo viaje a caballo. Los tomates de la cesta de Mildred eran grandes y estaban muy maduros. Le hubiera apetecido uno en ese momento, pero sabía que su estómago habría protestado. El peso del día lo arrastró hasta Winifred, sentada en su silla, y se sentó en el suelo junto a ella. Ella dejó la costura en su regazo.

—Creo que a tu estómago le vendría bien algo de comida —dijo ella.

—No. Nada.

—Yo digo que sí, señor Skiffington.

—Déjame empezar con un poco de leche —dijo él.

—De acuerdo —dijo ella—. Primero leche y luego todo lo demás.

Se lavó. Todavía existía la posibilidad de recibir alguna noticia de los comisarios a lo largo del camino. Todavía quedaba esa posibilidad. Pero a medida que se bebía la leche esa esperanza se esfumó. ¿Cómo podía castigar a Counsel y a Harvey y a Oden? Dejó el vaso y pensó que unos cuantos tomates cortados en rodajas con un poco de sal y vinagre le darían todo lo que ahora necesitaba. Unos cuantos tomates cortados en rodajas y hermosamente colocados en uno de los preciosos platos de Winifred.

Fue a la casa de huéspedes y entró en la habitación de Counsel sin llamar y encontró a la dueña en la cama de Counsel. Se había quitado los zapatos y, aunque por lo demás estaba vestida, se llevó la mano al cuello, que estaba totalmente cubierto. Le dijo a Skiffington que Counsel estaba en la parte de atrás haciendo sus cosas. Se puso los zapatos y lo siguió escaleras abajo.

Counsel salía del retrete.

—John.

—¿Te dijeron que ese hombre libre Augustus Townsend había desaparecido? —preguntó Skiffington antes de que su primo pudiera cerrar la puerta del retrete—. Counsel, ¿le dijiste a su esposa y a su nuera que me dirías que había desaparecido y luego no me lo dijiste?

—¿Augustus?

—Augustus Townsend es como se llama ese hombre.

—Es posible que lo haya oído, John, y que luego se me haya olvidado. Los negros cuentan un sinfín de historias como esa. ¿Quién puede creerles?

La dueña de la casa de huéspedes permanecía junto a la entrada, tres escalones más arriba. Había algo de luz en la cocina detrás de ella, pero la luz no era suficientemente intensa y formaba una pobre silueta de ella.

—Es mejor que entres, Thomasina —dijo Counsel.

Ella se dio la vuelta.

—Estaré arriba si me necesitas, Counsel —dijo la mujer.

La cantidad que le cobraba por alojamiento y comida era mínima ahora. Era una buena mujer, pero no podría darle hijos y estar a su lado como Belle lo había hecho. Siempre lloraba y temblaba después de hacer el amor. Una mujer que llevaba demasiado tiempo yerma y que ahora volvía a la vida. Él se había ahorrado algún dinero por ser amable con ella, pero no lo suficiente para comprar lo que Dios le había arrebatado en Carolina del Norte.

—Además, John, eran tres negras hablando de otro negro. Yo pensaba que me habías contratado para cuidar de los blancos.

—Fuiste contratado para defender la ley. —No era adulterio lo que había entre su primo y la mujer de la casa de huéspedes, pensó Skiffington. El pecado de la fornicación estaba solamente en sus almas, pero él sintió que la mentira sobre Augustus estaba también en su cabeza porque él había traído a Counsel. Él lo había defendido ante Dios—. No consentiré que me ocultes cosas sobre la gente de este condado. Solamente tendrás una oportunidad más. ¿Me oyes, Counsel?

—Te oigo, John. Pero sigo diciendo que...

Skiffington se fue.

Salió de la ciudad a caballo y poco más de una hora después encontró a Harvey Travis y a Oden Peoples cabalgando y hablando en voz alta en la oscura carretera. Las normas decían que debían ser tres, pero Skiffington lo pasó por alto.

—¿Ustedes dos vendieron a ese hombre libre, Augustus Townsend, otra vez como esclavo?

Travis se rio pero Oden permaneció callado.

—John, ¿quién te ha metido eso en la cabeza? —dijo Travis—. ¿Quién haría semejante cosa, John?

—Dime si lo hiciste, Harvey. Tú y Oden.

—Por supuesto que no, John. Yo no hago esas cosas. ¿Verdad que no, Oden?

—Es cierto, comisario.

—¿Quién te ha contado eso, John? ¿Barnum Kinsey?

Este hombre, pensó Skiffington, era el mismo que intentó vender una vaca muerta y luego quiso que se la devolvieran cuando la vaca volvió a la vida. Pero era también el hombre que había atrapado a tres de los esclavos de Robert Colfax que intentaban fugarse. Él y Oden atemorizaban a cualquiera que intentase escapar.

—John, no des crédito a lo que diga Barnum.

—No quiero volver a oír nada parecido sobre ustedes.
—Pensó en José y sus hermanos: *Cierto que te hicieron daño, pero ahora tú perdona el crimen de los siervos del Dios de tu padre*. Y Augustus Townsend aún podría ser encontrado y devuelto a su esposa y a su hogar. Dios todavía tenía el poder de hacerlo—. Si vuelvo a oír algo parecido. . .

—Bueno, ya sabes que no, John, eso es todo lo que te puedo decir.

No se fue a su casa orgulloso de su proceder. Se había sentido orgulloso cuando Colfax lo había elogiado delante de William Robbins y algunos otros. Llegó a la ciudad y deseó seguir cabalgando, pero no podía castigar más a su caballo. Pidió a Dios que lo orientara. Soñó con Minerva aquella noche. Estaba paseando por un campo y los cuervos volaban por encima de él durante el paseo y llegó a una tienda en el desierto, con la tela de la entrada aleteando con el viento. Él sabía que ella estaba dentro, esperándolo, porque podía oírla llorar, y él estaba dispuesto a entrar, pero se quedó observando el aleteo del toldo. La tienda era de un azul descolorido que no habría llamado la atención de nadie, pero él no fue capaz de apartarse de ella. Luego el viento dejó de soplar pero el aleteo siguió, y luego, cuando el viento volvió a soplar, la entrada de la tienda se mantuvo inmóvil.

Escribió a Richmond al día siguiente, para contarles a las autoridades que el estado de Virginia debía tener conocimiento de la existencia de un especulador de esclavos que se dedicaba a vender negros libres otra vez como esclavos. En una hoja aparte respondió a las preguntas del formulario habitual acerca del presunto delito, la presunta víctima o víctimas y el presunto autor o autores. Cuando empezó a escribir, había tenido la certidumbre de que vender a Augustus Townsend era un delito, pero dejó de estar tan seguro poco antes de tener que firmar con su propio nombre debajo de todas las respuestas. ¿En efecto Virginia había declarado que dicha venta era un delito? ¿Era posible cortar de una vez y para siempre la cuerda de un hombre nacido en la esclavitud, incluso aunque ese hombre hubiera sido libre durante unos años? ¿No estaba sentenciado en virtud del color de su piel? ¿Y qué podía hacer con Travis y con Oden, cuando solamente Barnum podía comparecer y decir que se había cometido un delito? La palabra de un hombre blanco contra las palabras de otro hombre blanco y un indio. La palabra de Barnum contra Travis sería algo parecido a un combate justo; Barnum era un borracho, pero todo el mundo sabía que Travis era un tramposo y un bruto. El episodio de la vaca muerta había sido muy comentado. Pero la palabra de Travis contaba con la ayuda de la palabra de Oden, que solamente valía la mitad, puesto que se trataba de un indio. Pero esa mitad era una mitad con la que Barnum no contaba. Skiffington puso la hoja con las respuestas en un cajón y se extendió con la carta.

Le escribía, como siempre, a un tal Harry Sanderson, que era una especie de enlace en el Capitolio y que solía ser de gran ayuda cuando Skiffington necesitaba un juez de distrito para que acudiese a presidir un juicio sobre algún asunto. «Tengo influencia con el gobernador», escribió Sanderson en una curiosa anotación al margen en una de sus cartas. Ahora, decía Skiffington, había un problema en relación con el hombre llamado Darcy, pero necesitaba ayuda para determinar de qué se trataba. Deseaba saber qué era lo que la ley quería que hiciese.

Dos días más tarde, en respuesta a uno de sus telegramas, tuvo noticias de un comisario cerca de la frontera de Carolina del Norte. Darcy había pasado por allí, dijo. No había habido problemas, «ambiente tranquilo» fue la expresión utilizada, pero después de que Darcy dejase el condado el comisario había descubierto el cadáver de una niña negra en la cuneta de la carretera, «que no era miembro de nuestra comunidad, por lo que sabemos».

Recibió una carta de Sanderson tres días después de aquello. Sin duda se había cometido un delito, y Sanderson incluía material que había copiado de libros que así lo indicaban.

Skiffington tuvo nuevamente noticias de Richmond cuatro
días más tarde. En una letra manuscrita que no reconoció, una
tal Graciela Sanderson le comunicaba que su esposo, Harry,
había fallecido y que ella tenía ahora la responsabilidad de responder a su correspondencia. Leyó la carta de ocho páginas
dos veces, pero no encontró en ella nada que explicase qué
estaba haciendo Virginia con respecto al delito de la venta de
negros libres. La viuda le hablaba de su esposo, de su primer
encuentro cuando él estaba de vacaciones en Italia, cómo la
había cortejado, la había llevado a América después de su boda
y había hecho de ella una mujer feliz en Richmond, «donde el
gobernador tiene su residencia». Concluía su carta con dos
párrafos acerca del «deprimente» tiempo que había hecho últimamente en Richmond, y luego le preguntaba a Skiffington
si debía volver a su hogar en Italia, «donde el sol no es tan
fastidioso», o quedarse en el Capitolio donde sus hijos y sus
nietos llevaban una vida próspera. «Me siento abatida y espero
alguna respuesta de usted acerca de lo que debo hacer».

Recibiría más cartas de ella a lo largo de los días siguientes,
pero no tendría tiempo para responder.

En Hazlehurst, Georgia, justo al otro lado del río Altamaha,
Darcy y Stennis se encontraron con un hombre a la salida de un bar. El hombre iba algo achispado pero alerta, y lo
acompañaba un negro. Estaba anocheciendo pero aún había
luz suficiente para que el hombre blanco viese a Augustus en la
parte de atrás de la carreta.

—Es buena carne —dijo Darcy.

—Buena carne —dijo Stennis.

—No estoy para negocios relacionados con esclavos en estos
momentos —dijo el hombre, con una mano apoyada en el suelo
de la carreta.

—Cuatrocientos dólares —dijo Darcy—. Solo cuatrocientos dólares, no pido más.

Al hombre le entró hipo.

—Mejor otro día.

El negro que estaba con el hombre blanco se había quedado cerca del bar, pero ahora se acercó calle abajo y echó un vistazo a Augustus y ambos se saludaron con una inclinación de cabeza.

—No, con este no —dijo Darcy—. Cuatrocientos dólares es todo lo que pido y me iré a casa esta noche y lloraré por haberme dejado engañar por usted.

—Ese precio me parece un poco excesivo —dijo el hombre.

—No lo es para mí, se lo aseguro. Pagué quinientos dólares por este negro allá en Virginia.

—En Georgia somos mucho más inteligentes con nuestro dinero.

—Sí, es cierto —dijo Darcy—. Desde luego que lo son. Justamente la otra semana estaba yo en Carolina del Norte y le dije a un caballero y a su gentil y acogedora esposa, les dije: «No hay quien le gane a la gente de Georgia en conocimientos e inteligencia. En eso no hay con qué darles, ni siquiera con un palo». Y estuvieron de acuerdo.

—Dos palos —dijo Stennis—. Tres palos. Cuatro palos.

—Por algo, dije yo, Georgia nos ha dado nuestro mejor presidente hasta la fecha.

—¿Qué? —dijo el hombre—. ¿Qué presidente? —Parecía despejarse.

—Les dije que no es posible superar a la gente de Georgia por todo lo que han dado y dan y seguirán dando a este país, empezando por ese excelente presidente.

—¿Qué? ¿A qué tipo de presidente se refiere usted? —Puso la otra mano sobre el piso de la carreta y luego sacudió la cadena de Augustus—. ¿De qué maldito presidente está usted hablando?

—Pues del presidente de los Estados Unidos, por supuesto. ¿Qué otro tipo de presidente existe?

—Ningún otro —dijo Stennis.

—No ha existido ningún presidente de los Estados Unidos que fuese de Georgia, por lo que yo sé. —Le dio hipo—. No me han llegado noticias de ninguno todavía.

Augustus y el negro que acompañaba al hombre blanco no habían dejado de mirarse.

—Pues claro que sí, lo ha habido, señor. Fue un excelente presidente, además. ¿Cómo se llamaba, Stennis?

—Déjeme recordar. ¿No fue aquel presidente Bentley? Creo que sí, que fue aquel.

—Sí, el presidente Bentley de Georgia. ¡Viva el presidente Bentley! ¡Viva! ¡Viva!

—Le digo que no ha habido ningún maldito presidente de Georgia.

—¿No lo ha habido? —dijo Darcy—. ¿No lo ha habido? Bueno, pues entonces tendría que haberlo habido. Y le diré algo más: habrá un presidente de Georgia y muy pronto.

—Sí —dijo Stennis—. Lo habrá. Habrá por lo menos cinco, por lo que yo sé. Y a lo mejor diez. A lo mejor diez. Serían diez si de mí dependiera. Podrían llegar a ser hasta veinte o treinta.

—Está bien, Stennis, ya es suficiente. Ya ve usted, señor —y Darcy le tomó la mano—. Estoy intentando ofrecerle una buena ganga con este negro de aquí. Solamente cuatrocientos cincuenta. Es todo lo que pido.

—Me parece que dijo cuatrocientos dólares hace un momento.

—¿Lo dije? ¿Dije yo eso? Bueno, pues eso demuestra precisamente lo valioso que este negro se vuelve con cada minuto que pasa. ¡Jesús, Jesús! Ya ve usted, una hora más y este negro será tan valioso que no podría usted comprarlo ni aunque fuera el rey de Inglaterra.

—Tengo que irme —dijo el hombre—, la reina de Inglaterra me está esperando.

—Por favor, señor —dijo Darcy—. Tal vez trescientos cincuenta y esta noche lloraré por ello delante de mi sopa.

—No.

El hombre echó a andar. Darcy fue detrás, y luego Stennis. El negro se quedó con Augustus.

—¿Trescientos? Doscientos cincuenta. Doscientos. —Darcy tiró de la manga del hombre.

—No. Vámonos, Belton —le dijo al negro, pero el esclavo no se movió.

—Por favor. Doscientos dólares. ¿Qué quiere que haga, regalárselo?

—Eso sería buena idea. Vamos, Belton —y ambos hombres desaparecieron por una esquina.

—Carajo carajo carajo —dijo Darcy, mirando el espacio que el hombre había ocupado un momento antes—. ¿Crees que he sido demasiado duro en el regateo, Stennis?

—No, amo, creo que llevaba usted toda la razón con el dinero.

—No sé. . . Bueno, será mejor que nos vayamos a dormir con este tipo. Detesto la idea de entrar en Florida. Me da mala espina Florida, pero mañana es otro día.

—Y otro dólar, amo.

10

Un alegato ante el honorable tribunal. Tierra sedienta.
¿Son los mulos realmente más inteligentes que los caballos?

El día que Skiffington visitó por primera vez la propiedad de Caldonia en relación con la desaparición de Alice y Priscilla y Jamie, Moses esperaba cenar de nuevo con Caldonia aquella noche, pero Caldonia no tenía hambre y el almuerzo del mediodía sería su única comida del día. Ella había estado pensando durante todo el día que los tres regresarían antes de la caída de la noche; le era difícil creer que dos mujeres y un muchacho pudiesen abandonar lo que ella y Henry habían construido. Un hombre tal vez, alguien como Elias o Clement, no una loca y una mujer que parecía adorarla. Había informado a Skiffington como una especie de cortesía con la ley, pero cuando el comisario apareció ante ella todo el asunto de las desapariciones adquirió una importancia superior al pequeño fastidio que ella se había imaginado. Era como si uno de sus toros se hubiese escapado y, antes de que un sirviente pudiese encontrarlo y traerlo de vuelta, no solo hubiera irrumpido en los campos de alguien, sino que se hubiera llevado por delante a un niño o dos. Una simple falta corregible que podía arreglarse con dinero se había convertido en un delito grave. Lo que la salvaba es que ella era la víctima.

Moses le dijo en el salón que todo había ido bien incluso sin

Alice y Priscilla y Jamie. La cosecha sería buena. Ella extendió su mano hacia él, invitándolo a sentarse junto a ella.

—¿Dónde crees que están? —preguntó. Había consultado el gran libro de Henry después de la visita de Skiffington y había calculado que los tres podrían venderse hasta por 1 400 dólares, según las posibilidades que alguien pudiera ver en un muchacho rechoncho y una mujer capaz de trabajar pero también capaz de extraviarse de vez en cuando—. ¿Crees que les ha pasado algo?

—No, señora —dijo Moses.

Al sentir los ojos de Skiffington sobre él cuando volvía a su trabajo, se había preguntado cuánto tiempo pasaría hasta que todos se dieran cuenta de que ninguno de los tres volvería, hasta que todos pasaran a preocuparse de otros asuntos.

La rodeó con su brazo pero ella dijo que estaba cansada, y al ver que Moses no retiraba el brazo, se apartó. Permanecieron sentados unos minutos más hasta que ella repitió que estaba cansada y que necesitaba a Loretta y él se levantó y se fue.

Ella se fue a la cama un poco después, pero no pudo dormir y se levantó hacia las dos y se quedó en pie junto a la ventana e imaginó que los tres regresaban de su paseo, exhaustos y felices por estar en casa. ¿Qué habría dicho Henry del caos en que se había convertido su casa? Si otros tres se fueran al día siguiente y luego otros tres y luego otros tres, en poco tiempo no quedaría nadie excepto ella y Zeddie y Bennett y Loretta. ¿Se quedaría Moses? ¿Se marcharía él también? Fue un consuelo que Skiffington hubiese llegado con tanta prontitud. El comisario se tomaba en serio lo sucedido y eso le daba a ella cierta esperanza. Tuvo la tentación de salir a visitar la tumba de Henry, pero no quería tropezar en la oscuridad hasta llegar al cementerio. Despertar a todo el mundo por una misión tan personal.

Alguien llamó suavemente a la puerta y por un momento se apoderó de ella el temor de que pudiera ser Moses. La puerta se abrió y apareció Loretta con una vela.

—Sabía que estaría usted levantada y sin dormir —dijo Loretta. ¿La abandonaría Loretta alguna vez? ¿En qué grupo de tres estaría? Henry había pagado 450 dólares por ella, según le había dicho el gran libro aquella mañana—. Puedo sentir los crujidos de la casa.

—Aunque yo no pueda dormir, tú deberías hacerlo —dijo Caldonia.

—¿Quiere que le traiga algo?

Loretta ignoraba todo lo que había pasado tras la puerta cerrada del salón, pero sabía que probablemente no era nada bueno para la mujer ni para el hombre.

—Por favor, busca algo para mí en ese bolso que tienes, Loretta.

A los cinco minutos, Loretta volvió con algo de beber y Caldonia se lo bebió todo. Se metió en la cama. Loretta se sentó a un lado de la cama. No hablaron. El hombre con quien Loretta se casaría posteriormente querría saber por qué no tomaba su apellido, por qué no quería tener apellido alguno. «¿Es eso lo que el matrimonio va a ser para ti?», le respondió ella. «¿Una pregunta tras otra todos los días durante el resto de mi vida? ¿Eh? ¿Es eso?». El hombre con quien ella se casaría era un hombre libre que había pasado buena parte de su vida en el mar. Estaba hablando con otro hombre, un día extraordinariamente tranquilo en el mar, y por encima del hombro de aquel hombre había visto desaparecer sin más a otros dos marineros que estaban conversando, convertirse en nada en el tiempo que aquel hombre tardó en terminar una frase y empezar otra. Los marineros no estaban en el mar y no estaban en ningún lugar del barco. «No», respondió el hombre a Loretta, «no te haré más preguntas».

—Estoy preocupada —dijo Caldonia mientras la bebida se abría camino a través de su cuerpo.

—No debe preocuparse —dijo Loretta.

Al final, el capitán y los marineros del barco atribuyeron las desapariciones a un misterio más de sus vidas en el mar. El hombre con quien Loretta se casaría no sintió demasiado entusiasmo por el mar después de aquello. Cuando su esposa le pidió que no le hiciera tantas preguntas, le resultó fácil aceptarlo.

Caldonia se tapó la boca mientras bostezaba. Loretta se levantó y estiró las colchas y alzó la vela y antes de salir por la puerta, Caldonia estaba dormida.

Al día siguiente, Moses hizo trabajar a todo el mundo, incluso a los niños, hasta bien entrada la noche. Delphie exclamó finalmente que todos estaban hambrientos y muy cansados y que Moses debería darse cuenta de lo que hacía.

—Ni siquiera podemos ver lo que hacemos —dijo ella—. Todo este trabajo va a ser una pérdida de tiempo porque mañana tendremos que volver a hacerlo.

Moses transigió. Se quedó en medio del campo y los vio irse a paso lento. Sujetaba las riendas de un mulo, y el mulo, al ver que todos los demás se marchaban, echó a andar tras ellos. Distraído, Moses fue con el mulo. Había oído a alguien decir, después de la comida de aquel día, que su familia lo odiaba tanto que preferían ser azotados y asesinados por los patrulleros antes que soportarlo. Esperen y ya verán, todos ustedes, había pensado él, esperen a que todo esto se acabe.

Encerró al mulo y se dirigió a la casa, todavía con la ropa y el sudor de los campos. A Caldonia la cautivó su aspecto. Ella misma fue a prepararle algo de queso y pan y café y lo observó comer hasta que una sonrisa apareció lentamente en su rostro.

—Necesitaba eso —dijo al fin.

—¿Por qué trabajas tanto si eres el encargado? —le preguntó ella. Le quitó la bandeja del regazo y la dejó sobre la mesita junto a la silla donde Moses estaba sentado. Extrajo el pañuelo perfumado de su manga y le dio unos toquecitos en las comisuras de los labios y él se sintió incómodo con una acción tan apartada del sexo, pero cuando ella terminó y había doblado el pañuelo y lo había dejado sobre la bandeja, él lamentó que la acción hubiese terminado—. Conozco a capataces que se quedan montados en sus caballos y observan a todos los demás.

—No sabría hacerlo de otra manera —dijo él, y enseguida se dio cuenta de lo inadecuada de la respuesta. Pero su incapacidad para explicarse era también cautivadora. La charla de ella lo hizo sentirse igualmente incómodo, y tuvo miedo de no tener la respuesta correcta, de dar de algún modo una respuesta equivocada—. El año pasado tuve mal la espalda, y creo que me hace más daño no trabajar que estar enfermo. Mi esposa dice que lo llevo en la sangre.

No hizo ninguna pausa al mencionar a Priscilla, pero ella volvió a recordar que los tres estaban desaparecidos, y por primera vez, con las palabras «mi esposa», ella pensó por un momento que él podría estar implicado. Él extendió las manos como si ellas pudieran explicarse mejor que sus palabras. Ella las tomó entre las suyas y sintió la aspereza de la piel envejecida. Eran más pequeñas que las de Henry, que tenía por costumbre frotarse las manos con linimento para caballos.

Ella le dio unas palmaditas en las manos y se las puso a él, una en cada rodilla.

—He trabajado desde que tenía tres años, arrastrando ese costal de algodón de un lado a otro —dijo Moses, hablando como no lo había hecho desde sus primeros tiempos con Priscilla—, tal vez incluso desde antes, si pudiese acordarme de hace tanto tiempo —y bajó la vista hacia su regazo—. El cuerpo comienza a inclinarse hacia el trabajo del mismo modo que uno puede doblar un árbol y hacerlo crecer hacia donde uno quiera. No sé hacerlo mejor. Sabe usted, señora, hay caballos a los que se puede hacer trabajar y trabajar y siguen trabajando hasta caerse muertos. Un mulo corriente no hará semejante cosa, pero un caballo corriente sí lo hará. El mulo es más inteligente.

A ella le dio miedo que él hiciera más confidencias y se levantó con la esperanza de que eso pusiera fin a la conversación, pero él prosiguió diciendo que ciertas canciones de trabajo hacían el trabajo un poco más fácil pero que otras, según la hora del día, tiraban del cuerpo hacia abajo, de modo que «hay que tener cuidado con lo que se canta y se tararea y todo eso». Henry cantaba mientras ella se acurrucaba en sus brazos. Moses se dio cuenta de que ella se había puesto en pie y se levantó. Se quedó callado y ella lo besó, por estar ahora en silencio y por ninguna otra razón. Cuando ella se retiró, él entendió que debía irse. Deseaba sexo porque necesitaba volver a pasar por esa puerta trasera sin tener que llamar a la puerta.

Skiffington se presentó al día siguiente para decirle a Caldonia que nadie en el condado había visto a Alice y Priscilla y Jamie. Se encontró con ella cuando entraba en la casa procedente del jardín y hablaron en el porche, con una fina capa de sudor en el rostro de ella.

—Es un misterio —dijo él—, y a la ley no le gustan esa clase de misterios.

—A mí tampoco —dijo Caldonia—. ¿Cree usted que podrían simplemente haber escapado del condado?

Skiffington sostenía su sombrero a un lado y pensó en Travis y Oden vendiendo a Augustus. No creía que fuesen a vender a otros tres negros tan pronto después de Augustus y después de haberlos advertido. Además, tenía la intensa sensación de que, en todo caso, Moses estaba implicado.

—Empiezo a verlo como una posibilidad —dijo, al tiempo que alzaba el sombrero y pasaba la mano por su ala. Cuando era más joven, Minerva se había puesto uno de sus sombreros y él y Winifred se habían reído, y también su padre. Ella tenía solamente nueve años—. Han escapado o, y debe usted ver esto como una posibilidad, están muertos en algún lugar.

—¿Por qué no simplemente escondidos?

Él acarició el ala de su sombrero.

—He hecho que mis hombres busquen en cada rincón de este condado, y salvo que se hayan adaptado a vivir en troncos de árboles o debajo de la tierra. . .

Ella se preguntó si los tres esclavos habrían estado cubiertos por las pólizas de Atlas Life, Casualty and Assurance. Retribución por esclavos fugados.

—Tengo que ver a Mildred Townsend —dijo él—. Le transmitiré sus saludos si lo desea.

—Sí, sí —dijo Caldonia—. Por favor, dígale que iré a verla mañana. ¿Se ha sabido algo de Augustus? —Él negó con un movimiento de cabeza—. Puede ser que los mismos que se llevaron a Augustus se hayan apropiado de mis tres.

—He considerado esa posibilidad —dijo Skiffington—, pero esos granujas hace mucho que se fueron. Pasarían meses antes de que pudieran volver a pasar por aquí. Se dirigieron hacia el sur. Si los suyos se fugaron, se habrán dirigido hacia el norte, a menos que las estrellas y el sol los hayan confundido y hayan ido en otra dirección. —Se puso el sombrero—. Tengo que irme, Caldonia. Pero antes quiero hacerles algunas preguntas a sus sirvientes.

—Sí —dijo ella—. Que pase un buen día, comisario.

—Y usted, Caldonia.

Ella entró en la casa. Skiffington fue a pie con su caballo hasta los campos y buscó durante bastante tiempo hasta encontrar a Moses entre los otros esclavos. Moses lo vio un rato después pero no lo reconoció y siguió trabajando. Skiffington montó en su caballo. Empezaba a sentir que las cosas se le iban de las manos y que si no ponía pronto freno a todo ello, él y todo lo que había construido estarían perdidos. Augustus. Tres esclavos muy posiblemente asesinados. Así había empezado todo con Gilly Patterson, su incapacidad para poner freno y luego la pérdida de confianza de William Robbins en él. En cierta ocasión le había preguntado a Dios si desear la confianza de Robbins lo colocaba en una posición desfavorable a los ojos de Dios y la respuesta que obtuvo fue que no.

Vio a una niña que volvía de un retrete a los campos y le preguntó si conocía a los tres esclavos desaparecidos y ella le dijo que sí. Tessie, la niña de Celeste y Elias, pareció tardar un poco en responder y él pensó que estaba pensando en alguna falsedad cuando en realidad se estaba preguntando por qué le preguntaba eso, cuando la respuesta era tan sencilla como llamarla por su nombre. También le preguntó quién vivía en la cabaña junto a Moses y ella le dijo que Elias y Celeste y sus hijos. Él le dijo que fuese a decir a Elias que quería verlo. Ella le dijo que Elias era su padre.

—Dile a tu papá que venga.

Elias no tuvo mucho que decir, pero cinco días más tarde sí tenía cosas que decir, y su esposa le rogó que se lo guardara, pero él dijo que no podía quedárselo dentro. De haber sido cualquier otro, se habría sujetado la lengua, le dijo a Celeste. «Pues entonces hazlo por mí», le respondió ella.

Skiffington llamó a la puerta de Mildred y oyó ladrar al perro. Ella lo invitó a entrar, pero él sabía que no traía buenas noticias y por esa razón no quería entretenerla demasiado.

—Siempre voy con prisas, y este es otro de esos días.

—Mi esposo sigue sin aparecer —dijo ella.

—Sí, Mildred. No puedo decir otra cosa.

—Le agradezco el viaje.

Pasó la noche en casa de William Robbins y culpó de sus molestias de estómago de la mañana siguiente al correoso pollo —algo inusual en la mesa de Robbins— que le dieron de cena. ¿Habían irritado de algún modo al animal antes de retorcerle el pescuezo, provocando el enfado de la carne?

En la cena, Robbins había dicho: «John, quiero anunciar una recompensa de quinientos dólares por la cabeza del especulador que se llevó a Augustus Townsend. Pagaré esa cantidad a cualquiera que nos lo traiga a ti o a mí. ¿Es necesario decir que no me importa que esté muerto cuando lo traigan?».

«Creo que cuando un hombre vea esa cifra de quinientos dólares, pensará "muerto" aunque el cartel no lo diga».

«Bien», dijo Robbins, y comió con ganas el pollo, el maíz, todo lo que había en la mesa, y a la mañana siguiente, mientras Skiffington metía la cara en la palangana de agua, se sintió agradecido por el hecho de que Robbins no hubiese preguntado por los tres esclavos. Pero ese no habría sido el estilo de Robbins: otorgaba a un hombre un margen de tiempo para demostrar si era capaz de hacer su trabajo. Todavía no hacía una semana que los esclavos habían desaparecido.

En su viaje de regreso a la ciudad, se detuvo en la plantación de Caldonia y fue a los campos y permaneció sentado en su caballo hasta que Moses supo que estaba allí. Lo cortés habría sido comunicarle su presencia a la dueña de la plantación, pero no pensó que a Caldonia le importara. Se demoró tanto allí que tuvo tiempo de sacar su Biblia y leer un poco, siempre sentado en su caballo. Su estómago se calmó.

Aquella noche Caldonia permitió que Moses le hiciera el amor por primera vez desde la desaparición de los tres esclavos. Él deseaba pasar una noche con ella en su cama, y se lo dijo, pero ella se limitó después a yacer en sus brazos sobre el suelo, y no dijo nada. Luego él pregunto:

—¿Cuándo va a liberarme?

—¿Qué?

—Pregunto que cuándo va a liberarme. —Ella se apartó de él y se levantó—. Suponía que iba a liberarme.

No podía ser su esposo sin antes ser libre. No un esposo como es debido, en todo caso, con autoridad sobre todas las personas y sobre todas las cosas. Había mujeres de color libres casadas con esclavos, pero en esos casos no tenían tierras y esclavos.

—Por favor, Moses . . . —Ni los rumores ni el periódico decían cuántas veces había sido azotada la mujer blanca de Bristol por acostarse con su esclavo. ¿Había sido forzada la mujer blanca por el esclavo, forzada una y otra vez? ¿Habría eso mitigado el castigo? Me forzó y abusó de mí, honorable tribunal, ¿no debería eso merecer cinco latigazos menos? Y, además, honorable tribunal, ¿no soy blanca pese a todo? —. Por favor, Moses, no quiero hablar de eso.

Había pensado en liberarlo, pero nunca se había fijado en serio un día y una hora.

—Quiero documentos de libertad —dijo él, y luego añadió, «señora».

Se levantó y se vistió. Ella por su parte ya se había abrochado la ropa. Él pensó que tenía más preguntas que hacer, pero

Loretta llamó a la puerta y entró cuando Caldonia dijo «sí». Moses se fue en silencio pero enfurecido.

Celeste le dijo a Elias, hacia las seis de la mañana, que no se sentía nada bien. Estaba embarazada de unos seis meses.

—Un pequeño problema de digestión tal vez —dijo ella—. Ya sabes cómo se comportan tus hijos en estos momentos: quieren ver el mundo antes de que sepamos que ha llegado la hora.

—Le diré a Moses que no puedes trabajar.

—A lo mejor sí puedo —dijo Celeste.

—Mamá, ¿no puedes trabajar? —preguntó Tessie.

—No te preocupes, hija.

Todo el mundo estaba en el callejón y Moses abrió la puerta de la cabaña para saber por qué Elias y su familia se estaban retrasando.

Celeste era la que más cerca estaba de él y dijo que se sentía un poco lenta.

—Quiero verlos en los campos junto a todos los demás —dijo Moses. Agarró a Celeste del brazo.

—Espera un momento —gritó Elias y golpeó con su puño el brazo de Moses y el capataz soltó a Celeste—. No toques a mi mujer. Moses, te digo que no se encuentra bien hoy. Yo haré su parte, quizá el domingo, quizá por la noche. Te digo que no se siente bien. Déjala tranquila.

Se interpuso entre su esposa y Moses. En parte por esto le sería mucho más fácil hablar con Skiffington más tarde.

—Nadie hará la parte de nadie, cada uno hará la suya.

—Pregunta a la señora si puedo hacer su parte. Pregúntaselo.

—Lo hemos hablado anoche —dijo Moses, y retrocedió un paso—. Lo hablamos todo el tiempo. ¿Qué te creías, eh? —Retrocedió otro paso y llegó a la puerta, y los demás miraban desde el callejón y él lo sabía—. Yo le pregunto, ella me pregunta, y los dos decidimos que todo el mundo tiene que estar trabajando antes de que salga el sol. ¿Qué te creías, eh?

—Elias, estoy bien —dijo Celeste—. Ya verás, estoy bien.
—Puso una mano sobre el hombro de Elias y él se volvió hacia
ella. Se había peinado antes de venirle el dolor y Elias pudo ver
cómo el cabello, a cada lado de la raya, se adaptaba a la voluntad
del peine—. ¿Qué crees? ¿Qué te casaste con una debilucha? Ya
estoy. Ya estoy. —Pasó junto a Elias y le dijo a Moses—: Ya voy.
Ya estoy en camino.

Poco antes, Elias había llevado a Ellwood, su hijo más pequeño, y a los otros niños menores de cinco años a la casa, y
ahora Tessie y Grant seguían a su madre. Dejó a los dos hombres en la habitación y salió a unirse a los demás para dirigirse
hacia los campos. May y Gloria caminaban a cada lado de ella
y le cogieron las manos. Era un día radiante, con tanto sol como
cualquiera podía esperar, el tipo de día por el que algunas personas rezarían.

Celeste se sintió bien hasta después de comer. Volvió a su surco a medio terminar, y nada más inclinarse, le volvió el dolor de
la madrugada y se desplomó de rodillas. Dio un grito e intentó
agarrarse a las plantas hasta que pudo aferrarse a una de ellas, la
arrancó y la retorció.

—Dios mío, quítame esto —dijo refiriéndose al dolor.

Antes de que Elias pudiese llegar hasta ella, el bebé que llevaba en su vientre estaba saliendo. Elias estaba arrodillado junto a
ella, abrazándola, cuando el bebé llegó y se depositó en un charco
de sangre sobre el surco, todavía unido a su madre. Las mujeres
llegaron junto a Celeste y le dijeron a Elias que se apartara, que se
apartara más. Los niños de Celeste se acercaron también pero dos
hombres los cogieron y se los llevaron. Celeste se desmayó.

—Apártate, Elias —le dijo Delphie—. Apártate, te digo.

—Déjala en paz —le dijo él a Delphie, llorando, convencido, de un modo enfermizo, de que si abrazaba a su esposa todo
se arreglaría.

Delphie agarró a Elias por el cuello con ambas manos y lo
zarandeó, y él soltó a Celeste, y Gloria abrazó a Celeste, pero
no, en absoluto, como Elias la había estado abrazando. La tie-

rra no había recibido lluvia en varios días, de modo que estaba totalmente preparada para el charco de sangre.

Finalmente, Elias la levantó y la llevó en brazos hasta la cabaña. Ella se despertó durante el camino y no sabía dónde se encontraba, ni recordaba, durante un instante, lo que había pasado. Sabía que el sol le daba de lleno en la cara y que tanto sol significaba que posiblemente no tendría nada de agua de lluvia para lavarse el pelo.

Él la acostó en el camastro de la cabaña, y tan pronto como Gloria y Delphie entraron para verla y ayudarla a cambiarse de ropa, Elias pensó en Moses.

—Lo voy a matar —dijo, de modo que sus palabras salieron como un silbido.

—¿Qué despotricas, esposo? —dijo Celeste—. ¿Qué estás despotricando?

Elias se levantó.

—Le haré tanto daño que nunca nadie habrá sufrido tanto.

Delphie corrió hasta la puerta y la cerró y puso una mano sobre el pecho de Elias.

—No hay ningún sitio fuera de aquí donde tengas que estar ahora —dijo—. Déjalo. Por favor, Elias, déjalo.

—Quítate de ahí, Delphie. No quiero hacerte daño para llegar hasta él. Quítate ahora mismo de ahí.

No gritaba. Había oído a Tessie junto a la puerta y quería que su hija supiera, por su voz tranquila, que su padre llegaba. En su mente, podía verla junto a Grant, y también podía ver a Grant alzando la vista hacia su hermana al tiempo que llamaba a su madre primero y a su padre después. Había olvidado que el pequeño Ellwood estaba en la mansión. Una voz tranquila era lo que su hija necesitaba.

—Te conozco desde hace mucho tiempo —le dijo a Delphie—, pero vas a obligarme a pesar por encima de ti y no quiero hacerlo.

—Esposo, ven aquí —dijo Celeste, e intentó levantarse sobre su codo. Gloria la empujó suavemente hacia abajo.

—Estate quieta —dijo Gloria.

Delphie puso su mano en la garganta de Elias, para llamar su atención, y dijo:

—Déjalo estar ahora mismo.

—Esposo, quiero que vengas aquí. ¿No me escuchas, esposo?

En los campos, Moses seguía más o menos en el mismo sitio donde se encontraba al desplomarse Celeste. Esperaba el momento apropiado para decirles a todos que volvieran al trabajo. Clement, el hombre que le había arrebatado a Gloria a Stamford, había subido hasta la casa no mucho después de que Elias se llevara a Celeste. Ahora, mientras Moses buscaba las palabras en su cabeza, Caldonia se dirigía a la cabaña de Celeste, y Loretta iba tras ella. Loretta había olvidado llevar consigo la bolsa de vendas y hierbas medicinales.

Caldonia intentó abrir la puerta pero, al ver que no se movía, llamó a Celeste por su nombre, y luego a Elias.

—Están dentro —dijo Tessie.

Delphie abrió la puerta con una mano y mantuvo el otro brazo extendido para retener a Elias.

—Moses le ha hecho perder el niño —le dijo a Caldonia. Delphie se mantuvo en la puerta y Elias bajó los hombros y Delphie les dijo a Tessie y a Grant—: Su mamá y su papá necesitan que se queden ahí por ahora.

Antes de que los niños pudieran hablar, Delphie cerró la puerta.

—Esto no ha terminado, Delphie —dijo Elias mientras Caldonia y Loretta se arrodillaban junto a su esposa—. Esto no ha terminado, ni mucho menos.

—Nunca he dicho que hubiera terminado, Elias —dijo Delphie.

Moses se mantuvo alejado aquella noche, y a la noche siguiente la casa estaba en silencio cuando se acercó por detrás. Llamó a la puerta y esperó hasta que Zeddie llegó y le dio paso.

—Está en el salón —dijo Zeddie, y Moses se quitó el sombrero y entró. Llevaba puestos los pantalones buenos, pero no se había molestado en lavarlos, pues tenía la sensación de que no merecía la pena.

Loretta estaba de pie en la ventana y Caldonia estaba en medio del sofá.

—¿Por qué has puesto a una mujer de la familia en peligro, Moses? —dijo Caldonia.

—Estaba fingiendo —dijo él—. Todos fingen a veces. Nunca he visto a ninguno de ellos que no finja alguna vez.

Loretta le daba la espalda y él dirigía algunas de sus palabras hacia su espalda y otras hacia el reloj del abuelo junto a la ventana.

—Ha perdido al niño, Moses, ¿no lo sabes? —dijo Caldonia.

—Eso he oído —dijo.

—A partir de ahora me informarás cuando alguien diga que se siente mal. Vienes a verme, antes de nada.

—Eso podría empeorar las cosas en todos los sentidos. Empeorarlas realmente.

Deseaba decir su nombre, pero no estaban solos. Soy yo, quería decirle. Es a mí a quien le estás diciendo todo esto.

Loretta se dio la vuelta junto a la ventana. Cualquier cosa que estuviese observando dejó de interesarle. Descruzó los brazos. Este hombre podría haber sido mi esposo, pensó, y yo podría haber sido su esposa. Casados, unidos. ¿Estaría ella ahora dondequiera que estuviesen Priscilla y Alice, sabe Dios dónde, con su hijo?

—No tengo más que decir, Moses. Me has decepcionado. No tengo más que decir esta noche.

Loretta dio dos pasos, para indicarle a Moses que debía irse.

Él salió por la puerta de atrás pero no fue a las cabañas. Se quedó a muchos metros de ellas a observar el humo que se levantaba desde todas las chimeneas excepto la suya. Oyó un murmullo y pensó que podrían ser todas las conversaciones nocturnas que se alzaban como una sola por encima de las cabañas y enviaban un ruido al universo. Una sonora carcajada se dispersó desde el callejón, pero cuando llegó hasta él ya no había vida en ella. Deseaba irse al bosque y estar a solas consigo mismo, algo que no había hecho durante días, pero para ello habría tenido que atravesar el callejón y no deseaba testigos. Había otro camino más largo, pero decidió no tomarlo.

Después de permanecer allí casi dos horas, la vida en el callejón se apaciguó y Moses bajó y entró en su cabaña. No se oía ningún sonido procedente de la cabaña próxima a la suya, la cabaña de Celeste y Elias. Moses se quitó los zapatos. Se sentó con la espalda apoyada contra la pared, en la oscuridad. Hacia las tres de la madrugada se inclinó y cayó dormido, atravesado en la entrada. No mucho después de eso, Elias llegó e intentó empujar la puerta para entrar, pero al encontrarla atascada volvió a su cabaña.

La noche siguiente, Moses entró por la puerta de atrás sin llamar, simplemente la abrió y pasó junto a Bennett y Zeddie, sentados a la mesa de la cocina, y pasó al salón donde Caldonia estaba de pie hablando con Loretta.

—Tengo que hablar con usted —dijo—. Lo necesito.

—¿Qué? —dijo Caldonia.

—Tú vete —dijo Moses a Loretta.

—Espera, Moses. Tú espera —dijo Caldonia. Loretta fue hacía la puerta y Moses se acercó más a Caldonia.

—¿Por qué me hace esperar así, como si fuese un niño pequeño? ¿Por qué no me ha liberado. —Levantó su puño en el aire entre ellos—. ¿Por qué lo hace?

Avanzó un paso más y en ese momento Loretta aprovechó la ocasión y le puso un brazo alrededor del cuello y un cuchillo en la garganta, de modo que Moses tuvo que retroceder.

—No bromeo contigo —dijo Loretta. Él también se había fijado en ella, hacía tiempo, antes de casarse finalmente con Priscilla, pero siempre había pensado que una mujer de la casa estaba fuera de su alcance. ¿Qué habría visto ella en él? Pero Priscilla había bregado en los mismos campos en los que él trabajaba. Un enlace mucho más adecuado—. No bromeo contigo, Moses.

Él y Caldonia se observaban. Moses tembló y se vio nuevamente en el bosque, desnudo y boca arriba. Las aves nocturnas observaban y Alice observaba. Podía oír a Priscilla aproximarse, ruidosamente, pisando una pequeña rama tras otra. Bajó la cabeza y el cuchillo estuvo aún más cerca.

Después de irse Moses, Loretta consiguió una pistola y le dio otra a Bennett. Loretta quería salir a buscar a los patrulleros, para que se llevasen a Moses, pero Caldonia le dijo que volvería a ser él mismo por la mañana.

—La muerte de Henry —dijo finalmente—, nos ha trastornado a todos.

Antes de ir a ver a Celeste aquella noche, Loretta, por propia iniciativa, había hecho levantarse a Clement para que se quedase por la noche junto a la puerta trasera.

—Ten cuidado —le dijo Gloria antes de que él se fuera.

Moses pudo sentir que el mundo había cambiado antes incluso de poner los pies en el suelo a la mañana siguiente. Cuando abrió la puerta, todos lo esperaban para que los llevara a los campos. Celeste y Elias no estaban allí, pues Loretta había dicho a Elias que se quedase con su esposa y que Zeddie les llevaría comida. Los esclavos de los campos murmuraban, como cualquier otro día, pero Moses sabía que todo era distinto y sintió sequedad en la boca.

Subió hasta la puerta trasera de la mansión hacia las ocho de la tarde, y Loretta estaba allí y le dijo que aquella noche su ama no podía recibirlo.

—Tendrá que ser mañana —dijo, y alzó la pistola hasta pocos centímetros del rostro de Moses.

—Tengo muchas cosas que decirle —dijo él—. Tengo algo que decir.

—Pues ese algo tendrá que esperar. ¿Adónde podría irse? —dijo ella, y Bennett apareció detrás—. No se va a ir a ninguna parte.

Él se marchó y se detuvo en el mismo lugar de la noche anterior, a esperar a que la vida en el callejón se apaciguara para poder

ir a su casa. No se le pasó por la cabeza ir al bosque. Estar allí era
bueno solamente cuando le era posible volver a algo que no fuera
doloroso a cada segundo. Se dio cuenta de que había pasado más
de un día entero desde la última vez que había comido, pero no tenía hambre. Y ese pensamiento cruzó su mente aproximadamente
en el mismo momento en que Celeste esperaba a su esposo mientras este sacudía la paja de su camastro. Sus hijos dormían ya y el
fuego de la chimenea arrojaba los últimos restos de luz y calor del
día. Ellos, la familia entera, habían ido antes por vez primera a la
nueva tumba de la pequeña Lucinda, y todos se sentían abruma-
dos por la agonía de la visita. Cuando Elias acabó con el camastro,
tomó la mano de su esposa y se la llevó a su mejilla y luego la ayudó a acomodarse en la cama.

—Me pregunto —dijo ella por primera vez en su vida—, me
pregunto si Moses habrá comido ya.

Los oyó agruparse afuera, en el callejón, antes del canto del primer gallo. Alguien llamó una vez a su puerta y pronunció su
nombre, pero él no respondió. Estaba sentado con la espalda apoyada contra la puerta, tal como hiciera la primera noche. Y al igual
que aquella noche, se sentó allí no con la intención de impedir el
paso de nadie, sino porque no había dado ni un paso más al entrar
en la cabaña. Alguien volvió a decir su nombre. Una mujer cantó:

> *Venga usted aquí, señor Moses, salga de su guarida*
> *Venga usted aquí, llévenos a la tierra prometida.*

La gente se rio, incluso los niños.

—Señor capataz, ¿está usted aquí? Señor capataz, ¿está usted
allí?

La mujer volvió a cantar. Moses pensó: ¿podría alguien
plantar una hilera de algodón con esa canción?

—Déjenlo tranquilo —dijo un hombre.

Pensó que podría ser Elias, pero cuanto más lo pensó, más

comprendió que podría tratarse de cualquiera de los hombres. Luego los oyó alejarse a los campos, la primera mañana en un año que no estaba entre ellos. ¿Sabrían ellos que había que dejar sin trabajar los fondos de aquellos surcos durante al menos otros cinco días? Había ingerido un buen pellizco de tierra dos días antes y todavía no estaba en condiciones; una buena lluvia era lo que realmente necesitaba, y entonces se podría trabajar en ella todo lo que se quisiera. Pero ahora no, hoy no. . . «Cuento contigo para llevar este lugar», le había dicho Henry cuando la plantación tenía ya cuatro esclavos y tres más llegarían cualquier día desde el condado vecino. «Tú eres el jefe de este lugar. Está mi palabra, luego está la palabra de mi esposa y luego está tu palabra». «Sí, señor, amo Henry». Su amo había abierto el gran libro un día para hacer algunas anotaciones y había señalado algunas palabras escritas en el libro y había dicho: «Este eres tú, Moses. Aquí dice: "Capataz Moses Townsend"».

Todo estaba en silencio. Así es como debe de sonar este lugar, pensó, cuando no hay ni un alma alrededor. Se levantó y orinó sobre la chimenea apagada. Volvió a sentarse junto a la puerta. Su cabaña estaba a oscuras excepto por la gruesa línea de luz que entraba por debajo de la puerta, la línea interrumpida en el centro por su cuerpo. Priscilla había dedicado mucho tiempo a impedir que el viento se colara por aquella puerta. «Es un milagro que no muramos todos congelados, Moses. ¿No puedes conseguirme unos trapos más para esa puerta?» Priscilla no había sido tan mala esposa. Dios sabe que si él y esa Loretta hubieran estado juntos, a estas alturas habría tenido que matarla. Amenazarme a mí de ese modo con una pistola y un cuchillo. Sí, a estas alturas habría tenido que matarla. O ella lo habría matado a él. Una cosa o la otra. ¿Aquellas palabras decían realmente «capataz Moses Townsend»? Quizá solamente decían este hombre me pertenece para siempre. Y cuando yo haya muerto le pertenecerá a mi esposa, la señora Caldonia Townsend. ¿No ven ustedes mi marca justamente ahí, en su trasero?

Algo picoteó en la puerta. Oyó el revoloteo de alas y un gallo cacareó y Moses se preguntó quién se suponía que vigilaba a las gallinas. El gallo volvió a picotear.

—Lárgate —dijo Moses—. Aléjate de esa puerta. —Su voz no pareció sino animar al animal, que volvió a cacarear. No, Priscilla no había sido tan mala esposa. Y el muchacho podría haber evolucionado bien simplemente con un poco más de tiempo. Un poco menos grueso. El gallo cacareó—. ¿Quieres que salga y te retuerza el pescuezo? ¿Eso es lo que quieres? —Luego se hizo otra vez el silencio.

¿Qué había sido de todo aquello que realmente había pedido en esta vida, tal cual es? Podría haber hecho mejores cosas por este lugar que Henry Townsend. La gente habría dicho: «Ese amo Moses, tiene una magia especial para conseguir una plantación como esta. He conocido al amo Robbins y al amo Nosequién y al amo Nosecuánto. He estado en todos esos lugares y no tienen ni la mitad de la magia que el amo Moses ha conseguido. Es un nuevo paraíso, dice el predicador, y no tengo nada más que decir».

Permaneció allí sentado todo el día, dormitando y hablando solo, y luego los escuchó a todos regresar de los campos, escuchó a Elias y Celeste y a su familia en la puerta contigua, preparando su cena. Los niños se reían ruidosamente. Bueno, no se los puede culpar. Solo son niños, eso es todo. ¿Quién en este mundo puede culpar a unos niños? Hacia las ocho y media, Celeste llamó a su puerta.

—Te traigo algo de comida, Moses. Abre y toma esto, Moses. —La oyó quedarse de pie al otro lado de la puerta; podía verla tan claramente como si estuviese de pie delante de él, un poco inclinada hacia la izquierda debido a esa pierna mala, su pelo peinado con uno de esos muchos peines que su esposo le había hecho—. ¿Moses?

Había visto a aquel esclavo decirle a ella un día que habría que pegarle un tiro como a un caballo cojo, la había visto llorar. ¿Había llorado por lo que el esclavo le había dicho o porque lo había visto quedarse allí y lo había visto alejarse de ella? ¿Dónde estaba ese esclavo ahora? Tú, escúchame: retira ahora mismo cada maldita palabra que le dijiste a esta pobre mujer. Retíralo todo o este capataz te arrancará la piel a latigazos. Esta mujer quedará embarazada algún día y no necesita ese tipo de conversación.

—Moses, abre la puerta un poco y toma esta comida. Necesitas alimentarte, Moses.

Ella se fue y volvió alrededor de una hora después, y luego otra media hora más tarde. No mucho antes de la medianoche, él se levantó y abrió la puerta y salió; fue directo a la comida que Celeste había dejado finalmente junto a la puerta. Se arrodilló ante ella y comió el pan y la carne y se metió la mazorca en el bolsillo de los pantalones que Bennett le había dado mucho tiempo antes. Cuando volvió a ponerse en pie, pensó un poco más en el maíz y en cómo había sentido los pantalones cuando los usó por primera vez, y se sacó el maíz del bolsillo y se arrodilló de nuevo y lo puso en el plato de metal vacío. Confió en que ella no se tomase a mal que él hubiera dejado el maíz. Se puso de pie y creyó ver a Alice saliendo de su cabaña, cantando. *En el callejón del amo un hombre muerto me encontré. A ese hombre muerto su nombre pregunté. . . .* Esa sí era una canción con la que un hombre podría estar arando los campos todo el día. *Su huesuda cabeza levantó y el sombrero se quitó. Y esto y aquello me contó. . .* El ritmo preciso. Una hilera primero y otra después.

Loretta estaba en la ventana del salón cuando Moses salió a la carretera. No se preguntó qué hacía ni adónde iba, pero dejó la pistola en la mesa junto a ella. A lo largo de la mañana tendría tiempo de sobra para volver a guardarla en el armario.

Moses recorrió el camino por donde había visto irse a Alice en una de las ocasiones en que la había seguido. Y cuando llegó a una bifurcación en la carretera siguió por donde creyó que ella habría ido. Era un camino despejado, aquella carretera, un camino que le permitiría ver a los patrulleros mucho antes de que ellos lo vieran a él. Pensó que esa era una de las cosas más importantes. No sabía lo suficiente sobre el mundo para saber que se estaba dirigiendo hacia el sur. Podría haberse abierto camino por la plantación de Caldonia sin ojos y sin ni siquiera manos para tocar los árboles familiares, pero el lugar por donde caminaba ahora no era el mismo. Los otros tres caminos tenían curvas y vueltas y no creyó que Alice los hubiera tomado nunca. ¿Por qué, se preguntó cuando ya se había adentrado bastante en la carretera, por qué habría de llevar puesto el sombrero aquel hombre muerto en una carretera como aquella? Aquello simplemente no tenía ningún sentido. Era una buena canción para trabajar, pero nada más que para eso.

Moses había dejado la puerta entreabierta y Elias utilizó ambas manos para empujarla y abrirla de par en par a la mañana siguiente. Elias, al salir, le hizo un gesto con los hombros al pequeño grupo que se había congregado. La gente estaba todavía saliendo de sus cabañas y Elias dedicó ese tiempo a llevarse el plato vacío a su cabaña y luego fue a la mansión y le preguntó a Bennett si había visto a Moses, y le dijo que el capataz no había ido a trabajar aquel día ni el día anterior.

Elias volvió de la casa y les dijo a todos que parecía que Moses se había fugado. Algunos fueron a trabajar, otros volvieron a sus cabañas. Gloria y Clement aprovecharon la confusión de la mañana para escabullirse. Bennett bajó hacia las ocho de aquella mañana y le dijo a Elias que llevase a todo el mundo a los campos y luego fue a la ciudad a buscar al comisario y decirle que el capataz de la plantación de los Townsend se había fugado. Sería a una hora muy avanzada, aquel mismo día, después de la visita de Skiffington, cuando todos se dieran cuenta de que Gloria y Clement tampoco estaban. Nunca nadie volvería a verlos.

—No les digas nada —le dijo Celeste a Elias después de irse Bennett—. No mandes a nadie a los campos. No mandes a nadie a ninguna parte. Si ella quiere que trabajen tanto, que venga y se lo diga ella.

Se quedaron en la cabaña, los niños jugando fuera, junto a la puerta. La muñeca que le había hecho a su hija reposaba en el centro de su pequeño camastro, cerca del más pequeño de sus hijos, Ellwood, que dormía.

—No le hagas el trabajo, Elias. Por favor, no se lo hagas.

Él se acercó a ella y la tomó en sus brazos. Hacía buen tiempo afuera, donde sus pequeños jugaban; era el tipo de día perfecto para fugarse. Un hombre bueno y fuerte y sin familia podría echar a correr sin parar hasta la libertad y quedarse en el otro lado, los brazos muy por encima de su cabeza, e insultar a los patrulleros y a los amos y al comisario, simplemente insultarlos todo el día y levantarse al día siguiente y volver a hacerlo antes de emprender la vida que Dios le tenía reservada. Sí, un hombre bueno y fuerte podría hacer eso. Besó a Celeste en la cabeza.

A sus hijos se unieron otros y un niño gritó en tono de juego:

—Deja de empujarme. Me haces daño.

—Te avisé de que yo iba a venir —dijo otro niño—. Te avisé de que venía, así que quítate de en medio.

—Todo va a salir bien —dijo Elias, y nada más pronunciar esas palabras ella se separó de sus brazos—. Ahora, Celeste, escúchame.

Estaba pensando: Cuando traigan a Moses de vuelta, Moses verá que el mundo siguió adelante sin él. Elias tomó la mano de su esposa. No era mucho, un día o incluso una semana de buen trabajo que podría arrojar a la cara del capataz; no compensaba la vida de un niño ni la tristeza de su esposa, pero era lo que tenía.

—No está bien —dijo Celeste—. Simplemente no está bien hacer sin más aquello para lo que te compraron. ¿Por qué facilitarles las cosas?

—Ahora préstame atención y mira lo lejos que tiro esta piedra —gritó una niña en el exterior—. Mira. Mira.

—Oh, eso no es nada —alardeó un niño—. Yo puedo hacer que la mía llegue más lejos.

—Estás presumiendo, nada más.

—Porque tengo motivos para presumir.

—¿Va a seguir creciendo esto hasta convertirse en un problema entre tú y yo, querida?

Su hijo corrió y abrazó la cintura de Elias.

—Ven a verme correr —dijo Grant.

—Respóndeme, ¿va a ser esto un problema entre tú y yo?
—dijo Elias.

Celeste estaba a punto de llorar. Miró al niño través de las
lágrimas.

—Ven a verme correr, papá —dijo el niño. Elias vio que ella
le decía que no con la cabeza. Ella estaba pensando: Ahora no,
Grant, cuando sacudió la cabeza, pero Elias pensó que estaba
diciendo que no iba a haber ningún problema entre ellos, y se
sintió aliviado por ello.

—Tengo que ir a trabajar —le dijo Elias a su hijo—. Te veré
más tarde, hijo. —Se sentía responsable del lugar ahora, y eso
significaba que su familia no tendría que matarse a trabajar, y
desde luego no los niños—. Bueno, te veré durante un minuto
—le dijo al muchacho—, pero un minuto nada más. Tú descansa —le dijo a Celeste.

Elias salió de la cabaña y ella lo siguió hasta la puerta. Grant
echó a correr y su padre aplaudió y su hija Tessie se acercó con
los otros niños y todos ellos le gritaron a Elias que ellos podían
hacerlo muchísimo mejor. El muchacho dijo no, no, mejor que
yo no. Elias les dijo a los niños que aquel día no irían a los
campos y se llevó a los adultos. Grant se acercó a Celeste y
balanceó su brazo de un lado a otro como si fuese una cuerda
colgada de un árbol y luego volvió con los otros niños.

Celeste fue cojeando hasta el callejón y volvió para asegurarse de que Ellwood seguía durmiendo. Los niños echaban
carreras de ida y vuelta. Era como si fuese domingo. El gallo
que había picoteado en la puerta de Moses escapaba hacia un
lado cuando los niños corrían tras él, y habría entrado en la
cabaña, pero ella lo ahuyentó.

—Fuera de aquí —le dijo. Estaba pensando que un día tan
maravilloso solo podía significar que matarían al pobre Moses
cuando lo encontrasen. El Dios de aquella Biblia, siendo quien
era, no otorgaba nunca un buen día a un esclavo sin querer
algo grande a cambio.

Skiffington supo desde el instante en que vio a Bennett que el hombre había venido a verlo en relación con el capataz. ¿Qué delito había cometido ahora? El comisario acababa de salir de la tienda y vio a Bennett montado en la carreta. Se dio cuenta de que Bennett conducía principalmente con la vista puesta no en la carretera que tenía delante sino en la cabeza y el arnés del mulo. William Robbins había pasado por la cárcel la noche anterior, para preguntarle a él —y a Counsel— sobre sus progresos en la búsqueda de los tres esclavos de Caldonia, y sobre Augustus Townsend. Robbins había llevado consigo a Louis, pero su hijo se limitó a quedarse junto a la puerta mientras el hombre blanco les comentaba al comisario y a su ayudante que la fuga de esclavos ponía en peligro prácticamente todo lo que tenían. «Bill», había dicho Skiffington, «no me estás diciendo nada que yo no haya pensado ya mil veces».

Bennett hizo ademán de bajar de la carreta, pero Skiffington le dijo que dijera lo que fuese desde su asiento. Bennett pareció momentáneamente disgustado, como si su mensaje fuese a perder su importancia si tenía que decirlo desde la carreta. Y mientras lo observaba regresar, Skiffington comprendió que el hombre no estaba acostumbrado a llevar una carreta, simplemente por cómo dejaba que el mulo se moviese por toda la carretera. Sin duda, pensó mientras seguía observando a Bennett irse, si no tenía ni idea de cómo llevar a un mulo, tampoco tendría ni idea de cómo montar un caballo.

Alguien que paseaba por el otro lado de la calle le dio los buenos días y Skiffington levantó el sombrero por costumbre. Él y Winifred y su padre y Minerva tendrían que haber estado en Pennsylvania desde hacía mucho tiempo. Él tendría que haber sido un ciudadano americano que llevaba una buena vida en Pennsylvania, donde había vivido Benjamin Franklin. Tendría que estar en la ribera de un hermoso río, enseñándole a su hijo a ganarse la vida gracias a la munificencia de Dios. Y Minerva tendría que haberse ido, con algún negro de Pennsylvania, haberse ido para que él no pensara en ella como un padre no debería pensar en una hija.

Por ahí tendría que haberse ido Minerva, para que él no pensara, como lo había hecho el día anterior, que una vez, solo una vez, no le haría daño a nadie, no importaría nada realmente. Silencio. . . No se lo digas a Winifred, y no se lo digas a Dios. Silencio. . . Vio que Bennett se había detenido ante algo que cruzaba la carretera. Pareció quedarse allí parado mucho tiempo y Skiffington se preguntó qué cosa podría tardar tanto en cruzar una carretera. Solo una vez. . . ¿Fue eso lo que Eva le dijo a Adán o fue Adán quien se lo dijo a Eva? Y si era solo una vez, ¿lo dejaría Dios conocer Pennsylvania?

Bennett arrancó de nuevo y Skiffington bajó los escalones hasta la carretera, de modo que el polvo se levantó casi imperceptiblemente al poner ambos pies en el suelo. Una buena lluvia nos vendría bien a todos. Miró por encima de su hombro. La puerta de la cárcel estaba entreabierta, pero no importaba, porque no tenía presos aquel día. Otra persona le dio los buenos días y él volvió a levantar el sombrero. Se dirigió hacia la izquierda, hacia la casa de huéspedes, para buscar a Counsel y decirle que él y los patrulleros estaban fallando con respecto a los motivos principales por los que habían sido contratados. Cuatro esclavos de una plantación. ¿Quién podía soportar eso? Y uno de aquellos esclavos había asesinado a los otros tres. Pero cuatro se habían ido, cuatro habían desaparecido de los libros. Se detuvo en la calle y se dio cuenta de que la casa de huéspedes estaba en la otra dirección. Y si se trasladaba a Pennsylvania y Winifred le daba una hija, y no un hijo, ¿pensaría en ella del mismo modo que había estado pensando en Minerva?

Se dio la vuelta y regresó por donde había venido. Los esclavos, Minerva, y ahora Counsel que llegaba más tarde cada día, durmiendo con esa mujer de la casa de huéspedes como un cachorro que no hubiese estado con una mujer en su vida. Todo se estaba desmoronando.

—¿Cómo estás esta mañana, John? —Su único trabajo era volver a unir las piezas, recomponerlo todo y dejarlo tal y como Dios se lo había entregado a él—. John, dile a Winifred que la señora Harris agradeció mucho lo que hizo por ella. Díselo en mi nombre, ¿lo harás?

La señora Harris era tartamuda. Vete y no tartamudees más, pues yo te he sacado del valle del tartamudeo para traerte a este lugar que te entregaré a ti y a todos tus descendientes. Cuéntalos. . . Siéntate aquí, junto a la carretera, y cuéntalos como si fueran las hojas de un árbol. . .

Tres días después Skiffington estaba aproximadamente en el mismo lugar en el que se encontraba la mañana en que Bennett fue a informarle sobre la huida de Moses.

—Señor comisario —dijo Bennett—, la señora quiere que le diga que su Clement y su Gloria también se han ido. Se fueron por las buenas. Ella quiere que venga a decirle eso.

Bennett tuvo de nuevo problemas para maniobrar con la carreta.

—¿Por qué no montas un caballo como cualquier otro hombre? —le preguntó Skiffington, mientras hacía un recuento de los esclavos desaparecidos.

—Bueno, señor —dijo Bennett, sopesando las riendas en sus manos—, según tengo entendido, un caballo no es ni mucho menos tan inteligente como un mulo.

Justamente cuando Bennett conseguía dar la vuelta con la carreta, llegaba Counsel a caballo desde la otra dirección, y Skiffington lo reprendió por estarse convirtiendo en un perezoso. Counsel no dijo nada pero desmontó de su caballo y lo ató al poste y entró en la cárcel. Skiffington fue detrás, llamándolo todo el tiempo ayudante perezoso, tan a voz en grito que, incluso después de haber entrado ambos en la cárcel, la gente que pasaba por la calle podía oír al comisario, que no parecía su comisario, y hasta el mulo y Bennett pudieron oírlo mientras salían de la ciudad.

Aquel día era martes.

11

Un mulo se levanta. De cadáveres y besos y llaves.
Un poeta americano habla de Polonia y la mortalidad.

Había una vez un hombre blanco por lo general muy apreciado en Georgia, cerca de Valdosta, un hombre muy rico con sus esclavos y sus tierras y su dinero y su historia. Este hombre, Morris Calhenny, padecía una abrumadora melancolía, en particular en los días de lluvia. Montaba en su caballo, la yegua que usaba solamente en los días lluviosos, y cabalgaba y cabalgaba hasta alcanzar algo de paz consigo mismo. Cierto es que la paz nunca duraba mucho, pero no había nada que Morris pudiese hacer al respecto.

Había una vez también un hombre negro, Beau, en aquel lugar cerca de Valdosta, Georgia. Su apellido era también Calhenny, pero solo porque todos los esclavos de Morris tenían su apellido. De niños, Beau y Morris habían sido casi tan íntimos como hermanos, y Morris iba en busca de Beau cuando le daba un ataque de melancolía porque Beau nunca preguntaba por qué sufría de aquel modo, por qué Morris no podía simplemente levantarse y alejarse de cualquier cosa que lo molestara. Beau se limitaba a quedarse a su lado hasta que las cosas mejoraban un poco.

Cuando ambos cumplieron los catorce años, se produjo la inevitable separación y nunca volvieron a estar juntos del mismo modo. Pero en muchas ocasiones, ya adultos, Beau recordaba que, cuando los días tristes se apoderaban de Morris, él montaba en uno de los caballos de Morris sin preguntarle a nadie y salía en medio de la lluvia en busca de su amo. Ambos hombres cabalgaban durante mucho tiempo hasta que Beau le preguntaba a Morris: «¿Es suficiente?» La pregunta siempre surgía en el momento oportuno, incluso todavía con lluvia, y Morris asentía y decía: «Es suficiente». Entonces volvían pausadamente al establo, el establo que albergaba solo a los caballos de Calhenny, y luego Morris se iba a su gran casa y Beau se iba a su cabaña donde su familia esperaba para preguntarle qué estaba haciendo allí afuera con toda aquella lluvia.

Uno de aquellos lluviosos días, Beau y Morris cabalgaron hasta el extremo oriental de las tierras de Morris y se detuvieron sobre sus caballos a mirar desde lo alto de una colina la franja donde terminaban los terrenos del hombre blanco. En un camino secundario, ya fuera de su propiedad, vieron a una joven blanca que intentaba lograr que un mulo blanco se levantara del suelo cubierto de fango. El mulo había estado tirando de una carreta en medio de la lluvia, y no estaba claro para Beau ni para Morris si el animal se había sentado porque estaba cansado de trabajar o porque simplemente le gustaba sentarse bajo la lluvia.

La mujer blanca se llamaba Hope Martin, pero solo Beau lo sabía. Aunque era blanca, no pertenecía a la clase de Morris.

—¿Bajo a ayudarla? —le preguntó Beau a Morris.

—No —dijo Morris—, dale un poco de tiempo.

En un principio parecía que la mujer hablaba con el mulo, intentando convencerlo de levantarse para que pudieran continuar. El mulo no se inmutó. Finalmente, Hope fue a la parte trasera de la carreta y cogió varias manzanas de una cesta cubierta. Se sentó en el camino frente al mulo y se comió una manzana al tiempo que le daba de comer primero una y luego otra al mulo. Sacó varias veces más manzanas de la carreta. La lluvia no amainó y el hombre negro y el hombre blanco montados en sus caballos no se movieron.

Después de unos treinta minutos de comer manzanas, el mulo

se levantó, pero Hope siguió sentada en el barro, entretenida en comerse su cuarta manzana. Al ver a Hope allí sentada, el animal se impacientó, sacudió su cola en el aire y movió la cabeza arriba y abajo, dio una patada en el fango primero con una pata delantera y luego con la otra. Después de quince minutos o más, Hope se levantó y se estiró, todavía con lluvia. Le dijo algo al mulo y le señaló el camino por donde tenían que ir. El mulo empezó a moverse antes incluso de que ella se subiese a la carreta.

—¿Cómo se llama? —le preguntó Morris a Beau mientras observaban a la mujer, el mulo y la carreta subir la colina sin problemas.

Beau le explicó quién era, que había llegado desde el norte de Georgia para ocuparse de su tía y de su tío enfermo. Tanto la tía como el tío eran personas muy ancianas, a quienes no les quedaban muchos años de vida.

—Sería una buena esposa para un hombre —dijo Beau, poniendo fin a la historia de la mujer.

No habría dicho tal cosa si no pensase que su amo ya lo estaba pensando.

—¿Es suficiente? —dijo Beau.

—Creo que sí —dijo Morris.

Morris era padre de un joven —el único hijo blanco que tendría nunca— con una mente increíblemente complicada. El día que vieron a Hope y su mulo bajo la lluvia, aquel muchacho, Wilson, llevaba un año y unos meses en Washington D. C., en la Escuela de Medicina de la Universidad George Washington. Wilson había aprendido muchas cosas en la universidad y su mente habría asimilado más cosas aún, pero, ya avanzado su segundo curso, los cadáveres empezaron a hablarle a Wilson, y lo que le decían ellos tenía mucho más sentido que lo que le decían sus profesores. A los profesores, como a los dioses, no les gustaba compartir su cielo con nadie, muerto o vivo, y enviaron al joven de vuelta a casa en mitad del segundo curso.

Incluso antes de que los profesores enviasen a Wilson de vuelta a su casa, su padre había estado pensando que quería a Hope como esposa de su hijo. Aunque ella venía de un lugar distinto en la vida, Morris consideró que sería posible adecentarla, hacerla presentable, de igual modo que se podía limpiar y comer una manzana caída en el fango. Morris envió un emisario a verlos a ella y a sus parientes, para decirles que deseaba verla, pero la mujer nunca respondió, y al final Hope se casó con otro joven, Hillard Uster, pobre excepto por la buena parcela de terreno que había heredado de sus padres. Hillard no era tan apuesto como ella hermosa, pero Hope pensó que podría acostumbrarse, y así fue.

Su matrimonio enfureció a Morris, y aún estaba furioso cuando su hijo llegó a casa desde Washington D. C., para quedarse, e intentó contarles a Morris y a su madre lo que los cadáveres le habían estado diciendo. El padre y su hijo hablaban hasta altas horas de la noche, y en ocasiones lo que los cadáveres decían empezaba a tener sentido para el padre. Por la mañana, no obstante, Morris tenía las ideas más claras y recriminaba a muchas personas —pero especialmente a Hope y a Hillard— por todas las cosas que los muertos estaban metiendo en la cabeza de su hijo. Morris le dijo a la gente de aquella parte de Georgia que Hope y Hillard debían sufrir solos y que a todos se les prohibía ayudarlos. Y así fueron las cosas durante mucho tiempo.

Los hijos de los Uster eran pequeños y débiles de huesos y pulmones, y Hope y Hillard tuvieron que ocuparse en lo fundamental ellos solos de la tierra heredada para intentar ganarse la vida. Luego, en 1855, Hillard logró ahorrar unos 53 dólares y conoció a un negro llamado Stennis y su amo blanco, Darcy, que tenía miedo de introducir una última pieza de propiedad en Florida, donde jamás había tenido buena suerte. Hillard utilizó el dinero para comprarle esa propiedad humana a Darcy.

Aquel día de septiembre, Darcy y Stennis le dijeron adiós a Augustus Townsend, que no dijo nada y los vio alejarse en la carreta que había resistido todo el trayecto desde Virginia.

El mulo de Augustus lo habían vendido en Carolina del Norte. Augustus se encontraba en los límites del campo de Hillard, libre de sus cadenas por primera vez desde el condado de Manchester. Hillard sostenía un rifle. A cada lado del hombre blanco había un muchacho. En el porche de la minúscula vivienda Hope sostenía en brazos a un recién nacido. A cada uno de sus lados había una niña pequeña.

—No quiero problemas contigo —le dijo Hillard a Augustus. Darcy le había dicho que Augustus, todavía nuevo en Georgia, podría ponerse quisquilloso durante unos días—. No quiero problemas.

—No seré otra cosa más que problemas —dijo Augustus mirando a su alrededor para intentar orientarse.

—¿Hemos comprado un negro como todo el mundo, pa? —dijo el muchacho a la derecha de Hillard.

—Calla.

—Lo único que quiero es irme a mi casa y entonces ya no me interpondré en su camino.

Hillard levantó el rifle y le apuntó a Augustus.

—Entonces tú y yo tendremos problemas.

—Vamos a tener problemas, pa —dijo el muchacho a la izquierda.

—Calla —dijo Hillard. Levantó el rifle un poco más, hasta la cara de Augustus—. Lo único que yo quiero es que trabajes, como se supone que tienes que hacer.

—Ya he hecho todo el trabajo que tenía que hacer.

—Quiero dar de comer a mi familia y haré lo que haga falta para conseguirlo. Lo único que quiero es dar de comer a mi familia. Eso es lo único que me importa.

—Yo sé lo que es una familia. Lo sé todo sobre la familia. Pero, señor, no puede usted cargar su familia sobre mis espaldas —y Augustus, después de observar dónde se encontraba el sol, se dio la vuelta y se encaminó hacia el norte.

—¿Nuestro negro se marcha, pa? —dijo el primer muchacho.

—Calla.

Augustus estaba a pocos metros cuando Hillard dijo:

—Vuelve aquí. Será mejor que vuelvas. Te estoy diciendo que vuelvas.

Augustus siguió adelante.

—Tú, para —gritó el segundo muchacho—. Para.

—¿Hilly? —exclamó Hope desde el porche—. Hilly, ¿qué está pasando?

Su esposo levantó el rifle y le disparó al hombro izquierdo de Augustus. Augustus se detuvo, miró hacia el suelo y levantó otra vez la cabeza. La sangre tardó un poco en extenderse por toda la parte superior de la camisa y luego se extendió hacia abajo y por todas partes, hasta llegar a la parte superior de los pantalones. Augustus bajó la cabeza y cayó al suelo. Hope gritó.

Hillard y los muchachos corrieron hasta Augustus. Las niñas del porche echaron a correr también, y lo mismo hizo Hope, pero con el recién nacido en sus brazos no podía ir tan rápido como las chicas.

—Te dije que pararas. Lo único que yo quería es que pararas.

Augustus estaba tumbado sobre su espalda y miró al hombre y a los chicos. No miró a las chicas y a la mujer con el recién nacido porque cuando ellas llegaron tenía los ojos cerrados, lo cual aliviaba su dolor.

—¡Te dije que pararas, maldita sea! ¡Negro, lo único que yo quería es que pararas!

Augustus lo oyó y quiso decir que aquella era la mayor mentira que había oído en su vida, pero se estaba muriendo y las palabras eran demasiado valiosas.

Hope y su familia —excepto el recién nacido, que fue depositado momentáneamente en el mismo suelo donde Augustus había caído— consiguieron llevarlo hasta el establo, que es donde Hillard había previsto que Augustus viviría cuando no estuviera trabajando. Hope se quedó con él casi todo el tiempo mañana y tarde y buena parte de la noche. Hillard no

fue a verlo y la mujer le dijo a Augustus en un determinado
momento:

—Espero que no tomes a mal que no venga a verte.

Había un hombre valiente en la vecindad, un curandero, un
hombre que no le tenía miedo a Morris Calhenny, y aquel hombre fue a verlos e intentó extraer la bala de Augustus, pero la
bala era tozuda, ahora que había encontrado dónde quedarse.

Cuando Augustus Townsend murió en Georgia, cerca de
la frontera con Florida, se elevó por encima del establo donde había muerto, por encima de los árboles y del desvencijado
ahumadero y de la pequeña casa familiar contigua, y se alejó a
paso rápido hacia Virginia. Descubrió que cuando las personas lo sobrevolaban todo caminaban más rápido, por lo menos
cien veces más rápido que cuando estaban atadas a la tierra. Y
así llegó a Virginia en un santiamén. Llegó a la casa que había
construido para su familia, para Mildred su esposa y Henry su
hijo, y abrió la puerta y atravesó el umbral. Pensó que ella podría estar en la mesa de la cocina, incapaz de dormir, bebiendo
algo para tranquilizarse. Pero no encontró allí a su esposa. Augustus subió al piso de arriba y encontró a Mildred durmiendo
en su cama de matrimonio. La observó durante mucho tiempo,
tanto tiempo como el que habría tardado, caminando por encima del aire, en llegar a Canadá y más lejos. Luego se acercó a
la cama, se inclinó y besó su pecho izquierdo.

Este beso atravesó el pecho, a través de la piel y los huesos, y
llegó a la jaula que protegía el corazón. Como tantos otros besos,
aquel beso tenía todo tipo de llaves, pero, como tantos otros besos, era olvidadizo y no pudo encontrar la llave adecuada para
abrir la jaula. Así que al final, frustrado, desesperado, el beso se
coló por los barrotes y besó el corazón de Mildred. Ella se despertó de inmediato y supo que su esposo se había ido para siempre. Todo el aliento desapareció y se apoderó de ella un dolor tan
grande que tuvo que ponerse en pie. Pero la habitación y la casa
no eran suficientemente grandes para contener su dolor, y salió a trompicones de la habitación, bajó las escaleras, y atravesó

la puerta que Augustus, como siempre, había dejado abierta. El perro la observó desde la chimenea. Solo al llegar al jardín pudo empezar a respirar de nuevo. Y la respiración llevó lágrimas consigo. Cayó de rodillas, en el jardín al aire libre, con la ropa de dormir puesta, algo que a Augustus no le habría parecido bien.

Augustus murió un miércoles.

Skiffington había dormido poco desde el día que Bennett había venido a informarle sobre Moses. El jueves después de la muerte de Augustus había empezado a sentir un pequeño dolor de muelas que se hizo insoportable a mediodía del viernes. Se quedó en la cama junto a Winifred aquel viernes por la noche únicamente para evitar que ella le recriminara por no dormir lo suficiente; permaneció acostado y escuchó el plácido sueño de Winifred, pensando en qué lugar del condado podría esconderse Moses y moviéndose de vez en cuando mientras el dolor de muelas lo perseguía hasta la mañana del sábado.

Durante toda la semana había reprendido a Counsel y a los patrulleros y los había enviado la mayor parte de los días y de las noches en busca del hombre que empezó a llamar el fugado asesino. «¿Qué es peor», se mofaba Harvey Travis el patrullero a espaldas de Skiffington, «asesinar o fugarse?». Los perros sabuesos de Manchester parecían perfectamente inútiles, «no eran capaces de seguir el rastro de una mofeta», se quejaba Oden Peoples, y se trajeron más perros de otros condados. Pero también fallaron. Los patrulleros y los perros se concentraron en lugares al este de la ciudad, los lugares más cercanos al Norte. Aquel sábado buscaron no solamente a Moses sino también a Gloria y a Clement. «Alguien», dijo Travis, «debería cerrar la puerta de su casa, o habría que enseñarle a tener un esclavo. Un hombre se muere y una mujer convierte su casa en una ruina».

Skiffington se pasaba los días masticando corteza que una esclava curandera le había dicho que aliviaría su dolor de muelas. Le había examinado la boca el martes y le había dicho que no había mucho que ella pudiese hacer para calmar su sufrimiento. «Creo», dijo la curandera mirando de una muela a otra, «que ese dolor lo está destruyendo y que lo que tiene que hacer es quitárselo. Simplemente agarrarlo por la raíz y tirar y tirar hasta que no quede nada». No se habían molestado en entrar en el lugar donde ella vivía, y usó la agonizante luz del sol para examinar su boca. «Ábrala bien, señor comisario». Le tocó la muela mala con el extremo de un trozo de corteza y él se encogió de dolor. Pensó que toda la charla sobre tirar y tirar era su forma de decir que ella podía realizar la tarea. Pero, después de tirar de él hacia ella y cerrarle la boca con ambas manos, le dijo que la boca no era cosa a la que ella dedicase mucho tiempo. «Si tiene usted un dolor de espalda, un dolor de corazón, un dolor de pies, yo puedo ayudarlo. Pero no me gusta ir a la boca. Demasiado lejos de lo que yo sé sobre cómo ayudar a la gente. Demasiado cerca del cerebro». Fue a verla el miércoles y le ofreció una moneda de cincuenta centavos para que le sacara la muela, pero ella le dijo que no y le devolvió el dinero. Su amo le permitía realizar trabajos adicionales para la gente, para poder llegar a comprar su libertad. Aquel miércoles llevaba ahorrados 113 dólares después de tres años de trabajo. El precio que su amo le había puesto a su libertad era de 350 dólares. «No puedo tocar su boca, señor comisario. Podría hacerle daño en vez de ayudarlo».

Aquel miércoles fue nuevamente con Counsel hasta el extremo oriental del condado, al lugar donde vivía su prima política Clara Martin, y luego cruzó al condado vecino, convencido de que el comisario local entendería su intromisión. En el camino de regreso, Counsel se quejó de tanto cabalgar y dijo que deberían pasar la noche en casa de Clara, pero Skiffington deseaba volver con Winifred.

Fern llegó con Dora y Louis el jueves a ver a Caldonia. Después de que Robbins tuviese noticia de las fugas de esclavos, los envió con Caldonia para ver en qué podían ayudarla. Robbins no le dijo a nadie excepto a Louis que ya no tenía fe en Skiffington. De paso hacia la casa de Caldonia, los jóvenes le hicieron una visita de cortesía a Fern y ella decidió acompañarlos. Sería bueno alejarse de Jebediah Dickinson, el jugador. Semanas y semanas después, cuando él iba ya camino de Baltimore, Fern enviaría a Zeus a Manchester todos los días día para ver si tenía correo. Prometió a Dios que si en alguna ocasión tenía noticias de Jebediah le mandaría los restantes 450 dólares que su esposo, según él, le adeudaba.

Cenaron temprano y Caldonia se excusó y se levantó de la mesa al terminar y les dijo a sus invitados que desde la fuga del capataz visitaba los barracones todas las noches, «para tranquilizarme». No hacía otra cosa durante las visitas que caminar con Loretta de un extremo a otro del callejón, como si su presencia pudiese impedir la fuga de algún otro de sus esclavos. Había dejado el funcionamiento cotidiano de la plantación en manos de Elias. Cuando el jueves por la mañana le preguntó en el salón si sabía si otros podrían fugarse, Elias miró primero a Loretta y luego dijo que eso habría que preguntárselo a Dios. Aquella mañana, después de irse Elias a los campos, le envió recado a Maude, su madre, para que fuese con ella, que la necesitaba a su lado.

Sus invitados, incluida Fern, decidieron acompañarla aquel jueves por la tarde. Con un farol en la mano pese a que aún era de día, Loretta caminaba dos pasos por detrás del grupo. Elias había eximido pronto a los esclavos del trabajo en los campos, y casi todos estaban cenando en sus casas. De modo que el callejón estaba vacío cuando ellos llegaron, pero Elias salió y luego Delphie y Cassandra salieron también de su cabaña. Celeste llegó hasta la puerta, pero no cruzó el umbral.

—¿Cómo estás, Tessie? ¿Cómo estás, Celeste? —dijo Caldonia. Celeste se limitó a saludar con una inclinación de cabeza.

—¿Cómo está usted, señora? —dijo Tessie. Llevaba su muñeca en brazos porque sus hermanos habían jugado con ella más tiempo del que ella quería.

—Estoy bien —dijo Caldonia—. ¿Y tú, Celeste?

—Bien, señora.

—Qué muñeca más bonita —dijo Fern.

—Me la hizo mi papá —dijo Tessie. Repetiría esas mismas palabras justo antes de morir, algo menos de noventa años después. Había estado pensando en su padre durante toda aquella mañana de agonía, y le pidió a una de sus biznietas que fuese al ático a buscar la muñeca.

—Tu papá tiene buena mano —dijo Louis.

—Sí, amo, es verdad.

Elias estaba en el callejón y dio las buenas tardes a todos, saludando finalmente con una inclinación de cabeza a Loretta. Ellwood, el más pequeño de Elias, gateó en la entrada por detrás de Celeste y ella lo cogió en brazos. Celeste le oyó decir a Louis que iba a salir a buscar a Moses y a los otros y Elias dijo que, si Moses seguía sin aparecer el domingo, se uniría a la búsqueda. Elias le había pedido a Delphie que cortara un mechón del cabello de la niña muerta antes de enterrarla, y llevaba ese mechón en un trozo de tela prendido en el interior de su camisa. Celeste oyó entonces a Elias decirle a Louis que Moses era un completo estúpido, las mismas palabras que le había dicho Skiffington, y que Moses no distinguía el norte del sur a menos que alguien se lo dijera y que ni siquiera entonces estaría realmente seguro. Los dos hombres se rieron. Caldonia no dijo nada y sintió a Loretta a su espalda.

Celeste meció a Ellwood en sus brazos. Tessie y Grant estaban a sus dos lados, agarrados a su vestido, y los cuatro miraban juntos. Un perro sabueso de otro condado, que se había extraviado en las proximidades del callejón tres días antes, descansaba junto a Grant. Celeste no sabía qué iba a hacer con Elias. Lo amaba y pasara lo que pasara eso no podría evitarlo. Cualquier cosa que se interpusiera en su camino —incluso el odio de Elias por Moses— tendría que enfrentarse con el amor que ella sentía por él. Su única esperanza era que Elias volviese a encontrarse consigo mismo.

Vio a Elias decir algo que no pudo escuchar, pero observó que Louis y Fern se rieron al responder. Dora y Caldonia iban agarradas de la mano, como ella y Cassandra hacían a menudo, como lo hacía ella con May, como solía hacerlo con Gloria. Qué diferente sería el mundo si Elias no la amara también. Pero ella sabía que él la amaba, incluso aunque algunas cosas, durante aquellos días y aquellas noches, le impidieran verlo.

Elias se volvió y miró muy largamente a su esposa. Esposa, confía en mí, decían sus ojos, y los sacaré, a los tuyos y a los míos, de todo esto. Luego Elias miró a sus dos hijos mayores, Tessie y Grant. Ellos miraron a su padre. Él extendió la mano y ambos se echaron sobre él. Ellwood, el pequeño, se aferró a Celeste y empezó a removerse para que lo dejase en el suelo. Elias miró de nuevo a Celeste. Esposa, esposa. . . Ella bajó los ojos y luego apartó la mirada, la apartó hacia el callejón donde se aglomeraba la gente, y hacia el punto donde el sol solía levantarse por las mañanas. Los descendientes de Celeste y Elias Freemen serían una multitud en Virginia.

Ellwood siguió moviéndose y cuando su madre lo dejó en el suelo, enseguida empezó a tirar de su vestido para que volviera a cogerlo.

—¿Ves, ves? —dijo ella—. ¿Ves?, no siempre quiere uno lo que se cree que quiere. ¿Lo ves? ¿Por qué no me escuchas alguna vez?

El niño miró hacia arriba con un gesto de súplica: He aprendido la lección. Cógeme otra vez. Su madre dio unos golpecitos en el suelo con su pie bueno. No, decía el pie. Ninguna lección podía permanecer en la cabeza si solamente duraba unos segundos. Siguió dando golpecitos. El sabueso junto a ellos mordisqueaba un hueso que conservó incluso cuando un niño se acercó más tarde para ofrecerle algo más grande y mejor. Ellwood extendió las dos manos hacia Celeste y ella cedió. De nuevo arriba, Ellwood rodeó el cuello de Celeste con sus brazos. «Señor Blueberry», le diría Ellwood Freemen más de veinte años después a Stamford Crow Blueberry en Richmond, «he cumplido con mi deber, tal como le prometí que haría. He venido a darles clases a usted y a los chicos». El pequeño Ellwood, de nuevo en brazos de su madre, miró alrededor y suspiró. Su madre le dio un beso en el cuello y dijo:

—Tal vez la próxima vez me escucharás.

En 1993, la editorial de la Universidad de Virginia publicaría un libro de 415 páginas escrito por una mujer blanca, Marcia H. Shia, en el que se documentaba que una de cada noventa y siete personas del estado de Virginia pertenecía, por sangre o matrimonio, al linaje que se inició con Celeste y Elias Freemen.

Stamford apareció entonces por detrás de Celeste y le hizo cosquillas en el hombro. El pequeño Ellwood y Celeste y Stamford observaron la aglomeración de gente al otro lado del callejón. La gente salía de sus cabañas para ver a Caldonia no tanto porque fuera la señora sino porque no hacía mucho tiempo que había sufrido una muerte. Todos conocían la muerte, incluso los muy jóvenes que aún tenían que perder a alguien. El pequeño Ellwood vio a Stamford y se inclinó hacia él. Tan solo semanas antes el hombre y el pequeño ni siquiera sabían de la existencia del otro, pero luego Stamford había visto la cabaña en el cielo. Ellwood lo buscaba, lo reclamaba, y Stamford lo tomó en sus brazos. El pequeño examinó a Stamford y a medida que sus manos rebuscaban en el rostro del hombre, Stamford le hacía muecas y lo apartaba, y abría la boca para empezar a decir las palabras que el pequeño deseaba oír. Faltaba un año aún para que Stamford besara por primera vez a Delphie.

—Dios mío, ojalá tengamos días mejores —le dijo Celeste a Stamford—. Estoy harta de este tiempo tan horrendo. De veras que lo estoy. Me gustaría que el Señor metiera la mano en su gran bolsa de los días y nos regalase unos cuantos días, largos, muy largos, de buen tiempo. Unos cuantos días agradables y rotundos que nos aguardasen a la vuelta de la esquina desde el día de anteayer. Dios podría darnos unos cuantos días agradables, Stamford, si lo deseara. A estas alturas ya debería saber que somos gente que se preocupa por las cosas y que se los devolveríamos exactamente igual que como él nos los hubiese entregado.

Celeste en realidad estaba hablando sola, porque Stamford y el pequeño estaban en su propio mundo. Las manos del pequeño habían alcanzado el rostro del hombre y le daba golpecitos por todas partes, haciendo todo lo necesario para que el hombre dijese las frases que el pequeño había llegado a esperar en su breve historia juntos. La boca de Stamford se abrió más y más. «Has llegado pronto esta mañana», le dijo Stamford Crow Blueberry a Ellwood Freemen aquel día, unos veinte años más tarde, en Richmond. Ellwood caminaba calle arriba con las riendas de su caballo en una mano, y Stamford paseaba con un pequeño que reposaba sobre su hombro, el miembro más reciente de la Residencia Richmond para Huérfanos de Color. Padre y madre muertos en un incendio. Pasear y cantarle al pequeño por la mañana parecía calmarlo para el resto del día. Ellwood Freemen dijo: «He venido a cumplir con mi deber, tal como le prometí, señor Blueberry. ¿Será ese uno de mis alumnos?». Stamford estrechó su mano y asintió. Ellwood dijo: «Me mira usted como si no creyera que fuese a cumplir mi palabra». «Oh», dijo Stamford, «no estaba preocupado. Sé dónde viven tu padre y tu madre. Sé dónde podría encontrarlos para decirles que su muchacho no ha cumplido su palabra». Ellwood le dijo que tenía que atender unos asuntos en otro lugar de Richmond y que volvería en breve para establecerse en la residencia de huérfanos. Montó en su caballo y cabalgó a paso lento hacia la calle principal, la calle que recibiría el nombre de Stamford Blueberry y su esposa Delphie. Blueberry, con el nuevo huérfano sobre su hombro, fue detrás. Observó a Ellwood avanzar pausadamente y Stamford se dio cuenta aquel día por primera vez de lo lejos que habían llegado. Habría llorado como lo había hecho aquel otro día después de que la tierra se abriera y se llevara consigo a los cuervos muertos, pero tenía en sus brazos a un pequeño que acababa de quedarse huérfano. Stamford, ya no importa, se dijo, mientras observaba alejarse a Ellwood y su caballo. Ya no importa. El día y el sol a su alrededor le decían que era cierto. Ya no importaba cuánto tiempo se hubiera extraviado en el bosque, cuánto tiempo lo hubieran mantenido encadenado, cuánto tiempo los hubiera ayudado y se hubiera mantenido él mismo encadenado; nada de eso importaba ya. Dio unas palmaditas en la espalda del pequeño, dio media vuelta y regresó a la Residencia Richmond para Huérfanos de Color. No, ya no importaba. Lo único que importaba era que aquella clase de cadenas habían desaparecido y que él había salido arrastrándose hasta el claro del bosque y había sido capaz de levantarse sobre sus dos piernas y había mirado a su alrededor y había comprendido la diferencia entre entonces y ahora, incluso en los atroces días de Richmond en los que el *ahora* iba vestido como el *entonces*. A su espalda, mientras regresaba, estaba la misma esquina donde más de cien años después pondrían aquel primer letrero callejero: CALLE DE STAMFORD Y DELPHIE CROW BLUEBERRY.

El pequeño Ellwood había concluido ya el ritual de tocar cada palmo del rostro de Stamford. Celeste dijo:

—Tal vez muchos días es demasiado pedir. Tal vez dos o tres seguidos.

El pequeño Ellwood esperaba ahora y la recompensa llegó y Stamford abrió la boca y cantó como lo haría justo antes de que Ellwood apareciese calle arriba aquel día de Richmond con su caballo a la zaga:

> *A mi niño chiquitito le van a dar un caramelito*
> *Un caramelito rico le van a dar a mi niño chiquitito*

El júbilo se expandió por todo el cuerpo del pequeño. Empezó a dar palmas con las manos, no como aplauso de ningún tipo sino porque sentía tanta felicidad en su cuerpo que solamente de ese modo podía liberar una parte de ella.

Celeste miró hacia el callejón, donde el enjambre de gente había aumentado, su esposo y dos hijos entre ellos. Los pequeños gemelos llamados Henry y Caldonia salieron a trompicones de su cabaña y Loretta bajó el farol solamente lo justo para que todos pudieran ver mejor a los niños. Al bajar el farol, las sombras de los gemelos, que antes se estiraban tras ellos en el suelo, crecieron y crecieron tanto que, cuando todo el mundo pudo verlos bien, las sombras eran tan altas como ellos.

Celeste supo al día siguiente, viernes, que Caldonia, por recomendación de Louis, había nombrado a Elias su capataz. Ambos hombres estrecharían su relación a lo largo de los días siguientes.

También aquel viernes, Ray Topps, el hombre de Atlas Life, Casualty and Assurance Company volvió y no tuvo problemas para entrar a ver a Caldonia. Entró con Maude. Viudo con nueve hijos, incluidos tres que no podían andar y uno que no podía ver ni oír, un hombre que había fracasado en su negocio de medicamentos patentados, Topps llevaba consigo numerosos papeles que estaba deseoso de mostrarle a Caldonia. Todos los papeles tenían el nombre de la empresa escrito como «Aetlas».

—Desgraciadamente —explicó al tiempo que se sentaba junto a ella en el sofá—, parece haber una sobreabundancia de letras *e* en esta imprenta en particular. Pero le aseguro que siempre hemos sido conocidos como Atlas y siempre lo seremos. Sus hijos nos conocerán por ese nombre, al igual que sus nietos. Y los hijos de los hijos de sus hijos nos conocerán por ese mismo nombre. —Por un momento, con toda aquella charla sobre hijos, había olvidado que estaba hablando con una viuda sin hijos—. Usted entiende el significado de lo que intento transmitirle, señora Townsend —dijo al darse cuenta de su error. Y Caldonia dijo que lo entendía.

Topps le dijo que por 15 centavos por cabeza cada dos meses, su propiedad, cada esclavo mayor de cinco años que trabajara, estaría protegida frente a prácticamente cualquier cosa que Dios pudiera imaginar: la coz de un mulo en la cabeza durante el trabajo en un campo; muerte por alimentos contaminados, siempre y cuando un médico pudiera certificar que la comida no estaba simplemente rancia y que cualquier persona normal podría haberla comido sin sufrir la misma muerte; un cuello roto en un pozo después de caerse en su interior durante su limpieza; un mordisco de una serpiente en un pie o en una zona más grande durante el trabajo en los campos o en el establo o en el ahumadero o en el granero de tabaco o en el granero de maíz —dicha serpiente, viva o muerta, con la correspondiente falta de uno o varios de sus colmillos, tendría que ser presentada como prueba para cobrar la póliza—. Un esclavo muerto por perros locos en otoño, invierno o primavera era compensable; la locura canina en verano era una «causa de fuerza mayor», algo que cabe esperar, de modo que la póliza no decía nada sobre dicha estación. Nada se obtenía por la pérdida de un brazo o de uno o ambos ojos, porque tales pérdidas no eran el mejor indicio de la cantidad de trabajo que un esclavo podía realizar aún. Ser herido de cualquier manera por cazadores de esclavos debidamente autorizados era compensable; en el caso de ciudadanos corrientes, cazadores oportunistas de esclavos que se dedicaban a ello solo para obtener unos pocos dólares, herir a un fugado podría anular e invalidar dicha disposición de la póliza. Ser muerto o lesionado por un vecino mientras se cruzaba la propiedad de dicho vecino en el transcurso de algún encargo «de consecuencia» para el amo o la ama o sus descendientes. Ni un centavo por un esclavo herido o muerto por alguien durante la visita de dicho esclavo a su familia en otra plantación. Ser accidentalmente alcanzado por una bala disparada durante su labor de asistencia al amo/ama/su descendencia en una partida de caza o durante un viaje con dichas personas siempre y cuando dicho viaje fuera de tres días de duración o más. Ser alcanzado por un rayo durante el trabajo en los campos siempre y cuando la recuperación se produjera en un plazo inferior a tres días y siempre y cuando el esclavo no hubiese recibido suficiente aviso de que estaba a punto de estallar un rayo. La muerte por un rayo no era compensable; tales muertes eran simplemente otra «causa de fuerza mayor» que «la compañía, por prudencia, no podía remunerar».

Por un total de tan solo un dólar al mes, Caldonia recibiría tres quintas partes del valor de cualquier esclavo fugado que no fuese atrapado en el plazo de dos meses. Topps afirmó que una póliza adicional para proteger contra «muerte natural por vejez» era de 10 céntimos por cabeza cada dos meses, pero Caldonia decidió aceptar solamente las pólizas de 15 centavos, «por ahora». Fern Elston había dejado de escuchar y había salido de la habitación mucho antes de que Maude empezara a comentar que la mayoría de los esclavos enterrados en los cementerios del condado de Manchester habían muerto durante el trabajo, de modo que no serviría de nada un seguro por fallecimientos corrientes. También observó que la mayoría de los chicos esclavos que habían muerto de causas naturales eran demasiado jóvenes para ser asegurados.

—Eso es un hecho —dijo Maude con cierta autoridad.

—Así pues —dijo Topps a modo de conclusión—, no habrá protección en estos momentos sobre el fallecimiento de su propiedad humana.

«Fallecimiento», o muerte natural, era una palabra que el personal de Atlas utilizaba muy a menudo, y nadie la utilizaba más que el enviudado Topps, que se veía a sí mismo ascendiendo algún día a un puesto importante en la oficina central de Hartford, Connecticut, contemplando la tierra desde las alturas y dispensando los saberes aprendidos tras años de duro esfuerzo en la selva de los no asegurados. La palabra *fallecimiento* había sido pensada por un hombre de la oficina de Hartford en un intento de transmitir la fragilidad de la vida humana, especialmente la de los esclavos, y tratar de hacer entender a un cliente la absoluta necesidad de las pólizas de Atlas en relación con dichas vidas, de esclavos u otras. El hombre de las oficinas de Hartford, que nunca había visto un esclavo americano excepto en los periódicos y en las revistas, era medio poeta y había llevado consigo dos libros con sus poemas al emigrar desde Polonia. Más o menos en la época en que le había venido a la mente la palabra *fallecimiento*, un editor de Bridgeport, Connecticut, había accedido a publicar los libros, pero consideró que uno de ellos «estaba demasiado impregnado de la textura» de Polonia. «Olvídese de Polonia», le escribió el editor al poeta. «Ni siquiera soy capaz de encontrar esa maldita cosa en el mapa». Prometió publicar ambos libros si el poeta del fallecimiento era capaz de reelaborar su obra polaca, y el poeta reflexionaba sobre ello cuando murió Henry Townsend. Ninguno de los libros daría dinero, le escribió el editor de Bridgeport al poeta, pero quedaba la promesa de la gloria y el recuerdo y la adoración de un público hambriento por conocer la auténtica verdad de América. Era bien sabido, incluso por un forastero en el reducto de una empresa de seguros a kilómetros de distancia en Hartford, que, desde su cuchitril en una oficina de Bridgeport, el editor era un hombre de palabra.

Todos los invitados de Caldonia, excepto su madre, se quedaron hasta el domingo, cuando Elias y Louis salieron a buscar a Moses y a Gloria y Clement. Únicamente encontrarían al primero, al hombre, al antiguo capataz.

12

Domingo. Barnum Kinsey en Missouri.
Volver a encontrar a un ser querido.

Aquel domingo por la mañana, Skiffington se despertó por vez primera con una idea clara sobre el paradero de Moses. Recordó lo que Elias había dicho, que el fugado era un «completo estúpido». Estaba tan claro como el agua y se preguntó por qué Dios no había depositado antes esa idea en su cabeza. Tal vez, pensó mientras se sentaba en su lado de la cama y observaba el sol a sus pies, él mismo había dejado fuera de consideración la casa de Mildred Townsend porque no había sido capaz de devolverle a Augustus. Además, aquel lugar estaba hacia el sur, en dirección opuesta a la que un fugado querría tomar. Pero Dios, que trabaja sin prisas, había depositado ahora en su cabeza la idea sobre el paradero del asesino. Skiffington, en base a lo que sabía sobre crimen y criminales, tuvo el presentimiento de que Moses aún estaba allí, pero intuyó que, si no llegaba pronto a casa de Mildred, el esclavo fugado habría desaparecido. También tuvo el presentimiento, algo más difuso que el primero, de que si Moses había matado a su propia mujer y a su propio hijo y a la chalada Alice, entonces también podría haber matado a Mildred, simplemente porque ahora llevaba eso de matar en la sangre.

Aquel domingo, también, se levantó con el mismo dolor de

muelas que lo había abrumado durante muchos días. Había sentido cierto alivio el día anterior, pero ahora estaba allí otra vez, una punzante e insistente hinchazón de dolor incrustada en el lado izquierdo de su cara. Se dijo a sí mismo que podía soportarlo. El lunes sería demasiado tarde para ir a buscar al esclavo Moses y a los otros dos. Aún en su lado de la cama, agachó la cabeza y rezó. Su esposa estaba en el piso de abajo con Minerva y el padre de Skiffington. No habría tiempo para asistir a los oficios religiosos hoy. Normalmente habría ido a que le quitase la muela el director de la funeraria, que hacía también las veces de dentista de la ciudad, pero el director de la funeraria llevaba tres días en Charleston, al cuidado de un hermano soltero que no tenía esposa ni esclavos que pudieran atenderlo. Skiffington podría haber ido al médico blanco, pero el doctor y él no se hablaban desde hacía cuatro años. El doctor se había quejado a Skiffington en numerosas ocasiones de que el perro ovejero de raza Shetland del comisario estaba matando a sus gallinas. Sin ovejas que perseguir, le dijo el médico a Winifred, el perro la había tomado con sus gallinas. Skiffington consideraba que había entrenado bien a su perro y que el médico debía buscar al culpable en otro lugar del vecindario. «Sospechoso», fue la palabra empleada por Skiffington.

Más adelante, una apacible mañana de un lunes, después de que Skiffington se hubiese ido a la cárcel, el doctor entró en el jardín trasero de su casa y vio al perro que caminaba con toda tranquilidad hacia su gallinero. El perro se volvió y, casi hipnotizado, se quedó mirando fijamente al doctor durante mucho tiempo, el suficiente para que el médico le pidiera una pistola a su esclavo. Le disparó al perro cuatro veces, dos en la cabeza y dos en el cuerpo. Luego ordenó a su esclavo que cogiera el cadáver y lo arrojara al jardín de Skiffington.

Skiffington se vistió entonces y salió de la casa sin comer nada. No le dijo nada a Winifred sobre su dolor de muelas, porque se habría preocupado más. Encontró a Counsel en la cárcel limpiando su arma, y la imagen de su primo trabajando en domingo lo enfureció. Le había dicho que no era necesario ir a la cárcel en domingo cuando no hubiese ningún preso, pero Counsel era testarudo. Counsel silbaba una melodía, y Skiffington, mientras daba dos pasos para entrar en la oficina, pensó que la letra que acompañaba a esa canción era probablemente obscena.

—Será mejor que te prepares —dijo Skiffington—. Nos vamos.

—¿Adónde?

—A buscar a ese fugado Moses.

Se movía con la mayor cautela posible porque el movimiento afectaba a la hinchazón que sufría en un lado de la cara. No le apetecía nada el largo viaje, los saltos bruscos, pero tenía que cumplir con su obligación y no quería confiar en Counsel o en los patrulleros para atrapar a un asesino. Sin duda Augustus y Mildred tenían armas. Cogió su rifle del estante.

Hacia las diez y media ya se habían alejado bastante de la ciudad de Manchester. Era un día muy caluroso y entraban en lo que su padre Carl a menudo llamaba «los dientes del sol». Counsel mascaba tabaco, un hábito que había adquirido en Alabama, y de vez en cuando escupía hacia delante, sobre la polvorienta carretera, para ver hasta donde llegaba su escupitajo. No hablaban mucho, y cuando lo hacían, era sobre todo Counsel quien decía algo para romper el silencio. Y cuando no hablaba o escupía en la carretera, silbaba la canción cuya letra era seguramente obscena.

Más o menos a mitad de camino hacia la plantación de William Robbins, Skiffington dijo que Counsel debería hacer un esfuerzo por abandonar el hábito del tabaco. Hablaba con los dientes apretados para dejar entrar el menor aire posible y evitar que golpease sobre los irritados nervios de su muela.

—Nunca he visto nada malo en ello —dijo Counsel, anotando una cosa más en su libro mental sobre la repugnante visión del mundo que tenía su primo—. Solo un pequeño hábito que a Dios no le importa.

—Si acumulas un número suficiente de hábitos —dijo Skiffington—. pronto tendrás bastante para un verdadero pecado.
Entonces tendrás problemas.

El sol implacable descargó todo su peso sobre los hombres
y sus caballos, y llegaron a casa de Robbins hacia las doce y
media, un poco más tarde de lo que Skiffington había deseado.
Robbins no estaba, pero la señora Robbins y su hija Patience
los hicieron pasar. La señora Robbins les había preparado una
comida. Skiffington solamente quiso un poco de sopa tibia y lo
más parecido a un caldo que la cocinera pudiera preparar.

—John, tú y Counsel deberían quedarse hoy aquí a descansar y salir mañana —dijo Patience mientras comían.

A Counsel, Patience le recordaba a Belle, su esposa, cuando
era joven.

Cuatro años y un mes después de aquel día, William Robbins sufrió una apoplejía. Sucedió en una época en la que el
carácter de su esposa ya se había amargado horriblemente por
vivir en una casa con un hombre que había dejado de amarla.
Insatisfecha con los informes sobre el estado de salud de su
padre, que había recibido de segunda o tercera mano, Dora decidió que no podía seguir esperando y se dirigió a la plantación
de su padre cuando este ya llevaba tres semanas en su lecho
de enfermo. Su hermano, Louis, le dijo que no fuera, pero ella
se parecía a su padre más que él. Ninguno de estos hijos había
estado nunca antes en la plantación.

—Quédense a pasar la noche, John —le dijo Patience a
Skiffington—. El descanso te sentará bien. Y tu muela te
agradecerá el descanso.

Al tiempo que se limpiaba el bigote con la servilleta, Skiffington le dijo a Patience:

—Me encantaría poder quedarme, señorita Patience, pero
mi trabajo no espera.

Las elogió, a ella y a la señora Robbins, por la sopa y se acabó el tazón entero.

Aquel día cuatro años más tarde, Dora llamó a la puerta

principal de la mansión de su padre, y Patience, la hermanastra a la que nunca había conocido, le abrió la puerta. Detrás de Patience estaba su madre. «Me gustaría ver al señor Robbins, por favor», dijo Dora, sin comerse las palabras, algo de lo que Fern Elston se habría sentido orgullosa. Dora no había viajado a caballo y llevaba puesto un vestido verde que su padre le había comprado en Charlottesville. Había venido ella misma en un carruaje. Llevaba puesto un sombrero amarillo, y las cintas desatadas colgaban unos centímetros a cada lado del sombrero, y todo ello le hizo recordar a Patience una cara quemada por el sol que hacía muchos años que no veía en el espejo.

Excepto por el hecho de que Dora era más oscura y más joven, las dos mujeres eran idénticas. Los negros dirían que el día que Dios hizo a Patience supo que deseaba hacer otra exactamente igual a ella. Dios realmente no quería esperar hasta el día en que Robbins y Philomena concibieran a Dora, de modo que la hizo justo entonces porque sabía que no tendría el mismo estado de ánimo cuando Dora viniera años después. De modo que hizo a Dora y la guardó en el bolsillo izquierdo de su camisa, para sacarla cuando estuviese lista para ser concebida. Era preciso que estuviese en el bolsillo izquierdo, decían los negros, porque el cielo, con toda aquella gente feliz, podía convertirse a veces en un lugar muy bullicioso, especialmente los sábados por la noche.

«He venido a ver al señor Robbins», dijo Dora. Patience abrió más la puerta. Supo casi de inmediato que de pie ante ella estaba la única otra persona que amaba a William Robbins del mismo modo que ella. Había soportado el peso de su enfermedad ella sola, y al verla allí sintió que la carga se desvanecía. Los sirvientes la habían ayudado, pero no porque amaran a su padre. Y su madre había dejado de amarlo y no movería un dedo para ayudar.

Patience se volvió hacia su madre y le dijo: «Por favor, cariño, vete al Este —el nombre que la hija daba a esa parte de la mansión donde su madre vivía ahora, donde madre e hija habían jugado al escondite cuando Patience era una niña—. Vete al Este y yo iré a buscarte dentro de un rato. Por favor, hazlo por mí». Su madre se fue, y Patience le dijo a Dora: «Entra. Por favor, entra». Y mientras un sirviente cerraba la puerta, ambas mujeres levantaron sus faldas y se dirigieron hacia el Oeste.

—Sí, John —le dijo la señora Robbins a Skiffington—, por favor, quédese a pasar la noche. El domingo es para descansar.

—Ya me gustaría.

Después de la comida, un sirviente preparó un emplasto de rábano picante y Skiffington y ese esclavo lo aplicaron a su mandíbula y él y Counsel estaban de nuevo en la carretera hacia las dos y media.

El emplasto funcionó durante algo más de una hora, pero sus poderes iban desapareciendo a medida que el sol descendía en el horizonte.

—No te fíes de la medicina de los negros —dijo Counsel.

—No me fío —siseó Skiffington—. Ya no toques más el tema.

Faltaban poco más de cuatro horas para la puesta del sol cuando llegaron a las proximidades de la casa de Mildred Townsend. Esperaron a muchos metros de distancia, pues Skiffington pensó que podría oír algo de Moses.

—También podríamos entrar y agarrarlo —dijo Counsel.

—Quédate sentado y escucha —dijo Skiffington.

Al final, el perro de Mildred salió a la carretera y les ladró y Skiffington decidió terminar el juego. Cabalgaron hasta la casa y Mildred abrió la puerta y les apuntó con su rifle.

—¿Viene usted a contarme lo que ya sé acerca de mi esposo, comisario? —dijo—. ¿Viene a decirme lo que ya Dios me ha dicho?

El perro los escrutaba desde un lateral de la casa y cada vez que Mildred decía algo, el perro se envalentonaba y ladraba dos veces, y luego esperaba nuevas palabras de Mildred. Finalmente, el perro se acercó y se detuvo junto a Mildred.

Su rifle le confirmó a Skiffington de una vez por todas que Moses se encontraba allí.

—Mildred, ya sabes por qué estamos aquí.

—No sé nada de eso, comisario Skiffington.

—Entrega la propiedad —dijo él, inclinándose sobre la silla—. Entrega la propiedad y todo esto habrá terminado, Mildred. —No podía recordar si alguna vez había pronunciado su nombre con anterioridad y por un momento se sintió confuso porque creyó que se había equivocado de nombre. ¿Se llamaba realmente Mildred?—. Lo único que tienes que hacer es entregárnoslo.

—Nunca más.

—Escucha lo que te estoy diciendo, Mildred. —Intentó recordar el nombre de su esposo, establecer alguna conexión, pero no pudo recordar el nombre del hombre—. Quiero que entregues la propiedad.

—Nunca más. Nunca más hombres de aquí. Nunca más hombres de ninguna parte. Ni uno más.

—Haz lo que te dice el comisario —dijo Counsel—. Entrega la puta propiedad, como se te ha dicho.

Skiffington se volvió hacia él.

—¿Cuántas veces te he dicho que no hables mal? ¿Cuántas veces, Counsel?

Había abierto la boca demasiado y el aire penetró y retumbó con fuerza en los nervios de la muela.

Counsel no dijo nada; pensó que era típico de John no darse cuenta de cuándo estaba de su parte.

Skiffington se volvió de nuevo hacia Mildred.

—No he recorrido todo este camino para aceptar un no por respuesta. —Los nervios alrededor de la muela volvieron a retumbar, y Skiffington se esforzó en hablar con la boca casi cerrada—. No he recorrido todo este camino para aceptar un no por respuesta... de una negra. ¿Me oyes, Mildred? Ninguna negra se va a interponer entre yo y mi deber. —Cerró la boca por completo para recobrar la calma, y un minuto después habló de nuevo—. Tengo derecho a hacer lo que es correcto, y ninguna negra puede interponerse y oponerse a ese derecho. —Siempre había intentado ser cortés, de modo que ¿por qué lo obligaba ella a ser descortés? Counsel no se movió pero mantuvo los ojos fijos en Mildred—. Tengo un deber que cumplir. Eso es todo.

Entonces Counsel dijo:

—Tenemos un deber que cumplir. —A Skiffington le agradó que Counsel hablara para reafirmar el motivo por el cual estaban allí. Soltó el rifle de su funda, con el dedo en el gatillo—. Entrega la propiedad —dijo Counsel, y Skiffington hizo un rápido movimiento para terminar de sacar el rifle de la funda, y al hacerlo el rifle se disparó.

El disparo alcanzó primero una de las manos de Mildred y le destrozó los nudillos, y luego siguió su trayectoria hasta entrar en su pecho y hacerla retroceder hacia el interior de la casa algo más de medio metro, al tiempo que su arma caía ruidosamente en la entrada y asustaba al perro, que corrió hacia la parte trasera de la casa. Tan pronto como el disparo despedazó el corazón de Mildred, se encontró de pie en la entrada. Eran altas horas de la noche y había estado en algún lugar que no podía recordar. Entró en la casa oscura y subió las escaleras y encontró la puerta de la habitación de Henry abierta. Caldonia estaba junto a él en la cama y le dijo a Mildred que Henry había tenido dificultades para dormirse pero que ahora estaba descansando muy bien. Henry no se movió mientras su madre lo miraba y Mildred se sintió agradecida por ello. Salió de aquella habitación y encontró a Augustus en su cama de matrimonio, también dormido, y ella se metió en la cama y se acomodó en sus brazos. El viento entraba por la ventana exactamente como a ella le gustaba. Buen tiempo para dormir, decía ella siempre. Pero ¿dónde diablos había estado perdida? ¿Había estado en el jardín? ¿Había ido al pozo? Cerró los ojos y atrajo el brazo de Augustus más cerca de ella y cerró los ojos. No podía recordar si había dejado la puerta principal abierta. No importaba, porque todos sus vecinos eran buena gente.

Skiffington y Counsel mantuvieron un largo silencio y Skiffington rezó, pero una vez más le fallaron las palabras. Counsel miró a Skiffington, que dejó caer su rifle, y en el tiempo que el rifle tardó en llegar al suelo, el caballo de Skiffington se alejó unos pasos de Counsel y su caballo.

—¿Qué he pedido excepto cortesía y rectitud? —dijo Skiffington—.

—¿John? —dijo Counsel—. ¿John?

—Me levanto por las mañanas —prosiguió Skiffington sin oír a Counsel—, y no le he pedido nada a esa negra, nada más que lo que es legítimo y correcto. No más que lo que le pido a cualquier negro. Nada más. ¿Quién puede decir que le he pedido algo más, Counsel? Dime el nombre de esa persona que en este momento diga que yo le pedí otra cosa que no fuera cortesía y rectitud por el bien de la propia rectitud. Esa persona no tiene nombre porque esa persona no existe. ¿Son la cortesía y la rectitud tan valiosas que no puedo tenerlas?

—¿John? ¿Me oyes, John?

—Counsel, quiero que entres ahí y saques a ese negro asesino para que podamos llevarlo con su dueña, con su genuina y legítima dueña. Esto ya ha durado bastante. Cada minuto de todo esto ha durado ya bastante.

—¿John?

—Haz lo que te digo, Counsel. Cumple la ley como has jurado hacer, como hemos jurado hacer. Entra y saca de ahí a ese asesino. Haz lo que te digo o te enfrentarás a una montaña de problemas. ¡Hazlo, maldita sea!

Counsel desmontó y sacó su pistola. Se casaría con la mujer de la casa de huéspedes y renunciaría para siempre a ser el ayudante de alguien, especialmente el ayudante de un hombre con respecto al cual se consideraba superior. Se detuvo a unos centímetros del cuerpo de Mildred y alzó más la cabeza para evitar verla.

—Counsel, no podemos dejarla así —dijo Skiffington—. Sé quién es esa mujer. Conozco su nombre. Conozco a su esposo.

Counsel mantuvo un pie en alto para pasar por encima de Mildred, pero al hacerlo se dio cuenta de que podría pisar sangre, de modo que tuvo que bajar la vista. Los ojos de ella no estaban cerrados y Counsel le preguntó a Dios por qué no le había hecho ese pequeño favor y no se los había cerrado. Dio un paso de gigante para pasar por encima de ella. Entró en la planta baja

y su mirada se fijó en la cortina verde de la ventana lateral que
se movía graciosamente empujada por una brisa de la que no se
disfrutada afuera, en la parte de la fachada. Así eran las casas,
buenas brisas en los laterales y una infernal nada en la fachada y
en la parte de atrás. Fue a la cocina. Era una casa tan limpia que
nadie hubiera pensado que allí vivían negros. Encima de la mesa
había un frutero con manzanas, y una de ellas estaba tan inclinada que su largo tallo apuntaba directamente a Counsel, una
especie de sugerencia para comérsela antes que a las demás. El
perro estaba encogido de miedo en la puerta de atrás y al volverse y ver a Counsel empezó a orinar. Abrió la boca para ladrar,
pero no produjo ningún sonido. Counsel miró al perro durante
casi un minuto, luego se acercó y le abrió la puerta, y después de
haberla cerrado pensó, por primera vez desde su entrada en la
casa, que estaba en aquella casa con un hombre que había asesinado a tres personas. Agarró la pistola con más fuerza.

—¡Counsel! ¿Qué estás haciendo? ¡Sácalo!

Counsel retrocedió por la cocina y se mantuvo en un lateral
de la habitación de la entrada para que Skiffington no lo viera.
El problema era que la mujer de la casa de huéspedes no era
rica. Cerca de las escaleras se fijó en el estante de bastones y le
resultó imposible no admirarlos. Extendió la mano y tocó uno y
lo giró para ver mejor lo que Augustus Townsend había tallado.
Si la mujer de la casa de huéspedes no era estéril, podría tener
un hijo con ella. Un muchacho era todo lo que necesitaba. De
un extremo a otro del bastón había casas, cada una asombrosa-
mente distinta de las otras, casas grandes y pequeñas, casas ex-
trañas como en los libros de la biblioteca quemada de Carolina
del Norte. ¿Dónde había visto un negro tales cosas? La belleza
del bastón lo retuvo allí y, como para librarse de su hechizo, golpeó suavemente con el cañón de su arma la casa de aspecto más
extraño y luego miró hacia las escaleras. La mujer de la casa de
huéspedes decía que tenía treinta y siete años, pero las líneas de
su labio superior parecían indicar una edad mucho mayor.

—¡Counsel!

—Ahora voy a mirar en el piso de arriba, John.

—¡Pues hazlo y tráelo!

Las escaleras no crujieron. Otra cosa extraña más acerca de la naturaleza de las casas, unas crujen y otras no, y es del todo inútil pensar que puede uno decir cuáles crujen y cuáles no con solo mirarlas. Una casucha de dos pisos en Mississippi tenía escaleras que no emitían ni un sonido. Su casa destruida era una de las más hermosas de Carolina del Norte, en el Sur, y todas sus escaleras crujían, incluso las que subían desde la cocina en la parte trasera, que utilizaban principalmente los sirvientes y sus hijos. Todos ellos gente de pies ligeros.

En el segundo piso miró en cada habitación, y al aproximarse a la última, el dormitorio de Mildred y Augustus, su decepción aumentó. Si el esclavo no estaba aquí, la ira de John sería insoportable. Se detuvo en medio del dormitorio de la pareja y soltó una maldición.

—¡Counsel! No podemos dejar a Mildred ahí tirada.

Counsel abrió el cajón superior del tocador junto a la puerta y revolvió su contenido con el cañón de la pistola y entonces oyó un tintineo. Entre los pliegues de un pequeño rollo de tela amarilla encontró cinco monedas de oro de veinte dólares. Se echó a reír y miró a su alrededor, luego siguió riéndose y se guardó el dinero en un bolsillo. Inspeccionó el resto de los cajones, destrozó la cama, pisoteó el suelo para comprobar si había algún escondite debajo de algún tablón. No encontró más oro, pero sabía que había más, sabía que aquellos dos negros se habían apoderado de las riquezas de un hombre blanco. Miró de nuevo por toda la habitación, pero ahora con una nueva mirada, la mirada de un hombre que sabía que la salvación y la liberación estaban muy cerca. Necesitaba tiempo para buscar en la casa, el terreno, y precisamente entonces no disponía de ese tiempo.

—¡Counsel!

Podría haber o no haber suficiente para compartir con otro hombre, pero no quería arriesgarse contándoselo a Skiffington. Su primo podría decir que aquello no le pertenecía. Podría haber lo bastante como para permitirle volver a su antigua posición de antes de la devastación de Carolina del Norte. No, sería mejor no contárselo a John. ¿Qué sabrá el mojigato John Skiffington de dinero y necesidad y pérdida de la familia?

Bajó las escaleras e intentó que las monedas no hicieran ruido y se detuvo junto a la cabeza de Mildred.

—¿Dónde está, Counsel?

A Counsel le pareció en cierto modo una pregunta extraña y respondió, sin pensarlo, de forma también extraña:

—No lo encontré.

Guardó la pistola en su funda y se agachó para coger el rifle de Mildred, ahora tan ensangrentado como el suelo a su alrededor, y apuntó con él a Skiffington.

—Deja eso, Counsel. Será mejor que dejes eso y te apartes.

Counsel disparó al pecho de Skiffington, y aunque Skiffington se inclinó hacia delante solo unos centímetros, Counsel pudo ver que la herida era mortal. Pero, dado que John Skiffington era un hombre corpulento, Counsel Skiffington le disparó de nuevo. El segundo disparo chamuscó la oreja del caballo de Skiffington antes de entrar en el hombre, y el caballo se encabritó, pero al parecer el peso del hombre lo obligó a bajar, y el caballo, de nuevo en el suelo, sacudió la cabeza una y otra vez y Skiffington resbaló hacia un lado, intentando sostenerse, porque algo le decía que sostenerse era el único modo de salvarse.

Skiffington estaba entrando en la casa a la que había llevado a su mujer desposada. Subió corriendo las escaleras porque sintió que había algo importante que tenía que hacer. Se encontró en un pasillo muy largo y echó a correr por el pasillo, miraba en todas las habitaciones abiertas y deseaba pararse, pero era consciente de que no tenía tiempo. Pasó de largo de todas ellas, desde la habitación donde su madre le preparaba la cena hasta la habitación donde su padre hablaba con Barnum Kinsey. Minerva cosía. Winifred en camisón con los brazos abiertos hacia él. Pero no se detuvo. Al otro extremo del pasillo había una Biblia inclinada hacia delante, una Biblia aproximadamente un metro más alta que él. Llegó justo a tiempo de impedir su caída, con las manos extendidas para sostenerla, la mano izquierda abierta sobre la primera *a* de *Sagrada* y la mano derecha abierta sobre la segunda *b* de *Biblia*.

Counsel no se había movido. Estaba pensando en cómo explicar todo a todos, y en su mente parecía sencillo: la mujer negra le había disparado a su primo y el comisario a su vez le había disparado a ella antes de que él, Counsel, pudiera ni siquiera levantar su pistola. Y tenía razón, a todo el mundo le pareció un caso sencillo y la mayoría aceptó su palabra.

Skiffington se desplomó. Su caballo trató de alejarse al golpear su cuerpo contra el suelo, pero no pudo ir demasiado lejos porque el pie derecho de Skiffington estaba enganchado en el estribo, de modo que el caballo estaba atrapado entre su deseo de alejarse de un hombre muerto y su deseo de estar cerca de su amo. Counsel retrocedió y dejó caer el rifle, luego se limpió las manos en las partes de la ropa de Mildred que no estaban ensangrentadas. Al escuchar el sonido del rifle contra el suelo, el caballo de Skiffington dejó de moverse. El caballo de Counsel se había mantenido quieto todo el tiempo, sin moverse ni un centímetro. Counsel oyó crujir las escaleras y al alzar la vista vio a un negro que lo miraba, con las manos en alto. Counsel sacó la pistola e hizo un gesto de saludo con el arma.

—¿Eres tú el Moses que andábamos buscando? —dijo Counsel. Moses se acercó, asintiendo en todo momento—. ¿Dónde están los otros dos? —preguntó refiriéndose a Gloria y a Clement, y Moses dijo que no sabía nada de ningunos otros dos, que estaba solo, él y Mildred.

Así pues, pensó Counsel, había estado escondiéndose en algún lugar secreto y eso lo alegró, pues significaba que había lugares donde podría encontrarse el oro.

La idea de que Moses había matado a su esposa Priscilla y a su hijo Jamie y a la loca Alice murió con John Skiffington, y allí permaneció durante muchos años.

—¿Estás seguro de que estás solo? —le dijo Counsel a Moses.

—Sí, señor.

Moses echó una mirada a Mildred y fue todo lo que pudo hacer para evitar acercarse a ella. Ella no le había hecho ni una sola pregunta, solamente le había ofrecido un hogar. Le había dicho: «Encontraremos la manera de sacarte de todo este lío».

—Abre la boca—dijo Counsel. Moses lo hizo y Counsel metió la pistola hasta el fondo en la garganta del hombre y Moses intentó deshacerse de ella pero Counsel la mantuvo dentro. Agarró a Moses por la pechera y lo inmovilizó—. No quiero matar a dos en un día, pero tampoco tengo ningún problema en hacerlo. —Moses tosió con la pistola en la boca—. Todo lo que sabes te lo guardas y no dices ni una palabra, como ahora, ni una palabra. ¿Me oyes? —Moses, dolorido y con arcadas, asintió lo mejor que pudo—. Si alguna vez dices una palabra, te mataré a tiros como a un perro. Y aquí mismo puedes ver que lo haré.

Este negro, decidió Counsel, no ha matado nunca a nadie. ¿En qué había estado pensando John?

Counsel retiró la pistola y llevó a Moses hacia la puerta, y Moses se inclinó ante Mildred y tocó su pelo ensangrentado. Moses volvió a levantarse. Counsel, que sentía la proximidad de su victoria después de todos aquellos años, empezó a sentirse generoso.

—Despídete de ella como mejor te parezca —le dijo a Moses.

La mujer muerta, después de todo, era quien había abierto la puerta a aquella victoria dorada. ¿Había alguna oración que Job hubiera ofrecido a Dios después de volver a dejar a su siervo un millón de veces mejor de lo que Job había estado nunca antes de la devastación? Gracias, oh, Señor. No puedo olvidar lo que antaño tuve, pero ya no puedo sentirme tan agraviado cuando pienso en aquellos viejos tiempos y en mis seres queridos.

—No quiero dejar a la señorita Mildred tirada aquí afuera de este modo, señor —dijo Moses.

Counsel suspiró y se encogió de hombros. Moses se inclinó nuevamente sobre Mildred. En menos de media hora, cuando Counsel empezó a darse cuenta de que no tenía todo el tiempo del mundo, lamentaría su generosidad. Pero ahora enfundó su pistola y se acercó al porche. No le preocupaba el rifle junto a Mildred porque todo su antiguo poder estaba ahora empapado en John Skiffington.

En menos de dos horas, a muchos kilómetros del lugar donde habían vivido Mildred y Augustus Townsend, Counsel, montado en su caballo, se encontró con Elias y Louis, el hijo bastardo de William Robbins y futuro esposo de Caldonia Townsend. Counsel se encontró también con los patrulleros Barnum Kinsey, Harvey Travis y Oden Peoples, un cherokee de pura cepa. Todos aquellos hombres iban a caballo. Counsel los saludó con la conveniente expresión de tristeza de un hombre a cuyo pariente acaban de matar. Atada a la silla del caballo de Counsel había una cuerda de metro y medio de longitud que llegaba hasta las manos atadas de Moses, el esclavo y antiguo capataz, obligado a caminar.

Después de que Counsel les contara lo sucedido en casa de Mildred, Travis dijo una y otra vez: «John está muerto. ¿Es eso lo que me estás diciendo? John está muerto». Una vez que hubo aceptado lo que Counsel decía, Travis les dijo a los congregados:

—No podemos recuperar a John, pero tenemos aquí mismo la causa de todo este lío —y señaló a Moses—. Tenemos aquí a un negro al que se le metió en la cabeza que estaba bien eso de fugarse. Se le metió eso en la cabeza y ahora el comisario de este condado ha muerto. Un comisario bueno y honrado. Yo digo que hagamos algo ahora para que nunca se le meta en la cabeza volver a escaparse.

—¿Qué quieres decir? —dijo Louis. Era negro, pero los hombres blancos y Oden sabían, todos ellos, que era el negro de William Robbins, lo cual lo hacía especial.

—Démosle una lección aquí mismo, en la carretera —dijo Travis, mirando a Moses—. Hagamos que recuerde todos los días lo que le hizo a John Skiffington. Démosle una lección para que no vuelva a fugarse.

—Ese esclavo no les pertenece para que puedan hacer con él lo que quieran —dijo Louis—. No es su propiedad. No es suyo.

—Él es la razón por la que nuestro John está muerto —dijo Travis—. Eso lo convierte en propiedad de todo el mundo.

—Por supuesto que nos pertenece —dijo Counsel—. ¿Estaríamos aquí bajo este sol abrasador si él no hubiese decidido que tenía derecho a fugarse?

—Déjenlo en paz —dijo Louis.

Barnum estaba callado; algo en su corazón le decía que había muchas mentiras en lo que Counsel decía. Pero John estaba muerto y esa era la única gran verdad. Elias también guardaba silencio. Montaba la yegua gris que Caldonia le había dicho que formaba parte de su nuevo cargo como capataz. Celeste no le había dicho nada aquella mañana. Menos de una hora más tarde, en aquella carretera, mientras el grupo de hombres y caballos avanzaba hacia las tierras de Caldonia, Elias se tambaleaba y le costaba cabalgar. A medida que se quedaba cada vez más atrás, Louis, sorprendido de lo estrecha que había llegado a ser su relación en los últimos días, se acercó por detrás, desmontó y ayudó a Elias a bajar de su caballo, y ambos hombres caminaron con las riendas en las manos, y todo el rato Louis le decía a Elias que tenían que tomarse todo el tiempo que hiciera falta.

—Ya no hay prisa.

Llegados a aquel punto en la carretera, la mayor parte del día había quedado detrás de los caballos y sus jinetes, al igual que el sol.

Moses, todavía detrás de Counsel y su caballo, les dijo a los hombres blancos y a Louis:

—Por favor, todos ustedes, no me hagan daño. Por favor. —Llamó a Elias—: Por favor, no dejes que me hagan daño, por favor, diles que me dejen, Elias.

Elias podía ver a Celeste de pie en la entrada de su cabaña, esperándolo. Necesitaba a Celeste ahora. Necesitaba que Celeste le dijera lo que estaba bien y le señalara el camino hacia casa. ¿Cómo había llegado a olvidar su lugar en el mundo? Le preocupaba en ese momento que algo pudiera sucederle en aquella carretera con los hombres blancos enfurecidos y no volver a ver nunca a su familia. Después de Moses, Elias sabía que él sería el siguiente, y luego Louis, el hijo de una mujer negra. Y si necesitaban más, los hombres blancos se echarían encima del indio, que no era tan blanco como él se creía siempre.

Counsel y Travis y Oden bajaron de sus caballos. Moses echó a correr, pero Counsel cogió la cuerda con la que había atado a Moses y tiró de ella.

—No ha sido él quien le hizo daño a John —dijo Barnum desde su caballo—. No ha sido él. Además, parece que ha aprendido la lección.

Oden miró a Travis y ambos se rieron.

Mientras Counsel y Travis sujetaban a Moses, atado todavía, Oden se agachó y atravesó con su cuchillo, en dos rápidos movimientos adelante y atrás, el tendón de Aquiles de Moses.

—Por favor —repetía Moses—, déjenme. —Intentó llamar la atención de Elias, e intentó llamar la atención de Louis—. Por favor, déjenme.

Momentos después del corte, Oden aplicó a la herida de Moses su emplasto para detener la hemorragia y el esclavo se desplomó entre gritos de agonía.

Barnum arreó a su caballo y se fue a galope hacia su casa, con su familia. Ya no quedaba nada en Virginia para él. Se había esforzado por mantenerse a flote toda su vida en Virginia, no en agua suficiente como para ahogarse, pero sí como para quedar empapado para siempre. Durante muchos kilómetros no pudo dejar de oír los gritos de Moses.

La cojera deja una marca en el suelo que nunca pasa inadvertida, y eso es lo que le sucedería a Moses. Alguien que lo supiera todo sobre la ciencia de la cojera no prestaría atención durante mucho tiempo a la marca en la carretera. Pero una persona ignorante de la ciencia de la cojera podría perfectamente inclinarse y preguntarse con asombro durante mucho tiempo por qué un hombre descalzo tenía que andar con todo su peso sobre un pie y andar eternamente de puntillas sobre el otro pie.

Dos horas antes, en la casa de Mildred, Moses dijo algunas palabras sobre el cuerpo de la mujer, pero sabía que lo que estaba diciendo no era suficiente. Nunca había escuchado realmente entero un discurso funerario y por eso ahora era incapaz de decir las palabras apropiadas. Tendría que haber prestado atención, se reprendía mientras despejaba la mesa de la cocina. Puso la bandeja con las manzanas en una silla y quitó el mantel. Sabía que le estaba agradecido, y así, mientras trabajaba, le dio las gracias a Mildred por ayudarlo y luego levantó su cuerpo y lo tendió sobre la mesa. Cerró los ojos de Mildred. Una muerte más lenta le habría dado todo el tiempo que hubiese necesitado para tumbarse y cerrar los ojos por sí misma. Moses cubrió su cuerpo con el mantel y empezó a pensar en qué otras palabras podía decir. «¿Sabes, Moses?», le había dicho tan solo un día antes, «me encanta tener un buen mantel. Prefiero siempre tener un buen mantel antes que una colcha. La cama puede quedarse desnuda por lo que a mí se refiere, pero debo tener mi mantel para mis comidas».

Al poco tiempo del asesinato de John Skiffington, Barnum Kinsey llevó a su familia a Missouri, donde su esposa tenía familia. Barnum murió no mucho después de haber cruzado el río Mississippi, en una ciudad llamada Hollinger. El hijo mayor de su segundo matrimonio, Matthew, se quedó toda la noche antes de su entierro escribiendo la historia de su padre sobre una lápida de madera. Comenzó con el nombre de su padre en la primera línea, y en la siguiente puso los años de nacimiento y muerte correspondientes. Luego todas las cosas que sabía que había sido su padre. Esposo. Padre. Agricultor. Abuelo. Patrullero. Tabaquero. Plantador de árboles. Las letras de las palabras iban haciéndose cada vez más pequeñas a medida que el muchacho, que aún no había cumplido los doce años, se acercaba a la parte inferior de la madera, porque nunca había hecho una lápida para nadie, de modo que no había calculado todo lo que tendría que escribir en ella. El muchacho llenó la madera entera y al final de la última línea escribió un punto. La tumba de su padre siguió allí, pero el rótulo de madera no resistió un año. El muchacho sabía que poner un punto al final de semejante frase no era lo más apropiado. Algo que ni siquiera era una verdadera frase, una frase correcta con abundancia de sujetos, pero ningún verbo que sirviera de unión. Como el profesor de Matthew allá en Virginia había intentado inculcar en su cabezota Kinsey: una frase podía vivir sin un sujeto, pero no podía vivir sin un verbo.

En la casa de Mildred, el día que ella murió, Counsel salió a su porche y miró una sola vez el cuerpo de su primo y sacó su tabaco y su papel y se hizo un cigarrillo. No le quedaba tabaco de mascar. El pie de John Skiffington se desprendió al fin del estribo y Counsel vio cómo el caballo de John comenzaba a alejarse. Counsel se preguntó si el animal sabría volver a casa, o si finalmente un oso caería sobre él mientras bebía en un arroyo y lo despedazaría. Oyó un pequeño movimiento de Moses en el interior de la casa. Tendría que haber cogido el arma de la mujer muerta, después de todo. El negro podría hacerse con ella y golpearlo en la cabeza. Consciente de esa posibilidad, Counsel se volvió por completo hacia la entrada para estar preparado. Todo aquel oro significaba que podría comprar una gigantesca lápida para la tumba de John, una tan grande como lo había sido aquel hombre. Imaginó una lápida tan grande que los hombres agrestes y chiflados bajarían desde sus guaridas en las montañas de Virginia para rendir culto a la lápida, convencidos de que se alzaba sobre la tumba de alguien que había sido un dios.

En la carretera, unas dos horas más tarde, después de haber dejado cojo a Moses, Oden volvió a montar sobre su caballo. Miró desde arriba al hombre que se retorcía en el suelo y a su propia obra. Ciertamente ahora Moses no podría volver andando a casa, y Oden extendió su brazo. Aquel día había salido sin silla de montar.

—No sangrará mucho tiempo —dijo Oden—. Súbanlo aquí.

—Todos, excepto Elias, ayudaron a subir a Moses sobre la grupa del caballo de Oden. Louis tembló al ver el dolor de Moses. Por derecho, Oden podría haber hecho que Elias el esclavo cargara con Moses, pero no le gustaba el mal que parecía acumularse en Elias. Podría haber obligado a Louis a cargar con él si no hubiese sido el hijo de William Robbins. De modo que finalmente decidió cargar él mismo con Moses y no montar un escándalo sobre el asunto—. Súbanlo. Yo lo llevaré. No sangrará mucho tiempo —dijo, aunque nadie podía oírlo por los gritos de Moses.

Oden nunca volvería a utilizar el cuchillo con un hombre. Una cosa era cortar a un hombre, ganar un dinero por un trabajo bien hecho y marcharse a casa y cenar con su familia. Otra distinta era cabalgar un largo camino con el hombre a su espalda, agonizando todo el camino pegado a la oreja de Oden, los brazos del hombre aferrados a la cintura de Oden porque el hombre, incluso en medio de su gran dolor, tenía miedo de caerse del caballo.

Después de cubrir el cuerpo de Mildred con el mantel, Moses salió a su porche y miró por primera vez detenidamente el cuerpo de John Skiffington delante de la casa. No tuvo palabras para el hombre muerto porque no podía recordar ni una sola cosa buena que Skiffington hubiese hecho nunca por él. Muchas personas lo llorarían, pensó Moses, quizá incluso tantas como llorarían a Mildred. Counsel miró a Moses, descendió del porche y apagó su cigarrillo en el suelo. No tenía sentido arriesgarse a provocar un incendio antes de haber encontrado todo el oro.

Counsel Skiffington no encontró más oro en casa de Mildred. Las cinco monedas de veinte dólares eran todo lo que había. Durante semanas, fue solo hasta la casa y cavó por todas partes en sus tierras, y luego, cuando sintió que el tiempo se acababa, les pidió ayuda a Oden y a Travis. Un tesoro dividido era mejor que ninguno, y podía permitirse darle al indio menos de lo que tendría que compartir con el hombre blanco. Encontraron espacios ocultos en la casa, que ellos ignoraban que estaban diseñados para esconder esclavos para el Ferrocarril Subterráneo*. En su frustración, incendiaron la casa, pero Counsel se quedó

---

* El *Underground Railroad*, red de rutas clandestinas que facilitó la fuga de más de cien mil esclavos de los estados del Sur de los Estados Unidos.

con muchos objetos, incluidos los bastones. Finalmente, la ley lo obligaría a entregarle a Caldonia Townsend todo lo que se había llevado. Durante muchos años, Counsel luchó por las tierras en los tribunales. Recurrió a una teoría inventada por Arthur Brindle, el comerciante que anteriormente había sido abogado, para argumentar que existía cierta base legal para que la propiedad pasase a sus manos porque su primo había sido asesinado allí. Consiguió la ayuda de Robert Colfax, pero la ley se puso del lado de Caldonia. Se casó con la mujer de la casa de huéspedes. No tuvieron hijos.

William Robbins intervino en la refriega jurídica sobre la hacienda de los Townsend porque consideró que le pertenecía legítimamente a Caldonia, que se convertiría en la esposa de su hijo Louis. Robbins y Colfax no se habían llevado bien desde que Robbins les comprara la propiedad de la viuda Clara Martin a sus herederos, un trozo de tierra que Colfax había codiciado durante mucho tiempo. El final de la amistad de los dos hombres más ricos de todo el condado afectó prácticamente a todo el mundo en Manchester, ya que los blancos tomaban partido y buscaban alianzas en los condados vecinos. Cuatro blancos fueron finalmente asesinados con motivo de la disputa, uno de ellos en el bando de Robbins, el hermano de su esposa, y los otros tres en el bando de Colfax, incluidos dos primos. Con el tiempo, los resentimientos contribuyeron a la división del condado, de modo que, al producirse el incendio de 1912, cuando todos los archivos judiciales del condado fueron destruidos, la ciudad de Manchester dejó de ser capital de condado alguno. Manchester se convirtió en el único condado en la historia del estado de Virginia que fue dividido y absorbido por otros condados, el condado de Amherst, el condado de Nelson, el condado de Amelia, el condado de Hanover. . . «El condado de Manchester —escribió un historiador de la ciudad de Virginia que tomó prestada la expresión de la Biblia—, se hizo pedazos». Aquel historiador lo llamó «la mayor desaparición de tierra» en el estado desde que grandes secciones occidentales de Virginia, históricamente conocida como «La Madre de los Estados», se habían desgajado para formar otro ocho estados, entre ellos Michigan, Illinois, Minnesota, Virginia Occidental y Wisconsin.

Los hombres que habían secuestrado y vendido a Augustus Townsend —el blanco Darcy y su esclavo Stennis— fueron atrapados sin incidentes cerca de la frontera de Virginia con Carolina del Norte. Viajaban en una carreta cubierta y totalmente nueva. En la parte trasera de la carreta iban dos niños, un chico y una chica, ambos robados a sus padres libres. Los niños se llamaban Spencer y Mandy Wallace. Mandy se convertiría con el tiempo en la primera mujer negra que obtuvo una licenciatura en Literatura por la Universidad de Yale. En la nueva carreta viajaban también dos hermanas adultas, esclavas, que habían sido secuestradas un atardecer cuando regresaban a su casa después de asistir al funeral de una tercera hermana en una plantación cercana. Aquellas hermanas, Carolyn y Eva, podrían no haber estado en la carretera donde pudieron ser secuestradas si el propietario de su hermana muerta no hubiese decidido que su funeral debía celebrarse a última hora de la tarde, después de haberse realizado la mayor parte del trabajo en los campos, para así tal vez reducir la duración de otro funeral de negros.

Stennis y Darcy fueron juzgados y condenados, Darcy a cinco años en la penitenciaría, y Stennis a diez años. Darcy pasó su condena en la misma prisión donde el asesino Jean Broussard había encontrado su fin. Stennis fue enviado a una cárcel para negros en Petersburg, pero un día antes de su ingreso en la cárcel las autoridades decidieron que se le podría sacar mayor provecho si era vendido para ayudar a pagar a las familias de los esclavos que había secuestrado y vendido. Tuvo una historia muy agitada y fue comprado y vendido cinco veces en seis semanas. Únicamente los propietarios de esclavos recibieron una compensación, todos ellos blancos; a las personas que el Gobierno pudo encontrar se les pagó 15 dólares por cada esclavo adulto robado y 10 dólares por cada niño esclavo robado. Todo el dinero sobrante, unos 130 dólares, fue a parar al erario público de Virginia.

No hubo nada que la Mancomunidad de Virginia pudiera hacer con respecto a los seres queridos robados de personas libres, dado que tales personas realmente no tenían un valor monetario a los ojos de la ley. De modo que no recibieron nada excepto una ferviente carta de disculpa firmada por una ayudante del gobernador, de ojos soñadores. El Gobierno reconocía que había faltado a su deber de proteger a los seres queridos y se disculpaba por ello, escribió la ayudante.

Stennis fue finalmente vendido por 950 dólares a un hombre blanco de Kentucky. En su viaje hacia aquel lugar, Stennis preguntó si Kentucky estaba cerca de Tennessee. «Puerta con puerta —dijo su nuevo amo—, pero los de Kentucky vamos a lo nuestro». Stennis, que conducía la carreta, siguió hablando sin parar acerca de cómo el aire de Tennessee no tardaría mucho en llegar hasta él en Kentucky. Al final, su nuevo dueño se hartó. Sacó la pistola que llevaba guardada en la chaqueta y le dijo a Stennis que parase la carreta. Puso la pistola en la sien de Stennis y dijo: «Estoy cansado de tu cháchara, de modo que será mejor que te calles aquí mismo y ahora mismo. A la gente de Kentucky nos importa un rábano un pico negro».

En el porche de Mildred, la tarde que ella murió, Moses miró a Counsel mientras este se hacía su cigarrillo delante de la casa.

—¿Terminaste? —le preguntó Counsel a Moses. Moses miró una última vez el cuerpo cubierto de Mildred. Justo antes de salir Moses, Counsel había estado hablando con Dios y Dios le estaba respondiendo. Dios decía: Job, no te he olvidado. Te he oído gritar ahí afuera. Tú has sido mi digno y leal siervo, y no te he olvidado, Job. Haré lo que es justo para ti. Te devolveré al lugar donde te encontré. Lo prometo—. ¿Terminaste aquí?

Moses asintió. Cerró la puerta de la casa de Mildred.

—Entonces, ¿estás preparado? —dijo Counsel.

—Sí, estoy preparado —dijo Moses, sin ofrecer un «amo»

o ni siquiera un «señor», sino simplemente repitiendo: «Estoy preparado».

Counsel no se dio cuenta de que no estaba recibiendo el trato de «amo» o «señor». Ambos miraron el cuerpo de Skiffington. Moses pensó que el hombre blanco querría llevarse con ellos al blanco muerto. Le informó a Counsel que en la propiedad de Mildred no había ninguna carreta para transportar al hombre muerto. El caballo de Skiffington había desaparecido.

—¿Es cierto eso? —dijo Counsel refiriéndose a la carreta inexistente. No tenía ninguna intención de llevarse a Skiffington con ellos. Habría tiempo de sobra para regresar por él—. ¿Es cierto eso? —Moses asintió—. Si ya has terminado todo lo que tenías que hacer ahí, podemos irnos. Así que vámonos, tú y yo —dijo Counsel mientras Moses se acercaba a él y extendía las manos para que se las atase con la cuerda.

Tres años y nueve meses después de la muerte de John Skiffington, Minerva Skiffington, la joven que había sido como una hija para él, salió de una carnicería a ocho manzanas de la sede del Ayuntamiento de Filadelfia y giró a la izquierda. Era, como siempre, un día de multitudes. Levantó el paño de cocina que cubría las compras de aquella mañana en su cesta con la sensación de estar olvidando algo. Se encaminó hacia la droguería para buscar el jabón que a ella y a Winifred Skiffington, la viuda de John, les gustaba. Su piel había mejorado mucho una vez liberada del jabón de lejía que era el corriente en Virginia. Vivían con la hermana de Winifred, también viuda, y con el padre de John, Carl.

En la esquina, a una manzana de la droguería, Minerva comenzó a cruzar la calle sin mirar y estuvo a punto de ser atropellada por un hombre blanco a caballo.

—¡Mira por dónde andas! —gritó el hombre.

Minerva soltó un chillido y fue retenida a tiempo por alguien que se encontraba detrás de ella. Se volvió para ver a un hombre negro de piel muy oscura, cabeza y media más alto que ella.

—Te podías haber matado —dijo el joven. Era el hombre más oscuro y apuesto que había visto nunca—. Te puede matar un caballo —dijo, y le soltó los hombros—. Ve con todo cuidado —dijo él y ella asintió—. Con todo cuidado.

Él levantó su sombrero para despedirse y la adelantó y cruzó la calle y siguió cuadra abajo.

Al verlo fundirse con la multitud, Minerva cruzó, y mientras lo hacía, un grupo de tres perros, que olieron las compras del carnicero, empezaron a seguirla. Pasó de largo de la droguería, y casi al final de aquella cuadra, el hombre negro se volvió y ella se detuvo y los perros detrás de ella se detuvieron. Siguió al hombre durante otra cuadra. Los perros aún iban detrás. Los perros sabían que las personas cometían errores y que en cualquier momento la cesta podría ser vulnerable.

El hombre se volvió de nuevo justo tres cuadras antes de la sede del Ayuntamiento y pareció solo a medias sorprendido de verla. Se acercó a ella y ella se agachó para dejar la cesta en el suelo. Los perros se acercaron más y ella advirtió su presencia y retiró el paño para facilitarles el trabajo. El hombre caminó hasta ella y la gente pasó a ambos lados de ellos.

—¿Tienes miedo de los caballos? —dijo él.

—No tengo miedo de ningún caballo —dijo ella—, ni de nada parecido.

Ella comenzó a contarle su historia y él la llevó a la casa donde vivía con sus padres y dos hermanas, una más joven que Minerva y otra mayor. Tres días más tarde, el hombre vio un cartel en un edificio y otro cartel similar justo a dos cuadras de distancia. Le llevó el segundo cartel a Minerva, a la habitación que ella había estado compartiendo con la más joven de sus hermanas. Minerva leyó el cartel una y otra vez. Al día siguiente, ella y el hombre fueron a la policía para informar a las autoridades que no estaba desaparecida y que no estaba muerta. Era, dijo ella, nada más que una mujer libre en Filadelfia, Pennsylvania.

El hombre negro y su familia se esforzaron por convencerla para que fuese a ver a Winifred y le explicase su nueva vida, pero Minerva se negó.

Los carteles decían: «Perdida o herida en algún lugar desconocido de las calles de esta ciudad. Alguien muy querido». Daban el nombre de Minerva, su altura, edad, todo lo necesario para identificarla. Poco después de su llegada a Filadelfia se había realizado un daguerrotipo de Winifred y Minerva, con ambas mujeres sentadas juntas en el estudio del fotógrafo. El cartel reproducía la parte de la foto donde aparecía Minerva. Pero en la parte inferior de los carteles, como una especie de ocurrencia de última hora, en letras mucho más pequeñas que las del resto de las palabras que aparecían en el cartel, se leía: «Responderá al nombre de Minnie». Y por eso Minerva no volvió a ver a Winifred Skiffington durante muchísimo tiempo.

Fue el «Responderá a», por supuesto, el motivo de todo ello. Winifred no había querido decir nada malo con aquellas palabras. Con el poco dinero que tenía, contrató a un impresor —un ilustrado inmigrante blanco de Savannah, Georgia— para que hiciera los carteles y los pusiera por toda Filadelfia, «donde cualquiera pudiera verlos», le había ordenado al impresor. Solo había querido expresar amor con todas las palabras, pues amaba a Minerva más que a cualquier otro ser humano en el mundo. Pero la viuda de John Skiffington había vivido quince años en el Sur, en el condado de Manchester, Virginia, y la gente de allí simplemente hablaba de aquella manera. Ella y el impresor de Savannah le dirían a todo el mundo que no habían deseado causar ningún daño con ello.

12 de abril de 1861
Ciudad de Washington

Queridísima y amadísima hermana:
Tomo la pluma hoy en mi mano para escribirte no más de quince días
después de haber llegado a una ciudad que o bien me hará volver de-
rrotado a Virginia o bien me dará más vida de la que mi alma pueda
contener. Podría, tal vez, posponer para siempre mi necesidad de estar en
Nueva York. Mis pensamientos han estado contigo y con Louis, como lo
han estado desde el día ya muy lejano de su matrimonio. Mi promesa de
volver a estar con ustedes cuando nazca su hijo sigue firme, por mucha
vida que esta ciudad me ofrezca.

La ciudad es un agujero de fango tras otro, y hay suciedad hasta don-
de alcanza la vista. Las praderas de Virginia han quedado reducidas a
un recuerdo. Hasta hace tres días no me armé de valor suficiente para ir
más allá de las cinco manzanas que componen lo que yo he dado en lla-
mar mi hábitat. Me estoy quedando cerca de casa porque las calles (me
he habituado a reprimirme para no llamarlas carreteras), en particular
después del anochecer, no son seguras para ningún hombre; incluso los
rufianes pasan dificultades en ellas, y aunque estoy preparado para uti-
lizar mi pistola, preferiría contenerme de hacerlo por ahora. Además del
miedo al hombre desmandado, existe el miedo general ante una metró-
polis tan grande, y me siento más que temeroso de perderme en la ciudad.

Mis aposentos son más que adecuados, desde luego mucho más que los que algunos inmigrantes han de soportar. Cómo he llegado a estos aposentos es una historia interesante, y confío en que tengas el tiempo, y la fortaleza, para leer cómo he llegado a situarme donde estoy.

El amigo cuyo nombre me dio Louis hacía un año que había muerto, según supe para mi desilusión. Me dijeron que podría alojarme en un hotel en la calle C. También me dijeron que, aunque se alojaran allí senadores y congresistas, era hospitalario con las personas de nuestra raza porque así lo deseaban sus dueños y propietarios. La puerta que daba a la calle C me llevó hasta el bar, que se encuentra en el primer piso del hotel. Aunque la gente de renombre en esta ciudad tiene costumbre de tomar alguna bebida fuerte hacia la una del mediodía, yo me di por satisfecho con una limonada en la barra. Cuando casi había terminado mi bebida, me armé de más valor y miré a mi alrededor. La sala estaba vacía excepto por mí mismo y otros dos caballeros, uno de ellos un hombre de nuestra raza sentado en una mesa en una esquina.

Pude ver gente que entraba y salía de una sala contigua al bar. Supuse que se trataba del comedor del establecimiento. Bebí los últimos restos de mi valor y decidí investigar esa sala en particular. Era efectivamente un comedor, una sala bastante grande con más de treinta mesas, pero descubrí que no era ese el motivo por el que la gente entraba y salía, querida hermana. El horario de las comidas había terminado y aún era demasiado pronto para la cena.

No, la gente contemplaba un enorme cuadro colgado de la pared, una descomunal obra de arte que es en parte tapiz, en parte pintura y en parte estructura de arcilla, todo ello en una exquisita creación, que colgaba silenciosa pero melodiosa en la pared oriental. Es, mi querida Caldonia, una especie de mapa de la vida en el condado de Manchester, Virginia. Pero «mapa» es una palabra muy pobre para un objeto tan extraordinario. Es un mapa de la vida hecho con todas las variedades de arte que el hombre haya concebido para representarse a sí mismo. Sí, arcilla. Sí, pintura. Sí, tela. No hay personas en este «mapa», solamente todas las casas y los establos y las carreteras y los cementerios y los pozos de nuestro Manchester. Es lo que Dios ve cuando contempla Manchester desde lo alto. En la esquina inferior derecha de esta creación había únicamente dos palabras bordadas. Alice Night.

Me quedé paralizado. Hacia las dos y media había pocas personas en el comedor, solamente aquellas que preparaban las mesas para las cenas. Me acerqué más a esta visión, que estaba separada de todos por un cordón azul de cáñamo. Levanté la mano hacia ella, no para tocarla sino para tratar de sentir más sus emanaciones. Alguien detrás de mí dijo suavemente: «Por favor, no tocar». Me volví y allí estaba la Priscilla de Moses. Sus manos confiadamente a su espalda, su ropa impecable. Supe, en aquellos pocos segundos, que cualquier cosa que hubiera sido en Virginia, ya no lo era.

Fue entonces cuando advertí la presencia sobre su hombro de otra creación hecha con los mismos materiales, pintura, arcilla y tela. Había estado tan cautivado por el mapa viviente del condado que no me había vuelto para ver la otra maravilla en la pared opuesta.

«¿Cómo le ha ido, Calvin?», inquirió Priscilla. No había miedo en sus palabras a que yo pudiera haber venido para llevármela. Sus palabras transmitían solamente lo que había dicho, una necesidad de conocer mi situación.

Yo respondí: «Me he esforzado por estar bien, Priscilla. Me he esforzado de veras».

Podía ver aún por encima de su hombro aquella otra creación. Priscilla lo vio en mis ojos y se movió hacia un lado. Esta creación es posiblemente incluso más milagrosa que la del condado. Esta se refiere a tu casa, Caldonia. Es tu plantación, y de nuevo, es lo que Dios ve cuando mira hacia abajo. No falta nada, ni una cabaña, ni un establo, ni una gallina, ni un caballo. No falta ni una sola persona. Sospecho que si me pusiese a contar las briznas de hierba, el número sería exactamente el que era cuando la creadora de esta obra conocía ese mundo. Y de nuevo en la esquina inferior derecha aparecen las palabras bordadas «Alice Night».*

En este imponente milagro sobre la pared occidental, tú, Caldonia, apareces de pie delante de tu casa, con Loretta, Zeddie y Bennett. Como dije, todas las cabañas están allí, y en pie ante ellas aparecen las personas que vivían en ellas antes de que Alice, Priscilla y Jamie desapareciesen. Excepto esos tres, todas y cada una de las personas están allí, de pie y

---

* Alice *Noche*. En los capítulos iniciales Moses llama a Alice *night walker*, «paseante nocturna».

como esperando a que un pintor y su caballete vengan a atraparlos en la gloria del día. El rostro de cada persona, incluido el tuyo, aparece levantado como si estuviesen mirando los mismísimos ojos de Dios. Miro todos los rostros y ahora me alegro enormemente de haber conocido el nombre y el rostro de todos los que estaban en tu casa. Los muertos del cementerio se han levantado de allí y también ellos están en las cabañas donde antaño vivieron. Así pues, el cementerio de esclavos es simplemente terreno llano ahora, hierba y nada más. Está vacío, ni siquiera están allí los más pequeños de los recién nacidos, que descansan vivos y en perfecto estado en los brazos de sus madres. En el cementerio donde nuestro Henry está enterrado, él aparece de pie junto a su tumba, pero esa tumba está cubierta de flores, como si él todavía la habitase.

Hay asuntos en mi memoria que yo ignoraba que estaban allí hasta que los vi en esa pared. He de decirte, querida Caldonia, que caí de rodillas. Cuando fui capaz de serenarme, me puse en pie y vi que no solo Priscilla me observaba, sino también Alice.

Hablé con Alice con estas palabras: «Espero que hayas estado bien». Lo que más temí en aquel momento es lo que aún temo: que ellas recordasen mi historia, que yo, sin que importe lo que siempre haya dicho en sentido contrario, era propietario de personas de nuestra raza. Tuve miedo de que me expulsaran de allí, e incluso mientras te escribo ahora, sigo teniendo miedo.

Alice me respondió: «He estado tan bien como Dios quiere».

Ahora «trabajo» aquí, en el hotel, en el restaurante y en el bar, procurando hacerme tan indispensable como sea posible y procurando no obstante mantenerme a un lado, no sea que alguien recuerde mi historia y me expulsen. Enfermaría mortalmente si me expulsaran. Después de años de ser un enfermero para nuestra madre, mi trabajo aquí no es agotador. Estoy contento cuando me levanto por la mañana y estoy contento cuando dejo reposar la cabeza por la noche.

Todo lo que hay aquí es propiedad de Alice, Priscilla y toda la gente que trabaja aquí, muchos de ellos, con seguridad, fugados. Mi habitación está en el piso de arriba del hotel donde viven todos. Es una bonita *habitación, adecuada para mí. Jamie asiste como estudiante a una escuela para niños de color. Es un joven tan agradable como cualquier padre o madre pudiera desear.*

Concluyo por ahora y rezo para que tú y Louis estén bien. Cuando puedas escribir, recuerda mi temor a ser expulsado y, por favor, escribe mi nombre en el sobre con la mayor humildad que te sea posible.

> *Tuyo*
> *Siempre*
> *Tu hermano*
> *Calvin*

Caldonia leyó una y otra vez la carta durante días, aliviada por el hecho de que Calvin hubiese sorteado el estado de Virginia y hubiese llegado a salvo a Washington. La compartió con Louis, quien le advirtió que desgastaría el papel de tanto leerla y doblarla y desdoblarla.

—Para entonces —le dijo ella—, habré memorizado cada palabra y estaré lista para la siguiente carta.

Sin incluir la mención de Calvin sobre él, la leyó incluso ante la tumba de Henry, consciente de que su primer esposo había sentido afecto por Calvin. Regresaba a la casa aquella noche y había subido las escaleras traseras cuando vio, al fondo del callejón, a Moses que volvía cojeando a su cabaña. Se le paró el corazón. Incluso años después de su último encuentro, se le paraba el corazón.

Moses no levantó la vista hacia donde ella estaba. A ella le resultó difícil moverse después de verlo.

Moses entró en su cabaña a oscuras y no encendió ninguna lámpara. Una hora después, Tessie y Grant, los hijos de Celeste y Elias, le llevaron la cena, iluminándose en su camino con una lámpara que llevaban de su casa. Rara vez se preocupaba ya de prepararse sus propias comidas. A veces comía lo que los niños le llevaban y a veces simplemente se iba a dormir sin comer, con la comida a unos centímetros de su cabeza.

Aquella noche que Caldonia leyó la carta de Calvin ante la tumba de Henry, Moses comió. Por la mañana, los niños volvieron con el desayuno.

Una vez había intentado recordar los nombres de los hijos de Celeste que le llevaban comida, pero parecían ser tantos que desistió. Recordó que una vez, hacía mucho tiempo, él mismo había tenido un hijo. Un muchacho. Que estaba demasiado gordo. Sabía perfectamente que las comidas venían de Celeste y la mencionaba en sus oraciones. Celeste, por supuesto, siguió siendo coja siempre, pero su esposo y sus hijos nunca se daban cuenta hasta que algún extraño se lo comentaba. «¿Por qué cojea tanto tu madre?». «¿Qué cojera?».

Los hijos de Celeste siempre visitaban a Moses con un pequeño que miraba fascinado a Moses en su camastro. Moses apenas podía moverse por las mañanas, como consecuencia, pensaba él siempre, de los tiempos que había pasado a solas consigo mismo en los húmedos bosques. Le gustaba saber que el pequeño estaba allí, aunque no tenía fuerza para volverse y entablar con él un juego o una conversación. Se acostaba sobre su espalda y mantenía un brazo sobre los ojos, como para protegerse de una gran luz.

«¿Cómo se encuentra?», preguntaba Celeste a Tessie o Grant u otro de sus hijos a su regreso.

«Parecía que estaba bien, mamá. Pero creo que la luz le hace daño en los ojos».

«¿Y cómo va ese fuego de la chimenea?».

Tessie acostumbraba a decir que se había esforzado mucho por encender el fuego. «Mamá, es que simplemente no se quiere encender, ese fuego».

«Bueno», decía Celeste, «le diré a tu padre que le eche un vistazo. Es el hombre más habilidoso del mundo con los fuegos y ese tipo de cosas».

Siguió haciendo sus comidas para Moses hasta el final. Celeste nunca terminaba sus días, ni siquiera después de morir Moses, sin pensar en voz alta, una vez al menos, dirigiéndose a todos y a nadie en particular: «Me pregunto si Moses habrá comido ya».